CIDADE DE JADE

FONDA LEE
CIDADE DE JADE

Tradução de João Pedroso

ALTA BOOKS
GRUPO EDITORIAL
Rio de Janeiro, 2024

Cidade de Jade

Copyright © 2024 ALTA NOVEL
ALTA NOVEL é um selo da EDITORA ALTA BOOKS do Grupo Editorial Alta Books (Starlin Alta e Consultoria Ltda.)
Copyright © 2017 FONDA LEE
ISBN: 978-85-508-1801-6

Translated from original Jade City. Copyright © 2017 by Fonda Lee. ISBN 9780316440868. This translation is published and sold by permission of Orbit Books, an imprint of Hachette Book Group, the owner of all rights to publish and sell the same. PORTUGUESE language edition published by Grupo Editorial Alta Books Ltda., Copyright © 2024 by Starlin Alta Editora e Consultoria Ltda.

Impresso no Brasil — 1ª Edição, 2024 — Edição revisada conforme o Acordo Ortográfico da Língua Portuguesa de 2009.

Dados Internacionais de Catalogação na Publicação (CIP) de acordo com ISBD

L477c   Lee, Fonda

         Cidade de Jade / Fonda Lee ; traduzido por João Pedroso. - Rio de Janeiro : Alta Books, 2024.
         448 p. ; 13,7cm x 21cm.

         Tradução de: Jade City
         ISBN: 978-85-508-1801-6

         1. Literatura americana. 2. Romance. I. Pedroso, João. II. Título.

2024-963   CDD 813.5
                                                                  CDU 821.111(73)-31

Elaborado por Vagner Rodolfo da Silva - CRB-8/9410

Índice para catálogo sistemático:
1. Literatura americana : Romance 813.5
2. Literatura americana : Romance 821.111(73)-31

Todos os direitos estão reservados e protegidos por Lei. Nenhuma parte deste livro, sem autorização prévia por escrito da editora, poderá ser reproduzida ou transmitida. A violação dos Direitos Autorais é crime estabelecido na Lei nº 9.610/98 e com punição de acordo com o artigo 184 do Código Penal. O conteúdo desta obra fora formulado exclusivamente pelo(s) autor(es).

Marcas Registradas: Todos os termos mencionados e reconhecidos como Marca Registrada e/ou Comercial são de responsabilidade de seus proprietários. A editora informa não estar associada a nenhum produto e/ou fornecedor apresentado no livro.

Material de apoio e erratas: Se parte integrante da obra e/ou por real necessidade, no site da editora o leitor encontrará os materiais de apoio (download), errata e/ou quaisquer outros conteúdos aplicáveis à obra. Acesse o site www.altabooks.com.br e procure pelo título do livro desejado para ter acesso ao conteúdo.

Suporte Técnico: A obra é comercializada na forma em que está, sem direito a suporte técnico ou orientação pessoal/exclusiva ao leitor.

A editora não se responsabiliza pela manutenção, atualização e idioma dos sites, programas, materiais complementares ou similares referidos pelos autores nesta obra.

Alta Novel é um selo do Grupo Editorial Alta Books

Produção Editorial: Grupo Editorial Alta Books
Diretor Editorial: Anderson Vieira
Vendas Governamentais: Cristiane Mutüs
Gerência Comercial: Claudio Lima
Gerência Marketing: Andréa Guatiello

Coordenadora Editorial: Illysabelle Trajano
Produtora Editorial: Beatriz de Assis
Tradução: João Pedroso
Copidesque: Vivian Sbravatti
Revisão: Carolina Oliveira & Fernanda Lutfi
Diagramação: Natalia Curupana
Capa: Karma Brandão
Mapas: Tim Paul Illustration

Rua Viúva Cláudio, 291 — Bairro Industrial do Jacaré
CEP: 20.970-031 — Rio de Janeiro (RJ)
Tels.: (21) 3278-8069 / 3278-8419
www.altabooks.com.br — altabooks@altabooks.com.br
Ouvidoria: ouvidoria@altabooks.com.br

Editora afiliada à:

Para meu irmão.

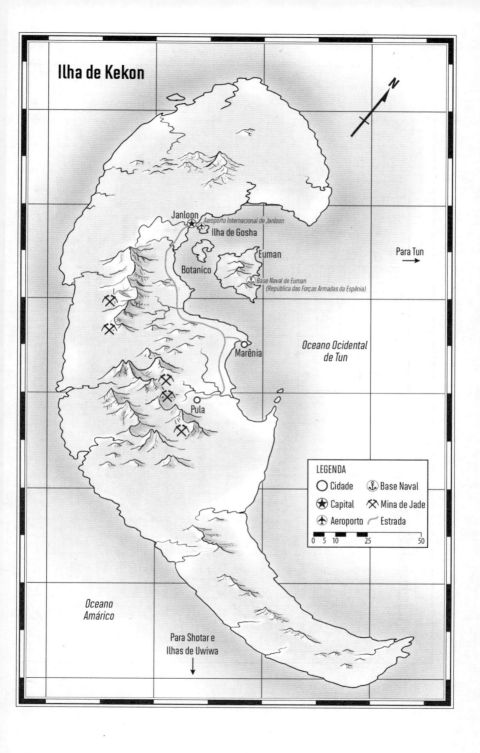

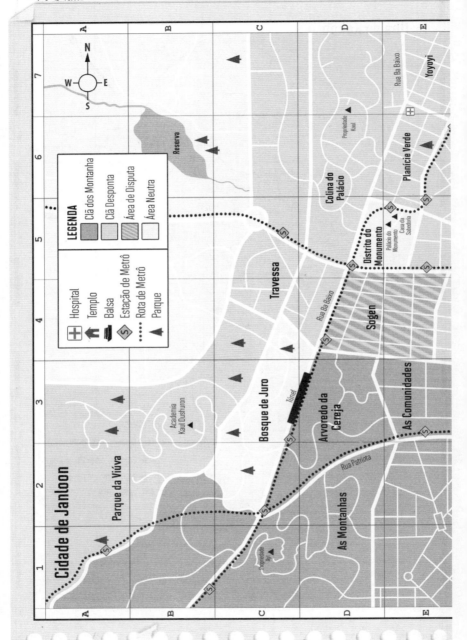

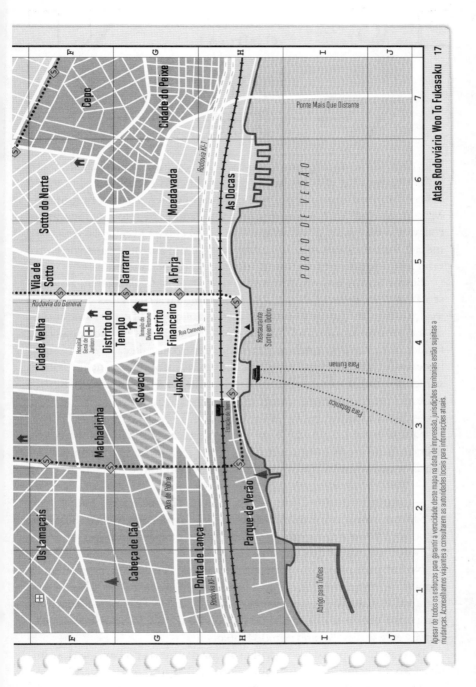

Atlas Rodoviário Woo To Fukasaku

Capítulo 1

Sorte em Dobro

Os dois ladrões de jade amadores suavam na cozinha do restaurante Sorte em Dobro. No salão, as janelas estavam abertas e o cair da noite trazia consigo uma brisa costeira que deixava o estabelecimento fresquinho. Mas, ali na cozinha, havia apenas dois ventiladores de teto que rodavam e rodavam o dia inteiro e não adiantavam muita coisa. O verão mal tinha começado e a cidade de Janloon já estava tal qual um amante exausto de tanto fazer amor: pegajosa e com um agradável aroma adocicado.

Bero e Sampa tinham dezesseis anos e, depois de planejarem por três semanas, tinham decidido que aquela noite mudaria suas vidas. Bero vestia a calça escura dos garçons e uma camisa branca que grudava nas suas costas de um jeito desconfortável. Sua cara pálida e os lábios rachados estavam rígidos de tantos pensamentos guardados dentro da cabeça. Ele levou uma bandeja de copos sujos até a cozinha, limpou as mãos num pano de prato e se inclinou na direção de seu comparsa, que lavava a louça numa mangueira de alta pressão antes de colocar as peças no escorredor.

— Ele tá sozinho agora — disse Bero, com a voz baixa.

Sampa ergueu o olhar. Ele era um adolescente abukiano (tinha a pele negra, cabelos crespos e bochechas levemente rechonchudas que lhe davam um ar de querubim). O rapaz piscou rápido e então voltou sua atenção à pia.

— Meu turno termina em cinco minutos.

— Tem que ser agora, keke — disse Bero. — Me dá isso aí.

Sampa secou a mão na camisa e puxou um pequeno envelope de papel do bolso. Passou-o apressado para Bero, que o guardou embaixo do avental, pegou a bandeja vazia e saiu da cozinha.

No bar, pediu rum com pimenta, limão e gelo (a bebida favorita de Shon Judonrhu). Pegou o drink, soltou a bandeja e, de costas para o salão do restaurante, se inclinou sobre uma mesa perto da parede. Enquanto fingia limpar a mesa com a toalha, despejou no copo o conteúdo do envelope, que efervesceu e se dissolveu no líquido âmbar.

Bero ajeitou a postura e se dirigiu a uma das mesas do bar que ficavam no canto do recinto. Shon Ju, com o corpanzil apertado numa cadeirinha, continuava sentado sozinho. Naquela mesma noite, Maik Kehn estivera ali

CIDADE DE JADE 11

também, mas, para grande alívio de Bero, o homem tinha decidido voltar a se reunir com o irmão em um reservado do outro lado do salão. Bero colocou o copo em frente a Shon.

— Por conta da casa, Shon-jen.

Shon pegou a bebida e, mais pra lá do que pra cá, assentiu, mas sem erguer o olhar. Ele era um cliente assíduo do Sorte em Dobro, e bebia muito. O ponto careca no centro de sua cabeça estava rosado sob a luz do restaurante. Os olhos de Bero foram atraídos um pouco mais para baixo, para as três gemas verdes em sua orelha esquerda. Era irresistível.

Se afastou antes que o pegassem encarando. Era ridículo que um velho bêbado gordo daquele jeito fosse um Osso Verde. Claro, Shon tinha apenas uma jadezinha ali, mas, como ninguém o respeitava, mais cedo ou mais tarde alguém a roubaria, talvez até lhe ceifasse a vida no processo. *E por que esse alguém não pode ser eu?* Pensou Bero. Boa pergunta. Ele podia até não passar de um desgraçado que trabalhava nas docas, alguém que nunca teria educação militar na Escola do Templo Wie Lon ou na Academia Kaul Dushuron, mas pelo menos era kekonésio até o último fio de cabelo. Tinha colhões e aquele quê a mais necessário para se tornar alguém nessa vida. As jades tinham o poder de transformar qualquer um em alguém.

Ele passou pelos irmãos Maik, que estavam em um reservado com um terceiro jovem. Bero deu um sorrisinho amarelo só para poder prestar mais atenção nos três. Maik Kehn e Maik Tar (esses *sim* eram Ossos Verdes de verdade). Homens musculosos, com dedos cheios de anéis de jade e, presas na cintura, facas talon cujas empunhaduras eram engastadas com jade. Se vestiam bem: camisas escuras, jaquetas de alfaiataria amarelo-queimadas, sapatos pretos brilhantes e chapéus. Ambos eram membros notáveis do Clã do Desponta, que controlava a maior parte dos bairros deste lado da cidade. Um dos irmãos deu uma olhada na direção de Bero.

Bero se virou na mesma hora e se ocupou com a louça. A última coisa que queria hoje à noite era os irmãos Maik prestando atenção nele. Lutou contra o impulso de dar uma conferida na pequena pistola que tinha enfiado no bolso da calça e que ficava escondida pelo avental. Calma. Depois de hoje, nunca mais usaria esse uniforme de garçom. Nunca mais teria que servir ninguém.

Lá na cozinha, Sampa havia terminado o turno e estava de saída. O rapaz deu uma olhada questionadora para Bero, que assentiu. O serviço fora feito. Os dentinhos superiores de Sampa ficaram à vista e mordiscaram o lábio inferior.

— Acha mesmo que a gente consegue? — sussurrou.

Bero aproximou o rosto do parceiro e sussurrou:

— Relaxa, keke. A gente já tá conseguindo. Não dá mais pra voltar atrás. Você tem que fazer a sua parte!

— Eu sei, keke. Eu sei. E eu vou — assentiu, com um olhar magoado e amargo.

— Pensa na grana — sugeriu Bero, e lhe deu um empurrãozinho. — Agora vai.

Sampa deu uma última olhada nervosa para trás e então saiu pela porta da cozinha. Bero ficou observando-o e desejou pela milésima vez que não precisasse de um parceiro tão banana e tão insípido. Mas não adiantava ficar reclamando; apenas um abukiano nativo e puro-sangue, imune à jade, conseguiria pegar uma joia e sair de um restaurante lotado sem acabar se entregando.

Não tinha sido fácil convencer Sampa a participar do plano. Como muitos de sua aldeia, o garoto se arriscava nos finais de semana mergulhando no rio, atrás de pedras de jade que podiam ter escapado das minas distantes. Era perigoso. Quando ficava cheia devido à chuva, a corrente arrastava muitos mergulhadores azarados. E, mesmo se algum deles tivesse a sorte de encontrar alguma coisa (Sampa se gabava de ter encontrado uma do tamanho de um punho fechado certa vez), ainda havia a possibilidade de serem pegos. Se tivessem sorte, passavam um tempo na cadeia. Se não, no hospital.

Bero ficou insistindo para Sampa que essa estratégia nunca levaria a lugar algum. Qual o sentido de pescar jades brutas e vendê-las para os comerciantes do mercado clandestino que as lapidavam, traficavam para fora da ilha e ainda pagavam só uma pequena parte do que lucravam? Uma dupla de rapazes espertos e corajosos como eles podia ir muito mais além. Se fosse para traficar jades, disse Bero, que não fosse pouca coisa. Pedras já lapidadas, cortadas e esculpidas. Era aí que estava o dinheiro de verdade.

Bero voltou ao salão do restaurante e ficou limpando e arrumando mesas para se ocupar enquanto olhava para o relógio de cinco em cinco minutos. Podia muito bem passar a perna em Sampa depois, quando tivesse conseguido o que precisava.

— O Shon Ju falou que aconteceu alguma coisa em Sovaco — disse Maik Kehn, inclinado para conversar discretamente sob o acolchoado de barulho que preenchia o ambiente. — Um bando de pirralhos acabando com os negócios.

Seu irmão mais novo, Maik Tar, se aproximou do outro lado da mesa para pegar um bolinho de lula com os hashis.

— De que tipo de pirralhos estamos falando?

— Uns Dedos bem ralé. Um bando de jovens brigões que não deve ter mais de uma ou duas jades.

O terceiro homem na mesa estava carrancudo e pensativo de um jeito que não lhe era habitual.

— Até mesmo os Dedos da mais pura ralé são soldados do clã. Eles obedecem aos Punhos, e os Punhos aos Chifres. — O Distrito de Sovaco sempre fora um território disputado, mas ameaçar estabelecimentos filiados ao Clã do Desponta era algo ousado demais para ser obra de alguns bandidinhos inconsequentes. — Parece que tem alguém querendo sacanear a gente.

Os Maik olharam para ele, e depois um para o outro.

— O que é que tá acontecendo, Hilo-jen? — perguntou Kehn. — Você tá meio esquisito hoje.

— Tô?

Kaul Hiloshudon se recostou na parede do reservado, virou o copo da cerveja que estava ficando choca e limpou a espuma.

— Deve ser o calor.

Kehn gesticulou para um dos garçons; hora de mais uma rodada. O adolescente pálido manteve o olhar baixo enquanto os servia. Até deu uma olhada rápida para Hilo, mas aparentemente não o reconheceu. As poucas pessoas que não conheciam Kaul Hiloshudon pessoalmente não esperavam que ele aparentasse ser tão jovem. O Chifre do Clã do Desponta, que na hierarquia ficava atrás apenas do próprio irmão mais velho, quase sempre passava despercebido em público. Algumas vezes, isso irritava Hilo. Outras, porém, até que era bem útil.

— Outra coisa esquisita — disse Kehn, depois de o garçom sair. — Ninguém viu ou teve notícias do Gee Três-dedos.

— E como é que é possível perder o Gee Três-dedos de vista? — perguntou Tar, impressionado.

O ourives de jade do mercado clandestino era tão conhecido por seu tamanho quanto por sua deformidade.

— Quem sabe ele saiu do esquema.

Tar deu uma risadinha sarcástica.

— Só tem um jeito de sair do esquema de jade.

Uma voz falou bem próxima do ouvido de Hilo.

— Kaul-jen, como o senhor está nesta noite? Tudo do agrado do senhor?

Seu Une tinha aparecido ao lado da mesa e exibia o sorriso ansioso e solícito que sempre reservava para eles.

— Tudo excelente, como sempre — respondeu Hilo, com o rosto mais relaxado e exibindo seu típico sorriso de lado.

O dono do Sorte em Dobro apertou as duas mãos cheias de cicatrizes provenientes da cozinha, assentiu e sorriu, agradecido. Seu Une era um sujeito lá por volta dos sessenta anos, careca, corpulento e representava a terceira geração de sua família à frente dos negócios. Seu avô fundara o respeitável estabelecimento e seu pai mantivera tudo funcionando, tanto durante a guerra quanto depois. Assim como seus antecessores, Seu Une era um fiel Lanterna do Clã do Desponta. Sempre que Hilo aparecia, ele vinha pessoalmente prestar respeito.

— Por favor, me avise caso haja mais alguma coisa que eu possa trazer para o senhor — insistiu.

Depois de Seu Une, agora mais tranquilo, ter saído, Hilo voltou a ficar sério.

— Faça mais perguntas por aí. Descubra o que aconteceu com o Gee.

— E por que a gente liga pro Gee? — perguntou Kehn, não de forma impertinente, apenas por curiosidade. — Já foi tarde. Menos um ourives passando nossas jades pra fracotes e estrangeiros.

— É que acho estranho, só isso. — Hilo se inclinou para frente e pegou o último bolinho de lula. — Não dá pra esperar nada de bom quando os cachorros começam a sumir das ruas.

Bero estava começando a pirar. Shon Ju já tinha quase secado o drink batizado. Era pra droga não ter gosto e nem cheiro, mas e se Shon, com os sentidos mais aguçados de um Osso Verde, conseguiu detectá-la de alguma forma? E se não funcionasse e o homem fosse embora e levasse a jade para longe do alcance de Bero? E se Sampa tivesse perdido a coragem? A colher nas mãos de Bero tremia quando ele a colocou sobre a mesa. *Relaxa. Seja homem.*

Um fonógrafo no canto arquejava uma ópera romântica e lenta, mas mal dava para ouvi-la com toda a conversa incessante das pessoas. Fumaça de cigarro e aromas de temperos se agarravam, lânguidos, às toalhas vermelhas das mesas.

Shon Ju se levantou rápido. Cambaleou até a porta traseira do restaurante e empurrou a porta do banheiro masculino.

Devagar e em silêncio, Bero contou até dez, se desfez da bandeja e o seguiu casualmente. Quando entrou no banheiro, colocou a mão no bolso e a fechou ao redor da coronha da pequena pistola. Trancou a porta e se posicionou contra a parede.

De uma das cabines, veio o som de um vômito contínuo e Bero quase engasgou com a catinga nauseabunda da golfada repleta de álcool. A descarga foi acionada e os barulhos pararam. Houve uma batida abafada, como o ruído de algo pesado caindo no chão de azulejos e, então, um silêncio ensurdecedor. Bero deu vários passos para frente. O coração retumbava em seus ouvidos. Ele ergueu a arma na altura do peito.

A porta da cabine se abriu. O corpanzil de Shon Ju estava caído lá dentro com todos os membros espalhados. O peito do homem subia e descia enquanto emitia roncos suaves. Uma linha fina de baba escorria do canto de sua boca.

Sapatos de tecido sujos se mexeram em uma cabine mais distante e Sampa ergueu a cabeça de onde estava deitado esperando. Ele arregalou os olhos quando viu a pistola, mas mesmo assim se esgueirou até Bero para encarar o homem inconsciente.

Puta merda. Funcionou.

— Tá esperando o quê? — Bero gesticulou com a arma na direção de Shon. — Vai! Pega!

Hesitante, Sampa se espremeu pela porta meio aberta da cabine. A cabeça de Shon Ju pendia para a esquerda, então o brinco cravejado de jade estava pressionado na parede do cubículo. Com a expressão temerosa de alguém prestes a tocar num fio de eletricidade, o garoto posicionou as mãos dos dois lados da cabeça de Shon e parou. O homem não se mexeu. Sampa virou a cabeça caída do sujeito para o outro lado. Com os dedos tremendo, ele pegou o primeiro brinco de jade e tentou tirar a tarraxa.

— Aqui, ó. Usa isso aqui.

Bero entregou um pacote de papel vazio. Sampa jogou a joia ali e foi remover o segundo brinco. Os olhos de Bero dançavam entre a jade, Shon Ju, a arma, Sampa e, mais uma vez, a jade. Ele deu mais um passo para a frente e deixou o cano da pistola a poucos centímetros da cabeça do homem desfalecido. A arma parecia tão compacta e ineficaz que chegava a ser angustiante. Era uma arma de um homem do povo. Mas não fazia diferença. Shon Ju não conseguiria usar o Aço e nem a Deflexão nesse estado. Sampa pegaria a jade e sairia pela porta dos fundos completamente desavisado. Bero terminaria seu turno e se encontraria com ele depois. Ninguém incomodaria o velho Shon Ju por horas; não era a primeira vez que o sujeito desmaiava bêbado em um banheiro.

— Anda de uma vez — disse Bero.

Sampa tinha tirado duas das jades e estava pegando a terceira. Seus dedos cavoucavam as reentrâncias da orelha carnuda da vítima.

— Este aqui não sai.

— Então puxa, só puxa!

Sampa deu um último e teimoso puxão. A joia foi arrancada da carne que crescera ao redor. Shon Ju se mexeu e abriu os olhos.

— Merda! — exclamou Sampa.

Com um berro estrondoso, Shon ergueu os braços, agitou-os ao redor da cabeça e bateu com tudo na mão de Bero bem quando ele apertou o gatilho. O tiro não acertou ninguém, mas foi longe e acabou atingindo o gesso no teto.

Sampa foi se afastar e, quando se virou para a porta da cabine, quase tropeçou em Shon que, por sua vez, agarrou uma de suas pernas. Desorientado, os olhos do homem se reviravam de raiva. Sampa caiu e estendeu as mãos para aparar o tombo. O envelope de papel se soltou, deslizou pelo chão e parou no meio das pernas de Bero.

— Pega ladrão!

A boca de Shon Ju formou as palavras em um rosnado, mas Bero não ouviu nada. Sua cabeça estava emudecida por causa do tiro e era como se tudo estivesse acontecendo numa câmara à prova de som. Ele encarou quando o Osso Verde com o rosto todo vermelho alcançou o garoto abukiano como um demônio rastejante saído de um abismo.

Bero se agachou, pegou o envelope amassado e correu para a porta.

Só que esqueceu que a tinha trancado. Por um segundo, ficou empurrando e empurrando como um idiota em pânico, antes de virar o trinco e sair correndo. Os fregueses do restaurante tinham ouvido o tiro, então dezenas de rostos assustados estavam virados para ele. Bero teve a esperteza necessária para esconder a arma no bolso, apontar para o banheiro e gritar:

— Tem um ladrão de jade lá dentro!

E, então, atravessou o salão e foi desviando de mesas enquanto as duas pedrinhas escavavam o papel e pressionavam a palma de sua mão fechada com força. As pessoas, cujos rostos pareciam um borrão enquanto ele corria, abriam caminho. Bero derrubou uma cadeira, caiu, se levantou e continuou correndo.

Seu rosto queimava. De repente, uma onda de calor e energia diferente de tudo o que já sentira na vida o invadiu como uma corrente elétrica. Ele chegou à larga escada curvada que levava ao segundo andar, onde os clientes tinham levantado e olhavam pela sacada para ver que bafafá era aquele. A mil por hora, Bero subiu os degraus em poucos segundos. Seus pés mal tocaram o chão. A multidão ficou chocada. A surpresa de Bero se transformou em euforia. Ele olhou para cima e deu uma risada. Só podia ser Leveza.

Uma película fora erguida de seus olhos e ouvidos. O arranhar dos pés da cadeira, o prato que se chocou no chão, o gosto do ar na língua — tudo parecia muito mais nítido. Alguém tentou agarrá-lo, mas Bero era muito rápido. Ele mudou de direção, pulou de cima de uma mesa, espalhou pratos e provocou gritos. Havia uma porta telada à frente que abria passagem para um pátio com vista para o porto. Sem nem pensar e sem parar, ele atravessou a barreira como um touro ensandecido. Os entalhes vazados de madeira se despedaçaram e Bero passou tropeçando pelo buraco do tamanho de um corpo que tinha feito enquanto dava um grito em comemoração. Não sentia dor nenhuma, apenas uma sensação selvagem e feroz de invencibilidade.

Era o poder da jade.

O ar da noite o atingiu com tudo e fez sua pele formigar. Lá embaixo, a extensão brilhante de água o convocava de um jeito irresistível. Ondas de um delicioso calor pareciam percorrer as veias de Bero. O oceano parecia tão agradável, tão refrescante. Seria tão bom. Ele voou até o parapeito do pátio.

Mãos o agarraram pelo ombro e o fizeram parar abruptamente. Bero foi puxado para trás como se tivesse atingido o fim de uma corrente, se virou para trás e deu de cara com Maik Tar.

Capítulo 2

O Chifre do Desponta

O tiro abafado veio do outro lado do salão do restaurante. Um segundo ou dois depois, Hilo sentiu: o inesperado retinir na cabeça causado por uma jade com a aura descontrolada, tão estridente quanto um garfo raspando em vidro. Kehn e Tar se viraram nas cadeiras quando o garçom adolescente saiu correndo do banheiro e se dirigiu até a escada.

— Tar — disse Hilo, mas nem havia necessidade: os dois Maik já estavam em ação.

Kehn entrou no banheiro e Tar pulou até a escada, pegou o ladrão no pátio e o arremessou de volta pela porta de tela quebrada. Um espanto coletivo e vários gritos vieram do restaurante quando o garoto voou de volta para dentro, bateu no chão e derrapou no topo da escada.

Tar entrou no estabelecimento logo em seguida e se abaixou para tirar os escombros do caminho. Antes que o jovem conseguisse se levantar, Tar agarrou-lhe a cabeça e a forçou contra o chão. O ladrão tentou pegar a arma, uma pequena pistola, mas Tar a arrancou dele e a jogou pela porta quebrada, em direção ao porto. O garoto soltou um grito abafado contra o carpete quando o joelho do Osso Verde pressionou seu antebraço e o envelope de papel foi arrancado de sua mão, que já estava até branca de tanta força que fazia para segurá-lo. Tudo aconteceu tão rápido que a maioria do povo lá de dentro nem viu.

Tar se levantou enquanto o adolescente no chão tinha espasmos e gemia conforme a energia perturbadora da jade era arrancada de seu corpo, levando consigo o zumbido raivoso no crânio de Hilo. O Maik mais jovem puxou o ladrão para cima pela camisa de garçom e o arrastou pela escada até o térreo. Os clientes animados que tinham levantado das mesas abriram espaço em silêncio. Kehn saiu do banheiro puxando um jovem e choramingante garoto abukiano pelo braço. Ele fez o moço ficar de joelhos e Tar colocou o ladrão ao lado.

Shon Judonrhu saiu cambaleando depois de Kehn e foi usando as cadeiras para se equilibrar enquanto andava. Parecia que não tinha muita certeza de que lugar era aquele nem de como havia chegado ali, mas estava lúcido o bastante para sentir raiva. Seus olhos desfocados estavam arregalados para fora e, com uma mão, o homem cobria a orelha.

— Ladrões — disse ele com palavras arrastadas. Shon pegou o punho da faca talon embainhada num coldre de ombro sob a jaqueta. — Vou estripar os dois.

Seu Une se aproximou correndo e balançando os braços em protesto.

— Shon-jen, eu imploro, por favor não faça isso *no restaurante*! — As mãos do senhorzinho estendidas à frente tremiam e seu rosto papudo estava pálido de incredulidade. Já era terrível o bastante que o Sorte em Dobro tivesse passado por tamanha humilhação e que a cozinha do restaurante tivesse abrigado ladrões de jade, mas se os dois garotos fossem publicamente estripados bem ao lado do bufê de sobremesas... nenhum negócio sobreviveria a tamanho azar. O dono do estabelecimento olhou, temeroso, para a arma de Shon Ju, em seguida para os irmãos Maik e para os clientes paralisados ao redor e conseguiu dizer: — É uma afronta pavorosa, mas, senhores, *por favor...*

— Seu Une! — Hilo se levantou da mesa. — Não sabia que o senhor tinha incluído entretenimento ao vivo.

Todos os olhos encararam Hilo enquanto ele atravessava o salão. Ele sentiu uma onda de compreensão invadir a multidão. Os clientes mais próximos perceberam o que Bero, quando o avaliou superficialmente, não tinha notado: embaixo da jaqueta esportiva cinza-clara e dos dois primeiros botões desabotoados da camisa azul-bebê de Kaul Hilo, havia uma longa fileira de pequenas jades encrustadas na pele de sua clavícula como um colar fundido na carne.

Seu Une se aproximou correndo e caminhou ao lado de Hilo enquanto torcia as mãos.

— Kaul-jen, não tenho como sentir mais vergonha por sua noite ter sido perturbada. Não sei como esses dois ladrõezinhos que não têm onde caírem mortos entraram na minha cozinha. Há algo que eu possa fazer para compensar? Qualquer coisa. Toda a comida e bebida que o senhor possa querer, é claro...

— Essas coisas acontecem. — Hilo ofereceu um sorriso pacificador, mas o proprietário não se acalmou. Inclusive, parecia até mais nervoso enquanto assentia e enxugava o suor da testa. — Guarda essa faca talon, tio Ju. Seu Une já tem muito o que limpar, não tem necessidade de sujar o carpete com sangue. E tenho certeza de que toda essa gente que pagou por um belo jantar não quer ficar sem apetite.

Shon Ju hesitou. Hilo o chamara de *tio* e demonstrara respeito apesar da clara humilhação pública pela qual passara. Mas isso, pelo visto, não era o bastante para acalmá-lo. Ele deu uma investida com a lâmina na direção de Bero e de Sampa.

— São ladrões de jade! Tenho direito às vidas deles e ninguém pode me negar!

Hilo estendeu o braço para Tar, que lhe passou o envelope de papel. Ele pegou as duas pedras na palma da mão. Kehn segurava o terceiro brinco. Pensativo, Hilo ficou rolando as três gemas verdes na mão e encarou Shon com um olhar de reprovação.

A raiva sumiu do rosto de Shon Ju e foi substituída por receio. Ele olhou para as jades amontoadas na mão de outro homem e desbocando seu poder por Kaul Hilo em vez de nele mesmo. Shon sossegou. Ninguém mais falou. O silêncio imperou de repente.

Shon pigarreou com força.

— Kaul-jen, não foi minha intenção ser desrespeitoso à sua posição como Chifre. — Desta vez, ele falou com a deferência que dedicaria a um homem mais velho. — É claro que sou obediente às escolhas do clã quanto a todas as decisões referentes à justiça.

Sorrindo, Hilo pegou a mão de Shon e passou-lhe as três joias. Ele fechou os dedos do homem ao redor das pedras com gentileza.

— Então nenhum dano sério foi causado. Até gosto de quando o Kehn e o Tar têm um motivo para ficar em alerta. — Ele deu uma piscadela para os dois irmãos como se tivesse contado uma piada num pátio de escola, mas quando voltou a encarar Shon Ju seu rosto estava vazio de qualquer humor. — Quem sabe, Tio, seja hora de beber um pouco menos e prestar mais atenção nas suas jades.

Shon Ju apertou as pedras devolvidas e as aproximou do peito num espasmo aliviado. Seu pescoço grosso estava vermelho de indignação, porém não disse mais nada. Mesmo com a mente turva e meio drogado, não era idiota. Entendeu que recebera um aviso. E, depois desse lamentável lapso, continuava sendo um Osso Verde apenas por consideração de Kaul Hilo. Se afastou com uma reverência acovardada.

Hilo se virou e agitou os braços para a plateia transfixada.

— Acabou o show, minha gente. Hoje o entretenimento foi por conta da casa. Vamos pedir mais da deliciosa comida do Seu Une e outra rodada de bebida!

Um murmúrio de risada nervosa atravessou o salão conforme as pessoas iam obedecendo e voltavam para suas mesas e companhias, embora continuassem dando olhadas furtivas para Kaul Hilo, os Maik e os dois adolescentes arrependidos no chão. Não era muito usual que cidadãos comuns e sem jade testemunhassem tamanha demonstração das habilidades dos Ossos Verdes. Essas pessoas iriam para casa e contariam aos amigos o que viram: o modo como o ladrão se movera mais rápido do que qualquer ser humano comum e atravessara uma porta de madeira; o quanto, mesmo assim, os irmãos Maik eram mais velozes e mais fortes e a forma como até eles reverenciavam o jovem Chifre.

Kehn e Tar levantaram os ladrões e os carregaram para fora do restaurante.

Hilo os seguiu enquanto Seu Une continuava ao lado murmurando baixinho:

— Mais uma vez, imploro por seu perdão. Eu seleciono meus funcionários com todo o cuidado, não fazia ideia de que...

Hilo colocou uma mão no ombro do senhorzinho.

— A culpa não é sua. Nem sempre é possível perceber quem vai pegar a febre de jade e sair de si. Vamos cuidar disso lá fora.

Seu Une assentiu com um alívio vigoroso. A expressão era a de alguém que quase foi atropelado por um ônibus, conseguiu desviar e ainda assim deixou cair uma maleta cheia de dinheiro a seus pés. Se Hilo e os Maik não estivessem ali, ele acabaria tendo que lidar com dois garotos mortos e um Osso Verde irado e bêbado. Devido ao endosso público do Chifre, porém, o Sorte em Dobro escapou de uma mancha desastrosa na reputação e ainda por cima ganhou respeito. A fofoca se espalharia e a propaganda manteria o restaurante agitado por algum tempo.

Pensar nisso fez Hilo se sentir melhor. O Sorte em Dobro não era o único estabelecimento dos Desponta pelas redondezas, mas era um dos maiores e o mais lucrativo; o clã precisava desse imposto. Acima de tudo, os Desponta não podiam arriscar que o lugar falisse ou mudasse de direção. Se um Lanterna fiel como Seu Une perdesse seu sustento, a responsabilidade recairia sobre Hilo.

Ele confiava em Seu Une, mas pessoas são pessoas. Se aliam a quem tem o poder. O Sorte em Dobro pode até ser um negócio dos Desponta hoje, mas, se o jogo virasse e o proprietário fosse forçado a trocar de lado para manter o negócio da família e a cabeça sobre os ombros, Hilo tinha pouquíssimas dúvidas de qual seria a escolha. Lanternas eram civis sem jades, no fim das contas. Faziam parte do clã e eram cruciais para seu funcionamento, mas não morreriam por ele. Não eram Ossos Verdes.

Hilo parou e apontou para a porta destruída.

— Me manda a conta do prejuízo. Deixa comigo.

Seu Une piscou, uniu as mãos e tocou a testa várias vezes para demonstrar gratidão.

— O senhor é tão generoso, Kaul-jen. Não é necessário...

— Não seja bobo — disse Hilo. Ele encarou o homem. — Me conta, querido amigo. Você andou tendo problemas por aqui nos últimos tempos?

Os olhos do dono do restaurante varreram os arredores antes de voltarem a encarar o rosto de Hilo.

— Que tipo de problemas, Kaul-jen?

— Ossos Verdes de outros clãs — respondeu Hilo. — Esse tipo de problema.

Seu Une hesitou, mas então puxou Hilo para o lado e abaixou o tom da voz.

— Aqui nas Docas não, pelo menos ainda não. Mas um amigo do meu sobrinho que trabalha como garçom no Dançarina, lá no distrito de Sovaco, contou que viu homens do Clã da Montanha vindo quase toda noite. Eles sentam onde querem e esperam que a bebida seja de graça. Ficam falando que faz parte do imposto e que Sovaco é território dos Montanha. — Seu Une de repente deu um passo para trás, assustado com a expressão no rosto de Hilo. — Pode não passar de fofoca, mas já que o senhor perguntou...

Hilo deu uns tapinhas no braço do senhorzinho.

— Fofoca nunca é só fofoca. Nos avise caso você fique sabendo de mais alguma coisa, entendeu? Ligue sempre que precisar.

— Claro, claro que vou ligar, Kaul-jen — disse Seu Une enquanto tocava a testa mais uma vez.

Hilo deu um último tapinha firme no ombro do homem e saiu do restaurante.

Do lado de fora, Hilo parou para puxar um maço de cigarros do bolso. Eram espênicos e caríssimos; seu ponto fraco. Colocou um na boca e deu uma olhada ao redor.

— O que vocês acham dali? — sugeriu.

Os irmãos Maik tiraram os adolescentes do Sorte em Dobro e os arrastaram pelo morrinho de cascalho até a água, onde ninguém que passasse pela estrada veria. O rechonchudo garoto abukiano chorou e resistiu ao longo de todo o trajeto, enquanto o outro ficou imóvel e em silêncio. Os Maik jogaram os jovens no chão e começaram a espancá-los. Socos pesados e cadenciados no torso, nas costelas, no estômago e nas costas. Golpes nos rostos até que as feições dos meninos ficaram inchadas a ponto de deixá-los irreconhecíveis. Nada de pancadas nos órgãos vitais, na garganta ou na nuca. Kehn e Tar eram bons Punhos; tinham consciência e não se deixavam levar pelo desejo de sangue.

Hilo fumou um cigarro enquanto observava.

A noite já havia chegado a essa altura, mas não estava escuro. Postes iluminavam toda a orla e os faróis dos carros que por ali passavam banhavam a estrada em flashes brancos. Lá longe, na água, as luzes parcimoniosas dos navios de transporte pareciam manchas encobertas pela neblina marítima e pela poluição da cidade. O ar estava quente e carregado com a doçura de frutas maduras demais e a catinga da transpiração de novecentos mil habitantes.

Hilo tinha 27 anos, mas até ele se lembrava da época em que carros e televisões eram novidade em Janloon. Agora estavam por toda parte, assim como havia mais gente, novas fábricas, comidas de rua com influência estrangeira como almôndegas, tempurá e coalhada de queijo apimentada. A metrópole parecia esticada até o limite e a sensação era de que todo mundo, incluindo os Ossos Verdes, esticava com ela. Havia uma sensação nas entrelinhas, pensou Hilo, de que tudo acontecia rápido demais a ponto de ser perigoso, como se a cidade fosse uma máquina a óleo ajustada para funcionar na máxima potência trabalhando a um passo de se descontrolar e perturbar a ordem natural das coisas. No que é que o mundo estava se transformando? Que realidade era essa em que uma dupla de moleques atrapalhados e sem treinamento nenhum planejara roubar jades de um Osso Verde (e quase conseguira, ainda por cima)?

Na verdade, Shon Judonrhu bem que merecia ter perdido as jades. Hilo podia ter exigido as três gemas para si mesmo como punição pelo desrespeito de Shon. Teve vontade (ah, se teve) quando sentiu a energia que irradiou como líquido por suas veias ao segurá-las.

Mas não ganharia respeito algum tomando umas poucas pedras de um velho acabado. Era isso que esses ladrõezinhos não entendiam: uma jade sozinha não transformava ninguém em Osso Verde. Era sangue, treinamento e um clã que geravam um guerreiro de jade. Sempre foi assim. Shon Judonrhu era um pinguço, um velho estúpido e uma versão cômica do Osso Verde que já fora, mas ainda era um Dedo a serviço dos Desponta, e por isso uma ofensa contra ele era problema de Hilo.

Ele jogou o cigarro no chão e o pisoteou.

— Já basta — disse.

Kehn deu um passo para trás. Tar, sempre o mais diligente dos dois, deu um chute final em cada um antes de seguir a ordem. Hilo analisou os adolescentes com mais atenção. O que vestia uma camisa de garçom tinha a aparência clássica de um ilhéu kekonésio: a languidez, os braços longos e o cabelo e os olhos escuros. Embora fosse difícil dizer se devido à falta da jade ou à surra, estava deitado meio morto. O abukiano bochechudo choramingava baixinho enquanto implorava sem parar:

— A ideia não foi minha, não foi, eu não queria. Por favor, me deixa ir embora, por favor, eu prometo que não, não vou...

Hilo considerou a possibilidade de que os garotos não fossem os imbecis que pareciam, mas sim espiões ou capangas contratados pelos Montanha ou quem sabe até por algum dos clãs menores. Decidiu que as chances não eram muitas. Se agachou e afastou o cabelo do menino abukiano da testa molhada, o que fez o jovem se encolher de pavor. Hilo meneou a cabeça e suspirou.

— O que é que vocês tinham na cabeça?

— Ele prometeu que eu faria muito dinheiro — choramingou o adolescente com o tom de quem sofrera uma injustiça. — Disse que o velho tava tão bêbado que nem ia perceber. Disse que conhecia um comprador confiável que pagaria um valor alto pela jade sem fazer perguntas.

— E você acreditou? Ninguém doido o bastante pra roubar jade de um Osso Verde faz isso pra vendê-la depois.

Hilo se levantou. Não havia nada que pudessem fazer pelo garoto kekonésio. Jovens revoltados tinham muita chance de desenvolver a febre de jade; Hilo vira acontecer um milhão de vezes. Pobres e ingênuos, cheios de uma energia e ambição feroz, eram atraídos para jades como formigas para o mel. Romantizavam os lendários Ossos Verdes anti-heróis que preenchiam histórias em quadrinhos e filmes com suas façanhas. Percebiam como as pessoas proferiam o título *jen* com respeito e um tantinho de medo, e aí passavam a desejar isso para si mesmos. Não fazia diferença o fato de que, sem anos de um estrito treinamento marcial, não seriam capazes de controlar os poderes que a jade provia. Viravam fracassados, enlouqueciam e acabavam destruindo a si mesmos e aos outros.

Não, esse garoto era um caso perdido.

O jovem abukiano, por outro lado, era só burro mesmo. Será que é burro o bastante para acabar morto? Até dava para perdoar alguém como ele por tentar a sorte mergulhando e catando no rio; o imperdoável seria uma ofensa tão óbvia contra o clã.

Como se lesse os pensamentos de Hilo, o adolescente acelerou ainda mais a torrente verbal.

— Por favor, Kaul-jen, eu fui burro, sei que fui burro, nunca mais vou fazer isso, eu juro. A única coisa que já fiz foi pegar jade do rio, e nem foi

CIDADE DE JADE   25

pra ajudar o ourives novo a pegar o lugar do Gee, eu nunca nem *pensaria* em algo assim. Aprendi minha lição, juro pela cova da minha vó que nunca mais vou tocar numa jade, eu promet...

— O que foi que você disse? — Hilo se agachou de novo e, com os olhos semicerrados, se inclinou.

O adolescente arregalou os olhos embebidos de um medo confuso.

— Eu... O que foi que eu...

— Sobre o novo ourives — disse Hilo.

Sob o escrutínio insistente de Hilo, o garoto titubeou:

— Eu... Eu vendia qualquer coisa que catava no rio pro Gee Três-dedos. Quando era jade bruta, ele pagava na hora em dinheiro. Não era muito, mas até que dava pro gasto. O Gee era o ourives deste lado da cidade com quem a maioria do pessoal...

— Eu sei quem ele é — interrompeu Hilo, impaciente. — O que foi que aconteceu com ele?

Uma esperança fugaz e astuta surgiu nos olhos do garoto quando ele percebeu que tinha informações que o Chifre do Desponta não tinha.

— O Gee sumiu. O ourives novo apareceu mês passado, disse que ia comprar toda a jade que levassem pra ele, tanto bruta quanto lapidada, e não faria perguntas. Ele se ofereceu para fazer sociedade com o Gee Três-dedos, mas o Gee não via sentido em dividir os negócios com um forasteiro. Então, o cara novo matou ele. — O garoto limpou catarro e sangue do nariz com a manga. — Falaram que ele estrangulou o Gee com o fio do telefone, cortou o resto dos dedos dele fora e mandou pros outros ourives da cidade como um alerta. Agora tudo o que a gente acha no rio vai pra ele, e ele só paga metade do que o Gee pagava. Foi por isso que eu tentei sair dessa vida...

— Você chegou a falar com esse homem? — perguntou Hilo.

O adolescente hesitou enquanto tentava decidir qual resposta o salvaria e qual o mataria.

— S-sim. Só uma vez.

Hilo trocou olhares com os Punhos. O garoto abukiano resolvera um mistério incômodo para eles, mas também lhes trouxera outro. Gee Três-dedos podia até ser um ourives clandestino, mas pelo menos era familiar, uma entidade conhecida, o cachorro de rua no quintal de Hilo que roubava das latas de lixo, mas não causava tantos problemas a ponto de merecer morrer. Então, enquanto continuasse apenas comprando jades brutas dos abukianos, os clãs deixavam seu pequeno contrabando para lá em troca de uma ou outra dica de quando algo sério demais aparecesse. Quem o mataria e desafiaria a autoridade dos Desponta?

Ele se virou para o garoto.

— Você consegue descrever ele, esse novo ourives?

Mais uma vez, o jovem hesitou.

— Con-consigo, acho que consigo.

Depois de o moço dar uma descrição toda gaguejada, Hilo se levantou.

— Traz o carro — ordenou a Kehn. — Vamos levar esses moleques pra ver o Pilar.

Capítulo 3

O Pilar Que Não Descansa

Kaul Lanshinwan não conseguia dormir. Ele costumava ter um sono confiável, mas, nos últimos três meses, pelo menos uma vez por semana se via incapaz de descansar. Seu quarto, posicionado para o leste no andar superior da casa principal de sua propriedade, era tão grande e vazio que chegava a ser irritante, assim como sua cama. Algumas noites, ficava encarando as janelas até que o brilho do amanhecer despontava sem entusiasmo pela linha do horizonte. Ele tentava meditar para se acalmar antes de dormir; bebia chá de ervas e tomava um banho de sal. Pelo andar da carruagem, já estava achando que precisava procurar um médico. Quem sabe um doutor Osso Verde pudesse determinar qual energia estava desequilibrada, desentupir o que quer que estivesse bloqueado e prescrever as comidas certas para ajudá-lo a voltar ao eixo.

Mas ele tinha certa resistência quanto a isso. Aos 35 anos, a expectativa era de que estivesse com saúde impecável e no auge de seu poder. Fora por isso que seu avô finalmente consentira em lhe ceder a liderança, e também era o motivo pelo qual o restante dos membros do Desponta tinha aceitado que o manto fosse passado do lendário, porém idoso e doente, Kaul Seningtun para o neto. Não seria bom para sua reputação se o boato de que o Pilar do clã estava passando por problemas de saúde se espalhasse. Até mesmo algo tão banal quanto insônia tinha potencial para levantar especulações. Será que ele era mentalmente instável? Será que não era apto para portar sua jade? Ser visto como fraco tinha tudo para ser fatal.

Lan se levantou, vestiu uma camiseta e desceu as escadas. Calçou os sapatos e foi para o jardim. Ficar ao ar livre o deixava melhor na mesma hora. A propriedade da família ficava próxima ao coração de Janloon (era possível ver o telhado vermelho do prédio do Conselho Real e o topo cônico do Palácio do Triunfo do segundo andar da casa), mas as construções e a paisagem se espalhavam por dois hectares e eram cercadas por muralhas altas de tijolo que a abrigavam do alvoroço urbano ao redor. Para um Osso Verde, de quieto aquele lugar não tinha nada (Lan conseguia ouvir o mover de um camundongo na grama, a agitação de um insetinho no lago e o impacto das próprias botas enquanto caminhava na trilha de seixos);

mesmo assim, o cantarolar sempre presente da cidade não passava de um sussurro. O jardim era um oásis de paz. Ali, sozinho naquele pequeno remendo de natureza e longe do turbilhão inebriante de outras auras de jade, ele conseguia relaxar.

Sentou-se em um banco de pedra e fechou os olhos. Conectou-se com a respiração, com os batimentos do coração e com o movimento do sangue nas veias, então explorou os arredores sem pressa. Seguiu o bater das assas de um morcego lá em cima que voou em uma direção e depois em outra enquanto ia pegando insetos no ar. Da brisa que deslizava com delicadeza sobre o laguinho, sentiu o aroma do desabrochar das flores: laranja, magnólia e madressilva. Prestou atenção no chão à procura do camundongo que sentira antes, e o encontrou (um ponto vibrante de vida, coragem e brilho em meio à escuridão do gramado).

Na época em que era aluno da Academia Kaul Dushuron, passara uma noite trancado em uma câmara subterrânea cavernosa e escura como breu com três ratos. Era um dos testes de Percepção aplicados aos iniciantes de catorze anos de idade. Bem consciente de que a provação só terminaria quando pegasse e matasse (e somente se pegasse e matasse) os três roedores de dentes afiados com as próprias mãos, ele tateara sem ver nada pelas geladas paredes de rocha enquanto tentava escutar os ruídos inaudíveis das patinhas. As costas de Lan ficaram tensas com a lembrança.

Um cutucão intenso o atingiu nos extremos de sua percepção: Doru estava atravessando o jardim e se aproximando; a invisível, mas distinta, jade de aura que o cercava repartia a noite como um flash de luz vermelha cortando a fumaça.

Lan suspirou e abriu os olhos; o vislumbre de um sorriso lhe tocava os lábios. Se Doru o encontrasse procurando camundongos no jardim à noite, pareceria muito mais um sintoma de instabilidade do que de insônia. Mesmo assim, ficou irritado por terem interrompido seu momento de solidão e nem se levantou para cumprimentar o homem.

A voz de Yun Dorupon era suave e rouca. Tinha um cheiro medicinal e soava como cascalho sendo derramado em uma frigideira.

— Sentado aqui sozinho? Há algo errado, Lan-se?

Lan franziu o cenho devido à forma como homem o chamou; era um sufixo reservado à família, usado com crianças e idosos, não com superiores. Um Homem do Tempo usá-lo para se referir a seu Pilar sugeria uma singela insubordinação. Lan sabia que Doru não queria faltar-lhe com o respeito; era difícil se livrar de velhos hábitos. Doru o conhecia desde que Lan era um garoto e estava em sua memória desde sempre como figura cativa do clã e dos aposentos de Kaul. Agora, por outro lado, Doru deveria ser seu estrategista e conselheiro de confiança, não seu cuidador e tio.

— Nada — disse Lan, finalmente de pé e se virando para encará-lo. — Gosto de ficar aqui no jardim à noite. Às vezes é importante ficar sozinho para pensar, sabe?

Uma indireta branda.

Aparentemente, Doru não percebeu.

— Tenho certeza de que você deve ter muito o que pensar.

O Homem do Tempo era uma figura esguia e magra com uma cabeça oval e um queixo proeminente. Usava suéteres de lã e blazers escuros que o cobriam de cima a baixo até mesmo no calor do verão. O jeito inflexível lhe dava certo ar academicista, mas isso nada tinha a ver com a realidade. Décadas atrás, Doru fora um Homem da Montanha (um dos rebeldes indomáveis liderados por Kaul Seningtun e Ayt Yugontin, que resistiram e acabaram com a ocupação estrangeira na ilha de Kekon. Doru tinha passado os últimos anos da Guerra das Muitas Nações em uma prisão shotariana, e havia rumores de que, por baixo das roupas maltrapilhas, ele colecionava buracos na carne das pernas e dos braços e não tinha os dois testículos.

Doru disse:

— A AJK vai tomar uma decisão acerca das propostas de exportação até o fim do mês. Você já pensou no voto final? Se vai aprovar ou não?

O debate entre a Aliança Jade-Kekon a respeito do aumento das vendas de jade nacional para potências estrangeiras (principalmente Espênia e seus aliados) durara toda a primavera.

— Minha opinião não é novidade — respondeu Lan.

— Você chegou a falar sobre isso com Kaul-jen?

Doru se referia a Kaul Seningtun, é claro. Não fazia diferença que houvesse três jovens Ossos Verdes na família; para Doru havia apenas um Kaul-jen.

Lan escondeu a irritação.

— Não tem por que incomodá-lo sem necessidade. — Talvez Doru não fosse o único membro do Desponta que esperasse que Lan consultasse o avô a cada decisão importante, mas isso tinha que terminar. Já passara da hora de deixar claro que ele era o único a carregar a responsabilidade como Pilar. — A gente dá a mão e os espênicos querem o braço inteiro. Se cedermos sempre que eles quiserem algo de nós, não vai demorar para que cada grão de jade na ilha acabe no acervo militar espênico.

O Homem do Tempo ficou em silêncio por um instante, e depois inclinou a cabeça.

— Como preferir.

Lan espontaneamente pensou: *Doru está ficando velho, velho demais para mudar. Era o Homem do Tempo do meu avô e sempre vai se ver assim. Tenho que substituí-lo logo.* Ele interrompeu a torrente de pensamentos. Um bom senso de Percepção não fazia com que um Osso Verde pudesse ler mentes, mas aqueles com a habilidade afiada podiam muito bem perceber mudanças físicas sutis que desnudavam emoções e vontades. O único verde visível em Doru eram os anéis discretos em seus dedões, mas Lan sabia que o homem mantinha a maior parte de suas jades fora de vista e era bem mais habilidoso do que deixava transparecer. Ele podia muito bem perceber a ligeira virada de chave na mente de Lan mesmo que nada fosse evidenciado em seu rosto.

Mas o Pilar disfarçou qualquer possível escorregão com impaciência.

— Você não veio aqui só pra me atormentar com essa história da AJK. Qual é o problema?

Os holofotes sobre o portão se acenderam e banharam a frente da casa e a longa estrada de acesso com uma luz amarelada.

Doru disse:

— Hilo acabou de chegar e está pedindo para vê-lo agora mesmo.

Lan atravessou o jardim e caminhou rápido até a silhueta inconfundível do enorme sedan branco de Hilo. Um dos subordinados de seu irmão, Maik Kehn, estava recostado contra a porta do motorista do Duchesse Priza e consultava a hora no relógio. Maik Tar estava mais ao lado, perto de Hilo. No chão havia dois montinhos. Quando Lan se aproximou, viu que os montinhos eram um par de adolescentes ajoelhados e com as testas no asfalto.

— Que bom que te encontrei antes de você ir dormir — provocou Hilo.

O mais jovem dos Kaul tinha o costume de rondar as ruas até o amanhecer; ele afirmava que o hábito era importante para que fosse um bom Chifre e que a ameaça de sua presença noturna alardeava os agentes do mal que ofereciam contrabando em território do clã quando a noite chegava. Ninguém podia dizer que Kaul Hilo não se dedicava ao trabalho, ainda mais quando tal trabalho envolvia comida, bebida, belas garotas, música alta, casas de aposta e a ocasional presença de violência bruta.

Lan ignorou a provocação e olhou para os dois garotos. Tinham apanhado muito antes de serem levados até ali de carro e depositados no pavimento.

— O que tá acontecendo?

— O velho pinguço do Shon Ju quase perdeu a merreca de jade que tem pra estes dois palhaços aqui — respondeu Hilo. — Mas acabou que esse aqui — ele cutucou o mais pesado dos dois com o pé — tem uma notícia interessante. Achei que você tinha que ouvi-la pessoalmente. Vai lá, pirralho, conta o que você sabe pro Pilar.

O jovem levantou o rosto. Ambos os olhos estavam roxos e os lábios, cortados. O nariz entupido de sangue fazia com que sua voz saísse anasalada enquanto contava a Lan da repentina tomada dos negócios de Gee Três-dedos.

— Não sei o nome do cara novo. A gente só chama ele de Ourives.

— Ele é abukiano? — perguntou Lan.

— Não — disse o garoto com uma voz arrastada pelos lábios inchados. — É um pedrolho estrangeiro. Ele usa um casaco do estilo de Ygutan e um daqueles chapéus quadrados.

Ele deu uma olhada nervosa para o seu companheiro que se mexeu e gemeu.

— Fala como o Ourives é — mandou Hilo.

— Só vi ele por uns minutinhos — o garoto soou vago, apavorado mais uma vez pelo tom severo na voz de Hilo. — Ele é baixinho, meio gordo. Tinha um bigode e umas manchas no rosto. Se veste que nem um ygutaniano e sempre carrega uma arma, mas fala kekonês sem sotaque nenhum.

— Em que território ele trabalha?

O adolescente abukiano, suando devido ao interrogatório, ergueu os olhos machucados para Lan, implorando.

— E-e-eu não tenho certeza. Acho que principalmente na Forja. Um pouco em Garrarra e nas Docas. Talvez até lá pra Moedavada e na Cidade do Peixe. — Ele encostou a testa no chão e falou com uma voz abafada: — Kaul-jen. Pilar. Não sou nada para o senhor, nada mesmo, só um pirralho idiota que cometeu um erro idiota. Contei tudo o que sei.

O outro garoto tinha recobrado a consciência, mas permanecia em silêncio a não ser pela respiração pesada.

Lan ordenou:

— Olhe para mim.

O adolescente ergueu a cabeça. A parte branca de seus olhos estava vermelha devido às capilares que haviam explodido. Sua expressão parecia abatida e assombrada. Já não era mais o rosto de um garoto. Não, de forma alguma. Era o rosto de alguém que experimentara a jade da forma errada e fora arruinado por causa disso. A dor devia ser terrível, mas ele ainda irradiava uma raiva interior que queimava como uma chama a gás.

Lan sentiu uma leve onda de dó. O coitado era vítima de tempos confusos. As leis da natureza costumavam ser claras. Os abukianos eram imunes à jade. Já a maioria dos estrangeiros eram sensíveis a ela; mesmo que um shotariano ou um espênico aprendesse a controlar os poderes físicos e mentais, era quase certo que acabariam vítimas do Prurido. Apenas os kekonésios, uma raça isolada e descendente através dos séculos de uma linhagem híbrida de abukianos com os ancestrais tunis, que colonizaram a ilha, possuíam a habilidade natural de controlar jade, e isso só depois de anos de extensiva preparação.

Infelizmente, nos últimos tempos, histórias exageradas de estrangeiros supostamente autodidatas que usavam jades passavam ideias erradas para pobres crianças kekonísias. Faziam com que pensassem que tudo de que precisavam eram algumas aulas de luta de rua e talvez as drogas necessárias.

Lan disse:

— A jade é como morte para gente como você. Vocês roubam, contrabandeiam e as usam, mas sempre acabam do mesmo jeito: alimentando os vermes da terra. — Ele fixou um olhar mortal no garoto. — Saiam da minha propriedade, os dois, e não apareçam mais na frente do meu irmão.

O jovem abukiano se esforçou para ficar de pé; e o outro rapaz se levantou mais rápido do que Lan pensou ser possível. Juntos, cambalearam com pressa em direção à saída sem nem olhar para trás.

Lan disse para Maik Kehn:

— Mande o guarda abrir o portão.

Ken deu uma olhada para Hilo em busca de aprovação antes de cumprir a ordem. O gesto incomodou o Pilar. Os irmãos eram tão leais a Hilo que pareciam quase escravos. Eles olharam para os dois garotos correndo com cuidado a fim de não se esquecerem de seus rostos.

O sorriso de Hilo havia sumido. Carrancudo, ele agora parecia, de fato, ter a idade que realmente tinha e não apenas alguns poucos anos a mais que os adolescentes que espancara.

— Eu teria deixado o abukiano vivo — disse —, mas o outro... Você tomou uma decisão errada. Ele vai voltar. O garoto tem aquele olhar. A única diferença é que vou ter que matar ele daqui a um tempinho e não agora.

Talvez Hilo estivesse certo. Havia dois tipos de ladrões de jade. A maioria queria o que eles achavam que a jade lhes daria: status, lucro e poder sobre outras pessoas. Mas havia aqueles em que o desejo por jade era como uma podridão que se espalhava pelo cérebro, uma obsessão que crescia e crescia. Hilo podia até se sentir confortável em julgar e aplicar pena de morte em um réu primário, mas Lan não se sentia pronto para dizer que não havia esperança para aquele garoto, que o jovem nunca encontraria outro lugar onde pudesse aplicar toda a ambição adquirida da maneira errada.

— Você lhes ensinou uma lição — disse Lan. — Tem que dar uma chance para as pessoas aprenderem. Eles são só crianças, no fim das contas. Crianças burras.

— Engraçado que, se me lembro bem... burrice não era desculpa quando do eu era criança.

Lan analisou o irmão. As mãos de Hilo estavam enfiadas nos bolsos, os cotovelos apontavam para trás e os ombros levemente inclinados para frente, numa insolência casual. *Você* ainda *é* uma *criança*, pensou Lan, pouco generoso. O Chifre era o segundo na hierarquia do clã, se equiparava com o Homem do Tempo e a expectativa era de que fosse um guerreiro experiente. Hilo era o Chifre mais jovem de que se tinha lembrança, mas, apesar disso, parecia que ninguém questionava sua posição. Talvez porque ele fosse da família Kaul e portasse suas jades com propriedade, ou talvez porque, quando o antigo Chifre se aposentara um ano atrás, o avô aprovara-o no cargo com nada mais do que um dar de ombros.

— E pra que mais ele serviria? — questionara Kaul Sen.

Lan mudou de assunto.

— Você acha que o novo ourives é o Tem Ben.

Foi uma afirmação, não uma pergunta.

— E quem mais seria? — perguntou Hilo.

Os Tem faziam parte do poderoso e efervescente Clã da Montanha. Eram uma família orgulhosa de Ossos Verdes, mas Tem Ben era um pedrolho. Acontecia de vez em quando: genes recessivos se combinavam e produziam uma criança kekonísia tão insensível à jade quanto qualquer nativo de Abukei. Como era uma vergonha para a linhagem da família (além de um babaca violento), Tem Ben fora enfiado num navio pelos familiares e navegara até o desolado norte de Ygutan, onde estudou e trabalhou. Seu retorno repentino a Kekon e a forma selvagem com que entrara no esquema de tráfico de jades brutas faziam certo sentido agora. Apenas um pedrolho imune à jade conseguiria comprar, armazenar, cortar e vender jades de rua. O que tais atividades ali implicavam, porém, era um assunto muito mais perturbador.

— Ele não estaria aqui sem a família por trás — concluiu Hilo. — E os Tem não fariam nada sem aprovação da Ayt. — Hilo pigarreou e cuspiu nos arbustos. Claramente estava se referindo a Ayt Mada, filha adotiva do grande Ayt Yugontin, e agora Pilarisa do Clã da Montanha. — Aposto toda minha jade que aquela puta dos infernos não só sabe de tudo como foi ela mesma que deu a ideia.

Doru estivera em volta dos dois o tempo inteiro, mas agora se aproximou como um fantasma para participar da conversa.

— E a Pilarisa do Clã da Montanha por acaso ia ficar se preocupando com ourives do mercado clandestino de jades brutas? — Ele não fez questão alguma de esconder como achava aquela ideia sem pé nem cabeça. — É muita coragem deduzir isso a partir da palavra de um abukiano assustado.

Hilo deu um olhar de desdém velado para o homem mais velho.

— Ele pode até ser um pinguço idiota, mas Shon Ju sabe ficar de ouvido atento. Ele disse que nossos Lanternas lá de Sovaco tão perdendo mercado. O dono do Sorte em Dobro falou a mesma coisa e disse que são Dedos do Montanha que tão por trás disso. Se o povo do Montanha tá tentando nos expulsar de Sovaco, é tão difícil assim acreditar que iriam querer alguém que eles possam controlar dentro do nosso distrito para passar informações daqui? A aposta deles é que vamos deixar o novo ourives para lá, que não vamos querer criar rivalidade com a família Tem por algo tão irrisório quanto contrabando.

— Você está se precipitando em diversos pontos, Hilo-se. — A voz calma de Doru soou como um contraponto para a de Hilo. — Os nomes Ayt e Kaul têm uma longa história juntos. Os Montanha jamais se movimentariam contra seu avô enquanto ele continua vivo.

— Tô contando o que sei. — Hilo andava para lá e para cá entre os dois homens mais velhos. Lan conseguia sentir a agitação correndo livremente sobre o irmão. A aura de jade de Hilo parecia brilho líquido ao lado da de Doru, grossa como fumaça. — Vovô e Ayt Yugontin se respeitavam quando eram rivais, mas isso é coisa do passado. O velho Yu morreu e agora a Ayt Mada faz as próprias jogadas.

Lan olhou para a enorme e extensa casa Kaul enquanto pensava nas palavras do irmão.

— Há anos o Desponta tem crescido mais rápido do que o Montanha — admitiu. — Eles sabem muito bem que somos os únicos a ameaçá-los.

Hilo parou de andar e pegou o irmão pelo braço.

— Deixa eu levar cinco Punhos meus lá pra Sovaco. A Ayt tá testando a gente e fica mandando esses Dedinhos mixurucas pra fazer estrago e ver o que vamos fazer. Então, o negócio é o seguinte: a gente trucida alguns e manda devolver pra eles em sacos. Um sinal de que com a gente não se brinca.

Os lábios finos de Doru se retesaram como se ele tivesse mordido um limão. Sua cabeça enorme se virou até, descrente, encarar o mais jovem dos irmãos Kaul.

— Eles mataram algum dos nossos, seja lá Osso Verde ou Lanternas? Então, você tá dizendo que devemos ser os primeiros a derramar sangue? A romper com a paz? Certa selvageria até não seria novidade para um Chifre, mas um exagero tão infantil como esse é um desserviço com o seu Pilar.

A aura de Hilo se inflamou como uma brisa tomada pelo fogo. Lan sentiu o calor o atingir um segundo antes de Hilo dizer, numa voz inacreditavelmente calma:

— O Pilar pode muito bem tomar suas próprias decisões caso ache que está sendo mal servido.

— Já chega — rugiu Lan para os dois. — Estamos aqui para tomar decisões juntos, não para vocês dois ficarem brigando para ver quem é o mais macho.

Doru disse:

— Lan-se, isso me parece apenas outro caso de moleques briguentos e desejosos demais de Sovaco, que sempre foi uma região-problema da cidade. — A aura do Homem do Tempo brilhava como carvões chamuscados. Era o lento crepitar de um sujeito que sobrevivera a muitos incêndios e não estava nem um pouco inclinado a começá-los. — Tenho certeza de que deve haver uma solução pacífica que preserve o antigo respeito entre nossos clãs.

Lan olhou de seu Chifre para o Homem do Tempo. Ambas as funções existiam para serem a mão esquerda e a direita do Pilar, responsáveis pelo exército e pelos negócios do clã, respectivamente. O Chifre ficava sempre à vista, era tático, o mais formidável guerreiro do clã, líder dos Punhos e dos Dedos que patrulhava e defendia o território e os residentes dos rivais e dos criminosos da rua. O Homem do Tempo era estratégico, operacional, o cérebro por trás das cenas que comandava um escritório cheio de Agentes da Sorte e cuidava dos impostos, patronatos e investimentos do clã. Certo conflito entre essas duas posições vitais não era novidade (inclusive, até se esperava certa rivalidade). Mas Hilo e Doru eram extremamente diferentes tanto em natureza quanto em posicionamento. Ao olhar para os dois homens, Lan se perguntou o que deveria levar mais em consideração: a força e os instintos de rua de Hilo, ou a experiência e a precaução de Doru.

— Tente descobrir se os Ayt estão apoiando Tem Ben — disse Lan para Hilo. — Enquanto isso, mande alguns Punhos lá para Sovaco, mas apenas — ele meneou a cabeça para o irmão cheio de expectativa — para tranquilizar nossos Lanternas e proteger nossos negócios. Nada de ataques, de retaliações e de sussurrar nomes. Não haverá derramamento de sangue sem que nossa família aprove, nem mesmo se oferecerem um expurgo por lâmina.

— Uma sábia decisão — disse Doru, assentindo.

Hilo franziu o cenho, mas parecia pelo menos um pouco satisfeito.

— Tá bom. Mas vai por mim, daqui pra frente só vai piorar. Não vamos poder contar com a reputação do vovô por muito mais tempo. — Ele apertou o lóbulo da orelha direita; o gesto costumeiro para afastar o azar. — Que ele viva trezentos anos — murmurou ele mais por dever do que por vontade própria. — O fato é que Ayt está demonstrando seu poder como Pilarisa. E, se o Desponta não quiser parecer fraco, você vai ter que fazer a mesma coisa.

Sem rodeios, Lan disse:

— Não preciso que meu irmãozinho venha com sermão pra cima de mim como se fosse um ancião.

Hilo inclinou a cabeça ao receber a reprimenda, mas, em seguida, deu um sorriso largo, transformou o rosto e se revestiu com seu jeito traquino de sempre.

— Isso é verdade. Afinal, já tem ancião pra dar e vender aqui, não é?

Ele se virou, deu de ombros afavelmente e voltou para o monstruoso Duchesse branco, onde Maik Kehn e Maik Tar dividiam um cigarro e esperavam pela volta de seu capitão. Sua aura calorosa de jade recuou com a suavidade de um rio veranil. Hilo não era do tipo que guardava ressentimentos depois de uma discussão. Lan se maravilhava com o fato de que nem uma infância de treinos impiedosos na Academia Kaul Dushuron fora capaz de acabar com o incansável ego do mais novo dos netos Kaul e com o jeito com que ele vagueava por aí como se o mundo tivesse sido construído ao seu redor.

Com calma, Doru disse:

— O senhor perdoe minha grosseria esta noite, Lan-se. Hilo é, de fato, um Chifre amedrontador, mas que precisa ser mantido em uma rédea curta. — A boca fechada do Homem do Tempo se curvou para cima, como se ele soubesse que Lan estava pensando a mesma coisa. — Sou útil em algo mais, senhor?

— Não. Boa noite, Doru.

O velho conselheiro inclinou a cabeça e se retirou em silêncio pela trilha que levava à sua residência.

Lan ficou observando a partida de Doru, então caminhou para a entrada da casa Kaul. Era a maior e mais impressionante estrutura da propriedade: uma simetria moderna e *clean*, com clássicos painéis de madeira kekonésios, telhado com telhas verdes e um piso reluzente feito com conchas marítimas trituradas. As colunas brancas davam à construção, de certa forma, um ar de ostentação estrangeiro. Era de uma grande magnificência, mas Lan provavelmente não as teria incluído caso a decisão tivesse ficado a seu cargo, o que não aconteceu. Seu avô gastara boa parte da fortuna desenhando e construindo a casa da família. Ele também carregava certa vaidade acerca do simbolismo de tamanha residência e dizia que era um sinal de como os Ossos Verdes tinham chegado longe, já que podiam, agora, viver abertamente como ricos, sendo que há apenas uma geração eram fugitivos procurados que se escondiam em acampamentos na selva da montanha e sobreviviam à própria sorte com a eventual ajuda de alguns Lanternas que viviam como civis.

Lan ergueu os olhos para observar a janela mais alta da casa e que ficava mais à esquerda. A luz estava acesa e havia a sombra de um homem sentado numa cadeira. O avô continuava acordado, mesmo a essa hora da noite.

Lan voltou para dentro e, no vestíbulo, hesitou. Por mais que odiasse admitir, Hilo estava certo. Era chegada a hora de firmar seu poder como Pilar. Era sua responsabilidade tomar as decisões difíceis e, como já tinha percebido que não conseguiria dormir, poderia muito bem cuidar de uma delas agora mesmo. Se sentindo muito mais do que receoso, ele subiu as escadas.

Capítulo 4

O Tocha de Kekon

Lan entrou no quarto do avô. O ambiente era mobiliado com belos móveis e peças de arte: mesas de jacarandá de Stepênia, cortinas de seda da era dos Cinco Monarcas do Império Tun e luminárias de vidro do sul de Ygutan. A maior parte das paredes era coberta de fotografias e recordações. Kaul Seningtun era um herói nacional, um dos líderes do feroz levante dos Ossos Verdes — um movimento que tinha, há mais de 25 anos, finalmente posto um fim ao controle do Império de Shotar sobre a ilha de Kekon. Depois da guerra, humildemente deixando claro que não tinha nenhum desejo pela política ou em governar, Kaul Sen se tornara um próspero empresário e uma ilustre figura civil. Fotos dele cumprimentando e posando em diversas funções oficiais do estado e eventos de caridade dividiam espaço com certificados de honra.

O velho, que já fora chamado de Tocha de Kekon, não parecia viver na sombra de suas conquistas ou dos luxos que tinha adquirido. Em vez disso, passava a maior parte dos dias olhando para além do horizonte da cidade, para as distantes montanhas verdes cobertas pela selva e cercadas por nuvens de neblina. Lan imaginava se, no crepúsculo da vida, era para lá que o coração de seu avô se prostrava: não na cidade que ajudara a construir com as cinzas da guerra e transformara na metrópole de agora, mas lá no fundo da ilha, o lugar que os antigos kekonésios haviam considerado sagrado e os estrangeiros, amaldiçoado. Onde o jovem Kaul Sen passara seus dias de glória como rebelde e guerreiro em meio a seus camaradas.

Lan parou com cautela a uma curta distância da poltrona de seu avô. Ultimamente, era difícil prever o humor do velho. Kaul Sen sempre fora um homem formidável e de energia incansável (se fosse para elogiar, o fazia num piscar de olhos, assim como para criticar, mas sempre efusivo). Ele nunca media as palavras e nunca sossegava com um lucro qualquer quando podia arriscar mais um pouco e acabar vitorioso. Agora, mesmo aos 81 anos, o senhor ainda irradiava uma densa e poderosa aura de jade.

Mesmo assim, já não era mais como costumava ser. Sua esposa (que os deuses a saúdem) morrera havia três anos e, quatro meses depois, Ayt

Yugontin tinha morrido devido a um infarto fulminante aos 65 anos de idade. Desde então, um aspecto vital da força indomável do Tocha tinha lentamente começado a sumir. Ele entregara a liderança do clã para Lan com pouca cerimônia e agora passava boa parte do tempo pensativo e recluso, ou volátil e cruel. Ele estava sentado imóvel. Apesar do verão, havia um cobertor sobre seus ombros magros.

— Vovô — disse Lan, muito embora soubesse que anunciar sua presença não fosse necessário.

A idade não amenizara os sentidos do patriarca; com a Percepção, ainda conseguia notar outro Osso Verde a um quarteirão de distância.

O olhar de Kaul Sen estava um pouco distante; não dava para saber ao certo se ele prestava atenção no programa que passava na televisão colorida instalada recentemente no canto do quarto. O volume fora abaixado, mas, de esguelha, Lan viu que era um documentário sobre a Guerra das Muitas Nações em que a luta kekonísia pela independência era retratada como apenas uma nota de rodapé. Uma explosão de luz no vídeo fez cintilar os vários quadros emoldurados pelas paredes.

— Os shotarianos jogavam bombas nas montanhas — disse Kaul Sen lentamente, mas ainda ressonante, como se estivesse se dirigindo a uma assembleia e não a uma janela escura. — Só que eles tinham medo de acabar gerando muitos deslizamentos de terra. Eles avançavam pela selva em formação, aqueles malditos de uma figa. Eram todos iguais, como um bando de formigas. Atrapalhados. Mas nós éramos como panteras. Pegávamos um por um. — Kaul Sen avançou com um dedo no ar como se estivesse perfurando soldados shotarianos invisíveis. — As armas e as granadas deles contra nossas lâminas lunares e facas talon. Dez deles pra cada um de nós, e mesmo assim não conseguiram acabar com a gente, não importava o quanto tentassem. E, nossa, como tentaram.

De novo. A mesma velha história de guerra. Lan se forçou a ser paciente.

— E então foram atrás dos Lanternas, as pessoas comuns que penduravam lanternas verdes por nós toda noite. Homem, mulher, velho, criança, rico, pobre... não fazia diferença. Se aqueles malditos suspeitavam que alguém fazia parte da Sociedade da Montanha Única, o ataque vinha sem aviso. A pessoa simplesmente desaparecia. — Kaul Sen se ajeitou na poltrona. Sua voz assumiu um tom grave e reflexivo. — Teve uma família que me escondeu junto com o Yu no barraco deles por três noites. Um homem, a esposa e a filha. Foi por causa deles que voltamos vivos pro acampamento. Algumas semanas depois, voltei para ver como estavam, mas não havia mais ninguém. Toda a louça e os móveis continuavam no mesmo lugar, tinha até uma panela no fogão, mas não havia mais ninguém.

Lan pigarreou.

— Foi há muito tempo.

— Foi nessa época que te ensinei o que fazer caso fosse preciso. A cortar o próprio pescoço com sua faca talon. Rápido e — Kaul Sen fez uma mímica com um movimento contra a jugular. — Você devia ter uns doze anos na época, mas entendeu perfeitamente. Você lembra, Du?

— Vovô — disse Lan, estremecido. — Não é o Du. Sou eu, seu neto Lan.

Kaul Sen se virou a fim de olhar para trás. Ele pareceu confuso por um instante; não era a primeira vez que Lan o pegara falando em voz alta com o filho que perdera 26 anos atrás. Mas então seus olhos pareceram voltar ao foco, sua boca se fechou de decepção e ele suspirou.

— Até a sua aura parece a dele — grunhiu. O senhor voltou a olhar pela janela. — Só que a dele era mais forte.

Lan cerrou os punhos atrás das costas e desviou o olhar para esconder a irritação. Já era revoltante o bastante vir aqui e ver fotografias de seu pai em quase a mesma quantidade que as honrarias na parede, agora ter que aturar os insultos cada vez mais frequentes e descabidos de seu avô já era demais.

Quando criança, Lan adorava as fotos de seu pai. Passava horas olhando para elas. Na maior das imagens preto-e-branco, Kaul Du estava entre Kaul Sen e Ayt Yugontin em uma tenda militar. Os três examinavam um mapa e tinham facas talon nas cinturas e lâminas lunares entrelaçadas nos ombros. Vestindo a túnica folgada de um general da Sociedade da Montanha Única e encarando a câmera, Kaul Du irradiava confiança e um ardor revolucionário.

Hoje em dia, porém, Lan via aquele amontoado de fotos como relíquias frustrantes. Olhá-las era como olhar para um retrato impossível de si mesmo em um tempo e lugar no passado. Ele era a imagem cuspida e escarrada do pai (a mesma mandíbula e nariz; até mesmo a expressão que faziam ao se concentrar, com o olho esquerdo semicerrado, era igual). Os comentários da semelhança o enchiam de orgulho durante a infância. "Ele é igualzinho ao pai! Nasceu para ser um grande guerreiro Osso Verde", dizia o povo. "Os deuses estão nos devolvendo o herói através de seu filho."

Agora, tanto as fotografias quanto as comparações soavam como provocação. Determinado a trazer tanto o velho quanto a si mesmo de volta ao presente, ele voltou a se virar para o avô.

— Shae está voltando para casa esta semana. Vai chegar na noite de quardia para prestar-lhe respeito.

Kaul Sen girou rapidamente na poltrona.

— Respeito? — Indignado, ele arrumou a postura. — Onde é que estava o respeito dela dois anos atrás? Onde é que estava o respeito quando ela virou as costas para o clã e para a família e se vendeu para os espênicos que nem uma puta? Ela ainda está com aquele homem, aquele fulaninho shotariano?

— Shotari-espênico — corrigiu Lan.

— Que seja — disse seu avô.

— Ela e Jerald não estão mais juntos.

Kaul Sen voltou a se acomodar na cadeira por um instante.

— Pelo menos uma boa notícia — grunhiu. — Nunca teria dado certo. Há muito rancor entre nossos povos. E os filhos dela seriam fracos.

Lan segurou a língua para não se posicionar em defesa de Shae; era melhor deixar o velho dar voz às suas queixas e dá-las por encerradas de uma vez. Ele não estaria tão bravo se Shae não tivesse sempre sido sua favorita desde criança.

— Ela está voltando para ficar, pelo menos por um tempo — informou Lan. — Seja gentil com ela, vovô. Ela me escreveu, mandou lembranças a você e uma prece para que sua vida seja longa e saudável.

— Mandou, é? — resmungou o mais velho dos Kaul, mas, de certa forma, parecia apaziguado. — Uma vida longa e saudável, diz ela. Meu filho morreu. Minha esposa morreu. Ayt Yu morreu também. Eram todos mais novos do que eu. — Na televisão, fileiras de soldados em ataque caíam sob um tiroteio silencioso. — Como é que eu continuo vivo e todos eles já morreram?

Lan deu um sorriso amarelo.

— Os deuses amam o senhor, vovô.

Kaul Sen bufou.

— Não acabamos em bons termos, eu e Ayt Yu. Lutamos lado a lado na guerra, mas durante os tempos de paz deixamos os negócios se colocarem entre nós. Negócios! — esbravejou Kaul Sen. Ele gesticulou para o quarto com uma mão retorcida, indicando tudo o que construíra com um tom de escárnio e resignação. — Os perversos dos shotarianos não conseguiram acabar com a Sociedade da Montanha Única, mas nós sim. Separamos nossos clãs. Não tive nem chance de falar com Yu antes que ele morresse. Fomos tão *teimosos*. Aquele maldito. Nunca haverá alguém igual. Aquele sim era um verdadeiro guerreiro Osso Verde.

Tinha sido um erro ir até ali. Lan deu uma olhada para a porta e pensou qual seria a melhor desculpa para poder se retirar. Seu avô estava imerso demais remoendo o tempo em que os Ossos Verdes se uniram por um propósito nacionalista. O velho não ia querer ouvir que, se Hilo estivesse certo, o clã e a sucessora de seu velho camarada eram agora o inimigo.

— Está tarde, vovô — disse Lan. — Vejo o senhor de manhã.

Ele começou a sair, mas Kaul Sen ergueu a voz:

— O que é que você queria a esta hora, afinal? Desembucha.

Lan parou com uma mão na maçaneta.

— Não precisa ser agora.

— Você veio para falar, então fala — ordenou seu avô. — Você é o Pilar. Você não espera.

Lan suspirou, impaciente, e se virou. Foi até a televisão, desligou-a e então encarou o avô.

— É o Doru.

— O que tem ele?

— Acho que é hora de ele se aposentar. É hora de eu indicar um novo Homem do Tempo.

Kaul Sen se inclinou para a frente, totalmente desperto agora e com os olhos semicerrados.

— Ele falhou com você de alguma forma?

— Não, a questão não é essa. Quero outra pessoa nessa função. Alguém que possa trazer uma nova perspectiva.

— E quem seria?

— O Woon, talvez. Ou o Hami.

O ancião Kaul franziu o cenho. O mapa de suas rugas tomou a forma de uma constelação de descontentamento.

— E você acha que qualquer um desses dois seria um Homem do Tempo tão capaz e leal quanto Yun Dorupon? Qual outra pessoa já fez tanto pelo clã quanto ele? Doru nunca me decepcionou, nunca errou quanto à guerra ou aos negócios.

— Não tenho dúvidas disso.

— Doru foi fiel a mim. Ele podia muito bem ter ido para o Montanha. Ayt o teria recebido num piscar de olhos. Mas ele concordou comigo quando falei que precisávamos nos abrir para o mundo. Fomos derrotados pelos malditos shotarianos principalmente porque ficamos fechados por tempo demais. Doru ficou ao meu lado e nunca pestanejou. É um homem inteligente. Inteligente e de visão. Calculista.

E vai continuar sendo fiel ao senhor custe o que custar.

Lan disse:

— Ele serviu muito bem ao senhor por mais de vinte anos. É hora de se aposentar. Eu gostaria que ele renunciasse ao cargo de forma elegante, com todo o respeito. Sem nenhuma mágoa. Estou pedindo para que o senhor, como amigo dele, cuide dessa conversa.

Seu avô apontou-lhe um dedo.

— Você precisa do Doru. Precisa da experiência dele. Não me venha com mudanças só porque quer novos ares! Doru é firme e confiável, bem diferente de Hilo. Você já tem muito para se preocupar com aquele desvairado como Chifre. Vai saber que demônio do pântano se enfiou no quarto da sua mãe pra gerar aquele moleque, enquanto Du estava lá fora, lutando por esse país.

Lan sabia que o avô estava sendo cruel para tirá-lo do eixo e distraí-lo de seu propósito inicial. Ele sempre fora excelente em confundir os oponentes, tanto em campo de batalha quanto depois, em reuniões. Mesmo assim, Lan não conseguiu se conter.

— O senhor se excedeu e conseguiu depreciar metade da família de uma vez só — disse Lan, sem pestanejar. — Se considera Hilo tamanho desastre, por que aprovou quando eu o nomeei Chifre?

Kaul Sen fungou alto.

— Porque ele é destemido e corajoso. Isso eu tenho que admitir. Um Homem do Tempo tem que ser respeitado, mas um Chifre tem que ser temido. Aquele garoto devia ter nascido cinquenta anos atrás; teria tocado o terror nos corações dos shotarianos. Teria sido um guerreiro temido, assim como Du.

O patriarca semicerrou os olhos, num olhar meticuloso.

— Du tinha trinta anos quando morreu. Era um líder endurecido pela batalha. Tinha uma esposa e dois filhos, isso sem falar do que estava no ventre dela. Portava as luzes da jade como um deus. Você pode até se parecer com ele, mas nunca será metade do homem que ele foi. É por isso que os outros clãs acham que podem te desrespeitar. Foi por isso que Eyni te deixou.

Lan ficou sem palavras por um instante. E então uma raiva cega o inundou e o golpeou atrás dos olhos.

— Eyni não faz parte desta conversa.

— Você devia ter matado aquele homem! — Kaul Sen ergueu os braços no ar e os sacudiu; não conseguia acreditar na estupidez do neto. — Você deixou um estrangeiro sem jade simplesmente sair andando com a sua mulher. Perdeu o respeito do clã!

Um passageiro e horrível desejo de empurrar o avô pela janela do segundo andar passou pela cabeça de Lan. Era isso que o velho queria, não era? Um escândalo violento e egocêntrico. Sim, pensou Lan, ele podia ter desafiado o amante de Eyni, podia ter lutado e o matado do mesmo jeito que qualquer kekonésio com algum respeito por si próprio se sentiria no direito de fazer. Talvez tivesse sido até o que se esperava de um Pilar. Mas não teria adiantado de nada. Seria um gesto vazio e não impediria Eyni; ela já havia se decidido. Tudo o que ele conseguiria seria impedi-la de ser feliz e fazê-la odiá-lo. E quando se ama alguém, quando se ama de verdade, a felicidade da outra pessoa não devia importar até mesmo mais do que a honra?

— Como é que não matar um homem numa disputa romântica faz de mim um Pilar indigno? — vociferou Lan, com a voz entrecortada. — Foi o senhor que me denominou seu sucessor, mas ainda não senti nenhuma prova de respeito vindo de você. Vim apenas pedir ajuda com Doru, mas em vez disso acabei tendo que ouvir resmungos e insultos.

Kaul Sen se levantou. O movimento foi repentino e surpreendentemente fluído. O cobertor que lhe cobria os ombros caiu no chão.

— Se você é um Pilar digno, então prove. — Os olhos do velho pareciam obsidianas e seu rosto estava seco e áspero como o deserto. — Me mostre o quão verde você é.

Lan encarou o avô.

— Não seja ridículo.

Kaul Sen atravessou o espaço que os separava em um piscar de olhos. O corpo do idoso se moveu como a espinha de uma serpente quando ele bateu com as duas mãos no peito de Lan. O golpe parecia um chicote, e mandou Lan tropeçando para trás. O Pilar mal tinha conseguido usar o Aço para se manter firme; a onda de choque reverberou por seu corpo com o poder avassalador embebido em jade. Lan caiu sobre um joelho e arfou.

— Pra que isso?

A resposta do avô foi um soco provido por uma mão ossuda em seu rosto.

Lan se levantou e desviou sem dificuldade desta vez, assim como nas três que seguiram rapidamente. Dava para sentir o ar zunindo devido ao confronto das duas energias de jade.

— Vovô — disse Lan, irritado. — Deu.

Ainda desviando de uma série de golpes, Lan foi para trás até bater em uma mesa. Ele fez uma careta frente à velocidade praticamente descontrolada do velho. *Já passou da hora de ele parar de usar tanta jade.* Assim como carros e armas de fogo, jade não era algo que velhinhos decrépitos deveriam possuir. Só que Kaul Sen jamais abriria mão por vontade própria nem da menor das pedrinhas de suas pulseiras ou do cinto pesado que sempre usava.

— Você não consegue nem bater num velhote. — O mais velho dos Kaul era como um texugo: todo composto de nervos, ossos e um péssimo humor. Seus lábios estavam puxados para trás de um jeito zombeteiro enquanto ele atacava e desviava. Lan se afastou para evitá-lo e derrubou uma antiguíssima cumbuca de argila. A peça caiu no chão de madeira com um baque surdo e rolou. — Vai, garoto. Cadê seu orgulho?

O idoso deu um soco embaixo do braço de Lan e enfiou os ossinhos dos dedos fechados entre as costelas do neto.

Lan grunhiu de dor e de surpresa. Reagindo sem pensar, deu uma pancada na cabeça do avô.

Kaul Sen cambaleou, revirou os olhos e caiu no chão com uma cara de criança perplexa.

Lan ficou apavorado e segurou seu avô pelo ombro.

— O senhor está bem? Vovô, me desculpa...

O velho pressionou dois dedos duros como pregos em um ponto de pressão no centro do peito de Lan. O Pilar caiu tossindo violentamente enquanto Kaul Sen rolou, se levantou e encarou-o de cima.

— Para ser o Pilar, suas ações precisam ser intencionais.

Por um momento, a idade de Kaul Sen caiu por terra e o homem era novamente o esplendoroso Tocha de Kekon. Suas costas estavam eretas e seu rosto, impiedoso. Cada peça de Jade em seu corpo emanava força e exigia respeito. Por um breve instante, Lan viu, através do torpor de raiva e humilhação, o herói de guerra que seu avô outrora havia sido.

— Uma intenção real! — vociferou Kaul Sen. — A jade amplifica o que você tem por dentro. As suas intenções! — Ele bateu no próprio peito e causou um som oco, como uma cabaça. — Sem intenção, não há jade suficiente no mundo para te fazer poderoso. — O velho caminhou até a poltrona e voltou a se sentar. — Doru fica.

Lan se levantou sem dizer nada. Pegou a cumbuca caída, devolveu-a à mesa e então pousou uma mão pesadamente na parede por um instante de catártico pesar. Foi apenas naquele momento que seu avô fizera dele um verdadeiro Pilar, quando provou sem deixar dúvidas que seu neto estava sozinho.

Em silêncio, Lan saiu do quarto e fechou a porta.

Capítulo 5

A Gatinha do Chifre

Quando Kaul Hilo se sentou atrás do volante do Duchesse, Tar apoiou o antebraço na janela aberta do passageiro.

— E então, o que foi que ele falou?

— Vamos dar uma geral lá em Sovaco — respondeu Hilo. — Mas sem matar ninguém, só proteger o que é nosso. Nossos Lanternas, nossos negócios.

— E se nos desafiarem? Você não se importa de não atacar? — perguntou Tar com um tom desconfiado que deixava claro que ele conhecia muito bem o chefe.

Hilo sufocou um suspiro. Kehn raramente o questionava, mas Tar fora seu colega na Academia Kaul Du e às vezes contra-argumentava. O mais novo dos irmãos Maik nunca fez questão de esconder que achava Lan conservador demais e que Hilo era o mais forte dos Kaul. Claro que era algo que ele falava só para tirar proveito, e Hilo não apreciava tanto a bajulação quanto Tar achava.

— Sem matar ninguém — repetiu com firmeza. — Falo com vocês dois amanhã.

Ele deu a partida no Duchesse, fez a volta na rotatória em frente à casa e saiu. Não entrou na estradinha estreita que ficava antes dos portões, aquela indicada para o Chifre do clã. O Chifre anterior fora um general grisalho que servira a seu avô, e a decoração da casa deixava muito a desejar. Quando Hilo tinha se mudado, a casa fedia a cachorro e ensopado de peixe. O carpete era verde e o papel de parede, xadrez. Um ano e meio havia se passado, e o lugar ainda não fora reformado. Ele até queria, mas não tinha como se preocupar com essas coisas. E nem passava muito tempo lá. Não era o tipo de Chifre que dava ordens por trás de grandes muralhas e portas fechadas e deixava todo o trabalho com os Punhos. Então, a casa não passava de um lugar para dormir.

Conforme dirigia para longe da propriedade da família Kaul, Hilo apoiou o braço na janela aberta e tamborilou os dedos seguindo o compasso do rádio. Era música eletrônica shotariana. Quando não era aquela cacofonia espênica (ou pior, música clássica kekonísia), era sempre música eletrônica shotariana. Muita gente de gerações mais antigas se recusava a comprar produtos shotarianos, ouvir música shotariana ou assistir a programas de TV shotarianos, mas Hilo tinha menos de um ano de idade quando a guerra terminara e não estava nem aí para essas questões.

Seu humor agora tinha melhorado um pouco. Não havia conseguido tudo o que pedira, mas tinha falado o que pensava e sabia qual seria seu próximo passo. O que Tar não entendia era que Hilo não tinha a menor inveja do cargo de Pilar. Ter que lidar com o avô emburrado, com aquela aberração chamada Doru, com as políticas da AJK e o Conselho Real... Talvez Lan até tivesse paciência para isso tudo, mas ele, Hilo, certamente não tinha. A vida era curta. Ele entendia e aceitava a simplicidade do papel que cumpria: liderar e organizar os Punhos, proteger o território da família, defender o Desponta dos inimigos. E aproveitar um pouco enquanto fazia tudo isso.

Dirigiu por trinta minutos, deixou para trás as redondezas afluentes da Colina do Palácio que ficavam nas proximidades da casa dos Kaul, acelerou pela larga Rodovia do General, entrou em uma avenida de mão dupla e, por fim, navegou por ruas cada vez mais apertadas conforme chegava em Garrarra, um velho bairro operário lotado de lojinhas, barraquinhas questionáveis de comida de rua e vielas tortuosas capazes de enclausurar lambretas, cachorros vira-latas e motoristas de riquixás. Garrarra continuara praticamente intocada durante a guerra e tinha mudado pouquíssimo desde então. No geral, era uma região ignorada tanto por estrangeiros quanto pela cadência do progresso. À noite, as ruas adquiriam um quê de labirinto; os retrovisores do Duchesse mal tinham espaço para passar em meio aos carros bem menores e enferrujados estacionados em ambos os lados da rua repleta de prédios de tijolo à vista, construídos tão aglomerados que os moradores quase tocavam a parede do vizinho pela janela.

Hilo estacionou a cinco quarteirões de distância do lugar em que iria. Não havia preocupação; estava no território Kaul. Mas não queria que seu carro facilmente reconhecível fosse visto toda noite no mesmo lugar. Isso faria seus movimentos parecerem rotineiros demais, e era importante que ele mantivesse certo ar de imprevisibilidade. Além do mais, gostava de andar. A temperatura tinha finalmente ficado um pouco mais fresquinha, e a noite estava agradável. Ele deixou a jaqueta no carro e perambulou sem pressa enquanto aproveitava a paz que se encontrava entre as horas da madrugada.

Ignorou a porta da frente e escalou a capenga escada de incêndio até o quinto andar. Havia uma luz acesa no apartamento. A janela estava destrancada e aberta um pouquinho para dentro devido ao calor. Hilo lançou as pernas sobre o parapeito de madeira lascada, entrou e atravessou o chão encarpetado em direção à luz do quarto.

Ela dormia com um livro aberto no colo. O abajur ao lado lançava uma luz alaranjada que lhe marcava o rosto. Hilo ficou ali, parado na soleira da porta, observando o gentil subir e descer do peito dela em uma respiração relaxada. As cobertas cobriam-lhe o corpo até os joelhos e nada mais. Ela vestia uma regatinha de algodão e uma calcinha de renda branca. Seu cabelo preto se espalhava sobre a branquidão do travesseiro, e fios dos cachos se enrolavam sobre a palidez dos seus ombros desnudos e macios, sem qualquer marca.

Hilo a admirou até não aguentar mais. Atravessou o quarto, tirou o livro das mãos dela, marcou a página e repousou-o sobre a mesinha de cabeceira. Ela nem se mexeu, e ele ficou maravilhado com tamanha surdez diante de um possível perigo. A moça tinha tão pouco a ver com os Ossos Verdes que podia muito bem ser de qualquer outra espécie que não a dele.

Ele apagou a luz e o quarto se afundou na escuridão. Depois, se colocou sobre ela, imobilizou seu corpo e tapou sua boca. Ela acordou assustada, abriu os olhos enquanto seu corpo se remexia sob o peso e deu um grito abafado antes de ele rir suavemente e sussurrar no ouvido dela:

— Você devia ser mais cuidadosa, Wen. Se deixar a janela aberta à noite, homens mal-intencionados podem entrar.

Ela parou de resistir. O coração de Wen continuava batendo forte contra o de Hilo, e isso o excitava, mas ela relaxou o corpo e tirou a mão que cobria sua boca.

— A culpa é sua — disse, com raiva. — Caí no sono te esperando e em troca você me dá esse susto do caralho? Onde é que você tava?

Ele gostou de ela ter tentado esperá-lo acordada.

— No Sorte em Dobro resolvendo uns problemas.

Ela ergueu uma sobrancelha.

— Problemas tipo apostas e strippers?

— Quem me dera — prometeu ele. — Se não acredita em mim, pergunta pros seus irmãos.

Wen resmungou provocativamente embaixo de Hilo. Os ombros nus e as coxas dela se esfregavam contra as roupas dele.

— Até parece que o Kehn e o Tar iam me contar alguma coisa. Aqueles dois são seus devotos.

— Também não é bem assim. — Hilo mordiscou o lóbulo da orelha dela e o chupou enquanto abria o cinto e tirava a calça. — Tenho certeza de que eles conspiraram pra me matar. Sabe quando eles viram o jeito que eu te olhava? Eles souberam na hora que eu ia cair matando na irmãzinha deles. — Hilo empurrou a calcinha dela para baixo e passou a mão por entre as pernas de Wen, depois deslizou os dois primeiros dedos para dentro. — Tive que chamar eles pra serem meus Punhos mais próximos, senão iam me estripar.

— Não dá pra culpar eles, né — disse ela enquanto movia os lábios, encorajando-o. Os dedos entravam e saíam, escorregadios e quentes. Ela abriu mais três botões da camisa dele e a puxou pela cabeça. — O que é que o filho da grande família Kaul ia querer com uma pedrolha, ainda mais alguém de uma família desgraçada que nem a minha, além de uma transa fácil?

— Várias transas fáceis?

Ele a beijou com força e impacientemente; atacou-a com os lábios e a língua. Seu pau estava tão duro que chegava a doer enquanto roçava a parte de dentro da coxa dela. Wen esticou os braços para pegar no cabelo de Hilo. Ela passou os dedos por seu pescoço e seu peito, mapeando as jades encrustadas ao longo da clavícula e pelos mamilos. Ela as tocava e lambia com voracidade e sem medo, inveja ou ganância; apreciando-as apenas como parte dele e nada mais. Hilo jamais deixara outra mulher tocar as jades, e essa intimidade destemida que tinha com ela o deixava com um tesão selvagem.

Ele a penetrou, tudo de uma vez. Ela era uma delícia, uma orgia de sensações. Raios de sol e oceano, frutas de verão e almíscar. Hilo gemeu de prazer e agarrou a cabeceira da cama; queria ainda mais. Seus sentidos estavam afiados pela jade, com uma intensidade ofuscante: o acelerar do coração dela, o trovoar da respiração, o fogo que lhe emanava da pele em direção a ele. Hilo se arrependeu de ter desligado a luz: queria poder vê-la melhor, queria beber cada detalhe daquele corpo.

Wen ergueu o quadril dela. Agarrando-se nele, com o olhar fixo no dele; dois pontinhos que refletiam a luz da rua como velas flutuando numa piscina. A devoção intensa dela o deixou ainda mais inebriado. Ele chupou os mamilos endurecidos dela, mergulhou no vale de seus seios e inalou o perfume incomparável. Agarrando o próprio quadril e o empurrando sem parar, ele gozou e cambaleou de um prazer deliciosamente fora de controle.

Hilo deitou em cima dela e sua consciência dançou vagarosamente para longe enquanto ele respirava sobre a pele suave do pescoço de Wen.

— Você é a coisa mais importante do mundo pra mim.

Quando acordou, o mundo alvorecia. O sol fazia força para passar entre as fendas dos prédios e se infiltrar nas janelas. Seria mais um dia quente.

Hilo olhou para a bela criatura adormecida ao lado e sentiu uma urgência que o apossou: queria agarrá-la, envolvê-la e, através de algum feitiço, guardá-la dentro de si para poder mantê-la em segurança e levá-la aonde quisesse. Antes de Wen, ele aproveitara as mulheres e desenvolvera sentimentos calorosos, até de carinho por elas. Mas não era nada comparado ao que sentia com Wen. O desejo de fazê-la feliz era como uma dor física. O mero pensamento de alguém a machucando ou tirando-a dele já o inundava de uma raiva febril. Faria tudo o que ela pedisse.

O amor verdadeiro, pensou Hilo, num devaneio, era sensual e eufórico, mas também doloroso e tirano; exigia obediência. Era claramente o oposto daquela paixão rebelde que Shae sentira por aquele espênico, ou do afeto delicado que existira entre Lan e Eyni.

Pensar em Eyni o desanimou um pouco. Levara algumas semanas, mas ele finalmente conseguira localizar aquela puta e o homem que tinha insultado seu irmão de forma tão desrespeitosa. Ambos moravam em Lybon, Stepênia. Pensou até em contratar alguém para dar cabo do serviço, mas um insulto ao clã precisava ser resolvido diretamente pelo clã. Então pediu para Tar comprar uma passagem de avião usando um nome e um passaporte falsos, mas, quando contou seus planos para Lan, o Pilar fora ingrato e chegara até a ficar com raiva.

— Nunca te pedi pra fazer isso — dissera Lan, irritado. — Se eu quisesse os nomes deles apagados do mapa, teria feito eu mesmo, então devia ter ficado óbvio que não é algo que eu quero. Deixa eles em paz, e de agora em diante fica longe da minha vida pessoal.

Hilo ficara extremamente enfurecido pelo esforço que desperdiçara. Era isso o que recebia por tentar fazer um favor para o irmão. Lan nunca demonstrava direito o que sentia, então como é que Hilo ia saber?

Wen se mexeu e emitiu um ruído adorável de sono. Hilo se esqueceu dos pensamentos e voltou para baixo das cobertas para acordá-la com a boca e os dedos. Seus movimentos pacientes foram recompensados quando ela atingiu o clímax. Então fez amor com ela de novo, desta vez mais lentamente e sem pressa.

Depois, quando estavam deitados num emaranhado suado, ele disse:

— Sabe o que você falou ontem à noite sobre a sua família? Não pensa assim. Já se passaram anos desde o que aconteceu com seus pais, e ninguém duvida do Kehn e do Tar. O nome dos Maik está em paz com o clã agora.

Wen ficou em silêncio por um instante.

— Não com todo o clã. E a sua família?

— O que é que tem eles?

Ela descansou a cabeça no ombro dele.

— A Shae nunca confiou em mim.

Hilo riu.

— A Shae fugiu com um milico espênico de merda, e agora tá voltando com o rabinho entre as pernas que nem um cachorrinho que mijou no carpete. Ela não é ninguém pra ficar julgando os outros. Pra quê se preocupar com o que ela pensa? — Pelo tom grosseiro com que falou, ele percebeu com certa surpresa e decepção que ainda não a tinha perdoado por completo.

— Ela sempre foi unha e carne com o seu avô. Acho que ele não ia me aprovar nem se eu não fosse uma pedrolha.

— Meu avô é um velho senil — disse Hilo. — O Pilar é o Lan agora.

Ele deu um beijo tranquilizador na têmpora dela, mas tinha mudado de humor. Rolou na cama e se deitou enquanto olhava, pensativo, para o ventilador de teto amarelo que girava e girava e girava.

Wen se aproximou e olhou para ele, preocupada.

— O que foi?

— Nada — respondeu.

— Fala.

Quando Hilo contou dos eventos da noite anterior no Sorte em Dobro e da conversa que tivera na propriedade dos Kaul, Wen se apoiou sobre um cotovelo e mordeu um dos lábios, preocupada.

— Por que o Lan deixou o garoto ir embora? Um ladrão de jade tão novinho é incurável. Esse rapaz só vai causar mais trabalho pra vocês depois.

Hilo deu de ombros.

— Eu sei, mas vou falar o quê, né? O Lan é otimista. Quando foi que o irmão sempre tão machão pra me colocar no meu lugar virou um frouxo? Ele é verde o bastante, mas não pensa como um assassino, enquanto a Ayt é assassina até demais. É óbvio que uma guerra com os Montanha tá por vir, será que ele não percebe? O velhote egocêntrico do Doru não tá direcionando ele direito.

— Mas tenho certeza de que o Lan daria preferência pras suas opiniões, não pras do Doru.

— O Doru é que nem uma parreira velha no clã, não tem como ignorá-lo.

Wen se sentou. O brilhoso cabelo preto caiu-lhe pelas costas e a manhã iluminou a curva perfeita de sua bochecha. Ela disse:

— Então você tem que começar a se preparar sozinho pra defender o Desponta. Doru pode até ter conexões, informantes e ser meio traiçoeiro, mas todos os Punhos, e os Dedos abaixo deles, são seus. Os Ossos Verdes são guerreiros em primeiro lugar, os negócios que venham depois. Se há uma guerra por vir, ela chegará às ruas. E as ruas pertencem ao Chifre.

— Minha gatinha. — Hilo envolveu os ombros de Wen com os braços e beijou-a na nuca. Ela colocava alguns de seus Punhos no chinelo. — Você tem o coração de uma guerreira de jade.

— No corpo de uma pedrolha. — O suspiro que seguiu foi adorável, mesmo que a voz soasse amargurada. — Se ao menos eu fosse uma Osso Verde... poderia te ajudar. Seria seu Punho mais dedicado.

— Não preciso de outro Punho — disse ele. — Você é perfeita do jeito que é. Deixa essas preocupações dos Ossos Verdes comigo.

Ele envolveu os peitos dela, sentiu o peso prazeroso com as mãos e se aproximou para outro beijo.

Ela afastou o rosto. Se recusava a se distrair.

— Quantos Punhos você tem, afinal de contas? Quantos bons com quem você *pode contar*? O Kehn me contou que alguns são uns frouxos acostumados com a paz, a trabalhar como vigias e a cobrar impostos, não a lutar. Quantos deles ganharam duelos? Quantos carregam mais do que algumas poucas pedrinhas de jade?

Hilo suspirou.

— Temos alguns bem esverdejantes, e alguns que são peso morto. Assim como eles.

Ela se virou para encará-lo. Wen tinha traços que não eram convencionais, mas que Hilo achava infinitamente interessantes: olhos felinos grandes, sobrancelhas falhadas e escuras, uma boca sensual e uma mandíbula quase masculina. Quando ficava séria, como estava agora, ele a achava digna de ser modelo para um retrato artístico. O olhar intenso era tão frio e enigmático que desafiava o espectador a adivinhar se ela estava pensando em sexo, assassinato ou nas compras que precisava fazer na mercearia.

— Você tem ido na Academia ultimamente? — perguntou ela. — Bem que você podia ir lá ver seu primo e dar uma olhada no pessoal do oitavo ano, ver quem daria pra usar depois da formatura do ano que vem.

Hilo se iluminou.

— Você tá certa. Faz um tempo que não visito o Anden. Vou lá. — Ele beliscou os mamilos dela com gentileza, deu um beijo derradeiro, se levantou e pegou as roupas. Ele cantarolava enquanto puxava a calça e ajustava o coldre de sua faca talon. — Aquele menino vai ser um problema mesmo — declarou ao abotoar a camisa em frente ao espelho do closet. — Assim que colocar as mãos em jade, vai ser como um Osso Verde saído de uma lenda.

Wen sorriu enquanto amarrava o cabelo.

— Igualzinho ao Chifre dele.

Hilo piscou em resposta ao elogio.

Capítulo 6

De Volta ao Lar

K aul Shaelinsan chegou no Aeroporto Internacional de Janloon com aquela dor de cabeça vagamente parecida com uma ressaca, sintomática das treze horas de voo. Enquanto atravessava o oceano e encarava a imensidão azul que passava, ela sentiu como se estivesse voltando no tempo; deixando para trás a pessoa que se tornara em uma terra estranha e retornando à infância. Estava confusa pela combinação de emoções que a cercavam: uma mistura pungente e agridoce de euforia e derrota.

Shae pegou a bagagem da esteira. Nem havia muita coisa. Dois anos na Espênia, uma faculdade inexplicavelmente cara, e mesmo assim todos os seus bens terrenos cabiam em uma única mala de couro vermelha. Estava cansada demais para sorrir frente a essa ironia patética.

Pegou o telefone de um orelhão e começou a depositar uma moeda, mas então parou e se lembrou da barganha que fizera consigo mesma. Sim, estava voltando para Janloon, mas seria em seus próprios termos. Viveria como uma cidadã comum da cidade, não como a neta do Tocha de Kekon. O que significava não ligar para o irmão e pedir que mandasse um carro com chofer para pegá-la no aeroporto.

Shae colocou o telefone de volta no gancho e ficou surpresa com a facilidade com que caíra de volta nos velhos hábitos depois de apenas alguns minutos em solo kekonésio. Sentou-se num banco na área de retirada das bagagens por alguns minutos; de repente, estava relutante em dar os últimos passos até a porta giratória da saída. Algo a dizia que, quando a porta girasse e a empurrasse para fora, a jornada seria irrevogável.

Mas, no fim das contas, não tinha como continuar se demorando. Ela levantou e seguiu a correnteza de passageiros até a fila do táxi.

Quando fora embora dois anos antes, Shae não tinha a intenção de voltar. Estava tomada de raiva e otimismo, determinada a forjar uma nova vida e uma nova identidade no grande e moderno mundo além de Kekon, longe dos clãs anacrônicos e dos egos estratosféricos dos homens de sua família. Na Espênia, descobriu que seria mais difícil do que esperara escapar do estigma de ter vindo de uma ilhazinha conhecida basicamente por uma coisa: jade. Além do mais, Shae aprendeu que o nome Janloon quase nunca significava alguma coisa para as pessoas. Os estrangeiros tinham outra nomenclatura: Cidade de Jade.

Quando o povo de fora do país descobria que ela era kekonísia, as expressões eram tão previsíveis que chegava a ser engraçado. De início, ficavam surpresos. Kekon era um lugar exótico, algo saído de uma historinha de faz de conta na cabeça da maioria dos espênicos. O boom de exportação que aconteceu no pós-guerra estava até revertendo séculos de isolamento, mas ainda havia um longo caminho a ser percorrido. Ela podia ter dito que era do espaço sideral que daria na mesma.

Depois da surpresa, vinham as brincadeirinhas eufóricas.

— Então você consegue voar? Consegue abrir um buraco na parede com um soco? Mostra alguma coisa incrível pra gente. Aqui, quebra esta mesa.

Ela tinha aprendido a lidar com graciosidade. No começo, tentava explicar. Havia deixado toda a sua jade em Kekon. Era igualzinha a qualquer outra pessoa. Qualquer que tenham sido as vantagens que tivera em força, velocidade e reflexos eram fruto dos treinamentos que continuava fazendo todo dia pela manhã no pátio do prédio em que morava. Os hábitos de uma vida inteira tinham persistido, no fim das contas.

As primeiras duas semanas foram praticamente insuportáveis, a sensação era de que estava em uma câmara de privação que ela mesma fizera. Tudo parecia muito *menos* do que costumava ser (menos cor, menos som, menos sensações), como uma imensidão devastada e onírica. O corpo, lento, pesado e dolorido. Havia uma suspeita insistente de que havia perdido algo vital, quase como olhar e perceber que não tinha mais uma parte de si. Havia também a sensação de pânico que vinha à noite e a percepção de que estava à deriva, de que o mundo não era real.

Como se tudo isso já não fosse ruim, ela ainda estava cercada de jovens burgueses espênicos que tinham a atenção digna de um bando de macacos e vivam falando de roupas, de carros, de música popular e das futilidades de suas relações rasas e conturbadas. Ela quase desistiu. Chegou a comprar uma passagem de volta para Kekon depois do primeiro semestre. Mas o orgulho falou mais alto do que o pânico praticamente debilitante da abstinência de jade. Ainda bem que ela conseguiu o estorno do dinheiro da passagem.

Era mais do que complicado tentar explicar para seus poucos amigos o que significava ser jadeado, como era vir de uma família de Ossos Verdes e o porquê de ela ter desistido de tudo. Então Shae apenas sorria com inocência e esperava a curiosidade dos outros passar. Jerald sempre a provocava.

— Você anda por aí toda normalzinha, mas algum dia vão te pegar fazendo algo bem louco, não vão?

Não, o algo louco ela já tinha feito. Era ele.

O céu estava uma mistura esquisita de neblina e luz minguante. O concreto estava úmido de Suor do Norte (o chuvisco incessante e a cerração que permeavam a planície costeira de Janloon durante a temporada de monção). Estava tarde e já passava da hora do jantar quando Shae pegou a fila e esperou por um táxi. As outras pessoas ali não prestaram a mínima atenção nela. Estava usando um vestido de verão colorido e curto que era fashion na Espênia, mas que em seu país natal parecia muito justo e espalhafatoso. Com exceção disso, ela conseguia passar despercebida, e, bem como tinha desejado, parecia uma turista qualquer. Uma pessoa sem jade. Foi com alívio e uma pontada de pena de si mesma que ela percebeu como eram pequenas as chances de que alguém fosse reconhecê-la.

O próximo táxi chegou. O motorista colocou a bagagem no porta-malas enquanto ela entrava no banco de trás e abria a janela.

— Pra onde, dona?

Shae considerou ir a um hotel. Queria tomar um banho, relaxar depois da longa viagem e ficar sozinha por um tempinho. Mas decidiu que não seria tão desrespeitosa assim.

— Pra casa — respondeu.

Deu o endereço ao motorista. Ele se afastou da calçada e enveredou o veículo no emaranhado de carros e ônibus.

Quando o táxi atravessou a Ponte Mais Que Distante e a silhueta de aço e concreto da cidade ficou visível, Shae foi tomada por uma nostalgia tão profunda que respirar se tornou difícil. O ar úmido pela janela, o som de sua língua nativa no rádio e até o trânsito terrível... Quase chorando, ela engoliu em seco. Tinha apenas uma ideia vaga do que faria em Janloon agora, mas, sem sombra de dúvidas, estava em *casa*.

Quando entraram nas redondezas da Colina do Palácio, o motorista começou a olhá-la de relance pelo retrovisor a cada poucos segundos. Quando o táxi chegou em frente aos altos portões de ferro da propriedade Kaul, Shae abriu o vidro e se inclinou para fora a fim de falar com a segurança.

— Bem-vinda de volta, Shae-jen — disse o guarda.

Ela ficou tão surpresa com o sufixo que agora parecia errado quanto com a familiaridade que sentiu ao ouvir seu nome de nascença. O guarda era um dos Dedos de Hilo. Shae reconheceu o rosto do sujeito, mas não lembrava seu nome, então apenas assentiu para cumprimentá-lo.

O carro passou pelos portões e foi até a rotatória que ficava em frente à casa principal. Shae pegou a bolsa para pagar o motorista, mas ele disse:

— Não há o que pagar, Kaul-jen. Peço desculpas por não ter reconhecido a senhora prontamente nestas roupas estrangeiras. — Ele se virou e sorriu para ela com uma esperança sincera. — Meu sogro é um Lanterna fiel. Nos últimos tempos, o negócio dele tem passado por uns problemas. Se houver alguma coisa que a senhora...

Ela apertou o dinheiro nas mãos do motorista.

— Pegue aqui — insistiu. — Sou apenas dona Kaul agora. Não tenho influência alguma no clã. Diga para seu sogro entrar em contato com o Homem do Tempo pelos meios oficiais.

Ela sufocou a culpa quando viu a expressão desapontada do homem, saiu do táxi e puxou a mala pesada escada acima até a entrada.

Kyanla, a governanta abukiana, encontrou-a na porta.

— Ah, Shae-se, a senhora tá tão diferente! — Abraçou Shae e a segurou a um braço de distância. — E a senhora tá até com cheiro de espênica. — Ela riu, animada. — Mas nem sei por que tô surpresa, já que agora a senhora é uma empresária espênica das boas.

Shae deu um sorriso amarelo.

— Não seja boba, Kyanla.

Por causa de seu jeito incansável, Shae tinha se formado entre os três primeiros da turma apesar do fato de ter estudado em sua segunda língua e, como frequentara a Academia Kaul Du, de ter achado os ambientes educacionais espênicos desconcertantes. Passavam muito tempo sentados em grandes salas de aula e falando, como se cada aluno quisesse ser o professor. Na primavera, fora entrevistada por algumas das maiores empresas que recrutavam no campus. Tinha até recebido uma proposta de emprego em um cargo de início de carreira em uma delas. Mas o jeito como os recrutadores a olhavam não passara em branco.

Quando entrava no recinto, os homens à mesa (eram sempre homens) deduziam que ela era tuni, ou shotariana, e o primeiro lampejo de preconceito aparecia nos olhos deles. Quando olhavam seu currículo e viam que era de Kekon e que fora criada como uma Osso Verde, suas expressões ficavam enevoadas com puro ceticismo. Os espênicos podiam até ter orgulho de suas forças militares, mas tinham pouquíssimo apreço pela educação militar de Shae. Que utilidade teria em um lugar civilizado e profissional como uma empresa espênica? Lá não era Kekon, onde o nome Kaul era ouro; uma recomendação de seu avô não valeria de nada. Nesses momentos, o ímpeto romântico que tivera de conseguir se virar sozinha parecia bobo. Bobo e solitário. Agora, aqui estava: de volta na casa que não via a hora de abandonar alguns anos antes.

Lan estava no pé da escada. Ele sorriu.

— Bem-vinda de volta.

Shae foi até o irmão e lhe deu um abraço apertado. Fazia dois anos que não o via e ficou sobrecarregada pela afeição que sentiu por ele. Lan era nove anos mais velho. Os dois nunca foram parceiros, mas ele sempre fora gentil com ela. Defendia-a de Hilo, não a julgara quando ela foi embora e fora o único membro da família que escrevia enquanto ela estudava na Espênia. Às vezes, as cartas dele, com a caligrafia precisa e exata, pareciam a única ligação de Shae com Kekon, a única prova de que ela tinha uma família e um passado.

Vovô não está muito bem, dissera ele no fim da última carta. *A piora é muito mais na alma do que na saúde. Sei que ele sente saudades de você. Seria bom se você voltasse para vê-lo, e para ver Ma também, depois da formatura.* Com a dor do término com Jerald ainda latejando como uma queimadura recente, ela relera a carta enviada pelo irmão, recusara a única oferta de emprego e comprara uma passagem para voltar a Janloon.

Lan abraçou-a e lhe deu um beijo no centro da testa. Shae perguntou:

— Como vai o vovô?

Ao mesmo tempo em que ele disse:

— Seu cabelo...

Os dois riram, e Shae de repente sentiu como se soltasse a respiração que estava prendendo havia dois anos.

Lan falou:

— Ele tá te esperando. Quer subir lá?

Shae respirou fundo e assentiu.

— Acho que esperar não vai facilitar nada.

Subiram as escadas juntos. Lan manteve a mão no ombro da irmã. Assim perto dele, ela conseguia sentir o retumbar das jades, uma textura quase imperceptível no ar à qual o corpo dela respondia com um nó no estômago conforme chegava mais perto. Fazia tanto tempo que ela não sentia os efeitos da jade que ficou até meio tonta. Se forçou a se afastar um pouco de Lan e encarou as portas duplas à frente.

— Ele piorou nos últimos tempos — disse Lan. — Mas hoje tá sendo um dia bom, pelo menos.

Shae bateu. A voz de Kaul Sen soou com um vigor surpreendente através da madeira.

— Consegui te Perceber, sabia? Mesmo sem a sua jade, Percebi você entrando e vagando aqui para cima. Pois entre logo.

Shae abriu a porta e ficou em frente ao avô. Devia ter trocado de roupa e tomado um banho antes. O olhar perfurante de Kaul Sen absorveu o traje estrangeiro da neta e seus olhos se semicerraram em um labirinto de rugas. Ele apertou o nariz e voltou a se recostar na poltrona, como se tivesse ficado ofendido com o cheiro dela.

— Pelos Deuses — murmurou. — Os últimos anos foram tão ruins pra você como foram pra mim.

Shae lembrou a si mesma de que, apesar de algumas atitudes tiranas, o avô, que fora um dos mais heroicos e respeitados homens do país, agora estava velho, sozinho e se deteriorando aos poucos; e também de que, dois anos antes, tinha partido o coração dele.

— Vim direto do aeroporto, vovô. — Shae tocou as mãos em palma na testa, reproduzindo o tradicional gesto de respeito, e depois se ajoelhou em frente à poltrona e manteve os olhos baixos. — Vim direto pra cá. Será que o senhor, por favor, me aceitaria de novo como sua neta?

Quando ergueu o olhar, viu que os olhos do velho haviam ficado mais suaves. A rigidez da boca do avô tinha derretido e seus lábios tremiam levemente.

— Ah, Shae-se, é claro que te perdoo — disse, muito embora ela não tivesse pedido perdão.

Kaul Sen estendeu as mãos retorcidas e a neta as segurou. O toque dele parecia uma descarga de eletricidade. Mesmo naquela idade avançada, a aura de jade de seu avô era intensa, e os ossos do braço dela se arrepiaram com a lembrança e a saudade.

— Essa família fica errada sem você — disse Kaul Sen. — Seu lugar é aqui.

— É, vovô.

— Não tem problema nenhum fazer negócios com estrangeiros. Já falei isso várias vezes, os deuses sabem que é verdade. Falei pra *todos*: precisamos abrir Kekon e aceitar influências de fora. Abri mão da minha irmandade com Ayt Yugontin por essa causa. *Mas* — Kaul Sen esfaqueou o ar com um dos dedos — nunca vamos ser como eles. Somos diferentes. Somos kekonésios. Somos Ossos Verdes. Nunca se esqueça.

Seu avô virou as mãos dela com a palma para cima sobre as dele, e meneou a cabeça, triste e desapontado, ao ver os braços desnudos da neta.

— Mesmo que você tire suas jades, não vai ser como eles. Nunca vão te aceitar, porque vão sentir que você é diferente, do mesmo jeito que os cachorros sabem que são inferiores aos lobos. A jade é nossa herança. Nosso sangue não foi feito para se misturar com outros.

Ele apertou-a em um gesto que era para ser reconfortante.

Shae abaixou a cabeça para demonstrar uma submissão silenciosa enquanto escondia o ressentimento com o prazer óbvio que seu avô sentia agora que Jerald não passava de um acontecimento do passado. Ela tinha conhecido Jerald em Kekon. Na época, ele estava alocado na Ilha Euman, ainda tinha que cumprir mais quinze meses de serviço militar e tinha planos de ir para a faculdade depois. Kaul Sen condenou furiosamente o relacionamento de Shae com um militar da marinha estrangeira assim que tomou conhecimento do que estava acontecendo. Muito embora boa parte da razão para isso tenha sido racismo (Jerald era shotariano — nascido na Espênia, mas shotariano mesmo assim —, um fracote de sangue fraco, um filho da puta sem profundidade nenhuma), Shae ficara surpresa quando a previsão do velho se mostrou verdadeira. Quando pensava a respeito, a parte do filho da puta sem profundidade nenhuma também não era nenhuma mentira.

— Fiquei feliz de ver o senhor tão saudável, vovô — disse ela suavemente, numa tentativa de arruinar o monólogo do velho.

Ele não deu a mínima para a tentativa da neta de mudar o rumo da conversa.

— Não toquei em nada do seu antigo quarto — disse ele. — Sabia que você ia voltar pra casa quando essa fase terminasse. Ainda é seu.

Shae pensou rápido.

— Vovô, fui uma decepção tão grande pro senhor. Nem imaginei que ainda teria lugar nesta casa. Então aluguei um apartamento não muito longe daqui e já mandei minhas coisas pra lá. — Era mentira; ela não tinha arrumado nenhum lugar para morar, nem tinha nada que pudesse mandar. Mas de forma alguma gostava da ideia de voltar para o quarto de sua infância na casa Kaul, como se não tivesse conquistado nada ou mudado nesses dois anos do outro lado do oceano. Se morasse aqui, teria que lidar com as auras de jades atrás dos Ossos Verdes que iam e vinham e com o perdão condescendente de seu avô. Ela continuou: — Além do mais, acho que um tempinho sozinha seria bom para me ajeitar. Para decidir o que vou fazer depois.

— Mas o que há para decidir? Vou falar com o Doru pra ver de qual empresa você vai cuidar.

— Vovô — Lan interrompeu. Ele estava na entrada do quarto, observando a conversa. — A Shae acabou de fazer um voo longo. Deixa ela desfazer as malas e descansar. Vocês terão tempo para conversar sobre negócios depois.

— Hum — resmungou Kaul Sen, mas soltou as mãos de Shae. — Acho que você tá certo.

— Vou voltar logo pra ver o senhor. — Ela se inclinou para beijar a testa do avô. — Te amo, vovô.

O velho grunhiu, mas seu rosto brilhava com um carinho do qual Shae percebeu que tinha sentido muita saudade. Ao contrário de Lan, ela nunca conhecera o pai; Kaul Sen fora tudo para ela durante a infância. Ele a adorava, e ela a ele. Enquanto saía do quarto, ele murmurou:

— E, pelo amor de todos os deuses, vai vestir suas jades. Chega a doer te ver assim.

Ela caminhou para fora com Lan. Estavam sozinhos. O sol havia se posto e deixado para trás uma luz de crepúsculo esfumaçada que evidenciava os telhados das construções pelo pátio. Shae se jogou em um banco de pedra ao lado de uma árvore de bordo florida e respirou fundo. Lan se sentou ao seu lado. Por um segundo, não falaram nada. Então olharam um para o outro e deram uma risada tímida.

— Podia ter sido bem pior — disse ela.

— Como eu disse, ele tá de bom humor hoje. O médico disse que ele precisa começar a usar menos jade, mas essa é uma batalha que eu ando deixando pra depois.

Lan afastou o olhar por um segundo, mas Shae percebeu a dúvida que percorreu o rosto do irmão.

— E a Ma? Como ela tá? — perguntou Shae.

— Bem. Ela gosta de lá. É bem tranquilo.

Há muito tempo, a mãe deles aceitara a posição de única responsável pelos filhos e cuidadora do exigente sogro em troca de uma vida segura e confortável como a respeitada viúva da linhagem governante do Clã do Desponta. Assim que Shae fez dezoito anos, Kaul Wan Ria se aposentou e foi morar no chalé costeiro da família em Marênia, que ficava a três horas de carro de Janloon. Até onde Shae sabia, ela não havia retornado para a cidade desde então.

Lan disse:

— Você devia viajar até lá pra visitá-la. Mas sem pressa, espera você se acostumar com a sua vida por aqui.

— E você? — perguntou Shae. — Como andam as coisas?

Com o olho esquerdo semicerrado, Lan virou o rosto para encará-la. Todo mundo dizia que ele era parecido com o pai, mas Shae não via a semelhança. Seu irmão tinha um jeito firme e sentimental, bem diferente do guerrilheiro de olhar feroz que estampava as fotografias na parede de seu avô. Ele parecia prestes a dizer algo, mas pareceu mudar de ideia e falou outra coisa:

— Tô bem, Shae. Os negócios do clã têm me mantido ocupado.

Ela foi atingida por uma onda de culpa. Ela nunca se preocupava em responder às cartas do irmão quando estava na Espênia; não tinha como esperar que ele se abrisse agora. E também nem tinha certeza de que queria isso, não se fosse ter que ficar ouvindo sobre disputas territoriais, Lanternas fora da linha ou Punhos mortos em duelos (coisas do clã que ela tinha prometido a si mesma manter distância de agora em diante). No entanto, pensou em como o irmão teve que dar conta da posição de Pilar enquanto lidava com a partida de Eyni e o declínio dramático de seu avô; isso tudo só com Hilo e Doru, aquele velho nojento, para ajudá-lo.

— Não estive ao seu lado — disse ela. — Me desculpa.

— Você tem que viver sua vida, Shae.

Não havia repreenda alguma na voz dele, e Shae agradeceu aos deuses que Lan foi o primeiro membro da família que tinha reencontrado depois de voltar. Ele não a fazia sentir vergonha de ter ido embora e nem de ter voltado. Já era mais do que ela merecia (e mais do que podia esperar do restante da família).

O *jet lag* começava a aparecer, e ela estava exausta. As luzes se acenderam na casa e então ficaram mais fracas; o contorno de Kyanla se moveu nas janelas lá de cima enquanto a governante fechava as cortinas. No escuro, as silhuetas imóveis dos bancos e das árvores em que Shae tinha brincado quando era criança pareciam friamente descontentes, como parentes distantes. Ela percebeu que Kekon tinha um cheiro especial, uma fragrância apimentada, indescritível e com um quê de suor. Será que ela exalava esse cheiro para todos os colegas espênicos que fizera? Shae imaginou o odor saindo por seus poros. Colocou uma mão sobre o braço de Lan. A aura de jade do irmão a envolveu como a vibração de um baixo grave. Ela se inclinou para se aproximar mais um pouco, mas sem chegar perto demais.

Ela deu entrada em um quarto de hotel na cidade e passou os três dias seguintes atrás de um apartamento. Embora não quisesse que a nova casa ficasse muito perto da residência Kaul, ela meio que não podia morar onde quer que desejasse. Podia tirar as jades, mas não tinha como se livrar do rosto ou do nome; havia partes da cidade que seria melhor evitar. Mesmo depois de limitar a procura aos distritos firmemente controlados pelos Desponta, ficava do amanhecer ao crepúsculo pegando o metrô lotado e fedido de uma parada a outra enquanto suava intensamente no calor do verão para visitar prédios e mais prédios.

Podia ser tão mais fácil, repetiu ela para si mesma mais do que algumas vezes. Com uma palavrinha de Lan a um proprietário Lanterna, ela conseguiria um ótimo apartamento num estalar de dedos. O aluguel não custaria nem metade do que realmente valia, e o locador teria a certeza de que algum alvará de edifício ou contrato de construção pelo qual esperava há um bom tempo seria resolvido sem demora. Mas ela se agarrou ao juramento de se virar sem ajuda da família. Tinha vivido com modéstia durante a faculdade, e, quando convertido, o dinheiro espênico que tinha economizado durante o estágio de verão do ano passado seria mais do que suficiente para cobrir seis meses de aluguel em Janloon se ela fosse sensata. No fim do terceiro dia de busca, ela estava com o pé machucado e exausta, mas tinha assinado o contrato de um modesto, porém conveniente, loft de um quarto em Sotto do Norte e estava orgulhosa de si mesma.

Hilo a esperava no lobby do hotel quando ela voltou. Ele estava largado em uma das poltronas de couro com estofamento exagerado, mas, quando Shae entrou, o Chifre se sentou e o Punho que estava junto (um dos irmãos Maik, embora ela não conseguisse lembrar qual) se levantou da cadeira ao lado de Hilo e foi para o outro lado do salão para que os dois pudessem conversar sozinhos.

Seu irmão não estava nada diferente da última vez em que tinham se visto, dois anos antes, e Shae se pegou pensando se parecia diferente de alguma forma para ele, se seu cabelo ou suas roupas a deixavam parecendo alguém mais velho, uma estrangeira. Hilo era apenas onze meses mais velho; quando ela foi embora, eles estavam mais ou menos no mesmo nível. Agora ela não tinha emprego, estava solteira e sem jade alguma, enquanto ele era um dos homens mais poderosos de Janloon, com centenas de Ossos Verdes sob seu comando.

Ela sabia que não ia ter como evitar este momento, mas também tinha se convencido de que poderia postergá-lo um pouco mais. Será que Lan lhe contara onde encontrá-la? Ou será que os funcionários do hotel tinham aberto a boca para os Dedos? Enquanto ele se levantava para cumprimentá-la, Shae se preparou. Um lobby de hotel não era exatamente o local em que imaginou que isso aconteceria.

— Hilo — disse ela.

Ele a abraçou com bastante carinho.

— O que você tá fazendo num hotel? Tá me evitando, é? — Ele parecia realmente magoado. Shae tinha esquecido o quanto ele podia ser sensível às vezes. Hilo colocou uma mão de cada lado do rosto da irmã e a beijou em ambas as bochechas e na testa. — Eu me esqueci do passado — disse ele. — Tudo foi perdoado agora que você voltou. Você é minha irmãzinha, como é que eu não ia te perdoar?

Com aquele papinho de que a perdoava, ele soava como vovô, pensou ela. Nada de pedir perdão da parte dele, é claro, por chamá-la de puta e traidora do clã, ou por se voluntariar, na frente dela, de Lan e do avô, a matar Jerald se lhe mandassem. Se não se tratasse de um oficial do exército espênico, e Lan não estivesse no recinto para acalmar todo mundo, Kaul Sen muito provavelmente teria dado a ordem.

Parte dela estava determinada a continuar com raiva de Hilo. Seria fácil se ele ainda estivesse furioso com ela. Mas a magnanimidade de Hilo era como sua aura de jade (feroz e inequívoca). Dava para sentir o calor que emanava dela a fazendo se aproximar, descongelando a tensão que Shae carregava como uma armadura sobre as costas e os ombros.

— Eu não tava te evitando — respondeu. — Acabei de chegar e precisava de um tempinho pra me ajeitar, só isso.

Ele deu um passo para trás, mas continuou segurando-a pelos cotovelos.

— Cadê suas jades?

— Não tô usando mais.

Hilo fechou a cara. Ele se inclinou para se aproximar e abaixou a voz.

— A gente precisa de você, Shae. — Ele olhou direto nos olhos dela, e a encarou de forma insistente. — Os Montanha virão atrás de nós. Tudo indica que vão. Aquele povo pensa que somos fracos. Vovô só fica lá sentado e nunca sai de casa. Não confio em Doru nem pra cuspir nele. Mas, agora que você voltou, as coisas vão ser diferentes. Vovô sempre gostou mais de você, e agora nós dois juntos por trás do Lan...

— Hilo — disse ela. — Não vou me envolver. Só porque voltei pra Janloon não significa que quero me meter nos negócios do clã.

Ele inclinou a cabeça.

— Mas a gente precisa de você — disse ele, sem enrolação.

Algumas poucas palavras cruéis naquele instante o teriam tirado do sério. Ela pensou em machucá-lo, rejeitá-lo e provocá-lo, mas estava cansada daquela velha rivalidade. Brigar com Hilo era uma muleta, um péssimo, porém viciante, hábito que ela mantivera por toda a vida, uma mania que tentara deixar para trás assim como suas jades e para a qual não queria voltar. Eram dois adultos. Ela não podia se deixar esquecer de que seu irmão agora era o Chifre do Desponta. Se ia passar um tempo em Kekon, não poderia ficar de mal com ele.

Shae reprimiu seu jeito defensivo.

— Não tô pronta — disse. — Preciso entender algumas coisas sozinha primeiro. Você pode *tentar* respeitar minha decisão, não pode?

As expressões de Hilo deixaram claro que ele estava batalhando com vários sentimentos. Parecia que estava segurando a decepção enquanto tentava julgar a sinceridade da irmã. Ele viera atrás dela, cheio de sorrisos e carinho fraternal, e, quando Hilo se expunha assim por vontade própria, esperava o mesmo dos outros. Não atingir ao menos metade das expectativas dele era arriscado. Quando falou de novo, sua voz parecia mais comedida.

— Tá bom. Como você falou, tire o tempo que precisar. Mas não tem nada pra entender, Shae. Se você não quer ser uma Kaul, então não devia ter voltado. — Ele ergueu um dedo antes que ela pudesse responder. — Não discute. Não quero esquecer que te perdoei. Você quer que eu te deixe sozinha por enquanto, e eu vou. Mas não tenho tanta paciência quanto o Lan.

Ele saiu, e sua aura de jade sem demora a abandonou como uma forte onda voltando para o mar.

— Hilo — chamou Shae. — Manda um oi pro Anden por mim.

Seu irmão meio que virou a cabeça para falar olhando para trás.

— Vai dar oi pra ele você mesma.

O tenente de Hilo olhou para Shae com indignação enquanto os dois desapareciam pelas portas do hotel em direção à noite abafada.

Capítulo 7

Academia Kaul Dushuron

Mesmo na sombra, o suor escorria pelas costas e pelos rostos dos alunos do oitavo ano. Dez deles estavam em pé, nervosos, atrás de pequenas torres de tijolos quentes.

— Mais um — ordenou o mestre.

Os assistentes do terceiro ano se apressaram até a fogueira com pinças enormes e, com cuidado, mas rapidamente, removeram tijolos das chamas e adicionaram mais um ao topo de cada uma das dez pilhas fumegantes. Um dos alunos do oitavo ano que esperava, Ton, murmurou baixinho:

— Ah, e agora o que a gente escolhe? A dor ou a derrota?

Sem sombra de dúvidas, a intenção de Ton fora fazer a pergunta para os colegas, e não queria que mais ninguém escutasse, mas os sentidos do Mestre Sain eram aguçados.

— Levando em consideração que, se fracassar nas Provações no fim do ano você nunca mais vai vestir uma pedrinha de jade sequer na vida, eu me arriscaria na dor — respondeu ele, curto e grosso. O mestre encarou a fileira de pupilos hesitantes. — E então? Estão esperando os tijolos esfriarem, é?

Emery Anden esfregou a pulseira de treinamento que ficava no pulso esquerdo, mais por mania do que por qualquer necessidade a mais de contato com as pedras de jade encrustadas no couro. Ele fechou os olhos para tentar agarrar e focar a energia incomum que apenas uma pequena porcentagem de kekonésios aprendia a manipular. Era realmente uma escolha entre a dor e a derrota, bem como Ton dissera. Liberar a quantidade certa de Força quebraria os tijolos, mas usar o Aço o impediria de se queimar com a argila quente e borbulhante. A menos que, já que esse exercício tinha como objetivo ensinar, alguém conseguisse os dois: Força e Aço em conjunto. Um Osso Verde realmente habilidoso, do tipo que Anden e todos os seus colegas desejavam ser, podia invocar as seis ordenações (Força, Aço, Percepção, Leveza, Deflexão e Afluência) a qualquer momento.

Ao lado de Anden, ouviu-se uma batida retumbante e um grito abafado de dor vindo de Ton. *Não é tão difícil quanto álgebra*, disse Anden para si mesmo, e então usou a parte inferior da mão para bater com tudo contra o centro do tijolo do topo, que desmoronou sobre o debaixo, e o debaixo contra o próximo, formando assim uma onda em cascata que durou apenas um segundo, mas que Anden teve a impressão de parecer um castelo de cartas caindo. O impacto voltou na outra direção também, e se dispersou em seu braço, seu ombro e seu corpo. Ele puxou de volta de uma só vez, abriu os olhos rápido e examinou as mãos.

— Deixa as mãos esticadas — disse Sain, num tom que parecia quase entediado. Ele ficava andando pra lá e pra cá ao longo da fila de alunos enquanto, decepcionado, esfregava a parte de trás de seu pescoço cheio de pedras. — Consigo até ver alguns de vocês perdendo o intervalo de hoje à tarde na enfermaria. — Ele torceu o nariz para as mãos cheias de bolhas e chutou um tijolo intacto no chão. — Outros vão se machucar no treinamento reparador de Força.

Ele chegou ao fim da fileira, olhou para os seis tijolos quebrados e para as mãos sãs e salvas de Anden e grunhiu (o mais próximo de um elogio que o vice-diretor já tinha oferecido).

Com humildade, Anden manteve os olhos fixos nos tijolos quebrados à frente. Sorrir e se gabar de seu sucesso pessoal seria grosseria. Muito embora Anden tivesse nascido em Kekon e nunca saído do país, ficava sempre atento para não dar qualquer tipo de impressão de que fosse estrangeiro. Era um impulso antigo e inconsciente que tivera a vida inteira.

Sain bateu uma palma.

— Tirem as pulseiras. Vejo vocês semana que vem. Vamos fazer isso de novo até vocês melhorarem ou ficarem capengas demais pra se formar.

Os alunos tocaram a testa com as mãos entrelaçadas enquanto emitiam grunhidos entrecortados e abriam espaço para que o pessoal do terceiro ano se aproximasse para limpar os destroços. Anden se virou, tirou a pulseira de treino do pulso e a guardou no estojo. Depois, se agachou, usou o muro para se apoiar e fechou os olhos quando a náusea o atingiu. Ser mais sensitivo à jade significava uma abstinência ainda maior, até mesmo depois de uma exposição breve. Às vezes, Anden levava o dobro do tempo que outros alunos precisavam para se recuperar. Agora, porém, ele tinha prática. Respirou e se forçou a relaxar mesmo frente à sensação desorientadora de o que o mundo havia sido arrancado debaixo de seus pés e de que tudo estava escurecendo e se desfazendo, antes de finalmente se ajeitar e voltar à normalidade um tanto mais maçante. Em menos de um minuto tinha controlado a crise e se levantou com a bolsa no ombro.

— Eu ouvi aquele grunhido do Sain lá, hein — disse Ton, enquanto submergia a mão em uma bacia de água gelada que os alunos do terceiro ano tinham obedientemente trazido para os veteranos. — Mandou bem, Emery.

O nome soou kekonésio: *Em-Ri.*

— Meus tijolos eram mais finos — respondeu Anden, todo educado.

— E a sua mão, como tá?

Ton estremeceu, enrolou a palma da mão em uma toalha e segurou o braço rigidamente sobre a barriga. Era um rapaz magricela, mais baixinho do que Anden, mas tinha uma excelente Força. Faz parte da estranheza da jade. Às vezes, uma mulher magricela podia envergar uma barra de metal, ou então um homem grandalhão, com a Leveza, podia correr por uma parede ou pular de um telhado (mais evidências, se é que eram necessárias, de que as habilidades que a jade desbloqueava iam muito além das propriedades físicas).

— Queria que o treinamento reparador de Afluência funcionasse melhor nas feridas da mão — disse Ton, taciturno. — E precisava ser bem antes do Dia do Barco. — Ele ficou em silêncio por um instante e deu uma olhada em Anden. — Ô, keke, tem uma galera planejando dar um rolê pelos bares lá das Docas antes de a casa cair semana que vem. Quer vir, caso não tenha mais nada pra fazer?

Anden teve uma impressão distinta de que estava sendo convidado de última hora (o que sempre acontecia), mas era claro que não tinha outros planos. Então pensou que talvez Lott Jin estivesse entre o pessoal que iria, e respondeu:

— Claro, vai ser daora.

— Fechou — disse Ton. — A gente se vê, então.

Ele enfaixou a queimadura e atravessou o campo em direção à enfermaria. Enquanto pensava, Anden começou a andar na direção oposta, para os dormitórios. Depois de mais de sete anos na Academia, tinha se acostumado a existir numa respeitável, porém ainda assim solitária, fronteira da vida social que apenas ele habitava. Nunca era excluído, mas também não era ativamente incluído em nada. Os colegas de sala eram cordiais (tinham que ser), e até dava para considerar Ton e alguns outros ali como amigos de verdade, mas Anden sabia que, por diversos motivos, deixava vários de seus parceiros levemente incomodados, e por isso não esperava ser aceito.

Pau Noni, uma aluna do oitavo ano, deu uma corridinha até ele do outro lado do campo. Ela estava com o rosto molhado devido à umidade do meio-dia.

— Anden! Tem uma visita te esperando.

Ela apontou para o caminho que levava ao pavilhão de entrada da Academia.

Visita? Anden semicerrou os olhos, ajeitou os óculos sobre o nariz suado e olhou para os portões. A miopia fazia com que se livrar dos efeitos da jade e da sensibilidade que vinha da Percepção fosse ainda mais difícil. Quem é que poderia ter vindo lhe visitar? A mochila de Anden batia em seus ombros enquanto ele corria sem pressa pelo campo de treinamento.

O pequeno campo era um dentre vários nos mais de 24 hectares do campus. A Academia Kaul Dushuron foi construída em uma colina no Parque da Viúva. Muito embora a movimentada cidade de Janloon e seus subúrbios se estendessem para todos os lados, os muros altos da Academia e os antigos ulmeiros e canforeiras que faziam sombra nas longas construções térreas separavam as instalações da metrópole e preservavam o sentimento de que aquele lugar era um santuário tradicional de treinamento dos Ossos Verdes. A Academia era o legado de Kaul Sen, um tributo para o filho, mas, ainda mais do que isso, era uma das evidências mais claras de que a cultura Osso Verde tinha se firmado em uma posição central da sociedade kekonísia. Quando parava para pensar a respeito, Anden conseguia apreciar o fato de que a Academia era tanto um símbolo quanto um colégio.

Quando foi chegando no pequeno jardim rochoso que ficava atrás da entrada principal, Anden diminuiu o passo. Em um dos muros baixinhos, todo largado e com cara de tédio, havia alguém sentado. O sujeito vestia calças bege de alfaiataria e as mangas da camisa estavam enroladas até a metade dos antebraços; sua jaqueta estava pendurada na parede ao lado dele. Quando Anden se aproximou, o homem se levantou com uma graça lânguida, e Anden percebeu que era Kaul Hilo.

O nervosismo pareceu rastejar pelo peito de Anden.

— Você parece surpreso de me ver, primo — disse Hilo. — Não pensou que eu ia esquecer de vir te dar feliz aniversário, né?

Anden tinha feito dezoito anos havia alguns dias. O dia passara despercebido, já que comemorações pessoais eram consideradas banais demais, além de serem malvistas pelos instrutores da Academia. Anden se recuperou e tocou as mãos entrelaçadas na testa como sinal de respeito.

— Não, Kaul-jen. É só que eu sei como o senhor anda ocupado ultimamente. É uma honra que o senhor tenha vindo me visitar.

— *É uma honra, senhor Kaul-jen* — imitou Hilo, com a voz exageradamente séria. O lado esquerdo de sua boca se curvou e formou um sorriso provocador. — Pra que essa formalidade, Andy? Este lugar não tá acabando com a sua personalidade não, né? — Ele abriu bem os braços. — Comigo não funcionou.

Você é um Kaul. A escola foi nomeada em homenagem ao seu pai. Havia privilégio até entre os calouros sem jade. Qualquer um de uma linhagem diferente ou com menos talento teria sido expulso com a quantidade de advertências que Hilo tinha acumulado quando era aluno. E agora ele era o Chifre do Desponta. Vai entender, né?

Anden tentou relaxar na presença do primo. Hilo tinha nove anos a mais, mas parecia não ter envelhecido nada desde a formatura. Um transeunte poderia muito bem dizer que os dois tinham a mesma idade.

— Como vai o vô? — Anden chamava Kaul Sen de vô, assim como chamava os Kaul de primos. — Com vai o Lan-jen?

— Ah, eles tão como você já sabe. Os caras pilarescos de sempre.

Hilo se aproximou.

Anden tirou a bolsa dos ombros e se apressou para guardar os óculos num bolso lateral. A armação era nova e ele não queria...

Mal teve tempo de jogar a bolsa para trás. Hilo o agarrou tão rápido quanto um macaco roubando fruta, fechou as mãos e as rotacionou como se fossem um torno de metal enquanto agarrava o pulso e o cotovelo de Anden. Em um movimento violento, ele girou o homem mais novo e o jogou para o chão.

Anden se aproveitou do movimento, caiu e forçou o peso para baixo para afrouxar a pressão no braço. Puxou o primo para mais perto e os dois cambalearam juntos. Com vigor, Hilo deu duas joelhadas na lateral do corpo de Anden, que bufou, se dobrou ao meio e se apoiou nos braços do mais velho com o mover de um fiel fervoroso. Sua testa bateu contra o ombro de Hilo.

O gosto cortante da energia de jade lhe preencheu a boca. Eram as jades de Hilo. Assim de perto, ressoavam sobre Anden (retumbando, latejando e pulsando a cada batida do coração, respiração e movimento do Chifre do Desponta). O cérebro de Anden foi invadido por uma onda de sangue; não era a verdadeira sensação de se usar jade, mas algo parecido. Ele se lançou em busca dessa comoção e tentou se prender nas fronteiras incertas da aura de seu primo, mas era como tentar agarrar vapor. Quando Hilo mexeu o joelho de novo, Anden usou aquele segundo de desequilíbrio para golpear o esterno do Chifre com a palma da mão. A força foi tamanha que ele o soltou e tropeçou vários passos para trás.

O sorriso de Hilo, porém, continuou no mesmo lugar. Ele deu alguns passos melífluos para o lado, e então voltou em direção a Anden com um ar perspicaz de ameaça. Anden se preparou. Não tinha como correr de Hilo; essa não era uma opção. Não fazia diferença o quão feia esperava que a surra fosse. Hilo o atingiu com golpes doídos e tão rápidos que os olhos não conseguiam acompanhar e que deixaram Anden cambaleando e tendo que se segurar para não gemer. Ele se defendeu dos próximos golpes, mudou de posição, teve acesso a Hilo, atacou seu bíceps, conseguiu

70 FONDA LEE

abrir espaço na guarda do primo e o golpeou debaixo do queixo com a ponta da mão aberta.

A cabeça dele foi com tudo para trás. Ele cambaleou e tossiu. Anden nem parou para pensar: deu um soco na boca do primo. Hilo disse:

— Uau.

E girou, deu um chute sólido no estômago de Anden com a quantidade certa de Força para que o jovem fosse erguido do chão e caísse de costas sobre o cascalho.

Anden grunhiu. *Pra que isso?* Não passava de um aluno, e, além do mais, nem tinha permissão para usar jade fora dos treinamentos supervisionados. Hilo era um Osso Verde poderoso. Não era nem de longe justo. Mas, claro, não fazia a menor diferença. Ele se levantou todo capenga e continuou lutando. Não tinha escolha, não se quisesse evitar apanhar até não aguentar mais.

Tinham atraído uma audiência. Alguns calouros mais novos tinham migrado para mais perto para conseguir ver melhor o mais proeminente formando da Academia levando um sopapo do Chifre do Desponta. Hilo pareceu gostar do público, e ficava olhando para os alunos de vez em quando com uma diversão condescendente estampada no rosto. De repente, Anden ficou absurdamente preocupado que os transeuntes que não conheciam Hilo deduzissem que ele era um sujeito raivoso ou cruel. A probabilidade era que não percebessem como ele se movia com uma calma e uma vigilância amigável no olhar, como se ele e Anden estivessem apenas batendo um papo no almoço em vez de lutando.

Anden aceitou a punição de Hilo e, em resposta, deu tudo o que tinha: atacou costelas, rins, fez o rosto do primo sangrar e até se abaixou para atingir os joelhos e a virilha. Mesmo assim, porém, Hilo o empurrou para o chão, prendeu-o com um joelho entre os ombros, e Anden ficou lá deitado enquanto encarava o mundo de lado e, sem conseguir se mexer, respirava terra e desejava que qualquer outra pessoa da família tivesse vindo visitá-lo naquela tarde.

Hilo saiu de cima de Anden e se sentou ao seu lado com as pernas estendidas e apoiado nos braços.

— Nossa — disse. Ele levantou a frente da camisa que parecia ser cara e limpou o rosto, o que deixou manchas de suor e de sangue no tecido. — Falta menos de um ano pra você se formar, Andy. Tenho que me aproveitar enquanto ainda dá tempo. O Lan me dava cada surra quando ele já era jadeado e eu ainda não, sabia?

Lan, pensou Anden, *te achava um maluco*. Lan já tinha contado que Hilo o atacava e insistia em lutar mesmo sendo oito anos mais novo, menor e ainda sem ter acesso às jades. Por mais de uma vez, Lan não tivera outra escolha a não ser bater no irmão até quase deixá-lo inconsciente.

— Quando você tiver suas jades, aí quero só ver. Olha o que você já faz agora. Eu sou um Osso Verde. Sou a porra do Chifre do Clã. E acabei assim — ele apontou para o lábio que sangrava — e com isso aqui — tocou um galo inchado na cabeça — e mais essa ainda por cima. — Ele levantou a camisa e mostrou um hematoma escuro no torso. Deixou o tecido cair de volta e deu um sorriso tão empolgado que fez Anden encará-lo. — Sempre soube que você era especial. Você sentiu a Jade em mim, né? Conseguiu até *usá-la*. Tem noção de como é raro uma coisa dessas? Ainda mais na sua idade, sabe? Imagina como vai ser quando você tiver suas próprias jades.

Anden apreciava os elogios do primo, mas não se sentia tão orgulhoso assim de seu desempenho. Estava machucado. Se sentia como um rato que tinha sido torturado por um tigre entediado por horas a fio. Ficou pensando: será que, por não ser um kekonésio puro-sangue, não tinha nem de longe se divertido tanto quanto o primo? Os kekonésios, segundo o imundo estereótipo étnico dizia, não podiam negar nenhum tipo de prova de valentia. Não existia encontro social, por menor que fosse, sem um duelo físico — qualquer coisa desde cuspir em copos, revezamento de bola até lutas de verdade. Era comum que depois dessas disputas (que normalmente eram benignas, mas às vezes podiam se tornar mortais) o vencedor fosse educado e proferisse comentários autodepreciativos ("é que o vento tava me favorecendo", "é que eu me alimentei melhor hoje, sabe?") ou que elogiasse o oponente para evitar a humilhação ("com tênis melhores você seria imbatível", "minha sorte foi que você tava com dor no braço"). Não importava se a explicação fosse insignificante ou não fizesse sentido.

Então era bem possível que Hilo estivesse sendo apenas educado com todos aqueles elogios. Por outro lado, Anden não achava que era o caso. Nada disso, aquele era o jeito de Hilo se relacionar com o primo: mencionar como ele era resiliente e como, mesmo sem nenhuma vantagem e sem a mínima esperança de vencer, lutava até não ser mais capaz.

Hilo se levantou e bateu a poeira das calças.

— Vem dar uma volta comigo.

Anden queria explicar que realmente precisava ir à enfermaria. Em vez disso, se levantou, pegou sua mochila cheia de terra e mancou em silêncio ao lado do primo enquanto ele seguia pela trilha do jardim rochoso. Agora, pelo visto, já podiam conversar.

Hilo pegou dois cigarros e lhe ofereceu um. Acendeu o de Anden primeiro, e depois o seu próprio.

— Você vai ter que começar como um Dedo, que nem todo mundo. É assim que as coisas são. Mas, se der tudo certo, você vira Punho em seis meses. Vou te dar seu próprio território, sua própria equipe. — O público que os assistia tinha se dispersado. Hilo deu uma olhada para o outro lado do campo, onde alguns alunos mais velhos se alinhavam para treinar. — Você tem que prestar atenção este ano e começar a pensar em quais dos seus colegas você vai querer como seus Dedos. Ser habilidoso é importante, mas não é tudo. É melhor escolher os que são leais e disciplinados. O pessoal que não começa confusão, mas que também não leva desaforo pra casa.

A combinação da onda de adrenalina junto com as palavras de Hilo fez os dedos de Anden tremerem. Ele deu uma tragada no cigarro.

— Kaul-jen — ele começou.

— Caramba, Andy! Será que eu tenho que te socar mais um pouco? Para de falar assim. — Hilo jogou o braço ao redor dos ombros do primo. Anden se encolheu, mas Hilo o puxou para mais perto ainda e lhe deu um beijo intenso na bochecha. — Você é tão meu irmão quanto o Lan. Você sabe disso.

Anden sentiu uma onda de vergonha e de carinho. Não conseguiu evitar olhar ao redor para ver se alguém havia testemunhado o rompante de afeição de Hilo.

Hilo percebeu e o provocou.

— Que foi? Tá preocupado que eles achem alguma coisa? Porque eles sabem que você gosta de caras? — Quando Anden, chocado, encarou-o, Hilo riu. — Não sou trouxa, primo. Alguns dos mais poderosos Ossos Verdes da história são queers. Você acha que isso importa pra mim, por acaso? Só não esquece que daqui a pouco você vai ter que tomar cuidado com as pessoas que se aproximarem, com aqueles que podem estar de olho só na sua jade.

Anden se sentou pesadamente no muro de pedra. Pescou os óculos no compartimento lateral da bolsa e tentou limpar um pouco do suor e da lama no rosto antes de vesti-los. O conselho de Hilo parecia bobo, já que ele não estava em nenhuma relação romântica e, às vezes, chegava até a pensar que nunca estaria. Além do mais, não estava nem um pouco inclinado a compartilhar esse sentimento com o Chifre, isso sem mencionar os assuntos mais estressantes do último ano antes da formatura com os quais tinha que lidar.

— Hilo — disse ele lentamente. — E se eu no fim das contas nem conseguir mexer com jade? E se não estiver em mim? Sou só metade kekonésio.

— E essa metade já é o bastante — garantiu Hilo. — É até capaz que um pouco de sangue estrangeiro seja o que te faz ser tão bom.

A sensitividade à jade era algo complicado. Apenas os kekonésios tinham o bastante para serem Ossos Verdes. A descendência mista de Anden o transformava num caso incerto. Era mais sensível, sem dúvida, e, com o treinamento apropriado, poderia desenvolver uma habilidade mais forte (ou uma propensão letal ao Prurido).

— Você conhece o histórico da minha família — disse Anden, baixinho.

Um grupo de crianças carregando baldes e pás estava sendo guiado através do campo por um instrutor. Elas cambaleavam de fadiga sob o sol escaldante, mas sabiam muito bem que era melhor não reclamar. Os primeiros dois anos na Academia eram compostos por estudo e trabalho físico consistente além da sempre presente e gradual exposição à aura de jade. Aqueles jovens não começavam a estudar as seis ordenações antes de chegarem ao terceiro ano. A tolerância à jade, assim como qualquer outro músculo do corpo, era construída por meio de um rígido condicionamento mental e físico. Mas, para além disso, havia o elemento de sorte e a genética. Não havia explicação alguma para o porquê de alguns Ossos Verdes conseguirem naturalmente carregar muito mais jade sem sofrer dos terríveis efeitos colaterais enquanto outros não.

Hilo coçou a sobrancelha com o dedão enquanto mantinha a outra mão no ombro de Anden.

— O histórico da sua família? Seu avô foi um guerreiro lendário; seus tios foram Punhos famosos. Dizem que sua mãe conseguia Perceber um passarinho voando lá em cima e Afluir de tão longe que era capaz de fazer o coração do coitado parar no ar.

Anden encarou a ponta incandescente do cigarro. Não era nisso que estava pensando.

— Chamavam ela de Bruxa Louca.

Certa madrugada, quando tinha sete anos, Anden encontrara a mãe sentada pelada na banheira. Ele lembrava que tinha sido depois de um dia quente no meio do verão (um daqueles dias infernais em que as pessoas, quando chegava a noite, passavam gelo nos lençóis e ficavam abraçando toalhas molhadas em frente ao ventilador). Anden tinha se levantado para fazer xixi. A luz do banheiro estava acesa, e, quando ele entrou, viu a mãe lá sentada. O cabelo estava caído em mechas frouxas e molhadas sobre o rosto, e seus ombros e suas bochechas reluziam sob a luz amarela. A única coisa que ela vestia era a gargantilha de jade de três camadas que nunca tirava. A banheira estava cheia pela metade, e a água rosa devido ao sangue. A mãe de Anden ergueu o olhar com a expressão vazia e confusa, e ele viu que ela tinha um ralador de queijo na mão. A pele dos braços dela estava ralada e a carne exposta parecia carne moída.

Depois de um instante que pareceu nunca ter fim, ela ofereceu ao filho um sorriso discreto e acanhado.

— Não consegui dormir. Tava coçando demais. Volta pra cama, meu pequeno.

Anden correu de lá e chamou a única pessoa em quem conseguiu pensar: Kaul Lanshinwan, o jovem que estava quase sempre na casa deles, o colega de classe e melhor amigo de seu tio antes de ele ter se jogado da Ponte Mais Que Distante em uma manhã no ano anterior. Lan veio junto com o avô e levou a mãe de Anden ao hospital.

Era tarde demais para ela. Mesmo depois de a terem sedado e removido toda a jade de seu corpo e proximidades, não foi possível salvá-la. Quando acordou, ela lutou contra as amarras, gritou, xingou-os, chamou-os de cachorros e ladrões e exigiu que lhe devolvessem a jade. Anden ficou sentado no corredor do quarto da mãe com as mãos espalmadas sobre os ouvidos e lágrimas escorrendo pelo rosto.

Ela morreu alguns dias depois. E gritou até o fim.

Onze anos depois, a memória ainda permanecia nos pesadelos de Anden e sempre ressurgia quando ele estava ansioso e incerto. No dormitório, quando acordava no meio da noite, não conseguia levantar e ir ao banheiro. Por vezes, ficava deitado olhando para a escuridão com a bexiga doendo, a garganta seca e a pele formigando com um medo psicossomático e traiçoeiro de que seu sangue carregava uma maldição, o que significava que ele também estava destinado a morrer jovem e perturbado. O poder corria em sua família, assim como a loucura. Foi por isso, muito embora os Kaul o tivessem encorajado a mudar de nome, que ele preferiu manter Emery, que não significava nada para ninguém, ao invés do nome da família de sua mãe, Aun, que vinha cheio de expectativas de grandiosidade e insanidade, nada do que Anden desejava para si mesmo.

Depois da morte da mãe de Anden, Lan conversara com o avô. Sem qualquer cerimônia, os Kaul o acolheram, integraram-no à família e deram-no de comer e onde morar até seus dez anos, idade em que poderia ser enviado à Academia Kaul Dushuron com o dinheiro e a benção de Kaul Sen. E então chegou o notável momento em que a família à frente dos Desponta era a única família que Anden tinha. O lado de sua mãe havia se incinerado em tragédia. Seu pai não passava de uma memória distante: um homem de uniforme e com olhos azuis que voara de volta para o país distante de onde viera, para as mulheres de cabelo pálido e para os carros velozes.

— Ela teve uma vida ruim, a sua mãe. Uma vida que começou ruim e terminou mal. Mas você não vai ser como ela. Você teve um treinamento melhor. E tem todos nós cuidando de você. — Ele bateu o cigarro. — E, caso você realmente precise, agora tem o BL1.

— Brilho — disse Anden, chamando-o pelo nome usado nas ruas. — Drogas, no caso.

Hilo torceu o nariz, incomodado.

— Não tô falando do que os sujeitinhos acabados de febre da jade fazem naqueles laboratórios imundos e vendem pra qualquer fracote ou gringo por aí. Tô falando de BL1 de nível militar, o que os espênicos dão pros melhores soldados deles. Tira a hipersensibilidade e amortece um pouco os efeitos da jade, caso você precise.

— Dizem que é venenoso e muito fácil de dar overdose. E que tira anos de vida também.

— Isso naqueles estrangeiros despreparados de sangue fraco que usam o tempo inteiro que nem um bando de viciados — disse Hilo, sem pestanejar. — Mas você não é assim. Cada um é cada um, e você ainda não sabe como vai ser usar jade. Não tô dizendo que você vai precisar de ajuda, só tô dizendo que é uma possibilidade. Podemos arranjar sem problemas, caso precise. Você é um caso especial. E não tem vergonha nenhuma nisso, Andy.

Só Hilo tinha permissão de o chamar por aquele apelido que soava estrangeiro. No início, Anden se irritava, mas agora já nem se importava. Tinha desenvolvido apreço pela ideia de que Hilo considerava aquela intimidade algo especial entre os dois. Anden percebeu que o cigarro tinha se apagado. Bateu a ponta e colocou a bituca no bolso para não sujar o jardim rochoso e acabar levando uma advertência depois.

— Fico pensando se o brilho teria ajudado a minha mãe.

Hilo deu de ombros.

— Pode ser que sim, se fosse algo disponível na época. Mas a sua mãe tinha vários outros problemas, como o seu pai ter ido embora e o seu tio ter se matado. Problemas que talvez a tivessem levado ao limite de um jeito ou de outro. — Hilo estudou Anden com preocupação. — Cara, por que é que você ficou todo preocupado do nada? Logo mais você vai virar um Osso Verde, não precisa ficar tão cabreiro assim. Eu nunca deixaria nada acontecer com o meu priminho.

Anden abraçou o próprio torso machucado.

— Eu sei.

— E não esquece, hein — disso Hilo, se inclinando contra o muro. — Ah, inclusive, a Shae mandou um oi.

— Você falou com ela? — perguntou Anden, surpreso. — Ela voltou?

Mas Hilo não estava mais sorrindo, e também não dava nenhum sinal de que tinha ouvido a pergunta. Ao invés de responder, ele murmurou:

— Vamos precisar de você logo, logo, Andy.

Ele deu uma olhada pelo local, como se estivesse absorvendo aquele tanto de alunos. A maioria já era, de alguma forma, afiliada ao clã: filhos de Ossos Verdes e de Lanternas. A Academia era uma grande fonte para os Desponta da mesma forma que sua rival, a Academia Wie Lon, era para os Montanha.

— Daqui a pouco vamos precisar de cada calouro fiel que pudermos ter — continuou Hilo. — O Lan não ia gostar de me ouvir te contando isso, mas você tem que saber. A verdade é que o vô tá com um monte de parafusos soltos e com os dois pés na cova. Ayt Yu morreu, e aquela vadia da Mada tá vindo atrás de nós. Vêm vindo problemas com os Montanha por aí.

Anden se preocupava com o primo, mas não sabia o que dizer. Durante todo o verão correram pela Academia rumores a respeito das crescentes tensões entre os clãs. O irmão mais velho de fulano era um Dedo que fora insultado por alguém do Clã da Montanha e um Duelo com certeza aconteceria. A tia de ciclano fora expulsa do prédio em que morava por causa de algum corretor de imóveis afiliado ao clã rival. E por aí em diante. Mas não era muito extraordinário, tudo isso Anden sempre ouvira de vez em quando no decorrer dos anos. Disputas entre clãs menores aconteciam o tempo todo. Tão imerso na Academia quanto estava, os problemas iminentes de que Hilo falava pareciam distantes para Anden, algo que preocupava seus primos, mas nada que o afetaria pessoalmente até a primavera seguinte, quando se formaria.

Que erro. O problema o alcançou uma semana depois.

Capítulo 8
O Encontro no Dia do Barco

Isso tudo aconteceu porque ele saiu para fazer xixi sozinho.

O começo da temporada dos tufões em Kekon era sempre marcado pelo Dia do Barco, e o término, três meses depois, pelo Festival de Outono. O Dia do Barco é um feriado que gira em torno de subornos ao petulante deus do tufão, Yofo, oferecendo a ele bastante destruição para que o ano seguinte seja livre de quaisquer Expurgos da Terra: as mais ferozes das tempestades, capazes de arrancar árvores, destruir aldeias e causar deslizamentos de terra. Crianças e adultos constroem barcos de papel (assim como casinhas e carros de palitos de fósforo) e os destroem com muita fanfarra: atear fogo e depois os atingir com fortes jatos de mangueiras é um método bem comum, mas jogá-los de lugares altos e esmagá-los com baldes cheios de pedras e lama também são práticas habituais. Na noite do Dia do Barco, o porto de Janloon se transformava no palco de uma batalha naval ensaiada, repleta de chamas, explosões de canhões e marinheiros saltando ao mar, e terminava com o naufrágio cerimonial de um ou dois navios velhos.

Anden vira tantas vezes o espetáculo do porto durante a infância que não sentia necessidade alguma de assisti-lo de novo, mas acabou aceitando o convite de Ton para ir à beira-mar com vários colegas para ver a folia. Para instaurar um espírito de austeridade e disciplina, a Academia servia refeições modestas e brandas, proibia álcool e dava aos alunos poucos dias de folga, então, em feriados especiais, os acadêmicos do sétimo e do oitavo ano, que tinham permissão para sair do campus sem supervisão, tendiam a exagerar e comer e beber até passarem mal, e, seguindo uma tradição já sagrada, eram intimidados e punidos por professores nada simpáticos no dia seguinte. Anden, Ton e outros três (Lott, Heike e Dudo) visitaram quatro bares nas Docas, comeram meia dúzia de diferentes comidas nas barraquinhas do calçadão e, lá pelo meio da tarde, estavam debatendo se deviam ficar por ali mesmo para ver o naufrágio ou lutar contra a correnteza de espectadores que vinham chegando.

A bexiga de Anden estava tão cheia que chegava a doer, mas não havia nenhum banheiro à vista. O clima estava quente e úmido, como sempre, e ele passara a última meia hora tomando refrigerante enquanto culpava seu sangue espênico fraco por ter ficado meio bêbado com apenas um pouco de hoji, uma bebida kekonísia feita de tâmaras.

— Vamos lá pra cima. Tenho que mijar — disse, antes de perceber que estava falando sozinho.

Dudo estava vomitando em uma lixeira da rua com Ton ao lado, oferecendo apoio moral. Heike e Lott estavam tendo uma discussão enfurecida por causa de um jogo de bola.

Anden esperou e os observou por um minuto. Heike era mais alto, tinha os melhores braços e também era, sem dúvidas, o mais bonito dos dois, mas havia algo em Lott Jin que sempre chamava a atenção de Anden. O formato marrento, mas ao mesmo tempo sensual, daquela boca em formato de arco e o cabelo levemente ondulado sobre os olhos sisudos guardados por longos cílios. Havia um quê de ociosidade animal nos movimentos de seu corpo muito bem distribuído que passava a impressão de que ele não se importava muito com nada.

Já que a discussão sobre o jogo não estava chegando a lugar algum e nenhum dos outros parecia disposto a se mexer por enquanto, Anden decidiu que seria melhor ir tratar de seus assuntos. Ao invés de lutar contra a multidão que se acotovelava pela melhor vista, ele seguiu o calçadão para mais longe até chegar na plataforma que controlava as balsas responsáveis pelo trajeto até as remotas ilhas de Euman e de Butônico. Era de se pensar que haveria um banheiro ali, mas não era o caso. Anden atravessou a rua e trotou por outros três quarteirões até encontrar um lugar na esquina que vendia rabanada. Murmurando pedidos de desculpas conforme ia passando pelas pessoas na fila do balcão, ele se apressou para o banheiro, fechou a porta e suspirou de alívio enquanto sussurrava uma prece rápida a Tewan, o deus do comércio, pedindo que abençoasse os proprietários da Ponto Quente, a tal lanchonete de rabanada.

Para sair do pequeno estabelecimento, ele teve que passar mais uma vez pela multidão de adolescentes concentrados na porta. Um jovem quase da mesma idade de Anden o empurrou de volta com raiva e disse:

— Não vai nem comprar nada, cara?

— Como é que é?

O rapaz gesticulou com a cabeça em direção à Ponto Quente, mas sem desviar o olhar de Anden.

— Você entra pra mijar, mas não compra nada, é isso? Não gosta de rabanada, por acaso? É a melhor da cidade. É melhor ter mais respeito, keke.

CIDADE DE JADE   79

—Ele não é keke, na real — disse um dos outros adolescentes que mastigava uma rabanada lenta e preguiçosamente e encarava Anden com a mandíbula inclinada para a frente. — É um mestiço, e veio parar na parte errada da cidade.

Anden deu uma olhada na janela do Ponto Quente e entendeu na mesma hora onde havia errado. Apressado, tinha atravessado as Docas e entrado no distrito do Parque de Verão. Havia uma lanterna de papel pendurada sobre o caixa, mas era verde-clarinha, não branca. Estava em território dos Montanha, e usando uma camiseta com as cores da Academia Kaul Du.

Não tinha muito dinheiro, e a última coisa que seu estômago já estufado queria era rabanada.

— Você tá certo — disse Anden. — Vou entrar e comprar um pão.

Ele deu um passo para trás em direção à fila de clientes.

O primeiro adolescente deu um empurrão em Anden com o ombro e se empertigou todo, pronto para um desafio.

— Com essa camiseta horrível aí você não vai entrar coisa nenhuma.

— Um sorriso arrogante se apossou daquele rosto cheio de marcas de acne.

— Passa ela pra cá. A gente a aceita como um tributo pra Escola Wie Lon e vamos pendurá-la em cima dos mictórios.

— Não vou te dar minha camiseta — disse Anden, agora já incomodado.

Muito embora tivesse dezoito anos, ainda era um aluno sem as próprias jades e, segundo as tradições de seu próprio povo, ainda não era um homem. Ossos Verdes, comandados pelo código de honra de aisho, eram proibidos de matar qualquer membro da família de seus inimigos que não usassem jade. Infelizmente, o código não reprimia os membros sem jade de clãs e escolas rivais. *Eles* eram livres para fazer o que quisessem. Anden aprendera desde muito novo a nunca sair do território dos Desponta sozinho. Em silêncio, xingou os colegas bêbados, a quinta dose de hoji que tomara e seu próprio descuido.

Estavam em três: o líder todo pipocado de espinhas, seu amigo magricela e um terceiro bem mais silencioso e mais jovem que devia ter uns quinze ou dezesseis anos, mas já era maior e mais pesado do que os outros dois. Juntos, cercaram Anden e assumiram posições tão naturalmente que ficou claro que já haviam brigado assim antes. O líder ficou no centro e um pouquinho mais para trás, enquanto o magricela e o garoto maior o cercaram de ambos os lados.

— Encosta a testa no chão e passa a camiseta pra cá, seu mestiço — disse o líder. — E depois diz que a Academia Kaul Du é uma escola de filhos da puta de sangue fraco e papa-bostas.

Os outros rapazes riram. Voltar com uma camiseta da Academia toda ensanguentada e uma bela história sobre uma surra bem dada faria aqueles garotos ganharem um status considerável entre os colegas na Wie Lon. Anden não recuou, mas outras pessoas sim. Toda a fila de clientes à espera foi para a direita como se fosse uma serpente e deu a volta na Ponto Quente de forma que os quatro tivessem muito mais espaço na calçada. A mulher que anotava os pedidos no balcão se levantou na ponta dos pés e gritou:

— Xô! Xô! Na frente das portas de vidro, não! — Gesticulou os braços para que se afastassem.

Anden usou a distração momentânea para atacar primeiro. Foi para a direita, depois deu um passo para a esquerda e golpeou a cara do magricela numa sequência tripla de soco e cotovelada com o braço esquerdo e um murro com a parte de baixo da palma da mão direita que, sem demora, o derrubou.

Era melhor assim. Se saísse correndo, ia humilhar a Academia e Hilo, mas também não tinha como vencer, não sem jade e contra três oponentes, sendo que dois eram maiores que ele. E, além do mais, só lhe dariam uma bela surra, não fariam nada além disso; pelo menos não em público, não no Dia do Barco e não se Anden lutasse bem o bastante para ser respeitado.

Anden segurou pelos ombros o oponente que caía, o girou e o empurrou em direção ao líder que já se preparava para atacar. O garoto maior veio ligeiro por trás, agarrou-o num abraço de urso apertado e segurou-lhe os braços enquanto o adolescente espinhento pulava sobre o amigo caído e começava a socar as laterais do corpo e o estômago de Anden, que grunhiu a cada pontada de dor. Ele jogou todo o peso para baixo, deu um chute para trás bem no queixo do garoto e bateu o pé com força no tênis de lona do rapaz. O adolescente soltou um palavrão e levantou o pé ao mesmo tempo em que Anden ergueu as duas pernas e deu uma voadora no peito do líder.

O oponente cambaleou para trás em direção à porta da Ponto Quente e tropeçou na perna do colega que havia caído, mas foi segurado e empurrado de volta pelas pessoas contra quem havia se chocado. O grandalhão perdeu o equilíbrio e teve que soltar Anden para amortecer sua queda. Anden subiu nele e deu uma cotovelada sem nem ver onde iria bater, mas ouviu o golpe se conectar a algo e emitir um baque sólido. Ele rolou para longe, mas, antes de conseguir ficar de pé, os braços carnudos do rapaz o envolveram pela cintura e o arrastaram pelo chão como uma âncora enquanto o líder, agora recuperado, caía de soco em cima de Anden.

Anden sentiu apenas dois socos em suas bochechas e orelhas e então o ataque parou e o peso dos oponentes foi abruptamente levantado de cima dele.

— O que pensam que tão fazendo? — vociferou a voz de um homem. Anden olhou para cima e viu um Osso Verde do Montanha negro colocando de pé todos os três rapazes de Wie Lon. Eles estremeceram e se acovardaram; não eram páreo para a Força do homem que os arrastava como se fossem cachorrinhos rebeldes. — Seus merdinhas. É Dia do Barco. Olha lá o parque cheio de gente. Temos *turistas* aqui, e vocês, alunos da Wie Lon, ficam rolando no chão brigando que nem um bando de cachorros. Mas que porra.

— A gente tava dando uma lição nele, Gam-jen — choramingou o líder. — Ele é um maldito de um Kaul Du, e mestiço ainda por cima. Além do mais, ele que bateu primeiro na gente.

Uma voz diferente, calma, porém mais profunda como um urso levado ao descontentamento, disse:

— É assim que futuros Dedos falam com Punhos?

Anden ergueu o olhar e viu se aproximar um homem que nunca tinha conhecido pessoalmente, mas que reconheceu na mesma hora devido à sua reputação.

Os adolescentes se arrependeram na mesma hora.

— Não, Gont-jen — murmuraram, cabisbaixos. O líder, meio amuado, disse: — Peço perdão caso tenhamos exagerado.

Gont Aschentu, Chifre do Montanha, dispersou a multidão com seu tamanho e seu perigoso ar de autoridade. Ele virou a mandíbula quadrada para dar uma olhada de cima em Anden, depois voltou a parcialmente encarar os garotos da Escola Wie Lon.

— Saiam agora.

Os três jovens tocaram a testa com as mãos entrelaçadas rapidamente enquanto se afastavam e saíam correndo, olhando para trás conforme iam embora. Anden se levantou e ficou tentando ajustar a armação torta dos óculos. Ao encarar o Chifre do Montanha, quase desejou que os três atacantes voltassem. Entrelaçou as mãos e as levantou em uma saudação respeitosa, cautelosa e profunda.

— Gont-jen.

— Você é Anden Emery — disse Gont, e o uso do nome estrangeiro fez Anden estremecer internamente. — Filho de Aun Uremayada. Adotado pelos Kaul.

Anden hesitou.

— Sou, Gont-jen.

Gont Asch tinha uma aparência distinta. Era careca, tinha braços e pernas grossos, assim como o pescoço, e braçadeiras encrustadas de jade. Era a aparência de algo poderoso, o tipo de Chifre que rugia ordens e profanidades, que atirava primeiro e perguntava depois. Mas, na verdade, tinha a fala mansa e diziam que o visual meio bruto escondia uma astúcia perspicaz e paciente.

— Ouvi falar que você é um dos melhores alunos da Academia — disse com a voz profunda enquanto ainda olhava para Anden. Ele se virou para Gam. — Uma pena você ter acabado com a briga. Eu gostaria de ter visto como ia terminar.

— Não sabia que ele era um Kaul — disse Gam.

— Não de sangue, mas o tratam como se fosse — disse Gont, com a voz agora assumindo um tom sagaz. Ele analisou Anden como um coveiro tirando as medidas perfeitas para um caixão. — Inclusive, Kaul Hilo te considera um irmão mais novo, não é?

O coração de Anden começou a retumbar de novo. Sabia que Gont e Gam conseguiriam Perceber seu medo, então, em silêncio, respirou devagar para tentar voltar a ficar calmo. Não tinha feito nada de errado, não cometera crime algum... Seria uma quebra inconcebível do aisho se esses homens o machucassem, não importa o quanto quisessem ferir seus primos.

— Peço desculpas por ter causado esse fiasco, jen — disse, enquanto se afastava. — Me separei dos meus amigos lá no porto e acabei indo longe demais. Vou prestar mais...

A mão pesada do Chifre pousou no ombro de Anden antes que ele pudesse dar outro passo para trás.

— Vamos conversar, Anden. A boa sorte certamente fez nossos caminhos se cruzarem. — Gont ordenou ao Punho: — Traga meu carro.

Gam saiu no mesmo instante. Com a mente a mil por hora, Anden ficou ali, paralisado. Podia tentar correr, mas chegava a ser ridículo pensar que conseguiria ser mais rápido do que um Osso Verde como Gont Asch.

— Não precisa ficar com medo — disse o Chifre com certa diversão na profunda voz. — Sei que você ainda não é homem.

Uma onda de calor subiu pelo rosto de Anden e apagou o alarme interno que soava. Ele virou a cabeça lentamente para encarar o braço que Gont colocara sobre seu ombro. Cada pepita de jade fora posicionada com cuidado para formar a abstrata, porém ainda reconhecível, silhueta de um rio. O rio era sagrado; trazia a água que gerava vida e a jade que concedia o poder. Era calmo e harmonioso, mas quando inundava na época de monção se tornava imparável e mortal. Anden conseguia sentir as várias joias de Gont atraindo-lhe o sangue como uma força gravitacional. Ergueu os olhos para o rosto do homem.

— Não tô com medo. Meus primos, por outro lado, talvez não confiem nas suas intenções.

Gont deu uma gargalhada suave e, ao mesmo tempo, um ZT Valor cintilante estacionou na calçada.

— Entra — disse o Chifre, abrindo a porta de trás. De repente, Anden sentiu uma fraqueza nos joelhos, mas o braço de Gont o guiou sem rodeios para dentro do veículo. — Não precisa se preocupar com os irmãos Kaul. Vamos garantir que eles saibam que você está em boa companhia.

Com receio para dar e vender, Anden embarcou no sedan preto e quadrangular. Gont entrou logo em seguida e fechou a porta. Começaram a se mover.

O motorista do ZT Valor (um homem com feições de furão, um punhado de cabelo branco e flocos de caspa na camisa preta de seda) os conduziu por uma série de estradas alternativas para sair do Parque de Verão. O carro entrou na Rua Patriota e seguiu para o oeste. Apesar da situação, Anden olhava pela janela com grande curiosidade. Fora criado para considerar certas partes de Janloon como território inimigo e ficou meio decepcionado quando viu que aquelas regiões não eram nada diferentes do restante da cidade: lojas e ruas lotadas de gente, guindastes de construção, prédios novos e reluzentes e barracos velhos e lamacentos, cachorros dormindo na sombra e carros importados ultrapassando pessoas carregando pacotes em bicicletas. A população comum, aqueles que não eram Ossos Verdes, tinham liberdade para se mover por Janloon, então por que ele esperava que parecesse um país diferente?

Sorrateiramente, se esquivou no banco numa tentativa de aumentar o espaço entre ele e os ombros nus de Gont Asch, que eram imensos e todos atravessados de cicatrizes brancas e elevadas. O folclore acerca de como Gont conseguira aquelas cicatrizes era muito popular, e o homem claramente achava interessante vestir camisas sem mangas que faziam o povo não as esquecer. No caos dos primeiros dias após a guerra, um grande número de gangues criminosas tomou Janloon de assalto, o que causou problemas nas ruas e se mostrou um desafio para os Ossos Verdes sobreviventes e exaustos da batalha. Algumas dessas gangues adquiriram jade, já que o controle não era tão severo naquela época como agora, e assim se tornaram até que bastante poderosas muito embora o Prurido tenha começado a se espalhar pelos membros como uma epidemia. Um jovem Gont

Asch acabou se complicando com uma dessas gangues e, numa noite, foi emboscado e arrastado até o líder.

Gont exigiu um expurgo por lâmina, mas a luta não foi aceita. Ele ergueu os dedos sem joias e insistiu em uma "morte por consequência", o direito de um Osso Verde de morrer lutando ao invés de se submeter à execução. Gont fora desarmado; os membros da gangue estavam com facas, facões e machadinhas. O líder sorriu perante a coragem do jovem, mas parou de sorrir assim que a luta começou. O talento de Gont com o Aço era incomparável. Ele resistiu a uma tormenta de cortes, pegou a arma do oponente e matou todos os oito membros da gangue. Diziam que o líder caiu de joelhos, levou as mãos entrelaçadas à cabeça em reverência, e fez um juramento de aliança a Gont Asch e ao Clã da Montanha. Gont ainda era, e todos sabiam, o único homem vivo a escapar de uma morte por consequência.

— Desliga isso aí — disse o Chifre. Do banco do passageiro, Gam esticou o braço e tirou a ópera que estava tocando no rádio, o que fez o interior do carro de repente ser preenchido por silêncio e sossegar desconfortavelmente em meio ao calor do verão que não melhorava nem um pouco com a janela da frente aberta. Gont moveu o corpo com estrutura de touro e olhou para Anden com um interesse firme. — Eu encontrei o seu avô uma vez, e a sua mãe também. Foi há uns vinte anos. Os Aun eram guerreiros excepcionais, tão abençoados que eu acho que os deuses não aprovavam tamanho poder em mortais e acabaram mandando o azar para persegui-los. Eu era um garoto mais novo que você, só que já era um Dedo. A gente não podia se dar ao luxo de ficar muito tempo na escola naquela época.

Chocado com o rumo da conversa, Anden piscou e não falou nada. Era difícil não se perder naquele barítono firme, articulado e até mesmo amigável e tranquilo como o de um ótimo narrador de radionovelas. Um contraponto à enervante escala da presença física do homem.

Gont continuou.

— O país ficou sem ordem nenhuma naquela época. Estávamos crescendo e reconstruindo como doidos, mas era um caos. Os Ossos Verdes mantiveram a paz, garantiram que os criminosos e os estrangeiros não tomassem conta de tudo, mas, em meio a tudo isso, Ayt Yu e Kaul Sen brigaram e acabaram dividindo a grande Sociedade da Montanha Única. Lembro que os Aun estavam entre os maiores defensores de que Ayt e Kaul reconciliassem as diferenças e mantivessem os Ossos Verdes sob o mesmo clã.

"No fim, seu avô acabou indo para o lado dos Kaul, mas a lealdade da família Aun ficou dividida. Seu tio foi para a Academia e virou o amigo mais íntimo de Kaul Lan, mas sua mãe foi para a Escola do Templo de Wie Lon.

Se ela estivesse viva e tivesse escolha, você estaria fazendo seus juramentos aos Montanha este ano."

Anden manteve os olhos voltados para a frente e a mandíbula cerrada com firmeza. Que joguinho era aquele de Gont?

— Minha mãe não teve escolha — respondeu ele, tenso. — Kaul Sen me acolheu depois que ela morreu. Devo a ele minha educação e as jades que vou usar depois de me formar.

Gont deu de ombros.

— O Tocha de Kekon agora é um homem velho. O que você deve levar em consideração é se a sua dívida com ele vai te limitar a ser um subalterno do Kaul Hilo ou não. — Até aquele momento, a voz de Gont havia deixado transparecer muito pouco, mas agora ali estava, sem sombra de dúvida, o desdém que ele sentia pelo outro Chifre.

O carro havia pegado uma estrada que subia pelas montanhas. Por ambos os lados, uma paisagem verdejante e exuberante era de vez em quando substituída por comércios de beira de estrada com a pintura descascada e propriedades particulares cercadas por portões enferrujados de aço. Anden tentou esconder o crescente nervosismo quando disse:

— Pra onde você tá me levando?

Gont se acomodou, o que causou uma depressão no banco do veículo.

— Pro topo da montanha.

Capítulo 9

Aisho em Risco

Lan estava em uma reunião com Doru e dois Lanternas proeminentes quando a secretária de Doru bateu na porta já como quem pedia desculpas, os interrompeu e, num tom agudíssimo, disse:

— Desculpem a intromissão, mas, Kaul-jen, é que tem um homem aqui chamando o senhor no telefone. Ele disse que é urgente.

O Pilar franziu o cenho; talvez fosse alguém da embaixada espênica de novo na expectativa de ludibriá-lo ou de suborná-lo a mudar seu posicionamento quanto às alíquotas da exportação de jade. Ele pediu licença e passou pela porta que a secretária segurou aberta. Ela deu um sorriso tímido quando o Pilar passou. Lan não sabia o nome da moça. O Homem do Tempo sempre trocava de secretárias. Essa era especialmente feminina e vestia uma blusa rosa quase transparente através da qual Lan podia ver seu sutiã preto. Ela se apressou para chegar até a própria mesa e transferiu a ligação para o escritório dele.

Lan nem considerava aquela sala como seu escritório, muito embora o ambiente ficasse reservado para ele sempre que quisesse resolver pendências dali. No restante do tempo, ficava desocupada. O último andar da torre comercial dos Desponta ficava na Rua Caravela do Distrito Financeiro de Janloon e gozava de uma vista incomparável, mas era território do Homem do Tempo. Lan preferia o escritório que tinha na residência Kaul.

Pegou o telefone e atendeu a chamada.

— Kaul-jen — disse uma profunda e despreocupada voz masculina. — Estamos com seu jovem amigo, Anden. Nossos caminhos acabaram se cruzando nas festividades do Dia do Barco. Nenhuma regra foi quebrada. Estamos apenas tendo uma conversa com ele, uma conversa muito cordial e civilizada. Em três horas, ele será solto no Distrito do Templo, perto da rotatória. Não precisa se preocupar com a segurança do rapaz... contanto que ninguém do Desponta cometa algum ato descabido. E estou falando do seu Chifre.

Lan disse:

— Entendi. — Ele sabia que estava falando com um membro do Clã da Montanha; ninguém mais seria tão audacioso. Suspeitava que o homem na linha era Gont Asch, mas não tinha como ter certeza. Lan ajeitou a postura e forçou a voz para ficar calma e severa como aço. — Vai por mim: é melhor que seja assim mesmo.

— Não se preocupe com Anden. Ele tem sido extremamente respeitoso e educado. Você tem que se preocupar é com seu irmão transformando isso em algo ruim. — Ele desligou.

Lan devolveu o fone ao gancho e olhou para o relógio de pulso encrustado em jade a fim de verificar a hora exata. Depois, voltou a pegar o telefone e ligou para a casa do irmão, mesmo que já soubesse que seria altamente improvável encontrá-lo por lá. Como o esperado, ninguém atendeu. Ligou para a residência principal e mandou Kyanla pedir para o Hilo ligar para o escritório na Rua Caravela assim que o visse. Lan desligou e se permitiu alguns segundos para voltar à calma.

A audácia dos Montanha nunca o surpreendia ou deixava com raiva. Se Ayt Madashi tivesse uma mensagem para os Desponta, poderia ter agendado uma reunião com Lan através do Homem do Tempo do clã. Ou poderia ter mostrado respeito mandando um membro de seu próprio clã para fazer uma proposta. Qualquer uma das duas formas teria sido apropriada. Sequestrar Anden, a única pessoa sem jade da família Kaul, e usá-lo como intermediário chegava tão perto de quebrar uma das leis de aisho que era quase perturbador. Coloca apenas Lan na injusta posição de prevenir violência. Quem telefonou estava certo; a única preocupação agora era o Chifre. Se Hilo descobrisse que Anden fora pego pelos Montanha, a raiva seria imprevisível.

Lan pegou a agenda em que anotava endereços e procurou o número do apartamento de Maik Wen. Como ninguém atendeu, ligou para os dois irmãos Maik, mas também não teve sucesso. Até que lembrou que era Dia do Barco e a equipe de Hilo deveria estar patrulhando a beira-mar e os estabelecimentos por lá. Ligou para o Sorte em Dobro e pediu para o dono, Seu Une, colocar na linha o Osso Verde de mais alta patente que conseguisse encontrar dentro ou nos arredores do restaurante. Alguns minutos depois, a voz de um homem surgiu pela linha.

— Quem é? — perguntou Lan.

— Juen Nu.

Um dos homens de Maik Kehn.

— Juen-jen, aqui é o Pilar. Preciso que você encontre o Chifre imediatamente. Chame os dois Maik caso saiba onde estão e mande quaisquer Dedos que você encontrar por aí atrás dele. Diga para meu irmão me ligar no escritório do Homem do Tempo assim que ele receber essa mensagem. Não precisa gerar pânico, mas se apresse.

— Agora mesmo, Kaul-jen — disse Juen, preocupado, antes de desligar.

Lan voltou até o escritório de Doru, pediu desculpas aos dois Lanternas (empreiteiros querendo aprovações do clã, apoio financeiro e ajuda com a emissão de alvarás para um novo condomínio) e, já sem prestar muita atenção à reunião, se sentou. Estava preocupado com Anden. O jovem era como um sobrinho de verdade para ele e Lan sentia um grande senso de responsabilidade pelo garoto. Ainda se lembrava de segurar a mão de Anden, confortar o rapazinho de luto, levá-lo à residência Kaul e dizer que aquela era sua nova casa. Lan acreditava que Gont fora sincero quanto a não machucar Anden, mas tudo podia mudar. Os Montanha podiam mantê-lo em cárcere caso algo desse errado. Onde é que estava Hilo, caramba?

Doru teria que se despir de qualquer senso de Percepção para não perceber o peso que se acometera à aura de jade de Lan. Como já era de se esperar, o Homem do Tempo encerrou a reunião o mais rápido possível sem que parecesse grosseiro. Prometeu aos requerentes que o clã tomaria conta das necessidades do empreendimento na expectativa, é claro, de que os tributos dos Lanternas para o Desponta no futuro fossem condizentes com tamanho apoio. Os Lanternas recolheram seus papéis, saudaram Lan enquanto, muito gratos, reiteravam sua fidelidade e então saíram da sala.

— O que aconteceu, Lan-se? — perguntou Doru.

— Os Montanha pegaram Anden. — Quando explicou a situação, Doru piscou e emitiu um som de incredulidade com ambos os lábios.

— Não tem como terem planejado uma coisa dessas. Aquele rapaz está sempre fora de alcance, nunca sai da Academia. Que movimento mais agressivo e oportunista da parte de Gont. Mas, se quisessem nos insultar ou machucar o garoto, não teriam te ligado. Devem querer mesmo que você segure as pontas com o Hilo.

— Será mesmo? — perguntou Lan.

Ele se lembrou de outra coisa. No ano anterior, negociações entre os Montanha e um clã menor chamado Três Marchas não tinham acabado bem e terminaram em violência. No fim, os Montanha anexaram o território inimigo. Segundo contam, dois homens do Montanha pegaram a noiva do filho do Pilar do Três Marchas, dirigiram com ela por três horas para fora de Janloon e a deixaram no acostamento para que andasse de volta, só que descalça. Tomado pela raiva, o herdeiro do Três Marchas liderara o clã em um ataque contra Gont, o que acabou mal para ele e para sua família.

Hilo vivia reclamando ferozmente das coisas que os Montanha faziam com relação a conflitos e disputas por territórios que Lan quase sempre deixava sob responsabilidade do irmão, mas, agora, Lan considerou a possibilidade de que Gont ter pego Anden podia ser o mesmo que foi feito contra o Três Marchas: não quebrar as leis de aisho tecnicamente, mas provocar os rivais à violência e então revidar em retaliação enquanto alegavam estar sofrendo uma injustiça.

O telefone tocou e Lan atendeu na mesma hora.

Hilo disse:

— Sou eu.

— Cadê você?

— Num orelhão na frente do apartamento do sobrinho do Gont aqui em Machadinha, e tem mais vinte caras aqui comigo. — A voz de Hilo estava baixa, mas Lan conseguia ouvir a raiva que mal se continha. — O Gont pegou o Andy. Um informante viu um empurra-empurra no Parque de Verão e disse que aquele filho da puta levou meu priminho no carro dele.

— Se acalma, eu sei. O Gont me ligou. Vão soltar o Anden na rotatória do Distrito do Templo daqui umas duas horas. — Quase com medo da resposta, ele perguntou: — Você por acaso fez alguma coisa que possa mudar isso?

Antes que Lan terminasse de falar, Hilo disse:

— Não. Mas cerquei esta merda deste prédio e é assim que esse caralho vai ficar até que me devolvam o Andy sem nem uma porra de um fio de cabelo faltando. Aquele filho da puta do Gont foi longe demais. Ele pegou o meu priminho!

Aliviado, Lan suspirou baixinho.

— Ele é meu primo também, Hilo. E, seja lá qual for o jogo que os Montanha estão jogando, a gente não pode dar nenhuma desculpa pra eles quebrarem o aisho. Controla seus caras e vai lá pra onde falaram que vão soltar ele. O importante agora é o Anden voltar.

Hilo respirou com força no telefone.

— Eu sei — disse, irritado, e desligou.

Doru entrelaçou os dedos ao redor de um dos joelhos ossudos e, com um sorriso de seus lábios rígidos, disse:

— Então nosso Chifre ainda não começou uma guerra. Graças aos deuses. Se os Montanha estão, de fato, tentando nos provocar, Hilo cairia direitinho. Você está certo em manter a calma.

O Pilar não respondeu; muito embora concordasse com as palavras de Doru, achou o tom um tanto condescendente. A frieza e a habilidade de julgar as situações com cuidado eram a marca de um bom Homem do Tempo, mas talvez o comprometimento de Doru com a paz entre os clãs o estivesse deixando cego. Hilo podia até ser impetuoso, mas pelo menos Lan conseguia confiar que a primeira coisa com que ele se preocupou foi a segurança de Anden. Doru, por outro lado, nunca formara nenhuma relação significativa com o garoto adotado e parecia considerar os eventos de hoje como uma interessantíssima negociação em vez do que Lan sabia que eram: um escandaloso ato de intimidação. Os Montanha estavam mostrando que podiam atingir a família Kaul.

Lan pensou em ir até o Distrito do Tempo para se juntar a Hilo, mas decidiu que seria melhor ficar bem ali caso os Montanha tentassem entrar em contato mais uma vez.

— Cancele o resto das reuniões. Estarei no meu escritório — disse para Doru.

Depois saiu para, sozinho, esperar por alguma notícia do Chifre.

Capítulo 10

A Casa dos Montanha

Levaram-no para a mansão de Ayt.

Ayt Yugontin, quando era o Pilar do Clã da Montanha, tinha, é claro, escolhido o ponto mais alto da cidade para construir sua residência e empregou muito esforço para recriar na propriedade a sensação de um santuário de treinamento para Ossos Verdes como a Escola do Templo Wie Lon. O caminho que levava até lá parecia a entrada de uma fortaleza na floresta, mas, quando Gont abaixou a janela do carro e assentiu para os dois guardas (sem dúvida, Dedos do próprio Gont), as portas grossas se abriram com silenciosas engrenagens.

Anden nunca tinha visto uma casa mais impressionante do que a residência Kaul, mas a mansão Ayt era tão esplêndida quanto, ainda que de uma forma completamente diferente. Enquanto a construção dos Kaul era grande e moderna, com influências arquitetônicas tanto kekonísias quanto estrangeiras, a residência Ayt era kekonísia de um jeito clássico: uma estrutura de um único andar, que se espalhava e contava com uma fachada de rocha, troncos escuros à vista, telhados curvados, azulejos verdes e calçadas largas. Não fossem pelas câmeras de segurança, sensores de movimento e os caros carros importados na garagem, aquele lugar podia muito bem ter sido o lar de um senhorio kekonésio centenas de anos atrás.

O ZT Valor parou e Gont saiu do veículo. Quando o motorista abriu a outra porta, Anden saiu, nervoso, e seguiu Gont pela entrada da casa. Havia dois Dedos ao lado, que saudaram o Chifre, mas não ofereceram mais do que uma olhada superficial para Anden; com a Percepção, viram que ele não tinha jade alguma.

Gont apontou para um banco estofado em uma parede próxima à porta.

— Espera aqui e não se mexa até que alguém te chame — ordenou. Sem mais explicações, seguiu pelo vestíbulo com chão de madeira e desapareceu por um corredor.

Anden seguiu o comando e se sentou. Mesmo com as palmas das mãos suando e sentindo incontáveis nós no estômago, achou difícil não admirar a decoração do ambiente e as antigas espadas expostas nas paredes enquanto olhava o lugar.

Com certeza tinha sido levado ali como refém, para ser usado contra os Kaul por causa de alguma coisa acontecendo entre os Desponta e os Montanha. Talvez aquele problema que Hilo mencionara na semana anterior. Será que devia ter resistido ou tentado fugir? Duvidava que tivesse feito alguma diferença. O que será que Lan faria quando descobrisse o que tinha acontecido? O que será que Hilo faria? A ameaça de que os Montanha machucassem Anden ou o mantivessem como prisioneiro podia muito bem provocar violência entre os clãs. Será que era isso que os Montanha queriam? Ele deu uma olhada ao redor e chegou a pensar se conseguiria fugir, mas então percebeu Gam e mais dois guardas na porta o observando. Não conhecia todos os figurões do Montanha, mas sabia que Gam era o Segundo Punho de Gont e tinha uma grande reputação de ser um lutador formidável. Anden permaneceu onde estava.

Um bom tempo se passou, talvez até uma hora. Tempo o bastante para que a ansiedade de Anden se transformasse em tédio e, depois, em impaciência. Finalmente, Gont retornou.

— Vem comigo — disse ele, mais uma vez sem explicação alguma, e guiou o caminho pelo corredor. Anden se apressou para acompanhar os passos longos e determinados do Chifre.

Pelo caminho, passaram por dois homens de terno que vinham pela direção oposta. Quando olhou para eles, Anden suspeitou de que um deles fosse Ree Turahuo, o Homem do Tempo do Clã da Montanha, já que tinha ouvido uma vez que o sujeito era baixinho. O outro devia ser um de seus subordinados, ou talvez um Lanterna importante. Gont e Ree não se cumprimentaram. Interessante. Pelo visto, o Desponta não era o único clã em que o Homem do Tempo e o Chifre tinham uma relação complicada.

Gont parou em frente a uma pesada porta fechada e virou os ombros largos em direção a Anden.

— Disfarça essa cara de medroso — aconselhou. — Ela não gosta de homens medrosos. — Ele abriu a porta e gesticulou para que Anden entrasse.

Ayt Yugontin perecera sem deixar herdeiros. A esposa e o filho tinham morrido na guerra, soterrados sob toneladas impiedosas de lama e de terra quando bombas shotarianas causaram um deslizamento que destruiu a pequena vila em que Ayt nascera.

Durante a guerra, o povo chamava Ayt de Lança de Kekon. Ele era o audaz, vingativo e feroz guerreiro Osso Verde que os shotarianos temiam e odiavam. Um homem que pouco falava, mas que levava um caos mortal aos invasores e sempre escapava nas sombras e retornava às montanhas.

O mais próximo de seus camaradas, Kaul Sen, era o rebelde mais velho e mais sábio, um estrategista astuto e magistral que, junto de Du, seu filho, distribuía panfletos secretos e transmitia mensagens subversivas no rádio que inspiravam e organizavam a rede de Lanternas que acabou se tornando a chave para a vitória da Sociedade da Montanha Única.

O Lança e o Tocha.

Um ano depois do fim da guerra, Ayt Yugontin adotou três crianças órfãs da vila onde tinha nascido. Defendendo que as habilidades e as tradições dos Ossos Verdes deviam ser preservadas e passadas para as futuras gerações kekonísias, deu aos três filhos, uma adolescente e dois garotos mais novos, uma educação militar na Academia do Templo de Wie Lon. Muito embora tivesse começado a treinar tarde, o talento natural da garota era inegável. O mais velho dos meninos, Ayt Im, tinha um ego maior do que sua capacidade, e morreu em um expurgo por lâmina aos 23 anos. O mais novo, Ayt Eodo, até era habilidoso o bastante, mas se tornou vaidoso e ficou mais interessado em virar um playboy colecionador de arte do que um guerreiro do clã. A irmã, Ayt Madashi, foi escolhida como Homem do Tempo do Clã da Montanha.

Uma hora depois da morte do pai, Mada matou o Chifre de longa data do clã. Em seguida, assassinou três outros rivais, todos dentre os amigos e conselheiros mais próximos do Lança. A comunidade Osso Verde ficou em choque, não pelo que foi feito, mas pela rapidez e pela forma pública com que as mortes foram cometidas, antes mesmo do funeral do próprio pai. Ninguém esperava que a Homem do Tempo vencesse uma batalha contra o Chifre. Os que se opunham a ela imploraram para Ayt Eodo, na esperança de que ele retornasse de sua residência de férias no pitoresco sul da ilha e se posicionasse contra o alvoroço da irmã.

O termo kekonésio "sussurrar o nome de um homem" se originou no período de ocupação, quando as identidades dos oficiais estrangeiros visados como alvos de morte eram repassadas em segredo pela rede de rebeldes. Ayt Mada sussurrou o nome do irmão adotivo e, um dia depois, a mulher de Eodo saiu do chuveiro e o encontrou deitado na cama com a garganta cortada e sem uma jade sequer.

Quando o derramamento de sangue terminou, Ayt Mada mandou uma mensagem para o camarada afastado do pai, Kaul Sen, na qual expressou profundo respeito e condolências pela recente perda da esposa dele, declarou como estava triste pela inevitável violência na transição de poder interno dos Montanha e demonstrou desejo de que a paz permanecesse entre os clãs. Kaul Sen instruiu que Doru mandasse uma generosa remessa de flores-coração brancas e lírios estrela-dançantes, que simbolizavam, respectivamente, simpatia e amizade, ao funeral de seu velho amigo em nome da filha dele, a Pilarisa.

Nos dois anos e meio seguintes, dois clãs menores anexaram território com o Clã da Montanha. O Ventos Verdes o fez por vontade própria; o patriarca se aposentou no sul de Kekon e os líderes restantes assumiram cargos dentro do Clã da Montanha. O outro foi o Três Marchas, que acabou sem escolha quando Gont Asch arrancou a cabeça do Pilar que os liderava.

O escritório de Ayt Mada era espaçoso, brilhante e atulhado. Havia livros e papéis empilhados nas prateleiras das paredes, na mesa e no chão. Pelas janelas, a luz do sol inundava o cômodo. O lugar era dividido em dois: o escritório de fato e uma área de recepção com um sofá e poltronas de couro marrom. Ayt estava sentada em uma das poltronas com um amontoado de pastas sobre o colo. Era uma mulher de quase quarenta anos e vestia calças de linho, uma regata verde e sandálias. Parecia ter acabado de sair da academia ou de um café da tarde. Não usava maquiagem, e o longo cabelo estava preso em um rabo-de-cavalo funcional.

Anden não tinha certeza do que estava esperando. Tinha imaginado que talvez a Pilarisa do Montanha fosse uma mulher glamurosa e *femme fatale*. Ou talvez uma moça toda machona e severa que exalava dureza e uma autoridade de ferro. Em vez disso, ela parecia comum a não ser pela espetacular quantidade de jade que lhe preenchia os braços. Encrustadas em pulseiras de prata que lhe subiam os antebraços e os bíceps como cobras, devia haver pelo menos uma dezena de gemas em cada braço. Tanta jade, e de forma tão despretensiosa. Ossos Verdes não precisavam de nenhum outro símbolo ou status.

Sem erguer o olhar, a Pilarisa disse:

— Ligou?

Gon emitiu um som afirmativo.

— Ele entendeu. É um sujeito esperto, como a senhora disse. O irmão dele reuniu um pequeno exército lá em Machadinha, mas por enquanto não fizeram nada.

Ayt fechou o arquivo que estava folheando e devolveu a pilha à mesinha de centro de madeira polida. Sem cerimônia, gesticulou para que Anden se sentasse no sofá que ficava em frente a ela. Mesmo com uma curta distância entre os dois, já era possível sentir a aura de jade da mulher, com uma intensidade avermelhada, contínua e latente. No centro da mesinha havia uma cumbuca de laranja e um bule de ferro fundido.

— Chá? — ofereceu Ayt.

Pego de surpresa, Anden não respondeu imediatamente. Foi só quando Ayt lhe encarou com um olhar tão formidável quanto sua aura que ele conseguiu dizer:

— Quero. Obrigado, Ayt-jen.

Ayt abriu um armário que ficava embaixo da mesinha e pegou duas xicrinhas de argila. Colocou uma na frente de Anden e outra para si mesma.

— Tá fresquinho — explicou ela, como se fosse importante que os reféns recebessem chá quente ao invés de borras velhas e muito fervidas.

A Pilarisa serviu primeiro para si e depois para ele. Um convidado de honra, principalmente outro Osso Verde, teria sido servido primeiro, mas Anden não se qualificava como nenhum dos dois. Deu uma olhada em Gont, que tinha descansado o largo corpo em uma poltrona próxima de Ayt. Ela não fez menção de que iria servi-lo, e ele também não fez questão alguma. Pelo visto, o Chifre não tinha nada a ver com aquela conversa e permaneceu presente apenas como um silencioso e desconfortável observador.

— Tenho certeza de que você deve estar pensando por que te trouxemos pra cá. — Ayt não perdia tempo com gentilezas. — Nos colocamos em grande risco por esta oportunidade de falar com você. Afinal, há uma chance de que a sua família adotiva julgue nossas ações como desonrosas, quando na verdade são completamente para seu próprio bem.

Anden bebericou apenas o suficiente para umedecer a boca seca. Estava mais perplexo do que nunca, mas sentia um receio de que o que estava acontecendo era diferente do que tinha pensado a princípio, um plano mais complicado do que meramente mantê-lo aprisionado para provocar violência ou para ganhar alguma disputa do Desponta.

— Me contaram que você é o melhor aluno da Academia Kaul Du — continuou Ayt. — Quando eu era mais nova, meu pai nunca permitiria alguém com sangue estrangeiro estudando em Wie Lon, mas os tempos mudaram. Não sou que nem meu pai. Me afasto da tradição quando entendo que há motivo para tal e quando há ganhos a se obter. Acredito que diferenças podem ser superadas; discordâncias do passado podem ser deixadas de lado. Sua linhagem é impressionante, e, mesmo sem sangue ou o nome Kaul, você representa a família. Estou te fazendo uma oferta para entrar no Clã da Montanha.

O coração de Anden começou a martelar. Ele sabia que tanto Ayt quando Gont podiam muito bem Perceber seu medo, mas a expressão de ambos continuou a mesma. Reagir daquele jeito era um sinal de que ele havia entendido o que se passava, o que estava sendo dito. Ir para o lado dos Montanha e trair sua família adotiva, as pessoas que lhe financiavam os estudos, seria suicídio. Jamais poderia aceitar uma oferta como essa, e eles sabiam muito bem disso. Não, isso era uma proposta levemente velada não para ele, mas para os próprios Kaul, para o Clã do Desponta. Um cargo em aberto.

Perceber que havia sido levado até ali para ser um mensageiro de alto nível, que Ayt esperava que ele inferisse a importância de suas palavras e as levasse diretamente até Lan, preencheu Anden com certo alívio. Ninguém iria machucá-lo ou aprisioná-lo. E então, no passar desse alívio, veio um ímpeto de perplexidade e de raiva com o exagero de tudo aquilo. Para que o forçar a entrar em um carro em vez de conversar em um local neutro? Para que provocar Lan e Hilo e levá-los a quase dar ordem de ataque? Para que incluí-lo?

Anden se imaginou levantando, jogando a xícara de chá no rosto de Ayt Mada e dizendo com a voz carregada de nojo: "Kaul Lan jamais sequestraria um estudante sem jade d'a Escola de Wie Lon. O Pilar do Desponta teria a decência de não fazer joguinhos desse tipo."

Mas, claro, Lan não iria querer que ele fizesse uma estupidez como essa. Iria querer que ele mantivesse a compostura, prestasse atenção e retornasse em segurança. Anden permaneceu calmo e manteve tanto o rosto quanto a voz tranquilos ao, com cuidado, responder:

— Fico lisonjeado, Ayt-jen.

Vendo o desconforto do garoto, Ayt sorriu.

— Fico feliz que você entenda a importância de uma oferta tão sem precedentes. Você seria um Punho com muitos Dedos, em uma posição de considerável status e responsabilidade. Mas não aqui em Kekon. Em Ygutan.

Anden piscou.

— Ygutan?

— Estabelecemos novas operações vitais por lá. Preciso de Ossos Verdes empreendedores e talentosos para cuidar de nossas expansões naquele país. Você trabalharia sob ordens do Chifre, mas prestaria contas diretamente para mim. — Ygutan era um lugar frio e desolado, a comida era terrível, e não havia uma pepita de jade sequer em todo aquele vasto território. Por que será que o Clã da Montanha iria querer expandir para Ygutan? Talvez ao Perceber o choque de Anden, Ayt ergueu os lábios em um sorriso amarelo. — O mundo está se abrindo. O comércio internacional está florescendo. Por que nós, Ossos Verdes, deveríamos nos preocupar apenas com esse pedacinho de terra que é Kekon quando há oportunidades tão vastas por aí?

— Mas... O que tem lá em Ygutan?

Ayt parou com a xícara de chá embaixo da boca.

— Fabricação de BL1. — Ela tomou um golinho e abaixou a xícara. — Vamos vender brilho pros ygutanianos.

Anden não tinha palavras. Brilho era ilegal e malfalado em Kekon. Era uma droga inventada por estrangeiros, um atalho que fazia pessoas não kekonísias conseguirem usar jade, pessoas sem a tolerância conquistada a muito custo de que os Ossos Verdes tinham tanto orgulho. Toda uma civilização e uma cultura foram construídas ao redor do inviolável fato de que a jade destruía qualquer um que a usasse a não ser os mais merecedores dos guerreiros kekonésios.

Os espênicos, o povo mais arrogante e inventivo do mundo, sem espaço para comparações, havia dado um jeito nisso. A partir do momento em que estabeleceram bases militares em Kekon para ajudar ostensivamente seus aliados a se defender e a reconstruir o país após a Guerra das Muitas Nações, começaram a trabalhar em laboratórios secretos para determinar como seus próprios soldados poderiam adquirir as mesmas habilidades lendárias dos Ossos Verdes para manipular jade. Embora não com perfeição, fazia dez anos que tinham conseguido isso por meio do BL1.

A fórmula do soro experimental vazara de bases militares espênicas em Kekon e o tráfico ilegal de brilho explodiu. Pelo visto, muita gente, tanto lá quanto do outro lado do oceano, estava disposta a trocar anos de vida por uma droga perigosa que os permitia usar jade sem ser kekonésio, e também sem os anos de treino pesado e sem morrer em decorrência dos terríveis efeitos do Prurido. Havia também o fato muito menos conhecido e universalmente desprezado de que alguns Ossos Verdes a usavam em segredo para artificialmente aumentar suas resistências naturais à jade.

O BL1 era um assunto polêmico entre os Ossos Verdes. Anden ouvira discussões na escola a esse respeito e até um debate na residência Kaul uma vez. Alguns defendiam com firmeza a opinião de que a droga era uma chaga social e outros defendiam que o uso restrito era aceitável contanto que por indivíduos altamente treinados e sancionados como Ossos Verdes que, devido a alguma doença ou ferimento, por exemplo, se beneficiariam desse reforço tolerável na resistência.

Anden não tinha certeza do lado que defendia, ainda mais levando em consideração o histórico de sua família. No entanto, até onde sabia, a única coisa com a qual todos concordavam era que a distribuição ilegal de brilho violava os interesses e os valores dos Ossos Verdes e, logo, devia ser erradicada. O fato de que Ayt Mada, a Pilarisa do maior clã de Kekon, planejava *vender* brilho era tão chocante para Anden que, quando conseguiu voltar a falar, já tinha até se esquecido de seu papel ali e dos cuidados que resolvera tomar.

— Você vai dar pra mais estrangeiros a habilidade de usar jade? Isso não é o extremo *oposto* do que a gente quer?

Ele percebeu que sua bravata provavelmente havia soado como desrespeito, mas Ayt parecia estar se divertindo.

— O que não queremos é perder o controle. Os espênicos já usam BL1 nos soldados. Outros países vão querer fazer o mesmo. Daqui a pouco vai haver cada vez mais estrangeiros usando jade. — Ayt se inclinou para a frente. Não era a intenção de Anden, mas ele se afastou dela. A aura de jade da mulher e o olhar inquisidor pareciam superfícies sólidas o empurrando de forma implacável. — Isso pode ser tanto a maior ameaça que já enfrentamos quanto uma oportunidade inigualável. Quanto mais rápido Kekon correr em direção à modernidade, mais vital vai ser que nossos Ossos Verdes tenham controle estrito de nossos próprios recursos. Podemos ser expulsos do lugar que nos pertence por direito, ou então fazer lucros absurdos.

— Meu pai se esforçou para manter os estrangeiros longe, mas não dá mais pra negar: eles vieram pra ficar. Kekon já não é mais um remanso misterioso da sociedade. Pessoas no mundo todo já conhecem jade, e agora, graças à invenção do BL1, podem possuí-las também. Em vez de lutar contra o inevitável, vamos dar o que eles tanto querem. A um preço que controlamos e sob nossas próprias condições. O tráfico de brilho em Kekon nos permitiu conhecer a produção de BL1 melhor do qualquer um além dos espênicos, e conseguiremos garantir a segurança dos laboratórios que montarmos. Sendo *nós* os produtores de BL1, então também seremos *nós* que decidiremos a extensão do uso de jade por pessoas de fora.

Anden não entendia praticamente nada daquele assunto. Se obrigou a inclinar o corpo para a frente, pegou a xícara e tomou um gole do líquido agora morno. Ao fazê-lo, a proximidade da jade de Ayt fez a Percepção dele pinicar por um instante. O tom de voz da Pilarisa era agradável, mas firme. Ela não parecia ameaçadora. Mesmo assim, ele sentia certa ameaça. Uma avareza obstinada.

— Os Ossos Verdes já se uniram para lutar contra as ameaças estrangeiras. É hora de isso acontecer de novo. Hora de os clãs se juntarem em uma nova aliança. É por isso que estou propondo que você se junte a nós. As recompensas seriam imensas. — Ayt se recostou e sua expressão mudou, agora parecia apática e fria. — Se você recusar a mão que estamos estendendo, bom... a escolha é sua, é claro. Só não esqueça que estamos fazendo essa oferta de boa-fé e com a mais completa honestidade. Só reforço meu pedido de que você demonstre o mesmo respeito e não assuma nenhuma posição no futuro que possa nos colocar um contra o outro.

A pulsação de Anden estava a mil e, com o pescoço quente, ele ficava se mexendo para lá e para cá na poltrona. Ayt estava fazendo a proposta como se estivesse conversando diretamente com outro Pilar.

— Ayt-jen. — Ele pigarreou. A certeza quase absoluta de que seria devolvido inteiro para repassar o pronunciamento de Ayt para os Desponta lhe deu a coragem de falar com mais força do que antes. — Será que eu posso... fazer uma pergunta sincera?

Ayt ergueu as sobrancelhas.

— Por favor.

— Sou só um aluno, então peço perdão caso eu não tenha entendido direito, mas... pra que se dar ao trabalho e assumir o risco de me trazer até aqui e me envolver nessa conversa? Se a senhora quer propor uma aliança com os Desponta, por que não fez diretamente com eles?

Ayt deu um sorriso satisfeito e enigmático que não transmitia nenhuma afeição de verdade.

— Você não se dá o devido valor. Minha oferta pessoal a *você* é de verdade. Você tem um papel importante no futuro da manutenção da paz entre nossos clãs, caso seu Pilar reconheça isso. Quanto a conversar com os Kaul... — Ela abriu as mãos em um gesto de decepção. — Eu aceitaria de bom grado uma discussão com Kaul Lan, mas como tornar isso possível se o Chifre dele continua nos desrespeitando? Ele nunca perde a oportunidade de nos intimidar por causa de fronteiras territoriais. Seus Dedos vivem nos espionando e causando brigas por motivos irrisórios. Como é que podemos esperar um diálogo razoável com os Desponta? — Pela primeira vez durante todo o diálogo, Ayt Mada deu uma olhada em seu Chifre. Ela e Gont compartilharam uma breve e silenciosa troca antes que a Pilarisa voltasse a encarar Anden. — Se o Pilar nos desse alguma indicação de que leva a paz a sério, aí a conversa seria outra.

Ayt se levantou suave e casualmente. Gont se levantou e Anden seguiu a deixa na mesma hora. Ayt era mais alta do que ele esperava. Anden era mais alto do que a maioria dos kekonésios, então os olhos dos dois ficaram no mesmo nível. A luz do sol irradiou as jades em seus braços e refletiu sobre o aço das joias.

— Já tomamos muito do seu tempo esta tarde; vamos levar você pra casa antes que alguém fique com... saudades demais. — Havia um toque sarcástico tanto na voz quanto no movimento da boca dela. — Essa é a nossa proposta. Sabe o que fazer agora. Vou esperar uma resposta, mas não por muito tempo.

Anden entrelaçou as mãos e as levou até a testa.

— Ayt-jen.

Capítulo 11

A Decisão do Pilar

O ZT Valor estacionou no acostamento de uma curva e Anden saltou na frente da área verde próxima à praça do mercado de artesãos no Templo do Distrito. Assim que saiu do carro, Anden viu Hilo à sua espera e um pelotão de homens logo atrás dele. O rosto de Hilo estava corado de alívio e também de um ímpeto assassino; por um mísero segundo, Anden ficou com medo pelo motorista de Gont. Fechou a porta rapidamente e o veículo disparou na mesma hora. Logo já havia se perdido no trânsito conforme acelerava pelas fronteiras.

Hilo se aproximou, agarrou a nuca de Anden e o sacudiu com força.

— Eu devia era te dar outra surra. O que é que você tava fazendo no Parque de Verão, porra? Daqui a menos de um ano você já vai estar com jade; tem que prestar atenção em cada *detalhezinho de merda,* caralho. Nem sempre vou vir correndo quando a coisa ficar feia, entendeu? — Envergonhado, Anden assentiu. Hilo agarrou o queixo do primo e deu uma encarada nervosa no machucado inchado no queixo de Anden; a lembrancinha que o trio de garotos da Wie Lon tinham lhe dado como recompensa pela caminhada negligente. — Fizeram isso aí em você? O Gont ou os homens dele te machucaram, foi?

— Não, não foram eles — respondeu Anden, com urgência. — Foi só uma idiotice que aconteceu com uns garotos da Wie Lon mais cedo. O pessoal do Gont não encostou nem um dedo em mim.

Hilo analisou o rosto do adolescente em busca de sinceridade, até que, enfim, relaxou e abraçou Anden com tamanho carinho que dissipou a tensão.

— Como tô feliz de te ver, primo.

Com uma mão protetiva descansando entre as escápulas de Anden, ele os guiou até o Duchesse, que estava estacionado em um lugar de destaque na praça junto a outros dois carros do Desponta. Maik Tar estava recostado contra o porta-malas, mas ajeitou a postura para abrir a porta do veículo.

— Tenho que falar com o Lan — disse Anden, meio baixinho, quando entraram.

Agora que estava em segurança, o nível de adrenalina que o tinha preenchido pelas últimas horas estava escoando como um bueiro após uma chuva pesada e deixando-o fraco.

— O Lan tá no escritório do Homem do Tempo — informou Hilo. Levaram apenas dez minutos para chegar na rua Caravela. Quando chegaram, Hilo deu algumas breves instruções a seus homens. — Avisem pro pessoal sair lá de Machadinha.

Depois, ele e Tar caminharam com Anden pelo lobby sem nem se darem ao trabalho de se apresentarem no balcão da recepção.

Anden nunca havia entrado no prédio do Homem do Tempo. Essa era uma parte do clã da qual ele sabia pouquíssimo, então ficou intimidado com todos aqueles Agentes da Sorte em ternos bem-passados carregando maletas e pastas de arquivos. Hilo e Tar, suados devido à espera debaixo do sol, com as mangas e as golas abertas, as lâminas lunares ainda penduradas sobre os ombros e as facas talon embainhadas na cintura, pareciam deslocados ali. As pessoas paravam e olhavam quando eles passavam. Alguns os saudavam superficialmente.

Pegaram o elevador para o último andar. Tão sereno quanto Anden sempre o via, Lan os esperava. Mesmo aparentemente despreocupado, o Pilar deu um abraço forte em Anden.

— Entra aqui, senta — disse, e guiou Anden escritório adentro.

— Me levaram até a Ayt Mada — disse Anden. — Lan-jen... ela queria que eu falasse com você imediatamente.

Ele deu uma leve ênfase no *você*.

Lan entendeu. Quando chegaram ao escritório, o Pilar se virou para o Hilo.

— Primeiro quero falar com o Anden em particular. Encontra o Doru e me espera aqui.

Hilo pareceu ficar irritado, mas não surpreso. Ele fez um gesto com a boca para mostrar a Anden que não tinha dado muita importância. Depois, assentiu para Tar e os dois saíram enquanto Lan fechava a porta.

Anden se sentou na cadeira mais próxima e aceitou de bom grado a garrafa de água gaseificada de limão que o Pilar pegou no frigobar e lhe ofereceu.

— Não vou mentir. Você deixou a gente meio preocupado hoje — disse Lan. Ao ver Anden tomar o refrigerante, falou: — Sem pressa. Me conta o que os Montanha queriam.

Quando seu primo terminou, Lan ficou quieto a princípio. Depois, disse:

— Você fez bem, Anden. Manteve a calma e fez exatamente o que tinha que fazer. Sinto muito que isso tenha arruinado seu Dia do Barco, e você deve tomar mais cuidado no futuro. Tenho certeza de que o Hilo já te disse isso. Mas, no fim das contas, você acabou fazendo algo muito corajoso para o clã.

— Desculpa por ter causado problema, Lan-jen.

Lan sorriu. O garoto (o *jovem homem*, o Pilar lembrou a si mesmo) era sempre assim: meio ansioso, um tanto formal demais. Quando morava na residência Kaul, ele ainda agia como convidado; esperava permissões sutis para sentar, comer ou dar opiniões, muito embora vivesse na casa desde que era criança e continuasse residindo lá durante as férias da Academia.

— Você nunca causa problema nenhum, Anden — disse Lan. — Acho que os Montanha estavam planejando nos dar uma sacudida dessas. Você só acabou facilitando para o Gont.

O Pilar levantou e Anden levantou também.

— O que você vai fazer? — perguntou Anden. — A respeito da proposta da Ayt?

— Vou discutir com o Chifre e com o Homem do Tempo — disse Lan. — Não precisa se preocupar. Agora é só focar a escola e se preparar para as Provações deste ano. Você ainda está com tudo em cima pra se formar na Primeira Classe?

— Acho que sim. Vou dar o meu melhor — prometeu Anden, e Lan sentiu uma onda de orgulho.

Anden era um bom garoto; viera de uma família que passou por momentos trágicos, mas havia crescido bem. Não se passava um dia em que Lan não se sentisse grato por ter convencido o avô a aceitar Anden e transformá-lo num Kaul.

Lan levou o primo até as cadeiras no lobby do elevador onde Doru, Hilo e Maik Tar esperavam. Tar levou Anden de volta para a Academia enquanto Lan retornou para o escritório com o Chifre e o Homem do Tempo. Serviu uma generosa dose de hoji com gelo para cada um e disse:

— Bebam. Vamos precisar. — Ele engoliu a bebida e observou os outros dois homens. Doru estava sentado em uma das cadeiras com as longas pernas cruzadas; havia uma curiosidade paciente em seu rosto. Hilo estava recostado contra a parede e seu olhar era severo e expectante. As auras das jades zuniam na consciência de Lan: fria e lúgubre de um lado, e tranquila e quente do outro. — O Clã da Montanha tem um plano de produzir e vender BL1 em Ygutan. É algo que pode render muito dinheiro pra eles, e a Ayt propôs que nos juntemos nessa empreitada.

CIDADE DE JADE   103

Depois de Lan ter explicado o que descobrira com Anden, Hilo ajeitou a postura contra a parede.

— A Ayt pensa que a gente é o quê? — Sua expressão era raivosa, mas a voz parecia mais perplexa do que qualquer outra coisa. — Os Montanha tão incomodando há meses, e hoje pegam o Andy na rua. Por pouco podiam ter começado uma guerra. E agora acham que a gente vai abrir as pernas pra eles? Depois *dessa*? Se a Ayt realmente quisesse conversar sobre negócios, ela teria vindo te encontrar do jeito certo, com respeito. Essa proposta não é séria. É uma afronta.

Hilo estava certo. A atitude dos Montanha de mandar uma mensagem aos Desponta de forma tão vaga e ameaçadora era um absurdo, mas pelo menos Lan tinha descoberto com Anden as supostas justificativas de Ayt. *Eu aceitaria de bom grado uma discussão com Kaul Lan, mas como tornar isso possível se o Chifre dele continua nos desrespeitando?* A Pilarisa estava deixando claro que não se dignaria a negociar diretamente com Kaul Lan até que ele repreendesse ou removesse o irmão do cargo de Chifre.

Era uma exigência ultrajante. Será que era possível tentar negociar sob tamanho flagrante de desrespeito? Era um insulto que um Pilar estipulasse a escolha do outro quanto a seu Chifre. Lan não tinha dúvidas de que Hilo e seus homens não facilitavam as coisas para os Montanha, mas seu irmão defendia que tudo o que fazia era em resposta aos constantes e crescentes exageros do outro clã. Seria Hilo o verdadeiro agressor impedindo a paz, ou seria ele apenas bom no que fazia? Alguém que Ayt queria fora do caminho para conseguir dominar os Desponta com mais facilidade ou até mesmo abocanhá-los?

Mexer em cargos militares estava fora de cogitação, mas talvez o Chifre precisasse mesmo ser lembrado de que não era totalmente inimputável pela má relação entre os clãs. Lan manteve os olhos no irmão e disse:

— Ayt disse que vai conversar pessoalmente se pararmos com as provocações na rua e mostrarmos que temos interesse em participar dessa empreitada.

De esguelha, viu Doru assentindo e suspeitou de que o velho conselheiro havia entendido com precisão a demanda.

— Então ela vai conversar se deitarmos na rua e deixarmos os Montanha passarem por cima da gente? — As narinas do Chifre se expandiram. — Sei que você acha que eu sou difícil de lidar de vez em quando, que me irrito e levo as coisas pro lado pessoal, mas vai por mim, Lan, eu sei o que tá acontecendo nas ruas. O Gont pode até parecer burro, mas ele é bem ligeiro. Sempre que não tô olhando, ele tira mais um pouco da gente. Ele vai comendo pelas beiradas, nunca faz nada que provoque uma guerra logo de cara. Acabo descobrindo que dois dos nossos Lanternas agora pagam tributo para os Punhos dele. Ou que o alvará em um prédio onde ficavam negócios nossos já não vale mais, e que o proprietário vendeu tudo para os Montanha. Eles não têm como abocanhar a gente de uma vez só como fizeram com o Três Marchas, então ficam indo de pouquinho em pouquinho.

Lan virou a cabeça para o Homem do Tempo.

— O que você acha, Doru?

Doru levou um instante para responder. Um instante que acabou demorando até demais, pensou Lan, como se ele estivesse tentando não deixar transparecer que já tinha uma resposta pronta.

— Acho que há mérito na proposta de Ayt-jen. Os Punhos dos dois clãs só conseguem ver até onde suas lâminas alcançam. Seja lá quais sejam os probleminhas que eles têm por causa de território, isso não importa tanto quando vistos de um panorama mais geral e não deviam influenciar na nossa decisão para grandes empreitadas. — Na voz grave, havia criticismo quanto às funções do clã que pertenciam ao Chifre. — Ayt-jen está certa quando diz que todos os estrangeiros querem BL1 e também ao afirmar que há muito dinheiro para ser feito ao estabelecer uma fonte confiável de distribuição controlada pelos Ossos Verdes. Como as operações seriam fora do país, não haveria risco de acabar poluindo nosso próprio território. Ossos Verdes sempre foram mais fortes juntos. Ao invés de continuarmos tentando dividir Kekon entre nós, podemos conseguir uma aliança com os Montanha para aumentar os lucros de todo mundo.

Hilo puxou os lábios para trás.

— Não existe isso de aliança com os Montanha. O Três Marchas descobriu do pior jeito possível. No fim das contas, somos dois clãs com dois Pilares ou um clã com um Pilar só. — Hilo pegou um cubo de gelo do copo e, com uma careta insistente, o mastigou. — Se mostrarmos interesse, se concordarmos em trabalhar em conjunto, eles só vão usar a oportunidade pra nos controlar. Não acredito por nada no mundo que a Ayt tá falando sério de compartilhar poder. Ela não é desse tipo. E nem deixou claro o que quer de nós. Financiamento? Mão de obra?

— Pra começo de conversa, parece que ela quer nossa palavra de que, no mínimo, não vamos nos levantar contra eles — disse Doru. — E faz muito sentido, afinal, por qual outro motivo usariam Anden como peça? Quando o garoto se formar, podemos mandá-lo para trabalhar nas instalações que os Montanha montarão em Ygutan. É um bom trabalho, como disse a Ayt-jen, cheio de responsabilidades. Por meio dele, saberíamos tudo sobre as operações por lá e, da parte deles, teriam a garantia de que estamos comprometidos com a manutenção da paz e que não vamos sabotar nem eles e nem os espênicos. Dessa forma, os dois lados teriam que depositar confiança.

— Mandar Andy pro inimigo? — Hilo arregalou os olhos; não conseguia acreditar. Sua aura estava se tornando incômoda quando Percebida.

— Durante a era das Três Coroas, era comum que as casas reais trocassem crianças, assim os dois lados ficavam motivados em manter boas relações — disse Doru.

— Então você tá falando pra gente mandar o Andy como *refém*. — Hilo se virou para Lan com uma cara feia. — Mas *nunca*. Nem fodendo!

Doru bufou.

— Às vezes, há sabedoria nos antigos costumes.

Lan ergueu uma mão para impedir que Doru falasse mais e, olhando para o rosto avermelhado de Hilo, disse baixinho:

— Se acalma. O Anden não é um peão e não vamos mandá-lo pra nenhum lugar que ele não queira ir.

Enquanto ouvia e ponderava, Lan mexia os cubos de gelo que derretiam no copo, que então colocou de volta na mesa. Foi assim que chegou à inescapável conclusão a respeito da resposta que daria para o Clã da Montanha. Hilo tinha uma tendência de reagir pessoalmente, enquanto Doru avaliava as opções com sangue frio e a partir de um pragmatismo estratégico. Havia, porém, mais um viés em tudo isso a respeito do qual nenhum dos dois havia falado e que era, para Lan, o fator decisivo.

Lan se virou para Doru.

— Vou preparar uma resposta para os Montanha, e quero que você a mande por meio do Homem do Tempo deles, do jeito que negócios desse tipo devem ser feitos. Não temos que agir de maneira imprópria só porque eles agem assim. Vou recusar qualquer aliança ou parceria com os Montanha no que diz respeito à produção de brilho. No entanto, não vamos impedi-los. Que fiquem livres para ir atrás dessa aventura, contanto que a empreitada não ameace nenhum dos negócios ou territórios dos Desponta. — Ele parou por um instante, e então acrescentou: — E nem mencione Anden, ele não faz parte disso. Se Ayt quer que asseguremos nossa neutralidade, vai ter que aceitar minha palavra e nada mais.

Doru inclinou a cabeça, mas era fácil de ver tanto por causa da expressão franzida quanto pela mudança irritadiça de sua aura que ele havia se decepcionado.

— Se me permite perguntar: qual a razão de tomar uma decisão tão importante rápido assim?

Lan não queria ouvir quaisquer que fossem os contra-argumentos que Doru certamente iria oferecer, mas devia uma explicação para o maior de seus conselheiros.

— Isso nos leva a um caminho perigoso. Se mais estrangeiros tiverem acesso ao brilho, a demanda por jade vai aumentar também. Vai haver pressão na Aliança Jade-Kekon para que intensifiquemos a mineração e revejamos as quotas de exportação para vendermos não apenas para os espênicos, mas também para ygutanianos e outros, caso contrário, vamos correr o risco de a demanda do mercado ser suprida pelo mercado clandestino de jade.

Isso era algo que Lan não tinha como tolerar; acabara de votar contra o aumento da exportação de jade na última reunião da AJK. Jade era o recurso natural mais precioso de Kekon. Era direito de nascença do povo kekonésio e o centro da cultura e do modo de vida dos Ossos Verdes. Vendê-la para estrangeiros como uma substância útil para uso militar, para pessoas que não tinham nenhum treinamento como guerreiros de jade e nem educação nesse sentido, que não entendiam do aisho e não conseguiriam compreender o que significava ser verde... era algo que lhe deixava desconfortável. Claro, era a exportação de jade que mantinha a aliança com os espênicos e enriquecia os cofres nacionais, mas de forma limitada e estrita. É por isso que são os clãs Ossos Verdes que têm autoridade sobre a Aliança Jade-Kekon para início de conversa. Agora, um dos maiores clãs estava propondo algo que certamente minaria o poder da AJK a longo prazo, e isso o incomodava muito.

— Vai me perdoar, Lan-se — disse Doru, com mais contundência do que normalmente falava. — Mas claramente a AJK é um exemplo de que nossos clãs *são* capazes de manter uma parceria. Qualquer futura decisão acerca de mineração ou exportação terá que ser feita em conjunto entre nós e os Montanha. Parece prematuro se preocupar com isso agora.

Levemente surpreso, Lan deu uma olhada no Homem do Tempo. Pessoalmente, não diria que definiria a Aliança Jade-Kekon como um brilhante exemplo da parceria entre clãs. As sessões de prestação de contas e de votação entre as partes pareciam, na verdade, confirmar que nenhuma decisão levava menos de seis meses para ser tomada.

— Você obviamente tem uma visão mais otimista do que eu quanto à AJK — respondeu Lan. — Mas há outras razões para não nos envolvermos.

— Como o fato de que toda a proposta de Ayt foi feita com uma emboscada — insistiu Hilo. — De um jeito que fazia os Montanha parecerem razoáveis enquanto mantinham uma vantagem sobre nós.

Lan estava inclinado a concordar com as suspeitas de Hilo, mas não deixou isso claro em voz alta.

— Brilho é veneno — disse com firmeza. — Um veneno que corrói a ordem natural da sociedade. Que encoraja gente que não devia ter nada a ver com jade. Como aqueles garotos, os ladrões que Hilo pegou no Sorte em Dobro mês passado. — Lan contraiu a mandíbula. — Se nos envolvermos, de qualquer maneira que seja, na produção de brilho, vamos contribuir com o tráfico e com o uso ilegal de jade. Não vou julgar as opiniões de outro Pilar, mas, pra mim, concordar com isso seria uma violação do aisho.

— E a mais importante regra do aisho não é proteger o país? — perguntou Doru. — Trabalhar em conjunto para controlar o BL1 vai fortalecer os clãs. Vai fazer Kekon mais forte e menos vulnerável para os estrangeiros.

— Mas e se os espênicos descobrirem que os clãs Ossos Verdes estão vendendo drogas para uso militar dos ygutanianos? Ygutan vai jogar a culpa nas fábricas de BL1 e negar qualquer envolvimento. O Clã da Montanha está flertando com o conflito, e não quero o Desponta envolvido. — Lan cortou as tentativas de Doru de continuar falando. — Doru-jen, minha decisão a esse respeito,é final. Será que você vai cumprir com suas responsabilidades como Homem do Tempo e cuidar disso do jeito que mandei?

O velho conselheiro abaixou o queixo pontudo para demonstrar, sem empolgação alguma, que tinha entendido. Numa última tentativa de argumentar a favor do que defendia, disse com uma suavidade engenhosa:

— Claro que vou, Lan-se, mas talvez devêssemos falar com Kaul-jen antes de tomar uma decisão final.

Para Lan, foi a gota d'água.

— Você está falando com o Kaul-jen neste momento — disse com tanta aspereza que Doru, chocado, ficou em silêncio.

Hilo sorriu.

Apesar de ter tomado o que julgava ser a decisão certa, Lan estava desanimado. Pelos deuses no céu, como era difícil ser Pilar com o impetuoso irmão de um lado e o velho camarada de seu avô desconfiado de outro. Mas, por outro lado, ainda havia esperança. Hilo tinha mantido a cabeça no lugar naquela tarde e Doru, embora relutante, havia se comportado. Agora que o mais difícil já tinha sido discutido, Lan falou em um tom mais conciliatório:

— Acho que estamos com os nervos um pouco à flor da pele. Saibam, os dois, que dou muito valor às suas opiniões.

— E agora? — perguntou Hilo. — Esperamos para ver como Ayt vai responder?

— Não exatamente. Falei que não vou interferir com os negócios dos Montanha, mas agora, sabendo das intenções deles, temos que ser mais cuidadosos. Doru, quero marcar uma reunião com o Chanceler Son.

Depois de ter sido colocado no lugar de forma enfática um minuto atrás, o Homem do Tempo assentiu sem reclamar.

Lan se virou para o irmão.

— Hilo, o que falei sobre o Sovaco agora se aplica a Sogen e a todos os nossos outros territórios de fronteira. Aumente as defesas onde for preciso, mas nada de derramar sangue sem aprovação da família. E também nada de retaliação por terem pegado Anden. Podem ter nos insultado, mas ele voltou são e salvo, e estamos dizendo não à aliança que tanto querem, então é melhor não criar mais ressentimento por enquanto.

Hilo cruzou os braços e deu de ombros.

— Se você diz.

— Mais uma coisa — disse Lan. — Quero garantir que Shae esteja protegida. O apartamento dela fica em Sotto do Norte, então acho que não vai acontecer nada, mas estou falando de quando ela estiver passeando por Janloon. Mande um ou dois dos seus para ficar de olho nela.

Agora, sim, Hilo parecia desgostoso. Ele fez uma cara que Lan considerou infantil, como se tivesse oito anos de idade e lhe mandassem que fosse legal com a irmã.

— Ela é bem capaz de se cuidar sozinha.

Exasperado, Lan disse:

— Você sabe que ela está sem jade. Ela pode não fazer mais parte dos negócios do clã, mas talvez os Montanha não saibam disso. Depois do que aconteceu com o Anden hoje, temos que tomar cuidado.

— *Se* ela usasse as jades que tem, seria bem capaz de se cuidar sozinha.

— Emendou Hilo, claramente ainda mal-humorado, mas sem discordar.

Lan deixou para lá. Tinha ficado feliz com a volta de Shae, estivesse ela com ou sem jade, mas falar isso só ia piorar o humor de Hilo. Fazia anos que Lan entendera que havia pouquíssimo que pudesse dizer ou fazer caso os irmãos mais novos decidissem ser cruéis um com o outro.

Capítulo 12

Um Homem Chamado Mudt

O rosto de Bero ficou torto depois de sarar e quando ele se olhava no espelho percebia como estava feio. Além do mais, agora mancava um pouco quando corria. Essas coisas não faziam tanta diferença, mas sempre que as percebia, o que acontecia com frequência, lembrava-se da desastrosa noite no Sorte em Dobro. Lembrava-se dos punhos pesados dos irmãos Maik, do desdém casual do Chifre, e do olhar claramente solidário do Pilar, como se Bero fosse um cachorro de três pernas, alguém que não valia nem a pena matar.

Mas, acima de tudo, Bero se lembrava da jade. De como havia sido quando a usara, e da sensação de perdê-la.

Sampa, o covarde abukiano, tinha saído daquela vida. Com medo de qualquer coisa verde, tinha aceitado um trabalho fazendo entregas de bicicleta. Bero o via bufando pelas ruas da pobre vizinhança de estivadores em que moravam, lá perto da Forja, pedalando com aquele corpo molenga enquanto levava um monte de caixas e pacotes na carroceria enferrujada e barulhenta da bicicleta. Quando Bero o chamou, Sampa o ignorou. Em retaliação, Bero furou os pneus da bicicleta e o rapaz perdeu todas as entregas de um dia inteiro e foi demitido.

A tia de Bero trabalhava doze horas por dia como costureira numa confecção e ele dormia no chão do apartamento dela durante o expediente. O namorado dela trabalhava num armazém das docas e sabia como descolar um pouco para si mesmo. Não o suficiente para ser pego e perder o emprego, mas o bastante para sustentar seus hábitos com bebida. Muito embora esse desgraçado nunca tenha feito nada pelo sobrinho da namorada, foi através dele que Bero chegou a um sujeito chamado Mudt, que traficava mercadorias roubadas nos fundos de uma loja de quinquilharias em Junko.

Isso, por si só, não era lá muito interessante para Bero, mas os outros rumores que tinha ouvido eram. Achou o homem contando caixas nos fundos da loja. Mudt era bronzeado, tinha cabelo crespo e olhos pequenos. Talvez tivesse um pouco de sangue abukiano.

— O que você quer? — perguntou Mudt.

— Ouvi falar que você dá emprego pra quem quer trabalhar — disse Bero.

— Talvez. — O homem tossiu na curva do braço e se virou para Bero com olhos lacrimejantes e pequenos como alfinetes. Mesmo naquele calor abafado, ele vestia uma camisa marrom de manga comprida. As axilas e o colarinho estavam escuros de suor. — Mas é trabalho pra homem de verdade. Sabe dirigir? Sabe atirar?

— Sei os dois. — Bero analisou o homem. — É verdade? Que você é verde?

Mudt deu uma risada sarcástica. Depois, mostrou a língua e exibiu a pedra de jade cravada num piercing.

— Ô se é — assegurou ele. — Não tô nem aí de te contar porque sei que você tá de abstinência, keke. Você tá *na fissura*. — Ele deu uns tapinhas no centro da própria testa com o dedo indicador e sorriu com os dentes tortos. — É a Percepção, sabe?

Se era verdade que Mudt tinha jade, então o resto dos boatos que Bero ouvira deviam ser verdadeiros também: que Mudt tinha documentos falsos e uma fonte confiável de brilho, que pagava tributos ao clã por ser dono de um micronegócio, mas que ganhava dinheiro de verdade como informante dos Montanha. Mudt se virara sozinho. Era a prova de que não era preciso nascer na família certa ou ir para determinada escola para ter o que os Ossos Verdes tinham, para ter acesso a um poder que não lhe foi dado.

— Quero trabalhar contigo — disse Bero.

Capítulo 13

Um Favor é Pedido

Shae estava até que começando a gostar da casa nova em Sotto do Norte. Cumprir o necessário para se acomodar no apartamento a fazia se sentir produtiva e, mesmo que não tivesse certeza do que faria a seguir no que dizia respeito a trabalho, ficava confiante de que conseguiria, de que seria capaz de viver em Janloon perto da família, mas ainda assim manter sua independência. Comprou móveis bonitos, mas básicos, estocou a casa com o que era necessário e se acostumou a cozinhar para uma pessoa só. Começou a explorar a vizinhança que cercava o prédio e ficou feliz de descobrir que havia ali um bocado de lojas que vendiam de tudo: desde bolsas de marca até pós de ervas fedidos e uma variedade de restaurantes como bares de ostra e bancas noturnas de macarrão. Mais sofisticado do que a lotada e desmantelada Vila de Sotto, Sotto do Norte era um distrito gentrificado, moderno e povoado por jovens profissionais, artistas e contava com uma boa quantidade de estrangeiros expatriados. Shae podia vestir estampas chamativas e saias brilhantes de seu guarda-roupa espênico sem parecer deslocada. Muito pelo contrário, parecia na moda e estilosa. Aquela região era Janloon em sua forma mais cosmopolita e globalizada.

Mesmo assim, e embora um inocente visitante não fosse perceber, era claro para Shae que o comando do clã era tão forte ali quanto em qualquer outro lugar. Via lanternas brancas (tanto as de verdade quanto as baratas, feitas de papel recortado) penduradas em janelas por toda parte. Mais do que uma vez havia passado por um, dois e ocasionalmente três dos funcionários de Hilo. Sem jade, não tinha como Perceber as auras deles, mas não era difícil identificá-los: jovens durões e musculosos, às vezes algumas mulheres, bem-vestidos e casualmente armados com facas ou espadas e com as jades quase sempre expostas de forma proeminente. A maioria das pessoas passava apressada por eles, sem querer chamar atenção. Shae fazia o mesmo, só que por motivos diferentes.

Seus vizinhos consistiam em um casal de vinte e poucos anos que parecia trabalhar no Distrito Financeiro (a mulher tinha um cachorro minúsculo, do tamanho e do charme de um rato que comeu demais), uma solteira de meia-idade que sempre chamava outras solteiras de meia-idade para beber vinho e jogar baralho enquanto gritavam, e um rapaz em idade universitária que havia se mudado para o apartamento no fim do corredor de Shae duas semanas depois de ela ter se instalado. Ele parecia ir e vir frequentemente, e, depois de terem se cumprimentado várias vezes no corredor ou nas escadas, Shae achou que devia se apresentar. Mas estava hesitante. Assim que proferisse o nome Kaul, aquele anonimato prazeroso chegaria ao fim.

Disse para si mesma que era ridículo deixar algo assim a impedir de conhecer outra pessoa. A próxima vez que o viu foi quando estavam os dois saindo do prédio ao mesmo tempo.

— Vivo te vendo por aí, mas ainda não sei seu nome — disse, com um sorriso.

— Ah — respondeu ele, meio envergonhado. Envergou os ombros para a frente e tocou a testa em um cumprimento informal. — Meu nome é Caun Yudenru.

Ela ofereceu o mesmo gesto.

— E o meu é Shae.

Caun Yu ergueu as sobrancelhas. Shae sentiu as bochechas esquentarem. Devia ter dito o nome inteiro, mas de alguma forma apenas o diminutivo mais pessoal havia lhe escapado pelos lábios. *Pelo amor dos deuses.* Ele deve ter ficado achando que ela era uma chavequeira sem vergonha. Caun *era* atraente (embora fosse mais novo e sempre vestisse um gorro preto que o deixava com cara de delinquente), mas essa não era a questão.

— Prazer em te conhecer, Sr. Caun. — Shae voltou à formalidade enquanto secretamente morria de vergonha pela bagunça que fez com um simples encontro. — A gente... se vê, então.

De algum jeito, ela manteve a compostura, deu um sorriso caloroso e saiu pela rua sem correr, como se parecer uma idiota sempre tivesse sido o plano.

Decidida a começar a avançar na empreitada de conseguir um emprego, foi até a biblioteca municipal e pesquisou os contatos empresariais de Janloon enquanto ia anotando nomes e endereços de empresas que a interessavam em seu caderno de espiral. Depois de algumas horas, ficou mal de novo, do mesmo jeito que havia ficado durante a busca por apartamentos, por quão desnecessariamente longo e ineficaz o processo era. Os Desponta controlavam negócios de vários setores, alguns por meio de uma parceria na propriedade do empreendimento, mas a maioria por relações de patronagem com os Lanternas que pagavam tributos. Com algumas ligações certas ela conseguiria pular toda essa etapa braçal. Será que essa política de não contar com ajuda da família realmente era um princípio que valia a pena? Ou será que estava apenas sendo orgulhosa ao ponto de parecer idiota?

Sabia muito bem qual seria a opinião de Hilo. Por teimosia, persistiu por mais meia hora antes de fechar os livros e sair da biblioteca, ainda sem certeza se tinha desperdiçado aquele tempo ou feito bom uso dele. No caminho para casa, comprou uma máquina de escrever para atualizar o currículo. Fazia menos de vinte minutos que havia chegado quando ouviu alguém batendo na porta.

Abriu e encontrou Lan no corredor.

— Posso entrar? — perguntou ele, agradavelmente.

Estava tão perplexa que nem disse nada, simplesmente segurou a porta aberta para que o irmão passasse. Ele entrou no apartamento, deixou os dois guarda-costas esperando do lado de fora e fechou a porta. Por um instante, ele olhou, curioso, para o cômodo principal. Shae sentiu uma pontada de vergonha. Como aquele lugar devia parecer pobre, barato e indigno para um membro da família Kaul! Ela cruzou os braços e se sentou no novo sofá rígido, já se sentindo na defensiva mesmo que ele não tivesse dito nada. Se fosse Hilo que estivesse ali, ele ficaria andando para lá e para cá e tocando nas coisas.

É legal, diria Hilo. Em seguida, daria de ombros e sorriria como alguém gostando de ver uma criança fazendo birra e insistindo que queria dormir na rua. *Você gosta daqui, Shae? Contanto que você goste, tá bom... eu acho.*

Lan perguntou:

— Tem alguma coisa pra beber? Ainda tá calor lá fora. — Ele começou a ir para a cozinha, mas Shae deu um pulo e disse:

— Desculpa, tem sim, deixa eu ir lá pegar. Devia ter oferecido, mas você... me pegou de surpresa.

Ela passou apressada por ele e entrou na cozinha que, no fim das contas, nem tinha espaço para mais de uma pessoa, e pegou uma jarra de chá de especiarias da geladeira. Serviu um copão cheio, arranjou, apressada, algumas bolachas com gergelim e nozes torradas em um prato e as levou de volta para a sala.

Lan pegou o copo com um sorriso que parecia quase um pedido de desculpas, como se não tivesse sido a intenção causar nenhum desconforto. Depois, apontou para o sofá e, se mexendo sobre as novas almofadas duras demais, se sentou com ela.

— Tá... tudo bem? — perguntou Shae. Não entendia por que Lan iria até ali ao invés de convocá-la para a residência Kaul.

Em um tom severo, Lan disse:

— E eu lá preciso de desculpa pra visitar a minha irmãzinha?

Ao vê-la ficar paralisada frente ao que tinha parecido uma reprimenda, ele piscou para mostrar que estava brincando. O gesto representava muito a faceta mais relaxada de Lan, mas também destoava tanto do ar sério que ele exalava como Pilar que Shae riu.

Lan bebeu metade do copo, e então se virou para ela com uma expressão mais séria:

— Mas vim aqui por um motivo, *sim*. — Ele escolheu bem as palavras antes de continuar falando. — Ando com umas dúvidas, pensando se Doru tá mesmo me dizendo tudo o que eu preciso saber. Não existe nenhum Homem do Tempo com mais experiência e você sabe como ele é próximo do Vovô. Mas tem umas coisas que ele disse, coisas pequenas, que me fizeram achar que não dá mais pra confiar de olhos fechados.

Ela fez uma careta. Desprezava Doru.

— Coloca outro no lugar dele.

Lan se virou e a encarou com aquele olhar direto que sempre tivera.

— Respeito a sua decisão de não fazer mais parte dos negócios do clã. Não gosto dessa ideia de você ficar andando pela cidade sem jade, mas não vou te impedir de jeito nenhum. Seja lá o que você decida fazer, vou apoiar. Já te falei isso antes e nada mudou.

— Mas... — acrescentou Shae.

Ela deixou os ombros caírem. *Era só uma questão de tempo...*

— Preciso de alguém em que eu confio, alguém que entende dos negócios, pra ir nas minas dar uma olhada. Pra destrinchar os livros-caixa, verificar se tudo tá em ordem e garantir que esteja tudo de acordo com os registros da AJK. Como um favor para mim.

Shae não respondeu de imediato. Agora entendera o porquê de ele ter vindo até seu apartamento sob o pretexto de uma visita ao invés de ter essa conversa na casa, onde Doru poderia perceber e ficar pensativo.

— É só isso? — perguntou.

Ele franziu o cenho, como se suspeitasse que ela estava sendo sarcástica.

— São semanas de trabalho.

— Eu sei, mas é só isso que você vai pedir ou tem mais?

— Não. É só isso. Não vou usar subterfúgios pra te arrastar de volta pros negócios do clã, Shae, caso seja isso que você esteja suspeitando de mim. — Havia uma leve seriedade na voz dele que fez Shae se sentir culpada e abaixar o olhar.

Ao suspeitar das intenções de Lan, tinha afrontado o orgulho do irmão depois de ele já ter se dignado a ir até ali pedir ajuda para a irmã mais nova.

Anos atrás, o envolvimento dela com os espênicos tinha começado com alguns pedidos pequenos e simples, que levaram a pedidos levemente maiores, que acabaram levando a uma pasta de arquivo com seu nome e quase destruíram a relação que tinha com o avô. Nunca esquecera que um único passo em determinada direção pode levar a uma mudança irrevogável na vida.

Só que agora era seu irmão que pedia, não Jerald e nenhum daqueles superiores sempre sorridentes. Como Pilar, Lan podia muito bem exigir obediência; podia mandar que se ajoelhasse e reafirmasse seus juramentos, assim como expulsá-la da família caso Shae se recusasse. Mas ele não tinha feito nada disso. E ela achava que ele não iria considerar tais coisas nem se ela recusasse o pedido. Nunca levara muito o irmão em consideração, e agora fora lembrada disso.

Uma viagem repentina para o interior da ilha atrasaria seus planos da reconhecidamente vaga procura por empregos, mas, por outro lado, não era como se ela tivesse algum prazo para seguir.

— Eu vou, Lan — disse. — Como um favor pra você.

Capítulo 14

Ouro e Jade

Como Pilar, Lan tinha uma grande equipe de funcionários liderada por seu amigo da Academia de longa data, Woon Papidonwa, que não se envolvia nem nas questões militares e nem nos negócios dos Desponta e não devia satisfação ao Chifre ou ao Homem do Tempo. Cuidavam da agenda de Lan e de tarefas administrativas e domésticas como a zeladoria e a segurança das propriedades Kaul e de outras posses do clã, inclusive da casa de praia em Marênia. Embora tivessem pouquíssima autoridade no clã, esses indivíduos não deveriam ser desprezados. O principal Encarregado do Pilar costumava ser um confidente do Pilar e muitas vezes ocupava posições mais influentes.

Apesar da teimosia e da falta de apoio do avô, Lan estava mais do que nunca disposto a aposentar Yun Doru e indicar seu próprio Homem do Tempo ainda naquele ano. Entretanto, devido aos recentes eventos e à tensão entre os clãs, não seria sábio perder o atual Homem do Tempo até que alguém em quem Lan confiasse estivesse completamente pronto para assumir o cargo. Era um segredo que Woon era um dos principais candidatos, mas Lan tinha certas dúvidas; será que seu ajudante sempre fiel era esperto o bastante para assumir uma posição tão importante no clã? Decidiu incluir Woon em tarefas mais substanciais nos meses seguintes para ver como ele se viraria. Nesse meio-tempo, Kaul Sen poderia ficar mais aberto à mudança.

Então levou Woon junto consigo até a Casa da Sabedoria, onde se encontraria com o Chanceler Son. Uma estrutura larga e imponente feita de tijolos escuros e azulejos vermelhos, a Casa da Sabedoria abrigava as câmaras legislativas do Conselho Real de Kekon, o órgão oficial do governo. Fica a um passo do Palácio Triunfal, onde o Príncipe Ioan III e sua família viveram. Ambas as construções ficavam no Distrito do Monumento, o qual, apesar de ficar a menos de quinze minutos da residência Kaul, era, tirando o Distrito do Templo, o território mais neutro em relação aos clãs em toda Janloon. O motorista estacionou o luxuoso carro Roewolfe esportivo de Lan bem ao lado do longo espelho d'água em frente aos majestosos degraus de mármore. Lan e seu Encarregado saíram, atravessaram a calçada de pedra que cortava a água calma e vítrea, e ambos pararam, seguindo a tradição de saudar o Memorial do Guerreiro ao fim da passarela.

O monumento era um par de enormes estátuas de bronze. A menor era de um garoto segurando uma lanterna, provavelmente para iluminar o rosto da outra estátua, um guerreiro Osso Verde anônimo que se ajoelhava em frente à criança. Parecia que o homem tinha se aproximado sozinho do menino e se ajoelhara para pegá-lo e levá-lo à segurança. Ou talvez o garoto que tenha se aproximado do guerreiro antes na escuridão e agora iluminava seu caminho. Qualquer uma das interpretações seria nacionalista o bastante. A inscrição na base dizia:

SAINDO DA ESCURIDÃO

EM MEMÓRIA DOS HOMENS DA MONTANHA QUE LUTARAM

PELA LIBERDADE DE KEKON

E DOS BRAVOS CIDADÃOS QUE OS AJUDARAM

Lan tentava imaginar o irritadiço avô como o jovem guerreiro reproduzido no bronze, um dos patrióticos combatentes pela liberdade que se opôs a cinquenta anos de comando shotariano e acabou forçando um poderoso império, que muito embora tenha se enfraquecido pela Guerra das Muitas Nações ainda era mantenedor de números superiores e armamentos, a entregar Kekon de volta para o povo. Lan achava chocante que há apenas uma geração os Ossos Verdes eram perseguidos como bandidos e criminosos, encorajados em segredo por uma população que celebrava suas façanhas super-humanas. Agora lá estava ele, caminhando em direção à Casa da Sabedoria para se encontrar com o mais importante político do país. De certa forma, pensava Lan, devia ser mais simples (perigoso, porém mais heroico) ser um Osso Verde na época de seu avô, quando o inimigo era um cruel poder estrangeiro.

A estátua retratava o guerreiro ajoelhado com uma espada da lua embainhada na cintura e braçadeiras com muitos espaços para jades pequenas. Quando passou pelo memorial, Lan percebeu que os espaços estavam vazios; vândalos haviam roubado a jade do combatente, muito embora não passasse de pedras verdes decorativas.

O salão da Casa da Sabedoria era um espaço esplêndido e amplo com pisos pálidos de mármore e grossas colunas verdes que subiam até o teto pintado de forma elaborada. Lan e Woon foram recebidos por um jovem assistente, que os saudou com respeito e os guiou até o escritório do chanceler.

— Son deve pedir alguma coisa — Lan disse baixinho a Woon enquanto caminhavam. — Pense no que pode ser e no que devemos conceder.

Foram levados até uma porta dupla de madeira. Quando entraram, o chanceler saiu de trás de uma mesa gigantesca para fazer uma saudação e cumprimentá-los. Son Tomarho era um homem de estatura poderosa com cerca de cinquenta anos, covinhas no queixo e sobrancelhas grossas. Deve ter tido um físico formidável quando era jovem, mas anos de boa-vida e a meia-idade derreteram os músculos e os transformaram em gordura. O chanceler deu um largo sorriso político para Lan.

— Kaul-jen, entre, venha. Como os deuses têm tratado o senhor?

— Até que bem, Chancheler — respondeu Lan.

Trocou alguns minutos de gentilezas antes de se sentar em frente à mesa de Son. Woon posicionou muito bem a outra cadeira atrás e à esquerda de Lan antes de se sentar também.

O chanceler se derramou na própria cadeira de couro com encosto alto, que deu um rangido em protesto. Depois de entrelaçar as mãos sobre a curva da generosa pança, olhou para Lan e assentiu com atenção.

— O que perturba o Pilar do clã e como posso ajudar?

Lan aprumou os pensamentos.

— Chanceler Son, temo que esta visita tenha sido motivada por uma grande preocupação.

Diferentemente dos irmãos, Lan se lembrava do pai. No último ano da Guerra das Muitas Nações, alguns meses antes de Kaul Dushuron perecer em uma das batalhas finais contra o exército shotariano sitiado, Lan perguntou ao pai:

— Quem vai comandar Kekon quando os shotes forem embora? O senhor?

— Não — respondeu Kaul Du, com gentileza. — Não serei eu.

— Vai ser o vovô? Ou Ayt-jen?

— Não vai ser nenhum de nós. Somos Ossos Verdes. — Seu pai estava copiando uma lista de nomes, um horário de trem e um mapa em três folhas individuais e os selando em envelopes anônimos. — Ouro e jade nunca devem se misturar.

— Por que as pessoas dizem isso?

Lan de vez em quando ouvia aquela frase em conversas casuais.

"Ouro e jade" era uma expressão kekonísia que se referia à ganância e à luxúria. Um nível inapropriado de anseio. Uma pessoa com esperanças altas demais podia ser alertada: "Não peça ouro e jade." Uma criança fazendo birra por uma tortinha de creme depois de já ter comido um pão doce, e isso Lan sabia por experiência própria, provavelmente seria repreendida com um: "A gente dá o ouro e você já quer a jade também!"

O pai o olhou de soslaio. Por um instante, Lan teve medo de que suas perguntas persistentes o tivessem irritado e que o pai o mandasse sair dali para conseguir terminar o afazer em paz. Não era sempre que Kaul Du estava em casa; ele e o avô de Lan saíam por longos períodos de tempo em missões secretas e, quando voltavam, a avó e a mãe de Lan tratavam a ocasião como uma visita pessoal dos deuses: uma grande honra, um evento sobrenatural, algo a ser celebrado, mas também um acontecimento que, quanto mais rápido passasse, melhor. Kaul Du beijava os filhos, mas não sabia como se relacionar com eles. Falava com Lan como se o garoto fosse um adulto. Em outro cômodo, o irmão neném de Lan, Hilo, chorava enquanto a mãe tentava confortá-lo.

— Muito tempo atrás, vários séculos antes de os shotarianos chegarem, havia três reinos em Kekon. — Kaul Du falava enquanto direcionava metade da atenção às listas e aos mapas. — O reino de Jan, que ficava no litoral norte, onde estamos agora. Hunto, na bacia central. E Tiedo, no sul da península. Hunto era o mais poderoso, mas o rei tinha sangue fraco e era obcecado por jade. Uma noite, ele ficou terrivelmente insano devido ao Prurido e vagou pelo palácio matando sua família, inclusive os próprios filhos. — Os olhos de Lan se voltaram para a abundância de jade que o pai usava ao redor do pescoço e dos punhos. Ao perceber isso, Kaul Du sorriu, puxou o filho pelo braço e o trouxe para mais perto com um carinho bruto. — Isso te preocupa, meu filho? — Kaul Du desembainhou a faca talon do cinto e a ergueu entre os dois. Lan conseguia ver como a extremidade da lâmina era fina, como o punho gasto da lâmina se encaixava na mão do pai. — Tá preocupado com o papai? Com o que pode acontecer comigo?

— Não — respondeu Lan, com a voz calma.

Aos oito anos, entendia que todos os homens da sua família eram Ossos Verdes, e isso significava que usavam jade e faziam juramentos a um clã secreto que lutava contra a injustiça dos estrangeiros.

— Que bom — disse o pai, com o braço ainda apertado ao redor dos ombros de Lan. — Não precisa se preocupar. Algumas pessoas nasceram para usar jade, e outras não. Você nasceu, assim como seu irmãozinho, o papai e o vovô. Aqui, segura a faca talon. Você ainda não tem uma? Pelos deuses, pois devia. Tenho que dar um jeito nisso pra ontem. Pode pegar, tem só umas pedrinhas de jade. Não vai te machucar.

Lan segurou a arma e a girou do jeito que tinha praticado com uma lâmina de brinquedo. As jades no punho da faca eram macias ao toque e fizeram seu peito zunir de um jeito caloroso e prazeroso, como se ele tivesse respirado fundo depois de ter prendido o ar por bastante tempo. Seu pai o encarou com um olhar aprovador.

— E o que aconteceu, então, depois que o rei matou a própria família? Kaul Du pegou a faca talon e a colocou de volta na bainha.

— Com toda a família Hunto morta, os reinos de Jan e de Tiedo invadiram, repartiram o território e acabaram guerreando uns contra os outros. Com o tempo, aconteceu a união de Kekon. A partir daí, foi decretado que, pela segurança do país, os governantes não poderiam usar jade, e quem usava jade não poderia governar.

No outro cômodo, os gritinhos de cólica de Hilo, que felizmente haviam se acalmado, recomeçaram com ainda mais vigor.

— Esse maldito desse bebê grita que nem um demônio — resmungou o pai de Lan, mas havia um sorriso nas entrelinhas da irritação.

Era parte conhecida do folclore kekonésio que, quanto mais incontrolável fosse o bebê, melhor guerreiro ele se tornaria. À distância, outro som invadiu a noite: sirenes transmitidas via rádio por toda Janloon que gritavam mais alto que os choros de Hilo.

O pai de Lan ignorou o barulho e continuou em um tom calmo:

— Um homem que veste a coroa de um rei não pode usar a jade de um guerreiro. Ouro e jade nunca devem se misturar. Nós, Ossos Verdes, vivemos de acordo com o aisho. Defendemos o país dos inimigos e os fracos dos fortes. — Com o braço esticado, Kaul Du segurou o filho. O guerreiro semicerrou o olho esquerdo e fez uma expressão pensativa. — Quando a guerra acabar, depois que os shotes forem derrotados, o clã vai ter que reconstruir o país e proteger o povo contra o caos. Ah, e acho que não estarei vivo para presenciar isso, Lan-se, mas você terá que ser um tipo diferente de Osso Verde, diferente de mim.

— Quero que aprove uma lei que impeça qualquer clã de se tornar acionista majoritário da Aliança Jade-Kekon.

O chanceler comprimiu os lábios grossos.

— Interessante — disse, devagar. — Ainda mais considerando que a organização da AJK permaneceu praticamente igual pelos últimos quinze anos, com os dois maiores clãs do país sendo donos de uma porcentagem praticamente igual.

— Trinta e nove porcento do Montanha, 35% do Desponta e o resto dividido entre os clãs menores — explicou Lan. — E, se o senhor me permite uma correção, Chanceler, a maior mudança aconteceu ano passado, quando o Montanha cresceu 2,5% depois de dominar o território do Três

Marchas. O que, inclusive, conseguiram depois de matar todos os membros jadeados da família que governava os Marchas.

Chanceler Son fez uma careta, e Lan segurou um sorrisinho irônico. Era sempre bom lembrar os políticos de que os Ossos Verdes seguiam um padrão diferente de velocidade e de violência.

— Essa lei que o senhor propôs, Kaul-jen... é um ato de defesa? — A voz de Son agora parecia levemente especulativa.

Uma linha de expressão apareceu entre as sobrancelhas agora franzidas do chanceler. Lan podia imaginar o que o sujeito devia estar pensando: será que o Pilar tinha algum motivo para temer que o Montanha talvez conquistasse os clãs menores ou, que os deuses impedissem, o próprio Desponta?

— É um ato em defesa do país — respondeu Lan, com firmeza. — A AJK foi formada depois da guerra sob a plausível hipótese de que os Ossos Verdes deveriam se encarregar do controle dos suprimentos de jade. Veio do pensamento de que todos os clãs, naturalmente, teriam interesse em cooperar e proteger a jade. Mas isso foi antes da invenção do BL1, antes de o dinheiro de exportações começar a entrar, e antes de... certas mudanças na liderança dos clãs maiores.

Son não estava entendendo direito.

— O senhor acha que os Montanha querem controlar a AJK?

— Acho que é de interesse da nação que essa tentativa nem seja uma possibilidade.

— Interesse da nação ou do Desponta?

Lan deixou um forte tom de reprovação transparecer em sua voz.

— Não quero vantagem nenhuma para o Desponta. Qualquer lei que o conselho aprove acerca da AJK valeria igualmente para o meu clã e para o de Ayt Madashi. — Ele se inclinou para frente, apoiando os cotovelos na mesa de Son. O movimento fez as mangas de sua camisa se levantarem e, por um segundo, os olhos do chanceler vislumbraram o reluzir dos braceletes encrustados de jade nos antebraços de Lan. — A jade é patrimônio nacional; nenhum grupo ou indivíduo deveria ser capaz de controlá-la. É preciso haver mais equilíbrio de poder.

Chanceler Son coçou um dos lados do rosto e, pensativo, disse:

— Seria difícil formular uma lei para evitar evasão como essa. Alguma das partes interessadas poderia recorrer a subsidiários ou a intermediários para conseguir o controle majoritário das ações.

— Tenho certeza de que o governo tem gente esperta o bastante para conseguir descobrir essas coisas. — Lan relaxou o tom de voz e percebeu, satisfeito, que não estavam mais conversando sobre a *possibilidade* de criar a lei, e sim sobre *como* fariam. — Daria para combinarmos uma redistribuição automática entre os outros acionistas se algum clã e seus parceiros chegarem a 45% de propriedade. Ou podemos criar uma regra que nacionalizaria a AJK caso ela fique sob domínio de um único clã. Acho que nunca chegaríamos a precisar disso — disse Lan, quando viu a expressão incrédula do chanceler —, mas também dissuadiria qualquer um de nós a pensar que poderia controlar a jade do país inteiro caso elimine seus rivais.

Son respirou fundo pelo nariz e tamborilou os dedos, que mais pareciam salsichas, na mesa.

— Uma lei não é feita e nem aprovada como mágica ou só porque eu quero, é claro — disse, sorrindo. — Precisaria passar pelo Conselho Real, e, pra isso, precisaríamos do apoio de todos os Desponta: membros associados e praticamente todos os independentes.

— Que bom, então — disse Lan com um sorriso tão sincero quanto o do chanceler —, que eu vim direto falar com alguém que tem uma amizade tão longa e forte com o clã. Um homem com influência suficiente para fazer essas coisas acontecerem.

O chanceler grunhiu e fez um gesto de "deixa pra lá" com a mão, mas parecia ter apreciado o elogio. Antes de entrar na vida política, Son Tomarho era um Lanterna razoavelmente rico do Desponta. As filhas agora cuidavam da fábrica têxtil da família e ainda pagavam as quantidades condizentes de impostos ao clã, e sempre na data certa. Son era o mais poderoso membro do Desponta no governo, disso todo mundo sabia. Praticamente todos os que faziam parte do conselho e suas respectivas equipes na Casa da Sabedoria tinham filiação com algum dos clãs de Ossos Verdes; o tesoureiro, que ficava no fim do mesmo corredor ocupado por Son, era um conhecido e fiel membro do Montanha.

Ouro e jade nunca devem se misturar, era o que o pai de Lan tinha dito há mais de 25 anos. O ensinamento acabou não sendo tão simples assim. Depois da guerra, os Ossos Verdes, seguindo o exemplo de Kaul Sen e Ayt Yu, tinham, de fato, seguido o aisho à risca, e evitaram o poder político e se aposentaram. Mas agora nunca mais voltariam às sombras. Já não se escondiam e treinavam nas montanhas, agora viviam abertamente nas cidades que haviam lutado para libertar. Nos anos de pós-guerra e de rápido crescimento no país, as pessoas comuns continuaram a contar com os Ossos Verdes para protegê-los e para pedir favores assim como tinham feito durante décadas do opressivo governo estrangeiro, e os Ossos Verdes atendiam a seus pedidos. A rede secreta de afiliados (os Lanternas) se transformou em um catalisador de negócios ao invés de guerra. Eram influentes e conseguiam reuniões e contatos para os camaradas e aliados fiéis da época da ocupação. Aqueles que os shotarianos marcavam como criminosos haviam se tornado a classe que comandava a ilha. Embora não fizessem formalmente parte do governo kekonésio, os clãs estavam tão emaranhados na política que os dois se tornaram, de certa forma, indistinguíveis.

Foi por isso que, quando veio para a reunião, Lan não tivera dúvida alguma de que conseguiria, de que Son Tomarho atenderia a seu pedido. A questão era apenas quanto tempo levaria, o nível de empolgação que seria dedicado à empreitada e o preço. Agora o chanceler recostou as costas na cadeira e disse, com a amigável voz já manjada de um governante com experiência.

— Kaul-jen, o senhor me conhece. Quero o que for melhor para o país, e concordo cem por cento com você. Estamos na mesma sintonia quanto a esse assunto. Mas já antecipo que pode ser um pouco difícil conseguir todos os votos de que precisamos. Por mais fiéis ao clã que sejam, alguns dos conselheiros podem ficar preocupados em dar apoio público a algo que parece propositalmente enfatizar o comportamento dos Montanha. Seria muito mais fácil conseguir apoio para sua proposta se o clã desse algum sinal de que quer dar outros passos significativos em medidas de interesse público.

— Não concordamos que criar essa lei, por si só, já é um grande passo em direção ao interesse público?

Lan, é claro, já tinha imaginado que Son tentaria pedir mais, mas mesmo assim ficou secretamente irritado. O chanceler precisava perceber que proteger a AJK de ficar sob mando de apenas um clã fazia parte de seus deveres cívicos independentemente de o Desponta atender a seus pedidos de patronagem. Mas hábitos dos Lanternas que nascem tortos, nunca se endireitam.

— Concordamos, concordamos — admitiu Son, muito simpático —, mas os cidadãos comuns têm preocupações mais imediatas e tangíveis. Como o pleno funcionamento do porto da cidade, por exemplo. Como o senhor deve saber, houve uma greve dos trabalhadores nas Docas há alguns meses que se estendeu até a cidade. Minha família e várias outras pessoas pediram ajuda ao Chifre do Desponta, mas, infelizmente, não a receberam.

— As decisões do Chifre eu deixo com o Chifre — disse Lan. — E, nesse caso específico, concordo com a decisão dele.

A família de Son e os outros Lanternas queriam que Hilo tivesse mandado homens para intimidar os líderes do sindicato, acabar com as reuniões e até mesmo dar umas surras, se fosse preciso. Queriam que forçassem as pessoas a voltar ao trabalho. Hilo tinha resmungado e dito: "O que eles pensam que somos? Marginais contratados?" Os trabalhadores das Docas eram membros do Desponta também. Os líderes do sindicato pagavam impostos. Lan ficara impressionado com o irmão. Hilo nunca hesitava quanto a demonstrar força, mas pelo menos calculava os riscos e sabia que não devia deixar os Lanternas pensarem que podiam ficar pedindo tudo o que quisessem.

Agora, contudo, Lan precisava da cooperação de Son, então disse:

— Aprecio muito sua preocupação e entendo como deve ter sido difícil lidar com tanto prejuízo. Tenho certeza de que há algo que podemos fazer para acalmar os ânimos. O Homem do Tempo anda mais ocupado do que o normal ultimamente, então vou mandar Woon-jen levar essa questão como prioridade.

Com isso, Lan comunicava que estava dando permissão para que Woon falasse. Seguindo o esperado de qualquer membro subordinado do clã nesse tipo de situação, ele tinha ficado em completo silêncio e sem demonstrar emoção alguma enquanto o Pilar falava, para que mais tarde pudesse corroborar ou discordar das impressões de seu chefe. Agora, porém, o Encarregado do Pilar se inclinou para a frente e Lan esperou, um tanto nervoso, para ver como o teste seria.

Woon disse:

— Chanceler, eu entendo que algumas indústrias, como a têxtil, por exemplo, estão enfrentando uma acirrada competição contra as importações estrangeiras. Quem sabe uma taxa aplicada pelo clã na alfândega pudesse ajudar a equilibrar o campo para os produtores kekonésios.

Lan ficou satisfeito. Era uma boa oferta: aumentar na doca as taxas em cima dos tecidos importados traria rendimento para o clã, seria fácil de implantar e de fiscalizar, e beneficiaria muito bem os negócios da família de Son sem terem que oferecer exageros sem nada em troca para outros Lanternas. O chanceler estava fingindo pensar nas palavras de Woon, mas Lan já via o sorriso satisfeito que o homem tentava esconder.

— Sim, isso seria realmente benéfico.

Lan se levantou, ajeitando as pulseiras:

— Estamos de acordo, então.

O chanceler se levantou e os guiou até a porta do escritório.

— E o seu avô, como tem passado, Kaul-jen? Que ele viva até os trezentos anos.

— É triste, mas a idade sempre acaba pegando todos nós, até mesmo os Ossos Verdes — disse Lan, sereno. Tinha percebido a verdadeira intenção por trás daquela pergunta aparentemente genuína: especular quanta influência Kaul Sen ainda exercia no Desponta, mesmo por trás dos netos. Son queria saber se podia confiar no combinado com Lan, se podia considerar o acordo como certo pelo clã. — Meu avô não é o que já foi um dia, mas continua bem, está aproveitando a aposentadoria que tanto mereceu.

Son levou as mãos macias e carnudas até a testa em uma saudação.

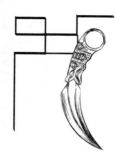

Capítulo 15

Uma Barganha com Demônios

Do lado de fora do galpão havia doze motos Torroyo cobertas com os espalhafatosos tons de neon preferidos pelos motoqueiros do norte de Janloon: vermelho-violento, verde-claro e azul-elétrico. Hilo parou para admirar algumas, deu um uns tapinhas no assento de couro estofado de um veículo particularmente impressionante, se agachou para examinar o motor brilhante e dar uma olhada rápida no painel antes de seguir para a porta de alumínio do edifício reformado, que vibrava com a força pungente da música alta.

Com ele, estavam Maik Tar e dois Dedos seniores que Hilo queria muito em breve promover para Punhos: Obu, inteligente, porém meio rechonchudo e modesto, tinha a melhor Deflexão que Hilo já vira, mas precisava aprender a comandar se tinha interesse em crescer na função; a outra Dedo, Iyn, não tinha nenhum megatalento de jade, mas, como muitas Ossos Verdes mulheres, principalmente as que trabalhavam com o Chifre do clã, era acostumada a trabalhar mais do que os colegas homens, o que Hilo apreciava. Iyn Ro e Maik Tar tinham uma relação de idas e vindas que, no momento, estava mais pra lá do que pra cá. Os dois eram parecidos demais e, juntos, brigavam como gatos.

Os quatro Ossos Verdes entraram a passos largos no QG da gangue de motoqueiros. Devia haver cerca de 20 deles, e a maioria, entre 16 e 25 anos de idade, se espalhava pelo local em sofás velhos e capengas enquanto bebiam e fumavam. Alguns jogavam sinuca, ao passo que outros assistiam à televisão. Interessado, Hilo olhou em volta. Em comparação com as outras gangues do distrito de Moedavada, os Demônios Cromados eram os que mantinham a moradia mais bem-equipada, com relativamente menos imundície, vermes e doidice das drogas.

Todos os olhos se voltaram para os intrusos. Um segundo depois, todos os membros dos Demônios Cromados estavam de pé, com as mãos a postos para pegar armas, facas e qualquer outra arma que conseguissem alcançar: garrafas, tacos de sinuca... Um trio de homens em um dos cantos pulou e tentou esconder uma pilha enorme de dinheiro atrás de si mesmo, o que foi até bem engraçado.

126 FONDA LEE

Tar gritou:

— Escutem aqui, seus malditos!

Alguém desligou a música.

— Quem é o dono daquela bela Torroyo RP550 vermelho-fogo que tá ali na frente? — perguntou Hilo.

— Sou eu. — A resposta veio dos fundos do salão.

Um sujeito carrancudo deu um passo à frente. Tinha um corpo forte e, como era típico dessa gangue, vestia uma jaqueta de couro com as mangas esfarrapadas. Seu cabelo grosso tinha dois topetes rígidos e vagamente fálicos. Ele parecia ser alguns anos mais velho do que a maioria dos jovens que o cercavam, e Hilo deduziu pelo veículo superior e pela arrogância autoritária que se tratava do líder dessa divisão dos Demônios.

— O que é mais valioso pra você, a cara ou a moto? — perguntou Hilo.

— Como é que é? — grunhiu o homem, sem entender.

— A cara ou a moto — repetiu Hilo. — O que é que você prefere?

Os olhos do sujeito se voltaram para as visíveis pedras de jade espalhadas pela clavícula de Hilo e depois para Maik, Obu e Iyn.

— A cara — disse ele, hesitante.

Na mesma hora, Hilo o atingiu e quebrou seu nariz. O homem caiu para trás, com os olhos já marejados e atordoado devido à dor; não tivera tempo nem de levantar as mãos para se defender. Alguns dos Demônios mais novos, menos sábios quanto ao andar da carruagem, fizeram movimentos abruptos para descarregar as pistolas, mas, antes mesmo que um único tiro fosse disparado, Obu lançou um golpe de Deflexão que arremessou cada membro da gangue contra as paredes e fez os sofás e a pesada mesa de sinuca deslizarem para fora do lugar.

Enquanto os Demônios Cromados cambaleavam para ficar de pé, Hilo disse com sensatez:

— Recebemos muitas reclamações por causa do barulho e da arruaça das corridas de rua nessas redondezas. Além disso, os roubos já tão demais. As motos caras estacionadas lá fora deixam bem claro que os Demônios Cromados não tão mal de dinheiro. Então é mais do que justo que vocês, seus criminosos, paguem um imposto para o clã que cuida do povo tão fiel às leis que vocês perturbam tanto.

Conforme Hilo ia falando, Iyn caminhou pelo galpão com um enorme saco de tecido e recolheu a grande pilha de dinheiro da mesa dos fundos e as armas com uma eficiência profissional. Com Maik e Obu atentos a cada piscar de olhos, ninguém se atreveu a revidar. Os Demônios Cromados eram barra pesada e contavam com assassinos endurecidos pelas ruas e tatuados, mas vários, resignados, entregaram o dinheiro e as armas rapidamente. Era óbvio que os Ossos Verdes já tinham passado um pente fino ali antes, então eles sabiam muito bem que sairiam vivos se cooperassem e mortos se não o fizessem. A vigília do clã sobre cada aspecto da sociedade, incluindo o crime, era amplamente aceita como parte da vida em Janloon. Um homem tolo chegou a olhar de soslaio para Iyn, mas ela o encarou de uma forma tão mortífera que ele parou, obediente, e esvaziou os bolsos antes que algum de seus ossos fosse quebrado. Hilo ficou satisfeito com ambos os Dedos; até o momento, tinham entendido as deixas e aplicado a medida certa de força. Nenhum dos dois exagerou na abordagem e, ainda assim, ninguém ali questionou que eram capazes de derramar sangue sem hesitar. Era um equilíbrio complicado que os Ossos Verdes tinham que alcançar.

Iyn voltou e colocou o saco com armas e dinheiro aos pés de Hilo.

— Normalmente, eu levaria esse lucro sujo e deixaria vocês com um aviso de que, na próxima reclamação, ia enfiar todo mundo aqui, e as motos junto, no fundo do mar. Mas isso qualquer Punho meu poderia fazer. Eu vim pra outra coisa.

— Então veio fazer o que aqui, ô *caralho*? — gaguejou o líder enquanto segurava o rosto.

— Que bom que perguntou — disse Hilo. — Conhecem o Gee Três-dedos?

— O Gee morreu — respondeu alguém no recinto.

— Virou comida de minhoca — concordou Hilo. — O cara que matou ele trabalha pros Montanha. Disso eu tenho certeza, mas quero saber *como*. Quero saber o que esse sujeito tá fazendo e com quem tá trabalhando. Boa parte disto aqui — ele cutucou o saco de dinheiro e armas com o pé — vem da fabricação e da venda de brilho de rua pra ladrões e traficantes de jade. O tipo de gente que compra e negocia com ourives do mercado clandestino como o Tem Ben. A minha oferta é a seguinte: sigam os seus contatos. Os ladrões, os batedores de carteira, os traficantes de brilho e os cafetões. E tudo na *surdina*. Encontrem esse Tem Ben pra mim e o máximo de funcionários dele que conseguirem, e eu saio daqui e deixo este saco no chão. — Hilo ergueu as mãos e fez um gesto magnânimo apontando para todo o galpão desorganizado. — Obu, Iyn e Maik Tar vão voltar esperando notícias, mas vocês não vão mais me ver contanto que não causem mais problema em território dos Desponta. O que vocês fazem ou arrumam do outro lado da fronteira, seja lá na Cidade do Peixe ou no Cepo, estou disposto a deixar passar.

Houve um silêncio significativo pontuado por um amontoado de murmúrios. O Chifre do Desponta tinha, com certa ressalva, basicamente dado um passe livre aos Demônios Cromados. Um indulto da repressão do clã e do pagamento de impostos em troca de informação, e havia mais do que os encorajado a tacar o terror em território dos Montanha e a roubar na Cidade do Peixe contanto que conseguissem se safar. Animados e desconfiados, os homens no galpão se remexiam. O Chifre devia estar revoltado mesmo, e uma guerra entre clãs podia trazer oportunidades.

— A gente devia aceitar, Okan — sussurrou um dos motoqueiros mais jovens para o líder, que estancava o sangramento no nariz com a camisa.

— Quem decide sou *eu* — ralhou Okan, claramente tentando reaver a autoridade deveras abalada.

Ele se virou e fez cara feia para os Ossos Verdes intrusos, mas não chegou a encará-los nos olhos. Em vez disso, olhou para o saco entre os pés do Chifre. O homem não tinha aura de jade, é claro, mas mesmo assim Hilo conseguia claramente Perceber a tensão nele: humilhação e dor lutando contra a crescente e taciturna percepção de que estava recebendo uma proposta que seria idiotice não aceitar. Por fim, disse:

— E, depois que vocês tirarem o Tem Ben e o pessoal dos Montanha do negócio, a gente ganha uma bolada?

— Deixa de ser ridículo — respondeu Hilo, grosseiro. O humor tranquilo que havia demonstrado antes desapareceu tão rápido que todos no galpão, incluindo a equipe do próprio Chifre, chegaram a se encolher. — Isso diz respeito apenas ao *clã*. Ache o Tem pra mim e me conte tudo das atividades e das negociações dele, mas o que acontecer depois vai ficar só entre os Ossos Verdes. Tô te dando uma vantagem que vai te deixar acima dos Vermelhos, dos Sete e de qualquer outra gangue. Se abusar da minha generosidade dentro do território dos Desponta eu vou ficar sabendo, e aí que os deuses te ajudem. Agora me diz se aceita ou não.

Okan murmurou:

— Tá bom, nos entendemos, então. Temos um acordo.

— É "Sim, Kaul-jen", e é pra se ajoelhar quando for jurar sua palavra para o Chifre, seu vira-lata — disse Maik Tar com raiva.

Hilo pensava que essa última parte era meio desnecessária; o líder da gangue já estava ressentido e intimidado o suficiente, e, por mais que Hilo apreciasse a natureza fervorosa do mais jovem dos Maik, a crueldade latente de Tar mais prejudicava do acrescentava impacto às palavras do Chifre.

Hilo não disse nada, mas fez questão de registrar mentalmente que deveria corrigi-lo depois. Em vez disso, pegou o saco de tecido do chão e o estendeu para Okan com um leve ar de cerimônia, simbolicamente restaurando parte suficiente do orgulho que o homem havia perdido para que ele ficasse confiante o bastante de que o resto da gangue seguiria o acordo feito naquela noite.

O líder dos Demônios Cromados, ainda fervendo de raiva, se ajoelhou em frente a Hilo no chão de concreto do galpão e ergueu as mãos em uma saudação.

Capítulo 16

A Mina de Jade

Shae parou para limpar o suor da testa. A cidade espênica de Windton em que frequentara a faculdade de administração era um lugar árido, na altitude, cercado por pradarias e muitas empresas industriais. Ela tinha odiado o frio pungente e os uivantes ventos estrangeiros, mas agora não estava sendo fácil se acostumar com a terrível umidade das montanhas de Kekon. Apesar da breve chuvarada da noite anterior, ali no lado sul da ilha já consideravam aquela época como estação de seca. No ápice das chuvas da primavera, aguaceiros torrenciais lavavam as estradas e bloqueavam toda aquela área.

O escritório da mina ficava a uma caminhada curta, porém íngreme, do terreno coberto de cascalho em que o motorista estacionara a caminhonete enferrujada e barulhenta ao lado de duas escavadeiras encrustadas de terra. Os meios de transporte usados na jornada de dois dias de Shae foram ficando cada vez mais devagar: primeiro, o metrô para a Estação da Grande Ilha, depois a longa viagem de ônibus para fora de Janloon até a cidade predominantemente abukiana de Pula. Em seguida, contratou a caminhonete e agora a última parte do trajeto estava sendo a pé. Cada passo barulhento a levava para mais perto da fonte de jade.

O verde das árvores lá em cima filtrava a luz do sol e, através dos galhos mais altos, eixos brilhantes iluminavam o caminho. O chilrear dos pássaros e o guincho ocasional de um macaco a lembravam de como a floresta era viva e vibrante. Apesar de sua camisa ficar grudando na pele, o que era péssimo, e das gotas de suor que lhe escorriam pelos peitos e davam coceira, Shae, no fim das contas, estava feliz por ter dito sim para o pedido do irmão. Janloon era um estudo de contradições capaz de estontear até os nativos: uma bagunça efervescente e imunda e uma moderna e glamurosa metrópole ao mesmo tempo, um lugar extremamente preocupado em se mostrar como uma cidade global, enquanto é, na verdade, um amontoado de clãs feudais.

Fora da cidade, porém, Kekon era uma ilha adorável. Shae conseguia entender por que no passado navegadores estrangeiros a chamavam de "bela e maldita". Subir essas montanhas era exatamente do que Shae precisava para lembrar a si mesma de forma contundente o porquê de ter voltado.

Havia algo de especial em seu lar, em ser kekonísia, que era mais profundo do que as dificuldades inevitáveis de ser uma Kaul.

O escritório do supervisor da mina era uma cabana pequena que parecia ter sobrevivido a alguns deslizamentos de terra, mas ainda continuava ali, agarrado precariamente à montanha pela força de troncos cravados com desleixo no chão para sustentar as paredes tortas. Shae bateu na porta. Dava pra ouvir o ronco do maquinário e o barulho das atividades lá embaixo, dentro da mina, então devia ter alguém trabalhando. Ela esperou, mas, quando ninguém respondeu, abriu a porta e entrou direto.

Encontrou o supervisor absorto assistindo a uma partida de revezamento na televisãozinha em preto e branco que ficava na sala dos fundos. Ele se levantou num pulo quando ela entrou.

— Quem é você?

O sujeito desligou a TV às pressas e, surpreso, a olhou de cima a baixo. Shae deduziu que visitas de jovens mulheres da cidade não eram muito comuns, mesmo que elas vistam botas imundas de terra e calças dobradas até a canela.

— Eu bati na porta, mas acho que você não ouviu — disse Shae.

— Sim, sim, desculpa. Sou surdo de um ouvido — disse ele. — O que você quer? Veio com alguém?

Ele a encarou com desconfiança. Já houve histórias de ladrões imprudentes o bastante para tentar roubar direto da mina. O supervisor deu uma olhada em sua mesa, onde Shae imaginou que devia ficar a arma.

— Vim inspecionar as operações e seus registros — explicou ela.

— Ninguém me falou nada de uma inspeção. Sob ordem de quem você veio?

— Sob ordem do meu irmão, Kaul Lanshinwan, o Pilar do Desponta.

Shae pegou um envelope e o entregou. O supervisor rompeu o selo e, franzindo o cenho, leu a carta. Fora escrita à mão por Lan, assinada com o nome dele, contava com seu título como diretor do conselho da Aliança Jade-Kekon e recebera o carimbo vermelho da insígnia do clã.

O supervisor dobrou a carta e ergueu os olhos para Shae com uma educação relutante.

— Muito bem. O que você gostaria de ver, Kaul-jen? Senhorita Kaul?

Ele a analisou desconfortável mais uma vez, claramente confuso pelo fato de ela, pelo visto, não estar usando nenhuma jade.

— Senhorita Kaul fica ótimo. Se você não se importar, eu gostaria de ver as instalações de trabalho.

O supervisor resmungou um pouco para si mesmo, mas, apressado, a levou para fora da sala dos fundos em direção ao escritório de verdade. Colocou um chapéu de palha, guiou o caminho para fora da construção caindo aos pedaços e seguiram para a montanha. O ruído das máquinas ficou mais forte e sobrepujou os barulhos da floresta. Enquanto caminhavam, Shae sentiu uma palpitação que lhe formigou a pele, como uma mudança no ar úmido. Essa sensação foi ficando mais forte a cada passo até se tornar um inconfundível nó no estômago que a puxava como um cordão pelo umbigo conforme emergiam das árvores em uma plataforma que dava visão para a escavação do tamanho de um estádio. Shae soltou um leve suspiro de admiração.

Das antigas lendas abukianas de sua infância, Shae se lembrava de Kyanla contando sobre a deusa Primeira Mãe, Nimuma, que caiu no oceano e morreu esgotada depois de criar o mundo. Seu corpo virou a ilha de Kekon, e as veias de jade que corriam por baixo dessas montanhas eram seus ossos. Seus ossos verdes. Se levasse isso em consideração, pensou Shae, então a cena lá embaixo era a maior operação de escavação em túmulos possível. Aqui, a mais valiosa e cobiçada pedra preciosa do mundo ficava exposta ao ar e era puxada da terra. De onde estava, as enormes perfuradoras de rocha e as frágeis construções com teto de alumínio tinham o tamanho de brinquedos e os trabalhadores abukianos pareciam bonequinhos se movendo com diligência pelas montanhas de detritos. O ar cheirava a fumaça de diesel e vibrava com o gemido estridente das brocas de diamante resfriadas com água que perfuravam a rocha. Entre os minérios no chão, e nas caçambas de enormes caminhões onde as pedras foram cortadas, ela via o brilho esverdeado de jade bruta.

— Cuidado, senhorita — disse o supervisor quando Shae começou a percorrer a rampa de metal que ziguezagueava pela lateral da escavação e ia até o local de exploração. Ela segurou o corrimão quando as solas de suas botas enlameadas ressoaram pela passarela de metal treliçado. — Para na placa, por favor — gritou ele sobre o ruir estrondoso dos caminhões e do maquinário pesado.

No fim da penúltima rampa havia um deque de observação com uma placa. ATENÇÃO. Apenas pessoal autorizado a partir daqui. Essa área é perigosa para pessoas com sensibilidade à jade. Prossiga sob sua conta e risco!

Shae parou. Havia mais jade bruta ali do que devia ser seguro para qualquer pessoa sem imunidade à jade. Ela observou os trabalhadores abukianos caminhando no solo abaixo. Vestiam capacetes, luvas grossas e calças enlameadas de lona, mas trabalhavam com os peitos expostos devido ao calor. Assim como seus ancestrais, apenas eles conseguiam viver com segurança nas profundezas do interior de Kekon. No mundo moderno, os abukianos haviam conquistado um posto de segunda classe na sociedade por causa da imunidade que tinham. Esses mineiros esqueléticos trabalhavam lá embaixo o dia inteiro, todo dia, e casualmente se recostavam naque-las rochas enormes e tocavam aquele verde lustroso sem sentir o que Shae sentia agora — o desejo inebriante no fundo do estômago, mais profundo e mais torturante do que a própria fome.

O preconceito estrutural dos kekonésios defendia que os abukianos eram uma raça inferior, mas Shae estudara história e ciência em uma uni-versidade espênica e sabia que essa crença era errada. Os abukianos já habi-tavam Kekon havia séculos quando os primeiros colonizadores chegaram de Tun, então, na verdade, os sobreviventes eram *eles*. Viveram sem serem afetados pela substância que mais tarde fez os exploradores matarem uns aos outros ou se jogarem no mar. Quanta ironia que agora os mais sortudos dos abukianos, como esses aqui, trabalham para a Aliança Jade-Kekon e fazem serviços de moer as costas para conseguirem beber, apostar e gas-tar os ganhos com prostituição ao longo dos três meses de folga durante a temporada de chuvas, enquanto os menos sortudos viviam em cabanas arruinadas na beira do rio e mergulhavam atrás de restos de jade.

Ela deu mais alguns passos na passarela. Se estivesse vestindo alguma coisa de jade, o impacto da energia vibrante que atravessaria seu corpo seria forte demais. O supervisor disse:

— Senhorita Kaul, você leu a placa?

— Não vou muito longe — gritou ela, em resposta.

O que aconteceria se Shae o ignorasse e seguisse até aquelas rochas e colocasse as mãos em jade bruta? Será que ela ficaria inconsciente? Seu coração pararia? Será que experimentar, por um instante, um momento de poder e lucidez inigualável faria sua boca formigar numa labareda de êxtase? Ou será que não teria efeito imediato, mas amanhã, daqui uma se-mana ou um mês, ela começaria a ficar louca aos pouquinhos e a se cortar quando o Prurido chegasse?

Presta atenção. Vim pra cá como um favor pro Lan e só isso. Shae pegou um bloco de papel e uma caneta da mochila e se recostou no corrimão para contar os caminhões e os funcionários. Homologou a quantidade de trato-res e escavadores no terreno. Tudo parecia estar em ordem, tudo no lugar. Os homens estavam escuros e pegajosos devido ao trabalho pesado, mas pareciam saudáveis e eficientes. Se virou e voltou pelas rampas enquanto o supervisor, aliviado, ia seguindo-a. Quando chegaram ao escritório mais para lá do que para cá de novo, Shae disse:

— Eu gostaria de ver os registros financeiros dos últimos dois anos.

— A AJK tem tudo isso nos arquivos — respondeu o supervisor. — Você podia ter pegado cópias com a equipe do Homem do Tempo em Jan-loon. Só temos os relatórios de despesas gerais...

— Gostaria de vê-los, por favor.

Relutante, o homem a levou para o cômodo onde ficava a televisão. Abriu um armário e ligou uma única lâmpada solitária. O móvel estava lotado de caixas de arquivo feitas de papelão empilhadas uma em cima da outra e organizadas de acordo com datas escritas com marcadores pretos. Ele tirou a TV de cima da mesinha dobrável e limpou a camada de poeira da superfície com o braço, que deixou algumas marcas de umidade.

— Pode usar esta mesa aqui — ofereceu o sujeito, claramente rancoroso por ela tê-lo impedido de se sentar para assistir esporte por algum tempo.

— Obrigada — agradeceu Shae. — Você pode, por favor, dizer para o motorista da caminhonete esperar? Pode levar algumas horas. Você tem alguma máquina de xerox?

O homem apontou para a impressora e então a deixou sozinha. Ela conseguiu ouvi-lo andando e ligando o rádio na outra sala. Encontrou a caixa com a data mais recente, carregou-a do armário até a pequena mesa e se sentou. Relatórios diários de produção. Ela folheou até uma página vazia de seu bloco de papel e começou a ler. Não seria nada rápido.

Parecia estranho analisar a mineração de jade com tamanho distanciamento analítico. Ao explorar aqueles arquivos maçantes, a extração parecia qualquer outro negócio, com entradas e saídas, receitas e gastos. Havia relatórios contábeis, faturas e ordens de compra. Nada muito diferente do que o povo fabricava e fazia. O folclore tradicional abukiano conectava a jade à Primeira Mãe e à criação do mundo. Os deístas acreditavam que a jade era um presente dos deuses, como uma trilha para a salvação humana. Algumas religiões estrangeiras diziam que era uma substância maligna do diabo, e essa era uma crença que shotarianos tinham imposto à força durante as décadas em que governaram. A jade carregava tantos misticismos e emoções, tanto mistério e poder, e mesmo assim olha ela aqui: chata. Algo que precisa ser escavado, cortado, transportado, lapidado, polido e vendido por lucro.

Fez cópias das páginas que pensava serem importantes, e depois foi para a próxima caixa. Registros dos funcionários. Folheou-os. O que é que estava procurando, exatamente? Lan mandara que inspecionasse as operações, mas não havia dito com precisão o que ele achava que podia estar errado. A lista corroborava com o crescente custo dos salários. Houve pouca rotatividade, mas alguns acidentes e certo número de novas contratações. Parecia tudo muito comum. Alguns dos relatórios usavam termos técnicos, anacrônicos e abreviações que ela não conhecia, mas Shae possuía um conhecimento do setor minerador de Kekon sólido o suficiente para entender quase tudo. Durante os dois últimos anos que passou na Academia, fora aprendiz de Yun Doru, na época em que o clã tinha o desejo de que ela ocupasse um importante cargo nos negócios dos Desponta (e talvez, inclusive, suceder Doru como Homem do Tempo algum dia).

Diferentemente de seus irmãos, Shae fizera muitos amigos na Academia Kaul Du. Dentre as outras alunas, a pessoa de quem era mais próxima se chamava Wan Payadeshan, a talentosa, porém tímida, filha de um Lanterna mediano. A mãe de Paya morrera devido a alguma doença havia alguns anos, e Shae levava a amiga à Residência Kaul de vez em quando. Um dia, Shae estava procurando alguma coisa que nem se lembrava o que era, quando encontrou uma pasta cheia de fotos na mesa de Doru. A linda Paya, de roupa íntima, Paya com as mãos nos joelhos vestindo uma coleira de cachorro, Paya pelada, com as pernas abertas, pálida, com um olhar estranho e olhos marejados.

Pouco arrependida, sua amiga chorara de vergonha quando Shae mandou que nunca mais viesse à sua casa. Ela implorou para que Shae entendesse, explicou que não era aquele tipo de garota, que nunca quisera fazer aquelas coisas, e disse que Doru-jen era tão bondoso com a empresa de seu pai que ela não soubera o que fazer.

Shae contou para o avô que não seria mais aprendiz de Doru. Aprenderia tudo o que fosse necessário aprender sobre os negócios do clã com Agentes da Sorte como Hami Tumashon, mas não teria mais relação alguma com o Homem do Tempo. *Seja razoável, Shae-se*, dissera Kaul Sen. *Todo homem tem uma fraqueza. Você não sabe o que fizeram com Doru-jen durante a guerra. Ele nunca foi desrespeitoso com você.*

Os anos que tinha passado longe não diminuíram a repugnância que Shae sentia de Yun Dorupon. Ele havia lhe custado não apenas uma amiga, mas também a outrora imaculada admiração que ela tivera pelo avô.

Shae mexeu na mochila atrás de seu almoço (bolinhos de cebola, legumes picados e um ovo marinado que pegou na cozinha da pousada na noite anterior) e de uma garrafa d'água. Comeu enquanto continuava a ler os documentos. O supervisor da mina colocou a cabeça para dentro do cômodo a fim de perguntar se estava tudo certo; Shae disse que sim. Agora já tinha entendido como o sistema de organização funcionava e estava pegando e tirando cópias dos resumos financeiros mensais para ler com mais atenção depois e compará-los com os relatórios anuais da AJK. O plano era alugar um quarto em Pula, assim teria como voltar à montanha caso fosse necessário. Mesmo que não encontrasse nada que valesse a pena reportar a Lan, viveria esse período como uma folga do trabalho; faria algo de útil enquanto aproveitava o tempo para relaxar nas montanhas antes de começar sua caçada por um serviço de verdade. No mínimo, ficaria mais entendida a respeito das operações de mineração, e, se conseguisse dar conselhos para Lan de como fazer melhorias, daria algum uso imediato para seu diploma em administração. Levantou a tampa de uma nova caixa e abriu o próximo arquivo. Ordens de compra de equipamento.

A mina recebera uma série de investimentos financeiros significantes no ano anterior (brocas com ponta de diamante, spreaders hidráulicos pesados e caminhos para grandes cargas), a maioria para novos pontos de expansão. Para Shae, não parecia uma decisão nada esperta absorver todos os custos em apenas um ano. Será que o Homem do Tempo pressionou a AJK para que fizessem um orçamento de quais seriam os investimentos apropriados? Ela escreveu *orçamento?!* em seu caderno, puxou uma pasta que havia marcado e verificou os registros financeiros; a desvalorização de equipamentos já no primeiro ano de uso era, de fato, o motivo de grande parte do encarecimento das operações. Foi extraído quinze por cento a mais do que no anterior, só que esse aumento ainda não foi incluído nas receitas. Talvez a AJK esteja segurando toda essa jade extra no inventário? O cartel mantinha um controle rígido a respeito da quantidade de jade a ser distribuída para escolas de Ossos Verdes, templos deístas e outros usuários licenciados no exército ou na saúde, e também do quanto era vendido (principalmente para o governo espênico). O restante ficava trancado em um gigantesco cofre nacional abaixo do prédio do Tesouro de Kekon.

Os olhos de Shae pularam para as ordens de compra de equipamento mais uma vez. Sua atenção se voltou para a assinatura no fim da página. Era uma que ela não tinha visto em nenhum dos outros arquivos. Analisou-a por um segundo antes de perceber de quem era aquele nome: Gont Aschentu. O Chifre do Montanha.

Por que o líder do exército do clã de Ayt assinaria uma ordem de compra de equipamentos de mineração? Muito embora fossem os clãs Ossos Verdes que controlassem as ações da AJK, as minas em si eram de responsabilidade do estado e não tinham gerenciamento direto dos clãs. O orçamento anual das operações mineradoras era aprovado pelo conselho da AJK, então qualquer assinatura nesse documento tinha que ser obrigatoriamente de um representante que comande ou responda pelo conselho: Doru, Ree Tura (o Homem do Tempo do Montanha) ou algum de seus principais subordinados. O que a assinatura de Gont nessa e em várias outras páginas significava?

Shae tirou cópias de todas aquelas folhas e as enfiou com cuidado na mochila. Guardou os arquivos, devolveu as caixas ao armário e saiu de lá. No fim das contas, não ia passar a noite em Pula coisa nenhuma. Tinha uma longa viagem de volta e precisava pegar a estrada o mais rápido possível.

Capítulo 17

Noite no Divino Lilás

A voz da garota charmosa tinha um quê de requinte; às vezes soava alta e pura, e depois abafada e sugestiva. Ela tocava a harpa Tuni e cantava de olhos fechados enquanto sua cabeça delicada e ondas de cabelo escuro balançavam seguindo a melodia. Deitado sobre almofadas de veludo, Lan deixou a tensão sair dos ombros e aquietou a mente com o som da música. Era a única pessoa naquele recinto opulento; era uma performance privada. A música falava de um viajante perdido com saudades da ilha onde morara. Ninguém aqui teria tão pouca noção a ponto de cantar músicas sobre amor e corações partidos para ele.

Lan era acostumado a sempre sair com um ou dois seguranças, mas veio para o Clube de Cavalheiros Divino Lilás sozinho. Queria aproveitar um pouco a própria companhia, sem mais ninguém do clã a tiracolo. Durante o tempo que passasse ali, não queria pensar em nada da função que exercia como Pilar. A Sra. Sugo, a Lanterna proprietária do Divino Lilás, apreciava a visita solitária de Lan, e oferecia discrição e um ótimo gosto. Nunca havia problema nenhum naquele estabelecimento; todos sabiam que era um lugar frequentado pelos membros do Desponta, então apenas um suicida seria capaz de causar problemas, até mesmo caso as apostas lá no andar debaixo acabassem em briga.

Para Lan, os Ossos Verdes mereciam, sim, crédito por algumas coisas. Num geral, Janloon era uma das cidades mais seguras do mundo. Os clãs mantinham afastados criminosos e gangsters internacionais, faziam uma limpa nos crimes de rua e cobravam impostos em um nível aceitável tanto para políticos quanto para a população. Mesmo que alguns dos serviços oferecidos pela Sra. Sugo de madrugada não fossem cem por cento legais, ela tinha o bom senso de sempre ser pontual e generosa com os impostos pagos ao clã, e também não poupava esforços para fazer as visitas de Lan serem o mais prazerosas possível.

Yunni, a garota charmosa, esticou a última nota melancólica da música. Sua garganta vibrava enquanto os dedos dançavam com delicadeza pelas cordas da harpa. Lan colocou a taça de vinho sobre a mesa e aplaudiu. Yunni abaixou o queixo num gesto de falsa timidez e o olhou através dos cílios postiços.

— O senhor gostou dessa, Lan-jen?

— Muito. Foi linda.

Ela começou a se levantar e deixou a echarpe de seda cair sobre os ombros, mas Lan disse:

— Você tem outra música?

Ela voltou a se sentar com graça.

— Algo um pouco mais animado, talvez?

A moça retocou as cordas e deu início a uma balada suave.

Lan descansou os olhos na curva de seu pescoço e no espesso brilho vermelho daqueles lábios em movimento. Ele admirava a forma como o vestido translúcido caía sobre os montes dos seios e as coxas pálidas. Estava ficando cada vez mais fácil criar coragem para ficar com ela. Como Pilar, poderia ter qualquer mulher daqui, mais de uma ao mesmo tempo, se quisesse, mas, nas primeiras visitas que fizera a esse estabelecimento, depois de ter aceitado que Eyni havia ido embora de uma vez por todas, tudo o que pedira foi para se sentar e ouvir Yunni cantar. Ele falou para si mesmo que não queria sexo, apenas dar uma escapada, nada além de companhia. Estremecia com os lugares que Doru tentara sugerir em algumas ocasiões. Acontece que era fácil conversar com Yunni, e seu corpo era tão bonito quanto sua voz. Ela não era nem respeitosa demais e nem afobada demais para ficar agradando; conversava com ele sobre música e filmes estrangeiros, mas nunca pedia que falasse coisa alguma a respeito do clã ou desses assuntos. Quando, finalmente, a levou para a cama, achou-a prazerosa e cheia de energia.

Nesta noite, por outro lado, deixar suas preocupações para lá estava mais difícil do que o normal. Dois meses já se passaram sem nenhuma comunicação entre os clãs, mas Lan sabia que Ayt podia muito bem entender suas ações. Tinha recusado a oferta dos Montanha de unir forças para produzirem BL1, mandado o Chanceler Son propor reformas da AJK e, ao invés de remover Hilo, permitira que o irmão reforçasse a presença do clã por toda a extensão das fronteiras territoriais. Acreditava que havia feito o certo em todos esses casos, mas Lan sabia muito bem que estava trilhando um caminho arriscado, especialmente com a última decisão.

Semana passada mesmo, houvera um levante de violência entre gangues de motoqueiros dos territórios de Moedavada e da Cidade do Peixe. O que já foi o bastante para ser brevemente mencionado nos jornais, e isso levando em conta que ambos os lugares são favelas lotadas e pobres, onde alguns assassinatos eram normais e normalmente nem mereciam ser mencionados. Os Ossos Verdes não estavam envolvidos diretamente, então nenhum clã poderia alegar ter sido ofendido, mas todos sabiam que os Chifres dos dois lados da fronteira não apenas mantinham os criminosos às rédeas curtas, como também os manipulavam. A preocupação de Lan era o fato de que um único Osso Verde ou Lanterna pego ou envolvido em um desses incidentes poderia tomar proporções enormes e acabar envolvendo abertamente os clãs.

Lan conhecia muito bem o irmão que tinha. E ser sutil não fazia parte da natureza de Hilo. Ele respeitava demais a hierarquia do clã para desobedecer ao Pilar em assuntos importantes, mas tinha autoridade completa no dia a dia das atividades de rua, e seu código pessoal era não deixar dúvida de que, se contrariado, iria pegar mais pesado com seus inimigos. Um olhar seria respondido com uma palavra, uma palavra com um soco, um soco com uma surra e uma surra com uma execução. Talvez fosse melhor *sim* ter um Chifre mais prudente e contido, um Chifre que não faria tensões já transbordantes ficarem ainda piores.

No entanto, alienar seu irmão poderia acabar sendo a pior decisão possível. Ninguém aceitaria ou seria capaz de tapar o buraco deixado por Hilo. Os Punhos do Desponta e, por extensão, seus Dedos, simplesmente não eram fiéis ao clã ou ao escritório do Chifre — eram fiéis a Kaul Hilo. Lan se incomodava mais do que gostaria de admitir com o fato de que, se fossem forçados a escolher entre o Pilar e Hilo, muitos dos guerreiros Ossos Verdes no clã talvez tomassem o lado de seu irmão mais novo. Ao exigir que ele substituísse Hilo na posição de Chifre como condição para futuras negociações, Ayt pedia que, com pleno conhecimento, Lan enfraquecesse e semeasse discórdia dentro de seu próprio clã. Ela o colocava em um dilema que parecia, de todos os pontos de vista, uma armadilha.

— O senhor tá com cara de que precisa de uma massagem. — Yunni havia terminado de tocar a música e viera se sentar ao lado dele; Lan mal percebeu.

— Desculpa — disse ele. — Sei que pareço distraído.

— O senhor tá com muita coisa na cabeça — disse ela, com gentileza.

Ele apreciava a paciência. Era algo que Eyni nunca fora disposta a oferecer. Lan passou a mão por seu longo pescoço, por seu cabelo liso e aproximou algumas mexas do próprio rosto, gostou da sensação e do cheiro enquanto ela desabotoava a camisa dele e a abaixava até os ombros.

— Espera — pediu Lan.

Ele se levantou e foi até o aparador que ficava no canto do salão. No espelho, sob a difusa luz vermelha, se olhou com o peito nu e pensou se realmente tinha a capacidade de suprir as expectativas da pessoa que parecia ser: um homem forte e seguro, um guerreiro Osso Verde de corpo sólido, um líder adornado de jade. Um homem como seu pai.

Lan tirou o cinto cravejado de jade e os braceletes do antebraço. Ficou apenas com as pedras que usava como pingentes de uma corrente ao redor do pescoço. Colocou o cinto e os braceletes no cofre embaixo do aparador e ativou a senha da tranca. Yunni dizia que era metade abukiana, quase uma pedrolha, mas, mesmo assim, em consideração a ela, ele tirava quase toda a jade que vestia, só por segurança.

Na verdade, depois dos poucos e desorientadores minutos iniciais de se despir, ele achava estranhamente relaxante ficar sem toda aquela jade. Os arredores ficavam um tanto nebulosos e levemente suaves. Com os sentidos não tão afiados, a sensação era de estar fazendo amor em um quarto escuro, talvez até um sonho prazeroso, onde podia se deixar agir mesmo sem ver tudo com tanta clareza, sem pensar demais. Se sentia mais desapegado, mais sereno. Será que isso o diferenciava dos outros Ossos Verdes? Hilo, afinal de contas, havia cravejado jade no próprio corpo, para que nunca fossem removidas. Shae fora longe demais no caminho oposto. Lan sempre pensava como é que ela aguentava ficar sem jade alguma.

E isso era a outra coisa que o estava perturbando esta noite. Mês passado, Shae seguira suas ordens e fora para as minas, mas tinha telefonado de Pula para contar que Gont Asch estava mandando comprarem equipamentos de mineração. Nenhum dos dois soube o que fazer com tal informação. Será que isso significava que Gont estava usurpando a autoridade de Ree Tura? Três semanas se passaram antes que ela ligasse de novo. Foi o que Lan havia temido.

— Repassei os números de novo e de novo, e parece que as compras de equipamento que Gont aprovou não constam nos registros financeiros da AJK — contara Shae. — Os Montanha andam se envolvendo diretamente nas minas sem consultar o conselho.

Shae disse que iria ao Tesouro de Kekon para examinar os registros e que em breve entraria em contato de novo.

Ele ficara relutante em meter Shae nos negócios do clã, mas agora sabia que havia valido a pena. Shae verificara suas crescentes suspeitas de que Ayt Mada estivera um passo à frente da reunião que Lan tivera com Chanceler Son, e já tinha começado a tentar obter um maior controle do suprimento nacional de jade. Além disso, Lan agora se convenceu de que não podia contar com Doru. Não havia desculpas para o Homem do Tempo não saber desse tipo de informação, ou para mantê-la em segredo do Pilar. Se confrontasse o velho conselheiro, tinha certeza de que Doru negaria qualquer subterfúgio ou negligência, daria alguma explicação razoável e iria atrás do apoio de Kaul Sen. Não, Lan precisava de evidências sólidas para justificar não apenas removê-lo do cargo que ocupava, mas também do círculo interno do clã. Woon teria que estar pronto para assumir imediatamente, sem nem passar por um período de transição.

Havia outro motivo que o impedia de rebaixar Hilo: o clã não poderia ficar sem um Homem do Tempo e um Chifre veteranos ao mesmo tempo. Seriam problemas demais.

Yunni o levou para a cama, despiu-o por completo e o fez se deitar de bruços. Ele fechou os olhos e ela esfregou suas costas com um óleo perfumado.

— O senhor está tenso — disse ela, com suavidade, enquanto pressionava os dedões nos músculos do pescoço dele. — Talvez seja de carregar tanta jade.

O travesseiro embaixo do rosto de Lan escondeu a torção de seus lábios. As garotas charmosas daqui sabiam algumas coisas a respeito dos Ossos Verdes e como lisonjeá-los. Até mesmo aqueles que vestiam enormes acervos de jade tinham inseguranças a respeito do poder que delas emanava.

Acontece que cada um tinha uma tolerância diferente. Lan carregava uma quantidade considerável de jade até mesmo para os padrões de qualquer Osso Verde respeitável, mas não tinha o menor desejo de forçar seus limites. Além de certo porto, mais jade o deixava confuso, ligado demais e mal-humorado. O problema, muito embora a função de Pilar fosse muito além do quanto de jade um homem tivesse à mostra, era que as pessoas eram superficiais. De acordo com os anciões, o grande Kaul Du carregava mais jade do que qualquer outro guerreiro de sua época. Quando a filha de seu rival, uma Pilarisa, apareceu visivelmente com mais jade, o povo comentou. As más línguas sussurraram como se aquilo fosse uma derrota pessoal.

Yunni o massageou até a cintura. Espalhou o óleo quente nas mãos e nos antebraços e os esfregou de cima a baixo no corpo dele. Se esticou e o acariciou entre as penas. Ele não tinha certeza de em que momento o vestido dela caiu, mas sentiu os seios nus contra suas costas e o longo cabelo se arrastando por sua pele enquanto ela deslizava para cima e para baixo, devagar e com sensualidade sobre ele.

Quando o colocou de barriga para cima e se virou sobre ele, com a barriga nua e a virilha sobre seu rosto, todos os pensamentos atribulados finalmente deixaram a mente de Lan. Ele ergueu a cabeça e aspirou o aroma enquanto ela passava as elegantes mãos de harpista sobre seu peito, barriga, pélvis e parte interna das coxas. Ele ficou realmente impressionado com as várias habilidades que ela possuía. Por alguns segundos, pensou em Eyni e sentiu uma saudade amarga, mas o sentimento, já maçante pela familiaridade, foi passageiro. O tesão murchou apenas por alguns instantes, e voltou assim que as mãos e a boca de Yunni começaram a executar aquele magistral e excitante sacerdócio. Quando estava chegando ao clímax, pediu que ela se deitasse. Yunni gemeu, suspirou e sussurrou.

— Ah, isso, é isso que eu quero.

E agarrou os quadris do Pilar quando Lan a possuiu. Ele gozou mais rápido do que esperava, e então perdeu a firmeza. Tudo se libertou enquanto ele rolava para fora dela e afundava na maciez do colchão.

Yunni trouxe uma toalha úmida e aquecida e a esfregou no rosto, no pescoço e no peito dele.

— Pode ficar aqui o quanto quiser — murmurou.

Ele sabia que não era verdade, mas, de todas as mentiras com que tinha de lidar, as de Yunni eram as mais inofensivas e fáceis de engolir. Lhe agradava o quanto ela parecia aproveitar o tempo que passavam juntos. Muito embora fosse uma habilidade prática, ele apreciava mesmo assim. Por hábito, fechou uma mão em volta das contas de jade enquanto o quarto se dissolvia e Lan começava a divagar.

Houve uma batida na porta. Ele não teve certeza se tinha ouvido direito; ninguém nunca o interrompia aqui. Yunni franziu o cenho e, contrariada, se sentou e pegou o robe para se cobrir. Se pôs a levantar e ir para a porta, mas Lan a impediu.

— Quem é? — perguntou.

— Kaul-jen — respondeu a voz da Sra. Sugo, com um tom agudo e apreensivo do outro lado. — Por favor, desculpe interromper o senhor. Eu normalmente *nunca*... mas tem uma pessoa do clã aqui atrás do senhor. É muito urgente.

Lan se levantou da cama e vestiu as calças.

— Fica aqui — disse para Yunni, e então foi até o cofre e tentou a combinação duas vezes antes de conseguir abri-lo.

Colocou o cinto e os braceletes de jade, e depois agarrou a ponta do aparador com as duas mãos enquanto a energia o atingia e inundava seu sistema. Tudo parecia à deriva, mas então o foco voltou: o barulho, a visão e as sensações tomaram seu crânio de assalto. Ele respirou fundo, esperando tudo se acalmar, e então se endireitou. Se olhou no espelho de novo. Estava sem camisa, mas com cada pepita de jade no lugar. Caminhou até a porta e a abriu.

Com o rosto pálido, a Sra. Sugo abriu caminho. Atrás dela, estava Maik Kehn, respirando fundo, enfurecido e com a jaqueta marrom toda respingada por um sangue que não era dele.

— Os Montanha... — disse, engasgado. — Sussurraram o nome de Hilo.

Primeiro Interlúdio

Céus e Terra

Há muito tempo nos Céus, de acordo com os ensinamentos deístas, a grande família de deuses vivia em deslumbrantes palácios de jade. Assim como qualquer outra grande família, os deuses tinham lá suas discordâncias, mas, na maior parte do tempo, viviam com alegria suas vidas imortais. Com o tempo, porém, conforme foram tendo filhos e seus filhos mais filhos, o espaço residencial dos Céus foi ficando apertado demais e desconfortável. Então os deuses construíram um segundo lar, inspirado no primeiro e chamado de Terra.

A Terra, a princípio, era tão linda quanto o céu, com vastos oceanos, altas montanhas, vigorantes florestas e incontáveis e maravilhosas plantas e animais. Infelizmente, os numerosos filhos dos deuses, que cresceram mimados, começaram a disputar pela Terra antes mesmo que ela estivesse pronta. Muitos queriam o mesmo oceano, enquanto outros discutiam para ver quem ficaria com a mais alta das montanhas ou o maior dos continentes.

No fim, as brigas ficaram tão constantes e tão insustentáveis que os deuses que lhes deram à luz se enraiveceram.

— Construímos um lar perfeito para vocês e é assim que nos retribuem: manchando a Terra com mesquinharia, ganância e inveja, com irmãos se voltando contra irmãos, e irmãs contra irmãs. Pois fiquem com a Terra, então, mas por ela sofrerão, porque de nós não terão mais nada.

E os pais despiram os filhos de seus poderes divinos, deixaram-nos pequenos, fracos e nus, exilados dos Céus.

Yatto, Pai de Todos, destroçou o primeiro e único palácio em construção de jade na Terra, e, debaixo dele, enterrou uma ilha montanhosa.

Contudo, os deuses, como pais que eram, não se aguentavam e mantinham os olhos sobre seus filhos exilados e sofridos. Alguns, como Thana, a Lua, ou Poya, a deusa da agricultura, se apiedaram de seus descendentes e continuaram por perto. Ajudavam-nos e iluminando o caminho à noite ou garantindo que tivessem alimento para comer. Outros, como Yofo, o deus do tufão, ou Sagi, a Pestilência, se recusavam a deixar o rancor para trás, e, a menos que fossem aplacados, desciam em terminadas ocasiões para relembrar a humanidade de suas ofensas de longa data.

Todos os conflitos da Terra, segundo dizem os deístas, são fruto do pecado original dos filhos contra os pais e de irmãos contra irmãos. Todo o progresso humano e o sucesso virtuoso também são uma tentativa de conseguir o perdão da família e de voltar espiritual e fisicamente ao estado divino, que permanece latente, mas é apenas uma memória distante.

Capítulo 18
O Nome Sussurrado

Uma ligação frenética fora feita mais cedo pelo Sr. Pak, que, junto com a esposa, mantinha uma mercearia no Sovaco já havia doze anos.

— Tenho que ir — disse Hilo para Wen depois de desligar o telefone.

Ele estava frustrado porque ela se recusava a sair daquele apartamento minúsculo em Garrarra para morar com Hilo na residência do Chifre na propriedade Kaul até que se casassem.

— Tenho que pedir direito pro Lan, e depois a gente vai ter que planejar o casamento. Vai levar meses — argumentara. — A coisa tá ficando cada vez mais feia entre os clãs. Eu venho demais para cá, não é seguro pra você.

O prédio de Wen ficava a apenas uma rua de distância de Moedavada, que nos últimos tempos andava sofrendo com uma intensa onda de violência. Mesmo dentro de território dos Desponta, Hilo não estava disposto a arriscar a segurança de Wen. Não desconsiderava a possibilidade de os Montanha contornarem o aisho e maquinarem algum acidente trágico para terem como provocá-lo futuramente.

— Se você não vai agir com a razão, vou ter que colocar dois Dedos para te vigiar, e isso significa dois Dedos a menos no serviço. A casa é segura. E maior, também. E você pode redecorar, você é boa com essas coisas. Seria bom.

Wen cruzou os braços e, imóvel, o encarou.

— Não vou dar mais nenhum motivo pra sua família me tratar com desdém. Pra viver juntos, só depois do casamento. Enquanto isso, eu tenho uma arma aqui e sei muito bem como usá-la. Não vou ser nenhum fardo. Eu sei me cuidar.

— Uma arma. — Hilo deu uma gargalhada feia. — E você quer que eu fique tranquilo? Meus inimigos são Ossos Verdes. Você é uma pedrolha.

— Obrigado por me fazer lembrar isso — disse ela, friamente.

Na rua lá fora, Kehn apertou a buzina do Duchesse e Hilo grunhiu.

— Depois a gente conversa.

Quando chegou na mercearia com os Maik, encontrou o Sr. Pak sentado na calçada com a cabeça entre as mãos e a Sra. Pak chorando enquanto varria cacos de vidro dentro do estabelecimento. Dois jovens com piercings de jade nas sobrancelhas tinham estourado as janelas, quebrado a placa de neon sobre a porta e derrubado várias prateleiras de mercadoria como punição, já que o casal não tinha conseguido pagar o tributo ao Clã da Montanha. De cenho franzido e com o humor cada vez pior, Hilo examinou os destroços. Nada foi roubado, mas incidentes desse tipo custavam muito para os Desponta, não apenas porque arcariam com os danos, mas também porque enfraquecia a boa vontade dos Lanternas do distrito.

— Não tenho como pagar tributo pra dois clãs — choramingou o Sr. Pak.

— Vamos dar um jeito — prometeu Hilo. — Isso não vai se repetir.

Mais tarde, chegaram a questionar se os Pak não teriam se aliado aos Montanha e se faziam parte daquela história toda. Quando o Sr. Pak descobriu que duvidavam de sua fidelidade, cortou a própria orelha para proclamar inocência e se lançou à misericórdia de Kaul Lan. A casa e a loja do casal foram revistadas e as dúvidas foram sanadas, mas, dois meses mais tarde, os Pak fecharam o comércio e se mudaram do Sovaco de uma vez por todas.

Naquela noite, por outro lado, Hilo fez os Dedos perguntarem pela região até descobrirem que os dois homens que haviam vandalizado a mercearia eram Yen Io e Chon Daal, e que ambos poderiam ser encontrados num fliperama 24 horas que ficava em uma movimentada galeria comercial do Sovaco. Para resolver transgressões menores, Hilo teria mandado alguns de seus Punhos e um punhado de Dedos, mas estava de saco cheio das restrições de Lan e daquela situação de merda no Sovado. O povo precisava saber que o Desponta era forte ali e que não estava para brincadeira. Vibrante, barulhento, colorido e decadente, o Sovaco era um dos distritos mais valiosos de Janloon. Durante o dia, atraía turistas e compradores; depois de escurecer, banqueiros e estivadores vagavam pelas ruas e aproveitavam a miríade de restaurantes, cassinos, bares, clubes de strip e teatros. Os Desponta não tinham condições de perder o comando dessa região. Hilo decidiu que era necessário lidar com essa ofensa de um modo mais pessoal. O Pilar mandara que não matasse ninguém, mas isso não significava que o Chifre não podia fazer uma declaração pública.

Deixaram o carro em um estacionamento no fim da rua em que ficava o fliperama Super Joy. Kehn estava com dor de cabeça devido à sinusite e ficava assoando o nariz em um lenço encharcado. O mais velho dos irmãos Maik tinha fraturado a maçã do rosto na adolescência e, desde então, sofria nos dias em que a poluição e a umidade de Janloon aumentavam.

— Fica no carro — ordenou Hilo. — Tar e eu não vamos demorar.

Kehn concordou sem pestanejar, ligou o rádio e acendeu um cigarro enquanto Hilo e Tar saíam e caminhavam pela calçada. Kehn ter ficado para

CIDADE DE JADE   147

trás no carro foi o que salvou a vida do Chifre. Quando Hilo e Tar atravessaram a rua, dois homens aceleraram em motos. Ao vê-los passando pelo Duchesse, Kehn entendeu num piscar de olhos o que estava acontecendo. Gritou para avisar e apertou a buzina com tudo. No entanto, não foi a buzina estridente, mas sim o berro visceral de Kehn que chegou primeiro aos ouvidos de Hilo, uma fração de segundo antes de ele, com a Percepção, captar a intenção assassina dos homicidas no momento em que começaram a abrir fogo com revólveres.

Uma bala rasgou o ombro da jaqueta de Hilo e outra passou de raspão pela sua orelha quando ele caiu de joelhos e ergueu uma parede de Deflexão que fez os tiros desviarem para os lados. Portas de carros e paredes de prédios próximos foram atingidas. Gritos começaram a ressoar conforme o povo corria, empurrava e esbarrava uns nos outros. A saraivada de tiros foi apenas um ato inicial, para deixá-los atordoados. Usando a Leveza, ambos os atacantes pularam das motos na hora em que Yen Io e Chon Daal saíram do carro estacionado onde estavam se escondendo para a emboscada.

Hilo se levantou já com a faca talon, pronto para lutar. A energia da jade lhe inundou junto com a adrenalina. Os dois homens voaram direto para ele, agitando espadas da lua em arcos. Hilo deslizou para o lado e, com os pulsos cruzados, cravou a faca talon no braço levantado do sujeito. O Chifre redirecionou a força cinética da espada da lua de seu oponente para enfiar ainda mais a faca, destroçar-lhe os tendões e lançá-lo, aos tropeços, para a frente.

O segundo homem golpeou a espada da lua contra o tronco de Hilo. Ele mal teve tempo para conjurar o Aço. Enquanto dobrava o torso para longe da lâmina, a espada, que chegava a ter se curvado devido à tensão, abriu um corte sangrento na barriga de Hilo com uma terrível lentidão quando a Força do atacante encontrou e foi coagida pelas defesas do Chifre. Os olhos de Hilo encontraram os do assassino. Ele o reconheceu: Gam Oben. O segundo Punho de Gont Asch.

Por pouco Hilo não foi estripado. Com um grunhido de esforço, ele deu um pulo para trás, Leveza, para o topo de um carro. Gam liberou uma poderosa onda de Deflexão, e os pés de Hilo foram atingidos com tudo antes que ele conseguisse pousar. O Chifre bateu o peito com tudo, chocando-se contra o metal, o que turvou sua visão. Ouviu Maik Tar gritando de dor e de raiva.

O Duchesse Priza, com Kehn atrás do volante, invadiu a rua como um rinoceronte. Atropelou uma das motos, mandou-a rodando para longe, e depois derrubou Chon Daal. O garoto caiu por cima do para-choque e bateu no capô, Gam mal teve tempo de sair do caminho. O corpo de Chon, tomado pelo Aço, espatifou o para-brisa e depois voou pelo ar até a calçada quando Kehn pisou fundo no freio. O mais velho dos Maik saiu num rompante do carro, gritando.

Hilo rolou, bateu no chão e se levantou de novo. Se lançou na direção de Gam, mas, antes que conseguisse alcançá-lo, outro atacante dos Montanha, aquele cujo ombro ele estraçalhara com a faca, se jogou em cima de Hilo com um rugido de determinação e o puxou para baixo. Quando os dois caíram no asfalto, Hilo lutou e conseguiu passar os braços ao redor do torso do sujeito. A aura do Osso Verde ficou ensandecida enquanto ele se debatia nas garras de Hilo, e o Chifre absorveu tudo, todo o poder de jade que era capaz de reunir, e, com um movimento rígido da palma da mão, usou a Afluência para direcioná-lo ao coração do oponente. O Aço do assassino se dobrou como madeira macia e seu coração teve um espasmo até que, por fim, explodiu.

O contragolpe da energia gerada pela morte do Osso Verde atingiu Hilo com tudo. Com um forte estouro, a vida do homem partiu às pressas dos confins de seu corpo. A onda amplificada de jade foi pior do que uma surra no crânio de Hilo. Ele cambaleou. Por um segundo, mal conseguiu respirar e sentiu na boca um gosto metálico amargo e intenso. Só conseguiu não perder o juízo porque sabia o que estava acontecendo. Se afastou do cadáver antes de perder a consciência. Ainda agarrando a faca talon com força, ele usou as duas mãos para conseguir se levantar e procurou pelo próximo homem para matar. Em vez disso, viu Yen Io deitado, morto na estrada pelas mãos dos Maik. Gam e Chon, que, de algum jeito sobreviveram depois de serem lançados do teto do Duchesse, haviam fugido.

Menos de dois minutos tinham se passado desde o início do ataque.

Tar estava inclinado contra a grade retorcida do carro, dobrado com a mão ao lado do corpo. Fora atingido pelos tiros desviados que eram para ter atingido Hilo. Sua camisa estava ensopada de sangue. Kehn guiou o irmão mais novo para o banco traseiro do carro. Hilo conseguia vê-lo pressionando as duas mãos no ferimento e canalizando, através da Afluência, sua própria energia para Tar. Mas ele não era médico, e tudo o que podia fazer era desacelerar o sangramento, não o fazer parar.

Uma fúria gélida se levantou e tomou a visão de Hilo como uma neblina branca. A raiva firmou seu corpo e sua voz quando ele apontou para o amontoado de transeuntes apavorados que se espremiam como um cardume de peixes em portas e atrás de carros.

— Você — disse ele, escolhendo um dono de banca de jornal. — Você. E você.

Ele apontou para outros dois: uma mulher segurando a bolsa na frente do peito e o porteiro de uma balada.

— Venham aqui!

As pessoas empalideceram e pareceram prestes a sair correndo, mas não tinham culhão para desobedecer a autoridade na voz de Hilo. O porteiro, nervoso, deu vários passos para a frente, e os outros dois não tiveram escolha a não ser acompanhá-lo. Hilo olhou para um de cada vez, queria garantir que soubessem quem ele era, que os vira e de que se lembrava de seus rostos, de que estava falando diretamente com eles.

— Espalhem a notícia, e digam para levarem a informação adiante. — Hilo ergueu a voz para que todos nas proximidades o ouvissem. — Qualquer pessoa que me informar o paradeiro dos dois homens que fugiram daqui esta noite é meu amigo e amigo do Desponta. Qualquer pessoa que os ajudar ou os esconder é meu inimigo e do meu clã. — Ele apontou para um dos homens mortos na rua, e depois para o outro. — E é *isto* o que acontece com meus inimigos.

Não demorou para começar a trabalhar. Precisavam levar Tar para o hospital imediatamente, mas Ossos Verdes são responsáveis pela jade de inimigos abatidos, e nunca devem deixá-la para trás, na mão de ladrões. De um cadáver, pegou três anéis, uma pulseira e um pingente circular. Do outro, coletou um cinto, dois piercings de sobrancelha e um relógio com o verso encrustado de jade. Não foi nada elegante, mas teve que cortar a carne para conseguir os anéis e os piercings. Recolheu também as armas com empunhaduras de jade que haviam caído: duas espadas da lua e uma faca talon. Hilo correu de volta para o Duchesse. Abriu a porta, jogou as facas e as espadas no chão do lado do passageiro e exigiu:

— As chaves.

Kehn remexeu no bolso e as passou para o Chifre. Hilo limpou o sangue do metal da chave com a manga da camisa e ligou o motor. No banco de trás, Tar grunhiu baixinho. O carro avançou para a frente e espalhou cacos de vidro do para-brisa sobre o painel. Hilo virou o volante e pisou fundo no acelerador.

Capítulo 19
Conselho de Guerra

Já era mais de meia-noite e não havia ninguém no Tesouro de Kekon a não ser alguns guardas noturnos no lobby e duas zeladoras que iam de um cubículo para outro no departamento de registros para esvaziar lixeiras e aspirar o chão enquanto conversavam no cadenciado dialeto abukiano, repleto de longas vogais, mas estavam falando baixinho perto de Shae e não a atrapalhavam. O prédio havia fechado há duas horas, e foi apenas devido à sua identidade como Kaul e à carta que agora carregava no bolso — escrita à mão por Lan e com a insígnia do clã — que ela teve autorização para continuar nessa mesa vazia pelo tempo que precisasse, o que, nos últimos vários dias, tinha sido até a madrugada.

Shae soltou a caneta e a calculadora, se reclinou para trás e coçou os olhos, já cansados das longas horas estudando números sob aquelas luzes fluorescentes nada amigáveis. Ela se deu conta de que estava praticamente sozinha com a maior quantidade de jade guardada em um lugar do mundo. Muitos andares abaixo, sob imensas camadas de concreto, havia fileiras e mais fileiras de cofres revestidos de chumbo que guardavam jade processada e cortada em vários tamanhos diferentes, desde pepitas de um grama até barras de uma tonelada. Levando em consideração que abrigava em suas entranhas um estoque que compunha uma considerável porção da fortuna da nação, o Tesouro de Kekon era menos vigiado do que o esperado, não apenas porque qualquer um que ousasse roubar dali acabaria marcado para a morte certa por todos os Ossos Verdes do clã, mas também porque os moderníssimos sistemas de segurança garantiam que, caso algum dos cofres fosse invadido, o intruso seria selado lá dentro. A menos que os ladrões tivessem imunidade completa, ficar trancado em um compartimento repleto de jade significava uma lenta e agonizante descida ao reino da loucura antes de morrer.

E, mesmo assim, *havia* alguém tentando roubar do Tesouro de Kekon. Shae já havia feito os cálculos inúmeras vezes, comparado registros das minas, das prestações de contas oficiais da Aliança Jade-Kekon e, agora, do próprio Tesouro. Tinha se esquecido de como era boa nisso, de seguir o rastro de migalhas de informação até que pequenas pistas se organizassem e formassem um cenário claro. Encarando os números que cobriam as páginas de seu caderno, nem mesmo a fadiga da madrugada era suficiente para atenuar o choque e a raiva que Shae sentiu quando percebeu que, sem sombra de dúvida, aquilo que suspeitava se confirmava a partir da fria e inegável matemática. A jade mineirada não estava sendo oficialmente contabilizada pela Aliança Jade-Kekon e nem recolhida para ser armazenada nos cofres do Tesouro. Havia jade sumindo das reservas nacionais.

Apesar de nunca ter sentido a mínima vontade de se envolver nos negócios do clã, Shae estava tremendo de orgulho de si mesma, mas também de raiva enquanto empacotava o que havia encontrado e saía do prédio. Seus passos ecoavam pelos corredores vazios no caminho para a escada que levava ao térreo, onde pediu para um dos vigias abrir as portas trancadas. O guarda era um Osso Verde entediado de meia-idade que usava um boné verde amassado e uma distinta faixa que o marcava como membro do Escudo Haedo, um clã menor que se dedicava exclusivamente a oferecer segurança para o Príncipe Ioan, o Terceiro, e para a família real, assim como guarnecer prédios governamentais, incluindo a Casa da Sabedoria e o Tesouro de Kekon. Como sabia que não iria voltar na noite seguinte, Shae agradeceu ao guarda quando saiu. Não estava preocupada que o sujeito saísse fofocando por aí a respeito das atividades dela. Os membros do Escudo Haedo eram comprometidos com um juramento de aço de neutralidade e respeito com os outros clãs; não tinham nem voz na Aliança Jade-Kekon.

Era uma viagem curta de metrô do Distrito do Monumento até o norte de Sotto, mas, como havia menos trens tão tarde assim, levou quarenta minutos para que Shae começasse a caminhar os poucos quarteirões que levavam da estação até o prédio em que morava. Estava tão envolta em pensamentos, planejando o que diria para Lan de manhã, que só percebeu que havia alguém a seguindo quando já estava a apenas cem metros de casa.

Ficou tão chocada e atormentada consigo mesma que simplesmente parou com tudo e se virou para trás. Se estivesse usando jade, a Percepção a teria alertado da presença do homem que a seguia há muito tempo. E até mesmo sem jade, se estivesse prestando atenção, deveria ter pressentido os passos que a seguiam.

Sem cerimônia, Shae largou a bolsa na calçada e desembainhou a faca talon que levava no cós da calça. Não era uma faca com empunhadura de jade como a que carregara consigo por anos a fio antes de aposentá-la. Se tratava apenas de uma básica arma branca, mas de boa qualidade e certamente mortal em mãos treinadas. Fora criada em uma cultura que considerava inconcebível ignorar um desafio. Nem passou por sua cabeça que, com uma corrida de menos de trinta segundos, chegaria à segurança de seu prédio.

O homem não parou e também não se apressou em sua direção. Ele manteve o ritmo, mas tirou as mãos dos bolsos e as abriu para deixar claro que não apresentava perigo. Um instante depois, Shae percebeu que era Caun Yu, seu vizinho. Ele assentiu respeitosa e amigavelmente, e então abaixou o olhar para a faca que ela segurava de forma firme e treinada enquanto mantinha uma postura instintiva, com o peso equilibrado entre as solas dos dois pés.

— Você parece uma Osso Verde — disse ele, com um sorriso amarelo.

— Você tava me seguindo — disse Shae, na defensiva.

— A gente mora no mesmo prédio.

— E tá fazendo o que voltando pra casa tão tarde?

Caun parecia incrédulo.

— Eu trabalho de noite. E *você?* Tá fazendo o quê?

Shae encolheu os dedões dentro dos sapatos. Claro, a agenda de Caun não era da sua conta. Ela se desapontou consigo mesma e estava descontando em alguém que não tinha nada a ver com a história. Guardou a faca talon e pegou a bolsa caída.

— Desculpa, foi grosseria da minha parte. Você me pegou desprevenida. Vamos voltar, então?

Ele assentiu e caminhou ao lado dela, mas mantendo certa distância.

— Você não parecia nada desprevenida, dona Shae. Se eu realmente fosse um cara mal-intencionado, não iria querer te encarar com essa faca talon.

Shae queria mudar de assunto.

— E o que você faz da vida, seu Caun?

— Sou segurança — respondeu ele. — Nada muito perigoso. Um tédio, na verdade. Espero conseguir um trabalho novo em breve, algo mais interessante. — Abriu a porta para ela, e os dois subiram as escadas para o terceiro andar, onde moravam. Ele não devolveu a pergunta, mas, quando chegaram à porta do apartamento de Shae, Caun parou e, com um brilho malandro nos olhos, disse: — Boa noite. E, daqui pra frente, vou sempre dar um oi quando ainda não estiver no alcance da sua faca.

Enquanto Caun continuava a percorrer o corredor até o apartamento em que morava, Shae sentiu muita falta da Percepção, porque aí poderia ter alguma noção do que ele estava pensando.

Shae tirou Caun da cabeça, foi para a cama e ligou para a residência Kaul assim que acordou de manhã, quando o sol mal havia aparecido. Foi Doru quem atendeu o telefone.

— Shae-se — disse ele, com uma falsa surpresa. — Por que é que eu a vejo tão pouco? Pensei que você estaria em casa com mais frequência.

Shae fez uma careta.

— Ando ocupada, Doru-jen. Me ajeitando. Há muitas coisinhas para resolver, sabe?

— Você devia ter me procurado — disse ele. — Por que é que está morando nesse lugar, afinal? Eu poderia ter arranjado algo muito, muito melhor.

— Não queria incomodar. — Ele saber onde ela morava fez a careta de Shae ficar ainda mais feia. Sem mais delongas, perguntou: — O Lan tá em casa?

— Ah — disse Doru. Uma longa pausa se seguiu, um silêncio que fez sinos começarem a dobrar na cabeça dela. — Lamento dizer, mas é que houve um problema. Talvez você devesse vir para cá.

Shae chamou um táxi para levá-la direto à residência Kaul. A viagem foi tão devagar em meio ao trânsito matinal que chegou a irritá-la. O carro lutou contra um levante de buzinas de carros, motos e bicicletas de entrega que pareciam aplicar o conceito de "que o mais forte sobreviva" nos cruzamentos e no que dizia respeito às sinalizações da rua. Durante todo o caminho, Shae ficou olhando pela janela, mas sem prestar atenção em nada. Estava sentindo um peso no coração. E não porque alguns homens haviam tentado matar Hilo, seu irmão. Isso mal a chocava. Inclusive, ficava até surpresa que isso não acontecesse com mais frequência. A questão é que, mesmo assim, ninguém tinha ligado para ela para contar. Nem mesmo Lan. Se não tivesse telefonado para a residência de manhã, ainda não saberia de nada. Quem sabe, em meio a toda a comoção da noite passada, simplesmente não lhes passou pela cabeça que poderiam entrar em contato com Shae. Ela passara anos fora do país, e sem manter contato. Talvez não devesse ficar tão chateada por não ter sido informada na mesma hora.

Quando chegou, encontrou os irmãos em um conselho de guerra. Havia Punhos armados e com olhares severos por toda a parte: guarnecendo o portão e a entrada da casa, rondando a propriedade e parados nos corredores. No escritório do Pilar, Lan e Hilo, seríssimos, fumavam e faziam planos. Doru estava lá com eles. Quando Shae entrou, as posturas disseram tudo: Lan inclinado contra a mesa, batendo as cinzas em um cinzeiro, com o rosto rígido e tenso. Hilo estava sentado para a frente na ponta de uma poltrona, com os cotovelos sobre os joelhos, olhando para o nada e com o cigarro pendendo entre os dedos de uma das mãos. Doru descansava na outra cadeira, de pernas cruzadas, sutilmente à parte da comoção, observando tudo. A tensão na sala era tanta que a indignação de Shae chegou a esmaecer, repelida pelo senso implacável de apreensão.

Hilo ergueu os olhos quando ela entrou. Havia rugas em seu rosto que o faziam parecer uma pessoa diferente, não o sujeito despreocupado de sempre. Shae percebeu sangue seco sob suas unhas e, debaixo de uma camisa branca que ela suspeitava ser de Lan, ataduras de gaze cercavam seu tronco.

— Tar tá no hospital — disse ele, como se Shae estivesse ali o tempo todo.

Ela nem sabia direito qual dos dois era o Tar. Será que se tratava do homem que vira com Hilo no hotel?

— Ele vai ficar bem? — perguntou, porque parecia o apropriado a dizer.

— Vai sobreviver. Wen tá lá com ele.

Hilo se levantou e ficou andando em círculos, agoniado como um cachorro incapaz de se deitar. A porta se abriu e Maik Kehn enfiou a cabeça para dentro do escritório. Não fora ele que Shae vira no hotel, então deve ter sido Tar, o que estava no hospital agora.

— Tá todo mundo aqui — informou Kehn. — Estamos prontos para ir.

— Lan-se — chamou Doru. — Peço que reconsidere. Isso pode acabar mal para nós. Ainda podemos negociar uma trégua no Sovaco.

— Não, Doru — disse Lan, enfiando a bituca do cigarro no cinzeiro e caminhando até a porta com Hilo. — Já chega.

Pelo ângulo dos corpos de seus irmãos, Shae entendeu: Doru estava sendo dispensado. Lan já não mais confiava nele. A tentativa de assassinato de Hilo obrigara o Pilar a ir longe demais, a tomar o lado de seu irmão. Doru também deve ter percebido, porque seu rosto demonstrava uma indiferença enganosa, e ele não moveu nenhum músculo enquanto os outros dois saíam.

Shae seguiu os irmãos. A sala de estar da casa estava repleta de homens do Hilo armados até os dentes com espadas da lua, facas talon e pistolas. Quando o Chifre adentrou a multidão de soldados, eles o cercaram. Hilo não falou, mas parecia, de alguma forma, reconhecer a presença de cada um ali, fosse com um olhar, um cumprimento de cabeça ou um toque no ombro ou no braço.

Shae foi até Lan.

— Aonde estão indo?

— À Fábrica.

Ele vestiu um colete de couro e o ajustou. Alguém trouxe sua melhor faca da lua: Da Tanori de 86 centímetros com uma lâmina de aço branco de carbono temperado de 55 centímetros e 5 pedras de jade no punho. Ele a prendeu na cintura. Já havia um tempo desde a última vez em que Shae o vira com uma aparência tão militar. Era estonteante vê-lo tão parecido com o pai. Lan disse:

— É lá que eles tão, os homens que tentaram matar Hilo. Gont também tá lá, e talvez até Ayt.

Ela foi atingida em cheio pela compreensão: estavam saindo para batalha. Shae agarrou o irmão pelo braço.

— O que eu posso fazer pra ajudar?

Lan a olhou antes que ela percebesse como aquela pergunta era ridícula. Nada, não podia fazer nada para ajudar, não nessa situação, não agora e não sem jade desse jeito.

— Nada. Não deixa o Doru assumir a liderança do clã.

Caso Lan seja morto.

— Descobri mais coisas — disse ela, quase desesperada para atrasar a partida do irmão. — No Tesouro. Não quis falar nada lá no escritório com o Doru, mas tenho que falar com você.

— Quando eu voltar.

Ele a beijou rapidamente na testa.

— Por que não me ligou ontem à noite?

— Não tinha por quê. Você não precisa fazer parte disso. Prometi não te envolver ainda mais do que já envolvi até aqui, e sei que já é mais do que você queria.

Ele olhou para trás e seu rosto ficou tenso.

Shae se virou. Kaul Sen estava de pé nas escadas. Parecia uma múmia sinistra, vestindo aquele robe branco que ficava folgado sobre seu corpo esquelético. Seu olhar feroz perscrutou os guerreiros reunidos e, com um desdém fervoroso, parou em Hilo. Ele apontou para o neto mais novo e se inclinou para a frente como se seu dedo ossudo fosse uma arma.

— Culpa sua — vociferou o velho. — O que você fez agora? Você nunca passou de um vândalo irresponsável. Você vai ser a ruína desta família!

— Vovô — disse Lan, com a voz em tom de aviso.

Dentre o amontoado de guerreiros, Hilo deu um passo para a frente.

— Tentaram me matar, vovô. — Sua voz estava suave, mas Shae sabia que, quando estava no limite da raiva, Hilo impunha tranquilidade na voz. — Quase mataram um dos meus Punhos. Agora é guerra.

— Ayt nunca começaria uma guerra comigo! — Os braços de Kaul Sen tremiam, então ele agarrou o corrimão. — Somos como irmãos. Tivemos nossas diferenças, mas *guerra*... guerra entre Ossos Verdes! Não, *nunca*. Se alguém tentou te matar é porque você mereceu.

Os olhos de Hilo relampejaram com labaredas e mágoa. Depois, ele se virou. O desprezo esvoaçava nele como uma capa.

— Vamos.

Seus guerreiros o flanquearam enquanto ele caminhava até a porta e saía da casa. Se empilharam dentro da fila de carros estacionados na rotatória.

Exausto, Kaul Sen se sentou nos degraus. Seus membros se dobraram como a estrutura de uma cadeira decadente, e o roupão caía sobre os ombros e os joelhos magricelas como se fosse um lençol.

— Kyanla — chamou Lan. — Ajuda o vovô a voltar pro quarto. — Ele colocou uma mão nas costas de Shae e disse baixinho: — Fica com ele.

Ela assentiu enquanto tentava pensar em mais alguma coisa para dizer, algo como "tome cuidado", "boa sorte" ou "por favor, volta", mas nada parecia apropriado. Além do mais, Lan já tinha saído. O Pilar desceu os degraus da calçada da frente e entrou pela porta de um carro que um dos Punhos do clã segurou aberta para ele.

Capítulo 20
Expurgo por Lâmina na Fábrica

A Fábrica era uma antiga instalação que ficava logo depois da fronteira territorial, em Ponta de Lança, um distrito controlado pelos Montanha. O prédio ainda contava com uma grande pintura desbotada que indicava INDÚSTRIA TÊXTIL KEKON LTDA. na parede exterior, mas, havia anos, fora convertida em um ponto de encontro e de treinamento para os Ossos Verdes do Montanha. De acordo com Dedos do Desponta e Lanternas que ligaram durante a noite e o início desta manhã, os dois assassinos sobreviventes, Gam Oben e Chon Daal, foram vistos fugindo a pé do Sovaco e entrando aqui.

Os seis carros lotados com guerreiros do Desponta chegaram em comboio antes do meio-dia. Estacionaram em frente à Fábrica e se reuniram com uma tormenta de portas batendo e de armas brilhantes. Lan e Hilo ficaram na frente, juntos, para conferir o local. O prédio de tijolo era alto e as janelas estavam cobertas. Era impossível dizer quantos Ossos Verdes do Montanha os esperavam lá dentro. Hilo apontou para os sentinelas que os observavam do telhado. Até então, ninguém havia saído.

— Manda uma mensagem — disse Lan.

Hilo apontou para um dos Dedos, um jovem com cabelo mais comprido de um lado do que de outro e dois piercings de jade no lábio inferior. O guerreiro se ajoelhou e tocou a testa no chão.

— Estou pronto para morrer pelo clã, Kaul-jens.

Hilo deu instruções e o Dedo foi enviado, desarmado, para a porta frontal da Fábrica. A ordem era simples: entregar a cabeça dos dois homens responsáveis pelo ataque a Hilo e ceder o controle do distrito do Sovaco, ou então os Desponta desceriam a floresta. "Descer a floresta" era um antigo dito popular dos Ossos Verdes que significava guerra. Todo o território, o povo e os empreendimentos do Clã da Montanha estaria em jogo. Os Kaul observaram o mensageiro ser recebido por dois guardas. Palavras foram trocadas e o homem teve permissão para entrar.

Hilo se sentou no capô do Duchesse e esperou. Nervoso e com a boca seca, Lan se encostou na porta de seu Roewolfe enquanto encarava a frente do QG. Era um daqueles dias em que o sol e as nuvens batalhavam, então os homens que esperavam ali fora eram tomados por momentos alternantes de calor e de sombra, como se até o próprio clima não soubesse direito qual seria o resultado daquilo. Desde o momento em que a Sra. Sugo o interrompera no Divino Lilás na noite anterior, parecia que ele estava sendo arrastado por um tsunami. A sensação era de que tinha pouquíssimo controle quanto à direção da água e mal conseguia ficar próximo da superfície.

Lan não queria uma guerra entre os clãs. Seria ruim para todo mundo: para os Ossos Verdes, para os negócios, para o povo e para o próprio país. Durante todo esse tempo, ele achava que, contanto que negociasse com cuidado, teria como evitar o conflito com os Montanha. Havia ignorado o desrespeito de Ayt, rejeitado com toda a educação a pressão que ela impora para firmar uma aliança e dado passos calculados para garantir a estabilidade da AJK e salvaguardar a posição de seu clã. Agora, percebia que essas ações foram as manobras defensivas de um touro estúpido, colocado numa disputa contra um leopardo. Tinham servido apenas para encorajar o inimigo, para deixar a impressão de que o Pilar do Desponta era um frouxo, alguém que não representava perigo algum.

Tinha sido tolo. Sempre soubera que os Montanha queriam Hilo fora do caminho, mas não imaginara que a Pilarisa inimiga agiria tão rápido e com tamanha violência. Será que ele tinha deduzido que sua rival hesitaria em derramar sangue só porque ela era uma mulher? Caso tenha sido isso, então ele foi fatalmente displicente. Agora Ayt sussurrara o nome do segundo filho do Desponta. A despeito de quaisquer outros negócios ou tratados territoriais entre os clãs, essa era uma questão que não podia ser negociada. A família Kaul não poderia exigir nenhuma autoridade ou respeito a menos que desse uma resposta à altura de tamanha ofensa.

Um trem de carga de quase um quilômetro de extensão passou perto dali e anunciou sua chegada com um rugido estridente sobre os trilhos enquanto levava bens através da ilha até estações no Parque de Verão e nas Docas. Uma brisa marítima tomou o ar do leste. Meia hora se passou. A Fábrica continuava silenciosa e impenetrável. Os homens do Desponta grunhiam, andavam para lá e para cá e fumavam. Maik Kehn se aproximou.

— Não tão respondendo. A essa altura já devem ter matado ele. — Seu rosto estava marcado pela impaciência e por um impulso assassino. — O que a gente vai fazer se eles não responderem?

— Vamos arrombar essa porra desse muquifo e trazer Gont Asch aqui pra fora, nem que seja arrastando pelas microbolas dele. — O tenente ficou satisfeito, e grunhiu em concordância, mas a empáfia funcionou ainda mais com Hilo. Ele pulou do capô do Duchesse e cruzou metade do caminho até a entrada da Fábrica. — Tá vendo, Gont? — gritou. Com os braços erguidos, deu uma voltinha arrogante. — Ainda tô vivo! Não adianta mandar seus fantochezinhos pra me matar. Vem aqui e tenta você mesmo, seu covarde de merda!

Atrás dele, os Punhos rugiam em consentimento e batiam nos carros.

Neste momento, Hilo entendeu tudo: os Montanha tinham mandado homens para matar Hilo, não *ele*. Não queriam matar Lan, o primogênito, o Pilar. Era Hilo que o inimigo via como ameaça, Hilo era feroz e violento, e só ele poderia liderar os Punhos na guerra. Agora, seu irmão havia sobrevivido a uma tentativa de assassinato e ainda ganhara com isso.

Por outro lado, Lan sabia muito bem o que isso dizia a seu respeito: ele era o Pilar por direito de nascença, pelo decreto de Kaul Sen e porque tinha um rosto que fazia o povo lembrar de seu pai. Sempre se esforçava para ser um líder forte e prudente, para manter a paz, respeitar o legado do avô e, muito embora tudo isso tenha lhe rendido respeito e credibilidade dentro do clã, não era o bastante para intimidar ou dissuadir rivais. O inimigo atacara primeiro, só que o alvo não fora a cabeça política, mas o maior guerreiro. Com isso, deixaram claro que o Montanha tinha a intenção de seguir para cima do Desponta e conquistá-lo à força.

Ele era, por natureza, um homem cuja fúria era parcimoniosa, mas Kaul Lan cerrou os punhos e uma onda agitada de vergonha e de raiva o inundou como uma maré revolta.

A porta da Fábrica se abriu e três homens saíram de lá. Lan e Maik Kehn se juntaram a Hilo, que tinha firmado os pés e encarava os sujeitos que se aproximavam. Primeiro vinha o jovem mensageiro dos Desponta. Ele se apressou para frente e se ajoelhou mais uma vez; parecia quase querer pedir desculpas por continuar vivo.

— Kaul-jens, lamento que esses vira-latas não tenham me dado a chance de morrer pelo Desponta. Mas me mandaram de volta para cá com estes dois.

Atrás dele havia dois Ossos Verdes do Clã da Montanha.

— São eles — disse Hilo para Lan. — O manco é Chon. E o de pele mais escura é Gam.

Os dois lados se encaravam com um ódio mútuo, porém hesitante. Chon, um Dedo de patente intermediária, estava ferido e assustado. Escorria suor de seu rosto machucado e ele só conseguia olhar para os guerreiros do Desponta por alguns segundos antes de desviar os olhos. Gam era mais esverdejante tanto no corpo quanto no espírito; havia jade ao redor de seu pescoço, presa em seu nariz e em volta de seus pulsos. Ele olhou diretamente para Lan e falou primeiro.

— Minha Pilarisa concorda com suas exigências — disse Gam. — Ela aprovou o ataque contra seu Chifre movida por um sentimento de grande ofensa devido às muitas agressões contra nosso clã, mas percebe que pode ter agido às pressas e cega pela raiva. Então, para demonstrar sua boa-vontade em negociar, nos retiraremos do Sovaco, exceto pela pequena região ao sul da Rua Patriota, que sempre controlamos.

— Quanta generosidade — zombou Hilo. — Mas não foi apenas isso que exigimos.

A bochecha de Gam tremeu, mas ele continuou encarando Lan.

— Meu Chifre oferece nossas vidas como punição por termos falhado. Este aqui — e assentiu em direção a Chon — não é digno do perecer de um guerreiro, mas meu clã e minha honra demandam que eu tenha uma morte condizente com a posição que ocupo como bom Punho do Montanha. Kaul Lanshinwan, Pilar do Desponta, ofereço ao senhor um expurgo por lâmina.

Lan ficou sinceramente chocado. E, então, semicerrou os olhos.

— Eu aceito.

Os homens do Desponta se reuniram em volta para ouvir a conversa, e agora todos deram um passo para trás e abriram um largo círculo de espaço. Todos, menos Hilo. Ele se colocou na frente de Lan e falou baixinho:

— Gam merece uma execução, não um duelo — disse o Chifre. — É algum truque.

— Você vai estar aqui para ver caso seja mesmo — disse Lan. — Mas acho que não.

Não discorreu a respeito de como tinha certeza de que aquilo era um modo de Ayt avaliar, mesmo que tardiamente, do que ele era capaz. De Hilo ela já sabia. Tentara matá-lo, e fracassara. Agora queria saber se Lan era tão fraco quanto imaginava. Isso determinaria seus próximos passos. Pelo visto, valia a pena abrir mão da maior parte do Sovaco. Se o Pilar do Desponta recuasse, perderia o respeito na frente dos inimigos e de seus próprios Ossos Verdes.

— Uma morte por consequência, então — sugeriu Hilo. — Kehn e eu daríamos conta do recado.

A resposta de Lan foi um olhar fervente que fez o Chifre ficar em silêncio. Que tipo de Osso Verde Lan seria se mandasse o irmão mais novo, e ferido ainda por cima, lutar uma segunda vez contra Gam ao invés de responder diretamente ele mesmo ao desafio? Entendeu, sem sombra de dúvida, que, gostasse ou não, agora era hora de ser um Pilar em tempos de guerra, e o menos sábio a fazer seria continuar elevando as proezas de combate de Hilo em detrimento de suas próprias na frente dos Punhos do clã e dos olhos do inimigo.

Então teria que ser assim, do jeito Osso Verde. Se a única linguagem que Ayt entendia era a força, então ele teria que falar com todas as letras.

Gam deu vários passos para trás.

— Faca ou espada?

Escolher a arma era compromisso de quem foi desafiado. Hilo preferia a faca talon, era compacta, cruel e estava sempre ao alcance, mas Lan não era um guerreiro de rua, e a formalidade e a elegância da espada da lua pareciam mais apropriadas.

— Espada — respondeu.

Hilo continuava desacreditado.

— Você espera que eu honre uma coisa dessas?

Expurgos por lâmina eram um juramento de aço. O vencedor tirava a vida e ficava com a jade do perdedor sem consequência alguma; nenhum parente ou aliado poderia ir atrás de vingança. A pergunta de Hilo era retórica, e Lan olhou para ele de soslaio.

— Tá preocupado que eu perca?

Hilo virou levemente o rosto para encarar Gam. Voltou a olhar para Lan e disse baixinho.

— Ele não é qualquer um.

— E nem eu — disse Lan, de forma mais contundente do que o planejado.

— Tenho uma dezena de Punhos que lutariam contra Gam em seu nome. Você é o Pilar.

— Se não posso fazer isso, não *posso* ser o Pilar.

A resposta de Lan foi curta e baixa para que apenas Hilo escutasse. Mesmo assim, admitira em voz alta aquilo que outros com certeza pensavam, mas não diziam: o filho do grande Kaul Du precisava provar sua esverdejância.

Lan desembainhou sua espada da lua Da Tanori e a apontou para o irmão, que cuspiu no metal branco para dar boa sorte, mas sem jamais sorrir.

— Ele tem uma boa Deflexão de defesa — disse Hilo. — É melhor lutar de perto.

Ele apertou a região entre os ombros e a nuca de Lan, e então ocupou o espaço ao lado de Kehn. Uma aflição indescritível tomou conta de Lan. Ele precisava dizer outra coisa para Hilo, só para garantir, mas a sensação é de que isso traria má sorte.

Lan não era nenhum devoto, mas fez uma oração silenciosa para Jenshu, o Monge, Aquele Que Retornou, o patrono dos guerreiros de jade.

Velho Tio dos Céus, julgue-me como o mais esverdejante de sua linhagem hoje, caso assim seja. Depois, se virou, encarou Gam e tocou o lado plano da espada na testa em forma de saudação. O outro homem retribuiu o gesto. Fecharam o cerco. O céu tinha clareado abruptamente e o raios de luz do sol batiam com força no chão. As pedras pareciam pulsar sob as palmas das mãos de Lan enquanto o inundavam com a energia de jade, intensificavam seus sentidos e mudavam a forma como o tempo e o espaço se moviam. Os segundos se alongaram e as distâncias diminuíram. Os batimentos cardíacos de Gam retumbavam no centro da Percepção de Lan. Ele sentia a aura de jade do homem se deslocando, experimentando, se expandindo e contraindo, sutilmente avaliando quando e como atacar.

Por um terrível segundo, a dúvida o invadiu. No passado, Lan fora destaque na Academia e ganhara uma boa quantidade de competições violentas, mas anos já haviam se passado desde a última vez em que duelara. Gam Oben fora nutrido por Gont Asch e tinha maiores e mais recentes experiências em combate. Talvez Ayt tenha feito uma boa aposta. Há certa possibilidade de Lan perder para este homem, de condenar seu clã.

Ao notar através da Percepção o instante de incerteza do Pilar, Gam viu o momento perfeito para atacar. Deu um clássico alto golpe de abertura, e então mudou a direção habilmente e mirou para baixo. Lan defendeu o desvio a tempo, defletiu a espada do oponente e circundou a própria arma em um ataque perfurante para cima. Gam girou, se afastou e ergueu o braço até o lado da cabeça. A espada de Lan raspou no braço tomado pelo Aço.

Lan se lançou em um ataque ofensivo de cortes rápidos. As espadas cantarolaram juntas em um duelo letal. Bloqueando e se afastando, Gam abriu espaço, girou bruscamente e deu um forte chute na lateral do corpo do Pilar. Lan sentiu as costelas se comprimirem e dobrarem sob a Força do homem. Com a Leveza, voou para trás e pousou de pé. Os que assistiam se apressaram para dar um passo para trás e abrir mais espaço.

Agora longe demais para alcançar o oponente com a espada, Lan se lembrou do aviso de Hilo na mesma hora em que Gam gritou e jogou o braço esquerdo para a frente, liberando assim uma erupção de energia de jade que emitiu pelo ar uma onda perfurante de Deflexão forte o bastante para derrubar um homem adulto. Lan se firmou em uma postura de ataque e lançou sua própria Deflexão em um escudo vertical que cortou o ataque do outro Osso Verde como a proa de um barco. Sentiu o baque de energia reverberar pelo corpo e cerrou os dentes enquanto, mesmo com o calcanhar plantado no chão, derrapou para trás.

Como o movimento de uma maré se recolhendo, ele sentiu Gam puxar sua aura de volta para preparar outro chumo de Deflexão. Com a Leveza e a Força o transformando em um borrão de velocidade, Lan correu até o oponente. Sua espada da lua cravou uma trilha mortal na lateral do pescoço de Gam. O outro Osso Verde rodopiou sob a lâmina do Pilar e bateu com a palma da mão no esterno de Lan.

Toda a energia que o Punho havia reunido para a Deflexão foi Afluída para o golpe. Lan embebeu cada fibra de seu corpo com o Aço, e soube naquele momento que sua vida dependia da capacidade daquela força de destruí-lo.

Tudo escureceu. Ele sentiu a energia de Gam atingi-lo e aprisioná-lo. O impacto perfurou sua caixa torácica e agarrou seu coração. Lan sentiu a morte fazer cosquinhas nos confins de sua mente. Seu Aço trincou, mas não cedeu por completo. Se conteve por um instante de impasse, e então rugiu para o exterior, esmaecendo a força daquele golpe assassino. Lan era, afinal de contas, um Kaul.

Gam dera tudo de si àquela tentativa. Cambaleou por um momento. Sua aura de jade, pálida e frágil, flutuava. Lan enfiou a espada no flanco do homem como se ele fosse um bloco macio de tofu. O Pilar também já quase não tinha mais forças, porém enfiou mais e partiu tecidos e artérias. Sua Percepção bradou forte, como se estivesse se afogando em ruídos psíquicos: a derradeira lancinada de dor e medo de Gam, a corrente de energia gerada quando a vida deixou aquele corpo e a inexplicável onda de triunfo e de júbilo vinda dos guerreiros do Desponta que os assistiam. E então o Segundo Punho do Clã da Montanha foi ao chão.

Ofegante, Lan caiu de joelhos.

— Obrigado, Velho Tio Jenshu, pelo favor concedido — sussurrou. Depois, com a voz alta para que todos ouvissem, se dirigiu ao cadáver do oponente: — Você carregou sua jade com honra, e morreu a morte digna dos Punhos. Você foi um oponente digno, Gam, e significará uma grande perda para seu Chifre. — Limpou ambos os lados de sua espada da lua na manga interna do braço esquerdo, ergueu-a aos céus e se levantou. — Pelo expurgo minha espada foi limpa.

Das laterais, Kaul Hilo assentiu brevemente para Maik Kehn. O Punho deu um passo em direção a Chon Daal, que estava ajoelhado, já resignado quanto a seu destino. Maik puxou a cabeça do homem para trás e abriu sua garganta de orelha a orelha com um golpe profundo e veloz da faca talon e depois empurrou o rosto do sujeito para o asfalto.

— Desponta! Desponta! — os Ossos Verdes vibravam em uníssono. — Kaul Lan-jen! Nosso sangue pelo Pilar!

Eles se ajoelharam e bateram com os pulsos no chão na cadência de aplausos. A exuberante e reprimida Força dos combatentes amassava o pavimento. Lan cortou os colares e as pulseiras do inimigo e arrancou as pedras de seu rosto. Aquele tanto de jade nas mãos o fez ficar com a garganta seca, e seu crânio formigava como se as raízes de seu cabelo estivessem carregadas de eletricidade. Atordoado de alívio, Lan se movia como se estivesse num sonho.

Ele se levantou.

— Estamos indo — gritou. — Mas que os inimigos saibam: os Desponta defendem e vingam nosso povo. Errar com um de nós é errar com todos nós. Se procurarem guerra, vamos retaliar com cem vezes mais força. Ninguém vai tirar o que é nosso!

Lan ergueu o punho cheio de jade acima da cabeça e os gritos ficaram ainda mais intensos. Viu Hilo de braços cruzados, equilibrando o peso entre os pés e com um sorriso no rosto.

Os Ossos Verdes se amontoaram de volta nos carros. A sede de sangue, se não totalmente apaziguada, fora saciada pelo resultado do duelo. Lan se permitiu sentir a satisfação obscura de ver os guerreiros do clã o saudando da mesma forma que ele sabia que faziam com Hilo. Para quem tivesse assistido, a luta parecera rápida e decisiva. Os Montanha não revidariam aquelas mortes. Os Desponta não perderam nenhuma vida, e agora tinham praticamente todo o controle do Sovaco. Era uma vitória. Não era?

Lan passou direto por seu veículo prateado e abriu a porta traseira do Duchesse. Sozinho no banco de trás, ele soltou a jade que havia pegado. Removeu a espada da lua e a colocou no chão, em frente ao seu pé. Estava com dor. A jade em volta de seus braços e de sua cintura parecia estranhamente pesada, e ele se sentia ferido bem lá no fundo. Será que mais alguém chegou a perceber o quanto aquela luta foi por pouco?

Hilo entrou pela porta do passageiro. Assim que Maik Kehn chegou na rodovia e rumavam de volta para a cidade, Hilo se virou para trás, ofereceu um cigarro para o irmão, e então o acendeu. Depois ele voltou a olhar para a frente e abaixou a janela até a metade.

— Deve estar doendo pra caralho — disse, baixinho. — Fica deitado, Lan. Não há ninguém aqui pra ver além da gente.

Capítulo 21
Conversa em Família

Ela se sentou ao lado do avô e cobriu a mão ossuda dele com a sua própria. Depois da comoção gerada pela partida de seus irmãos, a casa foi tomada por um silêncio incongruente. Para onde será que Doru tinha ido? Será que continuava na casa? Ou saíra para dar telefonemas ou fazer seja lá o que ele fazia? Pensou em dar uma olhada, mas não queria sair de perto do avô. Ele parecia trêmulo e frágil de um jeito que ela nunca o vira. Sob a pele cheia de manchas hepáticas do idoso, ela ainda sentia o retumbar de sua poderosa presença, uma aura de jade robusta ancorada por um ímpeto de aço, uma compreensão amarga de que ele já não era mais o coração latente do clã. Já não era mais o Tocha de Kekon.

Kyanla trouxe para Kaul Sen uma tigela com frutas cortadas em uma bandeja e afofou sua coberta e suas almofadas para deixá-lo mais confortável em sua poltrona perto da janela. Ele a dispensou e se virou para Shae com olhos límpidos, porém mais cansados.

— Por que você não vem morar aqui em casa? O que andou fazendo todo esse tempo? — Shae ficou tensa, mas as perguntas do avô eram movidas mais por perplexidade do que por raiva. — Quer morar em Janloon, mas não com a sua família? Tá saindo com outro homem? Outro estrangeiro que você não quer trazer em casa?

— Não, vovô — respondeu ela, já irritada.

— Seu irmão precisa de você — insistiu ele. — Você devia ajudá-lo.

— Eles não precisam da minha ajuda.

— Qual é o seu problema? Você não sabe mais quem é — declaro Kaul Sen. — Eu dizia que *você* era meu melhor neto, lembra?

Shae não respondeu.

Tentou não continuar olhando para a entrada da casa como alguém ficaria encarando uma panela de água no fogão. Com um desespero amorfo, ela percebeu que havia se tornado aquilo que jurara nunca ser: uma mulher como sua mãe, sentada em casa preocupada enquanto os homens saíam para encarar o perigo e infligir violência. A Shae mais nova teria nojo dela. Era filha de Kaul Du, neta de Kaul Sen e, inclusive, sua *favorita* dentre

166 FONDA LEE

todos os netos. Durante a infância, a ideia de ficar aquém de seus irmãos era amaldiçoada.

Em algum lugar, no fundo de uma gaveta do quarto onde crescera, havia um diário mantido durante a adolescência na Academia. Se o deitasse sobre a lombada, uma página com uma linha no centro dividida em duas colunas se abriria. No topo de uma das colunas estava seu nome; na outra, o de Hilo. Por anos ela mantivera cada pontuação e posição de ranque que recebera como aluna. Sem que ele soubesse, fez o mesmo com Hilo. Seu irmão era mais talentoso em algumas áreas, mas ela praticava com mais consistência, estudava mais intensamente e queria muito mais. Se formou no topo da turma, apesar de ser a mais nova do grupo. Hilo ficou em sexto.

Ela era uma Osso Verde mais bem classificada do que o irmão, e tinha muito orgulho disso. Foram necessários alguns anos para que percebesse como aquilo tudo não significava nada. Os deméritos que diminuíram as pontuações de Hilo (advertências por faltar às aulas, fugas do campus e as brigas de rua) o fizeram ganhar a admiração e a fidelidade de parceiros. As incontáveis horas que Shae passara sozinha, estudando obsessivamente ou treinando, acabaram por isolá-la dos outros estudantes, principalmente das outras mulheres. Hilo usara esse tempo para aproveitar, sem pressa, a vida com sua legião de amigos que, com o tempo, se tornariam os mais fiéis de seus Dedos e Punhos. Ao pensar no passado, Shae chegava a sentir vontade de rir de sua ingenuidade adolescente, da seriedade que não levou a nada e da inevitável decepção que a sucedeu.

Um dia, Hilo descobrira o diário e a página com as duas colunas que comparava meticulosamente as conquistas de cada um. Ele riu tanto que chegou a ficar com os olhos marejados. Contara para todos os amigos, e eles a provocaram com isso sem dó nem piedade. Ela ficara furiosa e humilhada pela forma como Hilo se divertiu com a situação, pela indiferença que demonstrou em relação à missão da irmã de ser melhor do que ele. Sua raiva serviu apenas para deixá-lo perplexo e diverti-lo ainda mais.

— Tá guardando isso aqui pra quê? — ele balançara o diário na frente dela. — Tá, você é melhor do que eu na escola, é óbvio. Tá planejando bancar a boazona pra cima de mim daqui uns dez anos? — Sorrindo, Hilo jogara o caderno de volta para ela, o que fez sua fúria ficar mais e mais intensa. Ele nem se dava ao trabalho de pegar o diário e rasgar as folhas. — Você fica aí se esforçando *tanto assim* o tempo todo pra quê? Lan vai ser o Pilar algum dia. Eu vou ser o Chifre, e você vai virar o Homem do Tempo. Quem vai ligar pras suas notas quando essa hora chegar?

CIDADE DE JADE   167

E quase foi assim mesmo que tinha acontecido. Lan agora era Pilar; Hiro era o Chifre. Fora ela quem arruinara o triunvirato. Shae era a parte quebrada. Hilo ficara furioso quando ela foi embora, e não porque odiava os espênicos ou Jerald, e nem mesmo as coisas que ela fizera e os segredos que escondera. O motivo de sua revolta foi a recusa da irmã em assumir o lugar apropriado para a visão que ele tinha do mundo. No hotel, Hilo dissera que a tinha perdoado, mas era difícil acreditar.

Ela tentou fazer o avô se interessar pela tigela de frutas, mas ele não deu a mínima para a comida, então Shae mesma a comeu.

— Os tempos de guerra eram mais fáceis — murmurou Kaul Sen, de repente. — Os shotarianos eram cruéis, mas nós tínhamos como mostrar resistência. Só que hoje em dia os espênicos compram tudo: nossa jade, nossos netos... Ossos Verdes lutam uns contra os outros nas ruas como se fossem cachorros! — Seu rosto se contorceu como se estivesse com dor. — Não quero mais viver neste mundo.

Shae apertou a mão do avô. Ele podia até ser um velho tirano, mas chegava a doer vê-lo falando assim. Ela apertou o lóbulo da orelha esquerda, e lembrou que Jerald sempre a provocara por essa mania kekonísia supersticiosa.

— Não fala assim, vovô. — Ela deu uma olhada pela janela e se levantou tão rápido que quase derrubou a bandeja do avô.

Os portões estavam se abrindo. Havia carros passando e estacionando na rotatória.

Shae chamou Kyanla e correu pelas escadas. Seus irmãos entraram pela porta da frente juntos. Foi tomada por alívio e sentiu os joelhos enfraquecerem. Ela usou o corrimão para se equilibrar. Lan lhe deu um sorriso amarelo.

— Não precisa ficar assim. Eu falei que a gente ia voltar, não falei?

— Você perdeu toda a diversão, Shae — disse Hilo, e passou um braço orgulhoso pelos ombros de Lan antes de chamar seu Primeiro Punho. — Kehn, dispensa o pessoal. Preciso de um tempo para uma conversa em família. Não deixa mais ninguém entrar.

Voltaram para o escritório de Lan e fecharam a porta.

— E o vovô? — perguntou Shae. — E o Doru?

— Eles que esperem — respondeu Lan.

Ela ficou chocada. Desde que se lembrava, Lan sempre incluíra Kaul Sen e Doru nas decisões do Clan. Excluir o patriarca e o Homem do Tempo era uma afronta. Um ultraje que mandava a mensagem de que os netos do clã haviam mudado dramaticamente.

E ainda mais perturbador era o fato de que *ela* estava ali. Seus irmãos a tinham incluído, muito embora não estivesse vestindo nenhuma jade. As pessoas talvez começassem a pensar que estava tomando o lugar de Doru. E ela não queria isso de forma alguma, mas agora não tinha como sair. Mesmo dizendo para si mesma que não deveria estar ali, se sentou em uma das poltronas de couro. Lan se abaixou com cuidado para se acomodar na cadeira que ficara à sua frente, e foi então que Shae percebeu que ele estava ferido. Não havia sangramento, mas seu irmão parecia pálido e esgotado, frágil de um jeito que ela nunca imaginara que Lan fosse capaz de ficar.

— Lan — disse ela. —, você precisa de um médico.

— Depois — respondeu ele.

Shae percebeu sua mão esquerda se movendo, remexendo pedras de jade na palma. Eram novas jades, ela percebeu. Jade que o Pilar havia conquistado.

— O que aconteceu?

— Mandamos dois deles para a tumba. — Hilo continuava de pé. Ainda estava armado até os dentes e não havia relaxado. — Lan deu um jeito em um dos melhores Punhos deles por meio de um expurgo por lâmina e nós executamos o outro. O Sovaco é nosso.

— Você não tá sorrindo — observou Shae.

Ao entrar pela porta com seus homens, Hilo vestia um sorriso triunfante. Aqui, sozinho com ela e com Lan, seu rosto estava tomado por uma carranca.

— Foi apenas o início — disse Lan. — Eles vão tentar de novo.

Hilo ficou dando passos rápidos em frente a milimetricamente organizada estante de Lan.

— A Ayt mandou homens para me emboscarem ontem à noite. Gont mandou um Punho para desafiar Lan hoje. Os Montanha deixaram claro que podem nos atingir com tudo sem nem mostrar a cara. Pode até parecer que temos vantagem agora, mas eles chegaram perto demais. Nos feriram. O povo vai falar e a coisa vai ficar feia pra gente.

— Você matou quatro homens deles — apontou Shae.

— Dez Punhos não são nada perto do Pilar — disse Hilo.

Lan passou o foco para Shae. Ele parecia tentar se mexer o mínimo necessário.

— Conta o que você descobriu. No Tesouro.

Involuntariamente, ela olhou pela sala, quase como se esperasse ver Doru à espreita num canto.

— Te contei do maquinário novo que Gont Asch autorizou. Bom, eles tão sendo usados. A produção nas minas aumentou quinze por cento esse ano. Foi o maior salto da década. Aí eu fiquei me perguntando: pra onde é que toda essa jade tá indo? Examinei as finanças da AJK e não há nenhum registro desse crescimento. As vendas estrangeiras continuam iguais, e os usuários licenciados aumentaram apenas seis por cento. O que rende um belo montante de jade que foi minerada, mas não distribuída.

— Que deve tá parada no cofre — disse Hilo.

— Não, não tá — respondeu Shae. — Fui no Tesouro de Kekon e conferi os levantamentos dos últimos três anos. Não houve aumento no inventário de jade que feche com o aumento de produção. Em algum lugar entre as minas e o cofre, a jade tá sumindo.

— Como é possível uma coisa dessas? — perguntou Lan. — O escritório do Homem do Tempo faz auditori...

Ele parou de falar. Cerrou os dentes e tensionou a mandíbula.

— Doru. — Hilo cuspiu o nome do Homem do Tempo e virou a cabeça em direção à porta. — Ele tá metido nisso. Os Montanha tão produzindo jade extra e contrabandeando bem debaixo do nosso nariz, enganando todos os outros clãs da AJK e o Conselho Real também. Aquela ratazana raquítica capada tá dando cobertura pra Ayt e escondendo tudo da gente.

Uma sombra tomou pesadamente o rosto de Lan.

— Doru sempre foi fiel à família. Ele é como um tio pra gente desde que éramos crianças. Não consigo acreditar que ele nos trairia pelos Montanha.

— É possível que ele não saiba das discrepâncias — sugeriu Shae. — Alguém mais abaixo pode estar adulterando os registros que ele vê.

— Você acredita nisso? — perguntou Hilo.

Ela hesitou para responder. Por mais repulsivo que considerasse Doru, tinha que concordar com Lan: era difícil imaginar um Homem do Tempo de tão longa data minando o clã. Quando o assunto era guerra e negócios, seu avô confiava nele de olhos fechados há décadas. Como seria possível que a própria Tocha de Kekon tenha o julgado tão erroneamente?

— Não sei — respondeu Shae. — Mas já deu a hora dele. Se não for um traidor, então é um Homem do Tempo negligente.

Lan trocou olhares com Hilo.

— Vamos descobrir. Mas precisamos manter isso só entre a gente por enquanto. — Ele se voltou a Shae. — Certeza de que tem provas de tudo o que disse?

— Absoluta.

— Reúna os documentos e mande três cópias do que encontrou para Woon Papidonwa até amanhã. Apenas para Woon. — Lan parou por um instante. — Obrigado, Shae. Aprecio o que você fez e sua descoberta. Espero que não tenha sido uma inconveniência muito grande. Desculpa se foi.

E pronto. Tão rápido quanto a trouxeram, estavam dispensando-a.

— Não foi um fardo — ela conseguiu responder.

Semanas de viagens, horas sentada na sala de registros do Tesouro vasculhando arquivos, estudando livros contábeis e relatórios até os olhos arderem e ficar escuro lá fora. Shae conseguia sentir o peso do olhar de Hilo que a seguia enquanto ela se levantava e ia até a porta.

— Shae — chamou Lan. Ela parou com a mão na porta, e ele disse com uma voz mais gentil: — Venha jantar com a gente de vez em quando. Sempre que quiser. Nem precisa ligar antes.

Ela assentiu sem se virar, e então saiu. A porta pesada se fechou. Shae se apoiou nela e fechou os olhos por um momento, lutando contra o mesmo turbilhão de emoções que havia sentido no táxi naquela manhã. Por que é que estava tão triste por ter sido dispensada, se há poucos minutos não queria nem estar presente naquela sala? A vontade era de dar um tapão forte em ambos os lados do rosto. *Não dá pra se ter tudo nesta vida!*

Foi bom que Lan a tenha feito sair. Com vergonha, reconheceu que, no fim das contas, seu avô estava certo. Ela já não sabia mais quem era.

Capítulo 22

Honra, Vida e Jade

Assim que a porta se fechou atrás de Shae, Lan disse para Hilo:

— Mande alguém em quem você confia vigiar Doru. Uma pessoa com pouca jade para que ele não perceba. Você tem algum penetra no escritório do Homem do Tempo? — Quando Hilo assentiu, Lan continuou: — Quero saber se ele mantém contato com os Montanha. Se é mesmo um traidor.

— A gente podia trazer ele aqui e descobrir bem rapidinho agora mesmo.

Lan meneou a cabeça.

— E se estivermos errados? Só que, e se estivermos certos? Doru é como um irmão pro vovô. Ele é o único que o vovô ainda tem da época de seus dias de glória. É que você não vê aqueles dois juntos toda manhã, mas eu vejo, e eles ainda bebem chá e jogam xadrez circular debaixo da cerejeira no jardim que nem um casal de velhinhos. Ele morreria se visse Doru sendo acusado de traição. — Lan fechou os olhos por um momento, e então os abriu de novo. — Não. Temos que ter certeza. E, se for verdade, vamos ter que lidar com isso na surdina, pra que o vovô nunca fique sabendo.

— Doru vai suspeitar da gente — disse Hilo. — E todo mundo vai fazer perguntas. Como é que a gente vai explicar o fato de ter dispensado ele justo agora?

— Vou dar um jeito de botar panos quentes — respondeu Lan. — Vou falar que estamos conversando no particular com Shae, de irmãos para irmã, tentando convencê-la a voltar para o clã.

Hilo finalmente se sentou na poltrona antes ocupada por Shae. Lan teve que se recostar para trás um pouco. Com a nova jade nas mãos e no bolso, a aura de Hilo parecia brilhante demais na mente do Pilar.

— E a Shae? — perguntou Hilo.

— O que tem ela?

— Você me mandou não insistir muito. Falou pra gente deixar pra lá, pra não ligar de ela ficar se humilhando por aí sem jade, caso seja isso que ela queira fazer.

— Certo — disse Lan.

— E aí você pega e manda ela investigar coisas do clã sem nem me contar. Se eu soubesse que a Shae tava trabalhando pra você, teria sido mais querido com ela. — Hilo inclinou a cabeça. — Não me leve a mal, não tô discordando de nada. Mas qual é a sua? Quer ela no clã ou não?

Lan expirou devagar pelo nariz.

— Eu não teria pedido pra ela fazer nada pelo clã, mas precisava de alguém bom com números, alguém que não vivesse sob controle do Doru para seguir minhas suspeitas. E, levando em consideração o que ela descobriu, não me arrependo, mas isso não quer dizer que eu tenha mudado de ideia.

— Você vai precisar de um novo Homem do Tempo daqui a pouco — apontou Hilo.

— Não — disse Lan, agora sério. — Ela decidir que quer entrar é uma coisa. Mas não vou ordenar, ameaçar e nem a fazer se sentir culpada pra voltar pro clã. E, acima de tudo, *você* não tem nada que ficar fazendo pressão. O vovô já faz isso o bastante. A Shae tem um diploma espênico agora, algo que nem eu e nem você temos. Então há outras opções de vida para ela; para nós, não. Janloon não é só pra Ossos Verdes. Dá pra escolher viver sem jade, que nem um cidadão qualquer com uma vida qualquer, assim como milhões de outras pessoas.

Hilo ergueu as mãos.

— Tá bom.

— Vocês não são mais crianças. Podem fazer suas próprias escolhas. Não preciso ficar limpando o nariz cagado de vocês e mandando terem o mínimo de respeito um pelo outro.

— Já falei que tá bom. — Um momento de silêncio passou antes que Hilo dissesse: — Lan. Só percebi quando cheguei perto de você, mas a sua aura está estranha. — Ele fechou bem os olhos e virou o rosto para se concentrar na Percepção. — Tá meio esturricada, pulsando. Esquisita. Diferente de como sempre é.

— É toda essa jade nova — explicou Lan. — Tô demorando pra me acostumar, você sabe como é.

Ele estava sentado imóvel, mas seu coração retumbava no peito.

Hilo abriu os olhos.

— Acho que você não devia usá-la.

— Eu conquistei essa jade. — Lan ficou chocado com sua súbita atitude defensiva. — É minha por direito. Você usa toda jade que conquista, não usa?

Hilo deu de ombros.

— Claro.

CIDADE DE JADE   173

— O que você pegou ontem à noite?

Hilo se inclinou para trás e levantou o quadril para alcançar o bolso e pegar seus espólios.

— Os anéis, a pulseira e o pingente. Vou mandar refazer tudo, obviamente. — Ele os segurou para que Lan inspecionasse. — O relógio e essas pepitas aqui pertencem aos Maik. Tem um cinto no meu carro que é deles por direito também. — Hilo devolveu a jade para o bolso e voltou a se recostar na poltrona. — Não é tanto quanto o Gam usava.

— Mesmo assim você ainda tem mais.

Lan piscou. Tinha mesmo acabado de falar aquilo?

Também surpreso, Hilo arregalou os olhos.

— Ah, então é essa a questão? — Ele passou a língua sobre os lábios. — Eu sou o Chifre, irmão. As pessoas não esperam que eu seja esperto. O que esperam é que eu use jade pra caralho. Todo mundo é diferente.

— Mas algumas pessoas são melhores que outras. Têm o sangue mais grosso. — Lan ficou se questionando. O que é que havia de errado com ele? Por que é que estava soando tão amargurado e rabugento? A fadiga por ter passado mais de 36 horas acordado, a luta na Fábrica, e agora a jade. Tudo isso estava afetando-o. Era coisa demais, rápido demais. — Já se passaram anos desde o meu último duelo, Hilo. Ayt matou o Chifre do próprio pai, e dois dos Punhos dele. Hoje tive que lutar em frente a nossos homens, e minha única opção era vencer. Amanhã as pessoas vão prestar atenção para ver se tô usando a prova de que tenho sangue grosso o bastante para guiar os Desponta numa guerra contra os Montanha. Você, melhor do que ninguém, sabe que isso é verdade.

O olhar de Hilo era lancinante.

— Você tá certo. É verdade. — Com os lábios franzidos, ele encarou o carpete, e então voltou a erguer o olhar. — Mas você não precisa fazer nada disso agora, ainda mais depois do que o Gam usou naquela luta. Você tá ferido. Solta, Lan. Dá um tempinho pra você mesmo.

Ele se levantou e estendeu a mão, se oferecendo para pegar as pedras.

Em um surto de possessividade, Lan cerrou o punho ao redor da jade. Era tudo *dele*. Como é que seu irmão caçula ousava pensar em tomá-las? A aura de Hilo estava afoita e perto demais, o que cegava o Pilar mentalmente. Mesmo assim, o Chifre continuou ali, de pé, com a mão estendida e, por meio da Percepção, Lan não captou ambição alguma, apenas preocupação.

Em um ímpeto de clareza, soube que era a jade que estava fazendo aquilo: deixando-o no limite, bagunçando suas emoções. Aprendera os primeiros sinais da superexposição à jade desde a infância, assim como todo Osso

Verde. Bruscas mudanças de humor, distorção dos sentidos, tremores, suor, febre, batimentos cardíacos acelerados, ansiedade e paranoia. O surgimento dos sintomas podia ser súbito ou gradual. Há uma chance de que fiquem indo e vindo por meses ou até anos a fio, mas também eram exacerbados por estresse, saúde debilitada ou ferimentos. Se ignorados, podiam evoluir até o Prurido, que era quase sempre fatal.

Hilo o olhava com atenção agora. Lan se forçou a abrir a mão e colocar as pedras de jade na mesinha de canto. Tirou os colares do bolso da camisa e se afastou de toda a jade de Gam.

Alguns segundos se passaram antes da mudança acontecer, e então foi intenso, como se ele tivesse sido tomado de assalto por uma febre alta. Os batimentos cardíacos desaceleraram e a saturação dolorosa do escritório foi ficando mais amena. A aura de Hilo voltou a emitir o suave zumbido de sempre. Lan respirou fundo e devagar, e então suspirou de novo enquanto tentava não deixar o alívio parecer tão palpável.

— Melhor?

Hilo assentiu e voltou a se sentar, mas havia uma incerteza em seus olhos da qual Lan não gostou. Então até mesmo seu irmão duvidava de suas habilidades. Kaul Sen era um velho decrépito, Doru talvez fosse um traidor e Shae se recusava a usar jade. Sobravam apenas ele e Hilo agora. O que é que estava acontecendo com a grande família Kaul?

— É melhor você ir, Hilo. Nós dois temos coisas a fazer.

Seu irmão não se moveu.

— Preciso te perguntar mais uma coisa — disse. Lan quase nunca tinha visto Hilo nervoso, mas agora ele esfregava as mãos e pigarreava. — Quero me casar com a Wen.

Lan tentou não suspirar tão alto.

— A gente tem mesmo que falar disso agora?

— Tem. — A voz de Hilo assumiu um tom repentino de urgência. — Depois da noite passada, não quero perder tempo, Lan. Não quero passar meus últimos segundos de vida, quando estiver sangrando no chão, pensando que não fiz tudo o que queria fazer. Que não dei essa única coisa a ela quando tive a chance.

A cabeça de Lan doía e ele se sentia desidratado. A drástica adição e posterior retirada de jade fazia parecer que tinham lhe puxado o crânio para longe demais e então o enfiado de volta com muita força. Ele esfregou a testa.

— Você a ama mesmo?

Para sua surpresa, Hilo pareceu ofendido.

— E eu por acaso pediria se não amasse?

A vontade de Lan era dizer que amor não era o bastante, nem mesmo quando o assunto era casamento. Houve uma época em que ele achava que era. Eyni também. Ela sabia que Lan algum dia se tornaria Pilar; havia garantido que entendia o que isso significava e que tudo ia dar certo no fim porque os dois se amavam. Ele a convencera, e convencera a si mesmo também, que assumir a liderança dos Desponta não o mudaria, que a relação não mudaria. Estavam errados, é claro. Olhando para o passado, Lan conseguia perceber que havia fumaça, mas foram as demandas do clã que atearam fogo em tudo.

Mas havia um detalhe: avisos a respeito da inconstância do amor não funcionariam com Hilo. Ele era o tipo de pessoa que jamais veria algo tão importante através de um ponto de vista tão abstrato.

— Você sabe o que eu acho da Wen — disse Lan. — Ela é uma garota adorável. Sempre respeitou o clã e com muita felicidade eu a acolheria como a uma irmã. Mas a família dela tá abaixo de você. Todos sabem que os Maik foram desonrados. Muita gente do Desponta ainda acha que não dá para confiar nessas pessoas, e, mesmo que não digam em voz alta, deduzem que Wen é ilegítima.

O pescoço de Hilo ficou vermelho e seu rosto, tenso.

— Tudo isso aconteceu há anos. Você não devia culpar os Maik por causa dos pais deles. Transformei Kehn e Tar em meu Primeiro e Segundo Punhos, e jamais faria uma coisa dessas se não confiasse minha vida nas mãos deles. E não tô nem aí pra quem é o pai da Wen. Ela faz parte do Desponta, e isso é tudo o que os outros têm que saber. E ela é uma boa pessoa, querida e fiel.

— Tenho certeza de que é — disse Lan. — E também é uma pedrolha. Sempre vai ter gente a vendo como má sorte, ou sussurrando que ela nasceu desse jeito porque é bastarda e um castigo para os pais. Não fica com raiva assim de mim. Só tô dizendo que o clã pode manter memórias antigas e supersticiosas. Você é o Chifre, tem que pensar nisso.

— Não ligo pro que mais ninguém do clã pensa, é pra *você* que eu tô pedindo. — Hilo soava quase desesperado. — Você tá disposto a perdoar Shae por completo e recebê-la de volta, mas se recusa a aceitar a família Maik?

— É diferente. Shae é uma Kaul independentemente de qualquer coisa. Você tá escolhendo associar nossa família com um nome desonrado, e a ter filhos com uma pedrolha.

A aura de Hilo ficou agitada devido à tensão.

— O que posso falar pra te convencer? — Seus olhos se fixaram nos de Lan. — Juro que nunca mais te peço coisa alguma.

Às vezes, Lan ficava estarrecido com o quanto seu irmão caçula era diferente dele. Incapaz de enxergar o futuro com clareza, sim, mas completamente determinado. Impetuoso de um jeito que ficava difícil duvidar dele.

— Você já se decidiu. Eu falei das minhas preocupações, mas a decisão é sua. Você não precisa da minha permissão.

— Não me vem com essa — respondeu Hilo, irritado. — Que desculpinha de merda. — Ele se inclinou tão pra frente na poltrona que ficou quase de pé. — Você é meu irmão mais velho. O Pilar! Quando o vovô era o Pilar, ele não deixava nem uma folha cair no jardim sem sua permissão. As pessoas vinham a ele para pedir aprovação de seus casamentos, novos empreendimentos, nomes de filhos e cachorros e até para a porra do papel de parede. Me dá sua benção, ou então me condena, mas não lave as mãos para mim. Casar com Wen sem a aprovação do Pilar não significaria nada pra mim. Ninguém levaria a sério.

Por outro lado, se Lan apoiasse a união, estaria publicamente perdoando a família Maik. Mandaria a mensagem de que a traição do passado estava redimida. Os Maik seriam elevados e assumiram o papel de mão direita dos Kaul. Outras famílias ficariam com inveja e raiva. Contudo, se não permitisse, magoaria Hilo — e gravemente. Prejudicaria sua relação com o homem que era seu irmão e Chifre num momento em que o clã não podia se dar ao luxo de enfraquecer ainda mais a família que o comandava.

Os braços e as pernas de Lan pareciam pesados o suficiente para fazê-lo afundar ali mesmo, na poltrona de couro. A impressão era de que tudo no clã dependia de uma decisão dele que inevitavelmente magoaria ou ofenderia outros e causaria problemas futuros.

Acontece que, ao olhar para o rosto de Hilo, Lan percebeu que não conseguia recusar o pedido do irmão. Mesmo que soubesse como as coisas terminariam com Eyni, será que não arriscaria apostar contra as desventuras do destino? Ele achava que sim. Quanto a Hilo e Wen, todas as objeções de Lan (pecados do passado, política do clã, superstição) não lhe vieram à tona naqueles poucos segundos da noite passada no Divino Lilás quando Maik Kehn respondera o pânico velado do Pilar com "Ele está vivo. Está bem". E foi naquele momento que Lan entendera, enquanto se segurava na porta, que não estava pronto para ser um Pilar em meio à guerra. Não tinha condições para lidar com aquele tipo violento de perda na própria família.

— Você tá certo, Hilo. É melhor pensar no hoje, já que o amanhã talvez nem aconteça. Te dou minha benção para casar com Maik Wen. — Lan fez o melhor que podia para transmitir toda a sinceridade e positividade que um anúncio como esse requeria. — Marque uma data. Para assim que você quiser.

Hilo se levantou da cadeira e se ajoelhou no carpete. Ele ergueu as mãos entrelaçadas para a testa.

— O clã é meu sangue, e o Pilar é seu mestre — disse, recitando o juramento cerimonial dos Ossos Verdes que ambos fizeram anos atrás. — Se algum dia eu agir em deslealdade a meu irmão, que eu morra pela lâmina. Se algum dia eu falhar em prover auxílio ao meu irmão, que eu morra pela lâmina. Se algum dia eu procurar ganhos pessoais às custas de meu irmão, que eu morra pela lâmina. — Ele fez uma reverência e tocou a testa no carpete. — Pela minha honra, pela minha vida e pela minha jade.

Lan queria protestar contra aquela demonstração exageradamente dramática de gratidão, mas, quando Hilo ajeitou a postura, estava com aquele seu sorriso largo e sincero no rosto, o sorriso que sugeria que ele não estava preocupado, e que ninguém precisava se preocupar também, porque tudo ficaria bem. Parecia que Hilo não tinha vivido o mesmo dia que Lan.

O Chifre se levantou, pegou suas armas de cima da mesa, descansou uma mão no ombro de Lan e, antes de sair da sala, apontou para a pilha de jade de Gam.

— Durma um pouco antes de tentar usar aquilo de novo.

Capítulo 23
Presentes do Festival de Outono

O vento rosnava e pontadas de chuva caíam na nuca de Bero enquanto ele carregava as últimas caixas para dentro da van e embarcava no carro. O outro garoto, que chamavam de Bochecha, fechou as portas com tudo.

— Vai! Vai! — gritou Bero para o motorista.

A van emitiu um ruído ao entrar em movimento, e Bero foi jogado contra a parede do veículo. Ele engatinhou entre as caixas cheias de carteiras, sapatos, bolsas e cintos de marcas caríssimas e se espremeu até o banco do passageiro. Colocou a cabeça para fora da janela e olhou para trás. O motorista continuava deitado com a barriga no chão e com as mãos sobre a cabeça debaixo de seu semirreboque. Não havia sinal algum de que os perseguiria.

Bero puxou a cabeça de volta para dentro, fechou a janela e relaxou um pouco. Foi só depois, quando a van chegou à rodovia KI-1 e acelerou para o sul, para longe das Docas, que ficou mais descansado. A chuva intensificou e castigava o para-brisa com tanta velocidade que os limpadores quase não davam conta. Através do brilho cintilante da água, as luzes dos outros carros na estrada eram grandes manchas vermelhas e reluzentes, parecidas com as luzes do Festival de Outono. Bero ajeitou a pistola no cós da calça e gritou enquanto batia no teto do carro.

— Fomos com *tudo*, kekes.

A operação inteira levou menos de cinco minutos. Rapidez e planejamento eram o segredo de um roubo bem-sucedido. A segurança era pesada, então erros poderiam ser fatais. Havia guardas armados protegendo os navios, e Ossos Verdes patrulhando as Docas. A melhor alternativa era sequestrar os caminhões assim que fossem carregados, mas antes de pegarem a estrada. Era tudo novidade para Bero, mas ele aprendia rápido e estava ávido para trabalhar. Esse foi seu terceiro roubo bem-sucedido em três semanas. E isso agradava Mudt, o que, por consequência, agradava as pessoas por trás de Mudt, pessoas que Bero queria muito ter a chance de conhecer.

O motorista da van, um homem quieto chamado Tas, que tinha uma pele péssima e só vestia camisetas pretas, saiu da rodovia em direção ao sul de Junko. Ele dirigiu até o um beco que ficava atrás do atacadista Mais Que Bom e abriu a porta da garagem. Mudt saiu para inspecionar os produtos. Grunhiu de satisfação e contou o pagamento em cima de uma mesa de sinuca de segunda mão enquanto Bochecha descarregava as mercadorias com a ajuda do filho adolescente de Mudt.

— Vocês vão ter que tomar cuidado agora — alertou Mudt, jogando um dinheirinho extra para cada um. — Os clãs tão começando a se atacar.

Guerras eram tanto uma oportunidade quanto um risco. Ossos Verdes ocupados guerreando ficavam menos vigilantes com ladrões e contrabandistas, mas compensavam o lapso sendo menos misericordiosos com aqueles que pegavam, ainda mais se houvesse possíveis ligação com os inimigos do clã.

— Tem mais alguma dica pra gente? — perguntou Bero, guardando o dinheiro no bolso interno da jaqueta.

Uma rajada forte de vento chacoalhou a porta entreaberta da garagem.

Mudt puxou uma pasta-arquivo do bolso de trás e a estendeu para Tas. O sujeito meneou a cabeça.

— Tô fora.

— Tá fora? — exclamou Bero. — Depois de um roubo desse?

Tas resmungou.

— Ainda não tô pronto pra bater as botas. Vou dar o fora enquanto tô no lucro. — Ele apontou o queixo para Bero. — Dá pra ele. — E caminhou de volta para a van.

Mudt nem perdeu tempo vendo Tas ir embora. Passou o envelope para Bero, que o abriu e deu uma rápida olhada no conteúdo: várias folhas de papel grampeadas juntas. Uma lista com os horários de entrada e saída da JK Transportadora no Porto de Verão pelos próximos sessenta dias. Ele sorriu, impressionado com o acesso que Mudt tinha a tantas informações úteis. Guardou o material dentro da jaqueta, perto do dinheiro.

Uma rajada de chuva entrou na garagem, encharcou o chão de concreto e fez as caixas e os itens soltos chacoalharem.

— Ei! — gritou Mudt para o filho. — Fecha aquela porta antes que a gente se afogue aqui dentro. Depois vai lá pra frente e começa a tapar as janelas. Yofo tá com um humor daqueles. O tufão vem amanhã ou depois, com certeza. — Ele passou uma mão pelo úmido cabelo crespo. A manga de sua blusa cedeu alguns centímetros para baixo do braço e Bero percebeu marcas de agulha no pulso do homem. Mudt assentiu para Bochecha, e então, com uma voz conspiratória, disse para ele e para Bero: — Vocês tão fazendo um bom trabalho, garotos. Tão bom que tem uma pessoa que quer conhecer vocês. Quem sabe até promover vocês, passar mais uns trabalhos... topam?

— Eu topo — disse Bero.

Nervoso, Bochecha fungou, mas assentiu.

— Foi o que pensei. — Mundt se virou em direção à loja. — Então vamos.

— Ele tá aqui agora? — perguntou Bero.

— Aqui e agora — respondeu Mudt, num tom jovial, enquanto gesticulava para que o seguissem. — Hoje é a noite de sorte de vocês, kekes.

Atravessaram a porta interna da garagem e saíram na frente da loja. Já havia fechado há muito tempo, e o lugar estava trancado. Lá nos fundos, uma única lâmpada fluorescente iluminava as prateleiras de óculos de sol e caixas de chinelos perto da entrada dos banheiros. Corredores sombrios se estendiam por todo o ambiente. As únicas outras duas pessoas ali dentro eram o filho de Mudt que, com uma fita adesiva azul, fazia grandes Xs nas janelas, e um homem sentado no escuro onde ficavam os caixas com uma mochila no chão, embaixo dos pés.

Mudt encaminhou Bero e Bochecha até o sujeito e levou as mãos até a testa em forma de saudação.

— Estes são os caras que te falei. Um deles não tava passando fome o bastante e deu no pé, então agora são só estes dois aqui.

O homem pulou do balcão. Era um Osso Verde, com um cavanhaque ralo, brincos de jade nas duas orelhas e um piercing de jade no septo. Vestia uma longa capa de chuva verde-floresta sobre roupas e botas escuras. Com as cavidades escurecidas de seus olhos, encarou Bero e Bochecha com desinteresse.

— Quais os nomes de vocês?

Bero respondeu e ergueu as mãos entrelaçadas.

— E do que chamamos o senhor, jen?

— De nada — respondeu o Osso Verde. — Eu não conheço vocês, e vocês não me conhecem. Aqui é território dos Desponta. Então, caso algum dos homens dos Kaul pegarem e torturarem vocês pra caralho, não vão acabar gritando meu nome. — Com o silêncio dos garotos, um sorriso curvou os lábios do homem. — Isso assusta vocês? Se assusta, é melhor pensarem em sair pela porta por onde entraram.

— Não tamos assustados — respondeu Bochecha de um jeito nada convincente.

— Eu quero o que o Mudt tem — disse Bero. — Só me diz como.

O Osso Verde assentiu de forma condescendente.

— A febre de jade é uma filha da puta, né? Se vocês segurassem um pedaço de verde agora, sem nenhum treinamento ou brilho de qualidade, sua aura soaria que nem a porra de um alarme. O primeiro Osso Verde que vocês encontrassem saberia que são ladrões e mataria vocês em três segundos. — O homem parou e passou a mão suavemente pelo cavanhaque. — Acontece que o Mudt aqui é um caso à parte. Olha, ele é amigo do clã: conta o que precisamos saber, e até trabalha por nós em lugares que a gente não pode ir. E apreciamos muito essas coisas. É por isso que cuidamos dele. Ele tem o que a gente pode chamar de... status de associado. Vocês podem ter isso também, é só se provarem pro clã.

Os garotos assentiram.

— Bom. Ossos Verdes tomam jade do corpo de seus inimigos. Então, se vocês vão ser guerreiros, precisam de armas.

O Osso Verde de cavanhaque se ajoelhou e abriu a mochila. Pegou uma submetralhadora Fullerton C55, entregou-a para Bero, e então passou outra para Bochecha. Bero sentiu o peso da arma e respirou fundo. Nunca tivera nada maior do que uma pistola de bolso; nem acreditava naquela sorte. A sensação era de que estava segurando um bebê; não sabia onde colocar as mãos, como ninar um objeto tão valioso.

— Puta que pariu. Tá falando sério? Isto aqui é pra gente?

— Feliz Festival de Outono — disse o homem. — É melhor praticarem pra caramba antes de eu mandar vocês as usarem. O Mudt vai ensinar. — O Osso Verde se levantou com uma rapidez mortal e agarrou o pescoço de cada um dos garotos. Sem terem tido tempo para se mover ou respirar, ambos paralisaram. Com a Força que tinha, ele poderia destroçar suas traqueias. — Se eu ficar sabendo que vocês assaltaram algum posto de gasolina ou atiraram em civis, vou quebrar cada um dos seus ossos e depois os pescoços. Agora vocês trabalham pra mim, entendido? — Os garotos assentiram, ele os soltou e deu tapinhas reconfortantes em cada um. — Por enquanto, aprendam a usar essas coisas. Continuem com os assaltos nas Docas que o Mudt tá arranjando. Fiquem de olhos abertos e com os ouvidos atentos, e *não sejam pegos*. Quando vocês forem necessários, vão ficar sabendo, e espero que estejam prontos. Entenderam?

— Entendemos, jen — respondeu Bero.

Lá fora, o vento estava ainda mais forte. As silhuetas das árvores eram açoitadas para a frente e para trás sob as luzes cambaleantes dos postes. O teto da loja balançava e rangia. O filho de Mudt havia terminado de colocar fita nas janelas e desaparecera na sala dos fundos.

O Osso Verde com cavanhaque pendurou a mochila nos ombros.

— É melhor pegar o caminho da roça. Essa vizinhança e esse tempo não são tão amigáveis. Mudt, é sempre bom fazer negócios com você. — Ele estendeu para Mudt um último item que havia retirado da mochila: um recipiente branco de papelão, sem rótulo, do tamanho de uma caixa de sapato e selado. Lívido, Mudt estendeu as mãos para pegá-lo, mas o Osso Verde puxou para trás no último instante e deixou fora de seu alcance. Com a voz mais baixa num tom que demarcava a linha entre um conselho amigável e uma ameaça inconfundível, disse: — Tá seguindo as regras, Mudt? Mesma dose todo dia, nada de acumular ou revender? — Depois de Mundt assentir veementemente, o Osso Verde entregou o pacote e deu um sorriso. — Sempre importante lembrar da segurança.

— Obrigado, jen — murmurou Mudt, com um alívio palpável.

O Osso Verde vestiu o capuz da capa de chuva sobre a cabeça. Suas botas ressoavam pelo escuro corredor central da Mais Que Bom. Ele destrancou a porta, abriu-a e saiu para o tufão que se aproximava.

Capítulo 24

Depois do Tufão

O tufão Lokko atingiu Kekon dois dias antes do Festival de Outono, como se Yofo, o Rancoroso, tivesse acordado a tempo de cumprir o prazo final da estação. Em Janloon, negócios e escolas fecharam enquanto os moradores se encolhiam dentro de casa e colocavam toalhas ao redor das janelas e das portas. Ventos selvagens e uma chuva torrencial castigavam a costa leste da ilha. Lâmpadas vermelhas, serpentinas de folhas e outras decorações festivas em homenagem ao casamento fértil de Thana, a Lua, com Guyin, o Rei da Montanha, foram arrancadas e lançadas violentamente para as ruas inundadas.

Na Academia Kaul Dushuron, as aulas foram canceladas, mas todos continuaram trabalhando. O Salão de Reuniões estava lotado de pallets com comida seca e enlatada, garrafas de água potável e pilhas de barracas de plástico e cobertores. O Desponta pagara por todos os suprimentos. Os alunos dividiam e empacotavam as provisões em caixas menores que seriam distribuídas para pessoas em necessidade depois do tufão. Ossos Verdes protegiam e auxiliavam os cidadãos comuns em tempos difíceis. Sempre foi assim, desde que Ossos Verdes eram Ossos Verdes.

Anden cortava o plástico de um engradado de legumes enlatados quando as luzes estremeceram e um rompante de água escorreu pelas janelas escuras, como se estivessem dentro de um lava-rápido. O campus possuía um gerador de emergência em caso de apagão, mas havia dado defeito, então teriam que trabalhar com lanternas. Apesar do ranger das forças da natureza lá fora, a conversa dentro do salão estava animada.

— Meus pais têm duas lojas em Sogen — disse Heike, agitado. — Aquele lugar vai virar uma zona de guerra. Se os Montanha perderam o Sovaco, vão atrás de Sogen. Já falei pra eles que, se as coisas piorarem, nem vale a pena o risco. É melhor fechar tudo ou engolir a tributação dupla até as coisas se acalmarem.

— Guerra com os Montanha — murmurou Lott, enquanto separava embalagens de bateria. — Os Kaul tão fora da casinha. — Suas mãos pararam no meio do movimento e ele deu uma olhada em Anden tão rápido que ninguém mais percebeu. Uma provocação ligeira tomou as feições de Lott. Ele desviou o olhar e afastou o cabelo da frente do rosto. — Acontece que Ossos Verdes vivem nessa sede de sangue. Afinal, como é que íamos provar quem é mais esverdejante se não ficássemos atrás de desculpas pra brigar um com o outro? É pra isso que a gente tá aqui, não é? Pra virar *guerreiros*.

Houve um momento tomado por um silêncio desconfortável. Se Lott tivesse falado em um tom autodepreciativo, talvez tivessem deixado pra lá ou murmurado qualquer coisa concordando só para não o deixar falando sozinho, mas não fora assim. Ele falara de uma forma rancorosa e ácida demais. Anden afastou o próprio olhar e sentiu o rosto ficar quente.

— Essa sua opinião é meio bosta — respondeu Pau Noni, também um pouco irritada. Pau vinha de uma família rica e moderna o suficiente para mandar não apenas os filhos homens, mas também as mulheres para a Academia, algo mais comum em Kekon nos últimos tempos do que na época em que Ayt Yu mandara sua filha adotada para receber treinamento assim como os irmãos. — Ser educada como Osso Verde abre várias oportunidades. Fazemos parte de uma tradição honrosa. Mesmo que ninguém aqui lute em um duelo, já provamos alguma coisa só por nos formarmos na Academia. É algo que ninguém te tira.

— A não ser que te matem — respondeu Lott. — Se houver uma guerra dos clãs, vão esperar que a gente lute. Seremos carne fresca pros Montanha assim que pegarmos nossa jade.

Com um tom desafiador na voz, Pau disse:

— Você podia muito bem dizer que, na verdade, assim a gente tem mais chances de crescer no clã. Se formos a pessoa certa.

— E se alguém não quiser ser a pessoa *certa*? — contra-argumentou Lott.

— Então o negócio é fazer medicina ou licenciatura — respondeu Heike. — Ou então virar penitente.

Lott emitiu um suspiro alto e zombeteiro e meneou a cabeça enquanto rasgou uma embalagem plástica, o que fez as baterias pesadas se espalharem e saírem rolando pela mesa.

Dudo ergueu as mãos.

— E o que é que dá pra fazer além disso? Virar um Yomo do oitavo ano?

Todos deram uma risadinha desconfortável, o que esmaeceu a tensão outrora crescente ali. Todo ano alguns alunos largavam a Academia (para a humilhação perpétua de suas famílias), mas normalmente essas desistências aconteciam nos anos iniciais do treinamento. Apenas uma pessoa, havia mais de uma década, deixara a Academia no ano final e não se formara como um Osso Verde. Seu nome ainda era evocado pelos instruto-

CIDADE DE JADE   189

ção. Quanto a Lott, não dava para ter certeza. Os dois tinham as mesmas amizades, mas Anden não considerava Lott um amigo pessoal. Estavam sempre juntos, mas com outras pessoas, e Lott tinha uma relação mais próxima com Dudo e Heike, e era com eles que passava seu tempo livre. Anden nunca tentara adentrar esse círculo, e muito menos ser tão presunçoso a ponto de tentar se aproximar sozinho do colega. Sabia por alto que Lott tinha interesses casuais em mulheres, mas, pelo visto, esses casinhos nunca evoluíam para algo mais formal. Relacionamentos sérios eram difíceis para quem estudava na Academia, já que a instituição mantinha um rigor tradicionalmente monástico no que dizia respeito a relações entre alunos. Em outras palavras, era oficialmente proibido.

Mesmo assim, houve vezes em que Anden teve a impressão de pegar *algo* no ar, minúcias vindas de outros jovens: um olhar sustentado por mais tempo do que o necessário, a velocidade para ficarem no mesmo time em alguma partida, certo interesse refletido em um ato tão mundano quanto compartilhar a tarefa de quebrar e limpar destroços de uma rua.

Os kekonésios viam queers como uma ocorrência natural da sociedade, assim como viam os pedrolhos, e não culpavam as pessoas, assim como também não culpariam uma criança por ter nascido surda. Contudo, assim como os pedrolhos, eram considerados desaventurados e azarados, um sinal de que a família havia desagradado os deuses, que, por consequência, achavam adequado podar a linhagem como forma de punição. Anden não se surpreendia e não se importava muito com essa ideologia. Já sabia que sua família era amaldiçoada. Num geral, porém, as pessoas ficavam desconfortáveis em serem portadoras de infortúnios e relutavam em compartilhar a verdade com seus parentes. Ele tinha certeza de que alguns alunos da Academia apertavam o lóbulo direito da orelha quando ele não estava olhando. Mas agora... ao olhar para Lott e vê-lo passando o antebraço sobre a testa suada e alongando a longa coluna antes de se abaixar para pegar outro galho, Anden sentiu uma pancada doída no peito só de imaginar que ele poderia ser uma dessas pessoas.

De repente, Lott disse:

— Me contaram o que aconteceu com você no Dia do Barco.

Anden ficou surpreso. Parou antes de jogar um pedaço de entulho na lixeira e bater a sujeira que havia se acumulado em suas calças. Não contara para ninguém da Academia o que tinha acontecido no Dia do Barco, e não porque queria manter segredo, mas porque chamar atenção não era muito a sua praia. As conversas que tivera com Gont e Ayt pareceram coisas do clã que talvez Lan e Hilo não quisessem espalhadas por aí, então ele falara para os colegas que havia se perdido na multidão e voltado sozinho para a Academia.

— Meu pai me contou — explicou Lott.

Anden assentiu devagar. Tinha se esquecido de que o pai de Lott era um Punho de alta patente. Era estranho pensar que ele provavelmente prestava contas diretamente para Hilo.

— Ele tava lá?

Anden não conseguia se lembrar de todos os homens que escoltaram o Chifre aquele dia.

— Ele ficou decepcionado que os Montanha te soltaram. — A boca carnuda de Lott se contorceu com um divertimento sombrio. — O Chifre teria ido para a guerra por você, foi o que ele disse. Aí ele poderia ter invadido a Machadinha e conseguido mais jade, o meu pai. Já tinham até cercado um prédio e tal.

Anden olhou para longe, tirou os óculos e limpou a poeira das lentes para disfarçar sua confusão. Sempre que sentia que estava compartilhando com Lott algo que poderia levar a uma possível amizade, a alguma conexão, não importava quão efêmera fosse, logo acontecia alguma coisa que sugeria o completo oposto. E esse parecia um exemplo de tal momento. Por que Lott lhe falaria isso?

— Então seu pai deve tá feliz agora, com a guerra praticamente certa — disse Anden, com a voz monótona e incapaz de esconder o fato de que considerava o comentário de Lott inadequado. — Nem precisei morrer.

Lott deu um sorriso debochado.

— Não leva pro lado pessoal, keke. Não tô nem aí pro que o meu pai pensa. — Ele jogou outro galho na lixeira, se recostou nela e levou os olhos escuros até Anden. Havia interesse naquele olhar. O coração de Anden chegou a errar a batida. — Tem muita coisa que você não fala, né? Você faz mais parte do clã do que qualquer um de nós, mas não fica se gabando disso por aí. Não consigo entender direito quem você é. — Seu tom de voz carregava uma curiosidade ociosa, mas havia uma intensidade perplexa naquele olhar, talvez até um toque de raiva.

Desconfortável, Anden tentou pensar em como responder.

Do outro lado do cruzamento, Ton gritou:

— Olha ali!

Anden se virou e sentiu um nó no estômago ao reconhecer do que aquilo se tratava. Um reluzente ZT Valor preto vinha lentamente pela rua, puxando uma plataforma com dois Ossos Verdes do Montanha, um homem e uma mulher, empoleirados na extremidade da carroceria. O carro parou em uma esquina e buzinou. Os dois Ossos Verdes desembarcaram com longas bandejas de alumínio lotadas de bolos amarelos e começaram a distribuir o tradicional quitute festivo. Uma multidão logo se juntou e as pessoas começaram a se espremer afoitas, mas de forma respeitosa, perto do veículo.

— Feliz Festival de Outono — disseram os Ossos Verdes. — Um por pessoa, por favor. Feliz Festival de Outono.

A porta do Valor se abriu e Gont Asch desceu. Mesmo vestido para o feriado com uma camisa branca, um paletó preto e com a maior parte de sua jade fora de vista, sua presença física era tão imponente que o povo imediatamente abriu espaço para ele.

— Obrigado, Gont-jen — saudavam-no. — Que os deuses brilhem a favor dos Montanha.

O Chifre do Montanha assentiu com simpatia, falou com algumas pessoas, comentou a respeito dos esforços para a limpeza e entregou bolos amarelos. Anden voltou ao trabalho e ignorou a cena cuidadosamente, mas cerrou a mandíbula ao impor cada vez mais força para quebrar três galhos sobre o joelho.

— Vocês quatro. Garotos da Academia — chamou a voz grave de Gont. — Venham aqui.

Eles hesitaram e olharam uns para os outros, mas seria uma descarada falta de educação não o obedecer. Ton e Dudo se aproximaram e, após um instante de hesitação, Lott e Anden os seguiram. Gont entregou um bolo amarelo para cada um deles; estavam quentinhos e macios, recém-assados, e cheiravam à manteiga e à pasta de frutas.

— Pelo trabalho pesado de vocês — disse o Chifre.

Surpresos e nervosos, Ton, Dudo e Lott olharam para os bolos que tinham nas mãos.

— Obrigado, Gont-jen — murmurou Ton.

Os outros dois ecoaram o agradecimento e o saudaram com uma mão enquanto se afastavam cautelosos. Antes que Anden pudesse fazer o mesmo, Gont passou um braço ao redor de seus ombros com o lento impacto do bote de uma píton. Ele falou em um estrondo baixo, perto demais do ouvido de Anden para que os outros conseguissem ouvir.

— Fiquei decepcionado por você ter negado nossa oferta.

Na primeira vez que encontrara Gont, na frente do Ponto Quente no Parque de Verão, Anden ficara intimidado com a poderosa e eloquente presença daquele homem. Agora, porém, só pensava que *Gont Asch tentou matar meus primos. Ele quer ver todos da família Kaul mortos.* Conseguia sentir toda a jade no braço do sujeito, o peso daquela energia densa que descansava em sua nuca. Anden se forçou a erguer os olhos e encarar o Chifre.

— Posso até parecer espênico por fora, Gont-jen, mas isso não significa que vou ser subornado como um cachorro.

Sem surpresa ou tom de afronta na voz, Gont disse:

— Hoje é o Festival de Outono, e os deuses esperam que demonstremos generosidade. Então aqui vai um conselho, Anden Emery. Não insulte a consideração da Pilarisa por você atentando contra nós no futuro. Seria uma pena se fôssemos inimigos.

Gont soltou Anden e voltou ao Valor carregado de bolos.

Anden se reuniu com os colegas, que estavam do outro lado da rua limpando as migalhas de pão da boca.

— O que foi que ele te disse? — perguntou Lott, agora olhando para Anden com ainda mais curiosidade do que antes.

— Me desejou um Feliz Festival de Outono. — Anden olhou para o doce que tinha nas mãos, mas não estava com vontade de comê-lo. Observou o carro de Gont descer a rua. — E quis deixar bem claro que, se eu virar um Punho do Desponta, os Montanha fazem questão de me matar.

Capítulo 25
Cartas na Mesa

Muito embora os Montanha tenham parado de aterrorizar as propriedades dos Desponta na região do Sovaco, Kaul Hilo sabia muito bem que seu clã havia ganhado pouquíssimo com o acordo. Para começo de conversa, os rivais cederam partes do distrito que já eram dos Desponta por direito, e foram astutos ao manter o controle da Rua Patriota, que incluía as casas de aposta mais rentáveis de toda Janloon.

Não tinha como empenhar o tempo e nem a mão de obra para fortalecer suas posições no Sovaco devido aos problemas que vinha enfrentando nas Docas. *Nas Docas!* Justamente lá. Território que indiscutivelmente pertencia aos Desponta, o lar de negócios de longa data como o Sorte em Dobro e o Divino Lilás. Uma onda de crimes havia ganhado força: ladrões assaltavam carregamentos de produtos de luxo importados e os revendiam no mercado clandestino. Os culpados, até onde se sabia, eram gangues comuns de rua, mas eram a escala e o momento específico desse surto de roubos que levantavam suspeitas. A intuição de Hilo se confirmou quando Kehn e seus Dedos pegaram três ladrões que, depois de persuadidos, admitiram que um homem cujo nome não sabiam, um homem com *jade*, havia conseguido para eles o cronograma dos caminhões e a listagem de produtos que saíam do Porto de Verão.

— O que fazemos com eles, Hilo-jen? — perguntou Kehn pelo telefone.

Hilo esticou o fio metálico do telefone até onde era possível, entrou em outro corredor e ficou de costas para a enfermeira que levava uma maca vazia pelo hospital. Ele cobriu o outro ouvido com a mão para bloquear o barulho das rodinhas sobre o linóleo do chão. Ao fundo, lá do lugar de onde Kehn estava ligando, ele ouviu palavrões, choro e ruídos abafados e incoerentes. Ladrões eram os criminosos mais desprezados de Kekon. Roubar carregamentos de relógios e de bolsas normalmente rendia umas surras, mas agora era diferente. Esses golpes tinham as digitais de Gont Asch. Os Montanha eram baixos o bastante para recrutar bandidos sem jade para intimidar os Desponta.

— Mata dois, e deixa o mais falador ir embora — disse Hilo.

Ele desligou e foi ver Tar.

— Boas notícias. Me falaram que daqui a uns dias você já vai ter alta.

Tar estava sentado na cama. Balas haviam lacerado seu baço e perfurado seu estômago. Ele passara por cirurgias e transfusões. Algumas de suas jades foram removidas antes da operação, e só agora ele estava forte o suficiente para voltar a usá-las. Mesmo assim, sua aura parecia tão fina e volátil quanto seu humor.

— Já não era sem tempo. Os médicos daqui não sabem de nada, e a comida é uma merda.

— Vou mandar alguém trazer alguma coisa que você goste. Vai querer o quê? Aquele macarrão pra viagem? Algo apimentado?

— Qualquer coisa. Já tô bem melhor. Aquele médico verde que você mandou fez um bom trabalho.

— Benefícios da família — disse Hilo.

Médicos Ossos Verdes tecnicamente livres de compromissos com qualquer clã, mas com habilidades para usar a Afluência terapeuticamente, eram raros e tinham muita demanda. Hilo conseguira que Dr. Truw, o médico da Academia Kaul Du, fizesse algumas visitas para Tar. Esse tipo de prática era proibida no hospital, mas ninguém ia dizer nada.

— Vou me casar com a sua irmãzinha — contou Hilo. — O Lan concordou, então agora é oficial no clã. Vou cuidar dela, eu prometo.

— Você sabe que eu te seguiria pra qualquer coisa, independentemente de você ser marido da Wen ou não, né? Só me tira desse hospital de uma vez.

— Eu sei. Relaxa enquanto você pode. Vou precisar muito de você, assim que receber alta. — Era visível que Tar estava rabugento por ter se ferido, o que significava ficar afastado de toda a ação, mas Hilo não estava no clima para amenizar o ego de seu Punho e muito menos de conversar sobre negócios. — Você tem um terno bom? Vai precisar estar nos trinques pro casamento.

Pelo menos Hilo estava aliviado e satisfeito com o fato de que, depois da ameaça contra sua vida, Wen rapidamente concordara em ir morar na residência Kaul.

— Vou me mudar pra casa principal — ele garantira, muito embora o pensamento de dormir no mesmo corredor que seu avô lhe trouxesse um sorriso amargo ao rosto. — Você vai ficar na casa do Chifre. Pode fazer o que quiser com o lugar. Trocar o carpete, pintar as paredes, tudo. Gaste o quanto quiser, dinheiro não é problema.

— Sim — disse ela, com os lábios pálidos e firmes e o rosto cansado das noites passadas ao lado de Tar no hospital. Com desinteresse, deu uma olhada no pequeno, porém ajeitadinho e bem-decorado apartamento, como se estivesse pronta para sair dali. — Você tá certo. Agora sei como nossos inimigos te querem morto. Meu orgulho não vale o risco de me usarem para te machucar.

Depois de conseguir o que queria, ele ficou grato e carinhoso. Envolveu Wen nos braços e lhe beijou várias vezes no rosto.

— Não tem nada do que se envergonhar. Somos noivos agora. Eu pedi pro Lan. Ele nos deu a benção. Kaul Maik Wen, não é um nome bonito? Podemos planejar um casamento dos grandes. Escolhe uma data. Eu tava pensando que já podia ser por agora. Na primavera, que tal?

Wen abraçou Hilo tão apertado que as novas pedras de jade se enterraram na pele ainda sensível de seu peito; ele riu frente ao desconforto. Inexpressiva, ela disse:

— Lan é um bom Pilar para tempos de paz, mas não é um comandante dos Punhos. Não há mais ninguém esverdejante o suficiente e com respeito no clã para te substituir como Chifre durante a guerra. Os Montanha sabem que, sem você, Lan não vai ter escolha a não ser ceder. É por isso que foram espertos em querer te matar primeiro, e é por isso também que vão tentar de novo.

Hilo franziu o cento. Não era uma discussão que ele pretendia ter depois de compartilhar a notícia de que iriam se casar.

— Esses filhos da puta que tentem. — Ele segurou o queixo de Wen para olhá-la nos olhos. — Tá preocupada de acabar viúva que nem a minha mãe? É por isso que não ficou empolgada com o casamento? Porque *eu* tô empolgado. Pensei que você ficaria animada.

— E eu devia ficar? Dar uma de mulherzinha, toda feliz comprando o vestido e planejando o bufê enquanto tem gente por aí querendo matar meu noivo e meus irmãos?

— Não precisa falar comigo assim — disse Hilo, irritado. — Eu sempre vou ter inimigos, mas isso não significa que você não pode ser feliz. Você tem que confiar em mim, Wen. Se acontecer alguma coisa comigo, ou com Kehn e Tar, você não vai ficar desamparada, isso eu prometo. Vou garantir que tudo o que eu deixar fique no seu nome. Você não vai nem ficar amarrada ao clã como a minha mãe, se não quiser.

Wen ficou em silêncio por um instante.

— Agora que vou fazer parte da família, não tem motivo pra eu não trabalhar no clã. Kehn e Tar são seu Primeiro e Segundo Punhos. Posso ser útil também. Me coloca em algum lugar do Desponta onde poderei ajudar quando a guerra eclodir.

Hilo meneou a cabeça.

— Você não tem que se preocupar com essa guerra.

— Porque eu sou mulher?

— Porque você é uma pedrolha — disse ele. — Isso é entre Ossos Verdes.

Wen abaixou os braços e deu um passo para trás, abrindo espaço entre os dois.

— Eu venho de uma família de Ossos Verdes. Você mesmo disse que eu tenho o coração e a mente de uma guerreira de jade.

— Ter o coração e a mente de uma guerreira não significa poder guerrear. — Hilo estava perturbado com o rumo que a conversa tomara. — Você sabe que eu não caio nesse papo-furado de que a jade deixa as pessoas mais próximas dos deuses, ou que pedrolhos são má sorte, nada dessa besteira. Mas existe uma vida diferente pra quem não é Osso Verde. Nem melhor nem pior, só não é a vida de um Osso Verde. Você pode fazer tudo o que quiser, mas isso não.

— Outros clãs já usaram seus pedrolhos. Pedrolhos conseguem se movimentar livremente pela cidade. Conseguimos manusear jade sem emitir aura. Você me disse que Tem Ben, o ourives, é um pedrolho dos Montanha e mesmo assim faz negociações.

Um sentimento de terror e raiva tomou e cobriu o interior do nariz e da boca de Hilo.

— Você não tem nada a ver com Tem Ben — disse ele, baixinho. — Tem Ben é uma marionete. Vou seguir cada cordinha dele até os Montanha e cortar uma por uma. Ele é um homem morto. Você *nunca* vai ser como ele. — Ele agarrou Wen pelos braços, tão rápido que ela nem teve tempo de se encolher. Hilo sempre estava ciente de como ela era macia, vulnerável, e de como podia facilmente machucá-la ou despedaçá-la, e pensar nela correndo risco com seus inimigos o preencheu de um pavor até então inédito em sua vida. — Os Montanha estão dispostos a *tudo*. A recrutar ladrõezinhos de rua, a mandar um pedrolho para traficar dentro do território dos Desponta, acho até que daqui a pouco vão mandar um bando de crianças contra nós. Eu não sou assim. Não vou mandar uma pedrolha para uma guerra de Ossos Verdes. Eu *nunca* vou te usar assim. E nada vai me fazer mudar de ideia. Entendeu? — Ele a chacoalhou.

— Entendi — respondeu ela, de forma submissa.

Ele afrouxou o aperto e, com um suspiro, tomou-a nos braços novamente.

— Acho que talvez você esteja de saco cheio do seu trabalho. — Wen trabalha como secretária num escritório de advocacia. — Você é inteligente demais pra esse tipo de serviço. Depois que a gente casar, você pode se demitir e fazer o que quiser. Quer voltar a estudar? Pode voltar. Ou quer começar seu próprio negócio de decoração de interiores e esse tipo de coisa? Você é boa nisso. A gente pode pensar a respeito.

— Sim — disse Wen. — Podemos pensar melhor. Depois.

Certamente uma conversa com o escritório do Homem do Tempo renderia inúmeras boas opções a Wen. O clã tinha Lanternas com conexões em praticamente qualquer negócio que viesse à mente. Mesmo assim, ele não entraria em contato com Doru por enquanto. Esperaria até Lan expulsar aquele pervertido, e então falaria com alguém como Hami Tumashon.

Também precisava falar com Shae de novo. Já havia semanas que não via ou conversava com a irmã. Como alguém aberto e bem expressivo quanto ao que sentia, já fazia tempo que Hilo nutria uma vaga e rancorosa suspeita de que amava sua família mais do que eles o amavam, e era com sua irmã que esse sentimento falava mais alto. Como é que a Shae conseguia ser tão fria? Isso incomodava mais Hilo do que ele permitia transparecer. Será que Shae voltara para Kekon apenas para fazer o resto dos Kaul ficarem com pena dela? Para puni-los com rejeição? Era claro que Shae estava passando por questões de autoestima, a tirar por exemplo a forma como ela continuava a infligir a privação de jade a si mesma como uma penitência anormal. Já chegara a pensar que havia pegado pesado demais, que dissera coisas muito pesadas (como se ela não tivesse feito o mesmo), e que fora por isso que ela fugira para Espênia. Mas ele estava pronto para deixar essa história para lá. Os três tinham que se unir se quisessem manter o Desponta forte. Às vezes, a sensação era de que ele era o único que enxergava isso com clareza. Se conversasse com Shae de novo, e se Lan parasse de tratá-la como uma criança indefesa e o apoiasse, ele achava que talvez fosse possível convencê-la de sua sinceridade e fazê-la descansar essa pose tão distante e intransigente.

Não que andasse vendo muito Lan ultimamente. As conversas pelo telefone eram frequentes, mas breves e táticas, sobre o que estava acontecendo e o que precisava ser feito. Hilo instruiu a seus Punhos que matassem quaisquer outros gângsters pegos roubando nas Docas. Em todos os outros lugares, reforçou as defesas do clã. Promoveu Iyn, Obu e alguns outros Dedos seniores a Punhos e redistribuiu territórios para proteger as áreas e os bens mais valiosos dos Desponta. Ia para lá e para cá pela cidade, visitando pessoalmente e tranquilizando todos os Lanternas.

— Mantenham as espadas da lua afiadas — dizia para seus guerreiros. A jade dos Montanha seria deles caso surgisse alguma oportunidade.

Seus espiões fizeram um compilado a respeito da organização de Gont da forma mais exata possível: quantos Punhos e Dedos ele comandava, onde poderiam ser encontrados, quem carregava mais jade e quem era o mais formidável.

Ao estudar o documento, Hilo teve a impressão de que, embora a força dos números fosse basicamente a mesma entre os dois clãs, os Desponta se encontravam em desvantagem. O núcleo principal dos territórios do clã fazia fronteira com distritos controlados pelo inimigo tanto ao norte quanto ao sul. Os Montanha haviam eliminado dois rivais menores nos últimos anos, e seus Ossos Verdes eram, em média, lutadores com mais experiência. Hilo precisava de mais guerreiros. Na primavera seguinte, um grupo atipicamente grande de Ossos Verdes, incluindo seu primo, Anden, se formaria na Academia Kaul Du; mas até lá ele teria que se virar com o que tinha, refletia Hilo insatisfeito.

Teoricamente, o expurgo por lâmina na Fábrica entre Lan e Gam Oben havia preservado a paz, mas, na verdade, tinha meramente dado a ambos os lados a oportunidade de reagrupar e avaliar os próximos movimentos. Muito embora a guerra entre os clãs ainda não estivesse declarada, Hilo tinha certeza de que não demoraria muito até que as atuais provocações e perturbações escalonassem para um terrível derramamento de sangue. Hilo também não tinha dúvida de que os Montanha não se desencorajariam depois de apenas uma tentativa falha contra sua vida. Mal ficava em casa agora, então tinha que estar o tempo inteiro em alerta. Às vezes, após uma longa noite, ele estacionava em algum lugar que considerava seguro, se esticava no banco de trás do Duchesse e tirava uma soneca enquanto Kehn se mantinha alerta.

Ser o Chifre havia se tornado estressante e trabalhoso demais.

Capítulo 26

Manobras de Guerra

Cada assento na longa sala de reuniões do escritório na Rua Caravela estava ocupado. Uma dúzia de Lanternas do Desponta (presidentes e executivos de algumas das maiores empresas do país) tinham vindo ouvir o Pilar em pessoa e questioná-lo acerca das medidas de defesa e segurança de suas operações. Muito embora disputas de território e negócios não fossem incomuns, a possibilidade de uma verdadeira guerra entre os dois maiores clãs da nação era algo sem precedentes, e havia deixado aqueles empresários em um estado considerável de consternação.

— Projetos que já tiveram patronagem garantida pelo clã continuarão com o cronograma seguindo o planejado? — perguntou um incorporador de imóveis que Lan reconheceu como um dos Lanternas que encontrara no Dia do Barco.

Doru balançou sua cabeça comprida.

— No presente momento, todas as iniciativas aprovadas e financiadas pelo clã continuarão a receber apoio.

— Medidas maiores de segurança serão tomadas para protegerem nossas empresas? — perguntou um Lanterna dono de vários comércios no Sovaco.

Lan disse:

— O Chifre tem tomado medidas para garantir que o território do clã seja defendido. Distritos mais ameaçados receberão prioridade.

— E a possibilidade de os Montanha atrapalharem nossos negócios? Eles controlam boa parte do setor de distribuição. Será que não vão tentar nos fechar e dificultar a entrega de bens aqui? — perguntou o proprietário de uma empresa de móveis importados.

— E quais setores serão afetados pela queda no turismo? — interrompeu o dono de um hotel. — O clã tem algum plano para ajudar a indústria hoteleira?

Lan se levantou. Os murmúrios pela mesa cessaram.

— Não posso garantir que não haverá impacto nos seus negócios — disse. — Estamos sendo ameaçados por outro clã e precisamos nos preparar para tempos difíceis. O que posso garantir é que vamos nos defender, cada parte do clã, cada setor, cada empresa.

Isso surtiu certo efeito nos homens reunidos. O Pilar percebeu os olhares vagarosos para toda a nova jade que estava usando, a prova irrefutável de que vencera recentemente, de que podia garantir aquelas promessas com sua força. Lan deu um olhar inquisidor para a mesa.

— Temo não podermos cuidar de todas as questões por enquanto. Se tiverem preocupações adicionais e específicas, marquem uma reunião para discuti-las com o Homem do Tempo e comigo. Aproveitem a tarde, cavalheiros.

— Que os deuses brilhem em favor do Desponta — saudaram alguns dos Lanternas ao saírem.

Quando todos foram embora, Lan se virou para Doru.

— Gostaria que você fosse para Ygutan — disse.

Se ficou surpreso de alguma forma, Doru mascarou com muita habilidade.

— É mesmo necessário, Lan-se? Certamente é importante que eu permaneça em Janloon por enquanto para ajudá-lo a lidar com os Lanternas.

— Podemos adiar as próximas reuniões com os Lanternas por algumas semanas. Quero que você descubra o que puder a respeito da produção de brilho dos Montanha em Ygutan. Onde ficam as fábricas, quem são os fornecedores e distribuidores, se já estão muito avançados. Acione cada contato que tivermos naquele país, mas faça tudo com discrição. Precisamos saber onde nosso inimigo está investindo. Pode acabar sendo alguma informação que conseguiremos usar contra eles no futuro, caso seja preciso.

Doru franziu os lábios finos. Talvez tenha percebido um motivo nas entrelinhas para aquilo; desde o duelo na Fábrica, Lan andava cauteloso com o Homem do Tempo e Doru com certeza sentia que a situação não estava muito boa para o seu lado, mas Lan não queria que ele suspeitasse de nada além disso.

O Pilar permitiu que uma porção de sua verdadeira raiva viesse à tona e disse num tom severo:

— Preciso de alguém em quem eu confie para isso, Doru-jen. Eu jamais mandaria alguém menos capaz ou discreto. Andamos nos estranhando ultimamente, mas não podemos nos dar ao luxo de começarmos a duvidar um do outro agora. Você vai fazer o que eu mandar daqui pra frente ou não? Caso não, vou aceitar sua renúncia do posto de Homem do Tempo. Pode ficar com a casa, eu não faria você se mudar.

Ele percebeu que havia movido suas peças corretamente; o velho conselheiro ficou um pouco mais tranquilo. Obviamente, se o Pilar tivesse alguma suspeita de traição ou quisesse machucá-lo, não demonstraria emoções assim. Ele seria cuidadoso ao fingir uma reconciliação e mantê-lo por perto. Doru ficou tranquilo e respondeu rápido:

— O senhor me magoa, Lan-se. Discordei do senhor apenas por preocupação com o clã e com a sua segurança. Mas o senhor está certo, é claro. Devemos descobrir mais a respeito das operações dos Montanha em Ygutan. Já parto amanhã.

Lan assentiu e, num tom apaziguado, disse:

— Aprecio suas preocupações, Tio Doru. Agora preciso mais de você do que nunca. Vou mandar dois dos homens do Chifre com você. Ygutan não é um país muito seguro, e que os deuses impeçam que algo aconteça.

O sorriso esmaecido que começara a se apossar da boca de Doru foi dissolvido pela notícia. Ele imaginou a verdade: Lan, de fato, queria mais informações acerca das operações dos Montanha em Ygutan, mas, além de tudo, queria Doru longe, sendo observado a todo tempo pelos homens de Hilo, algo inconcebível aqui, onde Doru dominava a Rua Caravela e vivia cercado por seu próprio pessoal. As atividades de Doru em Ygutan são uma preocupação do Pilar. Os homens de Hilo relatariam regularmente o que se passasse por lá e corroborariam com tudo o que Doru descobrisse. Não havia nada que ele pudesse fazer contra o clã.

O pique de raiva de Lan havia disfarçado outras intenções negativas que Doru pudesse ter notado através da Percepção, e, como já havia concordado em ir, o Homem do Tempo não tinha como discordar das medidas de segurança do Pilar.

— Tudo o que o senhor julgar necessário, Lan-se.

Assim que Doru embarcou no avião, Lan pediu que Woon marcasse uma reunião urgente e para breve com o Chanceler Son Tomarho e 25 outros membros do Conselho Real de Kekon durante um almoço no Grande Ilha Casa de Grelhados e Lounge.

O Grande Ilha ficava na cobertura do Hotel Oito Céus, um edifício de 28 andares na luxuosa região Sotto do Norte. Os Lanternas proprietários do hotel fecharam o estabelecimento para outros clientes a pedido de Lan. O Pilar chegou cedo com Woon e ia cumprimentando cada um dos membros do conselho à medida que chegavam. Notícias a respeito do duelo na Fábrica haviam circulado por toda Janloon, e todas as pessoas que Lan andava encontrando percebiam e comentavam as novas pedras de jade que ele adicionara no cinto, nas abotoaduras ao redor do pulso e no colar em volta do pescoço. Se a percepção pública não fosse tão importante agora,

Lan teria resistido a usar toda aquela jade conquistada. O ferimento decorrente de quando absorveu e repeliu o ataque de Afluência de Gam não havia sarado por completo, então era difícil aguentar tanta jade assim. Ele passara por sessões de cura com o Dr. Truw, e já não se sentia mais tão doente quanto logo depois do duelo, mas ainda não estava cem por cento. Às vezes, seu coração começava a acelerar, ou então Lan ficava tonto e sentia um suador. A ansiedade o tomava de assalto sem aviso. A insônia piorou, e ele andava sempre no limite, meio desequilibrado.

— Que para longe seus inimigos fujam, Kaul-jen — diziam os conselheiros quando chegavam; tratava-se da tradicional expressão de parabéns reservada a um Osso Verde recentemente vitorioso.

— Pela graça e pela sorte de Jenshu — respondia Lan, em forma de agradecimento antes de perguntar: — E como vai a saúde da sua esposa, Sr. Loyi? — ou — Sra. Nurh, ficou tudo bem com a sua casa depois do tufão?

Esses 21 homens e 4 mulheres eram os políticos fiéis ao Desponta de mais longa data. Vinham de antiguíssimas famílias de Lanternas e Ossos Verdes e deviam seu sucesso político e financeiro ao clã. Juntos, representavam uma quantidade significativa frente aos trezentos membros do Conselho Real de Kekon.

Depois de uma refeição de duas horas, em que nem um tostão foi economizado no salpicão de manga, na sopa apimentada e no polvo grelhado, e na qual não foram discutidos negócios, Lan gesticulou para que a mesa fosse limpa. Ele começou com extensos elogios ao Chanceler Son pela ideia astuta de propor uma reforma nas leis de divisão da AJK.

— O Desponta apoia por completo o desejo do governo de garantir que a administração da jade de Kekon seja equilibrada e transparente. Sou muito grato de poder contar com os amigos do clã no Conselho Real para fazerem o que é certo pelo país.

O Chanceler Son sorriu e acenou modestamente com a mão gorda enquanto os outros membros do conselho batiam na mesa, em forma de aplausos. Tudo aquilo era apenas por educação, já que todos ali sabiam muito bem que fora o próprio Lan quem instruíra Son a tomar essas providências.

Lan deixou os aplausos esmaecerem, e então, num tom sério, disse:

— Infelizmente, devo deixar claro que esses esforços chegaram tarde demais para retificar erros que já aconteceram.

Ele explicou o motivo de estarem reunidos ali para que ouvissem diretamente do Pilar: faria uso de seus poderes como codiretor para suspender as atividades da Aliança Jade-Kekon e parar imediatamente e por tempo indefinido as minerações. O clã descobrira significativas discrepâncias financeiras entre a produção e os registros do Tesouro, contou ele, e, dada a importância da jade para a economia, a segurança e a identidade da nação, de forma alguma a extração poderia continuar até que uma auditoria independente fosse conduzida. Lan incitou o Conselho Real a iniciar e administrar uma revisão nos documentos assim que fosse possível. As operações não recomeçariam até que os problemas fossem identificados e a reforma na AJK fosse votada para garantir o futuro.

Son Tomarho foi o primeiro a interromper os murmúrios abafados que seguiram a fala do pilar. O chanceler se apoiou sobre os cotovelos pesados e pigarreou alto de um jeito que expressasse sua decepção por não ter sido previamente consultado antes de uma decisão tão drástica.

— Com todo respeito, Kaul-jen, por que estamos ouvindo falar só agora dessas discrepâncias contábeis? E por que o Homem do Tempo não está aqui para explicá-las?

— O Homem do Tempo está longe resolvendo outras questões importantes do clã — disse Lan, respondendo à segunda pergunta, mas ignorando a primeira.

Lan não tinha como discutir suas intenções previamente com Son sem correr o risco de Doru ficar sabendo, a menos que tivesse relevado suas suspeitas não comprovadas de traição, o que ele jamais faria com qualquer Lanterna, não importava quão importante fosse. Se Doru fosse, de fato, colaborador dos Montanha e cúmplice ou responsável pelas discrepâncias que Shae descobrira, quando ele voltasse de Ygutan já seria tarde demais para impedir uma investigação oficial nos registros da AJK.

Nurh Uma, uma mulher de rosto alongado e parte do conselho, fez a pergunta na qual todos estavam pensando:

— Podemos deduzir que o senhor acredita que os Montanha estão por trás disso?

Lan gesticulou para que os garçons reabastecessem as xícaras de chá dos convidados. Ele próprio, porém, não bebeu; estava com febre desde a noite anterior, e bebidas quentes o faziam suar demais em público.

— Sim — respondeu —, é exatamente no que acredito.

— Acho difícil acreditar que os Montanha estejam manipulando o fornecimento de jade de forma tão flagrante por trás do conselho, dos outros clãs e unilateralmente — disse Loyi Tuchada, um senhor de cabelos brancos, com uma voz obviamente recheada de ceticismo.

— Eu não acho — disse Nurh, que tinha membros da família tanto nos negócios quanto no exército do clã. — Mas os representantes de Ayt Mada com certeza negarão qualquer infração. O que você espera conseguir com essa auditoria, Kaul-jen?

— Os clãs dependem do apoio do povo tanto quanto o povo depende da proteção dos clãs; sempre foi assim — respondeu Lan. — A nação não vai querer que um clã se torne poderoso demais, que controle mais jade do que os outros. Se vier à tona que os Montanha agirem contra o bem do país, a opinião pública e política irá se virar contra eles. Os resultados da auditoria trarão urgência e credibilidade aos objetivos do conselho de aprovar medidas mais restritas quanto às atividades da AJK.

Lan parou para respirar discretamente e se concentrar. Se absteve de comer demais no almoço, mas mesmo assim estava cansado e um pouco tonto. Estava difícil engajar toda sua atenção no controle dessa importante conversa. Sua sorte era que era relativamente fácil ludibriar conselheiros sem jade. Eles confundiam seus momentos de fraqueza com pausas autoritárias.

— Por anos, Kekon foi feliz de gozar de estabilidade e de crescimento econômico — continuou Lan. — Temos investimento estrangeiro, nosso povo dirige bons carros, nossas cidades estão se expandindo, coisas que a geração de meu avô jamais teria imaginado. O coração dessa riqueza e dessa segurança é a jade. O que significa que quem controla a jade deve ser responsabilizado.

As pessoas do conselho assentiram; era um tópico com que todos podiam concordar. Um deles, Vang Hajuda, começou a dizer alguma coisa, mas a Percepção de Lan começou a pregar-lhe peças: de repente, ficou branca com som de fundo. As energias individuais dos conselheiros na sala, combinadas com mais centenas de pessoas em todos os andares abaixo, até os milhares de habitantes caminhando na rua movimentada e motoristas nos carros lá fora, se acumularam sem filtro algum na mente de Lan, e ficaram interferindo umas com as outras em uma abrupta cacofonia do absurdo, como uma televisão ruim transmitindo uma estática estridente.

A cabeça de Lan martelava de dor. A sensação, por um segundo, foi de que ele estava pendurado no ar sobre uma coluna feita de nada além de uma energia balbuciante e sem sentido. Sob a mesa, ele agarrou um dos braços da cadeira e se segurou firme à sensação tranquilizadora de solidez. Lan se virou, ergueu a mão para cobrir os lábios e se inclinou para Woon, que estava à sua esquerda.

— Finge que tá falando comigo — sussurrou.

Preocupado, o sujeito se aproximou.

— É ruim mesmo desta vez, Lan-jen? Quer que eu crie uma desculpa para sairmos?

— Não — respondeu Lan.

Havia começado a escorrer suor de sua testa, mas o momento já estava passando. A confusão febril de seus sentidos esverdejantes recuou. Sua Percepção se acalmou e voltou a focar.

— Só me diz o que ele falou.

— Ele quer garantias de que não haverá mais derramamento de sangue.

Lan recompôs o rosto bem quando Vang terminou de fazer a pergunta.

— Peço desculpa por tê-lo interrompido.

Houve uma pequena onda de consternação pela mesa; estavam todos observando-o atentamente. Um tanto irritado, Vang repetiu:

— Se levarmos essas questões até o Conselho Real, podemos contar com o senhor, Kaul-jen, para tentar restabelecer a paz entre os clãs? Ninguém quer violência nas ruas para assustar as pessoas e afastar negócios internacionais.

— Todos queremos paz — disse Lan. Ele deixou as palavras à deriva enquanto molhava a boca com um gole de chá. — Até nossas famílias serem atacadas. Então, fazemos o que é preciso.

Alguns dos conselheiros murmuraram, concordando. Eram uma classe estranha, esses políticos. Como representantes de seus distritos, pressionavam o Pilar por paz, mas, como membros fiéis dos clãs e verdadeiros kekonésios, nunca respeitariam um líder sem habilidades ou hesitante em usar violência. Lan ter matado Gam e estar usando sua jade fazia que com que essas pessoas confiassem nele como líder e acreditassem nas prerrogativas do Desponta. Voltariam para a Casa da Sabedoria e trabalhariam no propósito que Lan lhes dera.

— Entendemos perfeitamente sua posição, Kaul-jen — persistiu Vang. Ele representava a área de Janloon que abrigava o disputado território de Sogen. — Você sempre transparece ser um homem que dá voz à razão. Mas e seu Chifre? Ele também quer paz? Podemos acreditar que ele também vai dar voz à razão?

Lan encarou Vang.

— O Chifre obedece a mim.

Admoestado, Vang ficou em silêncio. O Pilar lentamente ergueu o olhar e analisou a longa mesa repleta de rostos. Quando ninguém mais fez questionamentos, se levantou da cadeira.

— Fiquem por quanto tempo quiserem, meus amigos. Aproveitem o chá e a vista. — Ele apontou em direção às gigantescas janelas que forneciam vista para a silhueta da cidade antes de virar as costas para a mesa. — Chanceler. Conselheiros. Sua amizade com o clã e seus serviços para o país são, como sempre, profundamente apreciados.

Assim que entrou no elevador, Lan enxugou a testa e, exausto, se recostou na parede. Tinha segurado as pontas, mas foi por pouco. Dr. Truw dissera que sua kie (a produção de energia essencial de cada indivíduo, que poderia ser amplificada e manipulada quando em contato com jade) estava danificada, como um músculo sobrecarregado. Poderia levar semanas, talvez até meses, até que se recuperasse por completo.

Lan não podia se dar ao luxo de esperar meses. Não tinha como continuar assim, com a tolerância à jade e suas habilidades falhas, não quando havia tanto em jogo.

— Woon — disse ele, e colocou uma mão no braço do moço. — Sempre fui muito grato por poder confiar em você. Tenho que pedir algo que você precisa manter em segredo. Não pode deixar escapar nem para sua própria família.

Woon o olhou com preocupação.

— Lan-jen, faço tudo o que o senhor exigir de mim.

Lan assentiu.

— Preciso que faça uma ligação.

Capítulo 27

Erros Revelados

Sentada na fileira dos fundos do lento ônibus a caminho de Marênia, Shae olhava a vista pela janela e evitava as conversas enquanto os turistas papeavam e tiravam fotos da paisagem da bela rodovia litorânea. Quando chegou na cidade, encontrou a mãe caminhando pela praia que ficava atrás do chalé da família. Ela não pareceu nem muito surpresa e nem muito animada por vê-la. Talvez Lan tivesse ligado para avisar que Shae estava a caminho. Kaul Wan Ria abraçou a filha com carinho, mas brevemente, como se tivesse visto Shae havia apenas um mês e não há mais de dois anos.

— Podemos caminhar pela praia e depois tomar um chazinho — sugeriu a mãe de Shae. — A uma hora andando praquele lado lá, há uma casa de chás muito boa. Os donos são uns queridos.

Ela contou que ultimamente dava longas caminhadas, cuidava do jardim, assistia à televisão e frequentava um curso de pintura de paisagens em aquarela no centro comunitário. Shae deveria experimentar um dia desses. Era muito relaxante.

O município costeiro de Marênia possuía dez mil habitantes e, em comparação com a atividade incessante da cidade, parecia outro mundo. Shae percebeu que era exatamente disso que precisava para voltar a ficar sossegada: escapar do sentimento de confusão que sentira depois de ficar por perto dos irmãos, que, como sabia, estavam agora envolvidos numa guerra dos clãs sem ela.

Nos fins de tarde, Shae treinava sozinha com a espada da lua atrás do chalé, com a longa extensão de areia molhada que mais parecia um lençol preto e esponjoso sob seus pés. O rugir do oceano substituía o cantarolar do trânsito que sempre ouvia de sua sacada em Janloon. De manhã, bancas de peixe fresco vendiam as pescas da madrugada, surfistas pegavam ondas quentinhas e o povo se cumprimentava nas ruas. Ninguém era Osso Verde.

Era igual à época que passara na Espênia. Fora inquietante se dar conta de como era viver em um lugar que funcionava perfeitamente bem sem jade e sem clãs. As duas coisas que todos os homens da família de Shae adoravam, que ela aprendera durante a vida inteira a venerar... havia lugares que sobreviviam sem nada disso. Patronagem do clã e disputas por território por meio de duelos eram vistas como algo retrógrado. Ossos Verdes eram considerados exóticos e mágicos, mas, no fim das contas, arcaicos e selvagens. Foi Jerald, na verdade, que abrira seus olhos para o mundo. Às vezes, Shae não sabia muito bem se deveria culpá-lo ou agradecê-lo. Dois anos fora do país lhe deram uma perspectiva sobre a nação que a maioria dos Ossos Verdes não tinha; pelo menos era o que ela achava. Seus amigos espênicos da faculdade nunca entenderam Kekon. Ficavam aturdidos pelas óbvias contradições, pela mistura perfeita de modernidade e brutalidade casual.

Shae achava Marênia charmosa, mas a companhia da mãe, deprimente. Kaul Wan Ria era como uma obra de arte ou peça de mobília que se fundia ao resto da casa e passava despercebida. Antes de se casar, ela recebera educação básica e treino marcial para conseguir tolerar contato com jade, mas não o suficiente para conseguir usá-la. Após a morte do marido, ela se colocou a serviço do sogro e, depois, do filho mais velho. Se ocupava essas posições de má vontade, pelo menos nunca demonstrou. Se considerava sua vida de agora chata e solitária, também nunca demonstrava. Shae a observou mexendo numa panela de sopa ao fogão. Sua mãe havia engordado um pouco e estava ficando com cabelos grisalhos.

— Os meninos andam sempre muito ocupados — disse Ria, olhando para trás. — O Lan vem me visitar de vez em quando. Já o Hilo... veio só uma vez. Pra me mostrar a namorada. Uma moça muito querida e educada, mas é pedrolha. — A mãe de Shae puxou o lóbulo da orelha direita.

— Mesmo assim, a escolha é dele, o importante é que fique feliz e que o Lan concorde. — Ela desligou o fogão e levou a panela até a mesa. — Eles andaram metidos em lutas, sabia? Os dois! O Hilo até entendo, vive brigando, mas o Lan falou que teve que duelar também porque desrespeitaram a família. É uma pena.

Ela estalou a língua, como se o Pilar e o Chifre do Desponta fossem dois garotinhos que se meteram numa discussão qualquer no pátio da escola. Sem dúvida nenhuma, Lan havia amenizado as coisas que contara para ela. Mesmo assim, Shae ficou pensando se sua mãe preferia continuar ignorante de propósito acerca do que estava acontecendo com o clã, ou se, por ter crescido durante um período de guerra, já havia aceitado tamanha violência como o normal de todos os homens.

— Fiz mais apimentado, do jeitinho que você gosta — disse ela enquanto pegava a sopa com uma concha. — Ouvi dizer que a comida na Espênia não é das melhores. O que você comia lá?

CIDADE DE JADE   209

Sua mãe ficou ouvindo enquanto Shae contava sobre a Espênia. Discutiram coisas superficiais como a culinária, o clima e as roupas. Kaul Wan Ria não perguntou de Jerald. E nem os motivos de Shae ter retornado, ou o que a filha estava fazendo agora. E também não comentou o fato de Shae não estar usando jade, além de, num suspiro, dizer:

— Ah, você se esforçou tanto. Tanto quanto os meninos! Fico feliz que você tenha aprendido a ir com mais calma agora. É melhor pra sua saúde trabalhar um pouquinho menos. Contando que seu irmão não pense que vai acabar prejudicando a imagem da família. — Como regra geral, evitava fazer perguntas indiscretas ou expressar opiniões fortes. Durante a infância, Shae procurava a mãe atrás de conforto, mas nunca em busca de conselhos. E realmente... era difícil pensar em algo que tivesse em comum com a mãe além dos olhos e das mãos levemente masculinas.

— Você gosta daqui, mãe? — perguntou Shae. — Tá feliz?

— Ô, se gosto. Você e seus irmãos cresceram. Não tem mais por que eu ficar por perto dos problemas dos Ossos Verdes. Os homens não podem escapar dessas coisas, é claro, faz parte da natureza deles... mas você tirou a jade e foi viver longe, então me entende.

Shae não tinha tanta certeza de que entendia. Até mesmo agora ela não sabia dizer se havia corrido em direção a Jerald e ao sedutor e moderno mundo além de Janloon simplesmente para escapar do ardente desgosto do avô e da humilhação de vê-lo, pela primeira vez, ficar do lado de Hilo.

Além de toda a ira a respeito de Jerald, Kaul Sen se enfurecera quando descobrira o envolvimento de Shae com os espênicos.

— Pelo menos as putas vendem só o que é delas! — gritara, enfurecido.

Ele nunca havia falado com a neta daquele jeito; sempre fora gentil e delicado, mesmo quando ela era teimosa. Alguns poucos anos depois de ter saído da Academia, ela era jovem, arrogante, displicente e não pensava que suas ações podiam ser prejudiciais. Quando descobriu a posição da família dela, Jerald a apresentara a alguns militares espênicos ávidos para fazer perguntas.

No começo, foram questões simples para as quais Shae sabia as respostas ou então conseguia facilmente descobrir por meio das conexões do clã. Os espênicos estavam ansiosos para expandir sua influência política e econômica, mas não sabiam muito bem como as coisas funcionavam em Kekon. Queriam saber: Quais líderes de clã compunham o conselho da AJK? Quando se encontravam e quem dominava as decisões a respeito da exportação de jade? Quem no Conselho Real era responsável pelo orçamento militar? Como conseguiriam marcar uma reunião com essa pessoa e qual seria o tipo de presente apropriado para mandar?

O maior interesse, entretanto, era nos inimigos dos kekonésios. Ygutan (menos desenvolvido, mas com um vasto território, grande população e um poderio militar crescente) era o rival que os espênicos pareciam mais temer. Aqui, numa ilhota tão distante, eles continuavam de olho. Queriam saber quais investimentos as empresas ygutanianas estavam fazendo em Kekon. Quanta jade os clãs acreditavam estar sendo traficada para Ygutan por meio do mercado clandestino. Será que Shae poderia fazer umas perguntas e descobrir o porquê de um certo empresário ygutaniano estar em Kekon? E onde ele estava ficando e com quem se encontraria?

Os espênicos ficavam sempre gratos. Ela não precisava do dinheiro que lhe davam, mas eles eram um povo que sempre pagava pelos favores que recebiam, pois assim nunca ficavam em dívidas com ninguém. Era o jeito deles. Shae ficou mais impressionada com o visto de estudante que conseguiram arranjar para que ela fosse estudar fora do país. Uma educação espênica era algo que pouquíssimas pessoas de Kekon tinham; e seria ainda mais impressionante do que se formar no topo dos rankings da Academia, algo que a colocaria acima e a separaria dos irmãos. Enquanto isso, ajudava estrangeiros ignorantes a fazer negócios em Kekon, e, na verdade, sentia até um orgulho secreto dessa parte. Era algo de fora do clã que a pertencia por completo. Informações e relações que pertenciam a ela, não a seu avô, a seus irmãos ou a Doru.

— Como você tem a pachorra de se chamar Kaul, sua garotinha egoísta e idiota? — exclamara o avô. — *Qualquer coisa* que você disser para os estrangeiros pode ser usada contra o clã.

O Tocha usara toda a considerável influência que tinha e fizera ligações raivosíssimas para o embaixador espênico, que se desculpou e garantiu a Kaul Sen que sua neta não seria mais abordada por ninguém do exército ou do serviço de inteligência da República da Espênia. Jerald foi enviado de volta para seu país de origem, e Shae, inflamada de indignação pelo avô ter se metido para corrigir a situação, fora atrás dele. Ela havia sido uma tola, mas, infelizmente, até os tolos têm o direito de ser orgulhosos.

Shae retornou a Janloon se sentindo mais calma e descansada, mas também determinada a voltar a se dedicar na busca por emprego e a encontrar uma oportunidade o mais rápido possível. Em meio a seus devaneios, percebeu que nada no mundo a motivava mais do que o medo constante de acabar como sua mãe. Se tivesse um trabalho para chamar de seu que lhe ocupasse a cabeça, não ficaria perdendo tempo como aconteceu na viagem de ônibus de volta, na qual ficou o trajeto inteiro especulando sobre o que Lan e Woon fariam com aquelas malditas informações financeiras que ela havia fornecido, ou então pensando em quando os Montanha tentariam matar Hilo de novo.

Voltou para o apartamento e grunhiu alto quando se deu conta de que havia deixado as chaves no balcão da cozinha do chalé de sua mãe. Estava trancada para fora.

Deixou a mala no corredor, perto da porta, e foi até o vizinho, Caun Yu, na esperança de usar seu telefone para ligar para o proprietário. Ninguém respondeu quando ela bateu. Havia uma pilha de flyers na entrada que indicavam que Caun estava fora de casa havia vários dias. Voltou para a rua e subiu as escadas de metal da saída de incêndio. O objetivo era entrar de qualquer jeito em casa, mas, quando passou pela janela de seu vizinho, parou e ficou analisando.

O apartamento de Caun estava quase vazio. Ficou claro que ninguém morava ali. Havia uma pequena TV no chão que também servia de mesa para um aparelho de telefone. Também no chão, havia um saco de dormir e algumas almofadas, mas nada além disso: nenhuma mobília, roupas, nada nas paredes, nenhum sinal de Caun.

Shae começou a tremer de desconfiança e de raiva. Empurrou a janela e adentrou a casa do rapaz. Era praticamente igual a sua. Ela caminhou até a cozinha e viu que as únicas coisas dentro dos armários eram um saco de amendoim e um pacote de bolacha. Na geladeira, apenas algumas garrafas de refrigerante. Em teoria, Caun vivia ali pelo mesmo tempo que ela (quase quatro meses), mas nunca se mudara.

Ela foi para a sala de estar vazia, se sentou em uma das almofadas e esperou. Suspeitava que não demoraria para que Caun aparecesse e, como previsto, depois de uma hora, talvez, a porta da frente se abriu e o jovem entrou com toda a correspondência acumulada debaixo de um braço. Ele parou, chocado, quando viu Shae sentada ali dentro.

Antes que Caun pudesse se recompor, ela se levantou, passou por ele, fechou a porta com um chute e a trancou. Depois, se virou, sacou a faca talon e avançou. O rapaz recuou e, com os olhos na lâmina, lambeu os lábios nervosamente. Suas costas encostaram na parede. Shae esticou a mão livre e arrancou o gorro preto que Caun sempre usava. O cabelo do jovem estava bagunçado e amassado, e o topo de ambas as orelhas tinham piercings de jade. Não era muita, não o suficiente para que ela reconhecesse uma aura, a menos que o estivesse tocando.

Shae deu um passo para trás e apontou para o telefone.

— Liga pra ele — disse. — Manda ele vir pra cá agora.

Com os olhos tomados de pavor, Caun pegou o aparelho e discou. Ela duvidava que fosse a faca que o estivesse deixando tão nervoso; era a reação do chefe que o preocupava.

— Hilo-jen — disse Caun, depois de ser passado para lá e para cá pela linha por alguns minutos. — É Caun Yu. Sua irmã... ela, hum... mandou ligar pro senhor. Ela tá apontando uma faca talon pra mim e quer que o senhor venha aqui.

Houve um momento de silêncio, e então Shae conseguiu ouvir a risada de seu irmão vindo do outro lado do telefone. Mais palavras foram trocadas, e então Caun desligou.

— Ele disse que tá terminando um compromisso, mas já vai vir.

— Segurança, não era isso, Caun-jen? — disse Shae. — Você trabalha como segurança. Em um emprego bem chato, se não tô enganada. Um emprego que você queria largar logo.

— Não foi isso que eu quis dizer — explicou Caun, ficando todo vermelho. — Não é que eu ache a *senhora* chata. É só que ficar de olho na senhora não é tão empolgante assim, sabe?

— Pois é, acho que não é mesmo. — O estranho sentimento de mágoa e graça foi extravasado com um gélido sorriso pretensioso. — E eu aqui, começando a achar que a gente se encontrava tanto porque você queria dar em cima de mim.

— E tocar na irmãzinha do Chifre? — Caun deixou escapar uma risada nervosa. — Vamos lá, guarda essa faca talon. Acho que já deu, né? Não parece muito gentil da sua parte, ainda mais levando em conta que eu devia estar protegendo a senhora.

Pelo visto, Caun estava com um surpreendente bom humor. Agora, com aquele sorriso largo e o cabelo livre do gorro caindo sobre os olhos, estava tão bonito que chegava a ser irritante. Shae suspeitava que a reação de Hilo ao telefone havia tranquilizado Caun, confirmado que ele não estava tão encrencado como temera, e agora tudo o que o rapaz queria era terminar esse serviço indesejado.

Shae embainhou a faca.

— Então você tá acampado aqui, me seguindo por todo lado.

— Eu devia ficar de olho quando a senhora saísse por aí. — Ele cutucou o saco de dormir no chão com o pé. — Eu costumava sair pela janela de noite e voltar de manhã antes de a senhora sair, mas agora o Chifre disse que é pra ficar aqui sempre que a senhora estiver. — Caun foi para a cozinha e voltou com o pacote de bolachas e duas garrafas de refrigerante de manga. — Quer um pouco? É tudo o que eu tenho, infelizmente. Ou a gente pode ir para a sua casa.

Shae o encarou de soslaio e Caun deu de ombros enquanto abria a bebida.

Hilo chegou cerca de vinte minutos depois. Ele bateu na porta e, todo alegre, disse:

— Shae, você não machucou o coitado do Caun Yu não, né? Eu avisei que esse trabalho teria riscos.

Quando ela abriu a porta, seu irmão entrou, deu um sorriso e fez menção de abraçá-la. Ela o empurrou para trás com força.

— Você tá me vigiando e de olho em mim esse tempo todo — sibilou.

Em vez de responder, o Chifre alisou a camisa que Shae havia amarrotado e, meneando a cabeça, se virou para Caun. Com a voz agora num tom severo, disse:

— Pelo amor dos deuses, era o trabalho mais fácil que um Dedo poderia ter, Caun. Onde e como é que você fodeu com tudo?

O sorriso de Caun sumiu de uma vez só.

— Eu... eu não sei, Hilo-jen — gaguejou ele. — O porteiro ligou pra dizer que ela tinha voltado de Marênia. Vim direto pra cá, mas ela entrou no apartamento e tava me esperando aqui quando eu cheguei. Desculpa ter falhado com o senhor. — O jovem se ajoelhou em uma saudação de desculpas.

Hilo respirou fundo enquanto dava uma olhada pelo apartamento vazio.

— É difícil enganar minha irmã por muito tempo, mas você devia ter se saído melhor. Vai e se apresenta pro Maik Kehn, tenho certeza de que você pode ser útil nas Docas. Talvez até tenha a chance de arranjar alguma jade por lá, caso se concentre em não fazer merda daqui pra frente.

Ele abriu a porta para dispensá-lo, e Caun, com o olhar submisso, saiu rápido. Hilo manteve a expressão rígida no rosto, mas deu um único tampinha nas costas do Dedo quando ele passou, e o rapaz ergueu os olhos com uma feição nervosa e grata. Em um infeliz instante, a percepção que Shae tinha de Caun se transformou. O amigável e sexy vizinho de Jade era só mais um dos subalternos de seu irmão. Ela ficou incomodada com o quanto o fato de Caun não ter lhe dado uma última olhada antes de sair a deixou ainda mais irritada.

Shae voltou a atenção para Hilo.

— Fica fora da minha vida.

— Você tá se achando demais, Shae. Eu preciso de cada Dedo que tiver agora. Tá achando que eu queria gastar um funcionário só pra ficar de guardinha pra você? Eu falei pro Lan que morar aqui sem jade era escolha sua, e aí você que se virasse para se cuidar, mas, depois do que aconteceu com o Anden, ele insistiu que você fosse protegida. Não vem me culpar, não.

— O Lan te mandou colocar um guarda na minha cola? — Shae estava chocada. Hilo ter colocado alguém para vigiá-la a deixou quase sem palavras de tanta ira, mas sempre vira Lan como alguém prudente e bem-intencionado. Um pouco da raiva esmaeceu e abriu lugar para a incerteza. — O que aconteceu com o Anden?

— Gont Asch sequestrou o Anden no Parque de Verão no Dia do Barco, levou ele até Ayt e fez todo um showzinho de tentar convencer o garoto a mudar de lado, tudo pra oferecer uma proposta mequetrefe de uma aliança para fabricarmos e vendermos brilho em Ygutan com os Montanha. Eles devolveram o Andy, mas deixaram algumas coisas bem claras. Nos deram um chacoalhão e insultaram Lan. Ele recusou sem nem titubear. Então depois tentaram me tirar de cena, e aqui estamos nós.

Shae meneou a cabeça. Não queria admitir que tinha sido injusta com ambos os irmãos, principalmente com Hilo.

— Eu não sabia disso, ninguém me contou.

Hilo bufou de forma incrédula e condescendente.

— O que você espera, Shae? Você voltou pra Janloon, mas tá vivendo aqui, sem jade nenhuma, como se não quisesse ter nada a ver com a gente. Me fez ficar procurando até te encontrar num hotel e aí me tratou como um estranho. Não foi visitar o Andy, não viu nenhum dos amigos da Academia. Não se deu nem ao trabalho de ir ao hospital demonstrar um pouco de respeito pelo Tar. Nunca me convidou pra conhecer sua casa nova, nem mesmo agora que a gente tá no apartamento do lado. O que você quer que a gente entenda, hein? — Sua voz estava tomada de perplexidade e de mágoa reais. — O que você anda fazendo, afinal?

Shae sentiu a raiva voltando com tudo.

— Passei semanas fazendo aquele trabalho pro Lan, lembra? E tô procurando emprego. Tenho umas entrevistas em breve.

— Entrevistas — repetiu Hilo, com um desdém que chegava a escorrer. — Pra *quê?* Vai trabalhar num banco, é? *Por quê?* Eu não te entendo, Shae.

O rosto dela queimava.

— Não preciso de conselhos seus, Hilo. E nem da sua proteção.

— Não, você não *precisava*, nunca precisou. Mas a gente tá em guerra com os Montanha, e você continua agindo como se não tivesse nada a ver com a situação. Você fica ignorando que é uma Kaul — disse ele, com o rosto sério e a voz carregada por um desespero impaciente. — Tenho uma notícia pra minha irmãzinha durona que acha que é boa demais pra família dela. O Lan não diz, então digo eu: você não pode ser uma pessoa normal, Shae. Não nesta cidade. Não neste país. Não tá gostando de ser a última a saber das coisas, de ser vigiada em segredo e de ser tratada como uma mulher indefesa qualquer? Bom, foi você que se colocou nessa posição.

Houve um dia, havia quase dez anos, Shae se lembrava, que ela e Hilo tinham começado a brigar, a cuspir verdades dilacerantes da mesma forma que tinham feito muitas vezes antes, mas então perceberam ao mesmo tempo que os dois agora usavam jade e que poderiam acabar machucando um ao outro mortalmente. Naquele dia, eles se contiveram, e era apenas essa única memória e o fato de que Hilo estava vestindo um bocado de jade enquanto ela nada que a impediu de avançar com tudo contra o irmão.

— Fala o que você quiser pro Lan — disse ela, com a voz gélida para esconder todas as emoções —, mas não quero ver nenhum dos seus homens em volta do meu prédio ou me seguindo, nunca mais. Arrisque sua vida como quiser, Hilo..., mas me deixa em paz pra viver a minha.

Ela vislumbrou a expressão aflita do irmão enquanto passava por ele e saía porta afora. Foi apenas no último instante que se lembrou de que estava trancada para fora, mas, orgulhosa demais para se deixar ser vista tendo dificuldade para tentar entrar, saiu do prédio e se sentou, desolada, em uma casa de chás no fim da rua até escurecer.

Quando voltou, Hilo já havia ido embora, mas o proprietário a estava esperando com a mala dela em mãos e uma chave extra.

— Kaul-jen mandou garantir que a senhora voltasse em segurança — disse ele, saudando-a, todo solícito. — Devo inúmeras desculpas por não ter reconhecido quem a senhora é. Por favor, de agora em diante, me chame diretamente caso precise de alguma coisa.

Enquanto Shae destrancava a porta, ele se virou e perguntou:

— A senhora tem certeza de que está confortável aqui? Tenho outra propriedade, um imóvel novo, que fica a apenas dez minutos daqui. Quem cuida de lá é meu genro, e as unidades são bem maiores. O aluguel seria o mesmo para a senhora, é claro. Não? Bom... não hesite em me avisar caso a senhora mude de ideia. Minha família e eu sempre fomos amigos do clã.

Capítulo 28

Entregas e Segredos

Anden tinha um mal pressentimento a respeito da tarefa que o Pilar o mandara fazer. Era bem simples: Lan telefonara e perguntara quando seria sua próxima tarde livre da Academia. Queria que Anden fosse vê-lo. Será que ele poderia, por favor, parar em um certo endereço no caminho, pegar um pacote e levá-lo até seu primo?

Anden concordou, é claro, mas agora já era a segunda vez que Lan pedira o mesmo favor, o que era estranho. O Pilar tinha uma infinidade de subordinados que podia mandar para pegarem encomendas. Pedir para Anden uma vez talvez até tivesse sido uma conveniência aleatória. Mas duas fazia com que o rapaz suspeitasse de que havia sido escolhido para essa tarefa.

O endereço dava em um edifício sem elevador na descida do morro em que a Academia ficava, no fim do distrito da Travessa. Quando tocou a campainha, um homem vestindo calças largas camufladas e uma regata amarelada abriu a porta.

— Você de novo?

O sujeito tinha olhos verdes e talvez fosse espênico, muito embora falasse kekonésio sem nenhum sotaque. Anden não conseguia decifrar nem as tatuagens em estilo grafite em seus braços e nem a música estridente que soava do interior do apartamento. Não era necessariamente estranho ver estrangeiros em Janloon, e cada vez se tornava algo mais normal, mas encontrá-los sempre gerava certo desconforto em Anden. Ele sabia que os outros pensavam assim a respeito dele também, então não ofereceu nada além de um aceno de cabeça educado como cumprimento.

— Espera aí.

O estranho fechou a porta e o deixou ali fora, todo sem jeito. Alguns minutos depois, a porta foi reaberta e o homem entregou um pacote envolto em um embrulho branco e estofado, mas sem nenhuma indicação do conteúdo. Anden pegou a encomenda e a guardou dentro da mochila da escola. Lan mandara que a guardasse fora de vista, que não a abrisse e que não contasse nada para ninguém.

CIDADE DE JADE   217

Foi de bicicleta até a estação, onde pegou o ônibus até a residência Kaul. Havia outro detalhe: existiam métodos mais rápidos de receber uma entrega do que um estudante sem carro. Tudo o que Anden conseguia concluir era que o Pilar estava confiando a ele alguma tarefa confidencial que queria manter em segredo de todo o resto do clã. Até ficaria lisonjeado, mas, em vez disso, estava preocupado. Lan nunca lhe pedira nada além de ir bem na Academia. Ele não achava que o Pilar o envolveria em um favor secreto do clã a menos que não confiasse em mais ninguém.

No ônibus, colocou as mãos dentro da mochila, tocou o envelope e ficou tentando adivinhar o que havia ali. Era muito bem estofado, mas, ao puxar o plástico bolha, dava para perceber que havia objetos pequenos e duros guardados no interior.

Saiu do ônibus e caminhou por dez minutos até os portões da propriedade dos Kaul. O guarda acenou quando ele entrou direto e seguiu para a casa.

— Oi? — chamou no vestíbulo.

Kyanla respondeu da cozinha, de onde era possível ouvir barulho de louças.

— Anden-se, é o senhor? Lan-jen tá lá no salão de treino.

Anden passou sem pressa pelo escritório do Pilar, pelo pátio muito bem mantido e bateu na porta do salão de treinamento. Lan abriu a porta corrediça. Vestia uma bata preta folgada, calças e estava descalço. Era estranho vê-lo assim, tão casual. Deixava-o com uma aparência mais jovem, do jeito que Anden lembrava que ele era antes de virar o Pilar.

— Anden. — Sorrindo, Lan deu um passo para o lado. — Entra.

Anden tirou os sapatos e entrou na longa sala com chão de madeira. Lan fechou a porta.

— Trouxe o que eu te pedi pra pegar?

Anden tirou a mochila dos ombros e pegou o envelope estofado. Enquanto o entregava, seus dedos rasparam nos de Lan e o rapaz se encolheu. Ainda não estava acostumado com a diferença na aura do primo. Sabia que era mais sensível do que uma pessoa comum — a maioria não conseguia sentir auras de jade a menos que fossem treinados como Ossos Verdes e usassem jade. Para Anden, as novas jades que Lan conquistara no duelo faziam com que sua aura ficasse afiada e estridente, como se tivesse aumentado várias oitavas psíquicas. Não era compatível com ele.

— Agradeço por ter desviado da sua rota — disse Lan.

— Imagina.

Anden queria perguntar o que havia ali dentro, mas, pela forma como Lan foi ligeiro para guardar o pacote em uma gaveta e fechá-la, teve certeza de que aquela não era uma pergunta que o Pilar responderia. Lan pegou uma toalha de um gancho e limpou o brilho do suor do rosto.

— Como vai a escola?

— Tranquila. Faltam só uns meses.

— E você se sente pronto para as Provações?

— Acho que sim.

Lan se virou e jogou a toalha em um cesto perto da porta.

— Qual é a sua melhor matéria?

— Afluência, eu acho.

Lan assentiu.

— E a pior?

— Hum. Deflexão, eu diria.

— E as notas? Matemática, línguas e etc.?

— Vou passar em todas. — Anden era pouco acima da média nos estudos teóricos da educação dos Ossos Verdes. — Não se preocupa, Lan-jen. Elas não vão abaixar muito o meu ranking final.

Com um tom pincelado de seriedade, Lan disse:

— Não tô preocupado com o seu ranking, Anden. Tô perguntando da escola porque tenho certeza de que deve haver muita fofoca no campus ultimamente a respeito dos clãs. Você não vai escapar de ouvir vários rumores e opiniões, isso se já não tiver ouvido. Não quero que fique chateado ou distraído. Só foque os seus próprios estudos.

— É o que vou fazer — prometeu Anden.

Lan deu um tapinha de aprovação no ombro do rapaz e apontou para o salão de treino vazio.

— Bom, já que você tá aqui, que tal um treininho de Deflexão?

Anden tentou pensar em uma boa desculpa para recusar. Não gostava da ideia de se expor assim, ainda mais com o Pilar do Desponta o assistindo, mas Lan já estava a caminho do outro lado da sala e pegando um conjunto de dardos da prateleira.

— Tá com a pulseira de treinamento aí? — perguntou Lan.

Anden deixou a mochila perto da parede. É só o Lan. Ele quer ajudar. Não vai fazer eu me sentir mal. Hilo e Shae eram como primos de verdade para ele, mas Lan era muito mais velho e sempre fora mais como um tio. Anden vasculhou pelo compartimento frontal da mochila e puxou a caixinha de plástico em que guardava a pulseira. Como aluno do oitavo ano, tinha autorização para ficar sempre com ela e usá-la sob a supervisão de um Osso Verde adulto. Era uma pulseira simples de couro com um fecho de pressão e três pedras de jade. Se mantivesse as boas notas, poderia esperar conseguir quatro na primavera.

Anden a fechou ao redor do pulso esquerdo, fechou os olhos e respirou fundo. Sempre que vestia jade, passava, só por um segundo, pelo mesmo momento de resistência que alguém prestes a pular de um trampolim alto ou arrancar um curativo grudento sentia. Era um instante de *ih, vai doer* — e então já passava. Ele se livrou do estupor inicial, fechou os olhos e assumiu posição do outro lado da sala, de frente para Lan.

O pilar terminou de carregar os dardos na arma de dados.

— Um aquecimento facinho — disse o Pilar.

Lan atirou em Anden, um por vez. Anden Defletiu cada um, e os dardos acabaram enfiados na parece coberta por cortiça atrás do rapaz. Dardos eram leves e se moviam devagar. A Deflexão ficava exponencialmente mais difícil com altas velocidades, itens mais pesados e múltiplos objetos. Lan partiu para a arma de chumbinho, que Anden não achou tão difícil, porque lançar golpes de Deflexão mais rápidos e mais abrangentes não era problema para ele, mas tinha dificuldade com facas, ainda mais com duas ou mais vindo de diferentes direções.

— Controle elas — disse Lan. — Faça com que deem meia-volta e faça delas *suas* armas.

Anden assentiu, muito embora já tivesse ouvido aquele conselho de seu instrutor de Deflexão centenas de vezes e, mesmo assim, não chegava nem perto de onde queria chegar. Quando Defletiu as facas, elas perderam a velocidade e caíram no chão atrás do rapaz. O ideal seria que conseguisse controlá-las para qualquer lugar próximo da parede, ou até mesmo, como Lan disse, fazer com que dessem meia-volta ao redor de seu corpo e fossem atiradas de volta ainda mais rápido do que tinham vindo. Parado, Anden se movimentou para lá e para cá enquanto chacoalhava os membros, tentando ficar relaxado, focado e não pensar que estava decepcionando seu primo.

— Pronto?

Lan atirou outra faca, rápida e direta, e Anden esticou o braço em um golpe tenso e arqueado de Deflexão. Ele sentiu o poder pegar a faca e desviar seu curso. Com esforço, manteve o impulso da Deflexão enquanto se virava levemente. Com um ímpeto de esforço, levou a lâmina a fazer uma volta ao seu redor e a jogou de volta em direção a Lan.

Não foi muito longe antes de começar uma descida até o chão, mas Lan ergueu sua própria Deflexão e a endireitou. Foi para a frente e pegou a faca no ar.

— Muito bem! — Seu rosto se iluminou de um orgulho que foi acalentador para Anden. — A maioria dos Ossos Verdes novos não conseguem fazer isso. É só continuar praticando que você vai arrasar nas Provações.

— Tomara — disse Anden, fraco.

Ele colocou as mãos nos joelhos e se agachou para recuperar o fôlego. Lan encheu um copo descartável com água do bebedouro em um dos cantos do salão e levou para o rapaz. Anden aceitou, grato, mas foi pego mais uma vez pela textura insípida da aura do Pilar. A jade presa ao redor de seus pulsos piorava tudo, fazia com que ficasse muito mais *alta*. Ele quase se afastou.

Ainda bem que seu primo atravessou o salão e abriu um armário. Tirou de lá meia dúzia de grandes garrafas plásticas cheias de areia e seladas com fita adesiva. Lan as organizou como um conjunto de pinos de boliche.

— Não podemos deixar de praticar a ofensiva.

Anden sentiu um leve nó no estômago. Deflexão ofensiva era sua fraqueza, e Lan o observava do outro lado do salão com uma expressão extraordinariamente cheia de expectativa. Ele sempre se interessara pelo progresso de Anden, mas não fora insistente ou exigente. Agora, contudo, disse: — Vai, tá esperando o quê?

Anden respirou lentamente. Focou as garrafas pesadas, juntou suas energias e lançou uma baixa onda de Deflexão até lá. A primeira garrafa cambaleou, caiu e derrubou a do lado, mas as outras nem fizeram questão de se mexer.

— Nada mal — disse Lan, e reorganizou as garrafas. — Tenta de novo.

As garrafas eram pesadas, o salão de treino era longo e Anden estava perdendo o ritmo. Na segunda tentativa, derrubou três garrafas de uma vez, mas aí ficou sem forças. A terceira Deflexão mal foi suficiente para derrubar uma, e a quarta praticamente não mexeu nenhuma.

Lan disse:

— Vamos lá, Anden. Você nem tá tentando de verdade.

— Desculpa — disse o garoto. — Só tô cansado.

Tivera treino avançado de Força de manhã, o que era sempre exaustivo. Não sabia que sua visita à residência Kaul resultaria em uma prova improvisada.

Lan se irritou.

— E você espera usar essa desculpinha esfarrapada quando for uma questão de vida ou morte? Vai de novo.

Anden tentou reunir energia. Se firmou com mais força no chão, levantou ambas as mãos, sentiu-as formigando e tremendo devido à tensão, e então as empurrou para baixo e para frente com todo o fôlego e energia que tinha para oferecer. A Deflexão atravessou o salão, mas se alargou e sacudiu as portas do armário como se estivessem num terremoto. As garrafas nem se mexeram.

Lan esfregou os olhos com uma das mãos.

— Se você não consegue derrubar uma garrafa cheia de areia, como vai derrubar um homem? Ou se defender quando alguém tentar *te* derrubar?

— Ainda não sou Osso Verde — protestou Anden, e logo já se desculpou. — Vou praticar mais. Ainda tenho tempo.

— Você só tem mais alguns meses como estudante — o rosto de Lan ficou sério e sua voz ficou alta de repente. — Os Montanha já deixaram claro que tão de olho em você, Anden. Tentaram matar o Hilo e eu, e, quando você não estiver mais protegido pelo código de aisho, é a sua vida que vai ficar em risco, por inimigos com muito mais jade e experiência. Você não pode ficar cansado demais pra se defender. *Nunca!*

Com um braço, Lan arremessou um funil de Deflexão para o outro lado do salão, que fez as garrafas saírem voando pelo ar. Elas bateram contra a parede dos fundos, caíram com um baque e rolaram pelo chão. Lan nem mesmo as olhou. Ele caminhou a passos largos, agarrou Anden pelo braço e o puxou com força. A voz do Pilar era um rugido baixo:

— Você vai se formar para a guerra, Anden. Tem que tá pronto para o que significa ser um Kaul, ou então não vai sobreviver. Entendeu?

Anden engasgou. Os dedos do Pilar afundavam em seus bíceps, mas a dor vinha de outro lugar: diretamente do centro de seu crânio. Havia tanta jade por trás daquela raiva nada comum de Lan que o ar foi arrancado do peito de Anden.

— Kaul-jen — implorou o garoto. Ele olhava no fundo de olhos que nem reconhecia. As íris estavam brilhosas, vítreas como bolinhas de gude e borbulhando com uma energia tempestuosa. A teia de finas veias vermelhas de sangue ao seu redor se sobressaía. Anden engoliu em seco. — Lan?

O Pilar o soltou abruptamente, quase num empurrão. Lan o encarou por um segundo, e então balançou a cabeça, como que para clarear as ideias. Sua aura de jade se debateu e Anden, sem nem se dar conta, Percebeu a raiva resoluta do Pilar se dissolver em um amontoado pantanoso de emoções indecifráveis. Lan pressionou as palmas das mãos nos olhos, então as abaixou e, mais calmo, disse:

— Me desculpa, Anden. Você não merecia isso.

— Tudo bem — a voz do garoto não passava de um sussurro amorfo e assustado.

— Ando meio sem paciência ultimamente. — Lan deu-lhe as costas. — Tem muita coisa acontecendo, e quase tudo saindo do meu controle. Precisamos manter o Conselho Real e os Lanternas do nosso lado, e temos que considerar a possibilidade de que os espênicos talvez se envolvam... — Inexplicavelmente, ele deu uma olhada para Anden em busca de compreensão. Ainda não parecia ter voltado a si por completo, muito embora estivesse tentando, e muito. — Mas não importa. Peguei pesado demais com você agora.

— Não. — Anden estava confuso, e ainda cambaleava. — O que você falou é verdade.

— Eu tô orgulhoso de você, *sim*, Anden. Não falo isso o bastante. — Lan voltou a se aproximar. — O Hilo já te escolheu como Punho. Com o seu talento, você seria uma aquisição e tanto pra ele. Mas quero que saiba que a escolha é sua. Com o andar da carruagem, talvez você queira escolher outras funções no Desponta, ou talvez até uma vida fora do clã.

A princípio, Anden não soube como responder. Depois, sua perplexidade se inflamou e virou uma atitude defensiva. Seu rosto ficou quente.

— Não sou covarde. — Ele sabia que não era inteligente o bastante para ser um Agente da Sorte. Havia Ossos Verdes fora do clã, professores, médicos, penitentes, mas como é que poderia considerar tais profissões em uma época como essa? — Hilo-jen me disse que vocês precisam do máximo de Ossos Verdes recém-formados que conseguirem. Eu devo tudo a esse clã, a você e ao vovô. Que tipo de pessoa eu seria se não fizesse meus juramentos?

Antes que Lan pudesse responder, houve uma batida seca na porta do salão de treinamento seguida pela voz de Woon.

— Lan-jen, o prefeito de Janloon está no telefone.

Lan olhou em direção à voz de seu Encarregado, e em seguida de volta para Anden. Com uma expressão indecifrável, deu um passo para longe. Por um segundo, a mente de Anden formigou de forma desconfortável com a Percepção de algum desespero urgente.

— Me desculpa, Anden. A gente conversa sobre isso mais tarde. — Ele começou a caminhar até a porta. — Se esperar no pátio por alguns minutos, mando alguém te levar de volta pra Academia.

— Imagina, não precisa. Eu vou sozinho mesmo. Tenho que voltar pro terminal pra pegar minha bicicleta, e não ligo de andar de ônibus.

Lan parou com a mão sobre a maçaneta por um instante e, olhando para trás, falou com a voz em um tom melancólico.

— Eu jamais sugeriria que você é covarde, Anden. Só quis deixar claro que você tem uma escolha, sim. E, não importa o que decida, sempre será um Kaul, assim como a Shae.

O Pilar deslizou a porta e seguiu Woon de volta para a casa principal. Sua aura extremamente cortante foi recuando à medida que a silhueta de suas costas tensas avançava.

Nervoso, Anden soltou o ar que nem sabia que estava prendendo. *O que foi que aconteceu aqui?* Nunca tinha visto o humor de Lan mudar tanto assim antes, de cordialidade à raiva e da raiva à dúvida e ao remorso. Será que era o estresse dos últimos tempos e as novas jades que o estavam deixando assim, tão volátil? Será que Lan realmente achava que Anden não estava preparado para se juntar ao clã? Duvidar de si mesmo em particular ou especular à toa a respeito do que faria caso não fosse escolhido como Punho era uma coisa, agora o Pilar do clã cuspir pensamentos tão inúteis bem na sua cara era outra totalmente diferente. Será que era apenas por causa da má performance de hoje com a Deflexão? Ou havia algo a mais?

Anden se virou, tirou a pulseira de treinamento e encostou a testa na parede. O fulgor de jade fez com que seu estômago, já ansioso, ficasse ainda pior. Ele respirou fundo para se controlar e afastou essa sensação enquanto guardava a pulseira no compartimento plástico e a devolvia à mochila.

Antes de sair do salão de treinamento, Anden recolheu as garrafas espalhadas cheias de areia e as colocou de volta no armário. Reuniu as facas lançadas, puxou os dardos da parede e também os colocou no lugar certo. A Academia tinha uma insistência militar quanto à organização. As Deflações que ele e Lan haviam lançado tinham entreaberto as portas do armário. Anden as fechou com cuidado e esteve prestes a empurrar uma gaveta frouxa quando parou com os dedos pairando sobre a fina abertura que deixava à vista o envelope estofado que trouxera, aquele que Lan pegara e guardara sem explicar nada.

Anden abriu a gaveta e pegou o pacote. Enquanto o observava, uma tentação terrível se inflou e se transformou em uma suspeita ainda mais terrível. Seu coração começou a bater forte. Ele deu uma olhada ao redor, para o vazio e organizado salão. Se abrisse o pacote, Lan perceberia. Contudo, havia um espacinho aberto na aba do envelope. Anden a esgarçou levemente. Virou o pacote, chacoalhou-o e cutucou com os dois dedos debaixo da aba até encostar em algo liso e duro, como vidro. Agora suas mãos tremiam. Ele puxou para fora um minúsculo frasco cilíndrico cheio de um líquido turvo e branco.

Sabia o que era. O que mais poderia ser? O coração de Anden pareceu despencar até seus pés. Ele fez um buraco no envelope e, sem cuidado nenhum, puxou o frasco dali.

Sua mente girava. Era o que ele havia temido. Ainda não conseguia acreditar.

A porta se abriu. Lan ficou parado na entrada. Anden abaixou as mãos abertas. Havia devolvido o envelope e seu conteúdo na gaveta aberta, mas sua culpa era evidente. Assim como a de Lan. Uma raiva permeada por pudor inundou o rosto do Pilar. Anden tinha certeza de que, se estivesse vestindo a pulseira de treino, não seria capaz de aguentar a furiosa labareda da aura de seu primo.

Lan entrou e fechou a porta com tanta força que a ação emitiu um barulho como o de uma lâmina contra uma pedra de amolar.

— O que você tá fazendo, Anden? — perguntou Lan, tentando soar como se nada estivesse acontecendo.

— Você mandou eu pegar isso aqui pra você. É BL1. — As palavras de Anden pareciam sufocadas. Ele sentiu a necessidade de segurar alguma coisa para recuperar o equilíbrio. — Como... como é que *você* pode precisar de brilho?

Lan avançou e Anden, sem querer, recuou até que seus ombros tocassem a parede.

— Você não tinha o direito de abrir esse pacote.

Lan nunca batera em Anden. Nunca chegara nem a empurrá-lo, mas seu olhar agora era assassino, e o rapaz sentiu, pela primeira vez na vida, um lampejo de medo perante à presença de seu primo. Preferia apanhar doze vezes de Hilo do que saber que havia irritado Lan a ponto de levar uma pancada sequer dele. Claro que estava merecendo uma surra, e, sem nem pensar em dizer algo para se defender, tudo o que conseguiu dizer abruptamente foi:

— Você não tá doente, né? Com... com o Prurido?

O desespero no rosto do rapaz deve ter ficado tão evidente, já que, naquele momento, imaginou Lan passando pela mesma morte que sua mãe, cortando a própria pele e gritando de insanidade, que dissipou a revolta do Pilar. O rosto de Lan mudou, se contorceu, tenso. Ele levantou uma mão e a manteve ali, erguida, como se quisesse dizer *espera um pouco*.

— Fala baixo — pediu o Pilar, num tom severo, porém mais calmo do que Anden esperava. Desta vez, a onda interna de raiva foi repelida. — Não, não tô com o Prurido. Quando alguém chega ao ponto de ficar com o Prurido desenvolvido, já é tarde demais para o BL1. — Seus olhos foram tomados por compaixão ao perceber no que Anden pensara. Mesmo assim, sua voz continuou firme. — Eu devia te expulsar da casa pelo que você acabou de fazer. Não esperava isso de você, Anden. Mas não quero que você fique com a impressão errada, então vou explicar. Mas isso é algo que você não pode nem *sussurar* para ninguém, nem para a família, entendeu? — Anden continuava aflito demais para responder, mas Lan golpeou a mão com força na parede ao lado do rosto do garoto. — Entendeu?

Anden assentiu.

Baixinho, Lan disse:

— O brilho é uma praga na sociedade. É usado por pessoas que não têm tolerância natural para jade e nenhuma espécie de treino. Estrangeiros, criminosos e viciados com febre de jade. É por isso que o tráfico ilegal de brilho tem que ser impedido. Acontece que o BL1 não é de todo ruim. Como uma droga que atenua os efeitos colaterais da exposição à jade, pode ser útil. Tem momentos em que a tolerância natural dos Ossos Verdes precisa de um impulso. — Ele pausou por um instante. — Isso você entende, né?

Anden teve um flashback da conversa que havia tido com Hilo na Academia, que então se voltou involuntariamente à memória de sua mãe na banheira. Sim, ele entendia o que Lan estava dizendo. Mas os Kaul eram diferentes: eram a epítome do sangue impecável e da instrução dos Ossos Verdes. O que significava Kaul Lan, o Pilar do Desponta, precisar de BL1? Ainda mais para alguém como Anden... que esperança ele podia ter? Seus pensamentos se agitaram em negação.

— É toda essa jade nova que você tá usando, né? — Sua voz não passava de um sussurro agoniado. — Tem alguma coisa errada com ela? É perigosa porque era do Gam?

Lan conseguiu dar um sorriso esvaziado de humor.

— Não. A jade é um amplificador; não retém energia de seus antigos donos, não importa as velhas superstições que você tenha ouvido. — Ele virou o rosto levemente e abaixou a voz. — Eu não saí ileso do duelo, Anden. — Ele deu um tapa no peito, acima do coração. — O Gam rompeu alguma coisa quando usou a Afluência contra mim. Tô me sentindo meio estranho desde então. O que fez com que usar as novas jades fosse mais difícil do que deveria ser.

A preocupação se instalou.

— Você passou por um médico? Aquele na academia é...

— Me consultei com o Dr. Truw. As sessões de cura ajudam, mas não há nada a fazer além de esperar e descansar.

Ele fechou a cara, reconhecendo que não andava fazendo nenhuma das duas coisas. Anden entendia agora o porquê de seu primo estar tão nervoso, tão volátil. Ele carregava um ferimento secreto atrelado às novas jades e às pressões de ser Pilar em um tempo de guerra. E agora a vergonha de precisar de BL1 para ser capaz de aguentar as jades que ganhara em um duelo público.

— Então não usa elas — insistiu Anden. — Pelo menos não até melhorar. É coisa demais.

Lan meneou a cabeça.

— Não posso sumir de vista no momento. Tenho reuniões todo dia, com conselheiros, Lanternas, Agentes da Sorte, Punhos e Dedos. Todos eles tão atrás de garantias e provas de que os Desponta são capazes de se levantar contra os Montanha. Enquanto isso, nossos inimigos tão procurando qualquer sinal de fraqueza da nossa parte, esperando pela próxima chance de atacar. Não posso dar isso a eles. — Com uma expressão cansada, ele se afastou de Anden. — Mas esse fardo não é seu. Quando sair daqui, quero que esqueça tudo isso.

— Mas o brilho... não faz mal pra você? É viciante, não é? E...

— *É temporário* — disse Lan, irritado. Seus olhos chamuscaram de novo de um jeito que fez Anden se encolher e calar a boca. — Não vou ficar viciado. E não posso ter mais alguém no clã preocupado com isso. Ordenei que Woon arranjasse um fornecedor privado de BL1 porque seria suspeito continuar visitando o Dr. Truw com tanta frequência. E meu Encarregado ser visto pegando pacotes incomuns é um risco grande demais também. Estamos sendo observados de perto. Tô confiando em você, Anden, apesar do que acabou de fazer. Seu tio era um dos meus melhores amigos, e sempre te considerei meu irmãozinho mais novo. Você é mais parecido comigo do que Hilo jamais foi. Nunca te pedi nada, mas tô pedindo agora... pra manter essa história em segredo.

Anden engoliu em seco, e então assentiu. Assim que concordou, pensou: *eu devia quebrar essa promessa. Devia contar pro Hilo.* Ultimamente, porém, não sabia nem como entrar em contato com Hilo. O Chifre passava todas as horas do dia patrulhando o território dos Desponta com seus Punhos. E o que Hilo diria?

Hilo diria que Lan era o Pilar, e que Anden não deveria nem estar questionando suas decisões. Que havia casos especiais em que o uso de brilho era aceitável. Hilo até mesmo sugerira que o próprio Anden talvez fosse um desses casos. O Desponta dependia da força e do controle do Pilar. Usar doses pequenas de BL1 para ajudá-lo a se acostumar com as novas jades era muito melhor do que o risco de sucumbir à loucura e ao Prurido. Isso não havia como negar.

Lan estava com os olhos semicerrados.

— Ainda posso contar com você, Anden?

A censura na voz do Pilar era como um tapa. Antes de hoje, Anden nunca dera motivos para que Lan desconfiasse dele, e ver a decepção na voz de seu primo era suficiente para fazer Anden se afogar em remorso.

— Sei que o que eu fiz foi errado. Me desculpa, Lan-se. Não vou quebrar sua confiança de novo. Juro por toda a jade que algum dia vou usar, mas, por favor... — Anden cerrou os punhos e desabafou: — Deve ter uma solução melhor do que usar essa coisa!

As margens do olhar sombrio do Pilar suavizaram. Ele voltou a parecer o velho Lan, estável e calmo, mas sua expressão era incerta, quase de abandono, como se estivesse esperando outra coisa, algo que Anden achava que não tinha culpa de não poder oferecer.

— Cuidar disso é compromisso meu, Anden, não seu. — Ele olhou com aquela tristeza para Anden por mais um longo instante. Depois, foi até a porta e a abriu. — Você deve voltar para a Academia antes que fique tarde.

Por um segundo, Anden não se moveu. Então, tocou as mãos na testa em uma saudação que lhe escondeu o rosto.

— Eu sei. O senhor tá certo, Kaul-jen.

Caminhou rápido para fora do salão de treinamento. Depois que atravessou o pátio, quis se virar para ver se seu primo continuava onde o havia visto pela última vez. Em vez disso, olhou para a frente e se apressou para atravessar a casa.

— Anden-se? — chamou Kyanla da entrada da cozinha enquanto ele dava a volta na escada do vestíbulo e se apressava para a porta. — Tudo certo?

— Sim. Tenho que ir. Nos vemos depois, Kyanla.

Anden irrompeu pelas portas da frente e pelo caminho até a saída. Desacelerou o bastante para evitar qualquer olhar curioso enquanto passava pelos Dedos que guardavam os portões, mas, assim que deixou a propriedade Kaul para trás e ficou fora de vista, começou a correr. A mochila pulava sobre seus ombros enquanto seus pés martelavam o asfalto por todo o trajeto até o ponto de ônibus. Quando o ônibus chegou alguns minutos depois, Anden entrou num transe. Se sentou nos fundos e recostou a cabeça na janela. O aperto no peito não passara depois de ter parado de correr. Ele desejou que pudesse se forçar a chorar para aliviar um pouco daquela pressão, como quando se abre a tampa de uma chaleira de água fervente.

Capítulo 29
Vocês Provavelmente Vão Morrer

Roubar das Docas se tornara uma proposta ainda mais perigosa desde que Maik Kehn pegara aquele bando e os Desponta descobriram todo o esquema. Bero não queria acabar como aqueles coitados filhos da mãe, os dois sujeitos que tiveram seus pescoços quebrados, e nem mesmo como o sortudo que se safou apenas com ambos os braços quebrados. Ainda estremecia quando pensava nos irmãos Maik. Então ficou aliviado e animado quando Mudt perguntou se ele andava praticando com a Fullerton e se já conseguia atirar em linha reta. Garantiu a Mudt que ele e Bochecha iam a campos vazios perto da reserva e atiravam três vezes por semana.

— Então vem aqui na loja amanhã à noite — convocou Mudt.

O Osso Verde com o cavanhaque jogava sinuca na velha mesa que Mudt mantinha na garagem do Mais Que Bom quando chegaram. Ao invés da capa de chuva, o sujeito vestia um sobretudo cinza e os mesmos coturnos de antes. Desta vez, estava mais amigável.

— Já passou mais de um mês e vocês continuam vivos e trabalhando bem pra gente, o que significa que vocês ou são espertos ou são sortudos pra cachorro, e eu não ligo pra qual das duas opções é verdade.

— Eu consigo fazer mais do que roubar caixas com bolsas chiques e essas merdas — disse Bero.

— Foi o que eu pensei. E agora vocês vão ter uma chance de me provar — disse o homem com cavanhaque. Ele colocou uma mão no ombro de cada um dos garotos. — O Mudt falou que vocês sabem usar as armas automáticas que eu dei. Isso é bom. Então agora tenho um serviço pra vocês. Esse trabalho não é meu, é do pessoal acima de quem é acima de mim, então escutem direito e não botem tudo a perder. Se botarem, vocês provavelmente vão morrer, mas, se não, vão agradar ao clã, e agradar pra caramba, o que significa... — Ele olhou com intensidade para Bero, piscou e deu um leve puxão no piercing de jade que usava na orelha esquerda.

— O que você quer que a gente faça? — perguntou Bero.

— O Clube de Cavalheiros Divino Lilás, conhecem? — O Osso Verde deu um sorrisinho debochado. Todo adolescente que morava deste lado da cidade *sabia* do Divino Lilás, mas era um estabelecimento apenas para pessoas de alta classe. Os seguranças musculosos da Sra. Sugo olhavam com desprezo e estalavam os nós dos dedos quando alguém como Bero e Bochecha zanzavam pelas proximidades com nada além de curiosidade frívola. O Osso Verde não esperou que respondessem à pergunta retórica. — Em alguma das próximas noites, pode ser numa segundia ou numa quintia, vocês vão receber uma ligação. Um motorista vai passar para pegar vocês e levá-los até o Divino Lilás; isso é o Mudt que vai resolver. Quando chegarem lá, quero que ponham todas aquelas automáticas pra uso. Atirem no lugar inteiro, quebrem as janelas, façam cada cliente se jogar pra baixo da cama segurando o pau frouxo na mão. Se virem uns carros bacanas, principalmente um belo de um Roewolfe, metam a bala. É pra atirar em tudo, entenderam, kekes?

— O... O Divino Lilás é dos Desponta. — Bochecha gaguejou um pouco. — Vai ter Lanternas e Ossos Verdes importantes. Dizem por aí que até o Pilar vai lá às vezes.

— Ah, e você descobriu isso agora, é, gênio? — O sorriso debochado do Osso Verde ficou ainda mais largo. — Vai ter que ser bem mais ligeiro se quiser dar o fora do território dos Desponta vivo depois. Essa parte não é problema meu. Mas mandem ver e voltem vivos que ninguém vai ter dúvidas de que vocês tão dispostos a ajudar o clã, de que vocês têm o que é preciso.

— Vamos fazer se você prometer que isso vai colocar a gente pra dentro do clã. — As palavras saíram da boca de Bero antes mesmo que Bochecha conseguisse se contorcer. Mudt e o filho estavam organizando caixas com discos de vinil roubados, fingindo que não faziam parte da discussão, mas pararam e olharam para Bero com uma veemência repentina. Ele não ligava para o que o Osso Verde lhe mandasse fazer, mas estava ficando impaciente e não queria ser feito de bobo. — Não vai ter nenhum outro teste depois desse, né?

— Não prometo porcaria nenhuma — respondeu o Osso Verde, irritado. — Vocês façam um bom trabalho, causem uma boa impressão, mostrem como podem ser valiosos pro clã, e é *aí* que a gente conversa de verdade.

Bochecha engoliu em seco e assentiu rápido. Bero enfiou as mãos no rosto e manteve a cara torta impassível.

Anos atrás, na região da Forja em que Bero cresceu, havia um garoto mais velho chamado Anzol, que tinha o costume de aterrorizar os mais novos. Ele perseguia Bero sempre que tinha a chance. Um dia, Anzol se meteu com uma bela garota cujo pai era líder do sindicato e Lanterna do Desponta, e, pouco depois, alguns Dedos Ossos Verdes chegaram na esquina do bairro em que moravam e, com toda a calma do mundo, quebraram as canelas de Anzol. Ele nunca mais foi capaz de pegar Bero depois disso.

Todos os Ossos Verdes faziam Bero se lembrar daqueles Dedos. Eles entravam em seu mundo sem cuidado algum para quebrar os ossos de alguém ou para oferecer uma vida melhor. Haviam provocado em Bero não apenas um receio e um medo juvenis, mas também um profundo e dilacerante sentimento de indignação e inveja.

O Osso Verde com cavanhaque não era diferente. Ele sorriu, como se estivesse se divertindo, mas seus olhos continuaram gélidos e com um quê de sabe-tudo.

— Esperem pela ligação — disse, olhando para trás enquanto saía da garagem. — Não vai demorar.

Capítulo 30

O Templo do Divino Retorno

O cheiro de grama cortada e de doce de figo tostado permeava os baques e os grunhidos da partida de releibol e a ocasional exclamação ou murmúrio de apreciação da plateia. Shae foi em direção a uma seção mais baixa da arquibancada ocupada por fãs da Academia Kaul Du e sentou em um assento vazio. Ao olhar para o placar, viu que o jogo estava acirrado. A Academia era uma escola militar onde proezas físicas eram reverenciadas, mas o uso de jade não era permitido em esportes profissionais. O time adversário vinha de uma grande escola da cidade que com bastante frequência provia jogadores para a liga nacional; certamente estavam ansiosos para desbancar futuros Ossos Verdes.

Shae procurou pelo primo e mal o reconheceu a princípio. Ele já não era mais o garotinho esquisito de que ela se lembrava. Anden se desenvolvera com o físico de um Osso Verde adulto. O rapaz vestia shorts escuros, jogava como primeiro guarda e se mantinha perto do oponente quando a bola navegava para a zona dos adversários. O outro jogador saltou para chutá-la para um companheiro de time, mas Anden, mais alto e mais rápido, arrancou-a do ar. Os dois adolescentes colidiram e caíram em um amaranhado enquanto a bola quicava em direção à rede. O apito soou, indicando que a bola fosse lançada novamente.

Um campo de releibol consistia de sete zonas separadas por redes que iam até a altura da cintura — cinco zonas retangulares de passe e duas triangulares de finalização. Cada zona era ocupada por dois jogadores, que ficavam um de cada lado e não tinham permissão de sair do espaço fechado para tentar lançar, bater, chutar ou quicar a bola com o corpo para os companheiros de time ao longo do campo, de zona a zona, sobre as redes da zona final do tipo oposto, onde é compromisso do arrematador enfiar a bola entre os postes de ponto. Como o jogo é, em essência, uma série de ataques físicos violentos de um jogador contra o outro, há uma grande oportunidade para hostilidade pessoal e também entre os times. Enquanto Anden se levantava, o oponente com quem dividia a zona o encarou e cuspiu algum insulto às suas costas. Anden nem se deu ao trabalho de se

232 FONDA LEE

virar e reagir. Ele se ajoelhou, preparado, e semicerrou os olhos para a linha alaranjada do horizonte onde o sol se punha.

A bola voou direto das mãos do árbitro. Anden pulou para dar uma ombrada no outro jogador, esticou um braço para agarrar a bola e lançá-la por sobre a rede para seu companheiro de time um instante antes de ser arremessado para o chão. Admirada, Shae se levantou junto com a multidão. Estava impressionada com a graciosidade do primo, sua agressividade em campo e seus eficientes dotes atléticos. Ele parecia encarar o releibol como um dever, não apenas um jogo — externava pouca satisfação depois de um bom lance e fazia apenas uma careta discreta depois dos ruins. Naquele instante, Shae já conseguia vê-lo como um Osso Verde, como um dos Punhos do Desponta.

E não estava sozinha. Na fileira atrás dela, alguém disse:

— O primeiro guarda da Academia ali é o filho da Bruxa Louca, o garoto que os Kaul adotaram. Pode apostar que o Chifre tá contando os dias até aquele ali poder usar jade.

— Ele e todos os alunos do oitavo ano — acrescentou outra pessoa.

O arrematador da Academia fez um ponto, e os espectadores nas arquibancadas se levantaram num rompante de admiração. Os aplausos foram breves e logo voltaram a dar espaço para o silêncio. Eventos esportivos em Kekon eram diferentes dos que aconteciam na Espênia. Shae ficara chocada com o quanto as plateias eram barulhentas e joviais lá. Os espênicos cantavam e faziam gritos de guerra o tempo inteiro; celebravam e vaiavam, balançavam bandeiras e gritavam instruções sem sentido para os jogadores e treinadores. Os kekonésios eram tão apaixonados e leais a seus times quanto os espênicos, mas ninguém jamais pensaria em gritar para o campo ou distrair os participantes. Os espênicos, concluíra Shae, acreditavam que os atletas estavam lá para entreter a audiência; a energia da multidão fazia parte do jogo. Os kekonésios, por outro lado, se consideravam à parte do conflito, meras testemunhas de uma disputa travada em seus nomes.

Foi por pouco, mas a Academia Kaul Dul ganhou a partida por um ponto. Depois, os jogadores saudaram os oponentes e então foram para perto dos bancos, onde recolheram seus equipamentos. Shae desceu e ficou parada na extremidade do pequeno campo até Anden notar sua presença. Ele semicerrou os olhos na direção dela. Com um sorriso largo quando a reconheceu, pendurou a bolsa nos ombros e trotou em direção à prima.

— Shae-jen — disse, e em seguida ficou todo vermelho, com vergonha pelo compreensível, mas estranho erro. Deu-lhe um abraço caloroso, porém respeitoso, e então pegou os óculos e o empurrou pelo nariz suado.

— Desculpa. Vai demorar um pouco pra eu me acostumar a te chamar só de Shae.

— Você foi fantástico hoje — elogiou ela. — Eles teriam empatado se você não tivesse interceptado aquele lance no último quarto.

— O sol tava pegando direto nos olhos deles — disse o rapaz, educado como sempre.

— Quer comer alguma coisa? Ou então podemos combinar para outro dia caso você prefira sair com seus amigos hoje à noite.

Os outros jogadores da Academia estavam de saída. Ela percebera que, muito embora fosse membro do time, Anden parecia ligeiramente distante dos colegas. Também passara por isso na Academia, e não queria privá-lo da chance de fazer parte do grupo.

— Não, prefiro conversar com você — respondeu Anden, rápido, depois de dar uma olhada em seus colegas por apenas um segundo. — Se você estiver com tempo, é claro. E aí, tá?

Ela garantiu que sim, e os dois caminharam juntos para fora do campo. As noites agora estavam geladas para os padrões de Janloon, e Shae apertou o suéter que vestia enquanto saíam da Cidade Velha para um mercado noturno que parecia levemente sonolento onde ambulantes vendiam pipas coloridas, piões de madeira, relógios de ouro falsificados e fitas de música enquanto o cheiro de castanhas temperadas torradas e beterraba caramelada emanava das bancas de comida. Conversaram sobre o jogo, e, depois de se cansarem do assunto, Shae perguntou ao primo sobre a escola, e ele perguntou a ela sobre estudar no exterior e se estava gostando do novo apartamento em Sotto do Norte. Anden não era calado, mas também não fazia o tipo falador, não mais do que Shae, pelo menos, então a conversa não evoluía muito, ficava sempre meio tímida e estranha, com os dois tentando pensar em perguntas para fazer ao outro enquanto permaneciam hesitantes quanto a preencher os momentos de silêncio.

Havia uma lanterna branca de papel pendurada em cima da porta da churrascaria na esquina, mas eles esperaram na fila como todo mundo. Uma vez sentados numa mesa pequena, amarela e revestida de vinil em um pátio iluminado coberto por uma lona, comeram carne de porco caramelizada com vinagrete de repolho em cestas engorduradas feitas de papel. Anden se jogou com tudo na comida, mas não conseguiu terminar as porções generosas de carne assada. Comer muito daquela comida chique do restaurante não cairia bem em um estômago acostumado com as modestas e simples porções da Academia.

— Anden, desculpa ter demorado tanto pra vir te ver — disse Shae, por fim. — Não tenho um motivo bom. Eu queria ter te visitado antes, mas não conseguia ignorar como seria estranho entrar na Academia. Ando muito ocupada procurando por emprego, e antes eu fui viajar pra fazer um favor pro Lan. Demorou mais do que o que esperava pra eu me acostumar com a rotina.

Shae parou de dar desculpas. Aquilo que Hilo tinha dito, acusando-a de negligenciar a família desde que voltou a Janloon... era tudo verdade, e às vezes a verdade machucava.

Anden encarava as mãos enquanto meticulosamente tirava o molho de debaixo das unhas com um dos guardanapos quadrados. Ele franziu o cenho.

— Você tem visto o Lan?

Pelo visto, não tinha escutado nada do que Shae acabara de dizer.

— Só umas semanas atrás. Tenho certeza de que ele tá ocupado.

Ela não se esforçara nem um pouco para ir até a residência Kaul.

— Quando você vai ver ele de novo?

Shae ficou surpresa. Sempre considerara o primo alguém cortês, mas o tom de sua voz agora era quase exigente.

— Vou lá jantar daqui alguns dias. Provavelmente vou ver ele. Por quê?

Anden estava rasgando os resquícios do guardanapo e não olhava diretamente para ela.

— Pensei que talvez você pudesse falar com ele. Ver como ele tá, se precisa de alguma coisa. Desde o duelo na Fábrica ele parece... diferente. Estressado. Talvez você... sei lá. Consiga deixar ele mais tranquilo ou algo assim.

Shae ergueu as sobrancelhas. Lembrava que Anden sempre idolatrara Lan, sempre adorara receber atenção dele.

— Lan é o Pilar. Não é trabalho dele ficar tranquilo — disse ela. — Se ele parece incomodado ou distante pra você, é porque tá lidando com muita coisa agora. — Anden ouvia, mas continuava rasgando os guardanapos, então, com um tom de voz que ela esperava que soasse mais reconfortante, disse: — Não precisa se preocupar assim.

Anden amontoou os resquícios do guardanapo e jogou-os sobre os restos de seu jantar. Hesitante, disse:

— Shae, eu acho... acho que o Lan talvez não esteja tomando as melhores decisões sobre algumas coisas. Sei que não sou Osso Verde ainda e que não tô em posição de achar nada. Mas daqui a pouco já vou receber minha jade, e quero ajudar. — Suas palavras tomaram uma cadência lenta. — Eu tava pensando em falar com o Hilo, mas ele tá todo atrapalhado agora também, e, além do mais, só ia me mandar relaxar, focar a escola e não ficar duvidando do Pilar. Pensei que talvez você...

Shae o interrompeu.

— Por mais que eu odeie admitir, o Hilo tá certo. — Era, de certa forma, doloroso ver Anden já tão envolvido emocionalmente com o clã e seus problemas. — Quando eu tava no oitavo ano, era que nem você... não via a hora de me formar, pegar minha jade e fazer parte do clã. Eu não devia ter me apressado tanto. Você ainda vai ser aluno por mais quatro meses... então aproveita pra ser só um aluno mesmo. Não se envolva tanto nas coisas do clã enquanto ainda não é necessário. — Ela tentou atrair o olhar do primo. — Na verdade, você não precisa se envolver nunca, caso não queira. Ser Osso Verde é apenas um caminho de vida. Um caminho que você não é *obrigado* a escolher.

— E o que mais eu escolheria? — perguntou o adolescente, com um mau humor e uma intensidade que surpreenderam Shae. — Não sou ingênuo. Por que o vovô teria me trazido pra família, por que teria me mandado pra Academia se não fosse pra eu entrar pro clã algum dia? E esse dia é agora.

— O vovô nem sempre tá certo. — Antigamente, ela jamais admitiria isso em voz alta para alguém. — Foi o Lan que trouxe você pra família, e porque era a coisa certa a se fazer, não porque ele achava que você seria útil como Punho. — Ela suspirou. — Dá pra ver que você tá preocupado com a guerra, mas...

— E você não tá? — exclamou Anden.

Ele corou frente à sua impulsividade, mas parecia não dar muita bola se tinha sido grosso ou não.

Shae lembrou a si mesma que os Montanha haviam sequestrado Anden no Dia do Barco. Não era de se admirar que ele estivesse furioso e assustado. Ela tinha que admitir que aquela quase quebra do aisho a perturbava também; desde que mandara Caun embora, ela ficara mais atenta a permanecer sempre dentro do território dos Desponta. Forçou para que a atitude defensiva saísse de sua voz:

— Claro que eu tô preocupada, mas não tô mais envolvida. Não sou mais uma Osso Verde. Escolhi não ser.

— Por quê?

Era uma pergunta privada. A primeira vez que Anden a questionava a esse respeito.

Ela percebeu que não conhecia o primo muito bem. Quando conversava com o avô ou com os irmãos, recorria a velhas cadências que, de vez em quando, a faziam sentir como se nunca tivesse deixado a ilha. Esse tipo de familiaridade não existia com Anden. Eles se davam bem quando eram mais novos, mas ela perdera os últimos anos da vida dele, e fora nessa época que o rapaz crescera de um garotinho solene e meio apavorado para esse jovem, o protegido de seus irmãos.

— O clã é oito ou oitenta, Anden. Fiz algumas coisas por conta própria que não combinavam com as expectativas que tinham para mim. E aprendi bem rápido que isso não é permitido. — Um sorriso amarelo invadiu-lhe os lábios. — Foi um pouco mais complicado, mas já dá pra entender.

Anden não parecia satisfeito, mas não pressionou. Seus olhos seguiam os mosquitinhos de luz que zumbiam em volta de uma das lâmpadas difusas, e então voltou o olhar para a prima.

— E qual é o seu plano agora?

— Tô pensando em aceitar uma proposta de emprego que recebi. — Shae ajeitou a postura, feliz por compartilhar suas novidades, muito embora duvidasse que alguém na família fosse apreciar o quanto isso significava para ela. — É um cargo de desenvolvimento empresarial regional em uma empresa espênica de eletrônicos. Vou voltar pra Espênia por alguns meses pra fazer o treinamento, e depois vou trabalhar um pouco de lá e um pouco de cá, e viajar pra outros lugares no mundo também. Acho que vai ser interessante.

O rosto de Anden foi invadido por uma onda de desânimo. Apenas depois de um esforço visível foi que ele conseguiu voltar a exibir uma expressão mais ou menos neutra.

— Você vai embora de novo?

Shae não sabia como reagir.

— Só por um tempo. Como eu falei, o treinamento dura apenas uns meses. Depois vou passar pelo menos metade do tempo em Kekon. Eu não queria morar na Espênia um ano inteiro, então acho que esse trabalho vai...

— Culpa e indignação tomaram-lhe a garganta e a obrigaram a parar de falar. Ele tivera esperanças de que, mesmo que Shae não mantivesse nenhum papel oficial no clã e não fosse mais uma Osso Verde, ela continuasse presente e exercendo influência, um membro da família com o qual ele talvez pudesse contar em meio à guerra.

Ela não acabara de dizer que o clã era oito ou oitenta?

— Desculpa, foi grosseria da minha parte. — De repente, Anden caiu na real, percebeu que sua reação havia sido egoísta e inapropriada. Rapidamente, disse: — É só que eu tava feliz por você ter voltado e pensei que a gente fosse se ver mais antes de você ir viajar de novo. Estou muito feliz por você, de verdade. Esse emprego parece ótimo, coisa de empresária internacional. Parabéns, Shae. Do fundo do meu coração. — E, muito embora sua decepção ainda fosse palpável, ele deu um sorriso com um desejo tão sincero de deixar aquela história pra trás que Shae foi obrigada a se acalmar e desejar que pudesse se recuperar tão graciosamente quanto o primo.

— Tudo bem, Anden — garantiu ela. — E eu realmente acho que a gente vai conseguir passar mais tempo juntos. É culpa minha não termos nos encontrado antes. Só fiquei sabendo do que aconteceu com você no Dia do Barco faz pouco tempo. Se eu soubesse, teria...

Anden meneou a cabeça intensamente, quase com raiva.

— Aquilo lá não foi nada. Eles não me ameaçaram e nem me machucaram. Não sou um Osso Verde ainda.

Shae não falou nada por um minuto. Atrás deles, garçons gritavam pedidos para a cozinha lotada, pessoas conversavam e riam enquanto esperavam na fila, mariposas batiam as asas, presas, sob a lona verde que cobria o pátio. Lá fora, a noite estava completamente escura, mas uma lua inchada pairava sob as nuvens manchadas.

Anden disse:

— Acho melhor a gente ir.

— O que você queria que eu conversasse com o Lan? — perguntou Shae. — Se tem alguma coisa realmente te incomodando, vou mencionar na próxima vez que me encontrar com ele. É algum boato lá da Academia?

— Não é nada — disse Anden, meneando a cabeça. — Você tá certa, não é um tópico em que a minha opinião é necessária. Não precisa se preocupar. — Com uma jovialidade calculada, ele empurrou a cadeira para trás e disse: — Este lugar é ótimo; a melhor refeição que eu fiz em meses. Você lembra da comida da Academia, né?

— Infelizmente, lembro.

Seja lá o que o estivesse incomodando, o que ele queria dizer, Shae não tinha mais como pressioná-lo. Deixou que o rapaz guiasse a conversa para assuntos mais leves enquanto se levantavam e recolhiam seus pertences. Caminharam até a estação de metrô mais próxima e a conversa foi esfriando; Anden ficara um tanto quieto. Quando chegaram à plataforma e o trem para o oeste chegou, ele lhe deu um breve abraço.

— Foi bom te ver, Shae. Vamos combinar outra vez logo?

E então as portas se fecharam e os longos vagões rangeram levando-o para longe. Shae ficou observando as luzes desaparecerem pelo túnel bocejante enquanto sentia uma insistente suspeita de que havia decepcionado seu primo, de que perdera uma oportunidade vital entre eles.

Ao invés de ir para casa, ela pegou o trem para o leste e desceu na estação que ficava quase que diretamente na frente do Templo do Divino Retorno de Janloon. A rua havia sido recentemente alargada. Ela certamente não se lembrava de já ter visto tantas vias na frente da entrada. Havia agora um edifício comercial de seis andares encostado na praça pública e uma de suas laterais exibia um outdoor de uma cerveja ygutaniana. O templo, por outro lado, estava igualzinho Shae se lembrava, ainda mais ancestral e solene à noite do que durante o dia, quando os pilares esculpidos em mármore e o telhado de barro maciço cintilavam com as sombras profundas projetadas pelas luzes dos carros que por ali passavam. Desde a adolescência que Shae não entrava no Templo, mas esta noite, inquieta, sentiu-se compelida a atravessar suas portas verdes pontiagudas.

O Distrito do Templo abrigava não apenas o Templo do Divino Retorno, o mais velho templo deísta da cidade, mas também, a dois quarteirões dali, o Santuário de Nimuna e, não muito longe para o oeste, A Primeira Igreja da Única Verdade de Janloon. Era acalentador pensar em kekonésios, abukianos e estrangeiros todos adorando perto uns dos outros, orando em pé de igualdade. Uma licença da AJK alocou jade para os templos deístas muito antes de qualquer outro grupo, e os clãs, por meio de caridade, faziam doações para manter a zeladoria dos edifícios religiosos, mas juramentos penitentes afastavam todas as alianças mundanas e faziam daquele lugar um santuário para todos os devotos. Assim como a área ao redor da Casa da Sabedoria e do Palácio do Triunfo, o Distrito do Templo era território neutro. Aqui, os clãs não governavam.

Shae passou pelo pátio silencioso com as filas de árvores devocionais delineadas pelo brilho suave da lua, e entrou na penumbra do santuário interior onde os penitentes residentes ficavam sentados em turnos de três horas de preces meditativas. Quando viu o círculo de figuras imóveis e cobertas por roupões verdes na plataforma inferior em frente ao salão, os passos de Shae desaceleraram. Ela se perguntou o quão profundamente os penitentes conseguiam Percebê-la. Será que era possível, com poder de jade suficiente, ir além de simplesmente sentir a presença de alguém e as sutilezas de seu estado físico e vislumbrar seus pensamentos, adentrar a profundeza de suas almas?

Shae escolheu um dos encostos estofados para se ajoelhar e se abaixou. Encostou a cabeça três vezes no chão, como mandava o costume. Depois, ereta e com as mãos nas coxas, seus olhos se voltaram para os três homens e as três mulheres penitentes, com cabeças e sobrancelhas raspadas e olhos fechados. Estavam todos sentados de perna cruzada com as mãos no topo de uma orbe de jade do tamanho de uma bola de boliche. Ficar em contato com tanta jade assim... Shae se lembrou das pepitas que vira na mina, da tentação insana que sentiu de tocar uma delas. Os penitentes devem possuir treinamento e controle excepcionais. Tinham a capacidade de Perceber uma mosca pousando em um acolchoado no fim da sala, ou então as pessoas do outro lado da rua e, mesmo assim, ali estavam eles, imóveis, respirando devagar e com os rostos relaxados. No fim das três horas, tirariam as mãos da estação, se levantariam e sairiam enquanto outros assumiam a posição. A cada turno, eram solavancados pelo estupor e pela abstinência de jade. Shae sabia como era sofrer aquela abstinência, e a simples ideia de passar por isso a cada turno, um dia depois do outro, de novo e de novo, a fazia estremecer. Os penitentes acreditavam que isso os levaria, e a humanidade, a ficarem mais próximos da santidade.

Shae deixou os olhos vagarem. Sobre o círculo de meditação ficava o famoso mural Banimento e Retorno. O original, pintado há séculos, fora destruído durante a invasão shotariana. O que os fiéis viam agora era uma reconstrução habilidosa feita a partir da memória e de velhas fotografias. Ao longo das paredes de pedra do santuário, velas de incenso perfumadas queimavam em alcovas dedicadas a cada uma das principais divindades. O suave cair de água das duas fontes que saíam das paredes se misturava aos ruídos do ambiente que vinham lá de fora e invadiam o espaço através das janelas altas. Como já era tarde, o santuário estava praticamente vazio. Havia apenas outros três visitantes ajoelhados nas almofadas congregacionais verdes — um homem mais velho no canto dos fundos, e, três fileiras à frente de Shae, uma mulher de meia-idade com sua filha adulta, ambas chorando e se usando como apoio. Envergonha por testemunhar aquela angústia familiar, Shae abaixou o olhar para o chão. Se sentia estranha e hipócrita por ter vindo a este lugar sagrado. Fazia anos que não professava a fé. Nem sabia se ainda podia se considerar uma deísta.

Os Kaul, é claro, eram religiosos por costume. Havia uma sala de oração que era pouquíssimo usada na casa, e, nos principais feriados durante a infância de Shae, a família vestia suas melhores roupas e ia para o Templo. Membros do vasto e poderoso clã ficavam zanzando do lado de fora até que o carro da família chegasse. Então, haveria uma enxurrada de saudações e demonstrações de respeito. Nessa época, Kaul Sen estava em seu auge e cumprimentava a todos com a mesma consideração e magnanimidade, fossem eles os mais prósperos Lanternas ou os mais baixos dos Dedos. Depois de um tempo apropriado, o avô de Shae levaria a mãe dela, seus irmãos, ela (e posteriormente Anden também) para dentro, a multidão os seguia e o santuário cantarolava com suas vozes abafadas e a pulsação da energia da jade.

Kaul Sen ficava sempre no meio da primeira fileira. Sua esposa, ajoelhada à esquerda. À direita, Lan, Hilo, Shae (e depois Anden, quando se tornou um Kaul), e sua mãe. O culto durava horas. Eruditos, os mais antigos penitentes, lideravam a assembleia de devotos recitando exaltações às divindades, e depois guiavam as preces de meditação para a obtenção das Virtudes Divinas. Durante os cânticos, Hilo ficava agitado e fazia caretas, e Kaul Sen olhava carrancudo para o garoto. As pernas de Shae ficavam dormentes. Ela se concentrava em ignorar Hilo.

Quando mais velha, achava os cultos toleráveis. Com o tempo, percebeu que as recitações eram esperançosas e calmantes. Deísmo era uma fé profundamente kekonísia. Havia diferentes seitas, dos nacionalistas aos pacifistas, mas todas concordavam que a jade era uma ligação com os Céus, um presente divino, porém perigoso, que devia ser usado piedosamente e para o bem. Ossos Verdes tinham que se esforçar para serem pessoas dignas. Pessoas virtuosas. Pessoas como seu avô; era o que Shae pensava.

Quando criança, porém, não ponderava acerca da espiritualidade. Tudo o que pensava era no tempo que faltava para o culto acabar. Quando se abaixava, se recostava ou grunhia, sua mãe a puxava para cima.

— Senta direito e fica quieta — ralhava. — Tá todo mundo de olho em você.

Essa fora a filosofia de sua mãe durante toda a vida: *senta direito e fica quieta. Tá todo mundo de olho em você.* Bom, agora não havia ninguém de olho em Shae. Sem a aura de jade, ela poderia passar por qualquer um de seus antigos colegas da Academia e nem ser reconhecida. Quando recebera a ligação do diretor regional da Standard & Croft Appliance, ficou feliz de saber que a proposta fora feita sem nenhum conhecimento a respeito de sua família. No entanto, sentira apenas um alívio. Nada de felicidade e nem empolgação. Tinha um diploma universitário, um apartamento próprio e uma proposta de emprego de uma empresa internacional, uma oferta que qualquer um de seus colegas da faculdade de administração na Espênia a parabenizariam por ter recebido. Era, enfim, a mulher independente, cidadã do mundo e formada que havia superado a natureza selvagem e provinciana de sua família movida a testosterona e jade. Deveria se sentir livre e desimpedida, não sozinha e incerta.

Shae abaixou a cabeça. Não tinha certeza se acreditava nos deuses ancestrais, no Banimento e Retorno, ou nem mesmo na ideia de que a jade veio dos Céus. Mas todo Osso Verde sabia que aquela energia invisível podia ser sentida, tocada e aproveitada. O mundo funcionava em um nível mais profundo, e talvez, se ela se concentrasse o bastante, mesmo sem jade, conseguisse se comunicar com ele.

Me guia, pediu em uma prece. *Me dá um sinal.*

Capítulo 31

Nada a Ver com o Plano

Lan estava em seu escritório quando recebeu uma ligação de Hilo. Era uma linha separada das outras. Apenas Hilo conhecia aquele número, e sabia que só deveria usá-lo para assuntos urgentes que requeriam uma conexão cem por cento segura.

— Achei a prova que você queria — disse o Chifre, sem preâmbulos. — O Doru tá mantendo contato constante com os Montanha. Tá recebendo pagamento deles em contas secretas.

Lan sentiu uma tontura.

— Tem certeza?

— Absoluta.

A relutância manteve o Pilar em silêncio por um instante.

— Vamos cuidar disso amanhã à noite, então.

Ele olhou para o relógio. Estava quase no fim do horário comercial; Doru logo sairia do escritório na Rua Caravela. Não havia motivo para deixar isso para depois; só serviria para assustar o traidor e deixar toda a situação mais difícil para todo mundo.

Organizou os detalhes necessários com Hilo, depois desligou e ficou sentado em silêncio e imerso em melancolia por alguns minutos. O Homem do Tempo havia recentemente voltado de Ygutan com informações acerca das atividades dos Montanha naquele país, incluindo detalhes das instalações onde o brilho era fabricado e de negociações. O Punho e o Dedo que haviam trabalhado como seguranças de Doru o tinham observado de perto e não reportaram nada de suspeito durante a viagem.

Doru não era idiota; sabia que estava em uma situação delicada no clã, e, com a lucidez de Kaul Sen a cada dia mais incerta, pelo visto ele decidira sossegar e se comportar. Havia até engolido o sapo de Lan ter suspendido a AJK em sua ausência sem consultá-lo. Muito embora Lan tivesse se preparado mentalmente para a ligação de Hilo, a mudança agradável no comportamento de Doru o fizera pensar, por um breve período, que talvez estivesse errado quanto ao compromisso do sujeito com a lealdade.

Ligou para o escritório de Woon. Quando o Encarregado chegou, Lan se levantou para cumprimentá-lo.

— Você tem sido um grande amigo por anos, e um ótimo Encarregado do Pilar pelos últimos três. A partir de amanhã, você será o Homem do Tempo do Desponta.

Não havia como o anúncio pegar Woon de surpresa, mas, mesmo assim, ele ficou extremamente grato.

— O Clã é meu sangue, e o Pilar é seu mestre — disse, enquanto fazia uma saudação profunda. — Obrigado por essa honra, Lan-jen. Não falharei com o senhor.

Lan o abraçou e disse:

— Nos últimos meses lhe dei mais responsabilidades, e você lidou bem. Está pronto. — Na verdade, o Pilar não estava completamente certo quanto a isso; ainda sentia que Woon não estava pronto para chegar ao calibre de um grandioso Homem do Tempo, mas o sujeito era capaz o suficiente e Lan não tinha dúvida alguma de sua lealdade. De qualquer forma, não havia escolha agora. Woon teria que assumir o cargo. — Nem um pio a respeito disso para ninguém, até eu dar a permissão amanhã.

— Eu entendo, Lan-jen — disse Woon, com uma seriedade sombria que demonstrava sua perfeita compreensão de que estava assumindo essa posição devido ao infortúnio do outro.

— São tempos difíceis para o clã. Você terá que estar preparado para assumir o controle do escritório do Homem do Tempo rapidamente. Vá para casa mais cedo hoje e tenha uma boa noite de descanso, mas vamos tomar um drink antes.

Lan pegou uma garrafa do armário e serviu um copo de hoji para cada um, que degustaram em uma celebração muda.

Depois de Woon ter reiterado seus agradecimentos e saído, Lan revisitou os papéis sobre sua mesa sem prestar atenção nenhuma aos documentos. Nos últimos tempos, ele nunca se sentia cem por cento bem, tanto física quanto mentalmente. A fraqueza vagarosa que se apossava de seu corpo só fazia aumentar a ansiedade constante quanto às ameaças ao clã, e agora, sabendo que as próximas 24 horas seriam particularmente difíceis, estava difícil se concentrar.

Um envelope no topo de uma pilha intocada de correspondências chamou a atenção de Lan. Quando o pegou, viu que o endereço de devolução era uma caixa postal de Stepênia. Uma carta de Eyni. Lan passou os dedos pela borda do selo; ansiava para abri-lo, mas também estava relutante. Desde o divórcio, haviam trocado poucas cartas — apenas para questões cordiais, práticas, o endereço para onde ela queria que seus pertences fossem enviados, esse tipo de coisa. Mas ver sua letra, ouvir a voz dela na cabeça...

sempre o deixava para baixo. Com tudo o que já tinha que lidar hoje, ele bufou alto.

Ela confessara a traição. Um dos homens de Hilo a vira entrando em um prédio com o amante, e, quando soube que seu segredo fora por água abaixo, Eyni voltara direto para casa antes que a notícia fosse dada pelo Chifre.

— Por favor, não mata ele — sussurrara ela num suspiro, sentada na beirada da cama que compartilhavam e com as mãos espremidas entre os joelhos. — Ele não é kekonésio, não entende a nossa cultura. Vou parar de me encontrar com ele e ficar aqui, ou ir embora e você nunca mais vai me ver na vida. Qualquer coisa que você quiser que eu faça. Mas, por favor, não mata ele. E não deixa o Hilo matar ele. É tudo o que eu peço.

E foi essa súplica sincera, motivada pelo mais sincero dos medos, que mais magoou Lan, porque mesmo depois de cinco anos de casamento ela claramente não o conhecia direito.

— Ele é uma pessoa tão melhor que eu assim? — perguntou Lan, num tom monótono.

Com as sobrancelhas levantadas de surpresa, Eyni ergueu o olhar. Mesmo perturbado, o rosto dela, em formato de coração, tinha uma beleza genuína e despretensiosa.

— Claro que não. Só que ele não é o Pilar do grande Clã do Desponta. Ele não cancela jantares, não viaja com seguranças, ninguém o reconhece em público, nem faz saudações ou fica pedindo favores para familiares. Ele pode ser brincalhão, dormir até tarde, tirar férias quando quiser e tudo o que a gente costumava fazer.

— Você sempre soube que eu seria o Pilar algum dia — apontou Lan, de forma acusatória. — Você entendeu que seria assim. Tem muita mulher que ficaria agradecida, que seria *grata*, por ser a esposa do Pilar. Você me prometeu que era uma delas.

Os olhos de Eyni foram tomados por lágrimas de remorso.

— E eu era.

Eu devia obrigar ela a ficar, pensou Lan, motivado pelo clássico senso de vingança dos kekonésios. *Em troca da vida desse estrangeiro, ela vai ter que ficar e me dar um herdeiro, pelo clã.*

No fim das contas, não conseguiu se obrigar a ser tão cruel tanto consigo mesmo quanto com ela.

O envelope nas mãos de Lan agora era quadrado e firme, como um cartão de aniversário. Parecia grosso, como se contivesse uma mensagem mais longa e substancial do que as anteriores. Ele se imaginou abrindo-o e encontrando uma carta na qual Eyni se arrependia e implorava para que fosse aceita de volta. Bem mais provável, porém, é que ela, com um distanciamento emocional cheio de boas intenções, tenha escrito uma carta para garantir que estava bem, para desejar-lhe tudo de bom e para contar a respeito de seu novo lar do outro lado do oceano e tudo o que estava vendo e fazendo com o namorado.

Lan enfiou a carta na gaveta da escrivaninha. Em ambos os casos, não era o momento certo para se distrair com pensamentos melancólicos sobre sua ex-esposa. Iria abri-la mais tarde. Como, mesmo guardado, o envelope continuava tentando-o, ele se levantou e saiu de casa. Era sextia à noite, e ainda haveria tempo mais do que suficiente para voltar e esperar pelo telefonema de Hilo.

Horas mais tarde, Lan, mesmo depois de uma refeição e de se deitar no Divino Lilás, não se sentia muito melhor. Estava sentado na ponta da cama, terminando um cigarro e gozando de alguns minutos finais de paz antes de ter que ir embora.

— Aconteceu alguma coisa? — Yunni engatinhou por trás dele e abraçou seu pescoço, mas ele se desvencilhou e levantou. Vestiu as calças e caminhou em direção às velas perfumadas e à iluminação vermelha do banheiro. Esparramou água gelada no rosto, pegou uma toalha do suporte e enxugou o pescoço e o peito nu. Da cama, Yunni, com uma voz persuasiva, disse: — O senhor tem mesmo que ir embora agora? Volta para a cama. Passa a noite aqui.

Ela gostaria disso. Faria mais dinheiro se ele ficasse, o que compensaria o fato de suas visitas estarem mais e mais esparsas.

— Quero ficar um pouco sozinho agora — disse, e, como não conseguia ser grosseiro com ela, acrescentou: — Por favor.

O semblante da garota, arduamente treinado para ser complacente, vacilou por um segundo. Ela cruzou os braços sobre os seios. Lan conseguia sentir a indignação frente à recusa: *quem ele pensava que ela era? Uma quenga de esquina?* Onde estava o cliente sofisticado que ela tinha? O sujeito que gostava de cantoria e música tocada na harpa, de conversa e vinho?

Ela se recompôs de forma admirável e se levantou com uma graça despressada.

— Como o senhor preferir, Kaul-jen.

Yunni se enrolou no robe, vestiu os chinelos e saiu porta afora, mas não sem antes batê-la com firmeza para deixar clara sua irritação. Lan não ficou observando a garota ir embora. Ele colocou o relógio no pulso e olhou a

CIDADE DE JADE · 245

hora. Neste momento, três Punhos esperavam para capturar Yun Dorupon na porta de seu bordel favorito, no desprezível distrito de Moedavada. A ironia de como ele e Doru estavam passando a noite que antecederia seu acerto de contas não passou despercebida para Lan.

Depois que os Punhos pegassem Doru, o levariam para um local sigiloso. Quando chegassem, Hilo ligaria para casa para falar com Lan. Os Punhos tinham ordem de não machucar ou matar Doru, ainda não, não até que o Pilar chegasse. Ele deixara isso bem claro. Queria encarar o homem que considerava um tio e perguntar por que, após tantos anos servindo fielmente, ele traíra o clã. Depois, Lan teria que decidir o que fazer com o Homem do Tempo sem que Kaul Sen jamais ficasse sabendo.

Conforme o inevitável se aproximava, ele se sentia cada vez mais inseguro quanto à sua capacidade de fazer a coisa certa. Mesmo agora, sabendo que Doru era um traidor, Lan não queria ver o velhote assassinado. Ainda conseguia se lembrar de quando Doru voltava de viagens a trabalho com doces para os pequenos Kaul. Sentia culpa quando visualizava a imagem de Doru e Kaul Sen jogando xadrez no pátio. Acontece que uma traição tão próxima e num nível tão alto do clã não podia ser perdoada. Seria possível, divagou Lan, ser um líder forte e ter compaixão ao mesmo tempo? Ou essas duas forças eram opostas, o contrário uma da outra?

Com a porta fechada e Yunni fora dali, Lan abriu o cofre e pegou o restante de sua jade. Outro motivo que o levara a parar de frequentar tanto o Divino: tirar e vestir tanta jade tinha se tornado doloroso, era como ser afogado em gelo e depois em carvão, ou então ser chacoalhado como um inseto num pote de conserva. Lan dedilhou as pedras que circundavam seu pescoço, como se as estivesse contando. Depois, vestiu o cinto e as abotoadeiras, agora ainda mais pesadas e encrustadas com a jade que conquistara de Gam. Ele se preparou.

Alguns segundos depois, o baque o atingiu com força, muito mais intenso do que o normal. O mundo inclinou e se dobrou. O corpo de Lan gritou em protesto e ele sentiu uma pressão no peito. Caiu no chão e agarrou o tapete com os dedos contraídos. *Respira, respira. Se controla.* Engoliu um grunhido. Era para estar melhorando. O médico dissera que o dano causado por Gam não seria permanente. Mesmo assim, ele não tinha se curado e os efeitos inconstantes da superexposição à jade continuavam a persegui-lo como uma praga. O ferimento insistente do duelo, a quantidade maior de jade, o estresse num geral e a falta de sono estavam agravando um ao outro em um ciclo cruel. Lan engatinhou até a cama e esticou a mão para pegar sua jaqueta pendurada na cabeceira. Tateou com os dedos até encontrar a borracha, o frasco e a seringa que enfiara no bolso interno e pegá-los.

O quarto parecia atacá-lo e as paredes pareciam próximas demais. Seus sentidos estavam selvagens e ficavam entrando e saindo de foco. Ele entendeu parte de uma conversa irritada na rua lá fora como se estivesse acontecendo aqui ao seu lado. No instante seguinte, tudo sumiu, mas a textura dos lençóis era tão áspera que pinicava sua pele. Lan pressionou as palmas das mãos contra os olhos e se forçou a pôr em prática as técnicas de controle que aprendera assim que entrara na Academia, subterfúgios que não usava desde a adolescência. Tensionou e relaxou cada músculo do corpo enquanto lentamente contava a respiração até conseguir distanciar todas aquelas sensações e fazer suas mãos pararem de tremer. Sentado sobre um travesseiro e com as costas coladas à cabeceira, ele amarrou o braço, destampou a agulha, puxou o conteúdo do frasco para a seringa, e hesitou.

O choque e a incredulidade que vira no rosto de Anden lhe tomaram a memória de assalto. Assim como a vergonha que sentira aquele dia ao perceber que havia estragado profundamente a admiração que o jovem sentia por ele. Lan compartilhava o mesmo desgosto do primo; odiava agulhas, e odiava BL1. Detestava ter que recorrer a isso em busca da tolerância à jade que nunca valorizara. Estava fazendo tudo o que podia para combater a fabricação e a popularidade desse veneno e, mesmo assim, olha ele aqui, carregando para todo canto um frasco contra o peito como se fosse um minúsculo explosivo. A agonia de ter que se justificar para Anden fez Lan passar dias sem usar. Ele sabia que não era assim que se usava a droga, mas ficava sempre esperando o máximo possível, achando que estava finalmente melhorando e que já não precisava mais recorrer a ela, mas então o descontrole, as distorções sensoriais, o suor e a taquicardia recomeçavam.

Amanhã se consultaria de novo com Dr. Truw, seria examinado de novo e veria se não havia nada mais que pudesse fazer para acelerar uma cura natural e reconstruir sua tolerância de forma que conseguisse voltar a usar as jades sem ajuda química. Talvez devesse correr o risco de deixar Hilo no comando por uns tempos — era uma ideia preocupante, mas que o permitiria viajar para Marênia por uma semana, onde seria capaz de usar um pouco menos de jade e recuperar sua saúde. Esta noite, porém, não tinha o direito de ser fraco. Precisava estar com a cabeça o mais límpida possível, precisava tomar decisões. Não existia isso de ser mentalmente incapacitado ou emocionalmente volátil quando se manda um homem para a morte.

Lan enfiou a agulha na veia e esvaziou o conteúdo da seringa no braço. Desamarrou o torniquete de borracha e fechou os olhos. A droga circulou até seu cérebro e, em minutos, o desembaçou como uma antena de televisão que finalmente encontra sinal e transforma a estática em uma imagem clara. Uma energia abundante de jade zumbia através dele, mas de forma firme e controlada, pronta para ser manipulada de acordo com suas vontades. Seus sentidos ficaram afiados como vidro, mas consistentes e coordenados; não havia mais nada rugindo enquanto entrava e saia de foco. Ele se sentia bem. Conseguiria pular até uma sacada de segundo andar ou usar a Deflexão para mover um carro. Lan se permitiu um momento de admiração. Apesar de suas objeções morais contra o BL1 e a tudo o que a substância representava, era realmente uma droga notável. Não era de se admirar que os estrangeiros a quisessem tanto. E nem que Ayt Mada quisesse a fortuna que vendê-la traria.

Lan guardou os itens de volta no bolso, terminou de se vestir e saiu do quarto. No salão lá embaixo, acenou ligeiro para Sra. Sugo quando ela perguntou se ele estava satisfeito com a visita, garantindo que estava, sim, mas infelizmente não poderia ficar para aproveitar mais. Tinha que voltar para casa antes que Hilo ligasse e outra pessoa atendesse o telefone.

Como havia mandado Woon embora e sabia que o Chifre estava ocupado seguindo suas instruções, Lan não se dera ao trabalho de avisar a ninguém que sairia por algumas horas. Optara por chamar um táxi e deixara o carro na garagem para evitar chamar atenção. A viagem de ida e volta do Divino Lilás passava apenas por territórios sob incontestável posse dos Desponta, então não havia grande perigo. Lá fora, chamou outro táxi e pediu para o motorista levá-lo de volta para casa.

O coração de Bero martelava no peito, mas suas mãos estavam firmes quando ele pegou a arma automática no chão em frente ao banco do passageiro, colocou-a no colo e se preparou para abrir a porta com tudo. Recebera a ligação de Mudt meia hora atrás, e o motorista e o carro apareceram no prédio de sua tia quinze minutos depois.

— Tem que ser hoje — dissera Mudt.

Tudo estava acontecendo muito rápido, mas Bero nem se importava. Quanto antes melhor. Havia dois seguranças e diversos carros caros estacionados na frente da elegante fachada vermelho-escura do Divino Lilás, mas nenhum Roewolfe prateado. Bero falou, olhando para trás:

— Tá pronto, keke? — do banco de trás, Bochecha disse que sim, nervoso.

Um homem emergiu do estabelecimento, um homem que Bero reconheceria em qualquer lugar. Chocado e com uma mão sobre a maçaneta da porta, viu Kaul Lan, o Pilar do Desponta, entrar num táxi. O carro pegou a rua quase diretamente na frente deles.

Bero congelou por um instante. Depois, tudo fez sentido. Ele se virou para a frente e gritou para o motorista.

— Segue aquele táxi. Vai de uma vez, *agora*! Dirige!

— Que isso? — berrou Bochecha, fechando a porta parcialmente aberta quando o veículo começou a se mover. — É pra gente atirar no clube! Foi o que eles mandaram.

— Esquece a porra do clube — respondeu Bero, num grito. — Por que é que você acha que mandaram a gente fazer o tiroteio *hoje?* Porque a merda do Pilar do Desponta tava aqui, só por isso! E agora ele tá naquele táxi. É ele que os Montanha querem. Não faz sentido atacar o Divino Lilás se ele não tá lá! — Bero não tinha apenas certeza disso, como também estava convicto de que o destino estava sorrindo para ele neste instante, oferecendo a oportunidade pela qual tanto esperara, algo ainda melhor do que lhe fora prometido. — É ela, keke. Nossa grande chance.

Façam um bom trabalho, causem uma boa impressão, mostrem como podem ser valiosos pro clã, e é aí que a gente conversa de verdade — foram as palavras do Osso Verde de cavanhaque. O que causaria uma impressão melhor, o que seria mais valioso, do que dar cabo no próprio Kaul Lan?

Bero deu um sorriso um tanto doentio. Não lhe custava muito se lembrar do desprezo desdenhoso e da pena que recebera de Kaul Lan. Esta noite, o Pilar do Desponta perceberia o quanto errara ao subestimar Bero. O destino funcionava por caminhos misteriosos e belos.

— Tá bom — sibilou ele. — No próximo sinal, para do lado do táxi.

O motorista era um sujeito corpulento e com um rosto enorme que não dissera uma palavra sequer a noite inteira. Era ou burro ou perturbado demais, ou talvez considerasse tiroteios com metralhadoras algo rotineiro em seu campo de atuação. Vai saber onde o Mudt o encontrou. Nem agora ele respondeu, simplesmente deu de ombros e acelerou para se aproximar do táxi.

— Você pirou. A porra do Pilar do Desponta.

A voz de Bochecha chegava a falhar de tanto pânico. Ele murmurou:

— Já viramos adubo, keke.

Mesmo assim, abaixou a janela. Se prepararam para colocar os canos das armas para fora do lado direito do carro e abrir fogo. Seria rápido, muito barulhento e uma bagunça que só.

Lan percebeu o carro preto que o seguia. Na verdade, não foi o carro em si que percebeu primeiro; da distância de um quarteirão, sua Percepção aguçada pressentiu a inconfundível hostilidade e o medo direcionados diretamente para ele. Lan deu uma olhada para trás e viu o carro entrar na mesma rua e se manter dois veículos atrás do táxi. Se virou para a frente a fim de visualizar o caminho à frente, então esticou e focou sua Percepção.

Três homens. A energia do motorista era tranquila e enfadonha; os outros dois, porém, eram labaredas flamejantes de violência superestimada e medo. Nada de auras de jade. Não eram Ossos Verdes, então. Criminosos comuns, ou capangas contratados. Lan contorceu os lábios. Pegou dinheiro da carteira, o suficiente para cobrir a corrida e mais um pouco, se inclinou para a frente, entregou o pagamento ao motorista e disse:

— Aqui já tá bom. Pega o retorno no próximo sinal e me deixa ali na esquina. Depois fica de cabeça baixa e dá o fora.

O táxi de repente acelerou e pegou o retorno.

— Porra, o que é que ele tá fazendo? — exclamou Bero.

Do banco de trás, Bochecha disse:

— Ele tá ligado na gente. Vai sair do táxi.

— Faz a volta! — gritou Bero para o motorista. — Faz a volta antes que ele fuja.

O trânsito já bloqueava a linha de visão entre os dois carros. O motorista perdeu vários segundos antes de subir com tudo no meio-fio onde Kaul descera. O táxi estava longe a esse ponto, e o Osso Verde havia desaparecido de vista. *Caralho!* Bero abriu a porta, pulou para a calçada e ficou virando a cabeça para frente e para trás, tentando descobrir para onde o alvo fora.

— O que você pensa que tá fazendo agora? — sibilou Bochecha pela janela aberta. — O Kaul se mandou. Não vamos sair atrás dele a pé. Volta aqui pra dentro, antes que alguém te veja aí com a porra de uma arma automática. Ainda dá pra gente voltar pro clube e fazer o que mandaram a gente fazer.

Não conseguia ver Kaul em nenhum lugar na calçada. A rua fazia fronteira com um barranco acentuado. Bero correu até o corrimão e, desesperado, se lembrou de como os Ossos Verdes são capazes de se mover rápido. Os montes de grama e de sujeira desciam em direção à escuridão até o píer sem iluminação, onde silhuetas de veleiros ancorados demarcavam a margem do porto. A frustração brotou por trás dos olhos tensos de Bero. Estava dando tudo errado, nada daquilo fazia parte do plano.

Foi então que, por milagre, como se o destino tivesse virado seu rosto e o feito olhar exatamente para aquele ponto, ele viu uma figura andando pelo calçadão que precedia a água. Estava escuro demais para ter certeza de que era Kaul, mas Bero sabia que era ele. A posição do corpo, o jeito que caminhava... Bero gritou, triunfante.

— Tô vendo ele!

Bochecha xingou e, todo atrapalhado, saiu do carro. Se inclinou sobre o corrimão e encarou para onde Bero apontava.

— Esquece, Keke. Ele tá longe demais agora, e já sacou qual é a nossa. A gente pega ele da próxima vez.

— Não *vai* ter próxima vez!

Kaul ficaria esperto. Sairia com seguranças ou mudaria a rotina. De qualquer forma, depois deste fracasso, o Osso Verde de cavanhaque consideraria Bero um inútil, apenas mais um decepcionante projetinho de criminoso — e eliminaria suas chances de usar jade.

Bero pendurou a alça da arma no ombro e escalou o corrimão.

— Fica aqui, se quiser. Quando eu voltar com a cabeça do Kaul, vou falar como você é um covarde sangue fraco. É melhor dar o fora da cidade.

Bochecha era um cagão, assim como Sampa. A diferença é que ele não aturava ser chamado assim. Bero percebera isso logo de cara. Ele desceu para o outro lado do corrimão e começou a deslizar morro abaixo o mais rápido possível segurando uma arma pesada. Não olhou para trás nenhuma vez. Tinha certeza de que Bochecha soltaria alguns palavrões e então o seguiria, mas, mesmo que não seguisse, Bero não se importava; não iria desistir e deixar essa chance de ouro escapar.

O Osso Verde de cavanhaque lhe prometera uma pedrinha de jade pelo tiroteio no Divino Lilás, mas, se matasse Kaul Lan, O Pilar do Desponta!... porra, a jade de Kaul seria sua por direito. Ossos Verdes pegavam as jades do corpo de seus inimigos, todo mundo sabia disso.

Lan saltara o corrimão e, com a Leveza, pulara barranco abaixo até o vazio calçadão de madeira que circundava o porto. Ajeitou a jaqueta e caminhou para deixar os perseguidores para trás. Não estava preocupado com a possibilidade de ser seguido. Sua Percepção era incrível, a mais forte e límpida que já vira. Era capaz de sentir a confusão e o caos que deixara para trás e tinha certeza de que aqueles capangas nem profissionais eram. Haviam sido contratados para atirar e fugir. Quase um insulto para Lan.

Além disso, a ideia de que ele e sua família talvez não estivessem tão seguros dentro do território dos Desponta quanto imaginava o perturbava. Uma geração atrás, durante a ocupação, os rebeldes kekonésios eram mestres em combates de guerrilha, ataques furtivos e perseguições não tão violentas. Hilo lhe contara a respeito dos roubos organizados nas Docas. Era quase uma certeza que os Montanha estavam por trás, e Lan não tinha dúvidas de que esse ataque era coisa deles também — um esforço constante de cansar, distrair e sobrecarregar os líderes do Desponta. Seus inimigos fingiam ser pacíficos, recusavam dar a cara à tapa, mas não paravam de se esconder atrás de ações de criminosos comuns que eram burros e irresponsáveis o bastante para fazer o trabalho sujo por eles. Isso tudo tinha indícios de uma guerra paciente baseada em táticas que Ayt Yu e Kaul Sen aprovariam contra os shotarianos, mas era o completo oposto da tradição dos duelos que os Ossos Verdes lutavam quando disputavam entre si. Era uma ofensa e uma falta de respeito. Isso irritava Lan, e ele conseguia entender por que irritava Hilo também.

Talvez ele devesse voltar e matar aqueles homens. Mas não tinha tempo, e não queria criar uma cena que só serviria para atrasá-lo agora. Havia problemas maiores para esta noite, e ele deveria estar no escritório esperando pelo telefonema de Hilo. Lan caminhou mais rápido. O calçadão se alongava até quase onde a Rodovia do General passava por baixo da rodovia KI-1. Lá, poderia escalar de volta à rua e chamar outro táxi para levá-lo para casa ileso.

Estava quase chegando quando sentiu o peito começar a doer. Era uma dor repentina e constritiva, como se houvesse uma grande mão espremendo seu diafragma. Alarmado, Lan desacelerou o passo e colocou a mão em seu esterno. Em meio à escuridão, nada se movia. O poste da rua lá em cima iluminava apenas as silhuetas planas das sampanas e os mastros das embarcações que balançavam suavemente quando a água batia com gentileza em seus cascos.

Lan se sentiu abruptamente confuso, como se tivesse ido de um lugar para outro completamente diferente através de uma porta num sonho. Ele meneou a cabeça para tentar se recompor. O que estava acontecendo? O que estava fazendo aqui? Sua respiração ficava cada vez mais rápida e rasa. Por que será que seu coração batia assim tão irregular?

Ele estava nas docas, tentando chegar em casa. Havia saído do Divino Lilás, entrado num táxi, fora seguido... era isso, a razão de ter saído do carro e descido até ali. Por que tudo aquilo lhe escapara de forma tão contundente por um segundo? Ele deu vários passos para a frente e parou, sem equilíbrio nos pés. Havia alguma coisa de errado. Uma névoa descia sobre Lan e sugava a clareza de sua mente, a força de seu corpo. Ele se sentia quente e corado, mas, quando levou a mão até a testa, percebeu que não estava suando. Sua pele estava quente como se estivesse com febre, porém seca.

Não eram sintomas relacionados à jade. Nada que Lan vivenciara antes. Chegou a pensar que talvez fosse um derrame ou um infarto. Mas foi então que a explicação mais sensata lhe veio à mente: a injeção de BL1 que tomara poucos minutos atrás. Quantos dias haviam se passado desde a última dose mesmo? Oito? Nove? Depois de tanto tempo em abstinência, o certo seria ter tomado meio frasco. Ele devia estar distraído e com pressa, o que o levou a tomar uma dose inteira.

Lan tentou focar. Tinha que chegar à rua e encontrar um telefone imediatamente. Se prevenira o bastante para manter um neutralizador de BL1 em casa; só precisava chegar lá. Pôs um pé na frente do outro, mas calculou errado a distância até o chão e tropeçou. Cerrou os punhos. Ele conseguia; se *forçou* a fazer aquilo. A rua não ficava longe, e Lan era um *Kaul*: seu pai uma vez passara três dias rastejando pela selva com uma bala alojada nas costas. Obrigou sua respiração a se controlar e deu outro passo, e então mais um. Sua mente clareou, sua caminhada ficou firme.

Um barulho logo atrás o fez se virar. Lan ficou chocado não apenas com o fato de que os dois homens, homens nada, dois *adolescentes*, do carro preto o tinham seguido, mas também ao perceber que, naquele estado, os jovens haviam conseguido chegar a quinze metros de distância sem que fossem percebidos. Quando se virou, os meninos pararam e um segundo de imobilidade silenciosa se passou. O mais alto, à direita, se atrapalhou com a trava de segurança da metralhadora automática, mas foi o adolescente pálido e de cara torta à esquerda que deixou Lan incrédulo.

— *Você?*

Eles abriram fogo.

Uma explosão de perplexidade e de ira tomou conta do cérebro de Lan. *Chega.* Deu dessa história. Ele levantou os braços e lançou uma onda de Aço e Deflexão juntos em um rompante avassalador de energia de jade. Os jovens já não eram atiradores muito bons; a adrenalina e o medo deixaram-nos piores ainda. Balas rasgaram as tábuas de madeira ao redor dos pés de Lan, cortaram o ar acima, salpicaram os cascos das embarcações e até mesmo chegaram a formar fileiras de respinguinhos de água no mar. Os tiros que teriam acertado o Pilar foram pegos no ar como moscas por uma rajada forte de vento. Assim como havia ensinado a Anden, Lan amontoou as balas com um levante de sucção de sua Deflexão, girou-as no ar e as arremessou de volta como se fossem um punhado de bolinhas de gude.

Os projéteis não tinham a velocidade mortal e certeira de balas atiradas de uma arma, mas mesmo assim eram perigosos. Um dos atacantes soltou a arma e agarrou os braços; o outro caiu de joelhos e começou a chorar enquanto sua arma quicava no calçadão. Mais rápido do que as sombras, Lan já estava em movimento. Com um ataque ardente de Força, atingiu um dos atiradores na garganta, o que destruiu a traqueia do garoto antes mesmo que ele caísse no chão. Se virou para o outro jovem, aquele cuja vida poupara seis meses atrás. O adolescente ferido tentava pegar a arma com o braço esquerdo. Lan arrancou-lhe a arma, quebrou o cano com as mãos e a jogou de lado. O garoto caiu esparramado para trás e seu rosto se transformou em uma carranca oval quando o medo finalmente sobrepujou aquela ganância imprudente.

— É isto aqui que você quer, é? — Lan agarrou a conta de jade que usava ao redor do pescoço. — É por isso que você acha que vale a pena morrer. Você acha que esta pedra aqui vai te transformar em alguém que você não é. — Ele esticou a mão para agarrar o tolo pelo cabelo e o puxou para quebrar seu pescoço do jeitinho que Hilo quisera fazer todos aqueles meses atrás. — Então você é estúpido demais. Estúpido demais para viver.

Sua mão fechou no ar na mesma hora que suas pernas de repente cederam. Lan caiu com tudo; seu corpo foi engolfado por uma agonia gerada pelo calor furioso que lhe tomava a superfície da pele. A dor no peito voltou, duas vezes mais forte, e esvaziou sua mente de qualquer pensamento.

O adolescente recuou enquanto encarava o Pilar com olhos arregalados e confusos. Depois, se virou e saiu correndo. Seus passos reverberavam como pratos de ataque na câmara vazia que agora Lan tinha no lugar de um cérebro. Lan não percebeu. Não conseguia respirar. Sua boca estava seca; sua garganta queimava. Ele precisava que aquilo parasse. Precisava apagar o incêndio. Um incêndio cujo fogo parecia jade, e ganância, e guerra, e expectativas não supridas — um fogo que consumia tudo o que tocava. Água. Vá para a água.

O mundo desacelerava. Ele estava apagando rapidamente. Parecia que sua jade estava sendo arrancada toda de uma vez. Frenético, tocou as pedras ao redor do pescoço e as abotoaduras ao redor dos braços — continuava com todas elas. *Levanta*, ordenou a si mesmo. *Não para*. Ele se ergueu e deu mais alguns passos. No passado, Lan corria com leveza sobre vigas finas que atravessavam o centro de treinamento da Academia. Agora, porém, perdeu o equilíbrio e colocou um pé perto demais da beirada do píer. Caiu e, ao atingir a água, o frio foi tão imediato e silencioso que ele nem chegou a lutar quando o silêncio se fechou sobre sua cabeça.

Segundo Interlúdio

Aquele Que Retornou

O Pacto do Retorno, a escritura mais conhecida da religião deísta, é a história de um homem devoto chamado Jenshu que, há muito tempo, se pronunciou contra a maldade de um rei despótico e foi forçado a deixar sua terra para trás. Ele juntou toda a sua extensa família, incluindo irmãos, irmãs e suas respectivas famílias, em um grande navio e saiu pela Terra à procura das lendárias ruínas do palácio de jade original.

Depois de navegar por quarenta anos, com paradas ocasionais, mas sem nunca firmar o pé, com a ajuda de alguns deuses e sendo prejudicado por outros, sobrevivendo a aventuras que formariam a base de muitos dos mitos da cultura kekonísia, Jenshu e seu clã chegaram em uma ilha exuberante e intocada. Impressionado pela dedicação e pela devoção do homem, Yatto, o Pai de Todos, falou com Jenshu que, àquela altura, já era um idoso, e o guiou até as montanhas onde foram encontradas as pedras de jade: os destroços do lar divino outrora destinado à humanidade. Um presente dos deuses.

Enquanto sua família construía uma vila na costa, Jenshu se retirou e passou a viver como um ermitão, uma vida dedicada à meditação nas montanhas. Cercado de jade, Jenshu desenvolveu e dominou conhecimento e habilidades dignas dos deuses e foi, aos poucos, se aproximando de um estado de virtude divina. Seus netos e bisnetos o procuravam para pedir ajuda, e ele emergia brevemente do isolamento para apartar disputas, reprimir terremotos, afastar tempestades e repelir invasores bárbaros. Quando Jenshu atingiu trezentos anos de idade, os deuses concordaram que apenas ele, dentre todos os descendentes da humanidade, merecia ser levado de volta para casa, para os Céus.

Kekonésios devotos ao deísmo se consideram descendentes de Jenshu e mais merecedores de favores divinos. Ossos Verdes que professam a religião atualmente baseiam seu estilo de vida no sobrinho favorito de Jenshu, Baijen, que foi para as montanhas aprender com o tio e que, depois da partida de Jenshu para os Céus, se tornou o protetor do povo da ilha e o primeiro e mais feroz guerreiro de jade segundo as lendas. Ainda que todos os kekonésios reverenciem Jenshu como Aquele Que Retornou, apenas Ossos Verdes se consideram próximos o bastante de seu legado para chamá-lo apenas de "Velho Tio".

Após a ascensão de Jenshu, os deuses proclamaram que, quando seguisse o exemplo de Jenshu e atingisse as quatro Virtudes Divinas — humildade, compaixão, coragem e benevolência — o restante da humanidade seria recebida de volta à santidade. Todos os deístas acreditam nesta última promessa e a chamam de Retorno.

Capítulo 32

A Outra Que Retornou

A ligação chegou antes do amanhecer e acordou Shae na manhã do dia em que ela esperava ir à casa da família para jantar com o avô e os irmãos. Quando atendeu o telefone, se espantou ao ouvir a voz de Hilo.

— Fica onde você tá — disse ele. — Tô mandando um carro pra te pegar.

— Hilo?

Por um instante, ela não tinha certeza de que era o irmão do outro lado da linha.

— Você precisa vir pra casa, Shae.

— Por quê? O que houve? — A lerdeza do sono foi embora na mesma hora. Nunca ouvira Hilo soar quase em pânico. — É o vovô? — A ligação foi tomada por um silêncio tão profundo que ela quase conseguiu ouvir o eco da própria voz. — Hilo? Se não vai me contar, então passa o telefone pro Lan.

Algo na pausa que se seguiu a preencheu com a verdade meio segundo antes de as palavras serem ouvidas.

— O Lan morreu.

Ela se sentou. O cabo do telefone estava esticado e as palavras de Hilo se alongavam, finas como uma linha, e mal a alcançavam do outro lado de um vasto golfo.

— Pegaram ele noite passada nas Docas. Trabalhadores acharam o corpo dele na água. Afogado.

Shae cambaleou com a profundeza do luto, com a brusquidão com que ele chegou.

— Manda o carro. Vou me arrumar.

Ela desligou e esperou. Quando o enorme Duchesse Priza branco de Hilo estacionou na frente do prédio, ela saiu sem nem trancar a porta e apagar as luzes. Sentou no banco traseiro.

Maik Kehn se virou para trás e estendeu-lhe um olhar de compaixão tão sincero que ela teria chorado caso ainda não fosse cedo demais para isso.

— Preciso passar no banco — disse Shae.

CIDADE DE JADE 257

— Tenho que levar a senhora direto para casa — disse Maik.

— É importante. O Hilo vai entender.

Maik assentiu e afastou o carro da calçada. Ela deu as direções até o banco e, quando chegaram, ele estacionou e saiu junto. Ele estava fortemente armado — espada da lua, faca talon e dois revólveres.

— Você não pode entrar no banco assim.

— Vou esperar aqui fora.

O banco havia acabado de abrir. Shae entrou e requisitou acesso a seu cofre. O gerente disse:

— Claro, dona Kaul, venha comigo.

Levou-a até os fundos, onde ficava uma parede cheia de portinhas de aço, e deixou-a sozinha.

Fazia dois anos e meio que Shae não destrancava seu compartimento. Quando virou a chave e abriu a caixa, um medo irracional a tomou de assalto por um instante. E se nem estivesse ali? Mas estava... sua jade. Toda a sua jade. Mesmo antes de colocar as mãos lá dentro, sentiu o puxão de poder desencadear uma maré em seu sangue como a gravidade da lua exerce sobre o oceano. Contou cada pedra enquanto colocava os brincos, as pulseiras nos dois antebraços, as tornozeleiras e a gargantilha. Depois, fechou o cofre, se sentou no chão com as costas na parede e abraçou os joelhos contra o peito.

Fazia tanto tempo desde a última vez que vestira jade que o impacto a atingiu como um tsunami iminente antes de tomar a praia. Não ficou tensa nem tentou se livrar da sensação. Correu ao lado da maré e deixou que a água a levasse por seu trajeto inexorável. Montou na sensação, se deixou ser carregada simultaneamente acima de seu próprio corpo e lá no fundo de suas entranhas. Estava dentro da tormenta; ela *era* a tormenta. Sua mente girava em uma desorientação extasiante, do tipo que se sente ao voltar para uma velha casa e abrir as gavetas, tocar as paredes e se sentar na mobília, enquanto se lembrava do que outrora fora esquecido. Culpa e dúvida se ergueram em oposição, mas então caíram e foram carregadas na mesma hora pela torrente.

Shae se levantou, saiu do banco e voltou para o Duchesse com Maik Kehn. Se sentou no banco do passageiro e Maik perguntou:

— Agora quer que eu leve a senhora para casa, Kaul-jen?

Shae assentiu.

Não conversaram durante a viagem. A mente de Shae estava sendo despedaçada de forma que seu rosto e seu corpo nem sabiam como reagir. Quem a observasse, como Maik Kehn que, de vez em quando, dava uma olhada em sua direção, pensaria que ela havia congelado, que não sentia coisa alguma.

A morte de Lan abriu um abismo de desolação tão vasto em Shae que ela não conseguia ver o outro lado. Seu irmão mais velho era a rocha da família, aquele em quem ela sentia que sempre podia confiar, independentemente do que fosse. Ele nunca fora grosseiro ou a julgara, sempre fora atencioso e a respeitava, muito embora ela fosse muito mais nova. Shae queria ficar em paz com a dor da perda, mas, ao mesmo tempo, não conseguia deixar de gozar da redescoberta dos sentidos da jade. Era impossível escapar daquela sensação de euforia frente ao poder recuperado, e isso a fazia sofrer com um remorso terrível. E, durante tudo isso, outra parte de Shae pensava com clareza, inclusive, pensava até de forma fervente, em vingança.

Quando chegaram, ela passou pelos sentinelas e encontrou Hilo de pé na cozinha, com as mãos pressionando por sobre a mesa, tensionando e elevando suas escápulas, fazendo com que a cabeça parecesse pendurada entre elas. Assim como Maik, ele estava fortemente armado. Parecia controlado, quase pensativo, mas sua aura de jade se elevava e agitava como a constância ardente de lava explosiva. Punhos o flanqueavam à esquerda e à direita, de forma que a cozinha da família estava lotada de ferozes homens à espera; e o clamor da aura coletiva daqueles corpos adornados de jade tomou de assalto a Percepção reacordada de Shae com tanta intensidade que ela precisou parar e se recompor antes de entrar.

De algum outro lugar da casa, ouviu Kyanla chorando quietinha.

Hilo ergueu a cabeça a fim de olhar para a irmã, mas não se moveu.

— Eu vou contigo — disse ela. — Sei aonde devemos ir.

Hilo ajeitou a postura e deu a volta na mesa. Ela tentou encará-lo nos olhos, mas estavam tão sombrios e tão distantes quanto os seus próprios. O Chifre colocou a mão em seus ombros, puxou-a para perto e encostou a bochecha na dela.

— Que os Céus me ajudem, Shae — sussurrou. — Vou matar todos eles.

Capítulo 33

Saindo da Floresta

Gont Asch passava a maior parte das sextias no Bar e Rinha de Galo Espora de Prata, um estabelecimento que pertencia a seu primo, um Lanterna do Clã da Montanha. Há muito aficionado pelo esporte, Gont possuía uma dúzia de galos de caça de primeira linha, que seu primo criava e treinava para ele. Neste momento, um deles estava acabando com o oponente em uma penosa luta corpo a corpo com asadas, bicadas e ataques com esporas de aço reluzentes. Gritos empolgados e resmungos desapontados emergiam dos apostadores na arena. Dinheiro foi passado de uma mão para outra quando o juiz ergueu as duas aves, depositou o convulsionante perdedor em um balde azul de plástico e devolveu o vencedor para seu treinador sorridente.

A arena e os assentos ocupavam o térreo do Espora de Prata. O segundo andar abrigava o restaurante e o bar onde metade das mesas tinham vista para a ação lá embaixo. Os clientes que não conseguiam ver as lutas dali podiam conferir os combates em circuito fechado de televisão. Entre uma partida e outra, Gont estava almoçando tarde e conversando sobre negócios com três de seus punhos quando um mensageiro invadiu o recinto e correu direto lá para cima com as notícias: Kaul Lan havia morrido, e agora Kaul Hilo estava a caminho para pessoalmente matar Gont.

O Chifre foi pego de surpresa, mas não deixou o susto transparecer no rosto. Gont tinha muita experiência em guardar o que pensava e o que sentia para si mesmo. Apenas seu Primeiro Punho, Waun Balu, percebeu a ligeira mudança na expressão dele: a dilatação das narinas e os lábios comprimidos em uma careta cética. Gont olhou em volta. Estava em um estabelecimento que ficava nos Lamaçais do Sul, bem para dentro do território dos Montanha, em plena luz do dia, cercado de uma imensidão de seus guerreiros Ossos Verdes. Será que Kaul era realmente tão insano a ponto de atacá-lo ali?

Gont concluiu que sim.

— Liga para todos os Dedos que estiverem aqui por perto — ordenou para um dos Punhos. — Tire as pessoas daqui, mande olheiros para as duas pontas da rua e vigie as portas.

Os homens se separaram para obedecê-lo. Gont encontrou seu sobrinho, mandou que tirasse as aves valiosas dali pela porta dos fundos e as levasse para longe. O proprietário do Espora de Prata se recusou a dispensar os clientes, então Gont obrigou que se trancasse com os funcionários na cozinha com um par de espingardas apontadas para a porta.

A batalha por vir seria sangrenta. O segundo filho de Kaul era um guerreiro feroz e fortemente armado de jade; apesar de todas as informações internas que os Montanha tinham acerca do declínio dos Desponta, Gont sabia que o clã do lado de lá continuava sendo formidável e que ainda tinha jovens guerreiros comprometidos. Depois da fracassada tentativa de assassinato na Fábrica, Ayt-jen instruíra que fossem mais cuidadosos, que focassem o objetivo final dos Montanha. Por isso, Gont não esperava um confronto violento tão cedo. Por mais que estivesse ansioso para separar a cabeça de Kaul Hilo do corpo, não conseguia deixar de pensar no que será que havia dado de errado, no motivo para os planos terem sucumbido. Mas não havia tempo para especulações agora.

Ossos Verdes lotaram o Espora de Prata e as ruas que o cercavam. Em alguns minutos, Gont tinha um total de catorze homens dentro e fora do bar, três Punhos e onze Dedos. Todos assumiram posições perto das portas e nas janelas do segundo andar. Outra meia dúzia de guerreiros jadeados se reuniam mais para baixo na rua, no Hotel Braços de Latão, onde poderiam fechar o cerco por trás dos combatentes do Desponta e atacá-los pela retaguarda. Gont sabia que os inimigos provavelmente chegariam em maior número, mas esse era território do Clã da Montanha, e eles tinham a vantagem de conhecer o terreno.

Chegou a pensar em ligar para sua Pilarisa, mas decidiu que era melhor não. Reforços não chegariam a tempo e, além do mais, sua intenção era encontrar e matar Kaul Hilo pessoalmente.

A artimanha foi ideia de Shae.

Antes de ela ter chegado à casa, Hilo estava pronto para ir direto até o coração do território dos Montanha matar Gont e o máximo de homens do inimigo que conseguisse. Já tinha bebido uma dose de hoji e cortado a língua em uma faca com seus Punhos — o tradicional ritual dos Ossos Verdes antes de partirem para uma missão da qual não esperavam voltar.

Ela o encarou de cima a baixo do outro lado da mesa da cozinha do mesmo jeito que o olhava quando eram crianças.

CIDADE DE JADE 261

— A gente tem que ser mais esperto do que isso. Se morrermos hoje, os Montanha ganham. — Precisavam pensar mais além, mesmo em um momento tão terrível quanto este. — O Gont vai tá pronto e esperando. Mesmo se a gente matar ele, não vamos derrotar os Montanha. Não vamos *destruir* eles.

Talvez tenha sido esse ímpeto irrestrito de emoção, responsável por trazer à aura de jade de Shae uma veemência que Hilo não conseguia ignorar, que forçou o Chifre a pensar melhor. Ele olhou para os Punhos seniores em que mais confiava e viu alguns assentindo em concordância com o que Shae dissera. Se virou para ela.

— Pelos deuses, como eu queria que não tivesse precisado algo assim pra te trazer de volta. Mas você tá verde, e agora é uma de nós de novo, então me diz no que tá pensando.

Assim que ela explicou sua ideia, Hilo sorriu com uma determinação gélida e satisfeita e se agarrou ao plano com a mesma convicção que teria se ele próprio tivesse pensado em tudo. Deu ordens rápidas aos homens, que se espalharam para colocá-las em prática. Enquanto os irmãos Maik organizavam os batalhões de ataque, Shae foi até o arsenal atrás do salão de treinamento para pegar algumas armas. Quando voltou, Hilo estava sentado na escada, se despedindo de Wen. Com as cabeças encostadas, eles falavam baixinho. Os olhos de Wen estavam secos, mas seus dedos tremiam enquanto ela ajeitava o cabelo de Hilo para trás da orelha com um carinho que fez Shae se virar, pois se sentiu como uma intrusa testemunhando um momento íntimo. Ela foi lá para fora e viu quando o Duchesse e cinco outros carros saíram da propriedade.

O comboio de veículos seria visto adentrando o Túnel Ba Baixo e a notícia de que Kaul Hilo estava a caminho de um confronto no Espora de Prata chegaria a Gont Asch. Os Montanha se apressariam para montar uma estratégia de defesa enquanto o cotejo liderado pelo Duchesse, sem pressa, daria voltas pelo distrito do Lamaçal antes de voltar para o território dos Desponta.

Segundos depois de os carros-isca saírem da rotatória na propriedade Kaul, os Maik e três outros Punhos embarcaram em carros discretos que haviam sido pegos emprestado de última hora na concessionária próxima de um Lanterna. Hilo saiu. Já não havia mais aquela gentileza da qual Shae tivera um deslumbre anteriormente — ele desceu a escada com passos firmes e então se virou para encarar a casa. Ali, se ajoelhou e tocou o concreto com a testa. O Chifre ergueu o rosto para o céu.

— Tá me ouvindo? — gritou ele, e Shae não sabia ao certo com quem seu irmão gritava: as tropas, a janela do quarto do avô, o espírito desencarnado de Lan ou os próprios deuses. — Tá me ouvindo? Tô pronto pra morrer. O clã é meu sangue, e o Pilar é seu mestre.

Shae sempre odiara a inclinação de Hilo a gestos dramáticos, mas abaixou a cabeça e engoliu em seco quando viu os Ossos Verdes reunidos se ajoelhando e gritando com fervor:

— Nosso sangue pelo Chifre!

As três maiores e mais lucrativas casas de aposta na cidade eram o Palácio da Fortuna, a Senhorita Cong e o Dobro Dobro. Ficavam uma ao lado da outra na mesma parte da Rua do Pobre no sul do Sovaco e ainda pertenciam aos Montanha. Como faziam parte das mais conhecidas propriedades dos Montanha, era lá que Lanternas de altíssima patente conduziam acordos e também onde os associados políticos e empresariais do clã eram recompensados ou subornados com luxo e entretenimento. Um lugar merecedor de uma vingança sem precedentes.

Hilo assentira, admirado com a escolha de Shae:

— O Lan lutou pelo Sovaco. Aquele lugar é nosso por direito. É *todo* nosso.

Atravessaram a Rua Patriota com uma dúzia dos mais fortes Punhos. Shae tomou o Senhorita Cong com quatro outros combatentes que Hilo mandara com ela, enquanto os Maik invadiram o Dobro Dobro com outra equipe e o Chifre fora com seu próprio time para destruir o Palácio da Fortuna.

Para Shae, toda a ação pareceu mais um violento delírio febril. O carro foi estacionado na frente do cassino; ela saiu e avançou a passos largos pelo manobrista, que, em choque, se encolheu quando viu toda aquela gente. Depois, passou pelo chafariz iluminado com a estátua de uma moça dançando no centro do recinto e subiu a escada de mármore até a porta giratória de vidro. Agora, aquela história de se esconder na multidão já era coisa do passado. A luz minguante do sol refletia em suas pulseiras de jade enquanto olhos apavorados seguiam cada um dos movimentos de Shae. Ela estava enjoada com tanta avidez, e o poder que lhe corria sob a pele era algo que não sentia havia anos. Os estrangeiros estavam certos: kekonésios eram selvagens. Lan não era selvagem, pelo menos não no coração, e agora estava morto.

O Punho sênior ao lado dela, um sujeito de olhos cinzentos chamado Eiten, parecia não saber muito bem como se comportar em sua presença. Ele era um dos tenentes de mais alta patente de Hilo, mas Shae era uma Kaul. O homem não conseguia decidir se devia dar-lhe ordens ou obedecê-la.

— Qual é o plano, Kaul-jen? — perguntou ele pouco antes de chegarem às portas.

Ela sacou sua espada da lua, estendeu-a e ele cuspiu na lâmina para dar boa sorte.

— Matar todo mundo que estiver usando jade.

Era algo bastante simples, então ele concordou. Gritos eclodiram quando passaram pelas portas. Shae captou as quatro outras auras de jade no salão como uma cobra percebendo calor corporal. Elas se destacavam como faróis entre o resto da movimentação e a gritaria irrelevante. Alguns ali dentro já haviam Percebido o ímpeto assassino e, já prontos e com espadas da lua em riste, saltaram sobre os intrusos.

Muito tempo havia se passado desde a última vez que Shae lutara até a morte. Por alguns minutos na viagem até ali, ela chegou até a se perguntar se ainda tinha as habilidades, os reflexos e os instintos, ou se os dois anos e meio passados sem jade enquanto vivia uma vida pacífica na Espênia a haviam arruinado.

Por isso, ficou quase surpresa quando dilacerou o primeiro homem em poucos segundos. Com a Deflexão, desviou do primeiro ataque e ouviu metal se chocar contra metal antes de optar pelo golpe mais óbvio: perfurar o abdômen do adversário. O homem usou o Aço e se curvou para longe. A cabeça dele foi para a frente devido ao movimento e a mão esquerda de Shae se agitou para enfiar sua faca talon bem na garganta desprotegida do sujeito. Ela envolveu o corpo dele em Leveza, puxou a faca de volta e já seguiu em frente para o próximo alvo.

Parecia um exercício na Academia, outro teste cronometrado. O treinamento e a experiência assumiram o controle. Ela se tornou focada e eficiente. A energia de jade que cantarolava em seu sangue era como uma canção que há muito não ouvia, mas que ainda sabia de cor. Lutou contra outro homem no primeiro andar até Eiten chegar e cortar a garganta do homem por trás. Shae usou a Leveza para pular até a sacada do segundo andar.

Uma Punho guarnecia o cômodo em que os funcionários haviam se refugiado. Ela recebeu Shae com uma bateria de lances de Deflexão que virou cadeiras, jogou cartas e fichas de aposta pelo ar como confete e sacudiu as paredes. Shae ziguezagueou através do fogo cruzado e foi dispersando os ataques com suas próprias Deflações até se aproximar o bastante para que as facas talon das duas se encontrassem no estreito corredor. O Aço da oponente jamais seria rompido pela lâmina. No fim das contas, Shae acertou um pontapé esmagador na rótula do joelho da mulher. Quando sua combatente cambaleou para frente em agonia, Shae deu uma cotovelada na nuca dela com toda a Força que foi capaz de reunir e amassou-lhe o crânio.

Quando todos os Ossos Verdes do recinto estavam mortos, seis no total, arrancaram a porta para o cômodo dos fundos das dobradiças e Shae disse para os funcionários encolhidos e acovardados da Senhorita Cong:

— Todos os negócios na Rua do Pobre agora são propriedade dos Desponta. Podem sair agora com suas vidas. Ou então podem jurar aliança e prometer que vão pagar os tributos para manter o mesmo acordo e receber o pagamento dessa nova direção. Escolham rápido.

Um quarto da equipe, aqueles antigos ou com conexões boas demais no Montanha, que eram realmente fiéis ou então tinham medo do que aconteceria se trocassem de lado, foi embora. O resto ficou e se recuperou da perturbação de forma notavelmente rápida; kekonésios já são acostumados com mudanças locais na administração e as tratam como se fossem desastres naturais: incidentes repentinos de violência inevitável. Os prejuízos eram contabilizados depois para que o estabelecimento pudesse voltar à normalidade o quanto antes. Sem demora, os funcionários restantes do cassino se ocuparam ajeitando os móveis, varrendo cacos de vidro e limpando manchas de sangue antes que elas se infiltrassem demais no carpete ou nos estofados.

Shae reuniu a jade dos combatentes que havia matado, deixou Eiten e o restante dos homens de Hilo no comando e, então, foi para fora. Encontrou o irmão na rua com o rosto e a aura reluzindo devido à loucura da batalha enquanto gritava ordens e apontava aqui e ali com a ponta de sua faca talon toda ensanguentada. O Dobro Dobro queimava. Se fora acidental ou proposital, se começara durante a fuga dos Montanha ou fora iniciado por um combatente cuidadoso demais dos Desponta, ninguém sabia dizer. A fumaça saía das janelas do segundo andar e se misturava aos tons desbotados do céu.

Hilo a encarou enquanto ela se aproximava. Ele percebeu o punhado de jade nas mãos da irmã e então moveu a boca em um movimento que não era exatamente um sorriso. Virou o rosto em direção ao caos — o fogo, as pessoas correndo, os sons intermitentes da briga ainda acontecendo. E não eram apenas Ossos Verdes; o povo do lado do Sovaco que pertencia aos Desponta chegava aos montes pela Rua Patriota. Havia gritos e confrontos na rua entre civis se unindo contra um clã ou o outro.

— Não basta — murmurou Hilo.

Shae não tinha certeza se ele estava se referindo à quantidade de jade que ela tinha nas mãos, às casas de aposta ou ao número de Ossos Verdes mortos naquela noite. Mas estava abalada demais para responder.

Foram necessários mais trinta minutos para que o incêndio no Dobro Dobro fosse apagado e para que o caos esvanecesse e abrisse passagem para o silêncio misterioso do pós-batalha. Em certo momento, quando o sol afundou e sumiu do céu fumacento, Hilo organizou seu pessoal para que continuassem durante à noite e Shae acabou no banco traseiro de um carro a caminho da residência Kaul. Tudo era apenas um borrão àquela altura, um surreal filme conceitual de vingança e brutalidade.

Gont Asch recebeu a ligação em silêncio, mas cada um de seus homens com qualquer habilidade de Percepção, por mais fraca que fosse, se virou para ele. Gont ficou gelado de espanto. Depois, seu pescoço ficou vermelho de ira.

Vinte e um membros do Clã da Montanha haviam morrido em um ataque-surpresa; Dedos e Punhos juniores que se dispuseram a defender as três casas de aposta na Rua do Pobre, mas que não eram páreo para os assassinos que Kaul Hilo reunira. Alguns Lanternas estúpidos que atiraram nos atacantes estavam no hospital. Cada metro quadrado do Sovaco agora pertencia aos Desponta. Era uma eclosão de violência entre clãs que Janloon nunca vira.

Gont se levantou. Por vários segundos, não se moveu. Então, arrancou o telefone e o jogou do outro lado do recinto com tanta força que o aparelho se cravou na parede do outro lado do Espora de Prata. Seus homens ficaram paralisados, chocados com o atípico acesso de raiva.

— Kaul Lan morreu — disse Gont. — A família dele invadiu a floresta. Agora é guerra declarada contra os Desponta. As vidas e o sustento deles estão à disposição, e o vencedor fica com toda a jade.

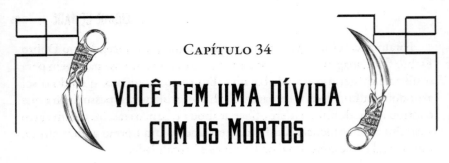

Capítulo 34
Você Tem uma Dívida com os Mortos

Shae ficou confusa quando acordou. Era o meio da noite e ela estava no quarto onde passara a infância. Não ia ali havia muito tempo a não ser para pegar roupas velhas e algumas outras coisas. Ao abrir os olhos, a luz da lua que iluminava vagamente o cômodo revelou um monte de roupas e armas manchadas de sangue no chão ao lado de seu abajur em formato de globo e de uma pilha de livros. Ela percebeu que havia ido para baixo das cobertas só de lingerie — e jade.

Foi então que se lembrou de tudo. Da morte de Lan, de vestir jade e pegar suas armas, de ir com Hilo até a Rua do Pobre e de se vingar com as próprias mãos. Por dentro, uma pressão se formou e se expandiu como um balão em uma caixa até eclodir rasgando-lhe o peito. Ela se virou de lado e se encolheu, apertando o travesseiro contra o rosto e chorando copiosamente e por muito tempo até ficar sem lágrimas e sua energia se esgotar. Depois, ali deitada e com a respiração entrecortada, encarou sua nova e terrível realidade.

Tinha sido possuída. Era a única explicação — ou talvez apenas uma desculpa. Uma barragem que já estava chegando ao limite estourara dentro de Shae ontem e, ao invés de ficar horrorizada, ela dera as boas-vindas à toda aquela destruição, se deleitara no doce poder da jade e no frenesi de uma vingança violenta.

Em meio à gélida clareza do pós-batalha, entretanto, tudo o que ela sentia era uma dormência. Fizera algo irreversível na noite passada, algo igualmente covarde e corajoso. Será que essa mistura de tristeza com uma euforia esquisita e uma aceitação calma era o que se sentia logo depois de pular de uma ponte alta? Não era mais possível mudar o destino depois de uma decisão assim. Tudo o que restava era aceitar e esperar o resultado inevitável. Pensar nisso, entretanto, a acalmou e, aos poucos, seu corpo foi relaxando.

Sua Percepção a avisou que ela não era a única acordada. Agora que podia mais uma vez pressentir auras de jade tão automaticamente quanto discernia cores, parecia inimaginável nunca mais sentir a textura calma e pesada da presença de Lan. Então sentiu: uma verdade mais imutável e voraz do que a gravidade sobre um corpo em queda.

Ela saiu da cama e ligou um abajur. No closet, encontrou uma camiseta velha e uma calça de moletom; roupas que não se dera ao trabalho de tirar dali. Sem pressa, se vestiu. Seu corpo e sua mente estavam doloridos. Treinar, mesmo que regularmente, não era o mesmo que vestir e lutar com jade. Ela estava com hematomas escuros e cortes rasos que não percebera na noite anterior, e havia grandes chances de que levaria uma semana antes que conseguisse mover ou usar qualquer uma das habilidades providas pela jade sem sentir dor. No espelho sobre a penteadeira, Shae percebeu que estava toda estropiada e que, tirando a jade nos braços, nas orelhas e no pescoço, parecia mais uma vítima de violência doméstica do que uma guerreira Osso Verde.

Saiu do quarto e seguiu pelo corredor em direção à única luz que emanava lá de baixo. Continuava escuro lá fora. Os únicos sons na casa estranhamente quieta eram o tiquetaquear do relógio e o tilintar de uma colher contra cerâmica. Barulhos ensurdecedores. Ela desceu os degraus, entrou na cozinha e viu Hilo sentado sozinho na mesa comendo uma tigela de mingau. Ele ainda vestia as mesmas roupas do dia anterior. Sua espada da lua, embainhada, estava encostada contra uma das outras cadeiras enquanto sua faca talon fora deixada sobre a bancada de mármore do armário. Ele não fizera a barba e, pelo visto, também não dormira, mas estava ali, tomando café da manhã com tanta calma que poderia até se pensar que nada de extraordinário havia acontecido.

Em silêncio, Shae se sentou na frente dele.

— Tem mais na panela ali no fogão, caso você queira — disse Hilo depois de um instante. — A Kyanla fez ontem, mas ninguém comeu. Ainda tá bom, é só colocar um pouquinho de água.

— Cadê todo mundo? — A voz de Shae soava seca. — Cadê o vovô?

Hilo apontou o cabo da colher para o teto.

— No quarto. Provavelmente dopado ainda. A Kyanla teve que ligar pro médico ontem enquanto a gente tava fora. Parece que o doutor deu algum remédio barra pesada pro velhote se acalmar.

Shae resmungou.

— O que ele tem?

— Ele tá velho e é doido. — Os olhos de Hilo, prostrados sobre a irmã, assumiram um tom sombrio. — Ele surtou quando ficou sabendo do Lan. Pensou que tava de volta na guerra, que foi o Du que tinha morrido e agora não para de falar dos shotarianos. Nem me reconhece mais. E, quando reconhecer, vai jogar a culpa em mim, vai dizer que o Lan morreu por minha causa.

Hilo falou tudo isso com um tom neutro na voz, mas Shae não se deixou enganar. Queria correr lá para cima e ver o avô, mas, se subisse as escadas neste momento, Hilo ficaria magoado, e magoá-lo parecia perigoso agora. O avô sempre fora mais querido com Shae do que com os rapazes, e sempre fora menos querido com Hilo.

Ele voltou a comer e Shae só conseguia pensar: *como é que esse cara tem estômago pra comer numa hora dessas?* Fazia mais de um dia que ela não comia nada, e o apetite era nulo. Inclusive, a sensação era de que nunca mais voltaria a comer na vida.

— E cadê todo mundo?

— Tão ocupados, Shae. A gente tá sobrecarregado pra caramba. Deixei o Kehn no comando dessa zona. Mandei o Tar percorrer a cidade pra garantir que temos defesa em todo o território.

Ela se empertigou na cadeira quando outra coisa lhe ocorreu.

— E o Doru, cadê?

Hilo contorceu os lábios.

— O traidor? Pegamos ele aquela noite, sabia? Era pro Lan encontrar a gente pra resolver a situação. Eu liguei, mas não consegui falar com ele. Ninguém sabia onde ele tava. Foi aí que eu me toquei de que havia alguma coisa errada.

— Você matou o Doru?

Hilo meneou a cabeça.

— Era o Lan que ia decidir isso. Agora me diz, o que é eu ia fazer com aquele velho imundo? Enfim, acabei arrancando toda a jade dele e o tranquei em casa sob vigilância. Ele tá lá desde então. Sem telefone e sem visitas.

Sem jade. Que humilhação mais abjeta para um Osso Verde idoso que outrora fora o confiável confidente do Tocha de Kekon. Apesar do ódio que sentia pelo homem, Shae o imaginava na própria casa passando pelos estados avançados da abstinência de Jade sob vigia dos homens insensíveis de Hilo e, sendo ele traidor ou não, sentia pena.

— Não posso executar ele agora. Nunca que vou manchar o funeral do Lan com uma má sorte dessas. Mas ele não é mais o Homem do Tempo; isso eu já deixei claro pro clã.

Foi só então que ela se deu conta. Hilo era o Pilar.

Shae encarou o irmão. Nunca havia existido um Pilar com menos de trinta anos. Hilo era pouco mais velho do que ela; era o Chifre mais novo de que se podia lembrar. E ali estava ele, sentado, salpicado de sangue, fedendo a fumaça e comendo uma tigela de mingau depois de ter liderado um massacre. Sua aura tinha um vigor cortante, resultado da nova jade que tomara dos oponentes. Shae titubeou. *Vai ser o fim,* pensou. *Vai ser o fim do Desponta.*

CIDADE DE JADE   269

A colher de Hilo tilintou na tigela vazia. A cadeira rangeu alto quando ele se levantou da mesa. Provavelmente nem seria necessário usar a Percepção para captar a reação emocional de sua irmã, que estava estampada no rosto de Shae, mas ele não disse nada. O novo Pilar levou a louça até a pia, e então lavou e secou as mãos. Agarrou a cadeira, puxou-a até a frente de Shae, se sentou e segurou-a pelos cotovelos enquanto seus joelhos se tocavam.

— Eles vão vir pra cima da gente — disse. — Vão vir com tudo.

— Vão — concordou ela.

Ayt Mada talvez barganhasse com Lan. Depois da noite passada, depois do que Shae e Hilo tinham feito, não haveria misericórdia. Os Montanha desceriam a floresta e não descansariam até que o último dos Kaul estivesse morto. Seus aliados mais próximos seriam executados; essa casa seria queimada até virar cinzas. O que sobrasse do clã seria absorvido pelos Montanha.

— Preciso de você, Shae. — A tensão de Hilo, finalmente, veio à tona. Cada linha de seu rosto parecia mais funda agora. — Sei que a gente nem sempre concordou. Sei que eu falei coisas, que às vezes fui longe demais..., mas só porque você é minha irmã, e porque eu te amo. Mesmo que a sua raiva de mim ainda não tenha passado, eu sei que você se importa com o clã. Foi o vovô que construiu tudo isso aqui, e foi por esse legado que o Lan morreu. Agora, eu preciso da sua ajuda. Sozinho eu não consigo. — Ele a apertou com mais força; se inclinou para a frente e, com um apelo solene estampado em seu olhar inabalável, virou a cabeça para encarar o rosto abatido da irmã. — Shae, preciso que você seja meu Homem do Tempo.

Há poucos dias, ela fora incisiva quando disse para Anden que deixara os problemas do clã e a vida de Osso Verde para trás. *Não se envolve, não se preocupa, o Lan não precisa da sua ajuda, esses problemas não são seus.* Egoísmo. Arrogância. Indiferença. O oposto das Virtudes Divinas que havia contemplado quando se prostrara no Templo do Divino Retorno e rogara por um sinal. Por uma mensagem inequívoca. Havia recebido aquilo que pedira.

Os deuses tinham costume de ser cruéis, disso todo mundo sabia.

Se os Desponta tinham alguma esperança de sobreviver, o Pilar precisava de um Homem do Tempo em que pudesse confiar. Quem mais no clã poderia se opor a Hilo? Quem mais poderia controlá-lo, evitar que ele matasse a si mesmo e levasse o clã junto? O espírito de Lan jamais ficaria em paz se isso acontecesse. *É mentira que os mortos não se importam,* pensou Shae. *Você tem uma dívida com os mortos.*

Lentamente, Shae saiu da cadeira e se ajoelhou no assoalho gelado da cozinha. Ergueu as mãos entrelaçadas até a testa.

— O clã é meu sangue, e o Pilar é seu mestre. Pela minha honra, pela minha vida e pela minha jade.

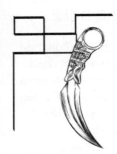

Capítulo 35
Uma Recepção Inesperada

Se havia uma coisa que não estava faltando para Bero, essa coisa era dinheiro. Havia uma clínica que funcionava a noite inteira na Forja, uma das poucas na cidade em que médicos com treinamento questionável faziam pontos em ferimentos sem questionar nada, contanto que o paciente tivesse como pagar pelo serviço. Logo cedo, na manhã seguinte aos eventos no píer, mais ou menos na mesma hora em que o corpo de Kaul Lan foi encontrado, Bero se sentou em uma mesa de aço debaixo de uma luz fluorescente que zumbia enquanto um homem todo enrugado com olhos marejados e mechas de cabelo que mais pareciam fio dental usado tirava duas balas que haviam perfurado superficialmente seu braço e o enfaixava tão lentamente que a vontade de Bero era dar-lhe um tapa. Ele passara horas encolhido nos arbustos sob a passarela de uma rodovia e, a essa altura, estava bastante irritado.

Quando saiu da clínica, as notícias já tinham se espalhado pela cidade. Bero entreouviu enquanto aguardava numa fila para comprar um bolo de carne e um refrigerante na primeira loja de conveniência que encontrou. Kaul Lan, o Pilar do Desponta, estava morto; e a suspeita era de que fora assassinado pelos Montanha.

Seus batimentos cardíacos aceleraram; Bero estava confuso, mas um sorriso rapidamente se espalhou por seu rosto, então ele teve que escondê-lo. Foi apenas por sorte, pela doce e misericordiosa sorte dos deuses, que ele saiu vivo enquanto o burro do Bochecha morreu. Agora, entretanto, Bero estava certo de que sua sorte era ainda maior do que pensava. Estava escuro e ele saíra correndo em pânico. Não havia percebido, mas o Kaul, no fim das contas, deve ter sido atingido pelo tiroteio; a diferença é que levara mais tempo para morrer do que uma pessoa comum. O que significava que *ele*, Bero, matara o Pilar do Desponta! Começou a sorrir de novo. Ninguém mais, nem um único Osso Verde da cidade, podia dizer uma coisa dessas. Ele se xingou por ter corrido, por não ter voltado ao píer para verificar.

Passou praticamente o dia inteiro para voltar à Mais Que Bom, no extremo sul de Junko. Comprou um chapéu e novas roupas, e jogou as velhas

CIDADE DE JADE   271

numa lixeira. Depois, caminhou, pois não confiava em ninguém, incluindo motoristas de táxis e de ônibus, caso alguém o tivesse visto na noite anterior e o clã o estivesse procurando. Bero viu vários rostos sombrios, multidões de gente espremidas em frente às janelas de lojas de eletrodomésticos para assistir ao jornal e até uma ou outra pessoa chorando em público. Tudo isso fez com que Bero ficasse ainda mais alarmado e apertasse o passo. Esse povo nas ruas o lincharia se soubesse o que ele havia feito. Amarrariam-no, cortariam-no em pedacinhos e tacariam fogo no que sobrasse.

Quando estava batendo pela terceira vez, Mudt abriu a porta dos fundos da loja. O sujeito encarou Bero como se o rapaz fosse um fantasma, e depois o puxou para dentro pelo braço e fechou a porta com força.

— Vai lá pra frente e fica de olho. Dá um berro se alguém aparecer — gritou Mudt por sobre os ombros para o filho, que soltou as caixas que estava carregando e se apressou para cumprir a ordem. Mudt se virou para Bero. — Que porra é essa? O que foi que aconteceu?

— Fui eu — respondeu Bero. — Eu matei o Kaul.

Para sua surpresa, Mudt pareceu ficar aterrorizado.

— Cadê o Bochecha?

— Morreu.

A boca de Mudt se moveu como a de uma carpa sem ar. Finalmente, disse:

— Em nome dos deuses, puta que pariu. *Porra.* — Ele foi pra lá e pra cá algumas vezes e, com dedos trêmulos, ficava puxando tufos de cabelo. De forma brusca, ele se virou para Bero. — Você tem que dar o fora daqui.

Bero ficou com raiva. Não era essa a reação que havia esperado.

— Pra quê? Passei a merda do dia inteiro andando pra chegar. Você nem imagina a noite que eu tive. Fui eu... eu matei o Kaul. Então pega o telefone e liga pra *ele*, praquele Osso Verde. Fiz o que me mandaram, e agora quero entrar. Quero a minha jade. Agora já não tem mais como duvidar que eu mereço.

— Seu burro do caralho — vociferou Mudt. — Ninguém te mandou *matar* o Kaul. Era pra fazer um tiroteio no Divino Lilás e vazar. Pra dar um susto no Kaul no próprio território dele, avacalhar com o carro e com um dos lugares favoritos dele, pra irritar o cara, não pra *matar*. Só de pensar que dois palermas como vocês chegaram a matar um Osso Verde que nem o Kaul Lan... — Mudt deu uma rizada zombeteira. Depois, sério, continuou: — A gente tá fodido.

— Os Montanha querem o Kaul morto, não querem? — perguntou Bero em um tom autoritário. Ele se recusava a acreditar no que estava ouvindo. — Mandar um recado sério, foi isso o que o Osso Verde disse que deviámos fazer. E agora você vem me dizer que nunca achou que a gente fosse conseguir?

— Um homem com tanta jante quanto o Pilar? Ninguém dá cabo nele com uns tirinhos de uma automática, ainda mais de dois moleques que mal sabem segurar numa arma! A gente imaginava que vocês iam causar um pânico, talvez acertar umas pessoas e, se tivessem sorte, sair vivos. Não sei nem como é que pode ser *possível* o que você fez, como é que você tá aqui...

Sem conseguir acreditar, Mudt parou de falar. Então, pegou Bero pela parte de cima do braço e começou a empurrá-lo pela sala dos fundos, lotada de caixas, papéis e produtos de limpeza.

Bero puxou o braço.

— Tá fazendo o quê?

Mudt abriu a despensa. Empurrou para o lado um arquivo com rodinhas e enrolou um pedaço do carpete para revelar um alçapão no chão.

— Ele já ligou uma vez, perguntando se você tinha voltado — disse Mudt, enquanto puxava uma corrente para abrir a porta. — Ele vai voltar aqui a qualquer minuto. Se te encontrar, você já era, keke. Se tiver sorte, vão só te matar por ter fodido tudo. Se não, vão te entregar pros Desponta como oferenda. Se bem que, a essa altura, já deve ser tarde demais pra isso. Tão falando que o Chifre do Desponta já quer guerra...

— Então você tá dizendo que eu devia fugir?

— Pelo amor dos deuses, você tá bem fora da casinha, né? — murmurou Mudt. Ele apontou para a abertura no chão. — Acho que ninguém te viu entrando aqui, e é melhor não arriscar que alguém te veja saindo. O túnel vai até debaixo do Parque de Verão e descamba na água. É útil pra caramba pra contrabandear, e tá seco nesta época do ano. Se você já foi sortudo o bastante pra ficar vivo até agora, quem sabe consegue dar o fora de Janloon.

— Dar o fora de Janloon? — exclamou Bero. — Mas como?

— Aí você que se vire, keke. Mais do que isso eu não faço. Se os Montanha descobrirem que tô te ajudando agora, eles cortam a minha língua só pra aquecer. — Ele empalideceu. — Adeus jade, adeus brilho, adeus comida sólida.

Bero semicerrou os olhos para Mudt.

— Então tá me ajudando por quê?

O homem parou por um instante e olhou para Bero como se também estivesse se fazendo a mesma pergunta. Em seguida, deu um sorriso como se não gostasse da própria resposta.

— Você me rendeu dinheiro pra cacete e nunca foi pego mesmo que a maioria dos outros tenha sido, aí, depois, *de algum jeito,* por algum *milagre absurdo* que eu não consigo nem começar a entender, matou o Kaul Lan e apareceu aqui só com um curativinho no braço. Não sei o que é que você tem, keke, mas tem alguma sorte esquisita que vem direto dos deuses, e com isso eu não vou brincar. De jeito nenhum. — Ele apontou para as escadas que levavam ao subsolo. — Não encosta em nada lá embaixo. E agora *vaza* antes que eu me arrependa.

Bero não conseguia acreditar no que estava acontecendo. Tinha feito tudo certo, aproveitado cada oportunidade, ousado quando outros se acovardaram, e era isso que recebia em troca? Mais cedo, convencido de que suas recompensas finalmente estavam por vir, se sentira praticamente invencível. Agora, percebeu que tudo aquilo não passava de uma péssima piada. Pensou em se recusar a partir. Esperaria aqui, nos fundos da Mais Que bom, até que o maldito Osso Verde de cavanhaque aparecesse, e então *exigiria* o que era seu por direito.

Só que o Mudt estava certo. Havia uma estranha sorte que o envolvia, e era melhor não a questionar. Assim como essa sorte lhe dissera para perseguir Kaul na noite anterior, ela agora lhe dizia que, se ficasse, não viveria o bastante para ver o acaso se virar a seu favor novamente.

Ele começou a descer o túnel.

— É escuro aqui embaixo — protestou.

Mudt lhe entregou uma lanterna, que Bero acendeu. Quando chegou ao último degrau, Mudt fechou com força o alçapão e o garoto deu um salto. Ouviu o homem arrastando o arquivo de volta para o lugar lá em cima e uma súbita onda de pânico lhe tomou a garganta. E se, no fim das contas, aquilo não fosse uma rota de fuga e sim um truque? E se Mudt o tivesse aprisionado ali para entregá-lo a qualquer um dos clãs? Ou simplesmente para que morresse?

Com a lanterna, Bero iluminou os arredores. O facho de luz tremia com seu medo e dançava sobre caixotes e caixas sem rótulo. Devia ser ali que Mudt guardava os contrabandos mais valiosos. Em outras circunstâncias, Bero estaria doido para abrir tudo e dar uma olhada, mas, quando o círculo amarelado da lanterna passou por cima dos itens e desapareceu em direção a um longo e convidativo túnel, uma injeção de alívio tomou conta das veias de Bero e o rapaz se apressou para longe da odiosa certeza de ter errado mais uma vez.

Capítulo 36

Que os Deuses o Saúdem

Pelo menos não estava chovendo, pensou Hilo.

O cortejo fúnebre de Lan seguia seu longo caminho lentamente pelas ruas até o cemitério ancestral da família, que ficava na encosta de uma montanha no Parque da Viúva, não muito longe da Academia Kaul Dushuron. Não havia risco de violência, pois seria um mau agouro inimaginável interromper o cortejo final de um Osso Verde, mas a tensão era palpável e pairava sobre a cerimônia com a mesma densidade das nuvens tardias do outono. Quatro dias de uma ilusória calmaria se instalaram em Janloon enquanto os clãs enterravam seus mortos. Os Desponta devolveram os corpos dos Ossos Verdes assassinados nas casas de aposta para que os Montanha pudessem prestar suas homenagens. Nas partes da cidade que pertenciam aos Desponta, lâmpadas-guia espirituais usadas nesse tipo de cerimônia foram penduradas em janelas de casas e de estabelecimentos para honrar Kaul Lan, o neto do Tocha, o Pilar do clã; que os deuses o saúdem.

Fazia horas que Hilo andava atrás do carro fúnebre. Shae e Maik Kehn, o mais novo Chifre, caminhavam lado a lado atrás dele. Em seguida, vinham outras famílias proeminentes do clã, todos Punhos, Agentes da Sorte ou Lanternas, e, mais atrás ainda, uma extensa multidão de outras pessoas leais ao clã haviam se juntado à marcha para prestar suas condolências. Wen estava lá atrás, em algum lugar com Tar. Hilo gostaria que ela estivesse ali na frente com ele, mas os dois ainda não haviam casado. As núpcias foram adiadas indefinidamente. Em vez de planejar seu casamento, ele marchava para o enterro de seu irmão.

O costume era que os familiares prestassem dois dias e duas noites de vigília silenciosa sobre o caixão coberto por um pano branco antes do funeral, e Hilo não dormira mais do que quatro horas ao longo dos dias que antecederam o velório, então sua exaustão assumira um ar infernal. A cada poucos minutos, gongos e tambores soavam em um ruído estrondoso na dianteira da carreta fúnebre para chamar a atenção dos deuses e assim rogar para que vigiassem a passagem de Lan para o mundo espiritual. O som também estimulava Hilo a continuar colocando um pé na frente do outro.

Diziam que não se deve falar e nem dormir durante a vigília porque, caso o espírito do falecido tenha alguma última mensagem para passar, a comunicação aconteceria durante esse momento. Se nada acontecesse, significava que a pessoa amada havia partido do plano terreno e estava em paz.

Na opinião de Hilo, isso era mais uma prova de que essas crendices populares eram papo-furado. Se o espírito de Lan estivesse mesmo por aí, não estaria em paz, e Hilo tinha certeza de que ele teria algumas coisinhas para dizer se pudesse. *De Pilar você não tem nada. Eu nasci pra isso, fui treinado, e olha como eu morri. Tá achando que consegue fazer melhor do que eu? O vovô sempre disse que você não servia pra nada além de criar confusão.*

— Cala a boca — murmurou Hilo, muito embora soubesse que, na verdade, não era com Lan que estava falando, mas com seus próprios medos que falavam com a voz de seu irmão.

Na noite anterior, em um momento de fraqueza gerado pela privação de sono, ele pusera as mãos no punhal da espada da lua de Lan e alongara a Percepção para tão longe que dezenas de auras e centenas de batimentos cardíacos ecoaram em sua mente como ruído branco. Não sentiu nem um indício sequer da presença de Lan. Nenhum espírito aparecera ou falara com ele durante a vigília, nem mesmo para dizer: *não se preocupa, irmão, logo mais você vai se unir a mim.*

Por fim, chegaram ao cemitério. O cortejo subiu lentamente até o ponto em que uma cova havia sido aberta ao lado do monumento verde da família onde o pai de Hilo e outros antepassados foram enterrados. Três penitentes deístas de batas brancas cerimoniais esperavam para conduzir os ritos finais. A mãe de Hilo estava perto de Kaul Sen, que havia se sentado em uma cadeira de rodas perto do túmulo. O sol não estava forte, mas mesmo assim Kyanla segurava uma sombrinha sobre ele. Haviam sido levados até ali de carro na frente da procissão. Kaul Wan Ria, trazida de sua casa de campo, tinha a postura corcunda de quem já havia parado de questionar ou de lutar contra o mundo há muito tempo; seus olhos enlutados pareciam tão vazios quanto os de uma boneca velha. O patriarca nem se mexia e suas mãos rugosas agarravam os braços da cadeira como se fossem raízes de árvore afundadas em argila.

Hilo abraçou a mãe, mas ela não retribuiu o gesto e mal pareceu percebê-lo. Lan fora o mais atencioso de seus filhos, mais do que os outros dois juntos.

— Te amo, Ma — disse Hilo.

Ela não respondeu. O grisalho de seu cabelo se destacava mais do que nunca e ela parecia amorfa e desleixada nas roupas brancas do funeral. De todos os membros da família, ela havia provavelmente sido a pessoa que mais ficara chocada. Hilo acreditava que Lan não compartilhava muito com a mãe a respeito da situação entre os clãs da cidade. Complacente com a ignorância em que vivia, ela agora passava pela pior parte da dor, e Hilo foi forçado a não se deixar esquecer de que ela deveria se mudar para mais perto da família ou então que alguma ajuda deveria ser contratada para auxiliá-la em Marênia.

Ele foi para o lado do avô e se ajoelhou em respeito enquanto unia as mãos e as levava até a cabeça.

— Vovô.

Ele se levantou e se inclinou para dar um beijo na testa daquele homem tomado pelo ódio. Ao se abaixar, Hilo chegou a pensar que seu avô lhe daria um murro e destruiria sua traqueia na frente de todas aquelas pessoas. Os dedos de Kaul tremeram, mas ele meramente fez uma careta para evidenciar o desdém latente pelo neto que sobrou. Hilo abriu espaço para que Shae se posicionasse ao lado da cadeira e pegasse a mão do avô.

— Cadê o Doru? — ela ouviu o velho murmurar.

Hilo se preocupara com a presença do avô no enterro. Kaul Sen andava ainda mais imprevisível. O que ele diria? Será que ia gritar com Hilo em público ou começar a esbravejar sobre como seu filho, Du, era maravilhoso? Agora, entretanto, Hilo ficou um pouco mais tranquilo. Era bom que seu avô estivesse aqui; na cadeira de rodas, ele parecia frágil e confuso. Claramente não passava de um velho arrasado — já não mais o Tocha de Kekon. Hilo sabia muito bem que alguns membros do clã, a velha guarda, talvez tenham ficado agitados na esperança de que Kaul Sen voltasse a assumir a liderança. Agora, veriam que essa não é mais uma possibilidade.

Hilo foi para perto do caixão. Enquanto outros membros do clã chegavam, ele observava se essas pessoas iam primeiro oferecer seus respeitos ao novo Pilar ou se iam professar condolências sussurradas para Kaul Sen. A maioria vinha até ele, seguindo o que ditavam os costumes. Alguns não. O que já bastava para Hilo entender que sua posição como Pilar estava longe de ser universalmente aceita.

Ele deu um beijo casto nas bochechas de Wen quando ela se aproximou com Tar. Mesmo coberta com o pó facial branco que simbolizava luto e sem nada do brilho costumeiro de seus traços, ela estava adorável. Quando os lábios de Hilo lhe tocaram a bochecha, Wen, por um instante apenas, tocou as mãos dele.

— Não dá bola pra esses velhos — sussurrou ela, como se tivesse lido sua mente, ou simplesmente notado a forma como ele olhava para o aglomerado de convidados que ainda não tinham vindo reconhecê-lo como Pilar. — Eles ainda não aceitaram a realidade.

— Alguns são poderosos — respondeu Hilo, baixinho. — E tem até conselheiros.

— Conselheiros são inúteis numa guerra — disse Wen. — Os Lanternas não precisam de leis ou de incentivos fiscais agora; precisam de proteção. Precisam da força do clã. Olha pra todos os Punhos aqui, pra como eles se nutrem da sua presença. Todo mundo no clã vai perceber isso também.

Ela apertou os dedos dele e então seguiu em frente para se juntar aos seus irmãos.

Hilo vasculhou a multidão até avistar Anden um pouco mais afastado. Capturou a atenção dos olhos de seu primo e gesticulou para que o garoto se juntasse ao restante da família. Anden hesitou, mas acabou se aproximando. Ele parecia arrasado pelo luto, o coitado; seus olhos estavam inchados e o rosto quase tão torcido e pálido quanto o cadáver afogado de Lan quando Hilo o viu pela primeira vez.

Com gentileza, o Pilar disse:

— Tá fazendo o que sozinho lá longe, Andy? Seu lugar é aqui com a gente.

O rosto do rapaz se contorceu como se mal estivesse conseguindo segurar as pontas, mas então ele assentiu em silêncio e foi para o lado de Shae.

Os gongos e os tambores mantiveram o compasso de uma última leva de barulhos que faziam a cabeça de Hilo doer, e então ficaram em silêncio, assim como a multidão. O mais velho dos penitentes, um Erudito, tomou à frente e começou a conduzir os longos e sussurrados mantras que conduziriam o espírito de Lan para a vida após a morte, onde ele residiria em paz até o tão aguardado Retorno, quando toda a humanidade seria recebida de volta no reino dos céus para reaver seus antigos laços de sangue com os deuses.

Hilo saiu do ar depois de alguns minutos. Ele movia os lábios para ecoar os mantras sempre que necessário, mas nunca tivera fé naquilo que não se pode ver ou sentir com seus próprios e formidáveis sentidos. O deísmo, todas as religiões, na verdade, criava histórias complicadas por meio de verdades que eram simples, mas difíceis de ser aceitas.

A jade era uma substância misteriosa, mas natural. Não um presente divino ou os restos de algum tipo de paraíso celeste. Os kekonésios eram geneticamente sortudos, assim como os primeiros macacos com polegares opositores, mas era só isso. O povo não era descendente dos deuses e nem voltaria a ser divino. As pessoas eram pessoas. O poder da jade não fazia com que ninguém fosse melhor ou que se aproximasse de um estado divino, simplesmente dava poder a quem a vestia.

Hilo analisou a triste multidão. O local estava lotado de Lanternas influentes — empresários, executivos, juízes e políticos. Haviam vindo com envelopes brancos que continham um tributo especial para custear os gastos do funeral de Lan e para proclamar publicamente a continuidade de suas alianças com o clã. Por enquanto, tudo isso era apenas um gesto, não uma promessa. A verdadeira força do comprometimento de cada um seria revelada nas próximas semanas e meses. Dependia do que fosse acontecer a seguir, dos caminhos que o clã seguiria.

Hilo olhou para a esquerda e a direita, para sua família reunida ao seu redor e na frente da multidão enlutada. Hoje, ele estava fazendo uma exibição para o clã — de Shae como a nova Homem do Tempo, dos temíveis irmãos Maik como Chifre e Primeiro Punho, de sua noiva e de seu talentoso primo adolescente; todos ali, juntos. Uma declaração pública e confiante de que a geração mais jovem do Desponta continuava forte, de que tinha condição de garantir um futuro para o clã. Ele esperava que, pelo menos por enquanto, fosse o bastante.

O sermão terminou com diversos murmúrios de *que os deuses o saúdem*, e então todos encararam o caixão sendo colocado debaixo da terra. Hilo teria que passar um bom tempo ali aceitando as condolências dos simpatizantes. O que queria, em vez disso, era se deitar no chão e desmaiar. Shae, que havia ficado durante a vigília com o irmão, continuava ali, empertigada e olhando para a frente enquanto segurava um dos braços da mãe. Kaul Sen parecia acabado e perdido na cadeira. As pessoas começaram a se espalhar e a conversar baixinho. Era tudo extremamente deprimente.

— O Chanceler Son tá vindo — sussurrou Shae.

O político avermelhado e com sobrepeso se aproximou e colocou seu envelope branco com destreza no gazofilácio ao lado do caixão.

— Kaul-jen — disse ele, num tom severo antes de se virar e erguer as mãos em saudação, mas, Hilo percebeu, sem mantê-la por tempo o bastante ou dar qualquer indício de uma reverência. — É inexplicável o quanto meu coração sofre por sua perda.

— Obrigado por ter comparecido para dividir o luto conosco, Chanceler — disse Hilo.

— Seu irmão não foi Pilar pelo tempo que merecia. Ele era um líder responsável e sábio que sempre pensava nas necessidades do país e nunca esquecia os amigos do clã. Nunca tive nada além de um imenso respeito por Kaul Lan. Ele deixará muita saudade.

— Deixará mesmo — concordou Hilo, se esforçando para manter o rosto neutro, pois não poderia ficar mais claro que o chanceler o estava fazendo engolir uma mensagem e já, mesmo agora, com aquele olhar astuto, criando comparações desfavoráveis entre o antigo e o novo Pilar.

Son se comunicava com a fala mansa de um diplomata, mas Hilo nem precisava da Percepção para sentir que a ambivalência e a precaução do sujeito ecoavam em todos os Lanternas presentes. Essa gente contava com o Pilar para protegê-los e patrociná-los, mas, quando olhavam para Hilo, viam sua evidente juventude e sua reputação violenta.

Depois de hoje, Shae investigaria as contribuições monetárias e, então, ele seria capaz de entender a situação e calcular o quanto precisava se preocupar. Por mais que quisesse se confortar no que Wen dissera, Hilo sabia que não importava a quantidade de Punhos fiéis que tinha; se perdesse o apoio dos Lanternas, se eles começassem a debandar para o lado dos Montanha, então perderia o clã também. Relutante, ele se virou para, com toda a educação do mundo, cumprimentar o próximo que vinha depositar um envelope e prestar suas condolências.

Quando a linha de convidados tinha finalmente diminuído e a multidão começara a se dispersar, Anden se aproximou.

— Hilo-jen — disse o garoto, incerto. — Tenho que falar com o senhor. — O rosto do adolescente estava contorcido, como se ele estivesse sentindo dor física. Quando falou, suas palavras saíram apressadas e sua expressão assumiu o ar de um homem implorando perdão por algum crime terrível. — Tem uma coisa que eu não contei, mas devia ter contado. Se eu tivesse... Se eu...

Hilo chamou o primo angustiado para o canto.

— O que foi, Andy?

— O Lan me pediu pra fazer umas tarefas pra ele antes de morrer. Ele me mandava um pra um lugar, pra pegar uns pacotes e levar pra ele sem dizer nada pra ninguém. — Os sussurros agoniados de Anden estavam mais tensos do que aço. — O Lan tava estranho quando eu vi ele pela última vez. Irritado, muito incomum, e a aura tava estranha também, intensa demais. Os pacotes... eram frascos, Hilo. Frascos de...

Hilo agarrou a lapela do terno de Anden, puxou-o para a frente e, intensamente, meneou a cabeça uma única vez.

— Não fala.

Sua voz estava baixa e com raiva.

A expressão no rosto de Hilo parecia esculpida em pedra. Ele se inclinou e falou perto do ouvido de Anden:

— O Lan era o primeiro dessa família, o Pilar do nosso clã. Os Montanha mataram ele, e eu vou garantir que paguem. E, independentemente de qualquer coisa, não vou admitir que alguém manche a memória do meu irmão e nem faça o povo duvidar da força da família. *Nunca*. — Ele apertou a lapela de Anden com ainda mais força enquanto se afastava o bastante para encarar o garoto nos olhos. — O que você acabou de me dizer... você falou pra mais alguém, na escola talvez?

— Não — respondeu o garoto, com os olhos arregalados. — Pra ninguém.

— Nunca mais toca nessa história.

A garganta de Anden se moveu, mas nenhum som emergiu dali. Ele assentiu.

Hilo afrouxou os dedos e sua expressão feroz se desfez. Ele ajeitou a frente do paletó de seu primo e colocou as mãos nos ombros do jovem.

— Isso também tá acabando comigo, Andy... ficar pensando no que eu podia ter feito. Eu devia ter prestado mais atenção. Devia ter mandado uns guardas para seguir ele naquela noite. Mas agora não importa; o que aconteceu, aconteceu, e não dá pra mudar. A culpa não foi sua, nem de longe.

Anden não olhou para ele; o rapaz enxugou os olhos com o verso da mão. Hilo odiava vê-lo crivado de mágoa e de culpa assim. Gentilmente, perguntou:

— Você precisa passar um tempo afastado? Quer que eu fale com a Academia?

Anden meneou a cabeça na mesma hora.

— Não, quero me formar direitinho.

— Que bom. É o que Lan iria querer.

Hilo tentou dar um sorriso reconfortante ao primo, mas Anden ainda não havia erguido o olhar. O adolescente assentiu e se afastou para ir em direção a alguns colegas da Academia que estavam ali perto com suas famílias. Hilo deu um suspiro cansado enquanto observava seu primo partir. Não tinha sido sua intenção falar daquele jeito, mas logo Anden estaria fazendo juramentos e entraria para o clã em uma época de guerra, era importante que entendesse isso. Em um clã de Ossos Verdes, o legado era crucial. A autoridade de Lan descansara sobre os legados de seu avô e de seu pai, assim como a de Hilo descansaria sobre o do irmão. O clã era como um corpo: os Lanternas eram a pele e os músculos, os Punhos e os Agentes da Sorte, o coração e os pulmões, mas o Pilar era a coluna. Não havia espaço para fraqueza na coluna, porque o corpo não aguentaria, e um corpo que não aguenta não é capaz de lutar. Lan sofrera uma emboscada por seus inimigos e perecera como um guerreiro — e que nunca haja dúvidas quanto a isso.

Hilo disse para Tar:

— Tira o resto das pessoas daqui. Quero ficar sozinho.

Tar e Kehn apressaram os convidados restantes de forma gentil, mas com firmeza, de volta para os portões do cemitério. Shae ficou com a cabeça baixa por um longo momento. Seus lábios se moviam como se ela estivesse dizendo algo baixinho para o caixão de Lan. Depois, se virou e foi embora, guiando os passos lentos da mãe. Wen se aproximou de Hilo e colocou uma mão questionadora em seu braço.

— Vai com os seus irmãos — disse ele. — Eu vou daqui a pouco.

Ela fez o que Hilo mandou.

Kaul Sen continuava ao lado da cova aberta enquanto Kyanla esperava pacientemente atrás da cadeira de rodas.

— Ele era um bom garoto — disse o velho, por fim. — Um bom filho.

De repente, Kaul Sen caiu no choro. Chorou com o silêncio e a cara feia de alguém envergonhado por ceder ao pranto, de alguém que achava que lágrimas eram para os fracos. Kyanla tentou reconfortá-lo e entregou-lhe lenços que pegou da bolsa.

— Aqui, aqui, Kaul-jen. Não tem problema chorar. Somos todos humanos, todos precisamos chorar para melhorar, até mesmo o Pilar.

Kaul Sen nem tomou consciência de suas palavras.

Hilo afastou o olhar. Ver o velho chorar daquele jeito lhe deixava com o peito pesado, tão pesado quanto chumbo. Seu avô era um tirano insuportável, mas tinha passado por mais tragédia na vida do que qualquer um merecia. Todas as conquistas militares e cívicas, elogios públicos e décadas no comando da família e do clã não compensavam o fato de que ele enterrara o único filho e agora seu neto mais velho.

Quando seu avô fora tomado pela demência e sedado alguns dias atrás, Hilo instruíra o Dr. Truw a remover e guardar um pouco da jade do velho. Algumas pedras do cinto, só para começar. O doutor disse que isso já ajudaria; faria com que o avô ficasse menos suscetível a se machucar e a machucar os outros, entorpeceria seus sentidos, desaceleraria seu metabolismo e o deixaria mais calmo. Quando acordou, Kaul Sen nem percebeu a falta da jade, o que, por si só, já era bem triste, mas Hilo percebeu. A aura outrora indomável do Tocha já não passava da sombra do que costumava ver; a quantidade menor de jade fazia com que tudo ficasse mais aparente ainda. Ao vê-lo desse jeito agora, Hilo foi tomado pela certeza abrupta de que seu avô não tinha mais muito tempo de vida. Haveria outro enterro na família Kaul em breve, mas não arriscaria apostar para ver de quem seria.

Hilo sabia que era o descendente que o avô menos amava, mas, mesmo assim, se obrigou a ir até o lado de Kaul Sen.

— Tá tudo bem, vovô — disse, baixinho. — O senhor fortaleceu o clã mais do que qualquer um de nós. — E se ajoelhou rente à cadeira de rodas. — O senhor não precisa se preocupar, eu vou cuidar de tudo. Não sou o Du ou o Lan, mas ainda sou um Kaul. Vou dar um jeito, eu prometo.

Ele não sabia se o avô havia escutado e nem se dava alguma importância às suas palavras, mas o velho parou de chorar, abaixou a cabeça e fechou os olhos. Hilo mandou Kyanla levá-lo de volta ao carro.

O Pilar ficou ali sozinho perto da cova de Lan. Muito embora não acreditasse nos Céus ou em fantasmas, algumas coisas precisavam ser ditas.

— A sua jade, irmão. Mandei costurarem por baixo do estofado do caixão. Ninguém pegou de você, e elas nunca mais serão usadas. São suas. — Ficou em silêncio por um minuto. — Eu sei que você acha que eu não dou conta do recado, mas é que você não me deu muita escolha, né? Então vou provar que você tá errado. Não vou permitir; não vou deixar que o Desponta caia por terra. Se existir uma vida após a morte, quando você me vir de novo, me conta se eu mantive o juramento que te fiz.

Capítulo 37
O Perdão da Homem do Tempo

Shae foi até a casa do Homem do Tempo, onde dois homens mantinham guarda constante sobre Yun Dorupon. Os dois eram Dedos juniores que não seriam páreo para um Osso Verde tão experiente, mas isso nem era necessário, já que o cativo não possuía mais nenhuma jade. Um homem ficava na porta da frente para manter as pessoas afastadas, e outro ficava do lado de dentro para impedir que Doru saísse. Ambos portavam apenas revólveres, nem mesmo as facas talon eram permitidas para que o prisioneiro não tivesse a chance de pôr as mãos em lâminas com empunhaduras de jade.

Quando Shae se aproximou, o sentinela disse:

— Hilo-jen disse que ninguém tem permissão de entrar.

Até mesmo esses Dedos juniores se referiam a Hilo de forma familiar, como fossem seus amigos pessoais.

— Esta é a casa do Homem do Tempo. Eu sou a Homem do Tempo, então esta residência é minha. O homem aí dentro é um convidado temporário, e quero falar com ele. — Quando o Dedo continuou a hesitar, Shae acrescentou: — Seria melhor você simplesmente me denunciar pro meu irmão em vez de ficar me atrapalhando.

O Dedo refletiu acerca de sua posição hierárquica em comparação com a dela e acabou deixando-a entrar. Era o meio da manhã, mas o interior da casa se encontrava num breu. Todas as cortinas estavam fechadas, e o ventilador de teto circulava um ar quente e abafado que cheirava a cravo e suéteres mofados. Doru não jogava nada fora; o lugar era lotado de móveis espalhados, plantas e todo tipo de presentes aleatórios acumulados durante as décadas que passara como Homem do Tempo — estátuas e caixinhas ornamentadas, vasos coloridos e pesos de papel de argila, tapetes e porta-copos de ébano. Em um canto da sala de estar, perto da janela, o outro guarda estava sentado em uma cadeira com cara de entediado. Doru estava deitado todo esticado em um sofá com uma toalha dobrada e molhada sobre os olhos.

— *É a senhora, Shae-se?*

— Doru-je... — Ela parou quando se deu conta. — Oi, tio Doru.

O ex Homem do Tempo já não possuía mais o sufixo que usara pela maior parte da vida.

Doru tirou a toalha de cima dos olhos, mexeu os membros esguios e sentou lenta e cuidadosamente, como se não conhecesse direito seu corpo e estivesse com medo de que fosse quebrar. Sem a jade, ele parecia esquelético e velhíssimo. O antigo Homem do Tempo passou a língua pelos lábios finos e secos e semicerrou os olhos para Shae, como se quisesse garantir que era ela mesmo.

— Ah — disse ele, num suspiro, e fechou os olhos e reclinou a cabeça para trás. Parecia que aqueles simples movimentos já o haviam deixado exausto. — Como foi que você conseguiu, Shae-se? Passar por isso sozinha e tão longe de casa?

Ela era jovem e saudável, mais capaz de suportar as dores de cabeça, a fatiga esmagadora e os ataques de pânico gerados pela abstinência de jade. Doru era quase tão velho quanto seu avô. Não havia como deixar de se perguntar se uma morte rápida teria sido um destino mais gentil para ele do que essa provação humilhante.

— Fica mais fácil depois das duas primeiras semanas.

— Eu sei, Shae-se — respondeu Doru, num suspiro. — Não é a primeira vez que tiram a minha jade e me aprisionam. Pelo menos agora tenho o conforto de ficar em casa ao invés de numa cela de tortura dos shotarianos. — Ele moveu os dedos em um gesto de *deixa pra lá*. — Mas também não espero que isso dure tanto tempo assim. Vem mais perto, não consigo mais te ouvir tão bem. Senta aqui e me conta por que eu continuo vivo.

Shae foi até a poltrona e se sentou de frente para o homem.

— O funeral do Lan, tio. Foi ontem.

Lágrimas se acumularam debaixo das pálpebras finas como papel de Doru e vazaram do canto de seus olhos fazendo uma trilha através de uma paisagem de rugas.

— Por que ele? Ele sempre foi um homem tão bom e atencioso, um filho tão obediente. Ah, Lan-se, por que você foi ser tão tolo? Tão bom e tão tolo ao mesmo tempo? — Em um tom acusatório, disse: — Vocês podiam ter me deixado ir ao funeral. Hilo podia ter me dado essa gentileza.

— Você sabe que ele não podia, não.

— Como foi que aconteceu? O coitadinho do Lan-se, como foi que ele morreu?

— Sofreu uma emboscada quando tava voltando do Divino Lilás. Se afogou no porto.

Shae ficou surpresa por ter conseguido proferir essas palavras.

Doru meneou a cabeça enfaticamente.

— Não pode ser. Deve ter sido um erro terrível. Esse nunca foi o plano, nunca.

Uma onda gélida de raiva retumbou pelas veias de Shae.

— Por que você traiu a gente, Doru? Depois de tantos anos... por quê?

— Só fiz o que eu pensava que fosse melhor. O que o próprio Kaul-jen iria querer. Eu nunca o trairia, por nada e nem ninguém. — Seu rosto envergou de arrependimento. — Nem mesmo a seus netos.

— Não faz sentido. Tá dizendo que o vovô queria que você conspirasse com os Montanha contra a gente?

— Um bom Homem do Tempo — disse Doru. — tem a habilidade de ler a mente de seu Pilar como se fosse a sua própria. Kaul-jen nunca teve que me mandar fazer isso ou aquilo, ele nunca teve que dizer: "Doru, o que devo fazer?" *Eu* sempre sabia para onde ele estava apontando, antes até mesmo de ele se dar conta. Se ele dissesse: "Devemos capturar essa cidade", eu sabia que o objetivo era acabar com as companhias de navegação. Se ele dissesse: "Devemos falar com fulano e ciclano", eu sabia que era para suborná-los e que eu devia começar a preparar o terreno. Eu via e fazia coisas que Kaul-jen *não* me pedia para fazer. Entendeu, Shae-se?

— Não.

— Kaul-jen cometeu apenas alguns poucos erros na vida dos quais se arrependeu. Quando ele e Ayt eram parceiros, a Sociedade da Montanha Única era forte, forte o bastante para libertar a nação! Você nasceu depois do fim da guerra, Shae-se; não tem como apreciar ou entender o que isso significa. Foi a *paz*, não a guerra, que nos dividiu em clãs, que nos transformou em rivais por território, negócios e jade. Seu avô... sei muito bem que seu coração está partido por ele e Ayt estarem para deixar um legado de contenda. Tentei consertar o que ele queria ter consertado. Tentei fazer os clãs se unirem de novo.

— Dando cobertura para os Montanha enquanto eles mineravam jade pelas nossas costas? Conspirando com o Homem do Tempo de lá para nos trair? Eu examinei os registros da AJK e do Tesouro. Você tava é enchendo o próprio bolso.

— E pra que eu precisaria de mais dinheiro nesta idade? — Seu rosto comprido se enrugou em desdém. — A filha do Ayt quer coligar os clãs. E vai fazer isso seja através da paz ou através da força. Ela é mais forte, mais ambiciosa e mais ardilosa como Pilarisa do que Lan jamais foi e que os Céus me perdoem por dizer isso. Muitas vezes eu tentei convencer ele a negociar uma fusão, mas ele se recusava a sequer considerar. Ele tinha o orgulho em um ombro e a voz daquele lobo do Hilo em outro.

A voz de Doru esmaecia conforme sua energia ia se esgotando.

— Concordei em abafar as atividades de mineração dos Montanha em troca de dinheiro, mas de dinheiro que eu coloquei de volta no clã. Fortifiquei nossa presença nos setores em que somos fortes: imobiliário, construção e turismo, e comecei a alienar as áreas em que os Montanha tinham vantagem: jogos de azar, industrial, varejo e por aí vai. Eles cresceriam com mais segurança e teriam mais poder, mas nós ficaríamos mais fortes também, combinaríamos melhor, como duas peças de um quebra-cabeça quebrado. Lan entenderia e perceberia que uma fusão era a única solução pacífica e sensata.

Shae fechou os olhos por um longo momento.

— Você sabia que iam tentar matar o Hilo? Que iam assassinar o Lan?

Doru moveu a cabeça para frente e para trás nas almofadas do sofá.

— O Lan não, de jeito *nenhum*, e que os deuses o saúdem. Já o Hilo... não tinha nada que eu pudesse fazer. Ele estava no meio do fogo cruzado, roubando de volta negócios que eu havia entregado aos Montanha, vigiando as fronteiras e arrumando brigas. Punhos são como tubarões, você sabe muito bem. Só é preciso um pouco de sangue na água para deixá-los doidos. A rivalidade nas ruas pegou fogo; os Montanha foram ficando impacientes. Eu sabia que iam acabar decidindo que o Hilo precisava morrer. Eu sabia, mas não falei e não fiz nada. Então não me incomodo muito em saber que é o Hilo que vai me matar em breve.

Quando Shae olhou para Doru, para a pele sarapintada e fina de suas mãos e pescoço, pensou em sua amiga, Paya, com quem não falava havia anos. Não era o amor de Paya pela música, sua habilidade com números ou seu talento com a Leveza de que Shae se lembrava. Era do choque da dezena de fotos imundas vazando de um envelope de papel pardo que lhe rastejava pela mente como uma infestação de vermes. Shae não conseguia nem se fazer especular sobre o que mais encontraria se vasculhasse esta casa bagunçada. Durante toda a vida de Shae, Doru fora uma presença na família Kaul, ele era como um tio para os netos do Tocha, mas havia abusado de sua posição como Homem do Tempo de diversas maneiras antes mesmo de começar a secretamente prejudicar Lan. Independentemente de qualquer pena que sentisse por Doru agora, ela não discordaria do que Hilo com certeza diria: *"Ele traiu o clã. Um Homem do Tempo não trai o Pilar. Ele tem que morrer; nada pode ser feito a esse respeito."*

Acontece que Hilo ainda não havia dado a ordem para executarem Doru. Ele podia até não ter misericórdia com inimigos, mas Hilo tinha o coração mole com a família. Shae suspeitava que o irmão estava empurrando essa questão com a barriga, que ele não queria que esse fosse seu primeiro ato como Pilar. Agora, porém, passado o funeral de Lan, não demoraria muito. Talvez fosse até mesmo hoje ou amanhã.

Shae se decidiu. Reuniu as palavras que quisera cuspir por um bom tempo e se posicionou na beirada da cadeira.

— Você me dá nojo, tio Doru. Não preciso dizer o motivo. Na minha opinião, você já viveu até demais, protegido pela amizade com o vovô independentemente do que você faça. Eu mesma não derramaria uma lágrima sequer por você, mas vou te poupar da execução se você ajudar o vovô. — Suas palavras ficaram mais intensas, e ela parou por um instante. — Tudo o que ele faz é ficar sentado no quarto. Ele tava frágil no funeral... e mal falou desde então. Quando fala, pergunta de você.

Doru havia voltado a recostar a cabeça no sofá, mas estava ouvindo. Dava para perceber seus olhos se movendo debaixo das pálpebras finas, e sua garganta se mexeu quando ele engoliu em seco.

— A mente dele tá partindo. O médico falou que ele precisa de rotina e de pessoas familiares. Sei que, se você jogasse xadrez e tomasse chá com ele de manhã, como sempre fizeram, seria reconfortante. Se você jurar se manter longe dos negócios do clã, eu falo com o Hilo. Vou convencê-lo a te manter vivo caso você concorde em ajudar o vovô agora, perto do fim, quando ele precisa de você.

Ela suspeitava de que compraria uma briga com Hilo, e, para piorar, justo neste momento, no início da parceria dos dois. Mas era algo que estava disposta a fazer. Estava perdendo o avô logo depois de ter perdido Lan. Para todos os solícitos membros do clã que se amontoaram ontem no funeral para reconhecer Hilo como o Pilar, ficou óbvio que a disposição de Kaul Sen para viver estava esmaecendo rápido, ainda mais rápido do que sua aura de jade enquanto ele lentamente desmamava das pedras que havia conquistado e usado por décadas.

Era uma ironia desoladora ela ter passado os últimos bons anos da vida de seu avô em um país distante e agora ter apenas momentos efêmeros de lucidez que vinham e iam como rompantes de chuva tropical. Ele a amara mais do que qualquer um dos outros netos e desejara muito que ela voltasse para o clã, mas, agora que Shae havia voltado, ele nem sabia. Isso era até aceitável, mas ela não estava pronta para vê-lo partir, para ver seu corpo murchar até virar uma concha e sua mente voar para longe como poeira.

— Eu quero o que for melhor pro vovô. Isso é ainda mais importante do que justiça para o clã. Você concorda, tio?

288 FONDA LEE

Doru ergueu a cabeça do sofá. Seu crânio vacilou, como se fosse pesado demais para seu pescoço. Os olhos do homem estavam fundos, mas continuavam reluzentes e escuros como bolinhas de gude.

— Sempre vou fazer o que Kaul-jen precisar que eu faça.

— Vamos falar pro vovô que você teve problemas de saúde. Sintomas iniciais do Prurido. Que é por isso que você tá sem jade. Sempre haverá um guarda presente, e você tá proibido de falar qualquer coisa sobre os negócios do clã. É o único jeito para que isso aconteça, e, se você quebrar as regras, não vou te proteger do Hilo uma segunda vez.

— Não tenho mais como jurar pela minha jade — disse Doru, com um humor amargo —, mas você tem a minha palavra. Entendo muito bem a minha situação, Shae-se. Dei o meu melhor para tentar um resultado melhor para todos nós, mas falhei. Lan morreu e Hilo é o Pilar. Vivo apenas pela misericórdia dele e, pelo visto, pela sua também. Ter a chance de ser uma simples companhia para Kaul-jen durante o pouco tempo que nós dois ainda temos já é mais do que o bastante. Você não precisa se preocupar comigo.

Shae assentiu e se levantou. Parecia inapropriado agradecê-lo quando era ela quem estava prometendo poupar sua vida, assim como também parecia inapropriado se desculpar pela situação de Doru. Então, disse apenas:

— Então ótimo.

Doru deitou seu corpo magro e frágil de volta no sofá.

— Agora fico cansado muito fácil. Não sei dizer se é meu corpo velho e sem jade ou a dor no meu coração. — Ele pressionou a toalha úmida de novo sobre os olhos e, mesmo imóvel, continuou dizendo com sua voz grossa: — Você pode até me odiar pelas minhas fraquezas, e eu sei que odeia, mas eu jamais desejaria nada ruim para você, Shae-se, e jamais desejarei. A única coisa que me deixa feliz a respeito do meu destino é vê-la tão... tão forte, tão sábia e tão bela com sua jade. Foi preciso morte e guerra pra te trazer de volta, mas você lembra? Lembra que eu sempre falei para o seu avô que você algum dia me substituiria como Homem do Tempo?

Capítulo 38

O Dilema do Lanterna

O Sorte em Dobro ia muitíssimo bem havia meses, e, como ficava perto da entrada de uma rodovia não muito distante de uma fronteira territorial, Seu Une ficou alarmado, mas não surpreso, quando dois Ossos Verdes fortemente armados do Desponta apareceram numa manhã e se sentaram no bar fechado para jogar cartas no balcão e cuidar da porta da frente. O proprietário se aproximou para ver se poderia oferecer-lhes algo para comer ou beber.

— Estão esperando algum problema, jen? — perguntou.

— Talvez — disse um dos Ossos Verdes, um homem de barba curta chamado Satto. O outro era muito mais jovem e se chamava Caun. — O Chifre acha que sim. Precisamos de um telefone pra ligar pra ele caso aconteça alguma coisa.

Seu Une demorou um pouco para se lembrar de que os homens não se referiam mais ao Kaul Hilo, mas a Maik Kehn. Ele trouxe o telefone de seu escritório e o ligou atrás do bar.

— Será que eu deveria fechar por hoje? — perguntou, ficando mais nervoso a cada minuto.

Satto respondeu:

— Você quem sabe. Por enquanto não precisa.

E realmente não precisava, já que o movimento estava muito fraco. Normalmente, o horário de almoço de quintia era muito movimentado, mas ontem tinha sido o cortejo do Pilar assassinado, que os deuses o saúdem. Todos esperavam que hoje os clãs estivessem de volta à guerra por vingança, e os janloínos, muito sabiamente, estavam decididos a ficar em casa sempre que possível. Seu Une ouvira falar que alguns estabelecimentos em regiões disputadas haviam diminuído as horas de serviço, ou, assim como o Dançarina, no Sovaco, tinham ficado fechados o dia inteiro. O pai de Seu Une, por outro lado, mantivera o Sorte em Dobro aberto quase todo dia, até mesmo durante a Guerra das Muitas Nações, quando bombas tanto dos shotarianos quanto dos espênicos ameaçavam fechar o restaurante permanentemente, então, o proprietário, por princípios, se recusava a deixar qualquer ameaça atrapalhar os negócios.

Depois do meio-dia, tinha começado a reavaliar a decisão quando recebeu uma ligação e a voz do outro lado da linha pediu para falar com Satto. À essa altura, os dois Ossos Verdes haviam se banqueteado com o buffet do almoço e pareciam entediados. Os poucos outros clientes no Sorte em Dobro sentaram bem longe e ficavam olhando nervosos para os dois homens. Quando Satto desligou a chamada, disse para Seu Une:

— Manda os clientes saírem. Os Montanha atacaram as Docas. Tão vindo pra cá.

Caun havia tomado a liberdade de fechar e trancar as cortinas de madeira.

— Qua... quando eles vão chegar? — gaguejou seu Une.

Satto deu de ombros.

— Em uns quinze minutos, talvez.

Seu Une foi pessoalmente a todas as mesas. Nenhum dos clientes se recusou a sair; debandaram do restaurante de uma vez só, algumas pessoas até chegaram a levar as refeições inacabadas em potes de marmita e várias deixaram gorjetas generosas partindo da presunção de que Seu Une logo precisaria do dinheiro para reformas. Ele mandou os funcionários mais recentes embora também. O restante da equipe guardou todos os vasos e panelas, louças, copos — tudo o que tinham como evitar que quebrasse. Esperaram até os últimos fregueses saírem, assim como era esperado nesse tipo de situação, e então foram para a sala de intervalo ou para a cozinha e se sentaram no chão. Seu Une permaneceu lá na frente, alternando entre secar a testa com um lenço e contorcer as mãos.

— São só vocês dois? Não que eu duvide das suas habilidades, jen, mas é claro que...

Neste momento, três outros Ossos Verdes do clã, dois homens e uma mulher, atravessaram a porta, ofegantes e suados, como se tivessem vindo correndo de outro lugar. O alívio de Seu Une com a chegada de reforços não durou muito, pois a mulher arquejou:

— Dominaram quase tudo pro sul da Rodovia do General. É o próprio Gont que tá liderando o ataque. — A espada da lua em sua mão estava molhada. O estômago de Seu Une estremeceu em protesto. — Vão chegar aqui a qualquer momento.

Caun, sentado perto da porta, virou a cabeça em direção à rua como se tivesse escutado algum barulho repentino que passara despercebido para Seu Une.

— Já chegaram.

Os Ossos Verdes sacaram suas armas e correram para fora a fim de proteger o estabelecimento. Seu Une soltou um gemido agudo e se apressou para o outro lado. Se jogou debaixo do balcão do bar bem na hora que o som de pneus rangendo, portas batendo e tiros eclodiu na frente do restaurante.

A saraivada inicial de balas salpicou a entrada e quebrou três das janelas frontais do Sorte em Dobro — Seu Une grunhiu ao pensar no prejuízo —, mas depois os projéteis cessaram. Em uma briga por território, não era bom para ninguém, nem para o clã atacante e nem para o clã se defendendo, que potenciais propriedades contribuintes fossem danificadas ou transeuntes fossem mortos. Houve berros lá fora, o som de aço contra aço, um grito de dor, o rangido de outro carro chegando e mais baques abafados de luta. Seu Une teve a impressão de ouvir alguém gritando: "Recuar!", mas a voz foi obscurecida por mais dois tiros.

Depois, fez-se silêncio. Seu Une não ousou respirar.

Assim que reunira a coragem para se levantar e tentar ver o que estava acontecendo, as portas da frente foram abertas com tudo e um Osso Verde gigantesco que só podia ser Gont Asch, o Chifre do Montanha, entrou a passos largos. Três de seus guerreiros vieram logo em seguida com olhos reluzentes e repletos de selvageria, e rostos e roupas pontilhadas de sangue. Gont parou na antessala e avaliou o térreo.

— Um lugar bem bacana — disse. Sua cabeça se virou para o bar. Seu Une havia se jogado de volta no chão e estava sufocando gemidos com a manga da blusa. — Vem aqui, meu amigo — chamou Gont.

Hesitante, ele se levantou. Gont fez menção de ir para a frente. Engolindo em seco, o dono do restaurante se forçou a agir da forma mais profissional e solícita possível e se aproximou daquele conjunto de homens. Enquanto encurtava a distância, olhou para a porta da frente e ficou horrorizado ao ver sangue no vidro e a metade inferior do corpo de Caun caída em seu campo de visão. Ele pulou como um esquilo quando Gont perguntou:

— Cadê os seus funcionários?

Seu Une tentou falar, mas teve dificuldade, então apontou para a cozinha e para a sala de intervalo.

— Traz eles aqui — disse Gont para um de seus homens.

Seu Une foi tomado de sobressalto mais uma vez quando a porta da frente foi aberta e dois outros Ossos Verdes do Montanha entraram arrastando um Satto que mancava entre eles. Depositaram-no na frente de Gont como gatos oferecendo um rato morto.

— Jade para nosso Chifre — disse um dos guerreiros em saudação a Gont. — Essa vitória valeu a pena. O Sorte em Dobro é uma das joias dos Desponta.

Satto lutou para ficar de joelhos e cuspiu nos sapatos de Gont.

— Meu sangue pelo meu clã. Quando você estiver gelado e morto, Hilo-jen vai arrancar a jade do seu...

O golpe de espada da lua de Gont foi tão veloz e forte que Seu Une nem teve tempo de grunhir antes de a cabeça de Satto rolar pelo carpete e parar perto do pódio da *hostess*.

— Todos vocês lutaram bem. Dividam a jade entre si. Vai lá dizer pro Oro não trazer os funcionários aqui pra fora até tirarmos os corpos daqui. Não tem por que assustarmos eles. — O Chifre embainhou a espada, se sentou na mesa mais próxima, olhou em volta e assentiu. Olhou para o quadro onde os pratos especiais do dia haviam sido escritos com giz. — O buffet do almoço ainda tá aberto?

A pergunta desanuviou o choque de seu Une.

— S... sim, Gont-jen. Mas foi guardado e pode não estar tão quente e fresco quanto há duas horas... — Ele deixou a explicação morrer ao perceber como soava ridículo.

— Ouvi falar que esse é o restaurante favorito do meu inimigo, Kaul Hilo — disse Gont. — E que a lula crocante daqui é espetacular. Infelizmente, nunca tive a oportunidade de experimentar. Pra você ver como é lamentável a realidade de um Osso Verde nesta cidade.

Dois de seus homens passaram carregando o corpo decapitado de Satto.

— Fico lisonjeado por saber que a reputação do Sorte em Dobro chegou aos ouvidos do senhor, jen — disse Seu Une rápido enquanto suava às bicas. — Por favor, me permita trazer um prato de lula crocante para que o senhor finalmente possa experimentar.

— Nada me deixaria mais feliz — disse Gont. — E também me traga seus livros-caixa.

Seu Une se apressou para fazer as duas coisas. Dez minutos depois, o Chifre do Montanha colocou um pedaço de lula na boca e mastigou. Seus subordinados assistiam com curiosidade. O restante da equipe do Sorte em Dobro fora trazido dos fundos e estava ali também. Em silêncio, todos formavam um semicírculo apavorado atrás de Seu Une. As sobrancelhas de Gont se franziram; ele engoliu, e então levantou uma mão e bateu várias vezes na mesa, aplaudindo.

— Realmente, a reputação do Sorte em Dobro é muito merecida. A crocância é perfeita, o tempero é tão único... E tem a quantidade perfeita de pimenta. Eu comeria isso aqui todo dia e nem reclamaria.

Mesmo contrariado, Seu Une ficou radiante com o elogio. Atrás dele, a equipe suspirou de alívio.

Enquanto ainda comia, Gont se virou para o livro-caixa preto que o dono do estabelecimento havia posicionado em sua frente e o abriu.

— Quanto você paga de imposto para os Desponta?

Seu Une respondeu, e Gont assentiu lentamente enquanto examinava os livros.

— Seu negócio anda se saindo melhor do que isso nos últimos tempos, e estamos em guerra. Você vai pagar uma vez e meia desse valor para o Clã da Montanha. — Ele gesticulou para que os Punhos pegassem jeotgarak e também se servissem da lula, o que fizeram com avidez. — Agora, meu amigo, faça um juramento à aliança e ao tributo, e amanhã poderá abrir como sempre.

Seu Une abriu e fechou a boca algumas vezes antes de enxugar a testa e dizer:

— Gont-jen, sou Lanterna do Desponta há mais de vinte anos. Meu irmão e meu sobrinho também são Lanternas leais aos Kaul, minha cunhada é uma Agente da Sorte, meu primo é um Dedo no clã. Será que o senhor não me permitiria sair daqui com minha honra intacta?

Era um costume bastante difundido que, se um clã tomasse território de outro, empresários e trabalhadores sem jade teriam permissão de trocar de aliança ou ir embora sem enfrentar consequências; foi o que havia acontecido nas casas de aposta da Rua do Pobre que os Kaul conquistaram poucos dias atrás.

— Não seria aceitável neste caso — respondeu Gont. — A família Une cuida do Sorte em Dobro desde que o restaurante foi aberto. Seria um absurdo esse estabelecimento continuar de portas abertas sem sua sábia gestão e visão culinária no comando.

Mais uma vez, Seu Une percebeu que havia ficado lisonjeado. O Chifre do Montanha tinha um tom de voz barítono retumbante e muito bem enunciado que o fazia parecer extremamente razoável. Talvez não fosse tão ruim ser um Lanterna no Clã da Montanha. Afinal, que diferença faria pagar imposto para um clã em vez de outro? Mesmo assim, nenhuma vez em todos esses anos Seu Une contemplou com seriedade a possibilidade de o Sorte em Dobro ser tomado por outro clã. Os Desponta sempre foram muito poderosos nessa região e a patronagem de Kaul Hilo sempre fora muito blindada. A guerra talvez trouxesse mais uma reviravolta que faria o restaurante voltar a ser dos Desponta. Era mais seguro não trair ninguém.

— Por favor, Gont-jen — disse Seu Une, com as mãos juntas e saudando o Chifre repetidamente —, o Sorte em Dobro é o legado da minha família, mas preciso recusar.

Gont pensou a respeito. Então limpou a boca com o guardanapo de tecido e se levantou.

— Muito bem. Entendo sua decisão. — Ele se virou para seus homens; dois já haviam ido embora, provavelmente para continuar o avanço nas Docas ou para travar batalha em algum outro lugar da cidade, mas três continuavam ali. — Garanta que todos os membros da equipe sejam levados para fora. E depois queime tudo.

O rosto de Seu Une congelou de terror. Enquanto os Ossos Verdes de Gont se moviam para obedecer, o dono do restaurante chorava.

— Não, Gont-jen, eu imploro! — O velho se ajoelhou na frente do Chifre. — E... eu juro aliança e tributo ao Clã da Montanha. Ergo a luz da minha lanterna para guiar o caminho de seus guerreiros e intercedo por sua proteção. — Sua voz tremia com a urgência do apelo. — Pelo amor dos deuses, *por favor*.

Gont levantou uma mão a fim de parar seus homens.

— Aceito seu juramento com muita alegria, Seu Une. Eu ficaria muito decepcionado se essa fosse minha única vez aproveitando a lula crocante daqui. — Ele deu a volta no trêmulo Lanterna, se apressou em direção à porta e deixou seus Punhos no comando da situação. — O Sorte em Dobro é só o começo do que vamos tomar dos Desponta. O que não pudermos dominar, vamos destruir. Quando essa guerra acabar e o Montanha for vitorioso, haverá apenas um clã em Janloon, como antes, e bons Lanternas como o senhor não terão mais com o que se preocupar.

Capítulo 39

Comandando a Rua Caravela

Shae parou em frente às grandes janelas do escritório de canto de Doru e olhou para a dominante vista da cidade. Estar nesta sala fazia sua pele se arrepiar. O lugar exalava a presença de Doru. Tudo, desde a velha poltrona marrom de couro esculpida com o formato do corpo dele até a caneta de marfim na mesa e o pacote aberto de nozes de areca na gaveta, fazia Shae se lembrar de que estava no território do velho, um reino que fora ocupado por ele praticamente pelo mesmo tempo que ela tinha de vida.

Seu estômago não passava de um turbilhão de nós. Ela não se lembrava de ter ficado assim tão nervosa antes, nem mesmo no primeiro dia em que entrou numa sala de aula enorme cheia de alunos espênicos. Quando se ajoelhara diante de Hilo para jurar ser sua Homem do Tempo, ela até tinha noção de como seria um papel difícil de desempenhar, mas o luto e a culpa a haviam carregado pelos dias de vigília e pelo funeral e foi apenas agora que ela realmente foi tomada pela impossibilidade da função que tinha à sua frente. Seja lá quais fossem as dúvidas que o clã pudesse ter a respeito de Hilo como Pilar, a desconfiança era muito maior em relação a Shae como Homem do Tempo. Doru fora um veterano de guerra condecorado e empresário com décadas de experiência; ela, por outro lado, era uma mulher de 27 anos de idade que passara os últimos 2 anos longe de Kekon e nunca assumira uma posição de alta patente no clã. Se não conseguisse impor respeito e começar a tomar conta direito do escritório do Homem do Tempo imediatamente, os investimentos cairiam e os Lanternas desertariam como ratos pulando de um naufrágio. Ela poderia fazer os Desponta perderem essa guerra muito mais rápido do que qualquer atitude que seu irmão tomasse ou não.

Ela fumava raramente e apenas em eventos sociais, mas agora acendeu um cigarro para acalmar os nervos. O que mais precisava era do apoio público dos dois homens que Lan havia considerado como os sucessores potenciais e lógicos para o posto de Homem do Tempo: Woon Papidonwa e Hami Tumashon. O clã precisava ver que ela estava acima desses dois homens respeitados. Woon chegaria a qualquer minuto. Shae continuou de pé perto da janela e não se virou, nem mesmo quando percebeu a aura de Woon saindo do elevador sob a escolta de Maik Tar.

296   FONDA LEE

Tar bateu na porta do escritório, abriu-a e disse com formalidade:

— Kaul-jen, trouxe Woon Papi, como a senhora pediu. — Shae sentiu uma pontada positiva de gratidão pelo tenente de seu irmão. Hilo devia ter lhe instruído muito bem. Sem pressa, ela apagou o cigarro e se virou. — Obrigada, Tar — disse, e o Punho se despediu com uma saudação, fechou a porta com firmeza e deixou Woon ali perto da entrada.

— Woon-jen — disse Shae, dando a volta na mesa e gesticulando para que o antigo Encarregado do Pilar sentasse no feio sofá verde-escuro que ficava na área social do escritório.

Woon se sentou sem dizer nada. Casualmente, Shae encheu dois copos com a água de uma jarra na mesinha lateral e colocou um deles na mesa de centro em frente a Woon. Percebeu que a mão dele tremia quando pegou o copo. Ela se acomodou na poltrona para ficar de frente a Woon.

— Meu irmão falava bem de você — disse. — Ele confiava em você e te considerava um grande amigo, um velho amigo da época da Academia.

Woon não respondeu, mas naquele instante Shae viu com clareza no rosto do sujeito a profundeza da tristeza e da vergonha que ele sentia, e também o legítimo medo por sua própria vida. Woon falhara com Lan. Não soubera que seu Pilar havia saído naquela noite fatídica, não estava por perto para protegê-lo pessoalmente e nem tomou a precaução de garantir que os seguranças o acompanhassem. Depois que Maik Tar o ordenara a entrar no carro naquela manhã, o homem passara os vinte minutos seguintes crente de que Kaul Hilo havia ordenado que fosse exilado ou executado.

Ter acabado no escritório da Homem do Tempo ao invés de ajoelhado no acostamento de um trecho arborizado de estrada parecia ter confundido Woon, mas, depois de beber o copo de água oferecido por Shae, ele se recuperou o suficiente para erguer o olhar que refletia uma autoaversão esperançosa.

— Não mereço viver, Kaul-jen.

Com gentileza, Shae disse:

— Lan teria perdoado você. — Ela sentiu, tanto a partir do pulso involuntário de emoção nas entrelinhas da aura do sujeito quanto pela expressão em seu rosto, o efeito daquelas palavras nele. Continuou com um tom suave, porém firme. — Se queremos que o clã vença essa guerra e vingue Lan, não podemos nos dar ao luxo de perder qualquer um que seja sem necessidade. Nem Hilo e nem eu podemos substituir Lan, e sabemos muito bem disso. Juntos temos uma chance, mas o Encarregado de Lan é você. Você o conhecia bem, e entende os negócios e a política do clã melhor do que qualquer um de nós. Falhas exigem consequências, isso é fato, mas há outras formas de reparar seu erro.

O rosto de Woon foi tomado por remorso pelo alívio que sentira.

— O que a senhora quer que eu faça, Kaul-jen? — perguntou num sussurro, e Shae soube que havia abordado a situação da forma correta.

Woon agora acreditava que ela o havia livrado da justiça de Hilo por algum motivo mais nobre que Lan teria desejado.

— Sei que o Lan tinha planos para que você assumisse mais responsabilidades no clã, talvez até para que virasse o Homem do Tempo depois de Doru. Hilo me nomeou, mas sozinha eu não consigo. Me ajude a comandar o escritório do Homem do Tempo como Chefe de Equipe. Esse é um termo que aprendi na Espênia, para uma função muito parecida com a de Encarregado do Pilar, mas com mais visibilidade e mais poder de decisão. Hilo vai entender. Seja minha mão direita, assim como era do meu irmão. Você aceita, Woon-jen?

Os olhos de Woon reluziam, e ele assentiu com o rosto abaixado.

— Aceito. É o que Lan-jen iria querer que eu fizesse.

— Muito bem — disse Shae, aliviada pela conversa ter acontecido de acordo com o planejado. — Temos muito a fazer, mas vamos começar amanhã. Vá pra casa, mas pense nos passos que teremos que tomar para proteger nossos negócios. Antes de ir: quem você acha que deveria ser o Mestre da Sorte?

Woon pensou e, por fim, disse:

— Hami Tumashon.

Shae pensou por um momento sobre a sugestão, e então assentiu. Mesmo que Woon tivesse dito outro nome, teria sido bom para demonstrar que ela já contava com seus conselhos. Mesmo assim, ela ficou feliz pela indicação de Hami.

Depois de Woon sair, Shae terminou o resto de sua água e se reclinou na poltrona, se preparando para o que acreditava que seria a mais difícil segunda conversa. A porta se abriu e uma moça que parecia tão jovem quanto Anden enfiou a cabeça lá dentro de forma incerta.

— Kaul-jen? — ela se aventurou a chamar com sua voz aguda e feminina. — A senhora precisa de alguma coisa?

Através da porta meio aberta, Shae podia escutar os ruídos abafados de conversa nos corredores e telefones tocando. O Distrito Financeiro não era tecnicamente neutro, mas os bancos e os serviços profissionais localizados nos arranha-céus da Rua Caravela eram menos suscetíveis a serem dominados e controlados à ponta de faca. Os membros do clã que trabalhavam aqui — advogados, contadores e outros Agentes da Sorte com formações similares — travavam a guerra de um jeito completamente diferente dos Punhos e

Dedos, então as negociações continuavam independentemente da violência que se alastrava do outro lado da rodovia.

— Sim — respondeu Shae, encarando a garota e fazendo questão de não se esquecer de arranjar um novo trabalho para aquela coitada, uma função em que ela não teria que se vestir de uma forma que a fizesse lembrar das predileções de seu tio, Doru. — Liga para a manutenção. Quero que esse escritório inteiro seja esvaziado e que tragam novos móveis. E manda Hami Tumashon entrar quando ele chegar.

Ela se sentou à mesa cara de Doru e estava olhando alguns papéis quando Hami bateu na porta, entrou e fez uma breve saudação.

— A senhora pediu para me ver.

A voz do sujeito era neutra de um jeito calculado, mas os olhos levemente cerrados deixavam claro seu ceticismo.

Ela soltou os documentos que estava analisando.

— Entra, Hami-jen — disse e apontou para a cadeira na frente da mesa.

Quando ele se sentou, Shae lhe ofereceu um cigarro, que foi recusado. Hami era um homem grosseiro com quase quarenta anos. Fora um Punho respeitado antes de uma lesão durante uma partida de releibol que o fez ficar permanentemente manco e levou sua carreira a tomar o rumo do direito corporativo. Ele usava mais jade do que um homem qualquer da Rua Caravela e havia certo orgulho e solidez em sua aura.

Hilo garantira a Shae que Hami era fiel ao clã e digno de confiança, mas talvez a confiança de seu irmão se devesse ao fato de que, por ter batido de frente com Doru durante os últimos anos, a carreira de Hami acabara estagnando. Shae suspeitava que ele podia ter desempenhado um papel importante na ajuda de que Hilo precisava para encontrar evidências da traição de Doru. Por outro lado, ela não se iludia ao achar que isso significava que o sujeito tinha qualquer vontade de ser subordinado de uma mulher doze anos mais jovem, fosse ela uma Kaul ou não.

Shae foi direta:

— Estou numa posição difícil e o Pilar me disse que é com você que eu devia falar porque o senhor sempre foi sincero, mesmo quando a sinceridade não lhe favorecia. É uma qualidade estranha para um advogado, devo dizer.

Ela viu Hami arregalar levemente os olhos. Havia lhe chamado a atenção. Ele podia até ser sincero, mas também sabia como resguardar seus julgamentos, e parecia que era exatamente o que estava fazendo agora, enquanto a esperava continuar.

Shae se reclinou na cadeira estofada de Doru e falou como se estivesse relutante a trazer o Agente da Sorte para uma posição de sua extrema confiança.

— Hami-jen, eu esperava me sentar neste escritório somente daqui uns quinze anos. Voltei da Espênia, onde estudei, há pouco tempo. A ideia era que eu assumisse algumas das empresas do clã para adquirir experiência operacional. Alguns dos negócios mais fáceis e estáveis que tivessem chance de crescer, na área imobiliária ou no turismo, talvez. Enquanto trabalhasse, eu poderia viver a vida, viajar e quem sabe até conhecer alguém e me casar. Sou a Kaul mais jovem, então meu avô me deu mais liberdade.

— E agora a senhora é a Homem do Tempo.

A afirmação foi dita de forma direta, mas o tremor no lábio superior de Hami deixou claro que ele achava a situação irônica e divertida.

— E agora sou a Homem do Tempo. — A voz de Shae ficou mais firme e ela sabia que Hami Perceberia a sincera indignação e irritação que irrompia de sua aura. — Traição, assassinato e guerra sabem muito bem como arruinar o plano dos outros.

Ela sentiu a cautela do sujeito. Talvez o experiente Agente da Sorte tivesse esperado que Shae fosse uma garotinha metida brincando de ser executiva, alguém que ele pudesse enfraquecer e manipular assim que ela começasse a lhe dar ordens com uma confiança insuportavelmente falsa. Agora, ele já não tinha tanta certeza.

Shae disse:

— Se eu achasse que seria bom para o clã, pediria para o Pilar colocar outra pessoa atrás desta mesa. Mas de bobo meu irmão não tem nada. Ele sabe como é profundo o apreço dos Ossos Verdes pela linhagem. Em uma época de guerra, ter outro Kaul na liderança faz todos se lembrarem do Tocha e das vitórias do passado, e *isso* faz com que o povo se lembre de que o clã é forte, de que Kekon é forte. Com o clã sob ataque, minhas preferências pessoais não significam nada.

Com um toque de impaciência na voz, Hami perguntou:

— Por que a senhora me chamou aqui?

Ela o olhou com expectativa:

— Porque preciso que você me fale a verdade. Quão difícil vai ser? O que devo fazer imediatamente para garantir a confiança da equipe e dos Lanternas para que este lugar não caia aos pedaços e os Montanha não nos engulam vivos? Porque, se eu falhar, será o fim dos Desponta.

Hami a encarou com o que Shae sentiu ser um respeito incerto. Ela o fizera lembrar de que sempre foi e sempre seria a próxima Homem do Tempo, treinada por Doru, educada em uma das melhores universidades da Espênia, favorecida pelo Tocha, e que havia simplesmente assumido o cargo de forma prematura. E agora estava sendo completamente honesta acerca dos desafios de sua credibilidade. Ela foi astuta por procurá-lo logo, um fato que, mesmo contra sua vontade, deixava-o lisonjeado. Shae esperou por uma resposta.

Depois de um instante, Hami pigarreou e disse bruscamente:

— A senhora vai precisar dos Agentes da Sorte mais antigos do seu lado, aqueles que realmente cuidam da relação com os Lanternas. O ideal seria marcar uma reunião de equipe o mais rápido possível. Se vai fazer mudanças significativas, é melhor que seja logo, durante esse período de carência em que estão esperando para ver no que a guerra nas ruas vai dar.

Shae assentiu, concordando.

— Pretendo, sim, fazer mudanças. Descobri o bastante pra saber que algumas das ações de Doru enfraqueceram o clã. Muitas decisões acerca de investimentos foram tomadas por ele sozinho; temos sido cuidadosos e reativos, sempre esperando que os Lanternas venham até nós ao invés de procurarmos oportunidades. Isso nos enfraqueceu frente aos Montanha. — Ela sabia que Hami compartilhava dessa mesma opinião, mas continuou com cautela. Não queria exagerar e acabar fazendo parecer que estava se aproveitando do desgosto do sujeito. — Quantas pessoas aqui no escritório você diria que são fiéis a Doru e podem acabar causando problemas caso continuem nos mesmos cargos?

— Menos do que a senhora imagina — respondeu Hami, e Shae viu um brilho no olhar dele que deixou claro que ela havia abordado o rancor de ambos por Yun Dorupon de forma comedida e astuta. — Yun-jen não era muito querido nos últimos tempos; muita gente achava que ele devia ter se aposentado cinco anos trás. A maioria de seus aliados mais ferrenhos já têm idade o suficiente para serem aposentados graciosamente com um estipêndio do clã. Nós vamos encontrar mais apoio nas repartições que Doru subfinanciou ou eviscerou, com os Agentes da Sorte que viram bons empreendimentos indo para os Montanha. Eles vão estar ávidos por mudanças.

Shae percebeu o uso encorajador que Hami fez da palavra *nós* e perguntou com toda a franqueza:

— Quem era o principal candidato ao cargo de Homem do Tempo antes de o Lan-jen ser assassinado e o Pilar me indicar?

Hami tensionou a mandíbula, mas sua honestidade prevaleceu:

— Woon Papidonwa.

— O Encarregado do meu irmão — disse Shae, pensativa, como se estivesse pela primeira vez levando Woon em consideração. — Um bom homem, respeitado pelo clã, mas talvez um pouco calmo demais. Vou nomeá-lo Chefe de Equipe. — Que os dois pensassem que ela levou seus conselhos em consideração na hora de escolhê-los. — O atual Mestre da Sorte, Pado Soreeto... ele é fiel a Doru?

— Sim. É o Mestre da Sorte há doze anos.

— Está demitido — declarou Shae. — Você é o Mestre da Sorte agora, Hami-jen, pois deduzo que você está disposto a assumir o desafio de liderar o clã em tempos difíceis com a mesma clareza de visão que me demonstrou hoje.

Hami não pareceu ter ficado surpreso com a súbita promoção, mas hesitou. Shae esperou por uma resposta sem deixar sua ansiedade à mostra. A preocupação era que Hami se demitisse; não do clã, é claro, já que isso era praticamente impossível para um Osso Verde de tão alta patente, mas ele certamente tinha a liberdade de procurar um meio de vida fora do escritório do Homem do Tempo como, por exemplo, comandando uma das empresas do clã ou trabalhando para algum Lanterna proeminente. Talvez fosse um passo atrás na questão do *status quo*, mas o dinheiro poderia ser melhor. Sua partida tinha a capacidade de dar início a uma reação em cadeia de deserções. Acontece que Shae fora ligeira. Depois de mais um instante de reflexão, Hami disse:

— Seria uma honra, Kaul-jen.

— A honra é minha — disse ela, e ofereceu-lhe o primeiro sorriso que dera no dia. — Assim como você me aconselhou, temos que ser rápidos, e vamos começar com um anúncio para toda a equipe sênior amanhã. Podemos nos encontrar no fim da tarde de hoje? Precisamos debater a estratégia da reunião.

Hami assentiu e se levantou. As dúvidas que ele tão claramente tinha quando entrou ali haviam sido substituídas por uma sensação levemente confusa de querer colocar a mão na massa.

— Estaremos preparados.

Ele a saudou com mais intensidade do que quando chegara, e então saiu a passos largos porta afora. Quando ficou sozinha, Shae fechou os olhos e extravasou um longo suspiro. Dois já foram, faltavam muitos outros.

Na tarde seguinte, enquanto empregados destruindo seu escritório carregavam para fora a mesa e as cadeiras de Doru e traziam móveis novos, Shae entrou em uma comprida sala de reuniões repleta de importantíssimos Agentes da Sorte do escritório do Homem do Tempo. Ela se maquiara para parecer mais velha e amarrara o cabelo em um nó apertado atrás da cabeça. Vestia um terninho conservador azul-marinho, mas o decote da blusa colocava em destaque sua gargantilha com duas pedras de jade, e largos braceletes encrustados de jade pendiam de seus pulsos. Nem todos os Agentes da Sorte portavam jade, e os que usavam faziam-no em menor quantidade do que os membros militares do clã. Mesmo assim, exibir grandes acervos de jade significava status e respeito em toda Kekon, e o último andar da torre na Rua Caravela não era exceção.

Ela analisou as pessoas que a encaravam. A maioria era homens, e todos mais velhos. Woon estava sentado à sua direita e Hami, à esquerda. Com firmeza, Shae posicionou as mãos sobre a mesa de madeira polida.

— Gostaria de começar dizendo o quanto estou animada e grata por estar aqui, mas seria mentira. Estou aqui porque meu irmão, que os deuses o saúdem, foi assassinado. — Uma calmaria desconfortável inundou a sala. — Nossos territórios estão sendo tomados, nossos tributos, roubados, e nossos negócios estão sob ataque. O Conselho Real ordenou uma auditoria na Aliança Jade-Kekon, que mostrará que nosso quinhão de jade está sendo roubado. Somos um povo estudado aqui. Trabalhamos em escritórios, fazemos ligações por telefone e temos livros-caixa. Mas, no fim das contas, somos o clã.

Muito embora algumas pessoas assentissem, o silêncio reinava ao redor da mesa.

— Yun Dorupon serviu ao Tocha com lealdade por um longo tempo. Eu o respeito por isso. Mas a verdade é que ficamos para trás, e, como resultado, viramos presas para nossos inimigos. Para que o clã perdure, precisamos fortalecer o Desponta de novo, deixá-lo mais forte até mesmo do que meu avô imaginou, porque essa guerra contra os Montanha é uma ameaça não apenas para nosso clã, mas para todo o país. — Shae assentiu em direção às janelas que davam vista para a cidade. — Os clãs controlam a economia de Kekon. Se os Lanternas, o Conselho Real, os espênicos ou o povo perderem a confiança na sobrevivência do Desponta, vão perder a confiança na estabilidade de toda a nação. Duas décadas e meia de crescimento exponencial iriam por água abaixo. Não podemos deixar que isso aconteça. É por isso que peço pelo comprometimento dos senhores da mesmíssima forma que o Chifre pede pelo sangue de seus Punhos.

Shae inclinou a cabeça em direção a Woon e a Hami.

— Esses dois homens, os quais nem preciso apresentar a vocês, já me garantiram esse comprometimento. É um privilégio poder contar com tamanha lealdade e experiência ao meu lado. Woon é minha mão direita, ele será a Sombra da Homem do Tempo. Hami será o Mestre da Sorte, e começará a exercer sua função imediatamente. Ele tem algumas palavras a respeito do que acontecerá de agora em diante.

CIDADE DE JADE 303

Hami disse:

— Vamos reavaliar todos os cargos seniores nas próximas duas semanas. Parte disso envolverá uma contabilidade detalhada das atividades passadas exercidas no escritório do Homem do Tempo. No decorrer das próximas semanas e meses, faremos mudanças de pessoal e também entraremos em contato com Lanternas para recrutarmos novos Agentes da Sorte. Se você acredita que não tem como continuar desempenhando seu papel diante dessas novas circunstâncias, o clã aceitará sua renúncia e oferecerá uma aposentadoria digna de seus serviços. A decisão deve ser tomada até o fim do dia.

Shae conseguia sentir a consternação e o descontentamento de algumas pessoas ao redor da mesa, mas, assim como Hami havia previsto, o desgosto era menor do que o esperado. Aquela gente costumava demonstrar respeito ou pelo menos não desafiar o Encarregado do Pilar, e Hami, cujas antigas críticas a Doru eram secretamente apoiadas por muitos, teve muita destreza em usar sua intensidade digna dos Punhos para chamar a atenção. Junto de dois dos mais respeitados homens deste lado do clã, Shae sentia que as ressalvas dos Agentes da Sorte a seu respeito levemente se dissiparam. Pelo menos, não houve nenhuma discordância enquanto Hami e Woon apresentavam o restante da agenda imediata de Shae.

No fim do dia, Shae se jogou na nova cadeira rígida de seu escritório desmembrado que cheirava à tapeçaria e papel de parede. A mobília de couro escura e extremamente acolchoada de seu antecessor e as cortinas de franjas pesadas foram substituídas por um banco estofado, prateleiras vazadas e luminárias redondas de cobre, algumas inclusive ainda revestidas de plástico já que não haviam sido instaladas até o momento. A maioria do pessoal fora embora e o edifício havia sido tomado por um silêncio intenso.

A sensação era de que tinha operado um pequeno milagre. Não perdera o escritório do Homem do Tempo nas primeiras 48 horas. A notícia de seu sucesso inicial chegaria aos ouvidos dos Lanternas e eles lhe dariam o benefício da dúvida. Por enquanto. Era melhor do que a encomenda.

O telefone, que estava no chão, tocou. Shae o pegou e atendeu a chamada. A agitada voz masculina do outro lado da linha exigiu falar com Yun Dorupon.

— Infelizmente não é possível — respondeu.

— Não me venha com essa — disse o homem com raiva. — Pode falar pra ele que aqui é o Ministro do Turismo ligando do Conselho Real. Acabei de chegar de uma viagem de três semanas pra fora do país só pra descobrir que a cidade inteira virou um campo de batalha dos Ossos Verdes!

Sabia que isso tá sendo noticiado nos *jornais internacionais?* Outros países tão colocando alertas de viagem pra Kekon. É loucura. Cadê o Yun-jen? Preciso falar com ele.

— Yun Dorupon está confinado em casa devido a problemas de saúde que infelizmente o obrigaram a renunciar ao cargo — disse Shae.

Era a história que ela e Hilo forjaram para evitar que rumores de traição dentro do clã vazassem para outras instâncias além do alto escalão do Desponta.

— Renúncia? — O ministro praticamente gritou. — Quem é o Homem do Tempo agora, então? Passa pra ele de uma vez.

— Você está falando com ela. Eu sou a Homem do Tempo. Meu nome é Kaul Shaelinsan, e, se há mais alguma coisa que você queira dizer, pode dizer para mim.

Um silêncio chocado emanou do telefone; e então um palavrão foi sussurrado, ouviu-se um clique e, por fim, o zumbido oco do tom de discagem.

Shae desligou o telefone e deslizou e girou a cadeira para olhar as janelas escurescentes. Conseguiu abrir os arquivos trancados de Doru antes de os armários serem levados dali, e, sobre sua nova mesa brilhante havia pilhas altas de pastas que detalhavam todas as operações dos Desponta. Ela se virou, puxou uma das pastas de cima e a abriu sobre o colo. A noite era uma criança e Shae tinha longas horas de trabalho à frente.

Capítulo 40

A Vida como Pilar

Hilo não gostava de usar o escritório de Lan; não combinava com ele. Era tão formal e tinha tantos livros... será que Lan realmente leu tudo aquilo? Só que também não tinha coragem de mudar o cômodo, então sediava suas reuniões na mesa externa que ficava no pátio.

Os irmãos Maik estavam sujos e cansados, como se tivessem acabado de voltar do fronte de batalha: rostos com barba por fazer, roupas repletas de poeira e sangue e armas imundas. Hilo dera um jeito de tomar banho e trocar as vestimentas, mas suspeitava que também não estava lá grandes coisas. Passara a noite inteira no Sovaco. Depois de dominar a Rua do Pobre, não ia deixar que nenhuma parte daquele distrito fosse tomada. A luta acabou se estendendo até Ponta de Lança e Junko, mas, quando amanheceu, os Desponta ainda continuavam no comando de todo o território que possuíam previamente. O que não era o caso com o restante da cidade.

Hilo repartiu um rolinho de pão e o comeu enquanto ponderava o silêncio dos Maik. Por fim, disse:

— Nenhum de vocês quer falar primeiro, então boa coisa não é.

Kehn se pronunciou:

— Perdemos o sul das Docas. Três de nossos Punhos e onze Dedos nossos foram mortos ontem e na noite passada. Tomamos um pouco de jade dos Montanha também, mas não o suficiente. Gont e os homens dele tão acampados no Sorte em Dobro.

— Quais dos nossos Punhos? — perguntou Hilo.

— Asei, Ronu e Satto.

O rosto do Pilar se contorceu. Os Maik sentiram a alma do Pilar se inflamar como uma labareda. Olharam para o chão quando Hilo jogou o resto da comida de volta no prato e limpou a boca com a mão. Gentilmente, ele disse:

— Que os deuses os saúdem.

— Que os deuses os saúdem — repetiram os irmãos.

— E sabe o dono do Sorte em Dobro? — bufou Kehn. — Virou a casaca.

Hilo suspirou pelo nariz. Suspeitava que Gont dera àquele coitado uma escolha entre trocar de aliança e algo muito pior, mas a verdade incômoda era que, se o Sorte em Dobro pôde ser tomado e um homem do Desponta de tão longa data como Seu Une mudou de lado, nenhuma das propriedades do clã estavam a salvo. Ele fez uma careta ao expressar o pensamento sombrio para os Maik:

— Até mesmo o melhor Lanterna é como uma lula que muda pra qualquer cor pra se salvar.

— Temos que recuperar — insistiu Tar. — O Gont tá provocando a gente e nós estamos aqui, sentados. De onde chegou agora, ele tem como avançar mais ainda pra dentro das Docas ou então atacar Junko ou a Forja. Os homens que pegaram a jade do Satto tão lá. Podemos pegá-la de volta por ele.

— E de onde você vai tirar gente pra esquematizar um ataque no Sorte em Dobro? — questionou Hilo. — A gente precisaria dos melhores Punhos que ainda temos e praticamente um exército de Dedos pra enfrentar o Gont. E eu sei que não dá pra tirar ninguém do Sovaco. E o Sogen? Mandei vocês pra vencerem naquele distrito! Já acabou por lá?

— Não — respondeu Tar, como se admitir isso fosse um castigo.

Wen apareceu e colocou um prato de melancia cortada em cubos e uma jarra de água saborizada com menta na mesa.

— Obrigado, meu amor — disse Hilo.

Ele colocou uma mão na parte de trás de sua coxa enquanto ela servia os copos d'água. Wen usava um vestido verde-claro e sandálias de salto que acentuavam suas panturrilhas torneadas. Ter Wen na casa do Chifre era uma das únicas coisas boas na vida de Hilo ultimamente. Aquela era a casa de Kehn agora, então tudo continuava apropriado, mas agora Wen morava a uma curta caminhada de distância da residência principal e, mais importante ainda, estava segura dentro dos portões da propriedade. Ela deu um sorriso meio amarelo para Hilo, e depois foi embora para que seu noivo e seus irmãos continuassem a conversar.

— Vamos pegar o Sorte em Dobro de volta — disse Hilo, mudando o tom para que Tar soubesse que toda aquela raiva não era direcionada a ele.

— Mas não agora. Gont vai esperar um contra-ataque imediato. Mesmo que a gente consiga expulsar eles das Docas, o custo seria alto demais. — O Pilar meneou a cabeça. — Vamos atacar em um momento mais propício.

— E quando vai ser isso?

Kehn pegou uma folha de menta do copo e a mastigou.

— Você é o Chifre agora, Kehn — disse Hilo, com os olhos semicerrados. — Você é quem me diz. Faz um plano, me conta e aí eu digo se permito ou não. Era assim que acontecia comigo e com o Lan. Nunca agi contra

CIDADE DE JADE 307

ele, mas também não ficava esperando. Eu fazia as escolhas que cabiam a mim e o resto levava para ele, dava a minha opinião e pedia o que eu queria.

Hilo agora estava com um humor péssimo.

Era a vez de Kehn ouvir poucas e boas.

— Tá bom, Hilo-jen. Você tá bravo com a gente, dá pra perceber. Vamos melhorar.

— Vocês sãos meus irmãos. Vou casar com a irmã de vocês. Ficar de papinho furado pra cima de vocês não seria agir como alguém da família. — Hilo secou o copo de água em um longo gole e pressionou o vidro gelado contra a testa por um minuto antes de devolvê-lo à mesa. — Vou fazer umas mudanças. Você sabe que o Woon foi pro escritório da Homem do Tempo pra ajudar a Shae. É o melhor pra ele, é onde o sujeito vai ser mais útil. Tar, vou te promover a Encarregado do Pilar agora.

Tar piscou. Em seguida, desabafou:

— Falhei tanto assim com você, Hilo-jen? — Ele empurrou a cadeira para trás, como se fosse se levantar. Sua aura de jade se agitou frente à confusão. — Eu não sou um... *secretário!* Sou um soldado do Chifre; meu lugar é aqui, no lado mais esverdejante do clã e você sabe disso. Quer que eu fique fazendo ligaçõezinhas e cuidando do jardim?

— Você não vai fazer nada assim. — Com uma encarada carregada de uma impaciência renovada, Hilo prendeu o mais jovem dos irmãos Maik à cadeira. — Você vai ter uma equipe pra fazer essas coisas. Preciso que você trabalhe em outras áreas pra mim. Vai ser coisa importante, e você vai dever obediência apenas a mim. É algo que não posso colocar nas mãos do Chifre, não agora que ele já tá extremamente ocupado travando a guerra. Você vai escolher dois dos seus homens pra te ajudar; escolha Dedos de primeira patente em quem você confia para não darem um pio, nem sem querer, Dedos que estão famintos para molhar suas espadas. Só daí você já deve entender que meu plano é mudar as funções que o Encarregado do Pilar desempenha.

Ainda confuso, Tar se recostou na cadeira, mas apenas porque caíra em um silêncio temporário.

Hilo se virou para Kehn.

— Quem vai ser seu novo Primeiro Punho?

Kehn coçou o maxilar.

— O Juen ou o Vuay.

— Qual dos dois? — exigiu Hilo.

Depois de um instante de hesitação:

— Juen.

Hilo assentiu.

— Bom. — Ele parecia prestes a dizer mais alguma coisa, mas todos os três pararam quando Perceberam a aura de jade de Shae crepitando de frustação enquanto ela se aproximava a passos largos vindo da casa principal. — Acredito que a Homem do tempo quer falar comigo.

Sua boca se curvou em um sorriso levemente sardônico.

— Ah, os prazeres de ser o Pilar — disse Tar, enquanto ele e Kehn se levantavam.

O sorriso de Hilo desapareceu na mesma hora.

— Eu nunca quis ser Pilar. Tem gente que vai pagar por eu ter assumido o lugar do Lan. Nunca se esqueçam disso.

Os irmãos Maik olharam um para o outro e então, depois de claramente decidirem que já haviam passado tempo demais no lado esquerdo do capitão hoje, fizeram uma saudação e saíram.

Hilo tateou os bolsos atrás de um maço de cigarros e, como percebeu que já não tinha mais nenhum, começou a beliscar o prato de melancia até a sombra de Shae cobri-lo quando ela chegou já encarando-o de cima a baixo.

— Você tem que se encontrar com o Conselho Real.

— Senta, Shae. Você tá me deixando nervoso aí, de pé de braço cruzado como se eu fosse um cachorro desobediente.

Hilo encheu o copo mais uma vez, empurrou-o para o outro lado da mesa e gesticulou para que ela se sentasse.

Shae bufou.

— Quem me dera fosse tão fácil te educar que nem um cachorrinho desobediente.

Mas ela se sentou, cruzou as pernas e pegou a água. Hilo não conseguiu evitar o sorriso quando a olhou. Além de Wen agora morar ali pertinho, na casa do Chifre, a única outra coisa pela qual ele era grato era o retorno de Shae. Sua irmã antes era como uma sombra de si mesma, alguém que Hilo tinha vergonha de sequer encarar; naquela época, ela o fazia sentir culpa e raiva sempre que o olhava, como se estivesse de propósito tentando humilhar a ele e à família a cada decisão. O confronto no prédio por causa de Caun o deixara irritado por dias a fio. Agora, o fervor gélido de sua aura, aquela força e ferocidade familiares dirigidas a ele faziam Hilo se sentir reconfortado de uma forma agridoce. Ah, se tudo isso tivesse acontecido antes...

— Você me ouviu? — perguntou Shae.

— Primeiro, tenho um favor pra te pedir — disse Hilo. — Queria que você achasse um emprego pra Wen. Alguma coisa no clã, em uma parte segura da cidade, onde ela possa se sentir útil. O trabalho de agora não é bom o suficiente pra ela. A Wen sabe digitar e cumprir funções de secretária, mas é capaz de muito mais. Ela ficaria bem mais feliz.

— É com isso que você quer que eu gaste meu tempo? — perguntou Shae.

— Nem demoraria tanto. Faça o Woon perguntar por aí; tem sempre algum Lanterna precisando de uma boa ajuda. Não é urgente, mas sei que não tá sendo fácil pra ela, sabe? Eu e os irmãos dela ficamos longe o tempo todo e, além do mais, não é seguro ficar saindo de casa.

Ele deu uma olhada para a casa do Chifre e teve um breve vislumbre da silhueta de Wen pela janela da cozinha.

— Tá bom — disse Shae. — Vou perguntar por aí. Agora será que dá pra gente falar do conselho?

De repente, Hilo se sentiu cansado.

— Pra que eu preciso ter uma reunião com o conselho?

Incrédula, a Homem do Tempo ficou de queixo caído.

— O Conselho Real é o corpo que governa o país. Eles tão cagados de medo por causa de toda a violência, dos negócios ruindo, das relações internacionais, do lucro da jade e tudo o mais. Os conselheiros ficam ligando sem parar pra repartição da Homem do Tempo. O Chanceler Son tá puto porque você ainda não foi falar com ele nenhuma vez. Eles tão acostumados a ter contato com o Pilar. O Lan fazia reuniões quase sempre, mas agora eles não conseguem conversar contigo de jeito nenhum.

— Eu andei ocupado — respondeu Hilo, secamente.

— Liderando suas tropas. Você ainda tá agindo como o Chifre. Seu lugar não é mais na linha de frente. Isso é trabalho do Maik Kehn agora.

— Ele precisa da minha ajuda.

— Então talvez você não devesse ter transformado ele em Chifre.

O próprio Hilo já havia sido rigoroso com Kehn antes, mas odiava quando alguém de quem gostava era criticado sem estar presente para se defender. Ele deu um olhar de advertência para a irmã.

— O Kehn é um dos meus melhores Ossos Verdes. Ele morreria cem vezes por esse clã.

Shae nem sequer se mexeu.

— Você sabe que ele não é nem um pouco criativo como soldado.

— Eu era Chifre até semana passada, e o dever de administrar o Chifre é *meu*, não seu. — Com a voz gélida, ele continuou: — Olha, eu realmente não tô no clima pra levar sermão da minha irmã mais nova. Não te nomeei Homem do Tempo pra você ficar questionando todas as minhas decisões.

Com um toque de sarcasmo, Shae disse:

— Quer que eu renuncie?

Devolvendo o tom desafiador, Hilo prosseguiu:

— Caramba, Shae, *pra que* sempre ficar me provocando assim?

Ele colocou o pé na ponta da cadeira ao seu lado e a chutou. A estrutura de metal fez um barulho alto quando se chocou contra o azulejo do pátio. Hilo se esparramou no assento. Ela sempre fora assim, sempre sentia uma satisfação cruel por incitá-lo desse jeito, sabendo que podia contar com o avô para ficar do seu lado. Quanto mais raivoso e violento ele ficava, mais ela saía no lucro — era sempre a neta mais sábia e disciplinada. Na verdade, levando em consideração o jeito que os dois brigavam quando eram crianças, foi até bom que Lan estivesse lá, porque senão era bem capaz que tivessem se matado.

Ninguém falou por um minuto. Suas auras de jade lutavam com cautela e ficavam investindo uma contra a outra como descargas elétricas. Finalmente, Hilo disse:

— A gente não pode ficar brigando assim, Shae, já deu disso. Pedi que você fizesse um juramento, e você fez, o que significa que não pode ficar me desrespeitando, e você não pode fazer essas coisas. — Ele apontou um dedo em direção à casa da Homem do Tempo. — Como perdoar o Doru sem me pedir. — Enojado, Hilo cuspiu uma semente de melancia. — O *Doru*! Era pra ele já ter virado comida de minhoca há meses, mas o Lan era frouxo demais quando o assunto era os sentimentos do vovô. E agora você tá igualzinha. Onde já se viu? Deixar aquela cobra viver só pra fazer companhia pro velho.

— Você concordou em dar uma chance — retrucou Shae. — Eu odeio o Doru ainda mais do que você, mas hoje de manhã o vovô saiu do quarto pela primeira vez em dias. Eu vi os dois da janela, Hilo. Fiquei trabalhando a noite inteira, igual você. Vi o Doru empurrando a cadeira de rodas do vovô pro pátio e os dois tomando chá e jogando xadrez nessa mesa aqui, como sempre fazem. Ele tava sorrindo. Mesmo sem nada de jade, ele tava sorrindo. Ele ainda tem uma vida pra viver. Pelo bem do vovô, vale a pena.

— Vale a pena ter um traidor vivendo entre nós? Vale a pena desperdiçar dois dos meus Dedos pra vigiá-lo dia e noite? O Doru não tem nada a perder. Ele é perigoso pra gente.

— Ele é um velho de quem você tirou toda a jade — respondeu Shae. — Ele foi totalmente contrário a tudo o que o Lan queria, e isso o faz ser um traidor e um Homem do Tempo ruim, mas não acho que ele pensou em nos prejudicar pessoalmente. — Ela não se encolheu sob o olhar nada convencido de Hilo. — Você tá bravo comigo, mas sabe que o Lan teria concordado.

O fato de isso ser verdade não deixou Hilo lá muito feliz. Seria mais fácil para todos os envolvidos se seu avô estivesse perdido demais para que Doru fizesse alguma diferença.

CIDADE DE JADE 311

— A questão é que você fez tudo sem falar comigo. Você fez o que quis, e não fez do jeito *certo*, igual quando...

Ele não continuou, mas o rosto de Shae já havia enrijecido.

— Igual quando o quê? — perguntou ela, com frieza. — Igual quando eu me mudei pra Espênia? Igual quando eu namorei o Jerald? Igual quando eu parei de usar jade sem permissão? — Havia, para a surpresa de Hilo, um tom de mágoa em sua voz. — Era isso que você ia dizer, não era?

Toda essa conversa estava deixando um gosto amargo na boca de Hilo. Três de seus Punhos haviam morrido — homens bons, Ossos Verdes honrados, cada um deles. Agora devia era estar entregando envelopes funerários para suas famílias. Devia estar pela cidade, onde sua presença era necessária, onde a guerra estava sendo travada e não aqui, de picuinha com sua irmã.

— Eu já te disse — falou ele baixinho com toda a paciência que ainda lhe restava — que deixei o passado pra trás. Só que, quando você me pressiona desse jeito, eu esqueço que deixei. Não vou mais mencionar esse assunto. Acabou. O que importa agora somos nós dois. Você é minha Homem do Tempo, e sou muito grato por isso. Então me conta o que veio aqui pra contar.

Em silêncio, Shae o analisou por um minuto, como se estivesse tentando decidir se aquelas palavras valiam de alguma coisa. Como era cínica, a irmã dele. Finalmente, decidiu ceder. Sua aura de jade recuou e se recolheu como nada além de um zumbido relutante.

— O conselho tá chamando pra negociar uma trégua entre os clãs.

Os lábios de Hilo se curvaram sobre os dentes.

— Trégua? Não vai ter trégua coisa *nenhuma*. Quem é que concorda com uma trégua depois de ver o irmão ir pra sete palmos debaixo da terra? Além do mais, que autoridade têm os fantoches sem jade do Conselho Real pra se meter nas relações dos clãs? Isso é entre Ossos Verdes, não políticos.

— O Conselho Real se preocupa com questões nacionais. Uma guerra entre os dois maiores clãs conta como uma questão nacional, por isso a preocupação.

Hilo franziu o cenho.

— O chanceler é um homem do Desponta. Devíamos ter o conselho na palma da nossa mão, não devíamos? Será que a gente não tem Lanternas suficientes pra resolver isso?

— Temos, e eles não tão felizes de ser ignorados. Essas pessoas não são Punhos e Dedos que fazem tudo o que você manda, Hilo. São leais ao clã por causa do dinheiro e da influência, não por causa de jade e irmandade. Se você não resolver as preocupações deles, as opiniões vão se espalhar pros outros Lanternas no clã. Os Montanha têm conselheiros do lado deles também, que vão reportar para Ayt que estamos perdendo terreno. Se ficar ruim de verdade, nossos negócios vão todos pro outro lado, sem que o Gont precise derramar nem uma gota de sangue. Além do mais, tem gente no conselho que não é afiliada a nenhum clã e que vai ganhar poder político se a guerra continuar e a opinião pública começar a se virar contra os Ossos Verdes.

Hilo reclinou a cabeça e, com tristeza, olhou para os galhos da cerejeira. Shae se inclinou para a frente e bateu com força na mesa para chamar a atenção do irmão de volta para ela.

— E ainda temos que levar em consideração o mais importante. O conselho é o corpo político que trata com os espênicos e com todos os outros países e empresas internacionais. Se ignorar o conselho, se fizer parecer que é fraco e incapaz de manter o poder, o que impede os estrangeiros de decidir que *eles* é que não querem negociar abertamente com o governo? O que vai impedir os gringos de irem direto ao clã que tá acumulando jade e produzindo brilho na encolha? Ah, a propósito, não somos nós, não, viu?

— Você me convenceu — grunhiu Hilo. — Vou me encontrar com o Chanceler Son e com o Conselho Real. O que eu digo pra eles?

— Depende — respondeu Shae. — Do que precisamos pra ganhar a guerra?

Pensativo, Hilo inspirou e suspirou. Não consideraria nada como uma verdadeira vitória a menos que Ayt e Gont estivessem servindo de comida para minhoca e seus clãs estivessem arruinados, mas precisava levar em consideração que uma meta mais atingível a curto prazo seria tomar todos os distritos do campo de batalha e forçar concessões comerciais pesadas o bastante nos Montanha para que eles perdessem as esperanças de conquistar os Desponta.

— Se nossos Lanternas continuarem conosco e a gente não perder os territórios que ainda temos até o fim do ano, nossa posição já vai ser bem melhor — ponderou ele. — A turma que vai se formar na Academia é maior e mais forte do que o pessoal que os Montanha vão conseguir com os formandos da Wie Lon deste ano. Lá pela primavera já vamos ter Dedos o bastante para preencher os buracos. — Ele sugou o interior da bochecha e, num tom menos otimista, acrescentou: — Acontece que até lá as coisas podem ficar bem feias pra gente. Os Montanha sabem da nossa situação. Vão derramar muito sangue tentando acabar conosco de uma vez.

Shae assentiu.

— Eles também não querem que a guerra dure tempo o suficiente pra que os resultados da auditoria da AJK sejam publicados e os projetos de reforma sejam promulgados. Mesmo que não dê pra fazer nada a respeito da jade que já foi roubada, se a opinião pública se virar contra eles, vai ficar mais difícil de manter os territórios disputados ou conquistados. — A Homem do Tempo tomou um gole de água e, com a cabeça a mil enquanto olhava para o outro lado do pátio, disse: — O conselho quer reunir você e a Ayt pra começar a negociar. Não se oponha. Mostre que você tá disposto a conversar. Isso vai acalmar os Lanternas, fazer com que continuem do nosso lado e prevenir que os espênicos tomem alguma atitude enquanto continuarem achando que vamos encontrar uma solução pacífica. Quanto mais esperarmos, melhor nossa moral pra negociar vai ficar. Podemos usar o conselho pra estagnar a guerra até a primavera.

O Pilar suspirou.

— Esse tipo de coisa... o conselho, a AJK, os espênicos, essa *politicagem*. Não é pra mim. Nunca prestei atenção em nada disso.

— Mas agora é sua obrigação — disse Shae, com firmeza, muito embora seus olhos dispusessem um inesperado toque de simpatia. — Não tenho como fazer tudo sendo a Homem do Tempo. Você é o Pilar. A gente pode ganhar todas as batalhas nas ruas e mesmo assim perder se você não perceber como a guerra é maior do que você pensa. No momento, a Ayt tá num nível muito acima de nós. Ela passou anos trabalhando pra ter vantagem além do território da cidade. Produzindo brilho fora do país, burlando a AJK e confiscando jade... coisas que nenhum clã Osso Verde sequer pensou em fazer antes. A menos que a gente chegue nesse nível e a supere, não temos como sobreviver e muito menos como destruir os Montanha. — Um tom cortante de vingança se apossou da voz dela. — E não tô falando só de derrotá-los, mas de destruí-los.

Pensativo, Hilo ficou tamborilando os dedos no braço de metal da cadeira enquanto analisava sua irmã. Por fim, disse:

— Não vou desenterrar defunto pra cima de você, acabei de prometer que não vou, mas me conta: quem foi que terminou? Você ou o Jerald?

Shae se levantou e o encarou.

— E o que é que *isso* tem a ver?

Ele deu um sorriso com uma calma que não sentia há dias.

— Só tô curioso.

— Basicamente os dois. — Ela franziu o cenho e, baixinho, acrescentou: — Foi ele.

Hilo se levantou da cadeira. Uma dezena de dores e ardências se fizeram ser ouvidas por seu corpo, mas o sorriso continuou ali.

— Foi o que eu pensei.

Shae lhe deu uma encarada perigosa quando ele deu a volta na mesa e foi para trás de sua cadeira.

— Como assim?

— Quando a gente era criança, eu te batia e você nunca desistia. Nunca. Você cuspia no meu rosto e só voltava atrás de mim quando eu tava distraído. Você não largava o osso. Quase esmagou o meu crânio aquela vez, lembra? Aí, na Academia, você era tipo uma máquina; nunca deixava ninguém te ver suar, muito menos eu. Deixava os garotos cagados de medo. Você sempre foi esperta e perigosa demais pra um gringo bonitinho de sangue aguado, sabia? Pelo bem do Jerald, ele entendeu isso antes de você. Só isso. — Hilo colocou os braços sobre os ombros de Shae, abraçou-a e então falou em seu ouvido: — Eu *mato* ele, se você quiser.

— Vai se ferrar, Hilo — disse ela, irritada. — Eu tenho plena capacidade de matar meus próprios ex-namorados sozinha.

Ele riu, meio esperando que ela fosse quebrar um de seus punhos só para provar que falava sério. Quando nenhum osso foi quebrado, ele a beijou na testa, depois a soltou e voltou para a casa.

Capítulo 41

O Melhor da Turma

Na Academia Kaul Dushron, as Pré-provações aconteciam dois meses antes das Provações finais, que sempre chegavam no fim do ano, antes da temporada de chuvas da primavera. Diferentemente das Provações, que se estendem por duas semanas e são privadas e examinadas com sigilo pelos professores da Academia, as Pré-provações são públicas e acontecem em um único dia, como um evento esportivo. Muito embora, seguindo os verdadeiros costumes kekonésios, as seis disciplinas de jade sejam o foco, também há competições de poesia recitada, matemática cronometrada, jogos de lógica e outras modalidades que atraem seus próprios torcedores fanáticos e apostadores.

Um mês atrás, Anden estava animado com as Pré-provações, mas agora via o evento apenas como um obstáculo antes da formatura, e o apreciava como nada mais do que algo em que pudesse se concentrar. Naquela manhã, sem condição alguma de participar das brincadeiras animadas dos outros alunos do oitavo ano que o cercavam, tomara o café da manhã em silêncio e de forma mecânica no refeitório. Consultara o horário e se esforçara o máximo possível nas competições do período, mas nem ficou depois das partidas para ver sua pontuação e muito menos se juntou à multidão de colegas que se amontoavam ao redor do placar no corredor para conferir os rankings atualizados após cada partida. Ao que parecia, as Pré-provações eram um jeito compacto e tranquilo para os formandos se prepararem para os mais árduos exames do futuro; acontece que grande parte dos alunos do oitavo ano, ou pelo menos aqueles que pretendiam assumir um cargo no clã, ou seja, a maioria, estava muito ansiosa tanto com isso quanto com os testes no fim do ano. Membros das famílias vinham assistir às Pré-provações, assim como os líderes do clã. O costume era que o Chifre e seus principais Punhos estivessem aqui, como olheiros avaliando quais formandos escolheriam como Dedos. Agentes da Sorte importantes observavam as competições acadêmicas. Os professores seriam ou razoavelmente severos ou sadicamente draconianos pelos próximos dois meses, dependendo de como seus pupilos se saíssem hoje.

E Anden não conseguia reunir força de vontade suficiente para se importar. Mal falou com ninguém no almoço, saiu do refeitório logo depois de comer e chegou cedo para esperar sua vez na competição de torre. Estava nublado e fresco o bastante para que os participantes vestissem camisetas por baixo das túnicas do uniforme e suas respirações embaçassem o ar. Havia um vento leve, mas não forte o suficiente para que Anden se preocupasse. Ele esticou o pescoço para ver a plataforma mais alta sobrepujando as outras várias que circundavam o grosso poste de madeira de quinze metros de altura. Quando foi chamado, ele esfregou a pulseira por hábito e passou os dedos sobre as pedras de jade. Um sino dobrou.

Ele correu para ganhar impulso e, com a Leveza, pulou de plataforma para plataforma usando os braços e as pernas para se agarrar e se propelir para cima a cada fluxo de energia de jade necessário para erguer seu corpo no ar contra a gravidade. O chão recuou rápido; os segundos se alongaram tanto que, conforme ele saltava de um patamar estreito para outro, a sensação era de que já tinha ficado suspenso por tempo demais e de que poderia perder o controle da Leveza, cair e se despedaçar. Seu coração acelerou, mas a respiração estava firme e não havia ansiedade alguma. Ele não se importava em ganhar ou perder. Não se importava nem em cair. Manteve os olhos fixos na plataforma mais alta e, quando a alcançou, ouviu o sino soar lá embaixo e uma rodada de aplausos alta o suficiente para que soubesse que havia conseguido o melhor tempo do dia até agora.

Ali em cima, o vento estava mais forte e assobiava em seus ouvidos. A vista era tão extensa que, para além de toda a Academia e do Parque da Viúva, era possível ver o brilho plano do reservatório, a área florestada da Colina do Palácio com a residência dos Kaul ao norte e o remendo do centro de Janloon ao leste — uma colcha de retalhos de tetos de argila, prédios de concreto e arranha-céus de aço. A vontade era se sentar, balançar as pernas por um minuto e imaginar que a cidade era tão pacífica quanto parecia ali do alto.

Ele voltou ao chão. Foi necessário apenas um pouco de Leveza para descer. Dudo saltava nos calcanhares perto da base da torre, pronto para ir em seguida.

— Você ganhou fácil da gente — disse o rapaz. — Ninguém mais vai conseguir bater o seu tempo.

— Eu não ando comendo muito bem — respondeu Anden, tentando ser educado, mas também porque era verdade. Não que fizesse alguma diferença, e as Pré-provações também não tinham nada a ver com sua falta de apetite.

Ele se afastou de Dudo, pegou uma toalha de um dos voluntários do sexto ano e enxugou o suor do rosto. Quando ergueu o olhar, viu Maik Kehn na primeira fileira da audiência e começou a procurar ao redor achando, por um momento, que Hilo deveria estar ali também. Mas então se lembrou de que Maik Kehn agora era o Chifre, e ninguém esperava que o Pilar tivesse tempo para aparecer na Academia desta vez. Maik chamou a atenção de Anden e assentiu para o rapaz.

À essa altura do ano passado, Anden era um dos alunos do sétimo ano assistindo em meio à plateia. Tinha sido um dia úmido e frio; ele lembrava de ficar esfregando e soprando as mãos e batendo os pés para se aquecer. Hilo estivera presente; se sentara bem na frente com Maik Tar. Anden tivera vislumbres de seu primo conversando com Maik, comentando a respeito de um aluno ou outro, sorrindo, aplaudindo e aparentemente se divertindo bastante. Durante os intervalos, ele se levantava, alongava o corpo e vagava pelo campo para falar com os alunos do oitavo ano. Os estudantes o trataram como um deus, fizeram saudações intensas e se agarraram a cada uma de suas palavras, e o Chifre sabia como deixá-los à vontade. Deu tapinhas em suas costas e elogiou seus esforços; fez brincadeiras sobre os professores e contou histórias da época em que frequentara a Academia e de como se encrencava quando estudava ali. Anden havia ficado afastado, assistindo tudo.

— Ano que vem vai ser você.

Lan se aproximara por trás e o assustara.

— Lan-jen — disse o garoto. — Não sabia que o Pilar vinha pras Pré-provações.

— Gosto de vir sempre que dá. Pelo menos pra entregar os prêmios e dar uma palavrinha no encerramento. Quando for a sua vez, venho pra passar o dia inteiro.

Anden olhara para longe, envergonhado ao pensar no Pilar fazendo para ele qualquer favor especial que fosse.

— Já tinha Pré-provações na sua época? — perguntara Anden.

Lan meneou a cabeça.

— Eu estudei na primeira turma que teve. O vovô e dois professores dele fundaram a Academia no ano seguinte ao fim da Guerra das Muitas Nações. Acho que já existia antes disso, mas não era uma escola de verdade, só Ossos Verdes treinando alunos em porões e acampamentos secretos. Foram só quinze estudantes naquele primeiro ano. A gente tinha só um prédio e aquele campo de treinamento. — Ele gesticulou para as dependências da Academia. — Mesmo que já faça dezesseis anos desde que eu me formei, quando venho aqui, tudo parece novo. O tempo passa rápido e as coisas mudam.

318 FONDA LEE

A voz do Pilar carregava um toque de arrependimento, e Anden ficou se perguntando no que será que ele estava pensando. Nunca descobriu; a presença de Lan foi percebida e alguns funcionários da Academia se aproximaram para prestar seus respeitos. Anden havia se afastado para observar, com inveja, os alunos do oitavo ano. Se não tinha nem o magnetismo de Hilo e nem a força gravitacional de Lan, como é que conseguiria suprir as expectativas de ser um Kaul?

Hoje, Lan não estava ali como prometera. Para Anden, esse simples detalhe drenava todo o significado do espetáculo. As Pré-provações agora pareciam algo vazio, um evento qualquer, uma pantomina pela qual ele tinha que passar para chegar à meta de verdade: a formatura, a jade, uma posição no clã e a vingança pelo que haviam feito com sua família.

A próxima competição de Anden foi arremesso de facas, na qual ele ficou em segundo lugar, atrás de Lott, que todos sabiam que era imbatível. Seu último compromisso era de Afluência, ou, como todos os alunos da Academia chamavam, o Massacre dos Ratos. Vida só podia Afluir para vida, mas ataques ofensivos de Afluência eram perigosos demais para que os alunos usassem uns contra os outros nesse tipo de cenário público e competitivo. Então, nas Pré-provações, os estudantes do oitavo ano ficavam atrás de uma mesa no lotado Salão de Reuniões e cada um recebia uma gaiola com cinco ratos de laboratório. Ninguém tinha permissão de tocar os roedores com nada além de um dedo, e os juízes desqualificavam quem tentasse trapacear usando Força ou Deflexão nas pequenas criaturas. No decorrer dos anos, foram feitas várias tentativas para deixar esse evento popular mais empolgante — quem é que não gostaria de ver alguém tentando Afluir um touro? Mas, por motivos práticos e de orçamento, as propostas eram sempre descartadas.

A Afluência era a disciplina em que Anden se saía melhor, e ele tentava não pensar em como era o ponto forte de sua mãe também. Quando o sino soou, ele nem se deu ao trabalho de tentar tocar nos ratos com os dedos. Eram ligeiros demais. Ele pairou ambas as mãos sobre a gaiola e rapidamente Percebeu todas aquelas cinco vidinhas cintilantes como velas decorativas. Escolheu um rato aleatório, focou, ergueu levemente a palma da mão e a abaixou para Afluir em um rápido e preciso golpe. Ele sentiu o pequeno coração do roedor se espremer e parar. Um calor breve e elétrico subiu formigando por seu braço quando a vida escapou do corpo do animal. Depois de mais quatro velozes e fortes lances de energia Afluída, Anden recuou um passo e colocou as mãos atrás das costas para indicar que havia terminado. Quando o sino tocou, dois outros alunos daquela rodada tinham matado todos os bichos, mas Anden conseguira o melhor tempo do dia.

CIDADE DE JADE   319

Ficou um pouco triste quando o juiz ergueu sua gaiola para receber o aplauso dos espectadores. Aqueles cinco corpinhos, vivos há poucos minutos, agora haviam partido, apagados sem dificuldade alguma. Era assim que funcionava, tudo vivia e morria ao capricho de criaturas mais poderosas, mas ele não se importava o bastante com as Pré-provações para sentir que *precisara* matá-los. Era uma culpa boba; com certeza ganharia o prêmio de Melhor Aluno de hoje — por que não podia ficar pelo menos um pouco feliz?

— Parabéns — disse Ton, enquanto caminhavam para fora do Salão.

— Parecia que você não tava nem tentando — acrescentou Heike.

Outros alunos se aproximaram para elogiá-lo enquanto todo o exausto, porém feliz, grupo se enfileirava no campo central atrás do Salão de Reuniões à espera da entrega dos prêmios e do discurso de encerramento do Grão-mestre Le. Com poucas semanas faltando até a formatura, de repente todos haviam ficado mais interessados em Anden, mais cientes do fato de que ele logo seria o Osso Verde de mais alta patente dali, provavelmente seu líder, e claramente seria favorecido pelo novo e feroz Pilar.

Anden tentava assentir, sorrir e dizer alguns obrigados aqui e ali, mas se sentia estranho e desconectado, quase separado do próprio corpo. Passara o dia inteiro usando e expandindo energia de jade e, depois da solidão dos últimos tempos, o clamor de tantas outras auras era avassalador. Desde o funeral, ele se mantivera fora do radar e se concentrara na rotina de treinos e tarefas da escola. Os outros alunos, incertos a respeito do que dizer para alguém que lidava com a perda de Kaul Lan como uma pessoa real, não como o Pilar cuja morte dera início às mortes por vingança na Rua do Pobre e fez com que toda Janloon entrasse em uma tempestade de violência entre os clãs, não sabiam bem como interagir. E que bom que nem tentavam; ele não saberia como aceitar a compaixão. Tudo o que sabia agora era que o remorso tinha um limite natural. Depois de certo tempo, ele terminava de corroer as pessoas por dentro e precisava fazer um processo de alquimia em que se transformava em raiva, numa revolta apta a ser extravasada para que não acabasse consumindo todo o interior de seu hospedeiro.

Anden sabia que tinha culpa pela morte de Lan. Não acreditava nas garantias de Hilo de que nada disso era verdade. Só que Lan também era culpado. Assim como Shae e Hilo. Ele não podia odiar a própria família por causa de suas falhas, mas podia odiar aqueles que fizeram essas falhas se tornarem fatais. Podia odiar Gam Oben, que deu o golpe final que, no fim das contas, acabou sendo mortal. Podia odiar Ayt Mada, Gont Asch e todo o Clã da Montanha. E o brilho, ele odiava esse veneno fabricado na Espênia.

Pelo que disseram, Lan sofrera uma emboscada por membros do Clã da Montanha armados com metralhadoras que, quando não conseguiram atirar nele, afogaram-no no porto. Era tudo o que Anden sabia — e, pelo visto, tudo o que qualquer um sabia. Até mesmo a identidade dos assassinos era desconhecida. Quem quer que fossem, e o que quer que tivesse acontecido naquela noite, Anden tinha certeza de que a operação não teria sido bem-sucedida se Lan estivesse como sempre foi. Se não estivesse machucado, instável e dependendo de drogas como Anden o vira. Se Anden tivesse ido até Hilo, se tivesse contado a Shae tudo o que sabia naquela noite após a partida de releibol, talvez eles tivessem convencido Lan a usar menos jade até que melhorasse, a se afastar do brilho para não acabar usando-o como uma muleta ou, no mínimo, saberiam o suficiente para não o deixar sozinho naquela noite...

— Emery. — Alguém o cutucou. — Vai.

Ele ergueu o olhar. O Grão-mestre Le aparentemente havia dado seu discurso, anunciado os vencedores das partidas individuais e, então, chamado o nome de Anden. O grão-mestre agora aguardava com expectativa para presenteá-lo com o prêmio de Melhor da Turma; sua boca fina ia lentamente se transformando em uma careta a cada segundo de atraso.

Anden se apressou para frente e levou as mãos até a testa em uma reverência intensa que também servia como um pedido de desculpas. O prêmio de Melhor da Turma era sempre almejado porque a recompensa era ótima — uma única pedra de jade presenteada em uma caixa cerimonial verde de veludo. A joia seria afixada em sua pulseira de treinamento e lhe garantiria que, contanto que passasse nas Provações finais, ele se formaria com quatro pedras de jades — o máximo que alguém podia receber na Academia. Anden aceitou a caixa, fez outra reverência e retornou para seu lugar. Não sentiu nenhum grande triunfo, apenas uma onda austera de alívio.

O Grão-mestre Le disse mais algumas coisas sobre as futuras Provações e a respeito do quanto era necessário que os próximos Ossos Verdes a se formarem estivessem especialmente bem-preparados neste momento de conflito e incerteza. Depois, desejou boa sorte para todos os formandos e encerrou as Pré-provações. A multidão começou a se dispersar. Famílias e grupos de amigos se juntavam para bater fotos. Anden se virou para ir até o dormitório, mas seus colegas estavam se reunindo ali perto e ele percebeu a voz de Lott Jin na conversa.

— Os Kaul tão muito fora da casinha se tão achando que vão conseguir muitos Dedos com a Academia este ano — dizia Lott. — Ainda mais agora que seguir o Chifre significa acabar virando comida de minhoca.

— Bom, ninguém acha que o Maik é o Chifre que o Kaul era — reconheceu Pau.

Heike concordou.

— Patrulhar e coletar tributo é uma coisa. Nem mesmo os expurgos por lâmina terminam sempre em morte porque alguém pode ceder. Mas lutar contra inimigos Ossos Verdes com mais experiência e mais jade, com gente que quer pegar as joias do nosso cadáver? Aí o buraco já é mais embaixo.

— Em épocas boas, todo mundo quer ser Dedo, pelo menos por alguns anos. Mesmo que a pessoa não conquiste jade e nem vire Punho, acaba sendo respeitada. Mas uma guerra de verdade? — A voz de Lott, tomada pelo desprezo, ficou mais alta. — Eles vão descobrir que nem todo mundo é tão otário e doido por jade que nem...

O rapaz não teve a chance de concluir o pensamento porque Anden se virou e invadiu a rodinha. Não sabia o motivo de ter feito isso — já ouvira esse tipo de conversa antes e ficara na sua, mas agora seu maxilar e seus punhos estavam tensos, e a preciosa caixa verde que acabara de ganhar se espremia em uma de suas mãos. Os outros ficaram chocados quando Anden circundou Lott.

— Já tô por aqui de ficar te ouvindo falar merda o tempo inteiro. — Ele estava mais atônito com o nojo em sua voz do que qualquer um ali. — Um covarde que se preocupa mais em salvar a própria pele do que defender o clã em meio a uma guerra não merece jade.

Todos foram completamente pegos de surpresa. Nunca, em nenhum momento daqueles oito anos, o tinham visto bravo assim. Mas Lan morrera e as coisas estavam diferentes agora. Diferentes de quando haviam ficado no Salão de Reuniões na noite do tufão, na época em que Anden ainda acreditava que seus primos tinham tudo sob controle e que não havia necessidade de se manifestar.

Mesmo em meio ao luto, Anden ficava se corroendo com o fato de fazer semanas que Lott Jin mal trocava uma palavra com ele. Na verdade, o garoto parecia o estar evitando por completo. Ver Lott chocado e de boca aberta fez Anden sentir uma ardente e cruel onda de satisfação. Por que esse rapaz era tão egoísta? Será que ele achava que era o único que já tinha temido pela própria vida ou que desejava que as coisas fossem diferentes? Como é que ele ousava falar assim com tanta arrogância, como se pudesse simplesmente desistir do clã e sair por aí?

Lott fechou a boca com tudo.

— Te ofendi, Emery? — Ele arrastou as sílabas do nome de Anden com um sotaque espênico exagerado para dar ênfase ao som estrangeiro. — Não sabia que você ficava tão incomodado de ouvir alguém questionando o clã ou dizendo uma única palavra contra a grande família Kaul. — Os olhos de Lott reluziram. — Você pode até ser o Melhor Aluno, mas ninguém aqui fez juramento ou foi classificado ainda. Você não tem o direito de nos dizer o que fazer ou o que podemos falar ou não.

— Somos do oitavo ano — Anden respondeu. — O Desponta depende da gente. Os alunos mais novos vão ficar de olho em nós pra ver o que vamos fazer. Esse tipo de conversa é ruim pro clã, e você tava aqui, falando sem parar no meio do campo onde qualquer um pode escutar. — Ele lançou o argumento com uma fúria crescente. Dúvidas eram como vírus: se espalhavam facilmente de uma boca para outra. — Seu pai é um Punho. Você devia saber muito bem de tudo isso.

— Não vem me dizer o que eu devia saber e não abre a boca pra falar do meu pai — rosnou Lott, e de repente havia uma perigosa faísca no ar.

Os dois estavam usando jade, e Anden sentiu a aura do outro jovem incendiar como uma chama a óleo. O amontoado de alunos do oitavo ano se mexia nervoso. Era proibido duelar nas dependências da Academia e havia instrutores ali por perto. Além do mais, alguns dos outros alunos e suas famílias no campo estavam parando para dar uma olhada no grupo.

— Faz o favor, gente — disse Ton, e se adiantou para separar Anden e Lott. — Tá todo mundo meio confuso por causa da jade hoje. Talvez a gente tenha falado besteira mesmo, mas acho que ninguém queria ofender ninguém, né?

Ele olhou diretamente para Lott e Anden.

— Não sei, não — disse Lott, com raiva, mas então seu olhar foi para além de Anden e ele paralisou.

No mesmo instante, Anden sentiu o inconfundível calor líquido da jade de aura de Kaul Hilo sobrepujá-lo.

— Andy. — Hilo colocou uma mão no ombro de Anden e se juntou à rodinha de alunos como se fizesse isso todo dia. — O Kehn me contou tudo. Disse que você foi incrível hoje. Só consegui ver a entrega dos prêmios. Eu tinha que vir para pelo menos te ver lá em cima como Melhor da Turma. Desculpa não ter conseguido chegar antes.

Os lábios de Hilo se ergueram naquele sorriso despreocupado e malandro de sempre, mas Anden pôde ver que ele havia mudado. Sua aparência jovem continha sombras mais escuras que brincavam ao redor dos olhos e da boca. Havia marcas em seu rosto e cicatrizes novas em suas mãos. A presença do Pilar aquietou o grupo imediatamente, mudou sua direção como um pedregulho caindo em um pequeno riacho.

— Eu... fico feliz por você ter vindo, Hilo-jen — Anden conseguiu dizer.

Hilo disse:

— Me apresenta pros seus amigos.

CIDADE DE JADE   323

Anden seguiu o círculo. Quando chegou a Lott, Hilo, muito interessado, perguntou:

— O filho do Lott Penshugon? Sinto muito por seu pai não ter conseguido vir te assistir nas Pré-provações. Tenho certeza de que ele queria, mas tô contando com ele pra segurar o Distrito Sogen pros Desponta. — O Pilar pareceu não perceber os ombros tensos e o rosto rígido de Lott. Ainda mais amigavelmente, disse: — Vou contar como você se saiu bem. Ele me falou que você consegue lançar uma faca melhor do que ele mesmo, e você é do tipo capaz de usar a jade dele, isso eu já percebi de longe. Você devia falar com o Maik-jen. E pode ser a qualquer momento; não precisa esperar a cerimônia de formatura.

O rosto e o pescoço de Lott ficaram vermelhos.

— Obrigado, Kaul-jen.

Seu maxilar tremia enquanto saudava Hilo, e, por um instante suspeito, ele deu uma olhada para Anden.

— Isso vale pra todos vocês — continuou o Pilar enquanto encarava cada um daqueles alunos do oitavo ano. — Eu vivo dizendo pro Andy que vocês são a maior e mais forte turma em anos a se formar na Academia. Já sou até velho se comparar. Vocês são o futuro do clã e são muito valiosos para suas famílias.

— Obrigado, Kaul-jen — disse Ton, e os outros ecoaram o agradecimento.

— Nosso sangue pelo clã — acrescentou Dudo com fervor, e fez uma saudação intensa.

— Logo, meu amigo, mas ainda não — disse Hilo com leveza, e puxou Dudo de volta para cima pelo colarinho. — Vocês têm mais dois meses como alunos da Academia. E não apenas como qualquer estudante, mas como alunos do *oitavo ano*. É praticamente o dever de vocês fazer os mais novos passarem poucas e boas e obrigar os mestres a declararem que vocês são a pior turma de todas antes de se formarem. *Toda* turma faz isso. Eu até contaria umas histórias da minha época, mas as Pré-provações acabaram agora... por que vocês não tão fora do campus enchendo a cara ainda?

Vários riram, depois agradeceram mais uma vez ao Pilar e se apressaram para sair dali, mas não sem algumas olhadas para trás. Lott, desconfiado, olhou uma última vez para Anden e Hilo, e então seguiu os outros.

Hilo caminhou com Anden através do campo praticamente vazio. Sua voz mudou, perdeu aquela leveza.

— Você e o filho do Lott tavam prestes a cair no soco ali atrás. Sobre o que você tava discutindo com ele quando eu cheguei?

— Não era importante — murmurou Anden. Por mais irritado que estivesse com Lott Jin, ficou hesitante de falar mal do rapaz na frente do

Pilar. Mas Hilo continuou na expectativa de uma resposta até Anden sentir que não tinha outra escolha. — Ele tava dizendo que o clã não vai conseguir tantos Dedos quanto acha que vai. Que quem tiver escolha não vai querer se arriscar tanto na guerra.

— Nem todo mundo vai fazer o juramento, é verdade. Talvez nem tantos quanto a gente tá esperando. Era por isso que você tava tão bravo?

— Foi o jeito que o Lott falou, Hilo-jen. Ele tava sendo desrespeitoso.

Hilo assentiu; havia entendido.

— Então você tava fazendo ele colocar o rabinho entre as pernas, é isso?

— Eu... — Anden não tinha certeza. Havia um leve tom provocador na voz de Hilo e na curva de sua sobrancelha. Anden ficou chocado ao pensar que seu primo talvez suspeitasse que havia algum outro motivo para aquele surto emotivo com Lott. — ...Eu tinha que falar alguma coisa.

— Andy — disse Hilo, sério. — Muitos desses garotos que estudam com você serão seus Dedos mais pra frente. Você tem que aprender que há um jeito para disciplinar um homem que faz ele te odiar pra sempre, e um outro jeito que faz ele te amar ainda mais. Para saber qual é o caminho certo, é preciso conhecer o sujeito. O que você sabe sobre aquele seu amigo ali?

Anden hesitou. O que é que *sabia* sobre Lott Jin?

Hilo disse:

— Vou te falar o que eu sei: o coroa dele é um xucro. Pra nossa sorte, não tem como ser mais fiel e mais verde do que ele, mas o Lott Pen anda pela vida como se estivesse implorando pra alguém começar uma briga com ele. Sempre fazendo show e sem nunca dar uma palavra gentil pra ninguém. O tipo de pessoa que chuta cachorro morto. Não me impressiona o filho ser assim desbocado e ficar sempre de cara feia. Com um pai daquele, o rapaz não sabe quem ser. Não sabe direito o que achar do clã.

Estavam seguindo o caminho oposto aos dormitórios, mas Anden continuou sem dizer nada. Tinha a impressão de que Hilo estava lhe dizendo algo que considerava muito importante: um conselho valioso para um futuro Punho.

Hilo disse:

— Aquilo que você disse pra ele assim que eu cheguei... fez o seu amigo sentir que vale menos que o pai dele, e o coitado não soube como reagir. Ele teria levado qualquer bronca ou surra de você contanto que acabasse se sentindo melhor do que o pai.

Ninguém podia negar que Kaul Hilo levava jeito com as pessoas. Vinha de uma preocupação genuína e era um talento mais misterioso para Anden do que qualquer habilidade de jade. Os dois passaram pelos portões de entrada e caminharam até o estacionamento onde o Duchesse fora estacionado.

CIDADE DE JADE 325

— As pessoas são como cavalos, Andy. Dedos e Punhos também... todo mundo. Qualquer cavalo manco vai correr se levar uma chicotada, mas só rápido o bastante pra evitar apanhar de novo. Cavalos de corrida, por outro lado, correm porque eles olham pro cavalo da direita, pro da esquerda, e pensam *de jeito nenhum que eu vou perder pra esses fodidos*.

Começou a cair uma chuva leve, uma garoa de inverno. Anden olhou para o céu com ansiedade e esfregou as laterais dos braços, mas Hilo continuou com as mãos nos bolsos e projetou os cotovelos para frente a fim de se proteger do frio enquanto se apoiava no carro.

— Às vezes, Andy, a gente conta com pessoas que vão acabar nos decepcionando e não é um golpe fácil. Mas, quase sempre, se dermos a um homem algo pelo qual viver, se dissermos que ele pode ser mais do que já é agora, mais do que outras pessoas pensam que ele jamais será, ele vai dar o sangue pra transformar isso em verdade.

Anden teve a súbita e distinta impressão de que estava gentilmente recebendo um sermão por ter errado hoje na reação que teve com Lott e outros alunos do oitavo ano. Se seu primo não tivesse aparecido, ele teria antagonizado com os mesmíssimos estudantes de quem Hilo dependia na frente de batalha do Desponta na primavera. Anden olhou para baixo; entendeu que ele também recebera algo pelo qual viver.

— Você tá certo, Hilo-jen.

Não era suficiente ser um Osso Verde, nem ser o Melhor da Turma. Ele precisava ser um *Kaul*.

— Não me olha assim — disse Hilo. — Como se achasse que eu tô decepcionado contigo, porque eu não tô. Todo mundo tem que aprender. Você enfrentou outro homem e exigiu respeito pelo clã. Isso mostra que seu coração tá no lugar certo e nada mais importa. Agora, deixa eu dar uma olhada nessa jade aí que você ganhou por ser o Melhor da Turma.

Anden entregou a caixinha verde ao primo. Hilo a abriu e pegou a única pedrinha verde do tamanho e com o dobro da grossura de um botão e anexada a um simples fecho de metal. Ele a segurou e a analisou. A jade era perfeita, vívida, de um verde translúcido que chegava quase a ser azul. Até mesmo ali, sob a luz fraca do fim de um dia nublado, a joia parecia quase reluzir nos dedos de Hilo. O Pilar emitiu um som de admiração na garganta e, por um instante, Anden sentiu uma ansiedade inconsciente, uma possessividade selvagem e irracional, uma vontade repentina de pegar seu prêmio de volta.

Seu primo riu como se fosse capaz de perceber aquele instinto no rosto ou na aura de Anden. Ele estendeu a mão e agarrou o pulso de Anden. Com uma lentidão quase afetuosa, ele afrouxou a pulseira de treinamento de couro e colocou a quarta pedra de jade em um espaço vago perto das outras três. Ele a prendeu em seu braço para que ficasse confortável contra a pele de Anden e então ajustou a fivela para que coubesse direitinho.

— Pronto — disse, e deu um tapinha brincalhão na bochecha do primo. — Assim é melhor, não é?

Anden fechou os olhos por um minuto enquanto regozijava na nova energia que fluía como luz através de seus músculos cansados e de seus nervos desgastados. Mesmo com os olhos fechados, tudo parecia deliciosamente nítido e tão lindo que chegava a doer — a chuva caindo em sua pele parecia ferver com sensações e havia cem mil diferentes notas aromáticas, auditivas e sensoriais na brisa. A aura de seu primo, o formato, o lugar e as características dela, estavam mais claras para Anden do que sua própria visão. O rapaz riu e ficou um pouco envergonhado por ficar sorrindo assim feito idiota. Neste momento, tinha certeza de que era capaz de fazer todas as Pré-provações de novo e de que se sairia ainda melhor do que antes. Cada pedra de jade conquistada era como uma melhoria na *definição* do mundo, do poder que Anden tinha sobre o próprio corpo e sobre tudo que o cercava. Ele abriu os olhos para ver Hilo observando-o com orgulho, mas também com inveja.

— *É sempre assim cada vez que você conquista mais jade?* — perguntou Anden.

— Não. — Hilo olhou para longe e, sem nem perceber, colocou uma mão sobre o peito. — Ninguém esquece as primeiras... seis, ou alguma coisa por aí. A gente se lembra do dia em que conquistou cada uma, da sensação, de tudo. Depois disso, é cada vez mais fraco. Os níveis de todos os Ossos Verdes acabam se igualando em algum momento. Quando a pessoa já carrega toda a jade que deve carregar, usar mais não faz diferença. Tem gente com quem, inclusive, acontece o contrário... o excesso começa a arruinar elas.

A euforia de Anden sumiu com as palavras de Hilo. *Arruinados.* Sua mãe, seu tio e agora Lan — parecia errado e desrespeitoso pensar neles desse jeito, mas o que o garoto podia fazer? Nem mesmo a maravilhosa onda causada pela jade nova era capaz de abafar a preocupação que assolava o peito de Anden — por si mesmo e também pelos outros. Dava para ver apenas algumas das joias de Hilo no espaço embaixo do colarinho de sua camisa e antes dos primeiros dois botões que sempre ficavam abertos. Mas ele sabia que, adornando o torso do pilar, havia mais, muitos troféus perigosos conquistados apenas no último mês.

— Isso não vai acontecer com você, né, Hilo-jen? — perguntou o garoto, incapaz de esconder sua preocupação.

Um pouco triste, Hilo meneou a cabeça.

— Já não sinto mais nada.

Capítulo 42

Velho Rato Branco

Os fundos da Loja de Penhores Garrarra era um dos únicos lugares onde Tem Ben podia ser encontrado negociando com quem fosse ousado e imprudente o bastante para fazer parte do nível mais baixo do mercado clandestino de jade. Com satisfação, ultimamente, Tem considerava o empreendimento uma indústria robusta. Os Ossos Verdes estavam ocupados matando uns aos outros com entusiasmo, então criminosos de todo tipo andavam aproveitando esse indulto. Ainda havia a polícia de Janloon, que não podia ser ignorada por completo, mas, na realidade, tudo o que fazia era cuidar de crimes menores, vigiar o trânsito e limpar a bagunça dos clãs. Eram funcionários públicos, não guerreiros. A maioria nem jade tinha. Nada como o belo espécime que Tem agora examinava sob uma lupa 10x. Sob ampliação, a pedra exibia a característica uniforme de grãos entrelaçados que distinguia a verdadeira jade kekonísia, a mais rara e mais valiosa joia do mundo, de qualquer outra rocha decorativa verde e inerte.

Tem franziu o cenho para esconder sua alegria do abukiano trêmulo que estava em pé na frente de sua mesa e mordia o lábio inferior com dentes quebrados e manchados de vermelho devido ao extrato da noz de areca. Tem gesticulou para que o sujeito se afastasse e parasse de bloquear a luz da única lâmpada. O abukiano tinha uma boa razão para estar nervoso; a jade que trouxera era embutida no cabo de uma faca talon já bem gasta. Roubar a arma de um Osso Verde era uma transgressão bem pior do que os mergulhos no rio, e praticamente fatal para quem fosse descoberto. Esse homem esquivo e desqualificado não parecia um ladrão experiente ou astuto. Tem suspeitava que, assim como os outros espécimes lapidados de jade que vira nos últimos tempos, essa peça em particular fora removida de um cadáver. Ossos Verdes eram diligentes quanto à coleta de jade de seus inimigos mortos, mas, em meio ao caos de uma guerra de rua, às vezes, devido à pressa, algumas coisas podiam passar despercebidas, armas eram perdidas e catadores ligeiros podiam ter sorte.

Tem estava curioso, mas sua política de trabalho era não fazer perguntas e ele a seguia à risca. Afastou a lupa e suspirou com força através do bigode grosso.

— Tem algumas imperfeições — disse, mentindo. — Quarenta mil dien.

A pedra valia o dobro, mas Tem sabia que o homem estava ansioso para se livrar da faca.

— Só isso?!? — resmungou o sujeito, claramente suspeitando de que estava sendo passado para trás. — Já fiz quase esse valor com pedras que eu catei no rio antes. Isso aí é uma faca talon de verdade.

— Hoje em dia jade já não é mais tão rara assim — disse Tem. — Quarenta mil.

Era mais dinheiro do que aquele homem jamais vira. Ele pegou a pilha de notas que Tem separou e, com cara de insatisfeito, foi embora. Na verdade, nem havia muita escolha. Agora que Gee Três-dedos tinha virado comida de minhoca e o pequeno Sr. Oh vira como fora uma escolha inteligente ter se aposentado dos negócios, um ladrão de jade nessas bandas teria que atravessar toda a cidade para encontrar outro comprador confiável.

Sozinho na salinha dos fundos da loja de penhores, atrás das caixas de vidro dos relógios e das joias e da parede repleta de televisões e caixas de som de segunda mão, Tem Ben acariciou o punho da perversamente afiada faca talon e sorriu com sua nova aquisição. Abriu um caramelo ygutaniano para comemorar. Não conseguia encontrar esses doces em lugar nenhum de Janloon e fora obrigado a pedir para que um amigo as enviasse. Às vezes sentia saudade de seu país adotivo, mas não tinha como negar que os invernos aqui eram muito mais agradáveis e que havia oportunidades lucrativas em Kekon. Era ótimo que Ayt Mada entendesse o valor dos pedrolhos e o recompensasse adequadamente. Mais uns dois anos desse trabalho e poderia viver como um rei em Ygutan. A Pilarisa até prometera que haveria um cargo no clã com um ótimo salário lá quando ele voltasse. Claro, sua família ainda o considerava uma vergonha indescritível, mas ser podre de rico era o melhor tipo de vingança.

A campainha sobre a porta da frente tocou quando alguém entrou. A loja estava fechada para clientes corriqueiros; será que se tratava de mais um vendedor de jade? Tem se inclinou para olhar pelo olho mágico na parede que lhe dava uma visão clara da frente do estabelecimento. Um homem vestindo um casaco curto e um chapéu caro parou ali. O sujeito mal se mexia, como se estivesse atento a qualquer barulho. Casualmente, ele se virou e, com mãos enluvadas, trancou a porta.

Num instante, Tem soube que aquela pessoa estava ali para matá-lo. O ourives de jade abriu a gaveta da escrivaninha e pegou uma pistola carregada — uma Ankev semiautomática poderosa o bastante para acabar com um urso ygutaniano das estepes — e a apontou para a entrada da salinha

CIDADE DE JADE   329

dos fundos enquanto guardava a faca talon em um saco cheio de dinheiro. Em silêncio e com a bolsa em uma mão e a arma em outra, Tem recuou em direção à saída traseira da casa de penhores. Virou a maçaneta e empurrou. A porta nem se mexeu. Com o ombro, Tem aplicou mais força. A superfície se mexeu um pouco, mas parou novamente. Havia um som metálico de alguma coisa travando a porta.

Uma onda de medo tomou conta de Tem. Ele soltou a bolsa e encostou as costas na porta. Com a Ankev erguida e a postos, ficou esperando o homem entrar em seu campo de visão. *Se for um Osso Verde, espera pra atirar. Espera até ele chegar perto demais pra Defletir. Esvazia o pente inteiro. Se ele evitar a primeira bala, as próximas vão acertar o alvo. O Aço não vai impedir uma Ankev. Nada impede uma Ankev, nenhum homem é capaz disso, não importa quem seja.* E Tem era um excelente atirador.

Não conseguia ouvir os passos do sujeito. Inclusive, a loja de penhores estava tão quieta que chegava a ser perturbador. Suor escorria pela lateral do rosto de Tem, mas ele não se mexeu. Esperou. Mesmo assim, nada aconteceu. Até que, de repente, um baque alto emergiu da frente do estabelecimento quando várias coisas pesadas caíram no chão. Vidro se quebrou. Tem continuou pregado ali. Será que aquele homem estava procurando alguma coisa? Atrás de jade? Será que era dele aquela faca talon no saco? O ourives deu um passo de lado em direção ao olho mágico e se abaixou...

A parede explodiu em um jato de lascas e gesso. O punho de um homem atravessou o fino interior de *drywall* e agarrou o pulso de Tem em um paralisante golpe de Força. Tarde demais, Tem percebeu que todo aquele barulho fora o som do Osso Verde esvaziando a parede de televisões e eletrônicos que os separavam. O braço saído da parede, que parecia desencarnado, deu uma virada violenta e quebrou o punho de Tem do jeito que alguém deslocaria um osso de frango. O pedrolho rugiu e a pistola Ankev caiu no chão.

A mão o soltou. Segurando o punho frouxo contra o peito, Tem caiu sobre a escrivaninha e, todo desajeitado, pegou a arma caída com a mão esquerda. A parede se desfez em uma nuvem de poeira branca quando o Osso Verde abriu um buraco grande o bastante para que a atravessasse. Tem ergueu a pistola, que tremia enquanto o ourives tentava estabilizá-la com o membro quebrado. Choramingando de dor, puxou o gatilho. O revólver enorme deu um coice violento e abriu um buraco em cima da porta dos fundos.

A Ankev foi arrancada das mãos de Tem. O homem que agora a segurava se abaixou ali naquele espaço minúsculo e, com o verso da pesada arma de metal, deu duas coronhadas que esfarelaram as rótulas dos joelhos de Tem. O ourives gritou e rolou no chão em agonia.

— *Seu porco papa-merda do caralho!* Eu vou te matar! *Vou te matar, seu desgraçado!* — berrou em ygutaniano.

O algoz puxou de baixo da mesa a cadeira que Tem usara pouco antes e se sentou. Colocou a Ankev sobre a escrivaninha, tirou o chapéu e removeu os flocos de gesso do tecido aos tapas. Espanou os ombros do casaco e, ao perceber que não adiantava nada, tirou-o. Depois de sacudir a maior parte dos detritos, colocou o casaco em cima da arma. Então, enrolou as mangas e esperou até que o pedrolho parasse de gritar e ficasse ali, deitado, ofegando e revirando os olhos de ódio.

— Sabe quem eu sou?

— Um daqueles bastardos dos irmãos Maik — disse Tem.

— Isso mesmo — respondeu Maik Tar. — E você é Tem Ben, mais conhecido ultimamente como o Ourives. — Ele pegou um objeto preto e retangular do bolso da jaqueta. Tem viu que era um gravador de fita cassete portátil, do tipo usado por jornalistas. Maik rolou a fita até o começo. — Você até que fez valer — disse. — Tirou de jogo os outros dois vendedores deste lado da cidade. Tem que ter sangue grosso e estilo pra fazer uma coisa dessas.

— Eu sou um *pedrolho* — protestou Tem. — O clã deixou o Gee e o Sr. Oh vender na tranquilidade por anos e agora vão matar um pedrolho só por causa de um traficozinho de jade do rio? Cadê o seu precioso código aisho dos Ossos Verdes, hein? Seu *cur*, sua praga do caralho.

— Olha só, se você tivesse ficado só vendendo pedras do rio seria diferente. Kaul Lan não teria mandado ninguém atrás de você, um mísero pedrolho, muito menos sabendo que poderia acabar irritando a família Tem por algo que nem valia a pena. Afinal de contas, quando um ourives é tirado das ruas, outra pessoa sempre acaba assumindo o lugar dele, não é? — Maik colocou o gravador no canto da mesa. — Mas agora que Lan-jen morreu e a gente tá em guerra, tá na hora de uma conversinha que já demorou até demais pra acontecer. Você não é só um ourives pedrolho com péssimo gosto pra moda ygutaniana. Você é um Rato Branco.

Rato Branco: um espião e operário do clã. O código dos Ossos Verdes contra assassinar inimigos sem jade do clã não se aplicava a Ratos Brancos.

— Minha família cortou contato comigo. Não faço parte dos Montanha. Você não pode romper o aisho por causa de um *palpite!*

Tem suava às bicas.

— Ah, mas não é palpite, então nem adianta gastar saliva negando. Estamos de olho em você faz meses. Você realmente achou que podia vir mi-

CIDADE DE JADE   331

jar dentro do território dos Desponta e que a gente não ia sentir a catinga?

— Maik deu uma olhada dentro da bolsa de Tem, remexeu o dinheiro e, como se estivesse numa jornada infalível atrás de qualquer jade pelas proximidades, puxou a faca talon embalada. Desenrolou o tecido e assoviou.

— Guerras são boas pros comedores de carniça, isso é óbvio. — Ele pegou a faca, testou a ponta com o dedo e a colocou ao lado do gravador. — Posso ir pelo jeito rápido ou pelo lento, mas, em qualquer um dos casos, você vai contar pra gente tudo sobre as atividades dos Montanha no território dos Desponta e vai começar dizendo pra onde é que você manda toda a jade em que põe as mãos. Já tenho uma suspeita bem forte, mas quero que você diga para a posteridade. Então faz o favor de falar bem claramente.

Ele pegou o aparelho e apertou no botão de gravar.

Tem Ben cuspiu.

— Manda o seu mestre, Kaul Hilo, ir tomar bem no meio do cu dele.

Maik estreitou os olhos até transformá-los em fendas. Ele pausou a gravação, colocou o dispositivo de volta sobre a escrivaninha e pegou a faca talon.

— Então vai ser do jeito lento.

Capítulo 43

Rato Branco Novo

Como sempre, já passava da meia-noite quando Shae saiu do escritório da Homem do Tempo e retornou para a residência Kaul. Woon a deixou na frente e depois deu a volta com o carro até a garagem. Ele realmente era a sombra da Homem do Tempo — nunca saía da torre na Rua Caravela antes dela, e atuava o tempo todo tanto como um segurança quanto como o Chefe de Equipe. Shae o manipulara em um período de luto para garantir sua lealdade, mas, grata demais pela expertise e pela ética infatigável do sujeito, não conseguia se arrepender. Não teria aguentado a primeira semana como Homem do Tempo sem a ajuda dele.

Devagar, cansada e, como antes, inundada por uma mistura de estranhamento e nostalgia, Shae subiu os degraus da frente. Quebrara o contrato de seu apartamento de um quarto e se mudara antes mesmo de Hilo ter pedido. Era a única coisa sensata a se fazer dada a guerra e sua posição como Homem do Tempo. O Chifre não tinha condições de desperdiçar força braçal para lhe dar proteção especial no edifício em Sotto do Norte. A propriedade Kaul era segura, e morar ali era a única forma garantida de encontrar o Pilar sempre que precisasse.

Então, ela empacotara seus pertences, dissera para o senhorio manter os móveis para o próximo inquilino e saíra para uma última caminhada pela vizinhança. Comprara um sanduíche de carne na padaria da esquina e passara um tempinho ali para aproveitar o cheiro. Admirara as vitrines atrativas na rua. Percebera a súbita tensão dos pedestres que aceleravam o passo quando passavam pela banca que exibia manchetes sobre a guerra dos clãs.

Depois, voltara para dar uma última olhada no apartamento e ligara para o diretor da Standard & Croft Appliance para explicar que, devido a circunstâncias familiares que não permitiriam mais que ela viajasse para o exterior, teria que amargamente recusar a proposta de emprego.

Tinha encontrado aquele apartamento sozinha. Tinha conseguido aquele trabalho sozinha. Eram vitórias pequenas, mas profundamente pessoais. Não vivera por muito tempo ali e nem chegara a se empolgar muito com o emprego, mas sentiu a perda de ambas as experiências.

Não tinha como se mudar para a casa do Homem do Tempo; Doru continuava aprisionado lá dentro quando não estava passando tempo, sob vigia, com seu avô. Ela achava que jamais conseguiria morar naquele lugar até que a propriedade fosse demolida e reconstruída para eliminar qualquer resquício da presença daquele sujeito. Então, ironicamente, tinha voltado para seu velho quarto. Não que passasse tempo muito ali.

Shae parou com a mão na maçaneta. Ao aguçar seu senso de Percepção, percebeu que o irmão não estava. Ele também tinha se mudado para a casa principal para que os Maik pudessem morar na residência do Chifre. Quando estava junto com o irmão, Shae tinha a impressão de que os dois eram crianças de novo; dormiam no mesmo corredor, se encontravam na cozinha e suas auras de jade zuniam uma contra a outra como fios elétricos. Nenhum dos dois tocava no quarto de Lan.

— Shae-jen.

Shae se virou e viu que Maik Wen estava parada na entrada logo atrás dela. Wen vestia um robe de lã sobre uma camisa folgada e calças de moletom. Nos pés, usava sandálias de praia, mas nada de meias. Ela deve ter corrido pela calçada que conectava as casas quando vira, lá da casa do Chifre, Shae chegando.

— Wen — disse Shae. — Aconteceu alguma coisa?

— Não. — A outra mulher se aproximou com passos ligeiros e graciosos. — Não consegui dormir e fiquei pensando se você não aceitaria tomar uma xícara de chá comigo.

— Quem sabe numa próxima. O dia foi longo e acho que não vou ser uma companhia agradável agora.

Ela se virou para a porta.

Wen colocou uma mão em seu braço.

— Nem mesmo por alguns minutos? Sempre te vejo chegando tarde e depois sentada na cozinha por mais uma hora com uma pilha de papéis antes de ir pra cama. Não quer uma mudança de cenário pelo menos uma vez? Tenho redecorado a casa e tô doida pra mostrar tudo pra outra mulher.

Shae já vira Wen na casa principal. Às vezes ela ia ali esperar Hilo, às vezes parecia estar de saída quando Shae chegava ou chegando quando Shae saía. As duas trocavam acenos e gentilezas na cozinha ou no corredor, mas ainda não haviam trocado uma conversa de mais de vinte palavras. Mais vezes do que admitia para si mesma, Shae percebia que sentia rancor pela presença de Wen. Ela se contorcia enquanto tentava dormir à noite e tinha dificuldade para impedir que sua Percepção captasse a vazão de energia de seu irmão fazendo amor no fim do corredor.

A ideia de que Wen prestasse atenção nos hábitos de Shae a deixou tão surpresa que ela hesitou e se virou para encarar a mulher. Wen tomou o gesto como um sim. Deu um sorriso enigmático e caloroso para a Homem do Tempo e enganchou um braço no braço dela. A moça parecia, assim como Hilo, ser do tipo que gostava de contato físico, do tipo que sempre se conectava por meio do toque.

— Nossos irmãos não chegaram ainda. Eu não me surpreenderia se eles estivessem bebendo juntos agora. Por que a gente não deveria fazer a mesma coisa? — perguntou Wen.

Shae falou a si mesma para ser educada.

— Tá bom, já que você insiste.

Ela permitiu que Wen a levasse até a casa do Chifre. As duas pareciam estranhas juntas: Wen de robe e com os pés batendo nas sandálias e Shae com um traje conservador e empresarial e saltos pretos que trituravam o cascalho do caminho que atravessava o jardim entre as casas.

Em tom de quem quer puxar conversa, Wen disse:

— Esse jardim é minha parte favorita deste lugar inteiro. É tão bem-projetado; cheio de variedade, mas nem um pouco desorganizado. E tem sempre alguma coisa florescendo, não importa a época do ano. De noite, o cheiro é dos deuses. Claro, as casas são impressionantes, mas o jardim é particularmente lindo.

Shae, que nunca prestara muita atenção no chão, assentiu e disse:

— Aham, é legal.

Ela sabia que Lan gostava. Continuou andando e permitiu que a lembrança do irmão percorresse aquela trilha familiar e breve que ia do luto à raiva antes de forçá-la a se dissipar.

Wen deu uma olhada em Shae.

— Eu também não queria me mudar pra cá. Hilo e eu brigamos por causa disso. Meu apartamento em Garrarra não era grandes coisas, mas eu tinha deixado do meu jeitinho e pagava o aluguel sozinha todo mês. Sendo bem sincera, era romântico receber o Hilo na minha casa. Eu tinha medo de me sentir uma intrusa aqui. Ficava preocupada que a sua família me desprezasse. — Ela ajeitou a postura levemente e ergueu o queixo. — Mas do que vale um orgulho bobo comparado a fazer o melhor por quem se ama? Me mudar pra cá era a coisa certa a se fazer. Não me arrependo nem um pouco. Mas bem que seria bom ter um pouco de companhia. Todo mundo fica fora quase o tempo inteiro.

Wen nunca lhe dirigira tantas palavras, e Shae ficou surpresa com a honestidade e com o quanto a mulher fora ligeira ao perceber a relutância

CIDADE DE JADE 335

da própria cunhada quanto a morar na propriedade da família. Como não tinha certeza se Wen estava tentando ser simpática ou aconselhá-la, decidiu simplesmente responder:

— Sei que Hilo aprecia a sua presença aqui.

Chegaram à varanda iluminada da casa do Chifre. Quando Wen abriu a porta e entrou, Shae não conseguiu evitar: apertou o lóbulo da orelha direita enquanto a mulher estava de costas. Pedrolhos não trazem azar de verdade, ela repreendeu a si mesma. Simplesmente tinham genes recessivos, assim como pessoas albinas. Mesmo que Wen fosse bastarda, como todos deduziam que era, ser imune à jade não era uma punição cármica. Mesmo assim, o estigma persistia. Shae acreditava que havia uma explicação mais lógica para o porquê de os Ossos Verdes evitarem pedrolhos: ninguém gostava de ser relembrado de que as habilidades providas pela jade, assim como a vida por si só, não passava de um jogo de dados. Era possível ter uma linhagem kekonísia de Ossos Verdes e mesmo assim nascer como um abukiano qualquer.

Wen havia, de fato, transformado a casa. Shae se lembrava dali como um lugar fedido com carpete verde e papel de parede fora de moda. A noiva de Hilo revestira o chão com taco de bambu, deixara o ambiente iluminado, investira em tapetes macios e novos móveis e eletrodomésticos. As paredes haviam sido pintadas com cores claras que faziam o espaço parecer muito maior. Shae ainda conseguia sentir o cheiro persistente de tinta fresca se misturar com a fragrância oleosa de rosas. As almofadas e as cortinas eram de ricos tons de bordô e creme. Havia pedras pretas decorativas e flores brancas de seda em um vaso de vidro sobre a mesa da cozinha. Wen entrou lá para ferver água na chaleira.

— Nem acredito que é o mesmo lugar.

Shae estava genuinamente impressionada.

— E eu não acredito que o Hilo viveu tanto tempo aqui daquele jeito horrível que era. Agora que tá apresentável, ele nem vem mais porque diz que é a casa do Kehn e não quer desrespeitar meu irmão mais velho. — Ela colocou folhas enroladas de chá na chaleira e, com o cenho franzido, deu uma olhada ao redor. — Kehn e Tar quase nunca tão aqui, e eles não ligariam se este lugar fosse só uma caverna cheia de palha no chão.

Claramente Wen se esforçara e passara muito tempo reformando a casa para sua própria satisfação, mesmo que fosse se mudar dali assim que se casasse com Hilo. O primeiro pensamento cruel e maldoso de Shae foi: *essa mulher deve ter muito tempo sobrando*. E então, com desgosto, se lembrou que havia prometido a Hilo que encontraria um novo emprego mais desafiador para Wen em alguma parte do clã. Ainda não fizera isso. Como não era de alta prioridade, a tarefa lhe escapara da mente.

Não havia dúvidas de que Hilo prometera à noiva que esse trabalho seria realidade. Essa devia ser a explicação para a avidez de Wen em conversar com ela nesta noite. Shae suspirou enquanto tirava os sapatos e se sentava em uma banqueta de bar no balcão da cozinha.

— Hilo me disse que você tá querendo mudar de trabalho. Tenho pensado em perguntar por aí pelo clã pra ver o que tá disponível. Tá tudo um caos, como você sabe, mas desta semana não passa. Tem alguma coisa específica que você queira? Uma vaga de secretária em outra empresa?

Para sua surpresa, Wen pareceu indiferente.

— Minha mãe dizia que pedrolhos precisam ter habilidades práticas e úteis, como datilografia, porque assim eu nunca ficaria desempregada. — Ela aqueceu o bule e as xícaras com água fervente, jogou um pouco da primeira infusão fora, depois acrescentou mais água fervente e deixou o chá curar. — A maioria das pessoas não se preocupa com azar quando o assunto são empregos de baixo escalão que não envolvem clientes ou grandes quantias de dinheiro. Eu consigo digitar cem palavras em um minuto, sabia?

Um sorriso bobo levantou os cantos de sua boca. Ela se virou para procurar alguma coisa na dispensa.

— Pelo jeito não é isso que você quer fazer — disse Shae.

Wen se voltou para ela com uma garrafa em mãos.

— Uísque espênico de canela — anunciou. Serviu o chá em duas xícaras e adicionou uma dose do licor em cada um. — Fica uma delícia com o sabor defumado desse chá de pólvora. Fiquei pensando se você chegou a criar gosto pelas bebidas espênicas durante o tempo que passou lá.

Barris de cerveja baratos faziam mais a praia da população estudantil de Windton, mas Shae assentiu, agradecida, quando pegou a xícara, tomou um gole e percebeu que Wen estava certa quanto aos sabores. *O que essa mulher quer de mim?* Era óbvio que Wen tinha algo em mente; havia pensado mais em Shae do que Shae nela. Ou será que Wen era assim perspicaz com todo mundo?

Shae nunca se sentira confortável com Maik Wen. Podia até ignorar o fato de que Wen era uma pedrolha. O mais difícil era admitir que mantinha uma mágoa insistente quanto ao fato de Hilo achar aceitável estar com uma pedrolha, mas ser intolerante quanto à irmã namorar um homem estrangeiro. Se alguém tivesse se dado ao trabalho de ver além do sangue shotariano e do uniforme espênico de Jerald, teriam percebido como ele vinha de uma família honrada. Os Maik, por outro lado, tinham uma péssima reputação.

Pelo que Shae ouvira na época da Academia, muitos anos atrás a mãe de Wen causara um escândalo ao engravidar e fugir de sua família do Desponta para ficar com o namorado do Clã da Montanha. Alguns anos depois, Maik Bacu foi acusado de grave transgressão contra o clã e executado. Ninguém no Desponta tinha certeza do que acontecera por lá, mas o rumor era de que ele tinha assassinado um Lanterna influente que seria o suposto homem que havia dormido com a sua esposa. A viúva pegou os dois filhos jovens e a filha em seu ventre, voou de volta para seus parentes no Desponta e implorou para que a aceitassem de volta. Com a permissão relutante de Kaul Sen, a família a aceitou, mas os garotos Maik eram uns coitados e estavam sem pai. Quando foi provado que Wen era uma pedrolha, a infâmia da família foi decretada. *Não dá pra confiar nos Maik,* Shae entreouvira o avô dizer. *São impulsivos e desleais dos dois lados da linhagem.*

Hilo ignorava tudo isso:

— Essa história de fatalismo é só uma merda de um papo-furado. Ninguém tá destinado a virar os pais.

Desenvolver uma amizade e confiar nos Maik quando outros os ignorariam acabou se mostrando uma grande benção para Hilo. Shae ficava frustrada de nunca saber direito se o irmão era calculista nessas situações. Será que ele achava que casar com Wen selaria a lealdade de Kehn e Tar? Ou será que se apaixonara por ela sem levar nada disso em consideração?

Shae analisou a outra mulher. Wen não era exatamente bonita, mas dava para entender por que Hilo a achava encantadora. Ela tinha um jeito suave, mas inescrutável, uma presença latente que atraía as pessoas, mas sem parecer estar pedindo por atenção. Durante uma conversa, ela tinha uma intensidade gentil e, pelo visto, poucas coisas lhe passavam despercebidas.

Wen deu a volta no balcão e se sentou ao lado de Shae. Tocou o joelho da cunhada e perguntou solenemente:

— Shae-jen, você é a Homem do Tempo. Que trabalho você pode me dar que seria mais útil para o clã neste momento?

Shae não estava esperando essa virada drástica. Ela apertou os lábios. Não gostou de ser pega desprevenida por uma pergunta para a qual achava que provavelmente deveria ter uma resposta.

— Útil em que sentido?

— Útil pra você e pro Hilo — respondeu Wen. — Útil para ganhar a guerra.

Shae revirou o chá na xícara.

— A guerra é entre Ossos Verdes.

— É o que Hilo sempre diz. Só que não faz sentido querer me proteger assim. Se os Montanha ganharem, vão matar meu noivo. Meus irmãos são o Chifre e o Encarregado do Pilar, isso sem nem mencionar que são filhos de um traidor dos Montanha. Eles vão morrer também. Posso até ser pedrolha, mas posso perder tudo com essa guerra, todos que amo. Será que eu devia desperdiçar o valioso tempo da Homem do Tempo pedindo que ela me coloque num emprego sem importância fazendo cópias e datilografando memorandos no escritório de algum Lanterna desconhecido? — Wen ergueu as sobrancelhas. — Será que eu devia aceitar de bom grado um emprego desse?

Shae pensou nas outras mulheres que haviam habitado a residência Kaul — sua avó, sua mãe e a esposa de Lan, Eyni.

— Você vai ser a esposa do Pilar — disse para Wen. — Ninguém espera que você trabalhe e muito menos que faça parte dos negócios do clã, ainda mais sendo uma pedrolha.

— Expectativa é uma coisa engraçada — disse Wen. — Quando a gente nasce com elas, criamos rancor e lutamos para ir pelo caminho contrário. Já quando ninguém espera nada da gente, passamos a vida inteira sentindo a falta que uma perspectiva faz.

Wen terminara seu chá. Ela pegou a garrafa de uísque, serviu direto em sua xícara e a tampou. Naquele movimento ágil e contido de Maik Wen, Shae teve um vislumbre. Percebeu que não conhecia aquela mulher de forma alguma.

A futura esposa do Pilar disse:

— Me deixa trabalhar pra você, Shae-jen. Em alguma coisa que nos ajude a ganhar essa guerra.

— Há vagas no escritório da Homem do Tempo — disse Shae lentamente. — Só que não acho que você tenha o estudo necessário pra elas...

— Qual é o papel mais útil que um pedrolho pode desempenhar no clã?

Shae sabia a resposta. De fato, aquela ideia inquietante já lhe passara pela cabeça, mas um longo momento se passou antes que ela olhasse Wen nos olhos e respondesse:

— Rato Branco.

Wen disse:

— Um Rato Branco seria útil pra você, Shae-jen?

Agora Shae conseguia perceber que a mulher a estava levando para um território perigoso. Ela agora prosseguiu com cautela, como se estivesse atravessando um pântano. Pedrolhos podiam transportar qualquer quantidade de jade de forma segura e discreta, já que não emanavam auras de jade. Diferentemente dos abukianos, que eram sempre considerados suspeitos e sofriam preconceito, pedrolhos se misturavam e se pareciam com qualquer outro kekonésio. Como Rato Branco, um pedrolho poderia, de fato, ser muito útil, seja como espião, contrabandista, mensageiro ou ladrão. O que era mais um motivo para sempre desconfiar deles.

— Você é conhecida demais — disse Shae.

— Só por nome e só no Desponta. Ninguém no Clã da Montanha sabe quem eu sou ou me reconheceria. O povo de lá conhece os meus irmãos, mas não sou parecida com eles.

Ela nem hesitava quanto a sua paternidade desconhecida.

— Hilo nunca permitiria.

— Nunca — concordou Wen. — Ele não poderia ficar sabendo. Eu precisaria manter outro emprego também, algo simples para usar como fachada. Tenho certeza de que você daria um jeito.

— Você tá disposta a mentir pro seu futuro marido — disse Shae, sem conseguir esconder o próprio espanto. — E tá me pedindo, como Homem do Tempo, para ir contra os desejos do Pilar. Eu te colocaria em perigo se concordasse. O aisho não teria mais como te proteger.

Os lábios cheios e os olhos escuros de Wen foram tomados por remorso.

— Shae-jen, você se tornou Homem do Tempo pra agradar o Pilar ou pra salvar o clã? — Ela deu um sorriso triste para deixar claro que sabia a resposta, virou o rosto para longe e, com a voz levemente trôpega, disse: — O Hilo é brilhante como Chifre. Ele é honesto, feroz, e os homens dele o veneram. Se coração fosse tudo o que bastasse para ganhar a guerra, já teríamos vencido. Mas ele não nasceu para ser o Pilar. Ele não tem visão e não entende nada de política, e nem toda a jade do mundo é capaz de mudar isso.

Ela voltou a encarar Shae, que estava perplexa com a avaliação direta de Wen.

— Ele sabe que precisa da sua ajuda. Se eu posso ser útil pra você como Rato Branco, então vou fazer tudo o que estiver ao meu alcance pra ajudar essa família a sobreviver. Ele fica insistindo que me ama demais pra deixar eu me envolver na guerra de qualquer jeito que seja... só que eu amo ele demais pra obedecer.

Devia ser pelo menos uma da manhã, mas Shae estava completamente acordada e sua mente começara a se corroer com as assustadoras possibilidades. Devagar, ela olhou de novo para o ambiente reformado. Wen levara poucas semanas para mudar a casa por completo, para reunir um arsenal de visuais, cheiros e texturas que, juntos, criaram uma aparência agradável e elegante para a outrora feia, porém honesta, residência dos homens mais selvagens do Desponta. Agora percebia que havia julgado Maik Wen de forma errada. Se prendera ao comportamento caloroso, maleável e sensual dela e ignorara o interior Osso Verde por baixo do estigma carregado pelos pedro-lhos. Esquecera que aquela era a irmã dos ferozes irmãos Maik. Antes, tinha rancor de Wen; agora, porém, estava apreensiva.

Pensou: *se duas mulheres inteligentes em um mundo dominado por homens não se tornarem aliadas rapidamente, o destino é que se tornem rivais irremediáveis.* Fazer Hilo de bobo não era nenhuma novidade para Shae, mas ela sabia que ele jamais a perdoaria isso.

Teria que pensar mais e tomar os próximos passos com cuidado.

Wen pegou a xícara vazia da mão de Shae e se levantou.

— Já tomei muito do seu tempo e não te deixei dormir, Shae-jen.

Descalça, Shae percebeu que era mais baixa que Wen. E também viu que não contava com aquelas curvas que todos os anos de treinamento pesado a haviam impedido de ter.

A Homem do Tempo se levantou.

— Obrigada pelo chá, Wen. Nos falamos em breve. — Ela foi até a porta e vestiu os sapatos. A fragrância delicada do desabrochar das flores de inverno soprou do jardim quando a porta foi aberta. Shae parou e se virou por um segundo enquanto as luzes do corredor alongavam sua sombra na entrada da casa do Chifre. — Eu acho — ponderou — que talvez meu irmão tenha um gosto melhor do que eu pensava.

Wen deu um sorriso.

— Boa noite, irmã.

Capítulo 44

De Volta à Mais Que Bom

Bero pensou no túnel debaixo da Mais Que Bom. Pensava muito nele e, sempre que a lembrança lhe vinha à mente, era inundado por uma ira amarga. Janloon estava em guerra devido à morte de Kaul Lan — obra do *próprio Bero!* —, e havia jade sendo conquistada e perdida nas ruas todo dia, mas ele não se encontrava nem perto de uma pedrinha sequer que pudesse chamar de sua. Em vez disso, fora forçado a fugir e se esconder, como uma barata diante de uma luz forte.

Não tinha fugido para muito longe. Depois de tropeçar em meio à escuridão pelo que pareceu uma eternidade, enquanto a cada passo pensava se demoraria muito para a bateria da lanterna chegar ao fim e deixá-lo vagando cegamente até colapsar e morrer, Bero sentira uma brisa no rosto. Uma corrente sutil de ar pungente com o cheiro do porto — água salgada, vapor das embarcações, peixe e lixo úmido. A brisa precedeu um feixe de luz noturna que o fez sair correndo como se estivesse indo em direção à sua falecida mãe. Assim como Mudt prometera, o túnel acabava em uma escarpa perto do cais do Parque de Verão. Com as chuvas da primavera ou os tufões do verão, o túnel inundaria, mas durante o inverno seco era uma excelente passagem para contrabandistas. Sujo e exausto, Bero pagou para embarcar em uma pequena balsa particular, mas não seguiu o conselho de Mudt para ir para longe de Janloon.

Passou semanas na encolha em Botânico. A ilha ficava a apenas 45 minutos de balsa, e, muito embora não fizesse tecnicamente parte de Janloon, Bero conseguia ver a cidade do outro lado do estreito em dias claros. Botânico era um município independente. Por séculos, houvera um monastério deísta ali, mas então os shotarianos o transformaram em um campo de concentração durante a guerra e, agora, a ilha era meio que um ponto turístico que contava com um templo deísta renovado, uma reserva ambiental e um pitoresco amontoado de lojinhas que vendiam quinquilharias supervalorizadas e artesanato. Bero odiava tudo aquilo.

Por outro lado, era um bom lugar para passar despercebido. Cheio de viajantes de Janloon e turistas estrangeiros, foi suficientemente fácil arranjar um quarto num hotelzinho qualquer para se recuperar dos ferimentos no corpo e no orgulho em meio a uma solidão taciturna enquanto assistia à televisão, pedia comida e planejava seu retorno à cidade. Botánico era governada por um clã familiar menor que pagava tributos aos Montanha, mas, pelas informações que Bero reunira aqui e ali, era deixada em paz pelos clãs de Janloon. Só para garantir sua segurança, trocava de hotel a cada semana, assim ninguém começaria a prestar atenção nele.

Pelos jornais, Bero sabia que a cidade tinha se tornado uma colcha de retalhos repleta de violência nas ruas e que havia partes de Janloon em que não era claro qual clã estava no comando, isso se algum estivesse. Os Montanha dominaram boa parte das Docas, mas os Desponta ainda mantinham o Sovaco e conquistara muito de Sogen. Quanto à Cidade do Peixe, ninguém sabia ao certo. Fazia mais de um mês que Bero fugira. Em meio a todo esse caos, com certeza ninguém estaria procurando por ele. Em uma manhã límpida, o rapaz foi até a marina e pegou a balsa para atravessar o estreito de volta.

Bero culpava Mudt e o Osso Verde de cavanhaque por sua situação. Haviam armado para ele. Prometeram-lhe jade e depois o renegaram. Nunca tiveram a intenção de incluí-lo nos planos. Quanto mais pensava a respeito, com mais raiva ficava. Além do mais, pensava no túnel debaixo da loja de Mudt e nas caixas escondidas que, apressado e desesperado demais, não conferira ou roubara. Mais uma vez, culpou a si mesmo. Toda sua desgraça era fruto da pressa. O que será que havia naquelas caixas?

Ele sabia de onde pegar a jade que era sua por direito: do próprio Mudt. Não tinha mais a Fullerton, o que era uma pena, mas dinheiro não era problema e, embora a posse de armas por civis fosse tecnicamente ilegal em Janloon, a desordem causada pela guerra garantia que a venda clandestina de armamento fosse comum. Bero levou uma tarde no lado das Docas controlado pelos Montanha para colocar as mãos em um revólver decente. O plano era manter o filho de Mudt como refém à mão armada até Mudt pagá-lo em jade. Se não funcionasse, mataria o sujeito e pegaria a jade.

Naquela noite, quando chegou à Mais Que Bom, foi recebido por uma visão inesperada. A loja estava escura e todas as entradas tapadas com tábuas de madeira. O grande estandarte fora derrubado e não havia sinal de qualquer pessoa lá dentro ou pelas redondezas. Desconfiado, Bero foi até uma das janelas e deu uma espiada. O interior estava uma bagunça. O lugar fora saqueado. As prateleiras estavam vazias e os móveis, revirados. A maioria das mercadorias havia sumido, mas o que restava estava espalhado no chão e também já fora revirado — não sobrara nada além de coisas inúteis como revistas e chapéus.

CIDADE DE JADE 343

Bero deu um chute na porta da frente e sacudiu o cadeado com raiva. Deu uma olhada nos arredores. A rua estava vazia. Essa parte da cidade ficava tão perto da fronteira entre Junko e Ponta de Lança que, pelo visto, ninguém sensato queria ficar vagando por ali. Socou as janelas que davam para a calçada, e as estruturas tremeram. Um mendigo na esquina, a única outra pessoa à vista no que normalmente era um cruzamento movimentado, gritou:

— Não ficou sabendo? O Mudt morreu, keke.

Bero se virou.

— *Morreu?* Quem matou ele?

Debaixo das cobertas, o sujeito deu um sorriso banguela. Deu de ombros e riu.

— Ele mesmo! Quem fica andando por aí com jade tá sempre se matando!

Bero achou uma pedra pesada e quebrou uma das janelas da Mais Que Bom. O barulho foi alto para caramba, mas não havia ninguém além daquele mendigo para ouvir. Enquanto chutava o vidro e escalava com cuidado para dentro da loja arruinada, Bero fumegava com uma mistura peculiar de decepção e esperança. Então Mudt já era, assim como a jade dele. Alguém fora mais rápido que Bero nessa questão. Mas já era de se esperar, não era? Algo sempre acontecia; o destino sorria para o rapaz, exibia o que ele desejava e então arrancava todas as suas chances. Sortudo e azarado, esse era Bero. E, agora, talvez o azar se transformasse em sorte de novo. Talvez. Talvez.

A despensa nos fundos da loja estava aberta. As gavetas do arquivo com rodinhas tinham sido arrombadas e o conteúdo puxado para fora em uma busca ensandecida por dinheiro e itens de valor, mas o móvel em si continuava no mesmo lugar. Com o coração na garganta, Bero forçou seu peso contra o arquivo e o empurrou. Tateou no escuro para encontrar a falha no carpete. Quando o puxou, achou o alçapão por onde escapara cinco semanas atrás.

Bero fechou a porta da despensa e a bloqueou com o arquivo. Puxou a corrente da única lâmpada do cômodo e inundou o pequeno espaço com uma luz amarelada. Ele pegou o anel de metal do alçapão. A passagem se abriu com um som de arranhão pesado e levantou uma pequena nuvem de poeira. Nauseado de tanta ansiedade, ele desceu com cautela os degraus que levavam ao túnel.

As caixas e os caixotes continuavam ali, intocados pelos animais que haviam destruído o resto da loja. Bero pegou uma das caixas de cima e a colocou nos degraus. Cortou a fita da embalagem com uma faca de bolso e ficou boquiaberto ao ver o conteúdo.

Depois, encarou a pequena torre de caixotes. Como é que Mudt juntara tudo aquilo? De jeito nenhum tudo teria vindo do Osso Verde de cavanha-que, que lhe dera apenas aquela caixinha na primeira noite em que Bero o vira. Mudt deve ter sido um traficante. Um sorriso se espalhou pelo rosto do rapaz enquanto ele puxava uma das pequenas garrafas lacradas da caixa aberta à sua frente.

Brilho. Um estoque vitalício de brilho. Agora, todinho dele.

Com as mãos tremendo de empolgação, Bero pegou o máximo de frascos que conseguiu enfiar nos bolsos. Em seguida, recolocou a caixa agora meio vazia em cima das outras e, depois de um olhar avarento para trás, escalou o túnel para voltar à loja. Passou pelo alçapão, cobriu-o com o carpete e arrastou o arquivo para o mesmo lugar de antes, sobre a entrada para a passagem secreta. Bero desligou a luz da despensa e, com os bolsos carregados e a mente a galope, retornou para a loja destruída. Esse estabelecimento provavelmente seria tomado por outra pessoa em breve. Teria que levar o tesouro para algum lugar seguro onde tivesse um acesso mais fácil...

Um barulho atrás dele e o facho de uma lanterna sobre seus ombros fez Bero pular e se virar na escuridão. Ele procurou o revólver e o apontou para o rosto do garoto de treze ou catorze anos. O filho de Mudt.

— Tá fazendo o que aqui? — gritou Bero.

— Pensei que você fosse ele, que tinha voltado atrás de mim. — A voz do menino soava alta e tensa.

Ele segurava uma faca talon barata e dobrável. Seus dedos estavam brancos ao redor do cabo. A luz da lanterna continuava em Bero enquanto os dois se encaravam.

— Quem é que vai voltar atrás de você?

Seu dedo abraçava o gatilho do revólver. Bero não queria esse garoto contando nada para alguém da cidade ou pensando que o estoque de brilho de seu falecido pai era seu por direito.

O jovem Mudt tremia, o que fazia o fraco feixe da lanterna tremer também, mas podia se ouvir um ódio selvagem em sua voz quando ele disse:

— *Maik*. Ele matou meu pai. Maik Tar matou meu pai, e eu vou matar ele nem que seja a última coisa que eu faça!

Lágrimas brotaram nos olhos do garoto.

O dedo de Bero continuava a postos, mas agora ele hesitou. Lentamente, abaixou o revólver.

— É difícil matar um Osso Verde poderoso daquele — comentou.

CIDADE DE JADE   345

— Não tô nem aí. Faço o que for preciso!

Tanto a lanterna quanto a faca caíram ao lado do adolescente e, ofegante, ele ficou ali, encarando Bero com bochechas vermelhas e olhos ensandecidos, como se o desafiasse a duvidar.

— Eu já consegui uma vez — contou Bero, com um arrepio de orgulho. — Matei um Osso Verde. Ninguém achava que eu fosse capaz, mas estavam errados. Todos eles.

Os olhos do garoto se arregalaram, preenchidos por uma curiosidade ávida. Em todas as vezes que vira o jovem Mudt antes, Bero nunca lhe dera muita bola. Era um moleque magricela, com o cabelo ensebado e o rosto que lembrava um rato. Mas não era um cagão medroso como Sampa ou Bochecha tinham sido.

Bero decidiu que não seria bom continuar sozinho. O destino era como um tigre que se encontra na estrada: o melhor caminho é desviar sua atenção. Em cada vez que as coisas tinham ficado feias para o lado de Bero, alguém menor e mais fraco atraíra todo o azar.

— Não tenho medo de Ossos Verdes — disse ele. — São eles que têm medo de nós, sabia? Mataram o seu pai porque têm medo de pessoas de fora do clã com jade. O que precisamos é ter um pouco de jade pra gente, keke.

— *É* — disse Mudt, com coragem. — É verdade.

— E eu sei onde conseguir.

O feixe da lanterna do garoto voltou a iluminá-los.

— Sabe?

Capítulo 45
Uma Piada Compartilhada

Hilo entregou suas armas para um dos Ossos Verdes de uniforme que guarneciam a entrada da Casa da Sabedoria. A guarda era uma jovem cuja aura de jade zunia e emanava uma concentração intensa enquanto Hilo se aproximava. Os membros do Escudo de Haedo eram supostamente treinados para atingir um alto nível de Percepção que os permitisse detectar sinais de intenção homicida. Ela teria que abaixar os padrões do que considerava hostilidade, senão ninguém entraria ali hoje, pensou Hilo, sorrindo para si mesmo enquanto desembainhava a espada da lua, soltava a faca talon e desafivelava a arma para colocá-las sobre uma mesa em frente a um detector de metal. A questão não era que ele duvidasse da habilidade dos guardas ou que não entendesse o sentido de deixar suas armas do lado de fora, mas é que ambas as medidas eram inúteis. Havia uma bela quantidade de jade no corpo de todas as pessoas lá dentro. Os Ossos Verdes ali presentes poderiam facilmente matar uns aos outros com as próprias mãos caso as negociações fossem pelo ralo.

Mas, é claro, ninguém se mataria; muito menos com um penitente no recinto, e haveria três deles na sala de reuniões onde a mediação entre os líderes dos clãs aconteceria. Pelo visto, o conselho achou prudente assegurar que houvesse o triplo de segurança espiritual. Os penitentes, um homem e duas mulheres com cabeças raspadas e mãos dobradas para dentro das mangas de seus longos robes verdes, estavam de pé e quietos nos cantos do cômodo. A violência era proibida não apenas em qualquer templo deísta, mas sempre que um penitente estivesse presente. Pelo que dizia a crença, eles mantinham uma comunicação direta com os Céus, então os deuses saberiam quem havia se voltado contra as Virtudes Divinas e atacado primeiro. Basicamente, eram espiões dos Céus. A alma do pecador não apenas seria condenada, mas, no dia do Retorno, toda a linhagem de sua família, ancestrais, pais, filhos e descendentes, seriam impedidos de entrar nos Céus e forçados a vagar pela terra abandonada, em exílio por toda a eternidade.

No dia anterior, Hilo sugerira a Shae que valeria a pena pagar o preço de qualquer que fosse o risco teórico de danação metafísica que recairia sobre eles no pós-vida se os dois tivessem a chance de matar Ayt Mada bem ali onde ela estava, sentada do outro lado da mesa.

Shae o encarara com um olhar tão gélido que chegou a espantá-lo.

— Os deuses são cruéis, Hilo — disse ela, como se conhecesse as divindades pessoalmente. — Não os provoque com arrogância.

Havia duas portas na câmara, então ele e Ayt nem mesmo entraram pelo mesmo corredor. Hilo adentrou o salão e se sentou na última cadeira, assentindo para os doze membros do Conselho Real que ocupavam ambos os lados da mesa e compunham o comitê da mediação. Todos tinham uma aparência empresarial; vestiam ternos escuros e seguravam canecas caras sobre blocos de papel timbrado sobre pastas de couro.

Quatro dos membros do comitê pertenciam ao Desponta: o seríssimo Sr. Vang, o Sr. Loyi, com os cabelos todos brancos, o sujeito com cara de cavalo chamado Sr. Nurh e o sorridente Sr. Kowi, que tinha uma cabeça em formato de nabo. Hilo reconhecia cada um deles devido ao *briefing* que Woon tinha feito na noite anterior. O ex-Encarregado do Pilar estava se provando como uma ótima aquisição ao escritório da Homem do Tempo. Hilo ficou feliz de ter poupado a vida dele. Não culpava Woon pela morte de Lan, não mais do que culpava a si mesmo, mas era bom ver o sujeito transformando o remorso que sentia em esforço pelo clã.

Dentre os outros políticos na sala, quatro eram leais ao Montanha. O restante não tinha filiação a nenhum clã. Hilo nem sabia que havia conselheiros sem nenhuma aliança, que alguns deles poderiam ser comprados.

— Há quatorze independentes, além de outros dois que pertencem a clãs menores — Shae explicara. — Tenta não esquecer essas coisas.

O assento na outra ponta da mesa estava vazio. Ayt ainda não tinha chegado. Hilo deu uma olhada no relógio. Se reclinou na cadeira e deu um sorriso para a assembleia, aparentemente tranquilo enquanto esperava.

— A Ayt-jen deve ter parado pra riscar o meu carro.

Uma risada nervosa ecoou pela mesa. O Sr. Loyi deu um sorriso amarelo e o Sr. Kowi gargalhou alto, mas Vang e Nurh pareceram não achar graça. A maioria das pessoas reunidas na sala, independentemente do clã a que pertencessem, sentia por Hilo uma mistura de respeito nervoso e desdém disfarçado; não sabiam direito o que pensar a respeito do jovem e feroz Pilar. Particularmente, Hilo não estava nem aí para nenhum deles. Eram apenas fantoches controlados por outros fantoches.

No assento levemente atrás e à esquerda de Hilo, a aura de jade de Shae emanou com mais força na mente do Pilar enquanto ela batia com uma

348 FONDA LEE

caneta no braço da cadeira, como se estivesse mandando um aviso de que estavam ali para melhorar a relação com o conselho, e não a piorar.

Um silêncio tomou conta do recinto. Os políticos que conversavam baixinho perceberam e voltaram a se endireitar na mesa. Hilo levou um segundo para perceber que a mudança havia sido uma reação a ele mesmo. O Pilar ficara completamente imóvel e descansara o olhar distraído em lugar nenhum conforme sua Percepção avançava para além das paredes. Ayt Mada e seu Homem do Tempo haviam entrado no prédio e estavam caminhando em direção à sala. A aura de jade de sua inimiga era sombria, densa e parecia estar num estado líquido, como lava escorrendo inexoravelmente perto e esquentando os arredores. Emanava uma calma, uma malícia implacável que, sem dúvida alguma, era direcionada a Hilo e, como ela com certeza Percebeu onde ele estava sentado, aquela longa troca de olhares psíquica foi tão intensa que, quando chegou um minuto mais tarde, já não havia quase mais nada a ser dito.

Como o esperado, a presença física de Ayt não era nada em comparação com a impressão que a aura da Pilarisa causava. Ela estava toda de preto, com um blazer creme e não usava nenhuma bolsa, joias ou maquiagem. Parecendo pouco interessada pelo público que a esperava, entrou a passos largos e se sentou na outra ponta da mesa. Ree Tura, baixinho e com o cabelo penteado para trás, se sentou ao lado esquerdo dela.

— Boa tarde, conselheiros — disse Ayt.

— Ayt-jen.

Os políticos pertencentes ao Montanha assentiram em sua direção. Aqueles homens a respeitavam, isso ficou claro, e com um respeito muito maior do que o dos conselheiros do Desponta para com Hilo, cujos lábios tremiam de leve enquanto encarava fixamente a Pilarisa. Com a entrada de Ayt, o clima na sala mudou. Onde antes havia uma ansiedade metódica, agora pairava uma tensão que precedia algo inevitável. O ar parecia uma corda de arco esticada, uma espada antes do golpe, o espaço entre o martelo e o prego. Isso até mesmo os engravatados sem nenhuma habilidade de Percepção notavam com facilidade.

A líder do comitê, uma mulher chamada Onde Pattanya, que era uma das poucas pessoas independentes do conselho, foi corajosa o suficiente para levantar e começar a reunião. Ela pigarreou.

— Respeitados Ossos Verdes e membros do Conselho Real, hoje, de boa-fé, nos reunimos na Casa do Conhecimento, sob os olhos vigilantes dos deuses — ela deu uma olhada intensa para os penitentes nos cantos — e sob a graça de Vossa Celestidade, Príncipe Ioan III. — Ela se inclinou em direção ao retrato do soberano na parede.

— Que ele viva trezentos anos — murmuraram os presentes num coro respeitoso.

Hilo reprimiu um sorriso malicioso ao olhar para a pintura a óleo na parede. A imagem retratava um jovem imponente e com sobrancelhas grossas vestindo o tradicional traje da nobreza kekonísia sentado em uma poltrona larga e estofada. Uma de suas mãos descansava sobre a espada da lua embainhada em seu colo e a outra segurava um leque de folhas de palmeira, representando, assim, o papel da monarquia como guerreira e pacificadora.

Era um simbolismo arcaico. Tradicionalmente, a espada da lua era uma arma dos Ossos Verdes. Hilo tinha quase certeza de que o príncipe jamais empunhara uma de verdade. Depois de o trono ter sido restabelecido após a Guerra das Muitas Nações e da conquista da independência do Império de Shotar, um decreto codificado na constituição nacional proibiu a família real de Kekon de usar jade. Hilo já vira o príncipe, um sujeito consideravelmente menos majestoso na vida real, em festividades públicas como o Ano-novo e outros feriados importantes. Além disso, na residência Kaul havia uma enorme foto emoldurada do monarca concedendo ao avô de Hilo alguma honra real por serviços à nação. O Príncipe Ioan III era um popular símbolo da história e da união de Kekon, mas não passava de uma representação; um homem que vivia uma vida confortável repleta de compromissos cerimoniais, mas bancado pelo estado. Seu esplêndido retrato estava ali, mas ele, não. Ele apenas dava sua benção ao Conselho Real, que representava o povo e aprovava as leis. Noventa e cinco por cento dos conselheiros eram afiliados a algum clã e eram bancados por Lanternas poderosos que, aí sim, pagavam tributos aos clãs. O verdadeiro poder em Janloon e, por consequência, no país inteiro, estava nas mãos dos clãs, em dois Pilares cujo ódio um pelo outro permeava todo aquele recinto como um fedor pungente.

— Permitam que eu comece — disse a Conselheira Onde — parabenizando Ayt-jen, Kaul-jen e seus Homens do Tempo por darem o importante passo de comparecer a esta reunião e demonstrar que estão dispostos a resolver suas diferenças por meio da negociação e não da violência. Falo em nome de todo o Conselho Real quando expresso minha sincera esperança de que logo chegaremos a um acordo que permitirá que nossa cidade volte à paz. A programação é de cinco dias, mas todos nós, do comitê, nos comprometemos a ficar o quanto for necessário para que um acordo agradável seja feito. Claro que — Onde dá um sorriso otimista — quanto antes concluirmos, melhor será.

350 FONDA LEE

Com uma careta, Hilo pensou em todo o tempo que seria desperdiçado — tempo em que teria que ficar longe das batalhas críticas sendo travadas pela cidade. Enquanto estivesse aqui, Kehn teria comando total sobre a guerra e, embora Hilo tivesse fé em seu Chifre, seria delirante não admitir que Gont superava os Maik como estrategista e guerreiro. Ayt podia se dar a esse luxo, mas Hilo, não.

— Vamos começar com uma fala de abertura de cada lado — disse Onde.

— A ordem foi definida pelo lançamento de uma moeda, e os Montanha irão primeiro. Ayt-jen. — A conselheira se sentou e pegou sua caneta.

Ayt deixou um instante de silêncio quase ficar desconfortável antes de, com uma voz límpida e firme que fez Hilo se lembrar dos professores da Academia, dizer:

— Me entristece muito que a rixa entre os dois maiores clãs do país nos tenha levado a este derramamento de sangue. Contudo, meu pai, que os deuses o saúdem, me ensinou que a responsabilidade dos Ossos Verdes é proteger e defender o povo. Quando aqueles que dependem de nossa proteção são ameaçados, a única escolha que nos resta é revidar.

Ela estendeu uma mão para seu Homem do Tempo, que na mesma hora lhe entregou uma folha de papel.

— Já faz algum tempo que as táticas excessivamente agressivas dos Desponta têm prejudicado cidadãos e empreendimentos de respeito. Para que o comitê tenha ciência, Ree-jen listou apenas alguns exemplos. — Ayt deu uma olhada no documento que segurava. — Uma construção no Cassino Reino da Sorte sofreu um atraso de três meses devido a uma sabotagem explicitamente ordenada pelo Chifre do Desponta na época...

Em silêncio, Hilo ouviu à longa lista de queixas lida por Ayt. Manteve a expressão tranquila e imutável, mas, em seu interior, estava tomado por uma onda crescente de raiva e impaciência. Poderia responder a cada uma das acusações. Sim, tinha mandado que seus Punhos perturbassem a construção do Cassino Reino da Sorte, mas apenas porque o contrato da obra fora roubado dos Desponta na cara dura. Sim, tinha permitido que seus homens deixassem aqueles três Dedos do Montanha aleijados, mas só porque eles haviam vandalizado e praticado terrorismo em uma série de propriedades dos Desponta. Ayt continuou com uma série de casos antigos, alguns de até dois anos atrás ou mais. Nenhum tinha qualquer coisa a ver com a guerra.

Quando Ayt terminou, a Conselheira Onde agradeceu e lembrou a todos que nada deveria ser discutido até que o Desponta tivesse chance de responder. Onde se virou para Hilo e perguntou se ele estava pronto para

CIDADE DE JADE   351

fazer sua fala de abertura. Por um instante, o Pilar pensou em recusar o convite e dar o fora desse circo enquanto ainda era tempo, mas Shae mexeu ruidosamente na folha que havia empurrado na direção dele. Hilo olhou para o documento. A Homem do Tempo e sua Sombra haviam preparado discursos diferentes dependendo da estratégia que Ayt escolhesse usar, já que a Pilarisa poderia começar com um discurso mais geral, exigir demandas mais específicas ou fazer acusações vagas. Hilo pegou o papel.

— Gostaria de parabenizar e agradecer ao Conselho Real por reconhecer a necessidade desta reunião. Como cidadãos ativos e membros da comunidade, nós, Ossos Verdes, queremos paz e prosperidade para Janloon assim como qualquer outra pessoa. — As palavras soavam engessadas e nada genuínas em sua boca, então Hilo pulou boa parte do discurso. *Shae realmente espera que eu diga tudo isso?* Ele continuou a leitura e recitou uma lista com as primeiras demandas dos Desponta para os Montanha: retirada das Docas, rendição do Sovaco, interrupção da produção de BL1 e que se sujeitassem a uma inspeção externa dos registros financeiros e dos inventários de jade. A última era tão ultrajante que Hilo teve que segurar um sorriso ao ver a cara de revolta no rosto de Ree Tura. Ayt, no entanto, não parecia surpresa e continuou impassível.

— Obrigada, Kaul-jen — disse a Conselheira Onde. — Muito me anima a clareza e a franqueza expressada pelos dois Pilares em suas falas de abertura. É uma base sólida que podemos usar como alicerce de nossa discussão. — Provavelmente Onde era uma das únicas pessoas ali reunidas que acreditava mesmo nisso. Os políticos com filiações de ambos os lados da mesa pareciam mais nervosos depois de terem ouvido a superficialidade dos discursos, como se sentissem que o tom da conversa era um sinal de que os Pilares, mesmo sem palavras, já tinham chegado a uma conclusão. — A questão das jurisdições territoriais é a mais urgente, já que contribui com a atual violência nas ruas. Sugiro que comecemos por aí — disse Onde, animada.

Depois de várias horas, Ayt fez um teatrinho e afirmou que os Montanha iriam se manter ao sul da Rodovia do General e que parariam o avançar nas Docas e no distrito de Junko. Como resposta, Hilo se comprometeu perante o conselho a impedir futuros ataques na Cidade do Peixe e em Ponta de Lança. Eram acordos que não significavam nada. Os Montanha *não tinham como* avançar mais nas Docas; Hilo sabia que não possuíam homens suficientes. Assim como ele sabia que os Desponta não teriam como manter posse da Cidade do Peixe e de Ponta de Lança, mesmo que os invadissem. Nenhum dos dois distritos tinham muito valor mesmo. O

Sovaco e Sogen eram os piores campos de batalha, e não houvera nenhum movimento em direção a um possível acordo quanto a esses lugares. Kehn estava instalado com oitenta guerreiros em Sogen neste exato momento.

De forma reveladora, nenhum dos dois lados mencionou a tentativa de assassinato de Hilo, a execução de Lan ou o massacre dos vinte e um Ossos Verdes do Montanha na Rua do Pobre. Não seria numa sala da Casa da Sabedoria que a conta por esses ataques seria cobrada. Hilo encarou Ayt enquanto os dois se levantavam. *Isso aqui é uma piada. Uma piada que nós dois estamos contando juntos.*

O segundo dia de negociações não foi muito além do que o primeiro. Durante os intervalos de quinze minutos, Hilo chamou sua Homem do Tempo para uma conversa particular.

— Isso aqui é uma orgia de porcos num monte de merda — disse. — Uma perda de tempo do caralho.

— Se formos embora agora, vai parecer que acabamos com as negociações e o Desponta levará a culpa pela continuidade da guerra — insistiu Shae. — Na cabeça dos engravatados ali dentro, os Montanha mataram o Lan e aí a gente atacou pra revidar. Pra eles, isso fez a situação ficar elas por elas e agora devemos resolver o resto na base da conversa pra vida voltar ao normal. — Antes que Hilo pudesse dar qualquer resposta engraçadinha, ela o interrompeu. — Não se esquece do motivo de estarmos aqui. Temos que mostrar pros Lanternas e pro Conselho Real que ao menos tentamos optar pela paz. Pelo jeito como a Ayt tá querendo sair pela tangente, todos os conselheiros vão simpatizar conosco até o último dia.

Shae tivera acesso aos primeiros resultados da audição formal feita na AJK e planejava, no quinto e último dia, usá-los como vantagem contra os Montanha. Caso não funcionasse, iria compartilhá-los e deixar claro para o conselho que as motivações da guerra iam muito além de vingança, que as ações dos Montanha eram também contra as leis e os valores kekonésios. Hilo reconhecia que não era um plano ruim. Ou sairiam dali com concessões o suficiente para que conseguissem manter uma posição militar sustentável até a primavera, ou então moralmente superiores aos Montanha, o que garantiria, pelo menos era o que esperavam, o apoio dos Lanternas do clã e do povo. Mesmo assim, a impressão de Hilo era de que tudo aquilo era peixe pequeno; que nada do que fosse conversado ali interferiria significativamente no resultado da guerra. E ficar atuando nessa farsa para benefício dos espectadores o irritava.

CIDADE DE JADE   353

Voltou para seu lugar na sala. Estava ficando cava vez mais enfurecedor perceber a soberba na aura de jade de sua oponente e avistar aquele tremor ocasional de diversão em seus lábios. Estavam juntos nessa, envoltos na serenidade e na morosidade de políticos e empresários, na egocêntrica modernidade kekonísia que gostava de dizer a si mesma que não havia necessidade para guerrear à moda antiga, com expurgos por lâmina feitos sob juramentos do Velho Tio. Ambos os Pilares sabiam que era tudo falsidade.

Ayt estava mais disposta a interpretar seu papel do que Hilo, mas também só porque tinha habilidade para tal. Muito mais habilidade, inclusive; detalhe que ela fazia questão de esbanjar a cada palavra e gesto. Ayt havia sido Homem do Tempo antes de se tornar Pilarisa, então sabia como passar a imagem de uma mulher de negócios séria e articulada. Era uma vantagem que estava usando agora para insultá-lo e provocá-lo, para fazê-lo parecer um nada, alguém que não passava de um jovem vagabundo. O contraste entre os dois fazia com que estas marionetes sem jade esquecessem que Ayt Mada era a mais poderosa Pilarisa de Kekon, já que havia matado o Chifre do pai, seu Primeiro e Segundo Punhos, o Encarregado e seu filho mais novo. Às vezes, só de pensar nisso Hilo já sentia vontade de rir.

O segundo dia terminou com tão pouco avanço que até a incansável Onde parecia desencorajada. Hilo estava impaciente para fazer uma ligação, para descobrir se um de seus Punhos, Goun Jeru, que sofrera uma emboscada e fora gravemente ferido pouco antes do amanhecer, tinha sobrevivido à cirurgia. Ele e Shae trocaram poucas palavras e se separaram fora da Casa da Sabedoria. Shae entrou em um carro que aguardava para levá-la até o escritório da Homem do Tempo, na rua Caravela. Hilo se divertia com o fato de que, para alguém que havia feito tamanho escarcéu dizendo que não queria se aproveitar dos luxos do clã quando voltara para Janloon, sua Homem do Tempo agora parecia não ter escrúpulos quanto a usar e abusar deles. O que só servia para provar que sua irmã passara todo aquele tempo fazendo a si mesma de boba e que deveria ter sido mais sábia e cedido antes de ter sido obrigada.

Hilo procurou por seu motorista e pelo Duchesse em frente à piscina refletora, mas, ao invés disso, viu Maik Tar o esperando em um dos carros à paisana do clã. Quando entrou no banco do carona, Tar desligou o rádio e lhe ofereceu um cigarro. Hilo percebeu que a manga do Encarregado do Pilar tinha manchas secas de sangue; seus olhos estavam arregalados pela falta de sono, mas reluziam com um júbilo que fazia a textura de sua aura ficar áspera de tanta empolgação reprimida.

— Como foi? — perguntou Tar. — Igual antes?

— Pior. É uma pena que ainda tenha penitentes lá.

— Você bem que podia me levar, né — ofereceu Tar. — Já não vou pro céu mesmo.

— Como o Goun tá? — A mudança triste na aura de Tar respondeu imediatamente. — Porra — disse Hilo, baixinho.

Goun fora seu colega na Academia, um lutador habilidoso, mas também um sujeito divertido que animava todo mundo e sempre contava boas histórias. Hilo devia tê-lo visto antes que morresse, devia ter ido pessoalmente dar a notícia a seus pais e irmã. Mas não, estivera ocupado pisando em ovos e bajulando conselheiros na Casa da Sabedoria.

Uma onda de raiva assolou Hilo partindo do pescoço para seu rosto.

— Vai tomar no cu! Os deuses que se fodam! Quero mais é que a Ayt e o Gont enfiem uma vara afiada bem no meio do cu, esses *filhos da puta*.

Ele bateu a cabeça contra o encosto do banco e deu um soco no teto do carro que o deixou amassado.

Tar bateu as cinzas do cigarro pela janela e esperou até que seu Pilar se acalmasse.

— Que os deuses saúdem esse coitado — disse, por fim.

— Que os deuses o saúdem — concordou Hilo com uma voz anestesiada.

— Mas não tem só notícias ruins — disse Tar, e esperou com uma evidente presunção para que Hilo perguntasse o que poderia ser tão bom assim a ponto de fazê-lo vir pessoalmente contar.

Às vezes, Tar era como uma criança: agoniado para agradar, propenso a ter ataques de birra e exagerar nas comemorações, e dono de uma combinação curiosa de ousadia e insegurança. Desde que saíra do hospital, parecia desesperado por uma chance de provar do que era capaz e deixar para trás a vergonha pelo ferimento que sofrera. Reformular a função de Encarregado do Pilar para Tar foi uma sacada de mestre da qual Hilo muito se orgulhava.

Mesmo assim, como estava num péssimo humor devido à perda de Goun, Hilo não engajou nem por um instante na avidez do sujeito. Ao invés disso, perguntou:

— O Kehn já foi falar com a família do Goun?

— Não sei — respondeu Tar. — Não falei com ele.

— Quem tá cuidando dos Dedos do Goun?

— Vuay ou Lott, até onde eu sei.

Tar soava meio ríspido agora. Goun também fora seu colega de classe, mas o guerreiro não parecia muito incomodado com sua morte. Ele se importava com pouquíssimas pessoas no mundo, pessoas essas que podiam lhe pedir o que quer que fosse.

Hilo cedeu.

— O que tá te deixando assim com o pau tão duro a ponto de você ter que vir me contar?

Depois de Tar ter explicado tudo, Hilo ficou encarando a janela. Seu olhar flamejante não focava nada específico enquanto ele tamborilava os dedos leve e rapidamente em um joelho.

— Dirige — mandou. — Deixa eu pensar nisso. — Depois de um pouco mais de tempo, ele declarou: — Amanhã vai ser diferente. Bem diferente. Você fez o certo, Tar.

E seu Encarregado sorriu, satisfeito com o elogio, enquanto tocava a nova faca talon presa em seu cinto.

Capítulo 46
CONVERSA SINCERA

Na manhã do terceiro dia de mediação, Hilo chegou cedo na Casa da Sabedoria com Shae para se encontrar com o Chanceler Son Tomarho, que, já havia algum tempo, queria marcar uma reunião com o Pilar e ficava cada vez mais ressentido por não conseguir fazê-lo.

— Kaul-jen, entre. Como os deuses estão abençoando o senhor? — perguntou Son, enquanto os apressava para dentro do escritório.

— Com o senso sádico de humor deles de sempre — respondeu Hilo. — E você?

Com seu rosto corado sob uma saudação rígida e superficial, o político pareceu sufocar uma reação involuntária à blasfêmia casual de Hilo.

— Ah. Bem. Até que bem, obrigado.

Hilo tinha a distinta impressão de que o Chanceler Son Tomarho não ia muito com a sua cara. Um ano atrás, ele recusara o pedido de Son para encerrar a greve dos trabalhadores nas Docas à força, e, no funeral de Lan, o sujeito demonstrara apenas um respeito mínimo ao novo Pilar. O fato de que Hilo agora o ignorara por semanas enquanto se concentrava na guerra tinha apenas exacerbado a aversão do sujeito. Inclusive, o jeito com que Son o olhava agora, exibindo um sorriso obviamente forçado que não escondia a frieza de seu olhar inquisidor, confirmava o que Hilo suspeitava: o chanceler via a si mesmo como um homem distinto e politicamente refinado, uma pessoa superior às infelizes, porém ocasionais, selvagerias de certas partes do clã. Son olhava para Hilo e via juventude e músculos, alguém que deveria obedecer, não mandar, e muito menos comparecer à Casa da Sabedoria como Pilar.

Hilo achava difícil se comportar de forma racional e civilizada com pessoas por quem não sentia nenhuma afeição. O status ou a importância não significavam praticamente nada para ele. Sabia que era uma fraqueza sua; de fato, dar mais importância a sentimentos pessoais do que à diplomacia lhe rendera problemas no passado e lhe garantira a ira do avô. Quando Hilo e seus irmãos eram crianças, Kaul Sen batera pouquíssimo em Lan e nunca em Shae, mas seu neto do meio fora açoitado por criar confusão com os professores da Academia, por ter quebrado o braço do filho de um dos sócios de seu avô, por ter sido visto andando pela cidade com os irmãos Maik...

Fazendo o melhor que podia para reprimir uma má vontade instintiva em relação a Son e um desconforto generalizado devido a toda a formalidade pomposa do escritório com painéis de carvalho, Hilo se permitiu ser guiado até os assentos que ficavam em frente à larga mesa do chanceler. Shae posicionou sua cadeira levemente atrás e à esquerda da sua. Ele era grato pela presença da irmã, porque ela parecia estar mais à vontade do que ele. O chanceler se sentou, assentiu para que seu assessor trouxesse refrescos e então se virou para Hilo com aquele mesmo sorriso falso.

Hilo disse:

— Bom, tô aqui. Quer falar sobre o quê?

O sorriso de Son visivelmente titubeou.

— Kaul-jen — disse ele, recuperando a compostura com uma rapidez admirável. —, reconheço que o senhor é um homem muito ocupado. Liderar o clã como Pilar em um momento tão difícil como esse é, sem dúvida, avassalador. Ouso até dizer que deva dar tanto trabalho quanto governar um país. — A provocação foi proferida com um tom casual, mas ficou clara mesmo assim. Son era a cabeça funcional do governo e não estava nem um pouco contente de ter ficado esperando por um briguento de rua com 28 anos que, por acaso, assumira a liderança do clã.

Hilo respondeu com uma cutucada casual também.

— Espero que *nenhum* dos seus oponentes políticos estejam tentando arrancar sua cabeça fora com uma espada da lua. — Ele assentiu para agradecer ao assessor que deixara um copo de chá gelado de anis em sua frente. Se esforçando muito para manter em mente o que Shae lhe falara sobre a importância do Conselho Real e do quanto o clã precisava de apoio político e legitimidade, Hilo mudou o tom de voz e, com mais seriedade, disse: — Admito que tenho muito o que aprender como Pilar. Meu irmão, que os deuses o saúdem, não teve a chance de me preparar para a função. Nossos inimigos perceberam isso, e não tive um dia de paz desde então. Peço desculpas caso eu tenha agido com desrespeito ao não me reunir com você antes.

A sinceridade de Hilo pareceu, de alguma forma, apaziguar Son.

— Bom, o mais importante é que o senhor tem se sentado para conversar com Ayt Mada e com o comitê de mediação do conselho. Como chanceler, não posso fazer parte do comitê, mas espero que estejam fazendo progresso. Afinal, negociar a paz é o que todos queremos.

358 FONDA LEE

Com grande dificuldade, Hilo manteve o sarcasmo fora do rosto, mas foi preciso erguer o copo e beber metade do chá. Os olhos de Son focaram as mãos de Hilo, cheias de calos nos nós dos dedos cobertos de cascas recentes, mas o chanceler não foi tão bem-sucedido quanto seu convidado e acabou deixando seu desprezo transparecer. Seus lábios tremeram e suas bochechas balançaram antes de dizer:

— Quanto antes os clãs resolvam suas diferenças e permitam que a cidade volte ao normal, melhor. Pelo bem do povo e do país.

— Os Montanha assassinaram o meu irmão.

Desconfortável, Son Tomarho pigarreou:

— Uma tragédia terrível que jamais será perdoada. Mas, mesmo assim, arrisco dizer, baseado em minhas experiências com Kaul Lan-jen, que ele *próprio* teria colocado o bem do clã e da nação em primeiro lugar, à frente de qualquer desejo pessoal de vingança.

— Não sou o Lan. — E, de repente, depois de dizer essas palavras em voz alta, Hilo relaxou. Um sorriso voltou-lhe aos lábios. — Os Lanternas e o Conselho Real vão ser obrigados a aceitar isso.

O chanceler franziu o cenho pela primeira vez.

— Os Lanternas do Desponta, embora sejam inabaláveis quanto à lealdade e à aliança que têm ao clã, vão naturalmente se preocupar com a segurança de suas comunidades ao sofrimento imposto a eles.

— Você tá falando do aumento nos impostos — supôs Hilo. — É verdade, tivemos que aumentar os tributos para guerrear. A Homem do Tempo pode explicar.

Não era a forma mais graciosa de passar a palavra a Shae, mas Hilo estava perdendo a paciência para amenidades. Além do mais, já fazia algum tempo que, com a Percepção, estava notando a aura da irmã eriçando de ansiedade, com medo de que ele fosse fazer merda com a reunião, então o melhor seria deixá-la falar o que quisesse. Shae se inclinou para a frente e disse:

— Como você falou, Chanceler, a guerra entre os clãs quebrou, sim, empreendimentos. O Desponta é obrigado a ajudar financeiramente os Lanternas que tiveram suas propriedades prejudicadas ou seus meios de vida afetados. Quando Ossos Verdes são mortos, somos nós que pagamos pelos funerais e cuidamos de suas famílias. Quando se machucam, há despesas médicas que devem ser custeadas. Infelizmente, o Montanha tem uma vantagem financeira substancial sobre nós, que é o resultado da fabricação de BL1 do outro lado do oceano e da apropriação de jade às escondidas da Aliança Jade-Kekon. Os resultados oficiais da auditoria ainda não saíram, mas tenho como providenciar todas as provas que você precisa.

— Ela inclinou a cabeça e, com firmeza, concluiu: — O Desponta precisa de apoio total de seus Lanternas agora, e aumentamos os tributos apenas o necessário para aqueles que têm condições de pagar. Se você desejar ver os detalhes dos cálculos que fizemos, eu mostraria de bom grado.

Hilo ficou impressionado; sua irmã soava como um Homem do Tempo de verdade. O Chanceler Son se reclinou na cadeira e cruzou os braços rechonchudos.

— Não duvido da sua matemática, mas acontece que o aumento nos impostos é difícil até mesmo para os mais fiéis membros do clã. Vai ser muito malvisto por aqueles — e neste momento Hilo teve certeza de que Son estava falando de si mesmo — que têm, de forma incansável, sob ordens de Kaul Lan-jen, estado à frente da aprovação de leis para a inspeção e a reforma da AJK.

— A AJK que se foda — disse Hilo. — O que acontece lá não importa.

O rosto de Son Tomarho ficou em branco por um instante.

— Kaul-jen — disse ele, por fim, completamente perplexo —, o seu irmão, que os deuses o saúdem, acreditava muito em estabelecer proteções de propriedade no tocante ao estoque nacional de jade...

— Meu irmão tava tentando evitar a guerra. Agora a guerra já *chegou*. Quem ganhar vai controlar a cidade, o conselho *e* o estoque de jade. Se os Montanha dominarem os Desponta e se tornarem o único clã poderoso em Kekon, você realmente acha que a Ayt vai dar a mínima pras suas legislações?

Se afastando da mesa, Hilo, que estava todo travado devido a algumas lesões menores, se levantou e se alongou.

Mesmo surpresa, Shae seguiu a deixa e se levantou com ele, mas o Chanceler Son permaneceu sentado. Pelo visto, não sabia como responder. Finalmente, se levantou e, sem nenhum resquício de sua hábil genialidade, disse:

— Então o que o senhor está querendo é desconsiderar as preocupações dos Lanternas e ignorar os esforços do conselho?

— De jeito nenhum — respondeu Hilo. Era verdade, ele não era Lan. Não possuía a seriedade e nem a perspicácia diplomática de Lan, não tinha como lidar com essa situação como Lan o faria, mas já tinha lidado com subordinados descontentes e Lanternas insatisfeitos antes, do outro lado do clã. — O clã não teria valor algum sem nossos Lanternas e gente como você, Chanceler. Mas estou começando a pensar que, depois de tantos anos de paz, algumas pessoas esqueceram o porquê de pagarem tributos. Sempre aprendi que lá atrás, na época da guerra, os Lanternas eram patriotas que arriscavam suas vidas para ajudar os Ossos Verdes, porque os Ossos Verdes protegiam o povo quando o país tava em perigo. Estamos em guerra de novo, e o país vai ficar em perigo caso o Desponta pereça para o Montanha. *Se um clã controlar a jade.* Não era disso que o Lan tava com medo quando veio falar com você? — Hilo encarou o chanceler de forma penetrante. Não era hostil, mas havia um quê predatório em seu olhar que fazia muitas pessoas vacilarem ou desviarem os olhos. O chanceler não era exceção.

— Eu entendo você não gostar muito de mim — disse Hilo, com uma amabilidade gélida. — Mas eu sou o Pilar, e você é o político ligado ao Desponta mais poderoso do país. De certa forma, somos irmãos de clã. Nós dois queremos ganhar e sair vivos dessa.

Son arregalou os olhos.

— Eu quero o que for melhor para Kekon, Kaul-jen. E isso é a paz entre os clãs. Foi por isso que passei essa questão imediatamente para a comissão de mediação.

— Aquela mediação é a porra de uma farsa — disse Hilo. — Você logo vai entender o porquê. Então só nos resta vencer. E isso significa que os Lanternas *têm* que se tornar Lanternas de guerra. Têm que arriscar o pescoço. Têm que provar a aliança da qual sempre ficam falando quando vêm pedir isso ou aquilo. Eles têm que pagar os impostos mais caros, e *você* tem que garantir que isso aconteça.

O Chanceler Son eclodiu em uma gargalhada nervosa e permeada por tosse.

— Há milhares de Lanternas no clã. O senhor está tomando decisões que arriscam uma deserção em massa do Desponta, e está fazendo isso de propósito. Não é possível que o senhor realmente espere que *eu* deva ser responsável por...

— Repete o número pra mim, fazendo o favor? — Hilo se virou um pouco para trás em direção a Shae. — Quantas empresas são responsáveis por uma grande porcentagem dos negócios do clã?

— As vinte e cinco maiores entidades afiliadas ao Desponta representam sessenta e cinco por cento da renda tributária do clã — disse a Homem do Tempo.

Satisfeito, Hilo se virou de volta para Son.

— Certo. Então o que os mandachuvas decidem é o que importa. Todos os Maria-vai-com-as-outras irão fazer o mesmo. A família Son é um dos mandachuvas. E tem que ir falar com os outros e convencê-los a entrar na linha. Fazer com que vejam que talvez seja necessário sofrer um pouco agora para que o clã possa vencer. Pessoas são pessoas, não importa que sejam Lanternas ou Punhos, que tenham jade ou não; vão fugir quando perderem as esperanças, mas vão enfrentar qualquer dificuldade se acharem que vão sair por cima no final.

Son puxou o colarinho, que de repente ele tinha a impressão de estar apertado demais para seu pescoço protuberante.

— Pode haver muitos Lanternas que prefeririam desertar e ir para o lado do Montanha do que se comprometer ao Desponta sob termos tão... *inflexíveis*.

O Pilar pareceu pensar a respeito.

— Mas você não seria uma dessas pessoas, não é, Chanceler? — perguntou, baixinho. — Se o Montanha destruir o Desponta e conquistar a cidade, eu vou morrer. Minha família inteira vai morrer. É *você* que vai viver com o que acontecer depois.

Hilo conseguia ver as engrenagens girando na cabeça do político. Com jade ou não, ninguém subia ao poder em Janloon sem uma boa dose de astúcia e um potente instinto de sobrevivência, e o Chanceler Son tinha noção, sim, do fato de que era próximo e publicamente ligado ao Desponta demais para sobreviver politicamente em uma cidade controlada pelos Montanha. Son orquestrara a mudança nas leis e a auditoria financeira da AJK para expor as atividades ilegais dos Montanha. Suas filhas comandavam empresas que pagavam tributos ao Desponta e haviam se casado dentro do clã; um de seus genros era um Agente da Sorte e o outro um Punho de médio escalão. Seus aliados políticos e empresariais virariam alvos de rivais afiliados ao Montanha. Não havia saída para Son Tomarho, assim como não havia escapatória para os Kaul.

Hilo viu todos esses pensamentos sendo contabilizados no profundo e rancoroso silêncio do chanceler, e se sentiu compelido a dar a volta na mesa enorme e ir até o homem. Son parecia imerso em seu próprio corpanzil. Não fez esforço algum para se mexer e só ficou tenso de forma irresoluta quando Hilo colocou uma mão em seu largo ombro.

— Meu avô e meu irmão mais velho te respeitavam muito — disse Hilo, solenemente. — Então eu te respeito também, mesmo conseguindo ver no seu rosto que você não me respeita como Pilar. Em circunstâncias normais, eu jamais admitiria algo assim, mas tô disposto a perdoar porque eu entendo, é claro que entendo: por que você me aceitaria depois de passar anos lidando com Lan? Mas vou te falar uma coisa: enquanto eu viver, nunca vou virar as costas para um amigo. Pode perguntar pra qualquer um dos meus Punhos, pra qualquer pessoa que me conheça, até mesmo pros meus inimigos, e eles vão te dizer se tô falando a verdade. Você já é um amigo antigo do clã, então, se estiver disposto a perdoar meu desrespeito por não ter vindo conversar antes, eu, com muita boa vontade, perdoo o seu desprezo por mim. Se sobrevivermos juntos, seremos como irmãos de guerra. Como seria engraçado, não é? Dois homens tão diferentes como a gente. Mas, agora, o clã precisa que sejamos firmes.

Son inflou o peito largo, respirou fundo e expirou alto. Quando se virou para encarar Hilo, exibia a expressão dignificada de um estadista veterano tomando uma infeliz, porém inevitável decisão, a feição de um homem se preparando para encarar a inevitável tormenta que estava por vir. O chanceler podia até não estar satisfeito ou disposto, mas pelo menos Hilo era capaz de perceber a relutância do homem, a forma como ele se esforçava para reavaliar o novo Pilar.

— Sou leal ao clã, e você deixou seu posicionamento bem claro, Kaul-jen — disse Son, com um toque de amargura e admiração. — Acredito que chegamos a uma conclusão mútua.

E, com as mãos entrelaçadas tocando a testa, se inclinou em uma saudação.

— O que foi aquilo? — sibilou Shae enquanto eles saíam do escritório de Son e iam até a sala da reunião com o comitê mediador. — Não foi o que a gente tinha planejado.

— Deu certo.

Apesar de ter conseguido o que queria com Son, Hilo não estava sorrindo enquanto, determinado de forma sombria, caminhava pelo corredor de mármore. Resistiu à vontade de fazer alguma piadinha engraçada para a irmã sobre o que tinha acontecido. Não era necessário falar mansinho e oferecer patronagem sempre que essa gente ficava de graça. O essencial era ser honesto e mostrar que havia mais a se ganhar mantendo uma amizade do que se tornando inimigos. Será que ela achava que os Punhos de Hilo o obedeciam porque eram recompensados com favores ou então intimidados por ameaças? Nada disso. Sobrevivência mútua era a base da irmandade, da lealdade e até mesmo do amor.

— O que foi? O que você não me contou? — sussurrou Shae num tom nervoso quando chegaram às portas da sala de reunião.

Ela podia Perceber a ira gélida e a impaciência do irmão. Ele não respondeu e se limitou a abrir a porta e entrar a passos largos. Shae logo entenderia.

A reunião com o chanceler os havia atrasado; foram os últimos a chegar. Ayt e Ree já estavam lá. A Pilarisa conversava formalmente, mas de maneira amigável, com dois conselheiros que Hilo sabia que eram leais aos Monta-

CIDADE DE JADE   363

nha. Ele se sentou sem pedir desculpa pela demora. Do outro lado da mesa, Ayt, incapaz de não Perceber a ferocidade na aura dele, virou a cabeça em sua direção. Outros na sala se mexeram, nervosos, ao notar a mudança também. As primeiras duas sessões haviam sido tensas, o que já era o esperado. Agora o clima estava diferente. Algo fizera Hilo se irritar de verdade.

A conselheira Onde pigarreou.

— Agora que estamos todos presentes, vamos continuar de onde paramos ontem. — Ela parecia não saber direito como proceder e folheou, tensa, as diversas notas em seu caderno timbrado. — Estávamos discutindo os termos financeiros de um acordo de paz entre os clãs. — Onde olhou para Hilo, mas ficou hesitante quanto a chamá-lo. Em vez disso, se virou para a Pilarisa do Montanha e disse: — Ayt-jen, acredito que a senhora ficou de fazer uma proposta no fim da sessão de ontem.

Ayt Mada exibia uma expressão complacente de curiosidade enquanto analisava Hilo. Ficou claro que algo que falara ou fizera o havia incomodado, e ela estava ansiosa para descobrir se seu jovem e tolo rival finalmente explodiria e causaria um espetáculo. Ayt entrelaçou os dedos. As mangas largas de sua blusa de seda escorregaram para baixo dos braços e revelaram espirais serpenteantes de jade.

— Isso, Conselheira — disse. — Eu estava explicando que os ataques dos Desponta contra nós ano passado nos causaram tanto prejuízo que o mínimo seria discutirmos indenizações.

Indenizações! Era perfeito demais. Hilo reclinou a cabeça e riu.

Nenhuma outra pessoa na mesa pareceu achar apropriada aquela explosão de alegria e desprezo. Os conselheiros ligados ao Desponta o encararam, chocados, e ele podia sentir a aura de Shae ralhando-lhe em desaprovação.

— Kaul-jen — disse a Conselheira Onde, em uma advertência tensa. — Ayt-jen levantou um ponto muito válido e sério. A sua resposta sugere que considera a ideia uma piada. O comitê apreciaria se o senhor elaborasse com calma o que acha.

Hilo se inclinou para a frente e colocou um braço na mesa enquanto, com a outra mão, pressionava o braço da cadeira de forma que estava quase de pé. Todos na sala paralisaram quando o divertimento no rosto de Hilo se transformou em uma expressão ameaçadora. Com um tom de voz suave e monótono que dominou o silêncio assustador do recinto, ele disse para a Pilarisa:

— Chega de papo-furado, Ayt. Você é uma ladra. *Uma ladra de jade.*

Sugerir que uma pessoa não merecia a jade que carregava, que havia conquistado as joias que usava de forma desonesta, era o pior tipo de insulto entre Ossos Verdes. Por um segundo, o rosto de Ayt ficou completamente impassível e seus olhos queimaram com uma luz que passava a impressão de que ela estava prestes a pular da cadeira e quebrar a coluna de Hilo. Mas então, com uma desenvoltura impressionante, ela se virou com toda a calma para a Conselheira Onde.

— Pelo visto Kaul-jen não tem respeito algum por esses processos.

— Não fala com eles! — vociferou Hilo. — A sua conversa é aqui, ó, *comigo*. — Pela primeira vez, ele viu Ayt encará-lo com um olhar tenso que carregava alguma outra coisa além de desprezo. — Os Montanha tão por trás das discrepâncias nos dados da AJK. Não vem mentir pra mim, não, sua *ladra*. Vocês passaram o ano inteiro pegando mais jade das minas do que o permitido.

Ao seu lado, Shae respirou fundo. Sua aura de jade se incendiou e o banhou em uma onda de recriminação. *Que isso?* Ele conseguia sentir a irmã gritando mentalmente. O trunfo que tinham, a maior acusação contra os Montanha... e Hilo o havia usado dois dias antes do combinado, sem esperar pelos resultados da auditoria, sem conversar com ela e sem conseguir apoio dos conselheiros leais ao Desponta. Ele arruinara o plano de Shae; tinham perdido a possível vantagem de usar uma exposição pública dos resultados da investigação para barganhar contra os Montanha. Ela estava furiosa. Hilo sabia muito bem que sua irmã só continuava de boca fechada porque uma Homem do Tempo falar num fórum público sem a permissão do Pilar serviria apenas para piorar a situação.

Ayt, por outro lado, recobrara a firmeza. Ele estava agindo com desespero e impulsividade, bem como era esperado. Assentindo para algo que Ree Tura sussurrou rápido em seu ouvido, ela disse:

— Conselheiros, eu ofereci queixas genuínas a respeito de questões territoriais e empresariais. E Kaul-jen profere uma suspeita absurda e infundada como essa. Independentemente de quais sejam os motivos das discrepâncias financeiras da AJK, tenho certeza de que a auditoria revelará que tudo foi fruto de negligência não intencional, e não de malícia. Essa acusação é uma distração.

Hilo ergueu as mãos para gesticular para toda a sala.

— Isso *aqui* é uma distração. Nunca que uma mediação vai dar certo assim. — Ele apontou para a Conselheira Onde, que se encolheu discretamente. — Você quer paz? Todo mundo aqui quer paz? Só tem um tipo de paz que os Montanha vão aceitar: apenas um clã no poder. Um único clã controlando tanto a jade quanto o brilho. *Ouro e jade misturados*. Agora me digam se essa é a paz que vocês querem.

As pessoas ao redor da mesa se mexiam desconfortáveis. Dentre os conselheiros do Desponta, a Sra. Nurh estava parada boquiaberta e o Sr. Loyi com o cenho franzido. Sem saber como lidar com a situação, o Sr. Vang e o Sr. Kowi olhavam para Hilo, para Shae e um para o outro. Não haviam sido consultados a respeito de nada disso.

— Kaul-jen! — disse Onde com uma autoridade admirável. — Sou obrigada a pedir ao senhor que...

Com a voz rígida como aço, Ayt a interrompeu:

— O Montanha é o maior clã do país. Temos um estoque confiável e adequado de jade, e praticamente metade dos votos no conselho da AJK são nossos. Por que precisaríamos roubar algo que claramente já controlamos?

— Ah, mas que ótima pergunta. — Hilo inclinou a cabeça e coçou o queixo, como se estivesse realmente perplexo. — Quem sabe não estejam roubando pra vocês mesmos. Talvez tenham encontrado alguma outra utilidade para a jade que vocês não querem que os outros Ossos Verdes descubram. — Seu rosto foi tomado por sombras. — Talvez estejam contrabandeando para o mercado clandestino através de pessoas como Tem Ben, o Ourives. Colocando jade nas mãos de bandidinhos de sangue aguado, como aquele seu informante, o Mudt Jindonon, que controla gangues dentro do Desponta com a benção do Montanha. E com *jade*. — A palavra foi proferida como um rosnado. Lentamente, Hilo se levantou da cadeira. — Quantos marginais sem treinamento, com febre de jade e viciados em brilho tão aí pela cidade, espionando, roubando e causando o caos no território de outros clãs sob ordem dos Montanha em troca de jade que eles não têm nem o direito de usar? Qual o tamanho das tropas do Montanha, se incluirmos esse povo na conta?

O corpo de Ayt continuava imóvel, mas sua cabeça se ergueu com uma malevolência vagarosa enquanto seu pescoço se esticava como uma víbora pronta para o bote. Sua aura queimava com um desejo homicida. Quando falou, sua voz não carregava aquele profissionalismo treinado que ela demonstrara antes. Foi como uma faca afiada sendo usada para tracejar carne com delicadeza.

— Como é que você inventa essas histórias elaboradas, Kaul Hiloshudon?

Hilo colocou a mão em seu bolso da frente. Todos se encolheram, exceto Ayt, que não moveu um único músculo enquanto Hilo pegava uma fita cassete preta.

— O pedrolho Tem Ben que me contou. Ele e Mudt tão enchendo a pança das minhocas lá do porto a uma hora dessas. — Ele jogou a fita. O

objeto deslizou até o centro da mesa e ficou lá, como um explosivo que ninguém tinha coragem de tocar. Hilo apoiou as mãos na mesa e sussurrou:
— Encontrei duas das ervas-daninhas que você plantou no meu quintal, sua ladra, e vou achar as outras. Na próxima vez que a gente se encontrar, não vai ser nesta sala e não vai ser pra *mediar* coisa nenhuma.

Ele se virou e saiu porta afora. Por um segundo, Shae continuou sentada, mas então Hilo a ouviu levantar e, em silêncio, segui-lo. Nenhum dos dois falou nada.

A ligação veio dois dias depois.
— Ayt-jen quer se encontrar com vocês a sós — disse Ree Tura do outro lado da linha. — Em algum lugar neutro e privado.
— Que garantias eu tenho? — perguntou Shae.

A voz levemente anasalada de Ree ficou mais baixa, como se ele estivesse se inclinando para a frente.
— Estou falando de um Homem do Tempo para outro, Kaul-jen. Não somos marginais. Escolha a hora e o lugar.

Depois de pensar por um momento, Shae disse:
— No Templo do Divino Retorno. Nos fundos do santuário, amanhã à noite.

Ela desligou.

Capítulo 47
Os Céus Estão Ouvindo

Na noite seguinte, Shae chegou cedo ao templo. Caminhou em silêncio até o santuário e se ajoelhou em uma almofada no canto dos fundos. A casa de adoração deísta lhe transmitia uma impressão diferente agora do que quando ela viera alguns meses antes. E era a jade que causava essa diferença. A outra vez, por diversos motivos, pareceu um sonho meio acordado distante. Agora ficou claro que o que parecia uma calmaria silenciosa para as pessoas comuns era, na verdade, um murmúrio musical constante e rítmico de energia que preenchia o santuário e ressoava na medula de seus ossos. Os seis penitentes de pernas cruzadas e perfeitamente imóveis irradiavam auras poderosas que preenchiam a Percepção de Shae de uma forma tão contundente, que a impressão era de que ela estava encarando um holofote que cegava o centro de sua visão e deixava apenas os contornos escurecidos intocados. Por mais cegantes que fossem, as auras dos penitentes eram calmas, como se estivessem todos harmonizados no mesmo sono preenchido por sonhos. Suas respirações eram tão gentis quanto o vento que farfalhava as cartilhas e as folhas das árvores devocionais no pátio.

Na última vez que Shae, cheia de dúvidas e indecisões, se prostrara no templo, não havia acreditado que receberia, de fato, respostas inequívocas de forças que iam além do que ela podia controlar. Imersa na ressonância energética que a cercava agora, ela estremeceu por dentro, pois já não tinha mais dúvidas de que este lugar era sagrado, de que, aqui, os deuses talvez estivessem prestando atenção.

Mas isso não significava que era um lugar bondoso; na verdade, era mais perigoso do qualquer outro. Qualquer coisa dita ou até mesmo contemplada aqui seria ouvida pelos penitentes e talvez chegasse aos ouvidos dos Céus. Shae encostou a cabeça no chão três vezes e sussurrou:

— Yatto, Pai de Todos, imploro que saúde meu irmão, Kaul Lanshinwan, que partiu desta terra para aguardar pel'O Retorno. Ele era devoto de Jenshu, a quem chamamos de Velho Tio, e, embora possa não ter vindo muito a este templo, tinha humildade, compaixão, coragem e benevolência, mais Virtudes Divinas do qualquer outro Osso Verde que eu conheça.

368   FONDA LEE

Ela fechou os olhos e ficou em silêncio. Teria dito mais, teria intercedido por seu avô, por Hilo e por Doru, mas não podia se dar ao luxo de ocupar seu tempo com contemplações e luto, não esta noite. Estava ali para arranjar qualquer informação que pudesse de um inimigo mortal. Precisava estar com a mente límpida e com o corpo preparado.

A entrada de Ayt Mada no santuário se interpôs nas extremidades da Percepção de Shae como uma lança de calor escarlate rompendo o lento zunir energético do templo, como um acorde ríspido sobrepondo uma melodia suave. Ela esperou enquanto focava sua própria compostura, para não demonstrar o nervosismo. Ayt não parou para dar uma olhada no santuário. Foi direto até Shae e se ajoelhou na almofada ao seu lado. A Pilarisa nem olhou para a outra mulher e muito menos encostou a cabeça no chão, como ditava o costume religioso.

— Você tem que saber que eu não ordenei que matassem Kaul Lan.

Tudo em Ayt Mada, sua oratória, os movimentos, a aura, emanavam franqueza e controle. Durante o tempo que Shae passara em sua presença na Casa da Sabedoria, havia percebido que, além da habilidade e do treinamento com jade, era aquela constante determinação fria que permitia que Ayt superasse todos os rivais homens de seu clã. Até mesmo as pausas que fazia pareciam propositais, nunca um sintoma de hesitação ou de incerteza. A Pilarisa deixou um desses momentos de silêncio pairar entre ela e Shae antes de voltar a falar:

— Eu não tinha nenhum motivo para querer a morte do seu irmão mais velho. Ele era um homem sensato. Ofuscado pelo avô, talvez, mas mesmo assim inteligente e um líder respeitável. Mais cedo ou mais tarde ele acabaria enxergando a luz da razão, eu tinha muita confiança nisso. Negociaríamos um acordo de paz entre nossos clãs e evitaríamos todo esse desgaste.

A raiva que turvou sua visão fez Shae sentir dificuldade para se pronunciar.

— Meu irmão está enterrado a sete palmos da terra. Você espera que eu acredite que não foram vocês que o colocaram lá?

— Qualquer Osso Verde do Montanha ficaria orgulhoso de tomar a jade de Kaul Lan. Ninguém reivindicou essa conquista. Você não acha estranho?

— O taxista que pegou ele no Divino Lilás disse que foram seguidos por homens em um carro preto. Alguém conhecia os hábitos do meu irmão e estava esperando por ele naquela noite. Várias pessoas na rua ouviram tiros no píer, e havia incontáveis buracos de bala perto do lugar onde o corpo foi encontrado. Duas metralhadoras Fullerton danificadas e sem registro foram encontradas na doca, e eu duvido que criminosos comuns do território dos

Desponta usam esse tipo de arma. Os homens que o mataram estavam trabalhando para os Montanha. Se você disser que não, vai estar mentindo. — Ficou grata e, até certo ponto, espantada por ter conseguido dizer tudo isso e manter a compostura de uma verdadeira Homem do Tempo. — O Pilar é o mestre do clã, a coluna do corpo. Sem ele, nada se move. A menos que queira me convencer de que aqueles homens agiram contra suas ordens, como é que você pode sentar aqui e dizer que não o matou?

— Você está correta, Kaul-jen — disse Ayt, surpreendendo Shae com o uso do sufixo formal. — Sou responsável pela morte do seu irmão, mas não sussurrei o nome dele. Eu queria mandar uma mensagem para o cerne do Desponta, queria fazer Kaul Lanshinwan perceber que ir para uma guerra contra os Montanha não seria sábio e, no fim das contas, seria inútil. Minha esperança era que, com isso, eu pudesse evitar a guerra, ou pelo menos encurtá-la. As coisas não saíram como o esperado.

— Porque era Hilo que você queria matar.

— Era.

Por um instante, Shae se permitiu contemplar com uma curiosidade mórbida os desdobramentos de uma tragédia completamente diferente. Se a primeira tentativa de assassinato tivesse dado certo, a morte de Hilo teria sido um golpe terrível para Lan, mas Ayt tinha certa razão ao suspeitar que o senso de pragmatismo e responsabilidade do Pilar teria se sobressaído a seu desejo por vingança. Sem um Chifre forte em que pudesse confiar, Lan provavelmente teria aceitado os termos de paz em vez de arriscar o clã inteiro em uma guerra desigual.

Shae voltou a prestar atenção no momento presente. Possibilidades que habitavam o passado eram ilusões, portas fechadas, tão vazias de significado quanto de intenções não concretizadas.

— Você pediu para se encontrar comigo — ela fez Ayt relembrar. — Não foi apenas para tentar me convencer de que, na verdade, queria matar só um dos meus irmãos e não os dois.

Bruscamente, Ayt respondeu:

— Essa guerra não faz sentido e é destrutiva para ambos os clãs. A auditoria na AJK foi infantil e desnecessária. Só serviu como um convite para que o Conselho Real e a imprensa se metessem em questões dos Ossos Verdes. Precisamos mesmo disso tudo quando podemos resolver esses problemas sem alarde entre nós? Os políticos meteram na cabeça essa ideia de tentar aprovar uma legislação ou criar um órgão supervisor, mas qual seria o benefício? Podemos acabar até atraindo atenção internacional, e a última coisa que esse país precisa é de mais estrangeiros egocêntricos se intrometendo nos nossos assuntos.

370 FONDA LEE

— Mas foram vocês mesmos que fizeram isso — respondeu Shae. — Os Montanha andam ignorando as regras da Aliança Jade-Kekon descaradamente. O Doru estava acobertando tudo.

— Doru é um homem de visão, leal a Kaul Sen e aos ideais que ele defende — disse Ayt. — Ele percebeu que nenhum dos netos do Tocha eram capazes de substituí-lo e que uma aliança era inevitável. — Ela se virou para Shae com um olhar carregado de uma frieza fruto da certeza. — E é exatamente isso, Kaul-jen... inevitável.

— Uma aliança? — disse Shae. — Por que não colocar as cartas na mesa? Você está falando de destruir os seus inimigos. De ter poder completo sobre a cidade e controle monopolista do estoque nacional de jade.

Ayt a analisou com uma intensidade tão gélida que Shae chegou a sentir uma palpitação de medo, como se houvesse uma mariposa voando dentro de sua caixa torácica. Fisicamente, Ayt não era muito maior, mas altura não significava nada quando o assunto era habilidade com jade. Essa mulher havia matado antes do funeral do pai e não se prostrava diante dos deuses. Talvez fosse até capaz de atacar na presença de penitentes. Se quisesse matar Shae agora, nada poderia impedi-la. A Homem do Tempo forçou seu corpo a se acalmar e percebeu claramente cada músculo e articulação relaxando. Ayt estava tão perto que conseguia Perceber o medo sem esforço algum, não importava a compostura que Shae exibisse no rosto.

Por fim, Ayt falou como se estivesse ensinando a um aluno teimoso.

— Você é uma mulher estudada e viajada, diferente daqueles que nunca saíram do país. Leve em consideração o que está acontecendo fora de Kekon. A tensão entre a Espênia e Ygutan cresce a cada dia. O mundo está se polarizando, e ambos os lados almejam a jade que é encontrada apenas nesta ilha. Olhe a fortuna que os espênicos gastaram na criação do BL1 para que pudessem equipar seus soldados de elite com jade! Os ygutanianos estão correndo atrás do prejuízo, mas não querem ficar muito para trás. Ouvi falar que estão conduzindo pesquisas para fazer seus soldados ficarem naturalmente mais resistentes, mais parecidos conosco. Os shotarianos fizeram a mesma coisa anos atrás: levaram mulheres kekonísias e abukianas para serem estupradas e ficarem grávidas em instalações, porque queriam tentar criar um exército shotariano com resistência natural à jade. Somos um país pequeno com um recurso precioso. Se não tomarmos as decisões certas, vamos acabar à mercê de potenciais imperialistas de novo. O único jeito de resistirmos aos estrangeiros a longo prazo é voltarmos a nos unir como um único clã.

— Uma união conquistada, é disso que você está falando. Primeiro você tinha que enfraquecer os Desponta. Você podia ter tentado negociar uma aliança com Lan no começo de tudo, mas preferiu conspirar com

Doru, dar jade e informações privilegiadas para marginais dentro dos nossos territórios.

Ayt não se comoveu com a raiva de Shae.

— É como você diz. O Pilar é o mestre do clã, a coluna do corpo. E só pode existir uma coluna. Kaul Lan era um homem orgulhoso; não teria renunciado ao controle do clã de forma voluntária, e muito menos enquanto tivesse a força de seu Chifre lhe apoiando. E Gont Asch e Kaul Hilo não têm a mínima condição de ocupar o mesmo clã, assim como dois galos jamais compartilhariam o mesmo galinheiro. Nós precisávamos estabelecer uma supremacia nas ruas antes que qualquer conversa honesta e produtiva pudesse começar.

— Para onde foi a jade adicional que vocês andavam pegando das minas?

Ayt deixou Shae chocada ao responder imediatamente.

— Estamos vendendo para os ygutanianos. O contrato é confidencial, é claro, por causa da aliança pública de Kekon com a Espênia. Mas sabemos que os ygutanianos já estão adquirindo jade pelo mercado clandestino. Não importa o que façamos ou o quanto tentemos restringir, o contrabando continua sendo um problema. O lucro em potencial para contrabandistas é tão alto que nem a pena de morte adianta para dissuadi-los. Se fornecermos uma fonte confiável aos ygutanianos, vamos acabar com o tráfico, o crime em Kekon vai diminuir e o clã fará muito mais dinheiro. Seremos fornecedores para os dois lados de um conflito em construção. Vamos garantir nossa segurança e proteger nosso lucro independentemente de quais estrangeiros vençam.

— É por isso que vocês também estão começando a produzir brilho. — Shae não conseguia evitar; estava admirada com a simplicidade daquelas engrenagens. — Não dá para vender essa quantidade de jade para os ygutanianos sem também prometer o brilho junto.

— Fábricas no continente, produzindo BL1 de forma rápida e barata. Algo que jamais iríamos querer aqui, mas que serve para os estrangeiros. Os ygutanianos não sabem diferenciar, e eles têm tantos habitantes que, no fim das contas, tratam o povo como descartável.

Quanto dinheiro será que os Montanha já estavam fazendo com esses contratos secretos? Estavam extraindo jade dos cofres nacionais, vendendo para estrangeiros, traficando brilho... devem ser milhões de diens. Centenas de milhões.

A voz de Ayt assumiu um leve tom de empolgação. Shae sentiu na pesada textura da aura da Pilarisa uma tenacidade mortal e implacável, como a inexorável obstinação de um animal de raça caçador que, quando sai para caçar, prefere correr até a morte do que desistir da presa. Ela se inclinou para encarar Shae diretamente e disse:

— Se introduzirmos uma forma confiável para fornecer BL1 ao mercado, as vendas de jade irão para o teto e vamos ter lucro. Se fecharmos a torneira, governos estrangeiros terão que lidar com o povo enlouquecendo, sendo incapaz de controlar seus poderes e morrendo de Prurido. Com esse tipo de poder de mercado, nós, Ossos Verdes, teremos o controle sobre a jade que é nossa por direito, além da riqueza e dos meios de proteger o país, como sempre fizemos.

Shae ficou em silêncio por um momento antes de responder:

— De fato, Ayt-jen, é uma estratégia visionária e astuta.

E o elogio foi sincero. Ayt realmente era uma Pilarisa de alto nível que, não satisfeita em apenas dar continuidade ao legado de seu pai, também tinha a intenção de mudar o futuro do clã e de todo o país. Uma sucessora formidável do Lança de Kekon.

Sob a liderança de Ayt, o Clã da Montanha construiria um império internacional de jade e drogas. Eliminaria ou absorveria seus rivais até que apenas um clã governasse Kekon. O país fomentaria tensões globais e lucraria ao aumentar a disponibilidade de jade e de brilho para milhões de pessoas além de suas fronteiras, isso tudo com Ossos Verdes no topo da frutífera pirâmide de jade que controlavam.

— É com toda a honestidade que compartilho meus planos com você — disse Ayt —, porque consigo ver que você é uma mulher inteligente e ambiciosa. Há poucas de nós no mundo dos Ossos Verdes, neste mundo de homens. Sei que se formou como a melhor aluna da Academia e que era a favorita de Kaul Seningtun, mas, mesmo assim, ficou na sombra de seus irmãos. Você percebeu que o clã era um lugar insular e limitado. Foi assim que acabou trabalhando para o exército espênico, e, depois, saiu de Kekon.

Um fulgor subiu pelo peito e pelo pescoço de Shae diante da presunçosa, porém correta, descrição dada por Ayt. Como é que ela sabia dessas coisas? Embora indignada, estava estranhamente lisonjeada pela Pilarisa do Montanha ter pensado em escavar seu passado numa tentativa de achar o argumento certo para usar nesta conversa.

— Vejo um pouco de mim mesma mais nova em você, Kaul Shae-jen. Se eu soubesse que você retornaria para Kekon e voltaria a usar jade, teria entrado em contato muito antes. Permita que nós duas resolvamos essa rixa. Seu irmão é um homem perigoso, estúpido e infantil, motivado apenas por orgulho e sede de sangue. Só para mostrar que está certo, ele é capaz de matar o último guerreiro do país. É o que ele sabe fazer. — Shae sabia o que viria em seguida. — Dê um golpe. Ponha um fim nessa guerra sem sentido. Ree Tura está quase se aposentando, mas, de qualquer jeito, já estou me cansando dele. Eu te faria minha Homem do Tempo. A Homem do Tempo de um grande clã, a Homem do Tempo de toda Kekon.

— Você me valoriza demais, Ayt-jen — disse Shae, e ouviu o tom agudo e amargo da própria voz. — Passei anos fora de Kekon e ainda sou vista como uma forasteira pelo meu próprio clã. Os Agentes da Sorte e os Lanternas até me aceitam, mas de má vontade. Todos os Punhos e Dedos do Desponta são fiéis ao meu irmão.

— E não tem motivo nenhum para que deixem de ser. Podemos dar um jeito nisso, algo que fique só entre nós. Uma morte que pareça honrável. Kaul Hilo pode perecer em batalha como o herói de guerra que ele claramente deseja ser. Você não seria suspeita de traição e não precisaria se preocupar com uma possível vingança de seus seguidores. Depois, seria tudo legítimo.

Shae assentiu. Então seria uma emboscada; fariam Hilo ir sozinho para algum lugar num horário que escolhessem. Desta vez, os Montanha fariam questão de que o plano fosse melhor, de que fosse infalível. Ayt falava disso tudo com muita facilidade, como se um fratricídio fosse tão fácil de organizar quanto qualquer outra transação comercial. *De fato, ela não tem medo do julgamento nem dos deuses e nem dos homens.* A leve pontada de admiração que Shae sentia pela Pilarisa queimava como ácido em sua garganta. Ayt era uma mulher muito mais forte do que a Homem do Tempo do Desponta.

Shae deu uma olhada em direção aos penitentes, que continuavam sentados e imóveis. Suas auras permaneciam imperturbáveis pelo conteúdo da conversa que talvez estivessem expondo aos Céus. *Será que tem alguém ouvindo?* Com um pesar repentino, Shae pensou que existia uma possibilidade de que os penitentes meditassem em vão. Os sentidos potencializados por jade e o poder da Percepção dotavam os Ossos Verdes com muito mais nuances e clareza sobre o mundo que os cercava, mas, no fim das contas, não oferecia nenhuma grande revelação, nenhuma prova de que os deuses existiam ou esperança de que as pessoas poderiam algum dia ser mais do que já eram. Será que o Velho Tio Jenshu estava prestando atenção nesse momento? O Retorno não poderia estar mais distante agora que havia Ossos Verdes tramando assassinato no santuário do templo.

Ayt percebera com clareza a ambição e o rancor de Shae, havia visto a rivalidade que a Homem do Tempo tinha com o irmão como uma abertura. Shae entendia o que isso dizia a seu respeito: se o caminho para a redenção era através das Virtudes Divinas, então estava tão longe dos Céus quanto a Pilarisa a seu lado. Ela olhou para Ayt:

— Você diz que se vê mais nova em mim. Mas eu vejo você como o tipo de Osso Verde que não quero me tornar. Outrora, a jade tinha algum significado. Não sou do tipo que foge dos meus juramentos. Não vou trair a memória de um irmão ceifado e vender a vida de outro por poder. — Ela se levantou, e, enquanto isso, chegou a ponderar se havia acabado de selar sua própria morte. — Não quero fazer parte dessa Kekon que você almeja.

Ayt continuou sentada por alguns segundos. Então, se levantou e encarou a mulher mais jovem. A expressão da Pilarisa continuava impassível, mas sua aura adquirira um tom claramente sinistro que, involuntariamente, fez Shae dar um passo para trás.

— Eu odeio quando não me deixam escolha — disse a Pilarisa enquanto ajustava uma das joias de jade no braço. — Eu era apenas uma garotinha que devia ter morrido quando Ayt Yugontin me tirou do orfanato de guerra e me treinou para ser a Osso Verde mais forte do Clã da Montanha. Mesmo assim, quando envelheceu, ele não teve coragem de me nomear como herdeira. Ficou com medo da reação do círculo interno de homens do clã que o julgariam por ter nomeado uma mulher como sucessora. O Lança de Kekon, que nunca teve medo de morrer lutando contra os shotarianos... não teve coragem de nomear a filha adotiva para comandar seu precioso clã. Aquele que chamo de pai, o homem a quem devo tudo... ele me deixou sem escolha. Antes mesmo que seu corpo esfriasse, tive que matar seus camaradas mais próximos, Ossos Verdes que eu valorizava e respeitava, pela posição que devia ter sido minha por direito. Com seu último suspiro, meu pai podia ter evitado aquele derramamento de sangue, mas não evitou. Tamanha é a covardice e a falta de visão dos homens, até mesmo dos mais bem-intencionados.

A expressão de decepção no rosto de Ayt exibia uma calma assustadora enquanto ela dizia para Shae:

— Te ofereci uma oportunidade que você desprezou. Não se preocupe, sua garotinha ingênua e idealista... não vou te matar agora. Quero que se lembre, quando vir a jade do seu irmão sendo arrancada do corpo mutilado dele, quando tudo o que restar de seu clã for cinzas, que você podia ter evitado tudo isso, mas não quis. *Você não me deixou escolha.* Você lembrará.

Ayt se virou e saiu do santuário. O rastro de sua passagem perturbou o local sagrado como uma lufada de ar quente que carrega a promessa de seca e devastação. E, então, ela se foi e o templo voltou à harmonia. Os penitentes sentados em círculo não haviam se mexido. Agora sozinha, a tensão rompeu o autocontrole de Shae. Seu coração começou a acelerar e, de seu rosto, escorria suor. Ela se afundou na almofada.

Que os Céus nos ajudem. Que intercedam pelo meu clã, por todos os Ossos Verdes e por toda Kekon.

Capítulo 48

O Que Dizem as Nuvens

Hilo estava furioso com a irmã. Entrou a passos largos na residência principal dos Kaul e a encontrou na mesa do escritório com Woon. Ao contrário dele, ela parecia gostar de ficar ali. Por outro lado, Hilo nunca a vira sentada na cadeira de Lan. Ele a teria proibido de usar o cômodo se tivesse feito isso.

Tanto Shae quanto Woon o esperavam em silêncio quando o Pilar abriu as portas com tudo; teria sido difícil não Perceber sua chegada. Ele passou um braço pela mesa, espalhou papéis para todos os lados e, com um golpe involuntário de Deflexão, lançou a cadeira de Lan contra a parede e fez livros caírem das estantes. Hilo colocou as duas mãos sobre a mesa e se inclinou sobre sua Homem do Tempo.

— Doru fugiu — disse.

Shae entendeu a gravidade daquele desastre e empalideceu imediatamente. O traidor iria direto até os Montanha e levaria com ele tudo o que havia para saber a respeito dos segredos dos Desponta, isso sem mencionar o que sabia sobre a propriedade Kaul e suas defesas.

— Você me fez deixar ele vivo, me convenceu de que ele não seria uma ameaça. Eu não devia ter te dado ouvidos. Devia era ter matado aquela cobra!

Hilo estava com o rosto lívido e os olhos arregalados. Suas mãos se fechavam e abriam como se estivessem desesperadas para esganar a garganta ausente de Doru.

Nervoso, Woon afastou sua cadeira do Pilar, mas Shae, em choque, se limitou a encarar o irmão irritado.

— Como ele fugiu? — perguntou.

— O Om tá desmaiado com o maxilar quebrado, e o Nune morreu. Aquele velho desgraçado quebrou o pescoço dele. Eram só crianças, aqueles Dedos! Tinham começado a usar jade faz tão pouco que nem sentiam falta quando ficavam sem. Como é que aquele espantalho murcho do Doru... — De repente, o rosto de Hilo foi varrido por uma expressão que indicava que havia entendido tudo. Um músculo de sua bochecha estremeceu. — O vovô. — Ele se virou e, quase tonto de raiva, saiu apressado do escritório. — *Vovô!*

Shae se levantou num salto para segui-lo. Ele a ignorou enquanto pulava os degraus da escada e escancarava a porta do quarto de seu avô. Sentado na cadeira em frente à janela, Kaul Sen deu um sorriso zombeteiro para o neto. Havia uma expressão presunçosa de vingança espalhada por aquele rosto enrugado. Seus olhos, tão cansados e vagos ultimamente, reluziam numa dança cruel.

— Não sabe bater na porta, garoto? — vociferou ele com uma voz rouca.

— *Foi você!* — Os olhos de Hilo iam para cima e para baixo, analisando o velho sem conseguir acreditar. — Você deu jade pro Doru. *Deu* a *sua* jade.

— E por que eu não daria? — gritou Kaul Sen. — Você já tá tirando tudo de mim, seu patife imprudente! Achou que eu não ia perceber? *Isso aqui* é tudo o que me resta. — O patriarca empurrou a coberta para o chão e abriu o robe para revelar a pele pálida de seu torso sobre um cinto agora já sem grande parte das joias. Parecia uma antiguidade, aquele cinto. Puído e vazio; algo digno de um brechó. — A jade é *minha*. Eu dou se eu quiser e *pra quem* eu quiser.

Hilo estava sem palavras. Havia garantido que não houvesse jade na casa de Doru e que ambos os guardas não tivessem nenhuma pedra que pudesse ser roubada. O antigo Homem do Tempo podia até ter traído os Kaul mais jovens, mas a probabilidade de *roubar* jade do Tocha era tão alta quanto a de cortar a garganta de seu único amigo. A ideia de que Kaul Sen *daria* sua jade nunca havia ocorrido a Hilo.

— Você ficou louco — disse. — Você nem imagina o que fez.

— Eu libertei Doru — disse o avô com um sorriso perverso. — *Ele* não precisa ficar preso aqui, tendo que aguentar uma humilhação dessas. Olha o jeito que vocês o trataram! O melhor Homem do Tempo que já existiu, um herói para o país! E vocês arrancaram a jade dele e o trancaram como se fosse um animal, igualzinho tão fazendo comigo. É de dar *nojo*.

Incapaz até mesmo de dar voz a todos os seus pensamentos patricidas, Hilo deu vários passos vacilantes em direção à cadeira do velho. Com a intenção de proteger o avô, Shae ficou ao lado de Kaul Sen. A aura dela se revirava, agitada. A Homem do Tempo deu um olhar de aviso ao irmão.

— *Hilo.*

Com os nós dos dedos esbranquiçados, ele parou a alguns metros de distância.

— Ninguém nessa família podia ser o Pilar depois do senhor, não é, Vovô? Nem o Lan e muito menos eu. Ninguém além do grande Tocha de Kekon. Você criticava e questionava cada decisão do Lan, e riria vendo a filha de Ayt Yu reivindicar a jade do meu corpo. Pois então fique neste quarto, fique aqui até *morrer*.

Ele deu meia-volta, saiu e fechou a porta com força. Passou por Woon, que estava no pé da escada e, estressado a ponto de esquecer que ele não era mais o Encarregado do Pilar, disse:

— Liga pro Dr. Truw. Quero aquele velho sedado e sem nenhuma jade. Quando o Om acordar, diz que é pra ele ficar de guarda no quarto do vovô a partir de agora. Nada de ligações e nem mensagens. Se o Doru tentar entrar em contato, quero saber.

Hilo se sentou em um dos degraus na frente da casa e acendeu um dos últimos cigarros espênicos que tinha. Estava ficando difícil encontrá-los. A onda de crimes e violência dificultava o fluxo de produtos importados. Os negócios estavam ruins para todo mundo.

Por que tinha sido tão idiota? Tão gentil? E Shae, sempre defendendo aquele demônio decrépito. Dr. Truw havia lhes dito que Kaul Sen estava se entregando à demência conforme sua tolerância à jade diminuía, que já não reconhecia mais as ações do antigo Pilar, mas Hilo achou que a personalidade odiosa de seu avô estava simplesmente mais visível agora.

Ele envolveu os joelhos com os braços e sentiu o cansaço aos poucos sobrepujar a raiva persistente. Desde que havia se posicionado na Casa da Sabedoria, as semanas haviam sido difíceis, já que o Desponta declarara que a paz seria impossível e se comprometera à guerra. Algumas vitórias foram bem visíveis: a divulgação dos resultados da auditoria da AJK pegara mal para Ayt e, com Chanceler Son decidido a condenar publicamente os Montanha e a usar sua influência, os Lanternas mais importantes do Desponta continuavam mantendo suas alianças enquanto esperavam para ver o que aconteceria a seguir.

Porém, Gont estava vencendo a guerra nas ruas. O Montanha tinha, pelo visto, decidido que agora não fazia mais sentido pegar leve. Se todos os seus soldados morressem, não fazia diferença se o Desponta mantinha a simpatia política ou pública. Mesmo com sua própria rede de espiões, Hilo havia subestimado tanto a genialidade de Gont para lidar com a guerra urbana quanto a extensão da influência dos Montanha no território dos Desponta, cultivada por meio de gangues de rua e mercenários que se levantaram para atacar o clã em seus próprios distritos.

Shae saiu da casa e parou atrás de Hilo.

— Vou achar o Doru. — Suas palavras soavam firmes. — Você tá certo. O erro foi meu. Poupei a vida dele, e vai ser minha responsabilidade dar um jeito nisso.

— Ele já deve tá longe — disse Hilo. — E não vai ser fácil pegar ele de novo.

— Vou achar ele — prometeu ela.

Que tentasse. Hilo delegaria Tar para essa missão, e apostava que seu homem conseguiria primeiro.

— De qualquer jeito, já vai ser tarde demais — disse, sem se virar. — Agora, temos que pensar que tudo o que o Doru sabe os Montanha sabem também. Eles vão saber quais são os negócios mais valiosos, quais são fracos, quanto dinheiro e jade temos agora e por quanto tempo conseguimos manter a guerra.

Ele apagou o cigarro no chão.

— Então logo vão saber que não é por muito tempo.

Ele olhou para trás e se virou.

— Então a coisa tá feia.

Shae disse:

— O turismo caiu em cinquenta por cento e tá sendo pior pra gente do que pros Montanha. Alguns dos setores mais fortes deles, como o varejo, tão na verdade lucrando mais por causa da guerra. O povo tá estocando mantimentos e quer comprar coisas agora ao invés de esperar, porque qualquer loja pode fechar de um dia pro outro.

Woon, que havia se juntado a Shae na porta, acrescentou:

— Com a suspensão da AJK, a mineração e a exportação de jade pararam, então não estamos faturando nada com isso.

Os Montanha também sentiriam esse baque, mas, como haviam estocado jade, teriam reservas maiores.

Shae disse:

— Estamos arranjando jade por causa da guerra nas ruas, mas, se eles continuarem tomando mais de nós do que nós deles, vamos esgotar nossos estoques. Ainda precisamos transformar os formandos da Academia em Dedos daqui a dois meses.

— E os clãs menores? — perguntou Hilo. — Dá pra conseguir alguma coisa deles?

— O clã da Tenda Curta e o União das Seis Mãos se alinharam aos Montanha, mas isso não é surpresa nenhuma. O Taça de Pedra veio para o nosso lado já que mal tinha escolha, porque depende muito do setor de construção. O clã Jo Sun e os Cauda Preta se posicionaram, mas não sei se esse apoio serve de muita coisa. Se posicionar publicamente é bom, mas não dá pra esperar muito deles, não.

Havia cerca de uma dúzia de clãs menores em Kekon; alguns comandavam cidades de outras partes da ilha ou dominavam indústrias específicas, havia aqueles que eram independentes e os que pagavam tributos aos clãs maiores, mas nenhum chegava a ter um sexto do tamanho do Montanha ou do Desponta.

— O resto tá seguindo o Escudo de Haedo e não se posicionou. Não duvido que estejam esperando pra mandar buquês de lírios estrela-dançantes pra quem quer que ganhe — acrescentou Shae.

Relutante, Hilo se levantou e disse:

— Vamos conversar lá dentro. — Todos entraram e, apesar de aquele ainda não ser seu lugar favorito, Hilo foi ao escritório de Lan porque ali teriam privacidade. Shae e Woon o seguiram. Os livros e os papéis que havia espalhado continuavam largados pelo chão. Ele pisou em alguns documentos, se sentou com tudo em uma das poltronas e gesticulou para que Woon fechasse a porta. — Me fala quanto tempo vamos durar.

Shae disse:

— Nesse ritmo, a gente entra no vermelho daqui a seis meses. E isso mesmo se os Lanternas continuarem ajudando, o que eles têm feito até agora. Mas pode ser muito antes. Não importa o que Son Tomarho diga e nem que o povo considere Ayt uma vigarista. Quando perceberem que estamos fadados a perder, vão culpar o Desponta por não ter impedido o sofrimento da cidade. Vão começar a renegar os impostos e a se dobrar pros vencedores.

— E os Montanha? Quanto tempo eles aguentam de guerra?

— Não sabemos, mas mais do que nós — respondeu Woon. — Se tão produzindo brilho em Ygutan, como disseram, é uma fonte de renda completamente separada e lucrativa.

— Mas ainda fica pior — disse Shae. — Eles tão contrabandeando jade pro governo ygutaniano com contratos secretos. É pra isso que tão usando um pouco da jade que surrupiaram das minas, pra cair nas graças dos estrangeiros do lado de lá. Com isso e com as fábricas de brilho, meu palpite é que os cofres deles tão muito bem, obrigada.

Com uma expressão intrigada, Hilo olhou para a irmã.

— Como é que você sabe que os Montanha têm contratos secretos pra vender jade pra Ygutan? Essa informação é confirmada?

Shae se sentou na cadeira em frente a ele, cruzou as pernas e entrelaçou os dedos sobre um dos joelhos.

— A Homem do Tempo lê as nuvens — disse ela.

Era um ditado antigo; significava que o trabalho do Homem do Tempo era saber das coisas, cultivar fontes secretas de informação para estar sempre um passo à frente de todo mundo. Um sorriso se espalhou pelo rosto de Hilo ao ouvir sua irmãzinha citar um ditado tão oculto do clã. A astúcia dela o fez lembrar que um bom Pilar jamais questiona muito os métodos ou as fontes de seu Homem do Tempo. *Mamão com açúcar*, como ele sempre suspeitara.

Shae não devolveu o sorriso.

— Precisamos de duas coisas e precisamos pra ontem, Hilo. Dinheiro. E uma virada na guerra nas ruas. Se eu der um jeito na primeira, e você e o Kehn na segunda, talvez a gente sobreviva a este ano. — Ela olhou para baixo e então voltou a encarar o irmão. — Também precisamos planejar o que vai acontecer se não conseguirmos.

Ela estava certa em trazer esse assunto à tona, mas Hilo se afundou ainda mais na poltrona, reclinou a cabeça e fechou os olhos.

— Agora não, Shae. Ainda não estamos desesperados assim.

— Mas daqui a pouco talvez estejamos.

— Eu falei agora não — repetiu Hilo. — Me deixa um pouco sozinho.

Depois de um longo instante, ele ouviu a irmã se levantar. Ela e Woon juntaram os papéis espalhados pelo cômodo e então saíram sem falar mais nada. A porta se fechou. Hilo continuou imóvel e de olhos fechados.

Com uma calma calculista muito rara para ele, Hilo considerou a possibilidade de ser derrotado. Se fracassasse e fosse morto — ambas as coisas tinham o mesmo significado, já que uma levaria à outra —, o Desponta provavelmente pereceria junto. Ele seria o último Pilar de seu clã.

Se houvesse um líder mais adequado quando Lan morreu, ele teria aberto o espaço, continuando como Chifre, uma função com a qual combinava muito mais, e feito o melhor para ganhar a guerra assim. Mas nunca houvera uma escolha. Shae não podia ser Pilarisa. Claro, sua irmã era esperta e habilidosa com jade, mas o clã não aceitaria. Ela era a mais nova, mulher, e muito diferente de Ayt Mada, que, mesmo sendo a mais velha, só chegou ao poder depois de trucidar todos os possíveis rivais. Shae jamais faria uma coisa dessas, e também não tinha a desenvoltura necessária, aquela personalidade forte ou o carisma que faria outros Ossos Verdes, principalmente os poderosos Punhos, oferecerem de bom grado suas vidas para continuar travando a guerra sob seu comando caso Hilo morresse. Não, pensou Hilo, desapontado, sua irmã era o retrato da competência burocrática e de autossuficiência, uma líder empresarial sagaz, mas não uma Pilarisa Osso Verde. Ela iria querer a posição ainda menos do que ele quisera.

Não havia outros herdeiros para a liderança do clã. Anden fora adotado pelos Kaul, mas era jovem demais, ainda nem tinha jade e não era puro-sangue. Mesmo assim, Ayt o executaria só para garantir. Os irmãos Maik eram filhos de um Punho desonrado do Montanha, então jamais seriam aceitos como a família à frente do Desponta, isso se o Desponta ainda existisse a essa altura. Kaul Sen tinha uma irmã mais velha, e a mãe de Hilo tinha dois irmãos mais novos de pouca importância, então até havia alguns familiares distantes de segundo e terceiro grau espalhados pelo clã, mas nenhum com o nome e a instrução de um Kaul, nenhum proeminente ou com feitos suficientes para liderar.

A ideia da morte não era estranha para Hilo, mas contemplar a extinção de sua família, de toda a sua linhagem e do clã que haviam construído era algo que o impactava profundamente. Pensou em como talvez encontrasse Lan nos confins da morte sabendo que não havia cumprido a vingança que lhe prometera e sentiu o desespero por não ter tido tempo o suficiente para casar com Wen e lhe dar filhos. Pensou nessas coisas, se perdeu na dor de cada uma dessas tantas desgraças que aconteceram num intervalo tão curto de tempo e então voltou sua atenção para o presente.

Ainda não estava morto. Homens podiam levar tiros ou facadas, ele podia ser fatalmente ferido, ficar sentindo a vida jorrar de seu corpo e escorrer pelo chão e, mesmo assim, ter preciosos minutos para destruir o inimigo. Hilo já vira isso acontecer antes. A astúcia oportunista era a força de um Chifre, e Hilo era Chifre por natureza. Tudo podia acontecer em batalha. A pessoa certa, com a oportunidade certa e a arma certa... podia mudar tudo.

Agora, pensou ele depois de algum tempo, *posso planejar a morte.*

Capítulo 49
Uma Proposta à Adamont Capita

A balsa ficava numa parte das Docas agora controlada pelos Montanha. Os Punhos e Dedos de Gont patrulhavam a área, sempre atentos não apenas a qualquer contra-ataque dos Desponta, mas também a ladrões e contrabandistas que pudessem tirar vantagem da mudança no comando territorial para alavancar suas atividades. Quando Maik Wen caminhou até o deque da balsa, um dos Dedos de Gont a parou e pediu pela passagem.

— A senhorita tá indo pra Euman?

— Isso, jen — respondeu Wen. — Minha avó nasceu em Shosone.

Uma pequena vila de pescadores na costa ocidental da ilha Euman, que agora se tornara uma cidade turística que recebia tanto kekonésios de férias quanto trabalhadores espênicos.

— Ela queria retornar e descansar lá pra sempre.

Com uma tristeza no olhar, Wen encarou a urna funerária azul aninhada em seus braços. Estava vestindo um suéter branco simples, uma longa saia branca de lã e tinha o rosto repleto de pó branco. Seu coração batia levemente mais rápido do que o comum, mas devia ser normal; qualquer um que fosse parado por um Osso Verde desconhecido de um clã que havia recém-conquistado um novo território ficaria um pouco nervoso, mesmo alguém que não tivesse nada a esconder. Esse jovem com brincos de jade não Perceberia nada fora do comum.

— Que os deuses a saúdem. — Com uma expressão de profunda vergonha, ele lhe devolveu a passagem e disse: — Lamento, mas sou obrigado a pedir que a senhora abra a urna.

Wen respirou fundo, indignada.

— *Jen* — protestou ela.

— Tem muitos criminosos por aqui ultimamente — disse o Dedo, num tom que era quase um pedido de desculpas. — Temos que verificar tudo o que entra pra termos certeza de que não são armas ou contrabando.

E jade. Euman tinha longos trechos de costa sem guarda, e os contrabandistas mais inteligentes prefeririam arriscar ser pegos pelos espênicos do que pelos Ossos Verdes. Jade surrupiada de uma guerra dos clãs e transportada por balsa para fora de Janloon podia chegar até o continente de Tun ou às Ilhas Uwiwa. Wen encarou o Dedo do Montanha com um olhar profundamente ofendido, mas logo abaixou os olhos. Abriu a tampa de cerâmica da urna e permitiu que o homem espiasse ali dentro.

Se ele a tocasse ou a tomasse das mãos de Wen para examinar, já era. Não a matariam, pelo menos não imediatamente. Os Montanha descobririam quem ela era e a usariam contra Hilo. *Eu me jogo no porto*, pensou Wen. Tanto ela quanto a urna afundariam.

O jovem disse:

— Pode ir, dona. Peço perdão pelo desrespeito com a senhora e com a sua avó.

Ele deu um passo para o lado para que Wen embarcasse. Ela colocou a tampa de volta sobre a urna e atravessou a passarela que levava ao deque da embarcação. Seu rosto, de volta à expressão esperada de alguém em luto, não demonstrou nem uma partícula do alívio que sentia, assim como seu corpo não exalava aura de jade alguma. Ela viu o Dedo do Montanha puxar o lóbulo da orelha direita quando passou, mas apenas para espantar qualquer azar espiritual por ter examinado os restos mortais de uma falecida, e não porque sabia que Wen era uma pedrolha. Ela pressionou a urna ainda mais contra o peito. Já não se importava mais com o pesado estigma de azar que carregava, ainda mais quando ele a protegia e servia a um propósito. Sua deficiência era como um objeto disforme, indesejável e pouco atrativo sozinho, mas que fazia muito sentido quando colocado no lugar certo.

As outras pessoas na balsa (passageiros, viajantes e turistas) mantinham uma distância considerável dela, que foi se sentar perto da proa. O apito soou estridente e a embarcação se afastou da doca. Satisfeita, Wen ficou assistindo à orla recuar. Podia muito bem ter reservado um barco particular ao invés de correr o risco de pegar a balsa, mas aí teria que registrar o nome Maik, e os documentos de embarque podiam acabar sendo examinados caso a embarcação fosse parada e revistada pela patrulha costeira. Assim era mais anônimo, e o possível resultado fazia o risco valer a pena.

Quando Wen desembarcou no pequeno porto da Ilha Euman uma hora e meia depois, havia um carro à sua espera. Shae havia organizado tudo de antemão. A Ilha Euman, assim como Botânico, não fazia parte de Janloon. A diferença era que, enquanto Botânico era uma pequena região independente, Euman era, em essência, controlada pelos espênicos. Assim que o carro começou a atravessar as ruas da pequena cidade, Wen viu lojas com placas escritas em dois idiomas, bancas de câmbio exibindo a conversão atual entre dien kekonésio e thalirs espênicos, franquias reluzentes de lojas e restaurantes e, o que mais chamava atenção dentre tudo, espênicos nas ruas, tanto de uniforme quanto sem.

A sensação era de que havia chegado em outro país, num lugar híbrido de Kekon com o que ela imaginava que a Espênia devia ser. Claro, nos últimos tempos era normal ver estrangeiros pelas ruas de Janloon, mas nem de perto nessa quantidade. A Ilha Euman abrigava vinte e cinco mil militares espênicos, uma realidade que a maioria dos kekonésios parecia contente de ignorar contanto que eles continuassem aqui nessa ilha vulcânica rochosa e castigada pelo vento. Os clãs não controlavam esse lugar, mas, por ficar tão perto de Janloon, a influência era óbvia. O motorista do sedan cinza simples que pegara Wen havia, todo respeitoso, aberto a porta para ela e não fez nenhuma pergunta durante o trajeto.

Wen tinha ensaiado o que diria quando chegasse. Não havia, e agora se arrependia muito disso, aprendido muito do idioma espênico, e, enquanto o carro passava por pistas de voo e planícies pontilhadas de silos e moinhos de energia eólica, ela usou os quietos minutos para tentar os sons nada familiares na boca, repetindo o que Shae a instruíra a dizer.

— Senhor, qual é o seu nome? — perguntou ao motorista.

Ele deu uma olhada para trás.

— O meu? É Sedu.

Sr. Sedu era um homem rosado de barba rala e com os dedos cheios de calos. Wen nunca esquecia um nome ou um rosto, e arquivou Sedu em sua memória. De acordo com Shae, esse sujeito era genro de um Agente da Sorte que trabalhava diretamente para Hami Tumashon, e podiam contar com sua discrição.

— O que você faz, Sr. Sedu? — perguntou Wen, com um sorriso genuíno de curiosidade.

— Sou eletricista.

— E é uma área boa de se trabalhar?

— Ah, bem boa — respondeu Sedu.

O sujeito pareceu ficar um pouco mais tranquilo. Wen suspeitava que, quando lhe mandaram pegar um representante do clã nas docas e não comentar a respeito com ninguém, Sedu imaginara que transportaria um Osso Verde intimidador e de altíssima patente, como Hilo ou um de seus irmãos.

— O senhor trabalha bastante pros espênicos?

— Trabalho bastante, sim — disse o Sr. Sedu. — Eles têm muitas instalações aqui e tão sempre precisando de gente pra trabalhar. Tenho três aprendi-

CIDADE DE JADE   385

zes agora e tô pensando em pegar mais um. Os espênicos pagam bem, sempre em dia e em thalirs.

— O senhor deve ser muito ocupado. Muito obrigado por se dar ao trabalho de me levar.

Sr. Sedu fez um gesto de "imagina, deixa pra lá", e qualquer tensão que ainda sentia saiu de seus ombros.

— Não tem problema. É sempre bom fazer um favor quando dá. Estrangeiros diferentes vêm e vão, mas os clãs sempre estarão aqui.

Wen deu um sorriso.

— Você fala espênico fluentemente, Sr. Sedu?

— O suficiente pra me virar. Não tão bem quanto a minha filha. Ela quer estudar na Espênia, mas não consigo nem imaginar ela sozinha naquele país. Os homens espênicos fazem tudo o que querem e nunca dá em nada.

— Será que o senhor praticaria um pouco de espênico comigo agora, enquanto a gente viaja?

Uma hora depois, Sr. Sedu parou perto de um portão fixado em uma alta cerca de arame farpado repleta de câmeras de segurança e com placas enormes de "proibido entrar". Atrás do portão, havia um aglomerado de construções verde-cinzentas. A bandeira da República da Espênia chicoteava ruidosamente devido à brisa forte da ilha. Sr. Sedu parou o carro antes de chegarem na guarita.

Wen saiu e andou pelo restante do caminho enquanto segurava a urna crematória azul à frente. O vento implacável de Euman puxava suas roupas e o coque firme que havia feito no cabelo. Ela respirava devagar para manter a calma. Estava com mais medo agora do que quando encarara o Dedo na doca da balsa. A partir daqui, o sucesso da missão dependia apenas da dedução certeira de Kaul Shae. E, por mais que não duvidasse da inteligência da Homem do Tempo, Wen não confiava nela pessoalmente. A irmã de Hilo já havia virado as costas para a família e para Kekon antes. O que a impediria de se afastar de novo?

Wen já viera longe demais e não tinha escolha a não ser acreditar em Shae. Estaria mais apreensiva se a Homem do Tempo não tivesse, ao menos, sido honesta quanto a seus receios.

— O fantasma de Lan vai cuspir em mim por causa disso — dissera Shae, com uma melancolia tão intensa que chegou a surpreender Wen.

Ela sempre considerara Kaul Shae como uma pessoa distante, até mesmo hostil. Então suspeitava que a irmã de Hilo devia estar mesmo desesperada para depositar tamanha confiança nela.

— O Lan faria qualquer coisa para salvar a família. Ele ficaria grato por você estar fazendo o mesmo — garantira-lhe Wen.

A guerra dos clãs em curso já cortejava o risco de envolvimento espênico; essa era a chance de os Desponta terem uma atitude antes dos Montanha.

Conformada, Shae assentiu.

— Os espênicos não fogem de lutas, mas se tem algo que sei sobre esse povo é que eles acreditam que podem comprar tudo o que quiserem.

Um vigia com uma pistola embainhada na cintura saiu da guarita quando Wen se aproximou. Ele começou a fazer uma pergunta, mas Wen o interrompeu e elevou a voz para que as palavras espênicas pudessem ser ouvidas com clareza mesmo sob o vento.

— Coronel Deiller. Por favor, eu falar com Coronel Deiller. Eu vir de Kaul Shaelinsan de Clã do Desponta com mensagem para Coronel Deiller de Espênia.

O Coronel Leland Deiller, comandante da Infantaria Marítima da República da Espênia na Base Naval de Euman, estava aproveitando um raro momento de silêncio em sua mesa depois de ter passado a manhã no telefone. Nos quase quatro anos em que trabalhava neste posto, nunca vira a ilha de Kekon atrair tanta atenção. O foco de seus superiores em Adamont Capita era conter e dissuadir a ameaça crescente vinda de Ygutan, então, contanto que jade kekonísia continuasse atravessando o oceano, os mandachuvas continuariam satisfeitos. O que já não era mais o caso. De repente, Deiller começou a receber ligações preocupadas de generais condecorados e até mesmo do Secretário do Departamento de Guerra.

Alguém bateu na porta. Seu secretário executivo, Tenente Coronel Yancey, enfiou o rosto angular para dentro do escritório.

— Senhor, acredito que você precisa ver isso.

Yancey o deixou a par da situação enquanto andavam.

— Uma mulher apareceu faz uma hora. Chamou o senhor pelo nome. Afirmou que é uma emissária de Kaul Shaelinsan.

Estava aí um nome que Deiller não ouvia há um bom tempo.

— Kaul como família Kaul do clã de Janloon? — perguntou. — Essa mulher foi enviada pela neta?

— É o que ela diz.

— Pensei que Kaul Shaelinsan tinha deixado o país e emigrado pra Espênia.

— Pelo visto, ela voltou. — Yancey parou na porta de uma pequena sala de reuniões. — Quer que eu pesquise tudo o que temos sobre ela?

— Isso — disse Deiller.

Os dois entraram. A mulher sentada ali usava as vestes espênicas tradicionais de luto e segurava uma urna crematória de pedra no colo.

O coronel deu uma olhada questionadora para seu secretário, e depois para a visitante inesperada.

— Eu sou o Coronel Deiller, o comandante daqui.

— Meu nome, Maik Wenruxian — disse a mulher em um espênico atrapalhado, porém inteligível. — Kaul Shaelinsan de Clã do Desponta mandar saudações.

Deiller disse para Yancey:

— Dá pra trazer um tradutor? — E se virou de volta para a mulher. Ela já havia sido revistada à procura de alguma arma e passado por um detector de metais para chegar até ali, mas, mesmo assim, ele encarou com suspeita a urna que a moça carregava. — E o que exatamente você quer dizer com isso, senhorita Maik?

A mulher se levantou e tirou a tampa do recipiente de cerâmica. Para grande surpresa do coronel, ela derramou todo o conteúdo sobre a mesa. Um rastro de cinzas brancas caíram da boca da urna.

— Mas que... — exclamou Deiller, e então apenas encarou enquanto pepitas verdes caíam do vaso.

As joias tilintaram juntas e repousaram sobre uma pilha da poeira que as havia escondido até então. A mulher removeu as últimas pedras, soltou a urna e deu um sorrisinho presunçoso para os homens que a encaravam boquiabertos.

— Jade — disse ela.

Yancey assoviou.

— Isso aí deve valer uma fortuna do caramba.

— Chama o Gavison pra cá — disse Deiller. — Me diz se isso aí é jade kekonísia de verdade.

O tradutor, Sr. Yut, chegou. Seus olhos quase caíram para fora da cabeça quando viu a jade disposta na mesa. Deiller disse para a mulher:

— Explica por que você tem toda essa jade e como chegou até aqui — Sr. Yu traduziu a pergunta.

— Como a Aliança Jade-Kekon está passando por investigações a respeito de irregularidades financeiras, toda a mineração e exportação de jade foi suspensa, incluindo as vendas oficiais à República da Espênia. Reconhecemos que é um inconveniente. — A mulher fez uma pausa para que o tradutor conseguisse acompanhá-la, e então gesticulou para as pepitas espalhadas pela mesa. — O Desponta tem um estoque próprio de Jade, e a Homem do Tempo gostaria de discutir um acordo confidencial que supra essa repentina ruptura de distribuição.

388 FONDA LEE

As sobrancelhas de Deiller se ergueram. Era uma ruptura mesmo; desde que a guerra eclodiu entre os clãs na maior cidade de Kekon, os analistas militares em Adamont Capita andavam cada vez mais preocupados que o clã vencedor, seja lá qual fosse, assumisse o poder político de forma praticamente absoluta. Isso poderia significar que contratos atuais com a República da Espênia fossem renegados ou renegociados de maneira desfavorável. Kekon era vital para a força política e para o exército da RDE na região: abrigava várias bases militares espênicas, era uma economia que crescia e se modernizava em grande velocidade, tinha um ódio histórico a Shotar e Tun e, o mais importante de tudo, possuía a única fonte de jade bioenergética da Terra. Deiller já tivera inúmeras ligações com superiores para discutir uma possível ação militar que lhes assegurasse as minas de Kekon caso a situação piorasse muito.

— Você tem como provar que veio em nome do clã? — perguntou Deiller.

O olhar atento e o pó branco no rosto da mulher faziam-na parecer ainda mais recatada e reservada do que uma kekonísia comum. Ela inclinou a cabeça e disse:

— Kaul Shae me mandou falar que o cormorão ainda consegue pescar.

Neste momento, Dr. Gavison entrou na sala. Com luvas revestidas de chumbo e pinças de metal, ele pegou uma das pedras verdes e a examinou debaixo de uma pequena lupa. Repetiu a ação com diversas pepitas.

— Estrutura mineral bioenergética, confere — declarou. — É jade kekonísia bruta.

— Senhorita Maik — disse o Coronel Deiller. — Se a senhora puder esperar aqui um instante.

A mulher assentiu e voltou a se sentar.

— Espero.

Sentado em seu escritório de portas fechadas, Deiller perguntou:

— Como foi que ela conseguiu transportar tanta jade assim, sem segurança nenhuma? Ela não é uma daquelas aborígenes.

— Ele deve ser não reativa — respondeu Dr. Gavison. — É algo que acontece naturalmente, mas um traço genético raro. Os kekonésios os chamam de pedrolhos.

Yancey entregou uma pasta de documentos ao coronel.

— Cacei as informações que temos sobre Kaul Shaelinsan. Ela se formou na Universidade de Administração Belforte, em Windton, na primavera passada. Além de ter voltado pra Janloon, se tornou a segunda no comando do clã quando o irmão mais velho foi assassinado alguns meses atrás.

Deiller folheou as páginas do arquivo. Havia registros e fotos de Kaul Shaelinsan de cinco anos atrás. Como informante local da RDE, ela realizara grandes e impressionantes feitos pelas forças militares espênicas, como oferecer informações que teriam sido difíceis ou impossíveis de conseguir de outras formas. O caminho de Deiller cruzara com o de Shae apenas uma vez, mas ele se lembrava dela como um indivíduo inquietante, uma jovem usando mais jade do que um time inteiro de operações especiais da marinha. Alguém que o fez considerar a possibilidade de recrutar mais assassinos desse tipo para a RDE.

— Coronel, o senhor percebeu que ela deu o codinome? Cormorão.

— O cormorão ainda consegue pescar — disse Deiller, repetindo as palavras da emissária. Agora se lembrava de que o trabalho de Shae havia causado certa comoção na época; chefões diplomáticos deram ordens diretas para colocarem um fim no uso dela como agente de inteligência. O que não significava que esses laços não poderiam ser renovados caso as circunstâncias tenham mudado. — E essa tal Maik? Sabemos alguma coisa sobre ela?

— Nada — respondeu Yancey. — Só que ela é da mesma família de dois membros de alto escalão do clã. Os irmãos Maik são considerados os conselheiros e escudeiros do segundo filho de Kaul, que agora é o líder do clã. Se ela estiver falando a verdade, deve ser uma irmã ou prima.

— Ela deve estar no topo do clã pra ter acesso a esse tipo de jade — disse Gavison. — Aquele não é o tipo de coisa que é contrabandeada por um bandidinho qualquer. É jade bioenergética kekonísia de alta qualidade, praticamente perfeita, uma das substâncias mais valiosas do mundo. A quantidade que ela tirou daquela urna deve valer alguns milhões de dien e uns vinte ou trinta milhões de thalirs.

— Quanta jade a gente tá perdendo por mês com essa suspensão do governo? — ponderou Yancey. — Qual é o risco a longo prazo pro nosso estoque?

Deiller franziu o cenho e se virou para seu secretário executivo.

— Garanta que a senhorita Maik fique confortável e que a jade esteja segura. Não quero nada disso vazando, então converse com o Sr. Yut também. Preciso ligar pro General Saker em AC.

Capítulo 50
A Irmandade Verde

A cabeça decepada de Lott Penshugon foi entregue à residência Kaul em um caixote de legumes. Os gritos de raiva emitidos por Hilo ecoaram por todo o pátio. Ninguém, nem mesmo Shae, ousou tentar confortá-lo. Aquele era o terceiro de seus Punhos que sofrera uma emboscada, fora assassinado e decapitado nas últimas três semanas. Lott Pen não fora um homem muito agradável em vida, mas Hilo o considerava um dos tenentes mais incansáveis e temíveis; um sujeito que, com o encorajamento certo, faria tudo o que Hilo pedisse sem nem pestanejar.

A perda de cada um daqueles bons Punhos, Lott, Niku e, mais recentemente, Trin, mas também Goun, Obu, Mitto, Asei, Ronu e Satto, parecia para Hilo um ferimento causado pessoalmente por Gont Asch. Aquele filho da puta metódico estava fazendo o Desponta sangrar; matando cada um de seus homens até chegar no próprio Hilo.

Levou algumas horas até que o corpo sem jade, alvejado de balas e dilacerado por lâminas fosse recuperado e reunido com a cabeça. Era função de Maik Kehn em pessoa assumir o papel de prestar o devido respeito e pagar pelas despesas funerárias da família de Lott, mas essa era uma responsabilidade da qual Hilo se recusava a abrir mão. Quando os dois chegaram, a esposa de Lott caiu de joelhos e emitiu soluços intensos. Sendo bem honesto, Hilo não tinha tanta certeza assim de que o pranto era apenas de luto, e não de alívio — era difícil imaginar Lott como um homem agradável para se dividir o lar. Kehn pressionou o envelope branco contra a mão da viúva, garantiu que seu esposo havia dado o sangue pelo clã e que o Desponta sempre cuidaria das necessidades da família. Ela jamais precisaria temer que seus filhos passassem fome ou ficassem sem um teto.

Hilo viu quatro crianças: um bebê, um garoto de seis anos de idade, uma menina que devia ter uns dez, e o filho adolescente de Lott, colega de Anden da Academia, parado com o rosto pálido e cercado pelos irmãos mais novos, ainda vestindo uniforme pois devia ter saído correndo ao ficar sabendo da morte do pai. Hilo se prostrou perante as crianças.

— Vocês sabem quem eu sou? — perguntou aos pequenos.

A garota respondeu:

— O senhor é o Pilar.

— Isso mesmo — respondeu Hilo. — E vim até dizer que o pai de vocês morreu. Morreu porque fez um juramento a mim, jurou que defenderia o clã contra nossos inimigos. Este costuma ser o destino dos nossos: morrer em batalha. Perdi meu pai antes mesmo de aprender a andar, e perdi meu irmão mais velho há poucos meses. Não tem problema ficar triste ou com raiva, mas é importante que sintam orgulho também. Quando forem mais velhos, quando merecerem sua própria jade, vão poder dizer "sou filho ou filha de Lott Penshugon", e outros Ossos Verdes os saudarão com respeito por causa de hoje. — Então, se levantou e falou com o filho de Lott: — As Provações da Academia já acabaram?

Aos poucos, como se estivesse acordando de um estupor consciente, o jovem voltou sua atenção a Hilo.

— Já — disse o rapaz, por fim. — Terminaram ontem.

Hilo assentiu. A cerimônia de formatura aconteceria apenas depois da semana do Festival de Ano-novo, quando os rankings já estivessem montados e os formandos decididos quanto aos juramentos que prestariam. Acontece que, apesar da cerimônia, esse garoto era um homem agora; o chefe dessa família de Ossos Verdes.

— Lamento que você não vai comemorar o fim das Provações e nem o Ano-novo. — A voz de Hilo carregava uma nuance simpática nas entrelinhas, mas exalava o tom severo que ele usaria com qualquer um de seus homens sob circunstâncias normais. — Um representante do clã chegará em breve para ajudar com os preparativos do funeral do seu pai. Se precisar de alguma coisa, Lott-jen, qualquer coisa que seja, chame o Chifre pessoalmente, e, se não conseguir entrar em contato como ele, ligue para a casa e deixe uma mensagem pra mim.

O rosto do jovem se contorceu levemente. O modo como Hilo o tratara como um verdadeiro Osso Verde membro do clã não passara despercebido. Ele deu olhada em sua mãe desesperada e nas criancinhas que se amontoavam ao redor dela. Hilo viu os olhos do jovem, antes cheios de desprezo e mágoa, lentamente esvanecerem daquela confusão contundente e abrir espaço para uma aceitação sombria; um senso obscuro e nuvioso.

— Obrigado por sua generosidade, Kaul-jen — disse o garoto, falando como um homem. Então, o jovem entrelaçou as mãos, levou-as à cabeça e fez uma profunda saudação.

Enquanto saíam da casa, Hilo disse para Kehn:

— Aquele rapaz é nosso irmão agora. Temos que cuidar dele e incluí-lo no clã; é o que seu pai iria querer. Comece a pensar no melhor jeito para fazer isso. Talvez colocar ele sob ordens de Vuay seja uma boa ideia, ele é um bom mentor.

As crenças específicas que compunham, para Hilo, as características indispensáveis de um líder Osso Verde podiam ser mapeadas a um dia treze anos atrás, quando os irmãos Maik haviam sofrido uma emboscada por seis rapazes da Academia e Kehn sofrera uma fratura séria na mandíbula.

Hilo nunca havia prestado muita atenção nos Maik até então. Muito embora ele e Tar cursassem o quarto ano juntos, não eram amigos. Os irmãos Maik tinham poucos amigos, isso se tivessem algum. Os dois passavam muito tempo juntos, porque todo mundo sabia que eles vinham de uma família desonrada. Um dia, uma provocação sarcástica fez Tar atacar e bater em outro garoto. Muito embora tenha sido punido pelos instrutores, os amigos do rapaz, inclusive Hilo, assumiram para si a responsabilidade de esperar até que tivessem a chance pegá-los fora da Academia.

Os irmãos se defenderam ferozmente. Hilo ficou mais para trás; o garoto sendo vingado, Uto, mais tarde se tornaria um de seus Punhos, mas na época não era um de seus amigos mais próximos, então Hilo achou que os outros tinham mais direito de se envolverem na briga. Depois de um tempo, porém, teve a impressão de que os Maik já haviam sofrido o bastante. A luta continuava apenas porque Tar não sofrera muito. Kehn, que era dois anos mais velho e muito maior, sofrera a maior parte dos ataques e causara um prejuízo impressionante.

A recusa em admitir a derrota custou caro para Kehn; acabou sendo atingido com tanta força que caiu de joelhos, gemendo e com as mãos sobre o rosto fraturado. Os olhos de Tar se enebriaram com revolta, e ele puxou uma faca talon que pareceu ter vindo do nada. Isso fez os garotos pararem. Até aquele momento, as regras não ditas haviam sido seguidas: apenas socos e chutes eram permitidos, e ninguém podia prender o outro no chão ou atingir alguém caído. A chegada de uma faca sinalizou que a briga se tornara potencialmente mortal, e colocava todos ali em risco de serem expulsos da Academia. Uma onda incerta de ameaça atravessou o grupo.

Hilo não estava gostando nada do andar da carruagem, então disse:

— Deu.

Naquela época, ele era o líder do grupo, mas não a ponto de os garotos o obedecerem no calor de um momento assim.

— Deu coisa *nenhuma* — vociferou Asei. — A gente tem que dar uma lição nesses dois aqui. Não dá pra confiar neles.

CIDADE DE JADE   393

— E por que não dá? — perguntou Hilo, curioso, pois agora admirava os irmãos Maik, depois de ter visto como haviam lutado bem e como defendiam um ao outro com ferocidade. Tinha inveja do laço que compartilhavam e, com angústia, percebeu que era algo que não tinha, já que seu irmão era muito mais velho. Lan se formara na Academia um ano depois do ingresso de Hilo.

— Todo mundo sabe que não dá pra confiar nesses aí — insistiu Asei.

— Pra mim também não deu — grunhiu Tar. Atrás da faca talon erguida, seus olhos exibiam uma selvageria animal. Hilo suspeitou que aquele rapaz não se importava de ser expulso por assassinato.

— Se a gente veio aqui por causa do Uto, então já deu — disse Hilo, ainda falando com Asei. — Se vocês têm alguma outra coisa contra os Maik, então deviam ter dito antes. Eu mesmo não sei de nada, alguém aí sabe?

— Pra você é fácil dizer — argumentou outro garoto, que segurava uma mão em cima do nariz sangrando. — Não te vi fazendo quase nada, Kaul. Foi o resto de nós que fez tudo e *a gente* ainda tá puto, entendeu?

Um momento passou antes de qualquer um parecer perceber que o garoto, Yew, dissera algo errado. Uma luz perigosa se acendeu nos olhos de Hilo.

— Então tá — disse, por fim. Muito embora sua voz estivesse mais baixa, ainda era fácil de ouvi-lo no súbito silêncio do beco. — Não posso discutir com o Yew. E também não tenho o direito de dizer o que a gente deve fazer já que não sofri que nem vocês. Só que também não é justo que o Kehn e o Tar continuem lutando contra seis se já foram punidos. Eles não têm culpa de vir de uma família que todo mundo odeia.

— Eu luto com os Maik; se os dois conseguirem dar conta de mim, aí fica tudo no zero a zero entre o Tar e o Yew. — Hilo tirou a jaqueta e a entregou a Yew. — Ninguém mais se mete, se não vai ter que se resolver comigo outro dia.

Embora não conseguissem disfarçar a empolgação, todos pareciam meio desconfiados; seria uma briga das boas. Os Maik botavam medo e Kehn era enorme, mas estavam cansados e feridos. Hilo, por outro lado, estava novinho em folha e era um Kaul — ninguém que quisesse cair nas graças daquela família ousaria machucá-lo. Acontece que os Maik não tinham reputação nenhuma a perder.

Hilo olhou para o rosto abatido de Kehn e para a expressão raivosa de Tar.

— Guarda a faca talon — disse, com a mesma simplicidade que usaria para pedir que Tar fechasse uma janela. — Vou permitir três golpes em mim pra luta ficar justa. Não vou revidar os primeiros três. Depois, eu vou.

Os Maik não discutiram. Os primeiros três golpes, dois socos fortes de Kehn no estômago e um terceiro no rosto, quase deixaram Hilo inconsciente. Arquejando através de lágrimas de dor, ele se esforçou para levantar e começou a revidar. A princípio, o círculo de espectadores comemorou e zombou, mas logo ficaram em silêncio. Não estava nada fácil para o trio de lutadores, pois ficaram todos cansados muito rápido, como se estivessem bêbados. Além do mais, os dois lados não se odiavam de verdade, mas, mesmo assim, continuavam batalhando devido a um senso burro e juvenil de honra. Em uma disputa de poderes de jade, Hilo teria prevalecido, mas, em um embate físico, não tinha nem esperanças de vencer. Os irmãos Maik haviam lutado juntos vezes demais, e Kehn era forte demais.

No fim, ao ver Tar arquejando e mal conseguindo se manter de pé, mas pronto para socá-lo na boca de novo, Hilo deu um sorriso sangrento. Se agachou, tossindo com uma risada que chacoalhava suas costelas feridas. Tar, depois de passar um segundo encarando-o de forma perplexa, começou a rir também, e riu tanto que chegou a cair contra o muro de tijolos. Kehn fez uma careta. Como metade de seu rosto estava paralisado devido à fratura, ele pareceu um monstro quando não foi primeiro até o irmão, mas em direção a Hilo, e ofereceu uma mão para ajudá-lo a se levantar. Os três foram embora se equilibrando entre si. Os outros cinco garotos os seguiram, confusos, a uma distância respeitosa. Retornaram para a Academia, onde Hilo e os Maik foram punidos com a ordem de, juntos, limparem os banheiros da Academia todo dia pelos três meses seguintes.

Pensando a respeito agora, Hilo meneou a cabeça frente à estupidez de garotos de quinze anos, mas, depois do acontecido, ninguém mais falou mal dos Maik na cara deles, a menos que quisessem desafiar Kaul Hilo, o que não queriam.

Com a morte de Lott, Hilo não estava otimista com as chances que o Desponta tinha de manter controle sobre Sogen. Grande parte da região já fora perdida e a violência estava respingando na Cidade Velha, um território que, há poucas semanas, teria considerado um reduto dos Desponta.

Com melancolia, traçava estratégias com Kehn enquanto iam de carro até a Senhorita Cong, lugar que havia se tornado ponto primário para reuniões e ficava quase sempre ocupado pelos homens do Chifre. Pessoalmente, Hilo preferia a comida do Dobro Dobro, mas a cozinha de lá sofrera prejuízos e não fazia sentido reformá-la em meio a uma guerra, já que os proprietários podiam acabar perdendo o estabelecimento de novo. Quando chegaram, foram recebidos por outro choque terrível. Um dos Dedos saiu apressado pela porta e desceu os degraus assim que eles saltaram do Duchesse.

CIDADE DE JADE   395

— É o Eiten — arquejou o jovem, com uma cor doentia no rosto. Tremendo, o rapaz os guiou para dentro da casa de apostas e os levou escada abaixo.

A multidão silenciosa de Dedos no corredor se pressionou contra as paredes para abrir espaço para Hilo e Kehn. Eiten estava deitado gemendo em um sofá preto de couro no lounge do porão. Ambos os braços haviam sido arrancados, e as partes amputadas dos ombros foram cauterizadas. Alguém trouxera Dr. Truw. O corpulento médico Osso Verde estava agachado com as mãos no peito do homem, Afluindo para ele. Eiten choramingava:

— Não, para, me solta. — E mexia o torço desmembrado para tentar afastar o doutor. Enquanto Hilo, balançado pela cena, observava, o Dr. Truw levantou e enxugou a testa suada.

— Isso deve bastar para que ele sobreviva até chegar num hospital. Já tem uma ambulância vindo.

— Hilo-jen — tropeçou Eiten, e Hilo se agachou ao seu lado. — Me ajuda, por favor. Ele não quis me dar uma morte limpa, se recusou a me respeitar que nem respeitou o Lott e o Satto. Ele me mandou pra cá vivo, pra te dar um recado.

Hilo se aproximou do rosto de Eiten.

— Qual recado?

Os olhos cinzentos de Eiten se incendiaram com fúria. Pela expressão, ele cuspiria se ao menos conseguisse sentar.

— Não quero dizer, Hilo-jen. É um insulto, nem vale a pena ouvir.

— Aquele desgraçado daquele bebe-mijo te deixou aleijado por esse recado — disse Hilo. — Me conta, Eiten. Prometo pelo túmulo do meu irmão que vou tomar a jade do Gont por você.

Mesmo assim, o homem hesitou. Seu rosto pálido estava escorregadio de suor.

— Gont disse que vai te dar até o fim do Dia de Ano-novo para você se render. Se você aceitar, ele garante um expurgo por lâmina e vai deixar a sua família te enterrar com a sua jade. O resto do Desponta será poupado se escolher se aliar ao Montanha ou ser exilado de Kekon. — Eiten puxou o ar com dificuldade. — Se recusar, o Gont promete que vai continuar mandando as cabeças dos seus Punhos, e vai ser ainda mais cruel com o Anden e a Shae-jen do que foi comigo. Ele quer queimar a casa do Tocha e destruir o clã por completo.

Eiten viu um instinto assassino passar pelos olhos do Pilar, e ergueu a cabeça numa súbita urgência.

— Acabe com a minha vida, Hilo-jen, e tome a minha jade pro clã. Agora sou inútil. Sou um Osso Verde, um Punho do Desponta. Não posso viver desse jeito. *Por favor...*

Kehn emitiu um som indistinto atrás do Pilar. Concordava com o pedido de Eiten.

A névoa de revolta de Hilo se dissipou por tempo suficiente para que se inclinasse e colocasse uma mão na testa do homem.

— Não, Eiten. Agora, você tá humilhado e com dor. Não deve decidir morrer nesse estado. Você só perdeu os braços. Hoje em dia tem muitas próteses ótimas; os espênicos que fazem. Você ainda vai tá com a cabeça tinindo, e vai ter o treinamento e as habilidades de jade. E uma esposa... você tem uma esposa linda e um bebê lindo que tá crescendo na barriga dela. Não deve morrer se dá pra evitar.

— Ela não pode me ver assim — soluçou Eiten. — Não posso deixar.

Hilo se virou para Pano, o Dedo que lhes trouxera para dentro.

— Vai contar pra esposa do Eiten-jen que ele foi ferido. Garanta que ela fique em casa até ele se sentir pronto. Arrume tudo o que ela precisar, confirme que ele vai ficar bem, mas não deixe ela sair de casa. Agora. — Ele se virou de volta para Eiten enquanto Pano corria para atender a ordem. — Você tem que viver pra ver o seu filho nascer. E não quer tá vivo quando eu arrancar a jade do corpo do Gont em seu nome? — Uma incerteza se espalhou pelo rosto de Eiten. Hilo disse: — Tem um novo ano chegando, então vou te fazer uma oferta, ó: espera um ano, pra ver essas coisas boas acontecendo. No fim do ano que vem, se você ainda quiser morrer, é só vir falar comigo. Eu mesmo vou honrar o seu desejo, sem nem questionar. Vou garantir que você seja enterrado com a sua jade e que sua esposa e seu filho fiquem bem.

Lágrimas rolaram pelo canto dos olhos de Eiten e, sob as luzes brilhantes do cassino, se acumularam no couro preto debaixo de sua cabeça.

— Promete, Hilo-jen?

— Pelo túmulo do meu irmão, como eu disse.

Lentamente, a respiração de Eiten ficou mais tranquila. Sua aura de jade se acalmou; os espasmos de desespero e dor foram cessando. Quando a ambulância chegou, Hilo se afastou para deixar o Dr. Truw e os paramédicos carregarem o homem. Kehn saiu para falar com o motorista e garantir que o Punho fosse levado direto para o Hospital Geral de Janloon no Distrito do Templo e não para outro hospitalzinho qualquer. Quando Kehn retornou, Hilo pediu que todas as outras pessoas na sala e no corredor saíssem. Os Ossos Verdes partiram com uma pressa solene.

Hilo serviu duas doses de hoji que pegou de trás do bar e colocou um copo na frente de Kehn.

— Beba — disse, e entornou a própria bebida. O licor queimou-lhe a garganta, aqueceu seu estômago e fez seus nervos sossegarem. Quando Kehn virou o próprio copo, Hilo disse: — Que vergonha pra você, Kehn. Ainda bem que eu tava aqui.

Kehn ficou chocado.

— O que foi que eu fiz?

— Você teria matado o Eiten como ele pediu.

— Parecia a coisa mais misericordiosa a fazer. Era o que ele queria.

— E transformar a esposa dele numa viúva e deixar seu filho crescer sem um pai? Não, o que ele queria era dignidade. E foi isso que eu prometi. Agora não vamos ter que enterrar outro Punho. Já perdemos gente demais.

— Ele descansou a testa nas mãos por um momento. Nove de seus melhores Punhos, ceifados, e um terrivelmente mutilado. Dezenas de Dedos mortos ou feridos gravemente. Hilo olhou para Kehn. — Espero que você honre a promessa que fiz pro Einten caso eu não esteja vivo. Você precisa contar isso pro Juen, e pro Vuay também, porque aí eles vão poder honrar caso *você* morra também.

Kehn assentiu, mas parecia frustrado. Não era seu costume ficar assim; normalmente permanecia resoluto mesmo em situações terríveis. Era Tar que demonstrava as emoções, que desembuchava pelos dois. Agora, por outro lado, a compostura militar de Kehn estava visivelmente fissurada. Ele entendia bem demais como a guerra ia de mal a pior e como esse fracasso podia, em grande parte, ser responsabilidade sua. O rosto cansado do mais velho dos Maik estava rígido com o mesmo desespero pernicioso que Hilo se lembrava de ter visto em seu rosto naquele encontro memorável quando eram adolescentes.

— Eu não teria pensado em dizer pro Eiten o que você acabou de dizer — confessou Kehn, com a voz rouca. — Não consigo fazer o que você faz, Hilo-jen.

— Você tem que aprender a ser o Chifre. Eu sei que não tô facilitando pro seu lado. Se o Lan estivesse aqui, ele iria me infernizar por todos os meus erros como Pilar.

— Só que ele não tá — disse Kehn.

Hilo, ao ouvir o ressentimento na voz do colega, percebeu que Kehn tinha noção da dificuldade inerente que passava, visto que todos os guerreiros de jade no clã ainda consideravam Hilo como o verdadeiro Chifre. E, dadas as condições, não havia nada que pudessem fazer a respeito. O Pilar acreditava plenamente que, se desse autonomia e tempo para que pudesse encontrar seu próprio ritmo, Kehn seria mais do que capaz de exercer a função de Chifre, mas infelizmente também sabia que não podia se dar ao luxo de abrir brechas no momento. Em meio à guerra, um Chifre precisava não apenas ser respeitado, mas também amado por seus homens, necessitava da empatia como aditivo à astúcia e à determinação. Com a posição dos Desponta piorando a cada dia, era cada vez mais importante que os Ossos Verdes o vissem como um dos seus e mantivessem a fé.

— E daqui a pouco talvez eu também não esteja — disse Hilo, num tom lúgubre.

Com uma ferocidade no rosto, Kehn ergueu a cabeça na mesma hora.

— Você não tá pensando em cair nas ameaças do Gont, não né? — Quando Hilo não respondeu, a expressão do Chifre começou a ser tomada por uma feição de alerta. — Como o Eiten disse, é um insulto, algo que nem vale a pena ouvir. Será que o Gont realmente acha que você vai se entregar de mão beijada assim? Já matamos muitos Montanha, ele tá tentando é assustar os nossos Dedos com o que fez no Eiten.

— Pode ser — disse Hilo.

Mas o Pilar não achava que Gont fosse tão superficial a esse ponto. Nada disso, aquele homem devia ter noção do importante fato que Shae contara para Hilo, mas que Kehn ainda não sabia: tomando os recursos dos clãs como perspectiva, os Montanha acabariam ganhando a guerra. Mas levaria tempo, seria sangrento e custaria caro para ambos os lados. O Clã da Montanha, no fim, poderia até vencer, mas estaria fraco e eviscerado, talvez até mesmo incapaz de controlar todos os territórios ou manter o apoio a seus Lanternas e ao Conselho Real. Clãs menores e pagantes de impostos poderiam acabar se separando. Todo o esquema de contrabando de jade e as fábricas de BL1 construídas por Ayt ficariam sob risco de ser tomados por criminosos e estrangeiros.

— Ele tá tentando encerrar a guerra à força — murmurou Hilo.

Mesmo que os Montanha tivessem condições financeiras melhores para uma guerra prolongada, precisavam se preocupar com a possibilidade de perderem o apoio do povo de seus distritos. Cidadãos comuns e sem jade não precisavam ter medo de se tornar alvos da violência entre Ossos Verdes, mas acontece que, às vezes, uma morte ou outra e danos econômicos e materiais eram inevitáveis. Assim que os formandos da Academia se juntassem ao Desponta na primavera, os conflitos se intensificariam e a cidade sofreria ainda mais. Além disso, devido à opinião pública negativa a respeito da auditoria da Aliança Jade-Kekon e à possível aprovação de uma legislação de fiscalização, os Montanha certamente queriam garantir a vitória o quanto antes. E, assim que o fizessem, Chanceler Son seria destituído do poder e Ayt Mada poderia pressionar o Conselho Real para desistir do projeto.

Olha só pra mim, pensou Hilo, sarcástico. *Pensando nessa besteirada de política.* Quem sabe estivesse *mesmo,* no fim das contas, aprendendo a ser um Pilar. De qualquer forma, já era tarde. A política se movia lentamente enquanto as espadas, rápido demais.

— O Gont não vai intimidar a gente com selvageria e brutalidade — insistiu Kehn, enquanto servia outra dose de hoji para os dois. — Todo Osso Verde, até o Dedo mais novato, daria a vida por você, jen. O Gont quer uma vitória rápida? Pois que fique querendo.

Hilo nunca fugira de luta alguma, e estava disposto a bancar uma guerra longa e brutal se fosse necessário para superar seus inimigos. Porém, se a derrota era uma inevitabilidade batendo à porta, o Pilar não via sentido algum em fazer seus Punhos ou Dedos continuarem perdendo membros e jade. Valorizava a possibilidade de uma morte limpa para si e para aqueles que amava. Na verdade, o acordo oferecido por Gont nem era tão ruim assim.

Para Hilo, a ideia de morrer pelo clã não tinha nada de retórica. O Desponta era uma extensão de sua família e, em alguns casos, fazia mais papel de família do que seus próprios parentes. Ele nunca conhecera o pai. Sua mãe amara Lan; seu avô, Shae. Fora entre seus pares que Hilo encontrara seu lugar no mundo, era lá que toda a sua expressividade e a sua ousadia eram valorizadas. Agora, o clã dependia dele de uma forma muito real e pessoal: Kehn e Tar, outros Punhos como Juen e Vuay, os coitados Eiten, Satto e Lott, que mereciam ser vingados, e a lista continuava até Dedos como Pano e aquele garoto, Hejo, que, sem nem pestanejar, entrara na Fábrica sob comando de Hilo, isso sem mencionar futuros membros do clã como Anden e o filho de Lott. Ele pedira que todos oferecessem suas vidas pela irmandade; jamais poderia exigir menos de si mesmo.

Hilo remexeu o copo, bebeu, e então pegou a garrafa para colocá-la atrás do bar, de forma que Kehn não a alcançasse mais. Um Chifre jamais podia se dar ao luxo de ficar com os juízos entorpecidos.

— Kehn — disse Hilo. —, se eu morrer, você vai querer me vingar e tomar minha jade de volta do Gont ou de seja lá de quem tiver me matado. É instinto, mas não quero que faça isso. Prefiro que cuide de Wen. Garanta que ela tenha uma vida boa, uma casa boa. Isso é mais importante pra mim, mesmo que vocês tenham que sair de Kekon, mesmo que tenham que trocar de lado.

Kehn ficou em choque.

— Nunca que eu ia fazer juramento pros Montanha. *Nunca*. — E Hilo lembrou que a lealdade não era a única coisa que motivava a veemência do Chifre, mas também o fato de que os Montanha haviam executado o pai de Kehn e de Tar e trazido desonra para aquela família. A voz do Chifre tremia quando questionou: — Por que você tá falando assim, Hilo-jen?

— Só quero deixar claros os meus desejos. — E, então, caminhou até a porta. — A gente precisa falar com o pessoal lá em cima. Eles tão lutando por nós. E depois vamos pegar o carro pra ir ver a esposa do Eiten antes de irmos pra Sogen resolver quem vai ficar com o lugar do Lott lá.

Terceiro Interlúdio

O Triunfo de Baijen

Na mitologia religiosa dos kekonésios, Velho Tio Jenshu, Aquele Que Retornou, tinha um sobrinho favorito chamado Baijen, que permanece sendo o mais popular e reverenciado herói da antiguidade. Histórias sobre Baijen, o bravo guerreiro Osso Verde, eram contadas às crianças kekonísias há séculos e, mais recentemente, filmes e quadrinhos recontavam suas aventuras e seus feitos. Porém, ao contrário de seu tio divino, Jenhu, Baijen ainda é considerado um campeão mortal e não é adorado como um deus.

De acordo com a lenda, quando Baijen foi, enfim, ceifado em uma sangrenta batalha contra o general invasor Tuni Sh'ak, seu maior inimigo, teve seu valor reconhecido pelos deuses e ganhou um lugar nos Céus. De sua posição de vantagem no reino divino, Baijen olhava pela Terra. Testemunhou seus homens ainda lutando e morrendo em seu nome, e viu que seu povo estava prestes a ser conquistado. Sem poder ajudar, viu quando sua amada esposa, tomada pelo luto, se preparava para pular do precipício antes de o exército alcançar sua casa nas montanhas.

Em pânico, Baijen implorou para que os deuses lhe permitissem retornar à Terra por uma noite e cedessem seu lugar nos Céus para outro. A princípio, o pedido foi recusado, mas Baijen continuou a suplicar de forma inabalável. Ele chorou, bateu a cabeça nos degraus do palácio de jade e se recusou a mudar de ideia até Yatto, o Pai de Todos, se apiedar e concordar.

O guerreiro caído se prostrou aos pés dos deuses e pranteou de gratidão. Naquela mesma noite, retornou à Terra, vagou pelos campos de batalha cheios de corpos e entrou na tenda de Tuni. Irrompeu para cima do inimigo chocado e, rindo de triunfo, matou-o ali mesmo, ainda que o general continuasse vestindo apenas suas roupas íntimas.

Devido ao acordo que fizera com os deuses, a alma do general Sh'ak voou até os céus. Baijen, o salvador de seu povo, foi deixado para trás e ficou a vagar pela Terra como um espírito exilado por toda a eternidade.

Os Ossos Verdes tinham um velho ditado: *ore para Jenshu, mas seja como Baijen.*

Capítulo 51
VÉSPERA DE ANO-NOVO

Os preparativos para a semana de Ano-novo estavam discretos em Janloon; a expectativa era de que a cidade recebesse poucos turistas este ano, e os moradores não estavam muito festivos. Os dois maiores clãs da cidade, que normalmente doavam quantidades consideráveis para as celebrações públicas e eventos de caridade durante a estação, estavam cercados demais para organizar qualquer coisa além de pequenas ações em comunidades menores de seus maiores e mais seguros distritos. Em toda Véspera de Ano-novo em Janloon de que Shae conseguia se lembrar, a família Kaul, liderada pelo grande e falecido Lan, ia para o meio do público no Distrito do Templo, acendia fogos de artifício, entregava moedas de chocolate para as crianças e aceitava uma enxurrada de bons princípios de ano-novo dos Lanternas. Este ano, ela e Hilo estavam sentados sozinhos na mesa do pátio da residência Kaul, onde haviam passado a noite inteira discutindo.

Já não havia quase mais nada a ser dito. Shae via o sol nascente manchar as nuvens com raios vermelhos por cima do telhado da casa. Em 48 horas, ela podia se tornar a Pilarisa de um clã em agonia. Suas obrigações a essa altura seriam relativamente simples: organizar o enterro digno de seu irmão, cuidar da segurança dos membros restantes de sua família e, de certa forma, realizar uma transição ordeira de poder em troca de uma morte rápida e honrosa para si mesma. Minimizar ainda mais derramamento de sangue seria a parte mais difícil. Haveria pessoas que, com ou sem esperança, prefeririam continuar lutando. Ela tinha em sua posse cartas seladas e escritas à mão de Hilo para cada um de seus principais Punhos, caso fosse necessário. Deixaria as conversas mais difíceis com os Maik a cargo de Hilo.

Depois de um instante de silêncio, Hilo disse:

— Ainda não te agradeci por ter dado aquele novo emprego pra Wen.

— Imagina, não foi nada — disse Shae. — Ela me deu uma boa ideia do que queria.

Oficialmente, o novo trabalho de Wen era uma função no escritório da Homem do Tempo como consultora de design para projetos imobiliários. Algo que requeria muitas viagens.

— É bom ver vocês duas se dando bem — disse Hilo.

— Pude conhecer ela melhor.

Hilo deu um sorriso tímido. Para Shae, ele parecia cansado e um tanto distante. Era impressionante como aqueles últimos meses haviam carcomido a jovialidade daquele rosto; destruído a tranquilidade e a franqueza de seu jeito. Ele disse:

— A família pegou pesado naquela época, mas agora fico feliz pelas conexões que você fez com a Espênia. Não sei como você conseguiu, mas, de qualquer forma, sou grato. — Ele semicerrou os olhos em direção ao nascer do sol: — Você disse que a gente precisava de duas coisas pra sobreviver: dinheiro e soberania militar. Você conseguiu a primeira, e mais rápido do que eu pude arranjar a segunda. Você foi sempre assim: um passo na minha frente.

Ela queria que pensassem em mais alguma coisa, em outro jeito. A decisão de Hilo era terrível (Shae deixara isso claro inúmeras vezes). Mas, no fim das contas, ele era o Pilar, e também o Chifre, se não por título, ao menos em espírito, e ela não tinha nenhuma base para contra-argumentar, nenhum plano superior ou truque ardiloso na manga como tivera na Rua do Pobre. Fizera tudo o que fora capaz (mais do que jamais conseguiria admitir de consciência limpa para ambos os irmãos) para diminuir a vantagem dos Montanha sobre os Desponta, mas, mesmo assim, nada fora o suficiente. Essa talvez fosse a única chance e, no fim das contas, ela acabou concordando que não tinham outra escolha a não ser aceitá-la.

— É uma aposta péssima — disse.

— Você se encontrando com a Ayt também foi.

Shae ergueu o rosto. Ao ver que havia deixado a irmã sem jeito, o sorriso no rosto de Hilo ficou mais largo e ele voltou a parecer mais consigo mesmo.

— Você tava me *espiando*, é? — Até mesmo num momento como este, Hilo era capaz de surpreendê-la e de irritá-la com sua arrogância. — Mandou o Caun me seguir de novo?

O sorriso de Hilo desapareceu.

— Caun Yu morreu. Ele foi assassinado no Sorte em Dobro quando o Gont e os homens dele apareceram.

Shae ficou em silêncio. Tentou conectar o rosto do vizinho jovem e bonito com as palavras inexpressivas de Hilo, e percebeu que a tristeza vagarosa que sentia era uma pequena porção do sentimento que seu irmão carregava; nas últimas semanas, ele vira muitos de seu Punhos e Dedos morrerem.

— Que os deuses o saúdem — disse ela, baixinho.

Com olhos magoados, Hilo assentiu.

— Não coloquei ninguém pra te seguir — garantiu ele. — Foi um palpite, só isso, mas pelo visto eu acertei. Deduzi que a Ayt fosse entrar em contato contigo, que ela fosse tentar te convencer a me matar. — Ele ergueu um ombro. — Faz sentido. É o que eu faria se fosse ela.

Shae se recostou na cadeira.

— Você nunca nem mencionou isso. Não ficou nem preocupado com a possibilidade?

Seu irmão deu uma risadinha.

— Ah, Shae, se você decidisse me trair, o que é que eu ia poder fazer? Qual o sentido de viver se eu não puder nem confiar no sangue do meu sangue? — Por baixo da mesa, ele deu um chute no pé da irmã; um gesto provocativo e infantil. — Pra entregar minha cabeça pros Montanha, você ia ter que me odiar muito. Eu teria sido um irmão tão terrível, que mereceria morrer mesmo. Então não tinha nada que eu pudesse fazer.

Hilo era assim; as coisas sempre acabavam sendo extremamente pessoais para ele. Shae se levantou.

— Preciso me mexer. Tô ficando toda dura aqui sentada há tanto tempo. Você precisa ir, ou quer caminhar no jardim comigo por uns minutinhos?

— Uns minutinhos — disse ele, e se levantou para acompanhá-la.

Wen estava certa: o jardim era a parte mais bonita da propriedade dos Kaul, e Shae nunca parara para apreciá-lo. A luz da manhã estava levemente enevoada enquanto iluminava o lago imóvel e as últimas flores da primavera: cerejeiras rosa-claro se estendiam sobre arbustos densos repletos de frutinhas brancas. Hilo esmagou uma delas entre os dedos.

— Se você usar as cartas certas, talvez a Ayt te deixe livre — disse ele. — O exílio não seria tão ruim pra você. Tem muita coisa que você pode fazer em outro lugar. — Uma amargura singela tomou conta da voz de Hilo. — Eu ficaria mais tranquilo.

Shae pensou na reunião que tivera com Ayt Mada no santuário e em como o encontro havia terminado.

— Não — disse ela, com uma confiança sombria. — Acho que isso não vai acontecer.

Com passos dramáticos e inexoráveis, ela havia aberto mão desse outro destino; havia pairado por ali, dado uma olhada através daquela porta aberta, mas então se virara e deixara para lá. Ficava surpresa ao perceber que, mesmo frente à probabilidade de ruína e morte, não sentia um arrependimento tão grande. A princípio, as decisões que tomara haviam sido motivadas por si mesma, depois em nome da honra e da vingança de Lan e, no fim, acabaram sendo mais por isso mesmo: honra e vingança. Poderia dizer aos deuses no dia d'O Retorno que finalmente se tornara a Osso Verde que sempre quisera ser: vivera em busca das Virtudes Divinas e, mesmo que não as tenha alcançado, honrara sua família, o país e o aisho.

Ela e Hilo continuaram andando enquanto compartilhavam um silêncio companheiro que Shae suspeitava nunca antes ter divido com o irmão. Não queria acabar com o momento, mas então imaginou Lan sentado no banco de pedra em frente ao lago, observando as carpas preguiçosas e os pardais arco-íris que sobrevoavam a fonte de rocha feita para os pássaros. Talvez não tivesse outra chance de resolver essa questão.

— Tem uma última coisa que eu queria te perguntar — disse para o irmão. — A Ayt me falou que não ordenou a morte do Lan. Que ninguém no Montanha assumiu a responsabilidade. — Ela esperou um instante. — Hilo... cadê a jade do Lan?

Hilo não parou de caminhar, mas seus passos ficaram mais lentos até que ele parou e se virou para encarar a irmã. Seu rosto, banhado pela sombra de uma nuvem passageira, ficou subitamente impossível de compreender.

— Enterrei junto com ele.

Shae fechou os olhos. Quando voltou a abri-los, sentiu o formigamento de lágrimas inesperadas. Então Ayt estava dizendo a verdade. Nenhum Osso Verde teria deixado a jade no corpo de um grande inimigo. Seu irmão não fora assassinado por um guerreiro inimigo.

— A morte dele foi acidente — sussurrou ela, angustiada.

— *Acidente coisa nenhuma.* — A voz de Hilo era cortante. Ele deu um passo em direção a Shae, e sua aura brilhou com vigor em uma súbita tempestade de emoção. Ela nunca o vira parecer mais perigoso do que naquele único passo. Com uma intensidade mortal e lenta, o Pilar disse: — Tinha duas metralhadoras no píer, e um adolescente morto. A Ayt e o Gont mandaram pelo menos dois homens atrás do Lan aquela noite. Um deles fugiu, e se eu ainda estiver vivo quando Tar encontrar ele, vou empurrar uma pedra de jade garganta abaixo nele e enterrar esse moleque vivo, pra ele morrer bem devagarinho de Prurido. Não tenha dúvida, nem por um único segundo, de que os Montanha mataram nosso irmão.

— E pra matar ele mandaram dois bandidinhos sem jade? — exclamou Shae.

A respiração de Hilo ficava cada vez mais trôpega, como se tivesse corrido uma grande distância. Ele agarrou a irmã pelos braços. Muito embora ela não tenha resistido e simplesmente tenha permanecido ali, com o corpo mole, encarando-o, Hilo a apertava com força.

— O Lan tava fraco naquela noite, Shae. O Gam tinha machucado muito ele naquele duelo na Fábrica, só que ele não deixava transparecer.

Ele tava usando jade demais, tentando permanecer forte pelo clã. Mandei fazerem uma autópsia. Isso eu nunca te contei. Tinha brilho no sangue dele, Shae, brilho demais. *Brilho!* O Lan odiava essa bosta, ele nunca teria usado, mas deve ter pensado que não tinha outra escolha.

Hilo a soltou abruptamente e deu um passo para trás. Seus olhos pareciam feitos de carvão e empunhavam um ódio implacável.

— Os Montanha sempre quiseram conquistar a gente. Eles nos destruíram, ameaçaram e perseguiram, arruinaram um Pilar do bem, um Pilar da paz como Lan. Não importa o que aconteceu naquela noite, eles são a razão da morte do nosso irmão. E amanhã eu vou arriscar tudo pra fazer justiça.

— Você me enganou aquele dia — disse Shae. Mas não havia raiva em suas palavras, apenas aceitação e um luto amargo. Por mais estranho que parecesse, a sensação era de que tudo fazia sentido de um jeito perfeito e terrível. E os fatos serviam apenas para confirmar em sua mente que a vontade dos deuses era uma conspiração de muitas coisas; as pessoas traçavam o próprio destino, mas, ao mesmo tempo, não tinham escolha. Todos haviam desempenhado seus papéis nessa história: tanto eles quanto seus inimigos. — Os Montanha nem sabiam que o Lan tinha morrido até a gente atacar a Rua do Pobre. Foi a gente que desceu a floresta primeiro; foi a gente que abateu 21 pessoas pegas de surpresa.

— Te enganei? — Os olhos de Hilo pareciam fendas. — Nunca. Você voltou porque quis, Shae, sem precisar de nenhuma palavra minha, e graças aos deuses que voltou. Quanto àquela gente... eles eram Ossos Verdes. Nenhum Osso Verde é pego de surpresa pela morte.

Capítulo 52

Deste Momento até o Último Suspiro de Minha Vida

Naquela tarde, Hilo foi para casa e vestiu o melhor terno que tinha. Enquanto saía, parou na frente da porta fechada do quarto de Kaul Sen. Om o saudou e foi para o lado a fim de que ele entrasse, mas Hilo não entrou. Ficou encarando a porta branca e, com a Percepção, ouviu as lentas, porém constantes, batidas do coração de seu avô, a respiração áspera, a textura singela de sua aura, tão fraca agora que ele já praticamente não usava nenhuma jade. O velho estava dormindo em sua cadeira. *Ele até que é tolerável quando tá dormindo,* pensou Hilo.

Por mais chocado e com ódio que tenha ficado (e ainda estivesse), Hilo admitia que ter dado jade para Doru e, assim, permitido que o traidor escapasse foi o ato mais característico de si mesmo que o Tocha fizera em meses. Sorrateiro, subversivo, inflexível e seguindo o que acreditava ser o certo a partir de sua própria fúria. A essa altura, Hilo não ficaria surpreso se o patriarca reivindicasse a vitória final e o azar de viver mais do que todos os seus netos. Colocou uma mão na porta, mas não conseguiu pensar em nada que pudesse ganhar entrando ali. Se virou, desceu as escadas, saiu da casa e caminhou pelo pequeno trajeto até a residência do Chifre.

Quando Wen abriu a porta e o viu com trajes tão formais, se afastou, levou as mãos ao próprio peito e se curvou como se estivesse com dor. Enquanto ele entrava e a envolvia com os braços, ela tremia.

— Você decidiu ir — disse.

— Decidi — respondeu ele. — Temos que nos casar hoje.

Muito embora a tivesse preparado para essa possibilidade, Wen emitiu um ruído desolado e caiu levemente sobre Hilo.

— Não foi assim que eu imaginei esse dia.

— Nem eu. — Ele pressionou a lateral do rosto no topo da cabeça sedosa de Wen e fechou os olhos. — Eu tinha imaginado um banquete enorme com a melhor comida do mundo. Uma banda ao vivo. E você, linda, com o cabelo feito, caminhando com a mão no meu braço e um longo vestido verde. Ou vermelho, eu gosto de vermelho também. Eu gostaria, inclusive, se o vestido tivesse uma gola bem alta, num estilo tradicional que fosse elegante e modesto, mas também uma fenda na coxa pra mostrar como você é gostosa.

— Eu já escolhi o vestido — avisou ela.

— Deixa escondido. Não me mostra ainda. A gente ainda pode ter tudo o que planejou: o banquete, os convidados, a música. Tudo. Depois.

— E vamos — disse Wen. — Você vai voltar depois de ter feito o que precisava fazer.

Ele sorriu e, tocado pela certeza na voz dela, beijou-lhe a testa.

— Vou. Mas não importa o que aconteça, você vai ficar segura. A Shae tem conexões na Espênia. Eu não sei como, mas ela conseguiu vistos pra você, pros seus irmãos, pro vovô e pro Anden. Vai tirar todos vocês do alcance dos Montanha.

— O Kehn e o Tar não vão — disse Wen.

— Eu ordenei que fossem. Eles não suportam a ideia de fugir, mas, nesse caso, com certeza vão morrer se ficarem. É melhor viver com a chance de se vingar depois. Você não pode deixar eles se esquecerem disso, e faça com que sigam as minhas ordens, se for preciso.

— Se for preciso — disse Wen. — Mas eu não acho que vai ser.

— Eu também não — garantiu ele. — Mesmo assim, é importante que a gente se case hoje, só pra garantir.

— Só pra garantir — concordou Wen. Ela limpou as lágrimas que haviam se acumulado em seus olhos e saiu do abraço. — Vou me trocar. Me dá uns minutos.

Ele se sentou na sala da frente e esperou. Ficou pensando, enquanto olhava em volta, que aquela casa era ótima, que teria gostado de viver ali com ela do jeito que o lugar tinha ficado. Wen retornou alguns minutos depois, com maquiagem, um vestido azul e macio, e colares e brincos de pérola. Hilo sorriu e levantou para oferecer-lhe um de seus braços. Juntos, saíram para o pátio, onde se casariam.

O Juiz Ledo, um homem de confiança e pago pelo clã, fora convocado para oficializar a união. Kehn e Shae seriam as testemunhas. A cerimônia civil levava apenas alguns minutos, não a hora inteira e talvez até mais de cânticos que a tradição deísta exigia. Mesmo assim, os votos do matrimônio legal ainda referenciavam as Virtudes Divinas.

Serei humilde: colocarei minha amada antes de mim mesmo, e não esperarei elogios ou admiração em troca, pois agora somos um só e apenas um.

*Terei compaixão: serei grato por minha amada e sofrerei quando ela so-
frer, pois agora somos um só e apenas um.*

*Terei coragem: protegerei minha amada do perigo e encararei todos os me-
dos, sejam eles internos ou externos, pois agora somos um só e apenas um.*

*Serei bom: me doarei por inteiro à minha amada, honraremos e cuidare-
mos um do outro, de corpo e alma, pois agora somos um só e apenas um.*

*A você, e apenas a você, faço esta promessa, sob os olhos dos deuses nos Céus,
deste momento até o último suspiro de minha vida.*

Tentando segurar as lágrimas, a expressão de Wen enfraqueceu enquanto Hilo repetia o Juiz Ledo e recitava as palavras finais. *Deste momento até
o último suspiro de minha vida.* Quanto tempo seria isso? Hilo sentiu os
votos se estabelecendo em seu interior e ligando-o a um poder diferente daquele com que os juramentos do clã haviam dirigido toda a sua vida adulta.
Já estava sendo tomado por uma compulsão curiosa que o impelia a tentar
reconciliar os dois conjuntos diferentes de promessas e pressentia as impos-
sibilidades que encontraria pelo caminho. Ao olhar para o rosto adorável
e confiante de Wen, foi tomado de assalto pelo remorso de saber que não
podia, mesmo com todo o amor ardente que sentia por ela, prometer que
não partiria seu coração. Porque havia momentos em que um homem não
tinha como ser fiel a um irmão e ter compaixão com sua esposa ao mesmo
tempo. Um guerreiro de jade não podia, de fato, ser apenas um com sua
amada, não depois de ter prometido seu sangue em nome do clã.

Wen respirou fundo para se acalmar e disse seus votos com uma força
que o fez admirá-la e apreciá-la ainda mais. Kehn deu um passo à frente
para amarrar os pulsos dos noivos com tiras de tecido, da direita à esquerda
de cada lado enquanto Hilo e Wen se encaravam, e Shae colocou um copo
de hoji em suas mãos entrelaçadas. Ambos beberam, e então derramaram o
restante no chão para invocar boa sorte. O Juiz Ledo os declarou casados.

Hilo sabia que era um casamento pobre para o Pilar do clã. Sentia
muito por ter roubado de Wen a grande e rejubilante cerimônia que ela
merecia. O importante, porém, era que ela era sua esposa agora, e, caso se
tornasse sua viúva amanhã, teria tudo o que ele prometera deixar para ela.
Os Montanha não podiam tocar em bens deixados para membros da família em testamentos. Wen teria o suficiente para começar uma nova vida,
uma vida mais segura, na Espênia. E, pelo menos por enquanto, ele era seu
marido, e isso o deixava feliz; feliz como não se sentia há um bom tempo.

Levou Wen para seu quarto na casa principal, onde fechou a porta, des-
piu-a e fez amor com ela. Mantiveram o abajur suave ligado e guiaram um
ao outro; não usaram palavras para falar, mas sim o silencioso arrastar de

pele contra pele, o contato de dedos e bocas, a fusão dos fôlegos. Hilo almejava esticar o máximo possível este oásis de tempo; sempre que chegava perto do clímax, negava a si mesmo e direcionava sua atenção para Wen, até ela ficar cansada de prazer e sussurrar docemente para que ele cedesse. Por fim, com um desespero feroz e uma relutância trêmula, se libertou e, depois, tentou ficar acordado pelo tempo que fosse necessário para cravar esse momento misericordioso de forma indelével em sua mente. Assim, poderia ter certeza de que esta seria a última coisa de que se lembraria.

Capítulo 53
Guerreiros Irmãos

Anden chegou tarde da noite na Véspera de Ano-novo na residência Kaul. A Academia havia liberado os alunos para a semana de festividades, e, durante o dia todo, estudantes partiram do campus para passar o feriado com suas famílias. Anden não tivera pressa em fazer as malas para sair. Tivera uma longa conversa com o Pilar no dia anterior para que estivesse preparado quando chegasse lá, mas, durante boa parte do dia, não se sentira pronto para encarar o que aconteceria agora. Em vez disso, caminhara pela Academia enquanto tentava absorver o sentimento do lar que em breve deixaria para trás. Por muitos anos, havia encarado a Academia como um lugar necessário de trabalho e tribulação, de suor e tarefas, de refeições modestas, pouco lazer e professores pouco simpáticos. Agora, porém, percebeu que era um porto seguro, um refúgio onde a honra dos Ossos Verdes era uma meta imaculada, o único lugar em que uma pessoa podia usar jade e praticar suas propriedades com verdadeira segurança.

As duas semanas das Provações haviam passado como um borrão. Depois de tantos anos de preparação, de estudos e de treinamento fervorosos de último minuto, a conclusão do treinamento acadêmico e marcial parecera quase anticlimática para Anden. O que mais andava lhe preocupando eram as provas de ciências e de matemática, e essas foram as primeiras de seu cronograma. Depois disso, não houve surpresas muito maiores. Melhorou um pouco na maioria de suas pontuações nas Pré-provações, especialmente na Deflexão. No último dia, usou jade e lutou contra quatro assistentes pedagógicos Ossos Verdes da Academia em uma sequência cansativa de meia hora. No fim, estava exausto e acabado, mas ainda de pé. Ofegante, mas preparado para continuar. Não fora para nada que Hilo o batera e o ensinara a sempre se levantar de novo.

Os mestres fizeram anotações em suas pranchetas e assentiram para dispensá-lo. Anden os saudara e saíra do salão de testes com apenas um pouco mais de orgulho do que talvez tivesse sentido depois de completar alguma atividade qualquer, como limpar o chão. *Pelo menos agora já foi.* Se formaria;

era isso o que mais importava. Esses testes não valiam de nada. As provações reais ainda estavam por vir.

Quando chegou à residência Kaul, Anden foi direto até o pátio onde o Pilar estava sentado com toda a família em uma mesa sombreada. Estavam terminando a ceia da Véspera de Ano-novo, e os cheiros deliciosos fizeram sua boca salivar: leitão assado, sopa de frutos do mar, camarão apimentado com molho, broto de ervilha com alho e legumes fritos. Anden só comia comida boa assim uma ou duas vezes por ano, mas aquele era um jantar modesto para uma família como os Kaul, que no passado organizava banquetes públicos gigantescos de Ano-novo. Anden parou para absorver a cena. Seu primo, Hilo, sentado na ponta da mesa, vestia um terno preto e estava de costas para ele. Wen, à esquerda, se inclinava para perto do Pilar e mantinha uma mão em sua perna, como que para mantê-lo ali mesmo. Shae ocupava a outra ponta. Entre os dois, em um dos lados, estavam os irmãos Maik, e do outro, Kaul Sen em uma cadeira de rodas com Kyanla a postos ali por perto. Havia uma cadeira vazia guardada para Anden.

Por um segundo, o rapaz ficou imóvel enquanto a pungência do momento o tomava de assalto como uma dor que dificultava qualquer outro passo. Aquela pintura estava incompleta; faltava Lan, assim como qualquer senso de alegria. As vozes, mudas. As posturas, tensas. Até mesmo à distância, a reunião parecia mais a vigília de um funeral do que uma celebração de Ano-novo da família. Hilo era o único que parecia remotamente tranquilo ou feliz. Ele se afastou do alcance de Wen para pegar o bule de chá e encheu todas as xícaras da mesa. Se serviu de mais um pedaço de carne de porco assada, disse algo alegre para Tar, que assentiu, mas não sorriu, e, sem pressa, passou um braço ao redor da cintura de Wen.

Hilo olhou para trás e avistou Anden. Sorriu e se levantou para caminhar em sua direção.

— Anden, você tá atrasado! Quase nem sobrou comida.

Ele abraçou o primo com carinho e então o guiou até seu lugar à mesa, ao lado do avô.

— Desculpa, Hilo-jen — disse o garoto ao se sentar. — Acabou levando mais tempo do que eu imaginei pra sair da Academia. E o trânsito tava péssimo. Ano-novo, sabe como é.

— Era só ter me ligado que eu mandava um carro. — Brincando, Hilo deu um empurrão na cabeça de Anden e serviu-o de comida. Ao contrário do que dissera, ainda havia muita coisa sobre a mesa. — As Provações terminaram; você não é mais aluno. Não precisa ficar andando de bicicleta por aí ou pegando ônibus.

— Parabéns por ter terminado as Provações, Anden — disse Shae.

— Obrigado, Shae-jen — respondeu o rapaz, sem encará-la nos olhos.

O avô, que ficava remexendo a comida no prato, pareceu despertar. Ele virou a cabeça enrugada e, de repente, semicerrou os olhos e analisou o garoto com uma intensidade perfurante.

— Então agora você é um de nós. Filho da Bruxa Louca.

Anden paralisou com uma colher cheia de sopa no ar. Colocou-a de volta na tigela e sentiu um calor doentio subindo por sua garganta e seu rosto. Kaul Sen disse:

— Espero que você use jade melhor do que a sua mãe. Ah, ela era esverdejante, sim, uma monstrenga verde, mas partiu desse mundo de um jeito ainda pior que o pai e os irmãos dela. — Ele ergueu um dedo ossudo e o apontou para Anden. — Eu falei pro Lan, quando ele te trouxe pra cá: "Aquele mesticinho é que nem uma cruza de cabra com tigre... ninguém sabe no que vai dar."

Hilo encarou o avô e falou numa voz tão letal que fez Anden se encolher.

— Kyanla, acho que já passou da hora de o vovô dormir, você não concorda?

Kyanla se levantou.

— Vamos, Kaul-jen, vamos — ela se apressou para empurrar a cadeira de rodas de volta para dentro de casa. — Hora de descansar.

— Cuidado com a sua jade, filho da Bruxa Louca — disse Kaul Sen, enquanto ia embora.

Todos ficaram em silêncio. Hilo deu um longo suspiro e jogou o guardanapo na mesa.

— Ele não tá bem — explicou, num tom de quem pede desculpas. — Perder a tolerância à jade mexe com os mais velhos aqui — disse, dando tapinhas na lateral da cabeça.

Mudo, Anden assentiu. Kaul Sen nunca fora cruel com o rapaz. Quando Anden tinha sete anos de idade, aquele homem parecia um deus e, havia pouco mais de um ano, era forte e vigoroso. Ele dissera para o garoto naquela época:

— Você pertence a essa família, rapaz. Se tornará um Osso Verde tão poderoso quanto meus próprios netos.

— Ignora ele — disse Hilo. — Vamos, Andy, come aí. E o resto de vocês, parem de fazer cara feia, caramba. Esta é uma noite feliz: o Andy terminou as Provações. Sou um homem casado. Tá calor, a primavera vem aí, é Véspera de Ano-novo. Vocês sabem o que o povo diz, que é o primeiro dia do ano que define nossa sorte para o resto dos doze meses. Não vamos começar com um humor ruim assim.

Anden se obrigou a mastigar e engolir. Se sentia péssimo. Piorara a noite quando chegara. Com um sorriso amarelo, mas heroico, disse:

— Parabéns pelo casamento, Hilo-jen. Você tá especialmente bonita hoje, irmã Wen.

— Agora, sim — disse Hilo. — Obrigado, Andy.

Wen deu um sorriso tímido, mas Anden teve a impressão de que ela o analisava com uma expressão particularmente ansiosa. Seus irmãos, sentados do outro lado da mesa, pareciam os mais infelizes dali. Kehn e Tar não haviam dito uma palavra sequer desde a chegada de Anden, e, quando o olhavam, era com um tom que parecia indignação. Anden evitava encará-los nos olhos. Era função do Chifre e do Encarregado do Pilar proteger o Pilar com suas próprias vidas; não podiam ser culpados por invejarem Anden quanto ao que aconteceria amanhã.

Hilo disse:

— Sabem o que a gente devia ter comido hoje? Moedas de chocolate. A gente sempre comia moedas de chocolate no Ano-novo quando era criança, né, Shae?

E, aos poucos, a conversa retornou. Anden comeu o mais rápido que conseguia. Não queria prolongar o sofrimento à mesa.

Kyanla retornou para limpar os pratos e, lentamente, a família se levantou. Continuaram ali por alguns minutos, felizes pelo jantar ter se encerrado, mas relutantes em ir embora. Shae se aproximou de Anden e colocou uma mão em seu braço. Parecia um gesto extremamente culpado, e Anden sabia muito bem pelo que ela estava se desculpando. Com Shae assim tão perto, Anden conseguia sentir a jade carregada pela Homem do Tempo, a rigidez espinhosa e sucinta de sua aura, a sensação que não estivera ali quando ele se sentara em frente a ela durante o churrasco que haviam compartilhado no que parecia uma eternidade atrás.

— Eu tava errada — disse, baixinho. — Não te dei ouvidos. Me...

— Eu sei, Shae-jen. Não precisa dizer nada.

— O que você vai fazer... eu não queria que o Hilo te pedisse. Discuti com ele por causa disso, falei que era te colocar numa posição terrível, mas ele tá convencido de que é a melhor chance de salvar o clã. Me desculpa por não ter conseguido te salvar dessa.

— Eu entendo — disse Anden. — A escolha é minha.

Hilo sussurrou algo para Wen, que assentiu e partiu com os irmãos. O Pilar disse:

— Vem, Andy. Vamos conversar lá dentro.

— Levo minhas malas pro quarto de hóspedes? — perguntou Anden.

— Deixa aqui. Depois a gente leva.

Hilo o guiou não para a casa principal, mas em direção ao salão de treinamento. Quando chegaram lá, o Pilar acendeu a luz e as lâmpadas ganharam vida sobre o longo piso de madeira. Anden sentiu uma pontada no peito. Ele se lembrava da última vez que estivera aqui, da última vez que vira Lan vivo.

Hilo fechou a porta e se virou para encarar Anden. Os trejeitos relaxados que havia demonstrado no jantar haviam ido embora, substituídos por uma intensidade perigosa que era igualmente familiar. O rapaz ficava maravilhado com a facilidade e a velocidade com que seu primo era capaz de se mover entre esses dois estados.

— Você teve uma chance de pensar melhor — disse Hilo. — Acha que consegue fazer o que eu tô pedindo?

Anden assentiu. De repente, sentiu que este era um momento de verdadeiro compromisso, que toda a sua existência o levara a este instante. O Pilar contava com ele, apenas ele, em um momento de necessidade para o clã.

— Não vou te deixar na mão.

— Eu sei que não vai, Andy. — Hilo pareceu arrasado por um segundo. — Precisamos nos preparar pra amanhã, mas do jeito certo. Tô pedindo que você aja em nome do clã e em meu nome, e isso faz de você um Osso Verde do Desponta. A cerimônia de formatura ainda não aconteceu, mas você passou pelas Provações, então já pode fazer juramentos. Você já sabe tudo de cor ou precisa que eu diga junto?

— Eu sei tudo — respondeu Anden.

Ele se ajoelhou no chão em frente ao primo e ergueu as mãos entrelaçadas até a testa. Sua voz saiu com força e firmeza.

— O clã é meu sangue, e o Pilar é seu mestre. Fui escolhido e treinado para carregar o dom dos deuses para o bem e para proteger o povo de todos os inimigos do clã, não importa quão fortes ou quantos sejam. Reúno-me à irmandade de guerreiros de jade por livre e espontânea vontade e de corpo e alma, e os chamarei de meus guerreiros irmãos. Se algum dia eu agir em deslealdade ao meu irmão, que eu morra pela lâmina. Se algum um dia eu falhar em prover auxílio ao meu irmão, que eu morra pela lâmina. Se algum dia eu procurar ganhos pessoais às custas de meu irmão, que eu morra pela lâmina. Sob os olhos de todos os deuses do céu, eu juro. Pela minha honra, pela minha vida e pela minha jade.

Anden encostou a cabeça no chão perto dos pés de Hilo.

O Pilar fez Anden se levantar e o abraçou.

— Irmão — disse.

Capítulo 54

Seja como Baijen

No fim da tarde do primeiro dia do ano, Hilo e Anden dirigiram para as Docas e chegaram sãos e salvos em frente ao Sorte em Dobro antes do pôr do sol. Hilo fez Anden dirigir:

— Quero garantir que você não vá estragar o carro quando a gente voltar — disse. Havia se passado certo tempo desde que Lan ensinara Anden a dirigir em um dos velhos carros da família, e o adolescente estava tão nervoso atrás do volante do tão estimado automóvel de seu primo que fez o monstruoso sedan se arrastar como uma velhinha por todo o trajeto. Hilo o provocou por isso. — O Duchesse Priza é um carro potente pra caralho e você tá dirigindo igual uma motoca.

— Você podia ter mandado o Kehn ou o Tar dirigir — protestou Anden.

— Não podia, não — disse Hilo. — Você viu como eles tavam magoados ontem à noite.

A chegada era esperada. A lenta aproximação do veículo fora vista e reportada muito antes de terem se aproximado das Docas, então, quando encostaram no Sorte em Dobro e Anden desligou o motor, a primeira coisa que Hilo viu foi que o estacionamento parecia estar sem nenhum cliente de verdade. Havia apenas alguns carros grandes e pretos como o ZT Valor de Gont no terreno anexo ao estabelecimento. Havia uma pequena multidão de Ossos Verdes do Montanha reunidos na frente da entrada do restaurante.

Hilo esperou no automóvel por um instante. Era capaz de Perceber a avidez dos homens lá fora e a aura implacável de Gont Asch rolando como um pedregulho escuro enquanto o Chifre atravessava o interior do Sorte em Dobro em direção à porta. Porém, mais do que tudo, conseguia Perceber o pavor de seu primo, os batimentos rápidos do coração do rapaz, e ficou impressionado que o rosto do jovem entregasse tão pouco do medo que sentia. Hilo colocou uma mão no ombro de Anden, deixou-a ali por alguns segundos e então saiu do carro. Tirou a jaqueta, colocou-a sobre o banco do passageiro, fechou a porta e trotou em direção ao inimigo reunido. Depois de um instante, sentiu e ouviu Anden sair do veículo e segui-lo vinte passos atrás. Os batimentos do coração do jovem continuavam altos na Percepção de Hilo.

Agora, Gont Asch estava de pé na sua frente, em uma veste de couro com uma espada da lua na cintura e flanqueado por doze de seus guerreiros. Hilo parou abruptamente a certa distância dele. Mesmo com toda a hostilidade que compartilhavam, os dois homens raramente se encaravam, e, pelo decorrer de diversos fôlegos sem pressa, ficaram analisando um ao outro. Ninguém mais falava ou se mexia; todos assistiam àquela troca. Por fim, Hilo disse:

— Este é o meu restaurante favorito, sabia?

— Não me surpreende — vociferou Gont.

— Experimentou os bolinhos crocantes de lula?

— Eu como isso praticamente todo santo dia — respondeu o Chifre do Montanha.

Hilo semicerrou o olho esquerdo e contraiu os lábios em um sorriso tenso.

— Que inveja.

Ele deu uma olhada na fila de guerreiros experientes dos Montanha, certo de que alguns deles usavam a jade de seus Punhos ceifados.

— Beleza — disse. — Tô aqui. Foi sacanagem o que vocês fizeram com o Eiten, seus filhos da puta. — Cuspiu no chão. — Eu respeito qualquer homem que me desafie para um expurgo por lâmina. Mas você roubou a dignidade de um guerreiro pra chamar minha atenção. Pois muito bem, conseguiu.

Gont avançou para a frente como um leão pronto para o abate. Sua voz era um rosnado cauteloso.

— Se essa disputa fosse por honra pessoal, nós dois já teríamos feito um expurgo por lâmina há muito tempo, Kaul-jen. Mas essa guerra é entre os clãs. Nós somos Chifres e precisamos fazer o que fazemos para que nossos clãs prevaleçam, não é? — Ele deu uma volta em Hilo enquanto o avaliava com olhos determinados. — Vou ter que admitir. Eu não esperava que você viesse. Deduzi que ia ter que dilacerar cada Osso Verde do Desponta pra chegar até você.

— Se ainda quiser um expurgo, eu te dou um aqui e agora — disse Hilo, enquanto seguia o Chifre com os olhos e com a Percepção.

Gont deu uma risadinha baixa e sarcástica.

— A oferta não foi essa. Não sou tão egoísta a ponto de arriscar o resultado de uma guerra num único duelo. — Ele parou na frente de Hilo e seu corpanzil largo cobriu com uma sombra o espaço que os separava. — Nós

418 FONDA LEE

dois sabemos que o Montanha vai derrotar o Desponta no fim das contas. Pra que deixar seus seguidores fiéis jogarem a vida fora por você? Pra que continuar fazendo esta cidade que a gente ama sofrer? Se eu estivesse no seu lugar, pensaria no exemplo altruísta de Baijen.

Hilo ficou em silêncio. Um espasmo invisível percorreu seu corpo; não queria morrer. Certamente estava preparado, mas não queria. Sabia que Gont conseguia Perceber aquele enxame de emoções conflituosas, mas nem tentou escondê-las.

— Você me deu certas garantias — disse. E assentiu para onde Anden estava, alguns metros para trás. — Meu primo veio pra garantir que elas sejam cumpridas.

Gont desviou o olhar para o adolescente e gesticulou para que o rapaz se aproximasse.

— Vem aqui, Anden Emery. — Anden se aproximou com calma, mas claramente relutante. Gont fez um sinal para que o garoto se aproximasse ainda mais, e colocou a mão pesada em seu ombro enquanto os dois encaravam Hilo. — Você sabe qual é o seu papel nesse acordo entre o seu primo e eu?

— Sabe — disse Hilo, com a mandíbula tensa ao ver Gont apertando o ombro de Anden. — Confio nele para ficar de fora quando começar. Ele vai me levar de volta pra família. Quero tá inteiro e com cada pedra de jade ainda no meu corpo. Se o Anden voltar em segurança e notificar que tudo aconteceu de acordo com o que você prometeu, minha Homem do Tempo vai entregar o controle do clã. Já falei com meu Chifre e escrevi cartas à mão para todos os meus Punhos ordenando que soltem suas espadas e aceitem seus termos. Se você honrar essa barganha, ela vai entregar as cartas para eles. Se não, todos os meus Punhos e Dedos vão lutar até o último suspiro pra deixar os Montanha de joelhos. Você nos destruiria, mas seria uma vitória vazia. Seu clã ficaria destruído e a cidade, em cinzas. — As palavras de Hilo carregavam uma convicção absoluta; cada uma delas carregava verdade em todas as sílabas. — Nós dois sabemos que as coisas podem acabar assim, mas não tem ninguém egoísta aqui, Gont-jen. É por isso que eu vim.

Gont assentiu com um respeito relutante nos olhos. Soltou Anden e disse:

— Dou minha palavra que o jovem Anden aqui não será ferido e nem interceptado.

— E mais uma coisa: — disse Hilo — quero que *você* acabe com essa história. Eu mereço um expurgo por lâmina, mas você me deu *isso*. O mínimo em uma morte por consequência é não morrer de um jeito qualquer, pela mão de qualquer um. Entendeu, Gont-jen? Quero que outro Chifre me dê uma morte digna de um guerreiro.

Depois de um instante, Gont inclinou a cabeça e, com um toque de humor sombrio no movimento dos lábios, disse:

— Garanto que será um prazer, Kaul-jen.

Hilo passou os olhos por cada um dos homens de Gont. Eles haviam seguido o Chifre, se inclinado para mais perto, ávidos, mas agora pararam e recuaram ao sentir a mudança na linguagem corporal de Hilo, a posição de seus ombros e a prontidão de seus joelhos. Hilo abriu os primeiros dois botões e arregaçou o topo da camisa para mostrar uma longa fileira de pedras de jade cravejadas em sua clavícula.

— Podem vir, então!

De repente, ficou impaciente. Desembainhou sua faca talon e, pelo punhal, girou-a pelo indicador até agarrá-la e segurá-la com a postura serpenteada de um guerreiro experiente.

— Gont-jen, me mostra quem aqui é o mais esverdejante com a faca!

Anden abriu espaço; a presença pesada de Gont pairava ali perto. O rapaz sufocou um suspiro quando três homens ao redor de Hilo o cercaram ao mesmo tempo. A cena se tornou um borrão de movimento e golpes que Anden mal conseguia acompanhar. Eram bons guerreiros, esses Ossos Verdes que haviam atacado com a permissão do Chifre a quem serviam. Usavam jade nas sobrancelhas, nas orelhas, nos dedos, nos pulsos e nos pescoços. Se moviam com uma ferocidade maleável. E, mesmo assim, deviam saber desde o começo que, ao se voluntariarem para esta tarefa valorosa, a chance de perderem a vida era enorme. Kaul Hiloshudon era um temido lutador com faca, e agora Anden entendia o porquê.

A faca talon kekonísia é uma lâmina dupla e curva de dez centímetros usada para cortar, perfurar, enganchar e controlar as articulações. Anden vira a arma de Hilo; continha três pedras de jade no punhal e era feita do mesmo aço Da Tanori que as melhores espadas da lua, porém, ao contrário das espadas da lua, que sempre foram o instrumento de batalha quintessencial dos Ossos Verdes, a faca talon era o instrumento de um lutador de rua. Versões simples e sem jade existam às milhares em Kekon, e os jovens de famílias Ossos Verdes aprendiam a usá-las muito antes de tocarem em qualquer outra arma.

Hilo lutava como se nem tivesse faca. Nunca olhava para as mãos ou para a lâmina, não precisava confiar apenas em um lado específico e nunca parecia tenso ou preocupado demais com a arma, do jeito que alguém menos confortável se comportaria. Ele ia pra lá e pra cá, dava voltas, se defendia dos ataques dos oponentes e invadia o espaço deles. A diferença era que cada contato que fazia era pontuado com flashes de aço. Um dos homens se aproximou de Hilo com um golpe alto; o Pilar enganchou o pulso do sujeito, abriu o interior de seu cotovelo, deslizou a lâmina pelo outro braço e a levou para cima, dilacerando-o e cortando seu pescoço como se estivesse partindo um pedaço de fruta.

Aconteceu em um segundo. O homem não foi rápido o bastante com o Aço para impedir o ataque; a faca cortou sua jugular e ele caiu espirrando sangue. Hilo já continuava adiante; seus olhos eram como labaredas de fogo. E foi assim com o próximo adversário também; Hilo devolveu um golpe com três ou quatro investidas numa sequência rápida. O oponente seguinte acertou Hilo nas costelas e então na nuca. Na maioria das pessoas, a faca talon abriria a carne sem esforço algum, mas o Aço de Hilo era tão bom quanto o de Gont supostamente era (não tanto em relação à força, mas à fluidez). Um mestre do Aço era capaz de direcionar sua energia de jade em uma dança ágil de tensão e relaxamento; assim, seus movimentos não ficavam rígidos e ele era capaz de empunhar um escudo metamorfo praticamente indestrutível em um único instante. Anden parou de respirar por um segundo quando viu a lâmina cortar as roupas de Hilo, mas apenas um leve fio de sangue as manchou. Hilo grunhiu enquanto retomava sua posição e embebedava de Força um golpe de esquerda na garganta de seu oponente. Como era de se esperar, o sujeito escorregou, reagiu e usou o Aço para fortificar a parte superior de seu tronco ao ser atingido. Rapidamente, Hilo se abaixou e dilacerou sua artéria femoral antes de esfaqueá-lo atrás do joelho. O Osso Verde se dobrou com um grito e Hilo emitiu um grunhido triunfante enquanto enfiava a lâmina entre as vértebras do pescoço do homem.

— Você tá desperdiçando meu tempo! — berrou, enquanto dançava para longe do cadáver. Suor escorria de sua testa e de seu pescoço. — Nesse ritmo, Gont-jen, você vai acabar sem Ossos Verdes! Se eu soubesse que lutar contra os Punhos do Montanha era fácil assim, teria vindo muito antes!

O Hilo tá provocando eles, pensou Anden, desesperado. Os combatentes do Montanha que se aproximaram agora não hesitaram. Estavam enfurecidos pelas mortes de seus companheiros e estimulados por saberem que até mesmo o melhor dos guerreiros estava condenado a se cansar rápido quando enfrenta vários oponentes diferentes. Anden se obrigou a continuar imóvel, a assistir e não desviar o olhar quando a luta se transformou numa confusão. Hilo se esforçou para sair do centro do salão. Devolveu o ataque a dois homens com um golpe de Deflexão enquanto se preparava para encarar um terceiro. Deu um salto com Leveza para evitar ser atingido ao mesmo tempo dos dois lados, mas foi puxado de volta para baixo. Afluiu para um dos inimigos, mas, antes que pudesse terminar de matá-lo, foi derrubado de joelhos pela Força de outro homem. A respiração de Anden ficou trôpega e foi tomada pelo pânico; ele cravou as unhas nas palmas das mãos conforme vislumbres de seu primo desapareciam atrás do borrão de corpos com vestes escuras e flashes de lâminas.

A faca talon de Hilo escorregou pelo chão para fora do círculo de guerreiros, e Gont Asch gritou:

— Chega!

Alguns de seus homens, enlouquecidos pela disputa, não obedeceram de imediato, então Gont berrou de novo e estendeu o braço para emitir um extenso e baixo golpe de Deflexão que fez seus próprios Ossos Verdes cambalearem. Quando abriram espaço, Anden viu que o Pilar do Desponta estava prostrado com as mãos e os joelhos no chão, e que escorria sangue aos montes de seu rosto e de suas costas. Havia um ruído em sua respiração sempre que seus ombros iam para cima e para baixo.

De repente, Anden se lembrou de quando Hilo fora até a Academia e lhe dera uma surra só por diversão, para testar que tipo de homem o jovem era, se continuava a lutar sem dar importância para a quantidade de inimigos. Hilo não tivera dificuldade nenhuma para derrotá-lo naquele dia, brincara com ele do mesmo jeito que um cachorro grande morde e provoca um menor. À época, Anden jamais imaginara que o veria assim: o mais feroz dos Kaul tão indefeso perante inimigos quanto Anden perante ele. Gont avançou.

— Chega — vociferou de novo. — Você já extirpou sangue Osso Verde o bastante por hoje, Kaul Hiloshudon. Merece morrer como guerreiro.

Gont estendeu a mão para o punhal de sua espada da lua e, no mesmo instante, Hilo se lançou para a frente como um tiro e atingiu o tronco do Chifre.

Os dois homens caíram no chão juntos. Hilo cuspiu no rosto de Gont.

— Achou que eu fosse oferecer meu pescoço que nem um patinho pro abate? Vou te levar comigo!

E se levantou apenas o suficiente para reunir os resquícios de Força que ainda tinha e dar um golpe capaz de desmantelar o crânio do Chifre.

Gont atingiu Hilo de volta com uma Deflexão que fez o outro homem cair de costas. Guerreiros do Clã da Montanha correram, prontos para o ataque.

— Deixem ele! — gritou Gont, enquanto se levantava com uma velocidade e Leveza impressionantes para um sujeito daquele tamanho. O Chi-

422 FONDA LEE

fre caminhou em direção ao Kaul, que se esforçava para ficar de pé e atacar mais uma vez. Gont desviou do ataque do Pilar enfraquecido e o acertou com tudo no rosto. Hilo caiu, mas voltou a se levantar e, novamente, Gont o derrubou, desta vez com um chute que o pegou em cheio nas costelas. Anden estremeceu: sentia os olhos, a garganta e o peito queimarem. Uma luz selvagem e vingativa, fruto de satisfação, invadiu os olhos de Gont por trás daquela pesada cortina de controle, forte como rocha. — Você... não... desiste... *nunca* — grunhiu a cada golpe que fazia Hilo tropeçar e cair, apenas para se levantar de novo. — Não... sabe... a hora de parar.

Com uma onda de Força, Gont ergueu o homem mais leve e o arremessou a vários metros de distância. Hilo caiu no asfalto e desta vez não levantou. Ficou lá deitado como uma boneca quebrada e rasgada; seu peito mal se movia com a respiração gorgolejante e áspera. Enquanto Gont desembainhava sua espada da lua, Hilo inclinou a cabeça para trás e gritou:

— *Agora!*

Anden correu. Nenhum dos Ossos Verdes estava prestando atenção no garoto. Ele não passava de um adolescente, da testemunha designada para este evento. Ninguém vira uma arma nele e nem sentira aura de jade alguma. O medo e a ansiedade que haviam Percebido no rapaz pareceram simplesmente naturais. Agora, ele corria enquanto o coração batia a toda em seus ouvidos, e se jogou por cima do corpo estirado e ensanguentado de seu primo.

— *Andy* — sussurrou Hilo.

O Pilar estendeu a mão e, de dentro da manga de suas vestes, Anden tirou uma longa corrente de jade e a enrolou ao redor do punho fechado.

Dois dias atrás, Hilo mandara que tirassem praticamente cada pedra de jade que possuía e as prendessem a um fino cordão que pudesse ser colado com facilidade no interior de seu antebraço esquerdo; o braço que não chamava atenção com a faca talon. Deixara apenas as joias na clavícula, aquelas que todos viam, no lugar de sempre. Não houve diferença nenhuma em sua aura; ele continuava carregando cada uma de suas pedras contra a pele. Agora, o corpo de Hilo tremia violentamente conforme a jade era arrancada.

O mundo de Anden explodiu em uma avalanche de energia pura.

Foi como se ele tivesse se expandido para fora dos confins do próprio corpo. Estava em toda parte e em lugar nenhum. Estava ajoelhado ao lado de seu primo, vendo a si mesmo e a Gont do alto, *dentro* das pessoas ao seu redor e sentia o sangue e o pulsar de cada órgão cavernoso que o cercava. Seu próprio corpo era algo estranho e limitado, uma combinação esquisita de sistemas, partes, matéria orgânica, carne entremeada ao redor de osso e pele e água e miolos. Ao mesmo tempo, sabia que não passava daquilo, mas que era muito mais. Era os próprios sentidos encarnados; a energia consciente, uma energia que se conhece e se manipula à vontade.

Nunca nem imaginara tamanha sabedoria, tamanho êxtase de poder e sensações.

Noite passada, quando ensaiara o que aconteceria, Anden havia tocado a jade escondida, mas sem puxá-la para fora do braço de Hilo por completo. Os dois não quiseram correr o risco de se enfraquecerem com o uso e a abstinência de jade. Mesmo assim, Anden sentira o formigamento intenso daquela quantidade de jade, mais do que jamais tivera contato antes. Mas não havia sido nada comparado a este momento.

— Não se mexe antes de eu dar o sinal — dissera Hilo. — Se eu morrer antes de te chamar, talvez ainda dê tempo, mas só se o Gont estiver perto. Ele tem que tá perto.

Gont estava perto agora. Anden sentiu o sacudir do movimento do homem, o instante de completa surpresa. Hilo fizera um bom trabalho em manter toda a atenção do Chifre nele e apenas nele, provocando seu temperamento para obscurecer qualquer coisa que o fizesse dar uma olhada em Anden, até mesmo durante o mísero segundo que se passou entre o grito de Hilo e a resposta do jovem. Gont sacara a espada da lua, mas havia uma indecisão ali. Aquela longa lâmina parecia tão lenta... como se o ar fosse espesso como mel, e Anden sentiu uma vontade bizarra de rir ao perceber que não era Gont que havia desacelerado e sim sua percepção de tempo que se estendera em mil.

O jovem conseguia sentir a aura de jade do homem como algo tangível, algo que podia ser agarrado. Quase que para experimentar, ergueu a palma de uma mão e sentiu sua projeção superior segurar, envelopar e tocar o mais íntimo daquele fluxo de energia. Gont paralisou e então seus olhos foram inundados por compreensão e alerta. O Aço lendário do Chifre se derramava para fora e o cercava. Anden percebeu a força conquistadora que emanava sendo empurrada de volta e a poderosa aura de Gont se defendendo. Ainda estendendo a mão em direção ao inimigo, o garoto se levantou com o cordão de pedras de jade preso no punho cerrado e *empurrou*. Sua Afluência era como uma lança de ferro. Destruiu as camadas exteriores do Aço do Chifre e parou abruptamente, incapaz de seguir adiante ao encontrar uma resistência impenetrável.

Gont arregalou os olhos. A espada da lua estremeceu como se todo seu corpo estivesse trancado em uma paralisia que o impedia de agir e reagir. Anden sentiu sua pele formigar com um súbito calor. Escorria sangue da boca e do nariz de Gont; o choque e o pânico fortaleceram o Aço do Chifre, e Anden conseguia percebê-lo se expandindo inexoravelmente em sua direção. O jovem Osso Verde já não conseguia mais respirar. O poder que crescia em seu interior era tão tremendo que a sensação era de que seus olhos e pulmões entrariam em combustão a qualquer momento.

Naquele momento desesperador de impasse, Hilo se empurrou para cima com uma onda tênue de intensidade impulsionada por nada além de sua força de vontade. O Pilar agarrou a faca talon guardada na bainha do Chifre e a afundou na lateral do corpo do sujeito. Gont emitiu um rugido de dor.

— Você não lembra? — vociferou Hilo, com a voz áspera. — Baijen voltou dos mortos para acabar com seu inimigo.

Hilo caiu no chão. Os guerreiros do Montanha que restavam correram para ajudar seu Chifre, para cortar Anden e Hilo em pedacinhos, mas já era tarde demais. A faca talon enterrada na lateral de seu corpo criara a abertura necessária. A atenção e o Aço de Gont vacilaram, e Anden Afluiu com toda a força que tinha, sentiu a pressão intolerável de dentro de si ser libertada com uma urgência violenta e invadir o corpo do outro homem.

O coração de Gont parou, seus pulmões colapsaram e as veias de seu cérebro explodiram. Anden, incapaz de bloquear a clareza cruel da Percepção, compartilhou a sensação de morte, sentiu cada terrível escápula de destruição enquanto destruía o corpo do inimigo. Gont estava morrendo; e *Anden* estava morrendo também. Quando o Chifre caiu, o jovem, de boca aberta e incapaz de emitir um único som, afundou junto. Então, a tempestade de morte cessou e outra onda ganhou vida: o contragolpe de energia de jade adentrou com pressa o corpo de Anden, como uma lufada de vento sugada pelo raivoso deus Yofo e soprada como um tufão capaz de varrer toda a terra. A energia deslanchada ao destruir um homem tão poderoso quanto Gont Asch era indescritível. A luz e o calor de mil estrelas eclodiram no crânio de Anden. Sua cabeça foi para trás e ele gritou das profundezas da alma em um terror agoniante e extasiante.

Estava prestes a entrar em combustão; precisava gastar aquela terrível efervescência, aquela superabundância que rastejava sob a superfície de sua pele, desesperada para escapar dos confins de sua carne. Os guerreiros do Montanha que vinham apressados em sua direção com espadas em riste eram como cascas nas quais podia Afluir tudo o que transbordava de seu corpo. Um canal, um poderoso canal. Nem precisou tocá-los; foi tão fácil quanto extinguir a vida de um ratinho aprisionado. Anden pegou dois homens que corriam. Com olhos e bocas abertas devido ao choque, eles levaram as mãos curvadas até o peito e derrubaram as lâminas no chão. O rapaz observou com um desprendimento curioso e uma alegria gananciosa enquanto morriam.

Os Ossos Verdes restantes recuaram. Anden percebeu o medo que sentiam e se ouviu dar uma risada sinistra. Era um demônio; um adolescente pálido bêbado de energia de jade e pronto para matar. *O que acontece quando se cruza uma cabra com um tigre?* Kaul Sen se perguntara. Algo estranho e apavorante.

Com um tremor, a coluna dorsal de Anden se agitou. Com os dedos abertos, ele estendeu as mãos bruscamente e soltou um golpe de Deflexão que rasgou o ar. Ergueu três homens do chão e os atirou para longe até que caíssem e rolassem pela terra. Os Ossos Verdes se levantaram, cambaleando e mancando, olharam para trás com um medo selvagem e correram. Os outros os seguiram. O som de seus passos era como trovão.

O mais puro senso de realidade flutuou de volta para a mente consciente de Anden, que parecia encolhida de pavor em um canto escuro de si mesma. A silhueta imóvel de Hilo estava no chão; sangue e vida escorriam dos ferimentos do Pilar. Anden precisava... tinha que conseguir ajuda... que ligar para alguém. Encarou as pedras de jade em sua mão direita, e com uma força de vontade tão dolorosa que fez parecer que estava, na verdade, arrancando os próprios olhos, abriu os dedos e deixou o cordão cair. Ele se levantou, deu um passo, e, de repente, o mundo inteiro tombou e foi tomado por uma súbita escuridão. Sem sentir nada, Anden despencou no asfalto ao lado de seu primo.

Capítulo 55
Inacabado

Anden acordou no hospital, preso a um acesso venoso e a máquinas que apitavam baixinho. Sua cabeça parecia pesada e inchada; os olhos, sujos. Sua garganta parecia estar em carne viva e a pele, sensível, como se toda a superfície de seu corpo fosse um único machucado. Doía até para se mexer sobre o macio colchão da cama. Por um momento, não conseguiu entender o porquê de estar ali, mas então se lembrou de tudo. Seu coração bateu em pânico e ele ficou encharcado de suor.

O terror e a euforia da jade que ele havia controlado (e era *tanta jade*), preencheram sua mente por completo. Nada mais importava. Um maravilhamento e um desejo intensos tomaram conta de seu corpo quando ele olhou para os braços pálidos sobre o lençol branco. *Tinha matado Gont Asch.* O Chifre do Montanha, um dos Ossos Verdes mais poderosos de Janloon. Sentira a morte do homem como se quem estivesse morrendo fosse ele mesmo e, quando aquela agonia o atravessara, gozara ao sentir a energia vital de Gont se recolher em meio a sua própria. Quanta euforia! Matara aqueles outros homens também; aquelas mortes foram satisfatórias, mas nem de perto tão memoráveis. Será que apenas a primeira morte era tão intensa assim? Ou será que eram a força e as habilidades de jade do sujeito que matou que fizera ser tão diferente?

Ah, jade! Era exatamente como os penitentes diziam: jade era divina. Vinha dos Céus, e tinha a capacidade de transformar homens em deuses. Anden lambeu os lábios ressecados. Onde será que aquela jade estava agora? Quando é que poderia usá-la de novo e voltar a se sentir daquele jeito?

E, de repente, sentiu vontade de chorar.

Ele não era normal, e sabia disso. Sempre suspeitara que seria assim. A poderosa, porém instável, linhagem Aun misturada com sangue estrangeiro e sensibilidade à jade. De qualquer forma, haviam lhe dito, e ele acreditara, que o rigoroso treinamento da Academia superaria suas carências. Disciplina e aclimação à jade criavam Ossos Verdes poderosos, mas controlados, não monstros que riam ao sentir o prazer inenarrável de se projetar e parar corações. Hilo matara muitas vezes, mas nunca perdera a sanidade.

Hilo! A cabeça de Anden martelou quando ele se sentou.

Uma enfermeira apareceu; uma mulher robusta e de cara séria que avaliou os dados do monitor.

— Cadê o Kaul-jen? — resmungou. Ela não respondeu a princípio. Simplesmente se limitou a liberar mais medicação intravenosa. — Ele tá vivo?

— Tá vivo — disse a enfermeira.

Para Anden, a resposta pareceu vir através de uma névoa pesada. Seja lá o que tivessem colocado em suas veias, era um sedativo pesado. Em um minuto, ficou inconsciente.

Quando acordou de novo, Hilo estava sentado ao seu lado. Anden levou um susto ao vê-lo. Era como se a famosa juventude no rosto de seu primo tivesse sido arrancada debaixo da pele e deixado para trás um espantalho. Os olhos de Hilo estavam machucados, a bochecha cortada e cheia de pontos e um dos punhos imobilizado. Apesar disso, ao ver Anden acordar, o Pilar deu um sorriso enorme e seus olhos dançaram com carinho.

— Você conseguiu, Andy. — Tomado por afeição, ele se abaixou em cima do garoto, acariciou seu cabelo e lhe deu um beijo na testa. — Fez os Montanha fugirem correndo. Você salvou o clã, primo. E a minha vida também. Nunca vou me esquecer.

— Como foi que a gente... — Anden engoliu em seco, tentando umedecer a boca. Viu seus óculos na mesa ao lado da cama e, tremendo, colocou-os. — Como é que a gente tá vivo...?

Era difícil formar frases.

Hilo riu, se levantou e encheu um copo descartável com água da pia. Anden percebeu que estavam num quarto privado de hospital. Os movimentos de Hilo eram cautelosos, com quase nada daquela graça lânguida de sempre, como se ele tivesse sido partido em pedaços, remontado e ainda não estivesse certo de que todas as partes estavam ali. Ele se sentou, colocou a água na mão de Anden e fechou os dedos do jovem como se estivesse guiando uma criancinha descoordenada. Sem firmeza, Anden levou o copo até os lábios e bebeu. O rapaz estava grato e envergonhado pela presença do Pilar e por vê-lo o tratando com tanta gentileza.

— Seu Une, o dono do Sorte em Dobro, viu o que aconteceu e ligou lá pra casa. A Shae telefonou pro Kehn e pro Tar, que tavam esperando num prédio do outro lado da rodovia, em Junko, a menos de cinco minutos de distância da gente. — Hilo parou para respirar e estremeceu por causa de algum ferimento que não estava à vista, mas continuou sorrindo. — É só notícia boa, Andy. Depois que os Montanha perderam o Chifre e uns seis outros Ossos Verdes importantes, o Kehn e os nossos Punhos pegaram eles

428 FONDA LEE

de jeito. Reconquistaram o que faltava das Docas em um dia. — O rosto de Hilo reluzia de orgulho. — Depois que ele e a Shae vieram visitar a gente no hospital, o Tar ainda foi lá e tomou o restante de Sogen. Juen e os homens dele forçaram a entrada em Ponta de Lança e mataram tantos Dedos do Montanha que nem precisamos nos preocupar mais com a Rua do Pobre. Nós viramos a guerra. *Você* virou.

Anden tentou absorver a informação.

— Então derrotamos a Ayt?

Hilo inclinou a cabeça.

— Andy, um Osso Verde só é derrotado quando morre. Nós dois não acabamos de provar isso? — Ele apertou os lábios. — O Montanha é um clã antigo, um clã enorme. Pegamos eles de jeito e forçamos a Ayt a recuar. Ela vai ter que nomear um novo Chifre, que provavelmente será o Primeiro Punho do Gont; fiquei sabendo que ele tá vivo. Vai levar um bom tempo até conseguirem nos atacar de novo. Mas não, ainda não acabamos com a Ayt. — Havia um tom sinistro na voz de Hilo, mas um otimismo dançante em seus olhos, algo que Anden não via desde que Lan morrera. — Só que eles também não acabaram com a gente, Andy — disse ele, e se aproximou como se fosse contar um segredo. — Eu e você... nós pegamos o Gont. E a próxima vai ser ela.

Anden estava confuso. Por que era tão difícil ficar feliz agora? Estava vivo, Hilo sobrevivera, Gont morrera e o Desponta prevalecera. Deveria estar aliviado, tão empolgado quanto seu primo. Mas não. Tudo o que sentia era um vazio, uma ausência; uma fome não de vitória ou vingança, mas daquele conhecimento e poder que lhe possuíra por um breve, mas transformativo, momento. A breve exposição a uma grande quantidade de jade marcara sua mente com o conhecimento indelével de tudo o que ela era capaz. Todo o resto (como o clã e sua família) empalidecia em comparação.

— Por quanto... tempo eu fiquei aqui?

— Cinco dias — respondeu Hilo. Quando viu a expressão alarmada de Anden, disse: — Não se preocupa, você vai ficar bem. Eu dancei bem mais perto do caixão. E você é mais jovem e mais forte do que eu. O Dr. Truw tá vindo toda hora no hospital ver a gente. Devíamos contratar ele como médico pessoal da família.

Anden não sabia ao certo se era capaz de transformar os pensamentos em palavras, mas precisava tentar.

— Hilo... eu tô esquisito. Me sinto estranho, *vazio*, como se nada mais importasse pra mim. Quando matei o Gont... eu senti tudo. Foi a pior coisa que eu já tive que enfrentar, mas a vontade é de fazer de novo. — A voz de

Anden falhou devido ao nervosismo. — Tem alguma coisa errada comigo, né? Tô doente? É o Prurido?

— Deixa de ser bobo — respondeu Hilo. Num gesto de compaixão, colocou a mão no ombro de Anden e suspirou. — Lidar com aquele tanto de jade pela primeira vez, numa situação tão estressante... te derrubou. Você tem uma sensibilidade bem aguçada, disso não há dúvida nenhuma. Os médicos tão te dando doses regulares de BL1 pra abaixar a febre e resetar o seu sistema. O doutor disse que suas tomografias tão normais agora, então espera uns dias que você vai voltar a se sentir como antes. — Ele deu uns tapinhas carinhosos em Anden. — Não se preocupa, ainda falta uma semana pra formatura. Você com certeza já vai ter saído daqui. Nenhum de nós vai perder.

Anden olhou para o soro e seguiu o tubo transparente até onde estava colado no lado interno de seu braço.

— Tão me dopando com brilho?

O veneno que matara Lan sendo despejado em suas veias.

— Não precisa ficar preocupado assim — disse Hilo, rápido. O Pilar mexeu no tubo pendurado. — É totalmente controlado; não tem risco nenhum. O Dr. Truw tá te monitorando o tempo inteiro. Até a alta, sua dose já vai ser bem baixa, e o médico disse que depois podemos discutir se você vai continuar usando ou se podemos tentar cortar. Ele sugeriu que você não parasse de usar ainda, já que a sua formatura de jade vai ser daqui a pouco. Disse que é melhor ter esse colchão de segurança pro seu corpo agora. Que vai te ajudar.

Anden se sentiu derrubado pela exaustão. Reclinou a cabeça e fechou os olhos. Com um aperto no peito, aquele desejo sem razão específica de chorar continuava a crescer dentro dele, mas não encontrava uma via de saída e se misturava com o anseio confuso e a droga que rastejava por suas veias.

— Por enquanto só descansa, Andy — disse Hilo, com gentileza, e não falou mais nada depois.

Sua mão ainda repousava sobre o ombro de Anden, e, através daquele contato físico, o garoto sentiu o retumbar familiar da aura de jade de seu primo, só que agora parecia fraca e emudecida. Talvez fosse pelos sentidos entorpecidos do garoto, ou então porque Hilo ainda não tivesse se recuperado o suficiente para voltar a usar toda a jade que possuía. Toda aquela jade que Anden segurara pertencia a Hilo, que tinha tanta a ponto de nem sentir nada quando botava a mão em novas joias. Anden ficou ali, deitado e parado, mas a mágoa e a inveja atravessaram seu corpo como uma infecção mostrando as caras.

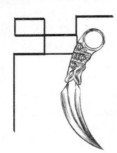

Capítulo 56

Dia da Formatura

Nos anos seguintes, a cidade se lembraria daquela semana como o massacre de Ano-novo dos clãs de Janloon. Muitos se referiam ao acontecimento como um ato de vingança dos Kaul. Em algumas partes da cidade, o povo assentia e concordava com o que havia acontecido, enquanto em outras as pessoas puxavam o lóbulo da orelha com nervosismo. O que ficou claro com o tempo foi que nenhum dos clãs teria uma vitória rápida. Apesar de todas as dúvidas, o neto mais jovem do Tocha havia se defendido contra a investida e, com isso, solidificado uma liderança inquestionável no clã.

A tradição era que os formandos do oitavo ano da Academia Kaul Dushuron, que haviam terminado as Provações antes dos feriados, mas tinham que esperar até o auspicioso início do novo ano para ter acesso aos resultados e à formatura, passassem a primeira semana após o intervalo trabalhando pesado no campus. Era uma última lição da Virtude Divina da humildade antes de terem permissão para fazer juramentos e receber jade. Anden continuava se recuperando no hospital, então não pôde se juntar aos colegas que esfregavam calçadas, arrumavam cercas, podavam árvores e guiavam calouros do primeiro ano de um lugar para outro. Assim como Hilo havia previsto, Anden saiu do Hospital Geral de Janloon dois dias antes da formatura, e bem o suficiente para atender à convocação em um dia nublado de primavera, cinzento devido à ameaça de chuva.

A notícia de que Anden era o único que estava com o Pilar na batalha que matara Gont Asch se espalhara. Quando chegou usando as vestes formais da Academia no Salão de Reuniões para se posicionar na fila antes da cerimônia, sua presença deu início a sussurros apressados sempre que passava. Na mesa de cadastro, Mestre Sain inclinou a cabeça com mais respeito do que Anden jamais recebera de um instrutor.

— Emery. Vá para o fim da fila. Você será o último a entrar.

Anden sabia o que aquilo significava: que ficaria no topo do placar das Provações. Um resultado que, combinado com sua posição de Melhor Aluno nas Pré-provações, havia compensado seu resultado acadêmico levemente superior à média e podia levá-lo ao topo do ranking.

CIDADE DE JADE   431

Anden fez uma saudação e foi para o fim da fila.

— Ton — disse, num cumprimento.

Ton se assustou antes de levantar a mão em uma saudação.

— Anden-jen, fico muito feliz de ver que você ficou bem.

Havia certa formalidade na voz de Ton, a nuance de um Dedo que falava com um Punho, o que fez Anden parar, incerto de como responder. Queria corrigir Ton por ter se referido a ele como um Osso Verde antes mesmo da cerimônia de formatura, mas ficou claro pelo jeito do outro jovem que havia sido de propósito. Anden engoliu em seco o desconforto crescente que sentia e se virou para cumprimentar Dudo e Pau; ambos se abaixaram numa saudação.

Anden desviou o foco para Lott, que estava um pouco mais para trás. Uma emoção passageira, a sombra obtusa de uma aflição, passou pelo corpo de Anden, mas apenas isso; não havia espaço para mais nada. Essa parte dele parecia anestesiada. Lott, que, desde a morte do pai, assumira um jeito sério e um olhar vazio, acenou de forma descontraída.

— Jen.

Anden se virou e, cerrando os punhos dentro das longas mangas do robe formal, encarou a frente da fila. Duas semanas de recuperação, sessões de cura com Dr. Truw e doses controladas de BL1 tiveram o resultado que Hilo prometera: Anden se sentia fisicamente renovado, e mais parecido com o que era antes de acordar no hospital perturbado e ansiando por jade. Mesmo assim, fora necessário um enorme trabalho mental para fazê-lo ir ao evento de hoje, para se preparar para ficar em frente aos olhares intensos não apenas de seus colegas, mas de todo o clã.

— Você é um herói, Andy — dissera Hilo, mas Anden não se sentia heroico.

Se sentia danificado e inseguro. Pensou no BL1 que ainda circulava em suas veias como um poluente em seu sistema. Essa gente sabia o que ele fizera, mas não percebiam no que havia se transformado: um perigo. Uma substância volátil, estável apenas pela ajuda de uma dúbia tecnologia moderna.

Com o rufar de tambores, os 106 homens e 32 mulheres que tinham completado os 8 anos do treinamento para Ossos Verdes na Academia Kaul Du saíram do Salão de Reuniões e se encaminharam para o pátio principal. Lá, ocuparam as fileiras que encaravam um palco baixo, montado de frente para as centenas de cadeiras dobráveis ocupadas por parentes e membros do clã.

Sob uma tenda montada para protegê-los da chuva que ameaçava cair, Anden se ajoelhou com seus colegas. Quando o Grão-mestre Le começou a falar, o rapaz olhou para trás, para a multidão de espectadores. Não demo-

432 FONDA LEE

rou para encontrar os Kaul, sentados na frente e no meio. Hilo vestia um terno verde-oliva justo e uma veste preta que comprara especialmente para a ocasião; com o rosto ainda cheio de cicatrizes, mas agora não mais lúgubre, Hilo parecia muito melhor. Claramente estava de bom humor, assim como na viagem de carro até ali, exibindo a alegre indiferença que quase desaparecera nos últimos meses. Um de seus braços envolvia os ombros de Wen. Anden o viu puxá-la com carinho e colocar o capuz da jaqueta sobre a cabeça dela para protegê-la do vento leve, porém úmido. Ao lado de Hilo, estava Maik Kehn e, ao lado de Wen, a Homem do Tempo. Shae, de blusa e saia escuras, estava ereta, com o olhar sério e levemente preocupado, mas, ao perceber Anden olhando, ofereceu um sorrisinho ao primo.

O rapaz voltou a prestar atenção quando o Grão-mestre Le chamou o primeiro grupo de alunos. Todos os estudantes do oitavo ano deveriam declarar quais alianças desejavam tomar antes das Provações finais, e todos aqueles 11 formandos haviam decidido fazer o juramento dos penitentes. Um Conhecedor do Templo do Divino Retorno deu os poucos passos até a plataforma para administrar o juramento de penitência. Os 11 se levantaram e chegaram mais perto do palco; se ajoelharam em frente à assembleia e recitaram as frases que os ligavam a uma vida de serviço religioso. Depois, encostaram a cabeça no chão antes de se levantarem e caminharem para trás dos colegas. Os próximos 25 alunos haviam decidido dedicar suas habilidades de jade às artes da cura; foram chamados para fazer o juramento em frente a um mestre médico da Universidade de Medicina Bioenergética, onde continuariam o treinamento. Com as pernas dormentes, Anden se remexeu quando um terceiro grupo de 18 formandos foi chamado perante o próprio Grão-mestre Le para se comprometer à honrosa profissão de lecionar as disciplinas de jade. Retornariam à Academia como assistentes dos professores na semana seguinte com a esperança de se tornarem mestres.

Por fim, o restante da turma, o grande grupo que havia declarado serviço e lealdade ao Clã do Desponta, se dirigiu, junto, para fazer o juramento. Um sussurro atravessou os espectadores e os formandos quando o Pilar do clã caminhou até o corredor central e subiu os curtos degraus do palco. Hilo se virou e encarou a multidão. Mais ou menos uma centena de novos Ossos Verdes para o clã, quase dois terços da turma que se formava. Alguns se tornariam Agentes da Sorte, mas a maioria começaria como Dedos, sob comando de Kehn e seus Punhos.

Todos esperavam que Hilo começasse a falar o juramento dos guerreiros de jade linha por linha, para que os formandos ali reunidos pudessem repetir. Em vez disso, nada foi dito por um longo momento enquanto uma pausa desconfortável se estendia. Confusas, as pessoas começaram a olhar umas para as outras. Impaciente, o Grão-mestre Le pigarreou, mas Hilo meneou a cabeça.

— Grão-mestre, não apreciei o bastante este lugar quando foi minha vez de ficar bem ali, com um daqueles robes pretos, então me permitam absorver esta cena linda por um momento. Não sou mais aluno, então ninguém pode brigar comigo.

A multidão riu. *Ele é mesmo o Pilar agora*, pensou Anden. *E continua sendo praticamente a mesma pessoa.*

— Irmãos e irmãs — gritou Hilo. — O Pilar é o mestre do clã, mas Pilares mudam, e mesmo assim a irmandade sobrevive e continua. Esse juramento é tanto de vocês um para o outro quanto é para mim. Então quem aqui sabe o juramento dos guerreiros Ossos Verdes de cor e pode recitá-lo para que seus colegas repitam?

Não era assim que a cerimônia deveria acontecer, mas nem mesmo o Grão-mestre Le tentou se opor quando Lott se levantou e caminhou para a frente da fila.

— Eu sei, Kaul-jen.

Hilo assentiu e gesticulou para que o adolescente subisse ao palco. Com o coração na garganta, Anden assistiu quando Lott subiu com toda a calma os três degraus e se ajoelhou diante de Hilo, que se inclinou para suspirar algo breve na orelha do garoto antes de voltar para onde estava. Anden teve um vislumbre da expressão gélida e determinada de Lott quando o garoto ergueu as mãos entrelaçadas e as levou até a testa.

— O clã é meu sangue, e o Pilar é seu mestre — começou numa voz forte que vagou com clareza por todos os cantos do pátio.

E as vozes de centenas de seus colegas se ergueram e o ecoaram: *o clã é meu sangue, e o Pilar é seu mestre.*

Enquanto seus lábios se moviam para recitar o juramento que já fizera duas semanas atrás, Anden não conseguia desviar a atenção de Lott lá, ajoelhado na frente de todos, com as mãos erguidas e prostrado diante do caloroso, porém penetrante, olhar de Hilo. Um luto desconcertante tomou o peito de Anden. Tinha certeza de que Lott jamais quisera isso, de que nunca tivera vontade de seguir os passos sangrentos do pai. Devia ser ele, Anden, lá em cima. Os Kaul eram *sua* família. Ele já se provara digno de jade, e todos o consideravam o protegido de Hilo e uma nova força do clã para se temer. Mesmo assim, estava arrasado por Lott e, de uma forma horrível e incompreensível, sentia gratidão por não estar naquele palco porque, por um longo e surreal momento, pareceu que Lott era ele, que havia tomado o lugar de Anden quando o jovem se ajoelhara no chão de madeira do Salão de Treinamento da propriedade Kaul depois do jantar de Ano-novo, e agora Anden olhava para si mesmo através dos olhos de outra pessoa; e tudo o que via era sangue, jade e tragédia.

— Pela minha honra, pela minha vida e pela minha jade — terminou Lott, e encostou a cabeça no chão.

Os outros Ossos Verdes do Desponta repetiram as palavras e fecharam o juramento. Assim como fizera com Anden, Hilo puxou Lott para um abraço e, com uma mão sobre o ombro do jovem, disse algo baixinho que não foi possível de escutar. Lott assentiu de forma tensa e breve, e então saiu do palco e voltou para seu lugar. Hilo uniu as mãos em uma saudação intensa e falou mais alto, se dirigindo aos novos membros do clã.

— Eu aceito seus juramentos e os chamo de irmãos guerreiros.

— Nosso sangue pelo Pilar! — alguém gritou. Algumas outras vozes gritaram enquanto Hilo descia do palco. — Desponta! Desponta!

Anden começou a se virar para a multidão, pois queria ver quem começara o grito de guerra, mas o Grão-mestre Le, com um olhar de desaprovação, ergueu as mãos para exigir silêncio. Todos os formados, e muitos membros da audiência, haviam crescido sob as regras restritas do grão-mestre, então fizeram silêncio instantaneamente.

— Agora — disse o Grão-mestre Le, num tom nada discreto de reprovação quanto à performance extremamente dramática de juramento e à reação dos presentes — devemos presentear nossos alunos com a jade que eles merecem depois de anos de muito esforço, disciplina e treinamento.

Nos fundos do palco, havia uma mesa com quatro grupos diferentes de pequenas caixas de madeira. Todos os olhos se viraram, ávidos, quando o Mestre Sain pegou um dos recipientes da primeira pilha e o abriu.

— Au Satingya — leu, por dentro da tampa.

Logo após as Provações finais, todos os alunos do oitavo ano haviam devolvido suas pulseiras de treinamento e a jade que elas continham. Agora, receberiam-nas de volta permanentemente, e havia uma possibilidade de receberem tanto mais pedras quanto menos; dependia de como tinham se saído nos exames. Cada pilha na mesa representava um nível de conquista nas disciplinas de jade. Au Sati, que subiu no palco sob aplausos educados, conquistara uma pedra de jade, presa a uma corrente de metal. O Grão-mestre Le pegou o cordão e o colocou sobre a cabeça de Au. O rapaz se tornaria um dos Dedos de mais baixa patente, ou, então, se fosse bom o bastante com números, um Agente da Sorte iniciante.

— Goro Gorusuto — disse o Mestre Sain, chamando o próximo formado enquanto Au fazia uma saudação e saía do palco.

E assim a cerimônia seguiu, até que as primeiras caixas acabaram, e um grupo maior de alunos começou a subir no palco para receber cada um duas pedras de jade. Para alguns dos homens e mulheres que estavam se formando, a jade que ganhassem hoje seria tudo o que conquistariam na vida. Para outros, não passava do início. Fosse por herança da família, como presente de superiores no clã ou, as mais prestigiosas de todas, conquistadas em duelos e batalhas.

Quando os melhores alunos, que ganhariam três pedras, começaram a subir ao palco, Anden percebeu que estava tão nervoso que mal conseguia assistir. Dudo recebeu sua jade, depois Pau e Ton; todos sorriam depois de passar pelo Grão-mestre e se juntarem aos colegas do outro lado. A coleção de caixas sobre a mesa ficou menor. Havia apenas mais doze caixas na pilha final, e eram elas que guardavam a recompensa dos melhores alunos, aqueles que haviam conquistado a honra máxima: quatro pedras de jade; a quantidade esperada para um Dedo sênior ou um Punho júnior, mais do que a maioria dos kekonésios e qualquer estrangeiro poderia tolerar com segurança.

Usar tanta jade deveria ser fácil para Anden agora, depois do que havia passado. Haveria uma onda momentânea que o deixaria desorientado, como a que experimentara durante o treinamento, mas nada tão poderoso e debilitante como o que acontecera na frente do Sorte em Dobro. Mesmo assim, seus dedos começaram a ficar dormentes e gelados, e seu estômago deu um nó devido ao desejo e à relutância visceral. O grão-mestre começou a chamar os últimos alunos. Uma salva de palmas especialmente alta irrompeu quando Lott subiu e abaixou a cabeça para Le. Anden podia ouvir seus colegas, já conversando e parabenizando uns aos outros, discutindo como customizariam suas pedras; se fariam anéis, piercings para a sobrancelha ou algo mais ousado. Havia apenas mais uma caixa na mesa.

— Emery Anden — disse o Mestre Sain.

As conversas cessaram quando Anden se levantou. De repente, a sensação foi de que estava sonhando acordado, num estado de consciência fictício em que fazia algo sem acreditar que realmente estava ali. Suas pernas o levaram para a frente, seus sapatos pisaram nos degraus e, quando chegou ao palco, ele ouviu alguém gritar:

— Kaul-jen!

Aplausos irromperam e outras vozes repetiram a primeira.

— Kaul-jen!

Anden parou, pensando que a plateia estava gritando por Hilo. Quando percebeu que era por *ele* que celebravam, sentiu o rosto ficar quente. *Tão dizendo que eu sou um Kaul.* Um órfão de linhagem mista como ele, e o estavam colocando no mesmo patamar de Lan, Hilo e Shae. Era o maior elogio que conseguia imaginar, e isso o deixou apavorado. Porque não era verdade; ele não era como eles. Quando o grão-mestre levantou as quatro pedras de jade presas em uma corrente de prata, Anden tropeçou para trás como se a caixa abrigasse uma aranha venenosa.

— Não — disse, abruptamente.

Com uma expressão chocada, o Grão-mestre Le franziu o cenho.

— Como assim *não*?

— Eu não... — Anden engasgou. — Não quero usar jade.

Em todos os seus anos na Academia, ele nunca vira o Grão-mestre tão desconcertado quanto agora, com as sobrancelhas grisalhas erguidas como dois arcos eriçados e o rosto enrugado paralisado. O Mestre Sain e os outros membros do corpo docente no palco olharam uns para os outros, surpresos, mas ninguém sabia o que dizer. Um formando recusando jade? Algo assim nunca acontecera.

Anden ouviu o silêncio chocado antes dos sussurros de descrença começarem a soar. Não ousava encarar nada além dos próprios pés; estava desonrando a si mesmo, desonrando Hilo e Shae. Queimando de vergonha, o jovem entrelaçou as mãos trêmulas e as levou até a cabeça curvada em uma saudação profunda de desculpas antes de se virar e sair do palco sem dizer nada.

Nunca tinha visto Hilo tão lívido de confusão e raiva. O Pilar veio direto até ele assim que o Grão-mestre Le terminou a cerimônia de formatura de forma rápida e esquisita. A multidão de membros do clã abriu caminho para Hilo com uma pressa temerosa. Os dedos de Hilo agarraram os bíceps de Anden como garras. O Pilar arrastou seu primo, que não apresentou resistência alguma, para longe dos colegas e para trás do palco, onde ficaram a vários metros de distância dos olhares silenciosos de tanta gente. Hilo virou Anden para que o garoto o encarasse.

— O que você pensa que tá fazendo?

Anden tentou responder, mas, quando abriu a boca, não sabia o que dizer. Não tinha uma maneira de explicar o que havia feito. As mãos de Hilo continuavam arrochadas em seu braço e, através delas, Anden conseguia sentir a aura de jade de seu primo vibrando como um enxame de vespas enfuriadas.

— Desculpa — conseguiu proferir, por fim.

— *Desculpa*? — Por um momento, Hilo pareceu incapaz de encontrar suas próprias palavras. — Que história é essa, Andy? O que te deu? Você passou vergonha na frente do clã, na frente de todos os seus irmãos Ossos Verdes. *Me* fez passar vergonha.

— Não sou como você, Hilo — desembuchou Anden, angustiado. Tudo o que temia quanto a si mesmo, cada dúvida que controlara com o treinamento rigoroso e a fé no clã, cada pesadelo envolvendo banheiras sangrentas e os gritos de sua mãe tinham parecido, por um instante, se levantar daquela caixinha no palco e falaram mais alto até mesmo do que a horrível noção de que ele estava arruinando tudo o que sempre quisera. — Não sou o tipo de gente que devia ter jade, eu *nunca* devia ter encostado em jade. Se começasse a usar hoje, só ia querer mais e mais, tanto quanto eu usei quando matei o Gont. Vou ficar pior do que minha mãe, a Bruxa Louca. Sei que vou. Já dá pra sentir no meu sangue, não importa o que você diga. — Ele mal conseguia respirar enquanto falava. — Você pode me deixar dopado de brilho, daquele veneno espênico que matou o Lan, mas não quero viver assim. Não quero ser o que você tá fazendo de mim: um... um...

— Um o quê? — vociferou Hilo, com raiva. — Um Osso Verde? Parte da família?

— Uma arma? — concluiu Anden com um sussurro.

Hilo o soltou com um safanão e recuou. Seu rosto se contorcia em uma mistura conflitante de emoção, mas cuja protagonista era a mágoa. Seus olhos se arregalaram numa surpresa doída, como se Anden tivesse puxado uma faca e lhe aberto a bochecha. Atrás de Hilo, Anden viu Shae se aproximando. Kehn e Wen a seguiam, mas pararam a certa distância; não queriam se intrometer.

O Pilar deu um passo para a frente e levantou as mãos para segurar seu primo pelos ombros. Anden se encolheu. Por um segundo, teve certeza de que Hilo iria machucá-lo de verdade agora, mas o Pilar simplesmente disse, com uma voz calma e tensa:

— A culpa é minha, Andy. — Hilo lhe balançou com firmeza para fazer com que o olhasse nos olhos. — Aquela luta... foi muita intensa, e tudo aconteceu rápido demais. E acabar no hospital logo depois... foi de dar medo. Você se assustou. A culpa é minha, mas eu não tinha escolha, porque precisávamos de você. Eu não teria conseguido sozinho, não teria conseguido salvar o clã sem você. Ainda precisamos de você.

Anden sentiu uma culpa terrível lhe subindo pelo rosto quando Hilo, com um tom baixo que era tanto uma súplica quanto uma reprovação, disse:

— Você acabou de humilhar nós dois, mas sei que não foi de propósito. Não vou ficar esfregando isso na sua cara. Vamos voltar lá juntos pra encontrar o Grão-mestre Len e pegar sua jade. Você se esforçou todos esses anos por ela. A gente esquece o que aconteceu, e agora vamos fazer do jeito certo, te preparar sem pressa. Você é um membro dessa família, Andy. Foi criado para ser um Osso Verde.

Anden sentiu sua determinação estremecer, mas então meneou a cabeça com veemência.

— Sou sensível demais à jade. Fico poderoso demais. Me faz gostar demais de matar. — Ele engoliu em seco. — Os Montanha sabem como sou uma ameaça grande agora. Se eu usar qualquer jade que seja, a Ayt vai fazer tudo o que puder pra me matar, e eu vou ter que matar muita gente pra continuar vivo... — Suas palavras saíam apressadas numa torrente de desespero. — E a cada morte que eu causar, vou gostar cada vez mais, vou conquistar mais jade e, no fim, nem todo o brilho do mundo vai ser capaz de me ajudar, eu sei que não vai.

Hilo jogou as mãos para o alto.

— Os Montanha passaram anos me querendo morto! A gente vive com a morte e a loucura sempre à espreita, mas fazemos o que temos que fazer, e lidamos com essa realidade! Você acha que foi tão mais fácil assim pra mim semana passada? Tive que passar por uma merda de uma abstinência de jade quando já era mais cadáver do que gente, e mesmo assim tive que acordar pra continuar sendo a merda do Pilar. — A voz de Hilo estava mais alta. Foi visível o quanto se esforçou para continuar, baixinho: — Ser poderoso transforma a gente num alvo, mas um Osso Verde nunca vira as costas pra família ou pro clã. — A luz que emanava das pupilas dilatadas de Hilo era perigosa. — Pensa no que você tá fazendo, Andy.

De repente, Shae surgiu ao lado deles. Ela falou com uma voz baixa e firme, carregada com uma abordagem gélida que usou com o irmão.

— A decisão é do Anden, Hilo. Ele se formou e fez os juramentos; é um homem agora.

— E você acha que os juramentos servem pra quê? — vociferou Hilo. — Aqueles são juramentos do *clã*, feitos ao Pilar. São por eles que vivemos e morremos. Se você fizer isso, Andy, vai me trair. — A careta no rosto de Hilo era terrível. — Como você pode dizer que eu te transformei numa *arma?* Como se eu não tivesse te amado e te tratado como meu irmãozinho, como se você não fosse nada pra mim além de um instrumento? *Como é que você pode dizer uma coisa dessas?* — Ele deu um passo para trás. Seus ombros tremiam como se fosse fisicamente difícil se segurar para não matar seu primo miserável bem ali. Seu rosto e sua voz, tomados por desprezo, ficaram subitamente gélidos e distantes. — Se fizer isso, não vai mais fazer parte da família.

— *Hilo* — sibilou Shae, com uma cara de quem queria derrubá-lo. — Chega.

— Hilo-jen... — suplicou Anden, com o corpo todo frio.

— Sai da minha frente — disse Hilo. Quando Anden não se mexeu, ele rugou: — *Sai da minha frente!* Seu mesticinho ingrato e traidor. Nunca mais quero te ver na vida!

Anden tropeçou para trás, chocado. A força da fúria de Hilo sufocou quaisquer palavras que pudessem tentar escapar de sua garganta. Ele se virou e correu.

Correu até sair da Academia. Tirou o robe de formatura, jogou-o no chão e continuou correndo com sua calça de alfaiataria e sua camisa fina, enlameando-as enquanto cambaleava para a floresta do Parque da Viúva sem se importar com a direção. Correu até as lágrimas borrarem sua visão e o cansaço escaldar seus pulmões e suas pernas. Quando parou, continuou aos tropeços, afastando galhos de árvores, como se pudesse escapar do que acontecera, como se pudesse perder a humilhação no bosque.

Quando emergiu em uma rodovia, viu onde estava e começou a correr de novo. Os portões do cemitério estavam abertos para o horário de visitação, e ele ofegou para a encosta lotada de túmulos. Continuou soluçando até cair em um montinho de terra em frente à lápide de Lan, na ponta do memorial da família Kaul.

— Desculpa — arquejou, tremendo enquanto o vento gelado castigava sua camisa encharcada e a fazia grudar na pele. As grossas gotas de chuva que haviam começado a cair mancharam as lentes de seus óculos e fizeram seu cabelo grudar na cabeça. A chuva respingava no bloco de mármore, transformando o verde-esbranquiçado em uma cor que se assemelhava à jade suja. — Me desculpa, Lan.

Anden se sentou e chorou.

Quando Shae chegou horas mais tarde, carregava um guarda-chuva preto, que colocou sobre Anden e fez a chuva cair sobre sua cabeça desprotegida enquanto se posicionava ao lado de seu primo no lugar de descanso final da família.

— Ele teria ficado orgulhoso de você, Anden — disse, de forma direta. — Ele sempre teve orgulho de você.

Capítulo 57

Perdão

Duas semanas depois, a carta entregue ao escritório da Homem do Tempo, na Rua Caravela, não tinha endereço de remetente, mas Shae soube de quem era assim que a pegou e viu a caligrafia firme e vertical do lado de fora, escrita com uma caneta-tinteiro azul. Ela se sentou na escrivaninha e tocou os cantos do envelope rígido, então rasgou-o e leu.

Querida Shae-se,

Sou incapaz de expressar o quanto me arrependo de ter traído sua confiança. Sempre fiz o que Kaul-jen ordenava em todas as situações, e ainda posso dizer que isso é verdade. Deduzo que você e Hilo estejam procurando por mim, e não espero nenhuma empatia ou misericórdia caso nos encontremos de novo.

Tome cuidado com o que fizer agora. Hilo pode até achar que ganhou, mas um Montanha não aceita tão facilmente ser empurrado para o mar. Não há nada que eu possa fazer para mudar o destino de seu irmão e do pobre coitado Anden, mas meu coração chega a doer só de pensar em algo ruim acontecendo com você. Então, considere esta carta um aviso sincero de seu tio carinhoso: bole um plano para escapar de Kekon sozinha e rápido. Guarde o máximo de dinheiro que conseguir e use suas conexões na Espênia para que ninguém fique sabendo. Uma boa Homem do Tempo está sempre lendo as nuvens.

Com arrependimento e carinho,

Yun Dorupon.

Shae deslizou com a cadeira lentamente para olhar a cidade lá embaixo. O calor da primavera pairava sobre a fina camada de fumaça que cobria o zumbido constante da rodovia e os barulhos do porto; o ar-condicionado ligou com um rangido barulhento. De repente, ela se sentiu muito consciente quanto a si mesma, quanto à carne e o sangue, à respiração e a aura que compunham seu ser físico, ali sentada há tanto tempo no escritório que pertencera ao homem responsável pela carta em suas mãos.

Ela e sua família estavam vivos, coisa que, há algumas semanas, ela pensara que não aconteceria. O Desponta sofrera, e continuava sofrendo, mas permanecia ali, persistente, assim como os Ossos Verdes e sua cultura fizeram por centenas de anos. Leu a carta mais uma vez, e então colocou um dos cantos no papel sobre o isqueiro e viu-a queimar e cair no cinzeiro. *Não vou correr, Doru, não desta vez. E vou te pegar.*

O brunch de septia no Sorte em Dobro não estava tão agitado quanto costumava ser no passado, mas, com as Docas de volta sob controle dos Desponta e a diminuição da violência das ruas, a clientela começava a voltar ao velho estabelecimento de frente para o mar. Shae e Hilo se sentaram de frente um para o outro em um reservado que ficava a certa distância dos outros fregueses. A cadeira de rodas de Kaul Sen fora empurrada até a ponta da mesa. Kyanla, ao lado dele, ajeitou o guardanapo no colo do velho. Wen não conseguiu encontrá-los nesta manhã. Quando não estava viajando por conta do novo emprego, fazia aulas de espênico várias vezes por semana na Universidade da Cidade de Janloon.

Shae colocou algumas salsichas e legumes em conserva no prato de seu avô. Ele murmurou alguma coisa que parecia um agradecimento e fez carinho na mão da neta. Eram esses momentos que ela procurava agora: as coisas pequenas. Lembretes do patriarca da família como a pessoa que tanto admirara e amara, o homem que insistira que ela não era tão Osso Verde quanto seus irmãos. Os fragmentos restantes de lucidez de Kaul Sen podiam até ser tão breves e ilusórios quanto a aparente paz na cidade de Janloon, mas Shae os apreciava ainda mais por essa fragilidade.

Os Montanha haviam recuado e reforçado as defesas no Parque de Verão, em Ponta de Lança e em outros distritos do sul que compunham seus principais territórios. Segundo os rumores, Ayt apontara um novo Chifre. Não Waun Balu, o Primeiro Punho de Gont, como Hilo e quase todos haviam esperado. Ao invés disso, Ayt viajara para a Escola do Templo Wie Lon, fora de Janloon, e recrutara um dos antigos guerreiros de seu pai, Nau Suen. Nau passara os últimos dois anos vivendo uma vida tranquila como instrutor sênior em Wie Lon (segundo suspeitavam, uma recompensa do clã por ter apoiado com fervor a ascensão de Ayt Mada e, inclusive, ter rasgado a garganta de Ayt Eodo com um entusiasmo louvável). Diziam que ele era um mestre da Percepção.

442   FONDA LEE

Mais uma vez, Shae tentou aproveitar a refeição e parar de pensar na guerra, pelo menos por um breve momento. Do outro lado da mesa, Hilo remexia no prato de bolinhos crocantes de lula.

— Isso aqui faz tudo valer a pena — disse, com um sorriso nos lábios que não chegava aos olhos.

Ele estava tentando parecer feliz, mas Shae não cairia nessa. Hilo fora espancado até quase morrer por Gont e seus homens e, muitas semanas depois, continuava vendo Dr. Truw regularmente e ficava cansado com facilidade por causa dos ferimentos, mas não era isso que o afligia. Seu irmão carregava um manto de mágoa que o cobria, uma indignação latente que às vezes se extravasava como raiva ou dúvida de si mesmo. Ele salvara o clã, mas perdera outro irmão.

— Você devia perdoar ele — disse Shae. — Mesmo que ele não consiga te perdoar ainda.

Ela pensou na ironia dessas palavras que saíam de sua boca. Houve uma época em que tivera certeza de que nunca iria querer ver ou falar com Hilo de novo. E ali estavam eles: o Pilar e a Homem do Tempo do clã.

Shae não havia conseguido fazer com o que irmão se manifestasse quanto à nenhuma menção a Anden e, como já era de se esperar, ele não olhou e nem fez menção de responder a essa última tentativa. Shae continuava tentando; ainda era cedo. Lan lhe contara que Hilo não falara dela por seis meses depois de sua partida para a Espênia.

— Você não quer saber pra onde ele foi? Se tá seguro?

Pelo menos, Shae tinha resolvido essas questões.

— Não — respondeu Hilo.

Qualquer resposta já era algum progresso; ela não forçou mais. Depois de deixar seu primo com o espírito devastado, mas calmo, na praia atrás do chalé de sua mãe, ela falara com Wen, que, com discrição, mandara dois guardas confiáveis para Marênia.

Meio encurvado e atrapalhado, Seu Une veio até a mesa. O lado esquerdo de sua cabeça estava enfaixado com um grosso chumaço de gaze. Ele carregava uma caixinha de madeira, e seu rosto exibia um sorriso forçado que não adiantava muito para mascarar o nervosismo intenso.

— Kaul-jens — chamou —, está tudo do agrado de vocês?

Hilo deixou de lado o mau humor e deu um sorriso empolgado para o dono do restaurante.

— Seu Une, o senhor sabe como eu tô feliz de voltar pra um dos meus lugares favoritos.

CIDADE DE JADE   443

O dono do Sorte em Dobro corou e fez uma reverência enquanto colocava a pequena caixa de madeira na mesa em frente a Hilo, como se estivesse, com toda a humildade, lhe presenteando com um prato especial. Só que ali dentro havia sua orelha esquerda. Era um apelo pela misericórdia do Pilar, por ter declarado aliança ao Montanha.

— Espero continuar servindo ao senhor, Kaul-jen — disse, com a voz tremendo um pouco.

O senhorzinho enxugou a testa enquanto fazia uma saudação para Shae e Kaul Sen também, incluindo-os em seu pedido.

Hilo colocou a mão sobre a caixa e, com gentileza, a empurrou para o lado. Seu Une chegou a visivelmente se encurvar de alívio; tocar a caixa era um sinal de que o Pilar havia aceitado.

— Está tudo perdoado, meu amigo. Às vezes até o mais leal e devoto dos homens erra quando é forçado a tomar decisões sob circunstâncias terríveis.

— Verdade, Kaul-jen — concordou Seu Une, com toda a sinceridade. Ele entrelaçou as mãos e as levou até a testa repetidas vezes enquanto se afastava. — Muito verdade.

Shae percebeu a cabeça de seu avô começando a cair.

— Kyanla, leva o vô pra casa. Hilo e eu vamos demorar muito ainda.

Kyanla limpou a boca de Kaul Sen com um guardanapo e o puxou para longe da mesa. As pessoas ficaram em silêncio por um instante enquanto a cadeira de rodas atravessava o salão. Algumas levantaram as mãos entrelaçadas em uma saudação respeitosa para o velho Tocha. Depois de Kaul Sen e sua enfermeira saírem, diversos clientes se levantaram ao mesmo tempo e foram para a mesa de Hilo e Shae.

— Kaul-jens, a gente mora perto do Sorte em Dobro e esse é nosso restaurante favorito, mas nunca viemos enquanto aqueles cachorros sarnentos tavam aqui — disse o Sr. Ake, pai de dois Dedos. — É um alívio enorme termos paz por aqui de novo.

Um casal, o Sr. e a Sra. Kino, que Shae reconhecia como Agentes da Sorte do escritório, enfiaram um envelope debaixo de seu prato.

— Pra ajudar o Seu Une com os impostos deste mês — explicaram. — Sabemos que o clã vai ajudar com o prejuízo das janelas e do carpete.

Uma corrente palpável de alívio crescia no estabelecimento, onde os ventiladores de teto faziam circular o ar abafado que soprava do porto onde Kehn e seus homens montavam patrulha. Os clientes do Sorte em Dobro viram a cabeça enfaixada do proprietário e agora notaram a caixa sobre a mesa, então ficaram confortados ao saber que o Pilar tivera misericórdia e renovara seu aval. Com a confiança dos Lanternas do clã solidificada e os lucros gerados pela jade na Espênia, Shae se permitiu sentir uma onda austera de otimismo. Talvez a visão impiedosa de Ayt — apenas um clã comandando toda Janloon — acontecesse, mas não do jeito que a Pilarisa do Montanha planejava, pensou Shae.

Hilo aceitou todas as demonstrações de respeito com algo que se aproximava de seu bom humor relaxado de sempre. Depois de um instante, disse:

— Por favor, agora aproveitem suas refeições. Minha irmã e eu temos negócios a discutir.

Então, a fila improvisada se desfez e os clientes voltaram para suas mesas. O Pilar e sua Homem do Tempo foram deixados sozinhos para terminar a refeição e conversar sobre questões do clã.

Epílogo

Sempre Há uma Oportunidade

Na primeira vez que Bero foi ao cemitério, havia um homem no túmulo, um jovem que ficou um longo tempo lá, mas na segunda vez que Bero invadiu o lugar com Mudt, era noite e a encosta sinistra estava vazia. Não foi muito difícil encontrar o lugar certo. Devido a problemas relacionados a espaço, a maioria dos kekonésios era cremada e tinha suas cinzas sepultadas. Eram poucas as famílias que tinham como bancar um terreno para o enterro e aquelas lápides enormes.

Kaul Lanshinwan fora colocado para descansar ao lado de seu pai, o herói de guerra. Buquês de flores da primavera, cestas de frutas enceradas e brilhantes e varetas de incenso queimado em pequenos copos com areia haviam sido deixados na base da lápide pelos fiéis seguidores do clã. Abaixo do nome e das datas cravadas no mármore, havia duas frases simples:

FILHO E IRMÃO AMADO.
PILAR DE SEU CLÃ.

Com um movimento violento, Mudt cuspiu no túmulo e chutou os itens no chão. Bero o puxou para trás e sibilou:

— Deixa de ser idiota. Quer que comecem a colocar guardas aqui?

O garoto se afastou das garras de Bero, mas parou de tentar causar arruaça. O jovem enfiou as mãos nos bolsos e, mal-humorado, deu uma olhada ao redor do cemitério iluminado pela luz da lua. Roubo de túmulos era, no fim das contas, punível com morte.

Bero se agachou e passou as mãos pela base do monumento. Apertou as palmas na grama poeirenta e encostou a bochecha tão perto do chão que conseguiu sentir o cheiro pungente de terra úmida por baixo da relva. Vários metros abaixo, estava o corpo do homem que ele matara, e Bero tinha certeza de que, enterrada com Lan, estava sua *jade*. Jade que pertencia a Bero por direito. Agora que tinha guardado todo aquele estoque de brilho em um lugar seguro e que a guerra havia acalmado a ponto de Janloon estar quase, pelo menos ao que parecia, de volta ao normal, ele podia pensar em como tirar a sorte grande de novo.

Havia sempre uma oportunidade nesta cidade.

Agradecimentos

Desde sua concepção, *Cidade de Jade* era um projeto tão ambicioso e apaixonante que eu, de vez em quando, ficava desesperada achando que não seria capaz de dar conta. Apesar de tudo apontar para o contrário, mantive a esperança de que minhas habilidades estivessem à altura da tarefa de dar vida nas páginas ao que era tão claro na minha imaginação. Se fui bem-sucedida com o livro que está nas suas mãos agora, devo muito ao apoio que tive durante toda essa trajetória.

Depois de ler o rascunho deste romance, meu agente, Jim McCarthy, não apenas me pressionou para continuar, mas também me deu tantos *feedbacks* úteis e inteligentes que minha resposta foi: "Nossa, você tá certo pra *caramba* em tudo. Tomara que eu consiga." Conseguimos. Muito obrigada de novo, Jim.

Eu não poderia pedir que *Cidade de Jade* tivesse uma guerreira melhor do que Sarah Guan, da Orbit. Eu soube que estava em boas mãos quando percebi que Sarah não apenas havia "sacado" o livro instantaneamente, como também se enfiou no delicioso buraco sem fim de imaginar um elenco dos sonhos comigo. Sou extremamente sortuda por ter uma editora superinteressada me guiando e polindo meu trabalho.

Muito obrigada também a Tim Holman e a Anne Clark por terem trazido essa série para a família Orbit; à minha editora do Reino Unido, Jenni Hill, por ter guiado *Cidade de Jade* como uma pastora de ovelhas para o outro lado do oceano e para o mundo; a Alex Lencicki, Ellen Wright e Laura Fitzgerald por terem dado um show certeiro com o marketing e a publicidade; a Lauren Panepinto e Lisa Marie Pompilio por deixarem o livro lindo; a Gleni Bartels por ter prestado atenção em cada detalhezinho da produção; e a Kelley Frodel por seus olhos de águia na preparação. Tim Paul pegou meus rabiscos de Kekon e Janloon e os transformou em mapas incríveis. Com certeza acabei deixando de fora outras pessoas que merecem ser mencionadas; muito obrigada a todos vocês.

Não há substituto para leitores beta em quem se pode confiar. Curtis Chen, Vanessa MacLellan, Carolyn O'Doherty e Sonja Thomas fizeram meu cérebro explodir bem do jeito que eu precisava para revisar este livro e deixá-lo como ele nasceu para ser. A meus colegas de classe da Viable Paradise XVIII: obrigado por todo o apoio e compaixão no Slack, e um agradecimento extra para as pessoas que leram e criticaram os primeiros capítulos do manuscrito lá no começo de tudo: Amanda Helms, Annaka Kalton, Renee Melton, Benjamin C. Kinney, Steve Rodgers, Shveta Thakrar e, especialmente, Jesse Stewart, que várias vezes me mandou na lata que eu devia terminar este livro.

Sou grata a Elizabeth Bear, Tina Connolly, Kate Elliot, Mary Robinette Kowal, Ken Liu, Scott Lynch e Fran Wilde por terem me aconselhado e me apoiado nas mais diversas situações. Aos meus amigos escritores que se reúnem para almoçar, dar um "oi" nas conferências ou mantêm contato online: vocês continuam me inspirando e me motivando. Ainda é uma loucura ver meus livros nas lojas, e sou particularmente grata às livrarias Powell, em Porland, e University Bookstore, em Seattle, onde faço meus lançamentos.

Cidade de Jade é basicamente uma fusão de influências históricas ocidentais e orientais; e o crédito é todo do meu pai por ter me introduzido às duas. Não me lembro exatamente quando me tornei uma superfã de sagas sobre gangues ou filmes de kung fu, mas tenho certeza de que ele tem certa culpa. Devo estender essa gratidão ao meu marido, Natan, que se voluntaria, por mais perigoso que possa ser, a atuar como um crítico afiado ou um ouvido simpático sempre que preciso desabafar. Finalmente, este livro é dedicado ao meu irmão, Arden, o melhor irmão que eu poderia ter. Nos damos muito melhor do que Hilo e Shae.

E minha mais profunda gratidão vai para vocês, meus leitores.